인당수에 핀 연꽃송이

이미은 장편소설

인당수에 핀
연꽃송이

초판 1쇄 펴낸 날 │ 2016년 5월 6일

지은이 │ 이미은
펴낸이 │ 서경석

편집책임 │ 조윤희 **편집** │ 이은주, 주은영
마케팅 │ 서기원 **경영지원** │ 서지혜, 이문영

임프린트 │ (MUSE)
주소 │ 경기도 부천시 원미구 부일로 483번길 40 서경B/D 3F (우) 14640
전화 │ 032-656-4452 **팩스** │ 032-656-4453
이메일 │ roramce@naver.com **블로그** │ bolg.naver.com/roramce
홈페이지 │ http://www.chungeoram.com

발 행 처 │ 노서출판 청어람
출판등록 │ 1999년 5월 31일 제387-1999-000006호
어람번호 │ 제11-0032호

ⓒ 이미은, 2016

ISBN 979-11-04-90762-3 03810

도서출판 청어람은 언제나 여러분의 소중한 작품 투고와 도서 출간 기획 등 다양한 제안
을 기다리고 있습니다. chungeorambook@daum.net

인당수에 핀 연꽃송이

이미은 장편소설

C MUSE

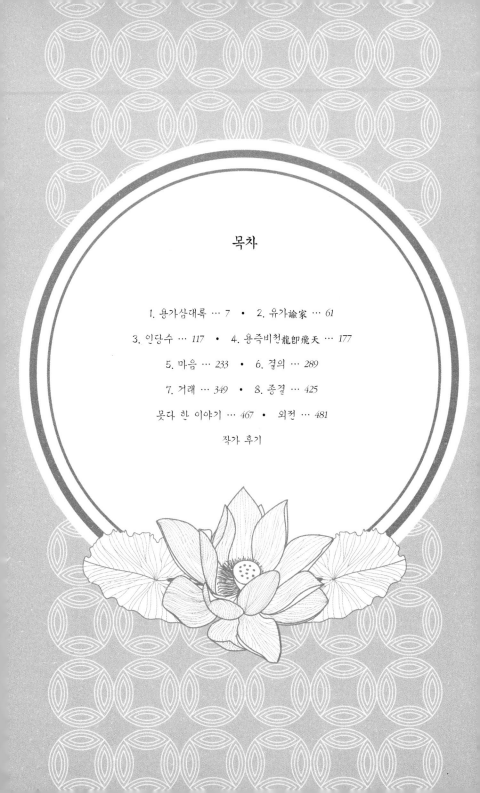

목차

1.

용가삼대록

온갖 병든 자들이 모여드는 곳, 그중에서 수도의 변두리 구석에 위치한 늙은 의원집은 누구에게나 인기가 많았다. 의원이라는 자가 입이 걸고 술을 좋아하는 것이 흠이었으나, 값을 절반만 받는 것은 물론이요 실력도 뛰어났으니 여기저기 소문이 나 먼 곳에서까지 찾아올 정도였다.

수많은 환자 중에서도 약을 받기 위해 정기적으로 의원집 문턱을 넘나드는 사내가 한 명 있었다. 생긴 게 곱상해 곧잘 의원이 놀리곤 하는 사내는 오랜만에 아이를 대동한 채였다.

"차도가 보입니까?"

그는 아이를 유심히 살피는 의원에게 걱정스럽게 물으며 갓을 끌어내렸다. 물집이 잡혔으나 사내라기엔 고운 손을 따라, 역시 사내라고 보기 어려울 정도로 흰 얼굴이 갓 너머로 가려졌다. 그렇듯 아이의 손을 잡고 있는 사내는 의원 앞에서 연신 불안한 기색을 지우지 못했다.

"흐으음……."

사내의 말이 들리지 않는지 의원은 대답하지 않았다. 대신 그는 요동치는 아이의 맥박에 있는 대로 미간을 찌푸렸다. 덕분에 안 그래도 자글자글 주름이 가 있는 의원의 이마는 깊은 골짜기처럼 푹 파였다. 비공식적으로 어의보다 실력이 뛰어나다 스스로 자부하는 그였으나, 아이의 맥박은 시간이 흐를수록 답이 보이기는커녕 점점 더 아리송해지기만 했다.

"흐음? 으음…… 허어…… 끙……!"

헝겊으로 갓끈을 대신한 것을 볼 때 가난한 선비님쯤 되어 보이는 사내는 그 잠깐 사이에 갓을 네댓 번은 잡아당겼다. 의원을 재촉하고 싶은 표정이었으나 방해가 될까 꾹 참는 게 훤히 보였다.

의원은 그것이 영 눈에 거슬리는지 슬쩍 눈치를 주었지만 사내는 아랑곳하지 않고 다시 갓을 잡아당겼다. 무의식중에 손을 올리는 것을 보아하니 아예 버릇처럼 굳어버린 것 같았다. 사내가 다시 갓을 잡아당기자 의원은 눈치 주는 것을 포기하고 고개를 저으며 다시 시선을 뗐다. 그는 고개를 푹 숙인 채로 어린아이의 손목을 조심스럽게 고쳐 잡았다. 뜻을 가지고 의원을 시작한 지 올해로 서른 해가 훌쩍 넘었지만 이 아이의 맥은 기이하기 그지없었다. 자존심이 상했으나 원인도, 치료 방법도 전혀 짐작가지 않는다 말할 수밖에 없는 맥박이었다. 의원은 또다시 한참의 시간이 흐른 뒤에야 미련을 버리곤 몇 가닥 되지 않는 흰 수염을 쓸어내리며 아이의 손목에서 손을 뗐다.

인당수에 핀
연꽃송이

"어떻습니까?"

사내가 다급히 묻자 의원은 고개를 가로저었다.

"에라이, 어떻고 말고 할 것도 없어. 허…… 이런 맥은 내 수십 년간 처음 보는 것이니 원, ……뭐라 할 말이 없네. 기실 병도 말이랍시고 달리 붙일 말이 없어 병이라 갖다 붙인 것이지 이건 병이라고 하기도 무엇해. 자고로 병이란 것은 몸에 이상이 생겨 어서 그것 좀 고쳐 달라 몸이 신호를 보내는 걸세. 그러니 발생한 이유가 있고 대안이 있기 마련이거든. 한데 그게 없단 말이지. 어린 나이에 대체 어디서 이런 고약한 것이 걸려들었을꼬. 쯔쯧."

의원은 아이를 안쓰럽게 내려다보며 혀를 찼다. 그러자 사내는 재빠르게 아이의 귀를 틀어막고는 작게 타박했다.

"아이가 듣잖습니까."

사내의 말에 의원은 괜스레 크게 헛기침을 했다. 아직 대여섯밖에 안 되었다고 한, 그러나 몸이 아파 그런지 겉보기에는 네댓밖에 되어 보이지 않는 아이에게 못할 말을 했다는 생각이 들었기 때문이었다.

"크흠. 아, 어찌되었든 매번 올 때마다 말하는 게지만 고칠 방도가 있을지……. 허 참, 거 들리는 소문만 갖고 보자면 딱 고것 하고 똑같은데 말이지."

"그것이라니요?"

"그…… 있잖은가. 아무리 예국서 가장 뛰어난 명의가 달려들어도 고치지 못한 병에 걸린 분 말이네. 고치는 것은 고사하고 그 원인조차 알 수가 없다니. 그건 병이라 할 수가 없는 게지. 아암. 그렇고말고."

의원의 중얼거림에 사내의 희고 고운 이마가 움푹 패였다.

"그분이 누구기에 그리 말을 빙빙 돌려 하십니까?"

"아, 자네는 어찌 그리도 말의 맥락을 못 잡는가? 그…… 있잖은가! 그, 전, 전하 말일세."

지나가던 쥐새끼라도 들을까 한껏 목소리를 낮춘 채로 속닥인 의원은 다시 크게 헛기침을 했다.

그러나 갑작스럽게 튀어나온 왕의 존재에 사내는 불편한 기색을 여실 없이 내보였다. 그는 주위를 한 번 둘러본 뒤, 한껏 목소리를 낮추며 말했다.

"경을 칠 소리를 하십니다."

그것을 어찌 해석했는지 의원은 재빨리 팔을 허공에 휘휘 저으며 말을 이었다.

"허허! 거 참, 아니 자네는 예 몇 년째 오는데도 이 늙은이의 말뜻을 못 알아듣나그래. 내 쓸데없는 말을 하려는 것이 아니네. 그저, 그 증세가 비슷하다…… 이 말이지. 전하께옵서도 명백히 병은 있으시온데 거 이상하게 병명이 불확실하지 않은가. 원인도 모르고, 해결책도 모르는 것이 똑 닮았는데, 그것이 어찌나 고약하면 세간에 소문이 파다……."

장황하게 이어지는 변명에 사내는 이제 상대할 가치도 없다는 표정으로 고개를 저었다. 의원의 뒷말을 뚝 잘라 가져가는 목소리는 서늘하면서도 단호하기 그지없었다.

"그 소문은 그야말로 헛소문 아닙니까."

"헛소문이라 할지라도 글쎄. 전하의 상태를 생각해 보면 영 헛소리가 아닐지도 몰라."

"저잣거리 왈패도 아니고 저명하신 의원님께서 그 소문을 믿으실 거라고는 생각도 못했습니다."

"크허험! 어허! 어디가 그런 소리 하지 말게나그래! 그, 융통성이라는 게 말이야, 그 있잖나. 내 믿는다는 것이 아니라……."

"그렇지요. 설마하니 선왕께옵서 유가를 내쫓아 왕가에 저주가 내렸다는 그 헛소문을, 이 마을에 유일하신 의원님께서 믿으실 리는 없겠지요."

"어험! 어험! 그, 그럼. 그렇고말고."

말은 그렇게 하지만 사내의 목소리에 한심스럽다는 기색이 가득해서 의원은 괜스레 민망해졌다. 물론 그도 진짜 그 소문을 믿은 것은 아니었다. 비록 안사람이야 매년 꼬박꼬박 용왕님께 제를 지낸답시고 떡이며 쌀이며 바리바리 준비하지만 좀 배웠다 싶은 자신은 그 존재를 믿지 않는 쪽에 가까웠다. 그도 그럴 것이 용왕이라니. 시대가 어느 시대인데 그런 신 타령을 믿는단 말인가.

그러나 요즈음은 조금 달랐다.

용왕을 대표하는 것이나 다름없던 유가가 선왕에 의해 내쫓긴 것이 벌써 십 년 전의 일이었다. 그 길다면 길고, 짧다면 짧은 시간 동안 무수히 많은 일들이 일어났다. 선왕은 단명했고, 어린 나이에 즉위한 왕은 원인도 모르는 병에 걸려 치료법도 알지 못해 침상에 드러누운 지 오래였다. 하나 그것뿐이라면 소문이 그렇게까지 극악하게 퍼지지는 않았을 터였다.

그러나 의원의 말처럼 비와 눈에 대한 것은, 왕가와 유가 사이의 저주 이야기를 만들어낼 정도로 막강하기 그지없었다.

하늘이 노하심을 인력으로 어찌 설명이 가능하겠는가?

의원은 매번 아이를 위해 지어주는, 기력을 보하는 약재를 주섬주섬 꺼내며 말했다.

"자네도 알지 않는가. 그날 이후로 매년 비나 눈이 영 시원찮은 걸. 그것이 올해로 십 년 째라네. 그 이유를 알 수가 없으니 나 같은 백성들은 그저 신이 노해서 그러겠거니 생각할 수밖에."

"우연이지요. 용왕이 진정으로 노하셨다면 아예 비가 오지 않아야 맞지 않겠습니까. 그런데 매년 곡물을 수확할 정도의 비는 꾸준히 내리고 있으니, 어찌 그것을 저주라 하겠습니까."

"아니…… 따지자면 그야 그렇지만서도. 하나 생각해 보게나. 자네 말마따나 그해 이후로 흉작인 적도 없었지만, 풍작인 해도 없었지 않았나. 전하께옵서도 그날 이후로 아귀가 맞지 않는 병에 연달아 시달리시고, 선왕께서도……."

"어허! 누가 듣습니다."

사내의 타박에 의원은 재빨리 제 입을 양손으로 틀어막았다. 그 탓에 들고 있던 약재가 후두둑 떨어졌지만 그보다는 누가 들었을지도 모른다는 것이 더 신경 쓰이는지, 의원의 주름진 눈가가 파르르 떨렸다. 고개를 돌려 주변을 살피며 의원이 한껏 낮춘 목소리로 속닥였다.

"누, 누가 있는가?"

"아닙니다. 하나 그날 일은 선왕께옵서 함구령을 내리시지 않으셨습니까. 아무것도 모르는 저잣거리의 왈패들이야 실컷 떠들어댄다지만 의원님께서 그러시면 아니 되지요. 자칫 잘못했다가는 의원집 소문이 흉하게 납니다."

인당수에 핀
연꽃송이

"그, 그렇지. 암. 그렇고말고."

그는 영 계집애처럼 피부가 희고 뼈대가 가늘기 그지없는 사내가 의외의 부분에서 사내답게 행동한다 생각하며 놀란 심장을 쓸어내렸다.

사내의 말대로 선왕이 말기에 정신이 나갔다는 소문은 잘못 흘렸다간 그대로 경을 칠 얘기였다. 아무리 세가 약해졌다 할지라도 예국의 왕이었다. 의원은 고개를 내저으며 푹 한숨을 내쉬었다.

올 겨울에도 눈이 충분히 오지 않아 속이 탄다는 말들을 워낙 많이 들어 자신도 모르게 한탄이 늘어난 모양이었다. 그는 나이를 먹으니 쓸데없는 말이 튀어나가는 것 같다고 스스로를 타박하며 낮게 혀를 찼다.

"쯔쯧. 어찌되었건, 소문이 그리 나고 있으니 영 무시할 수도 없는 노릇이야. 대왕대비께서 애를 쓰고 계신 모양이지만서도 나랏일이라는 게 그리 되는가. 전하께옵서 어서 병마를 털고 일어나셔서 직접 치세를 돌보셔야지. 암. 그럼. 자네는 잘 모르겠지만 말일세. 영조대왕께서 그…… 흠흠. 그리 되시기 전에는 어찌나 나라가 살기 좋았는지 모르네. 태평성대였지. 아암. 그렇고말고. 수백 년을 뒤져보아도 가장 풍요로웠을 게야. 길거리의 거지들마저 동냥이 하도 잘되어 새 옷을 사 입을 정도였으니 더 말해 무엇하겠는가."

그 시절을 떠올리는 건지 의원의 눈가가 촉촉해졌다.

의원의 말처럼 예국의 치세는 그 유명한 수화(水禍) 이전과 이후로 나뉜다 해도 과언이 아니었다. 양쪽을 모두 겪은 사내와 의원의 얼굴에는 이내 침통함이 맴돌았다. 개중에서도 이전의 세상에서 더 길게 삶을 살았던 의원은 금방이라도 통곡을 할 것처럼 처연해 보였다. 그는 남들에겐 말하지 않았지만 선왕이 숨을 거뒀을 때 삼 일간 곡기를 끊을 정도로 슬퍼했었다. 비록 말년의 치세가 형편없긴 했지만 그래도 그보다 배가 두둑하고 태평했던 세월이 더 길었던 탓이었다.

그래서 아직까지도 선왕을 대놓고 욕하는 자는 젊은이들뿐이지 나이가 좀 있는 자들은 다들 말을 아꼈다. 받은 것이 있으니 잘못을 했다 치더라도 대놓고 손가락질을 하지 못하는 것이다.

그 풍족했던 시간을 되짚는 것인지 초점이 흐려지는 의원의 눈동자에 입안이 꺼끌하게 느껴진다 생각하며 사내는 괜스레 목소리를 가다듬었다. 그는 자신을 빤히 올려다보는 아이의 머리칼을 흐트러뜨리며 대답했다.

"곧…… 그리될 것입니다. 모든 것이 예전처럼 되돌아갈 테지요, 그보다, 약은……."

"그래야지. 암. 그래야 하고말고. 약은 이전과 같은 것을 받아 가게나. 뚜렷한 병이 없으니 근본적인 해결책은 안 될 게야. 원인이라도 안다면 어찌 손을 써볼 텐데……."

"모르니 어쩔 수 없지요."

"쯔쯔. 자, 일단 넉넉히 넣었으니 약이 떨어지면 꼭 다시 오게나. 돈이 없다 치더라도 장부에 달아놓으면 그만이니 약을 빼먹으면 아니 되네. 알았지? 기력이 많이 약해져 있으니 바깥공기를 많이 쐬게 하지 말고."

"예. 명심하겠습니다."

인당수에편
연꽃송이

"그래, 이제 세책가에 가는 겐가?"

의원이 손에 들린 보따리를 힐끔 쳐다보며 묻자 사내는 빙긋 웃었다.

"예. 오가는 것도 시간이니 나온 김에 들러야지요."

"바지런하구만. 그래, 조심히 가게나."

"예."

사내는 노끈으로 겹겹이 엮여 있는 약 꾸러미를 받아들며 고개를 꾸벅 숙여보였다. 아이 역시 집에 돌아간다는 것을 눈치챘는지 해맑게 웃으며 고개를 푹 숙였다. 그저 밖에 오랜만에 나왔다는 것에 기뻐하는 아이는 그 순간만큼은 제 나이처럼 보였다. 그 모습에 사내는 엷게 웃으며 아이에게 손을 내밀었다.

"자, 돌아가자, 월아."

그 시각, 예국의 궐은 한바탕 뒤집어지고 있었다. 보다 정확히 말하자면 왕이 거처하고 있는 동궁이 난리였다.

"어서 비키지 못할까!"

허공을 가르고 예국의 대왕대비, 소율대비의 앙칼진 목소리가 쨍하니 울렸다. 대비임에도 불구하고 그 권세가 엄청나 한 단계 높여 '대왕대비'라 칭할 정도인 그녀는 무척 젊었다. 매섭게 눈을 치켜뜨는 소율대비의 고함에 궁녀들이 하나같이 고개를 움츠렸다.

"감히 내가 누구라 생각하는 것이야!"

진소율. 소율대비라 칭해지며 오늘날 대왕대비라 추켜세워지는 여인의 위세는 그야말로 하늘을 찌를 듯 드높고도 매서웠다. 진가의 고명딸로서 어린 나이에 선왕의 정비 자리까지 오른 소율대비의 삶은 그야말로 파란만장하다 해도 과언이 아니었다. 세간에 알려진 바에 따르면 소율대비가 대왕대비로 추대된 것에는 그만한 이유가 있었다. 그녀는 치세 말기에 정신을 놓은 선왕을 이끈 여인이자, 선왕의 사후에 몸이 온전치 못한 어린 왕을 대신해 수렴청정을 하고 있는 예국의 기둥이었다. 백성들이 하나같이 소율대비를 칭송하는 이유는 바로 그것이었다. 무너지는 왕가를 떠받드는 예국의 모후와도 같은 여인이기에.

그러나 무엇이건, 말은 양쪽 모두 들어봐야 하고, 일은 그 속내를 살펴야 하는 법.

"정녕 비키지 못하겠다? 내 당장 네년들을 이 자리에서 끌어내야 말을 듣겠느냐!"

소율대비의 날 선 목소리에 그 앞을 막아섰던 궁녀들의 기세가 한풀 꺾였다. 땅을 향해 깊이 숙여진 고개 몇은 두려움으로 바들바들 떨리고 있을 정도였다. 기실 소율대비의 눈 밖에 나면 왕을 모시는 궁녀라 할지라도 그대로 끌려 나가는 것이 불가능한 일은 아니었다. 그만큼 '공식적'으로 그녀는 현 예국의 실세이자 권력의 중심에 서 있었기에.

그러나 소율대비 앞을 막아선 궁녀들 중 그 누구 하나도 비켜서는 자가 없었다. 몇 분이 흐른 뒤에야 내관이 고갯짓하자 그제야 안도한 기색을 여실히 드러내며 길을 트는 궁녀들의 모양새에 소율대비의 눈꼬리가 뾰족하니 섰다. 그녀는 제 뒤에 바짝 붙어 있는 어의에게 우스운 꼴을 보였다 생각하며 제 근처에 있는 궁녀를 밀쳤다. 매서운 손에 궁녀가 그대로 땅바닥에 주저앉았으나

인당수에 핀
연꽃송이

그 앞을 막아서는 자는 없었다. 소율대비는 넘어진 채로 다급히 고개를 숙이는 궁녀를 노려보며 까득 이를 갈았다.

"어미가 자식을 본다는 것을 이리 가로막다니, 훗날 내 경을 칠 것이다!"

그 당당함에 기가 질린 궁녀들이 용서를 빌기도 전에 소율대비는 첫 번째 문지방을 넘어서고 있었다.

총 세 개의 문을 쏜살같이 넘어선 소율대비는 마지막 문 안으로 들어선 뒤에야 금침에 누워 있는 예국의 왕과 마주할 수 있었다. 안에 발을 들이기가 무섭게 짙게 분을 바른 얼굴이 어딘가에 숨어 있을 쥐새끼를 찾듯 방 안을 샅샅이 훑어 내렸다. 그러나 애당초 제대로 된 장식품 하나 가져다 놓지 않은 방 안에 사람이 숨을 곳이 있을 리 없었다. 결국 아무것도 찾지 못한 소율대비는 낮게 혀를 차고는, 어의를 향해 눈짓하며 방 안으로 들어섰다.

바야흐로 연극의 막이 오르는 순간이었다.

"주상! 이 어미, 주상이 쓰러졌다는 말을 듣고 어찌나 놀랐는지 아십니까!"

벌써 눈물이 고이기 시작하는 소율대비의 연기력은 그야말로 수준급이었다. 방금 전 표독스럽게 궁녀들을 다그쳤던 여인과 눈물을 뚝뚝 흘리는 여인이 동일인물이라는 것이 믿어지지 않을 정도였다. 한두 번 해본 것이 아닌지 온몸을 던져 장침 앞에서 애달픈 걱정을 쏟아내는 소율대비의 소란에 뒤따라 들어온 궁녀 몇만 발을 동동 구를 뿐이었다.

예국의 왕이자, 용이라 불리는 현원의 눈꺼풀이 밀려올라간 것은 바로 그때였다. 그는 누가 보더라도 혈색이 도는 얼굴에, 또렷

한 시선이라 방금 전 쓰려졌다는 소율대비의 말이 외려 낯부끄러
울 정도였나. 그러나 이 방 안에서, 굳이 모두가 알고 있는 그 사
실을 지적하는 사람은 없었다.

"어마마마."

현원은 그 단어를 내뱉는 제 입을 그만 찢어버리고 싶다 생각
하며 소율대비를 불렀다. 조금 더 눈을 감은 채 모른 척했다간 그
녀가 제 몸뚱아리를 뒤흔들며 한바탕 통곡을 해댄다는 것을 이
미 경험상 잘 알고 있었기 때문이다. 아닌 척하며 손톱에 날을 세
워 온몸에 손톱자국을 내도록 내버려 두느니 차라리 원하는 대
로 움직여 주는 편이 나았다.

현원이 눈을 뜨자 소율대비는 한 박자 뒤늦게 고개를 들어올렸
다. 그렁그렁 고인 눈물은 이미 몇 방울 떨어진 뒤였다. 그녀는 오
래도록 정신을 잃은 아들을 되찾은 것처럼 애타는 표정으로 보료
위를 더듬어 현원의 손을 두 손으로 꽉 움켜쥐었다.

"아아, 괜찮은 것입니까, 주상. 이 어미가 보이는 것입니까?"

"예, 또렷이 보입니다."

다시는 보고 싶지 않은 얼굴이건만, 속이 뒤틀릴 정도로 또렷
하게 보여서 토기가 올라올 정도였다. 속에서 들끓는 상념을 애
써 누르며 현원은 계속 말을 이어나갔다.

"어마마마께옵서 이리 걸음을 해주시니 아픔이 사라지는 것 같
습니다."

"주상, 언제고 몸을 아끼세요. 내 비록 주상을 낳지는 못하였
으나 마음으로 품지 않았습니까. 잘 아시지요?"

"예."

"하니 주상이 이리 아플 때마다 이 어미는, 가슴이 찢어지듯 아픕니다."

"……어의를 불러온 연유가 그것입니까."

낮게 가라앉은 현원의 물음에 잠시 방 안에 침묵이 내려앉았다. 법도상 어의는 왕의 말에만 움직이는 존재였다. 비록 그 법도라는 것이 제 힘을 발휘하지 못한 지 어언 십 년째지만 말이다. 그래도 겉치레라는 것이 명백히 존재했기에 뼈를 찌르는 현원의 물음에 소율대비는 선뜻 대답하지 못했다. 그 대신 그녀는 옆으로 물러나 앉으며 다급히 어의를 왕 앞에 주저앉혔다.

"내 어찌 급했으면 그랬겠습니까. 주상께서 정신을 잃을 정도건만, 어의는 올 생각도 안 하니 내 이리 질질 끌고서라도 온 것이 아니겠습니까. 아니 그런가, 어의."

"예. 그러하옵니다, 전하."

손발이 착착 맞았다. 어의는 아마 자신이 쓰러졌다는 소식을 듣기가 무섭게 소율대비에게로 쪼르르 달려갔을 것이 뻔했다. 묻지 않아도, 보지 않아도 훤히 들리고 보이는 사실에 현원은 저도 모르게 말려 올라가려는 입꼬리를 꾹 내리눌렀다.

"그러합니까."

외려 이 우스운 연극에 진이 빠지는 기분이라 현원은 시선을 돌렸다. 어의가 갈아치워진 것도 벌써 십 년째. 예국에서 가장 실력이 좋아야 할 어의는 과연 그 실력이 한 손에라도 꼽아질는지 모를 일이었다.

진가의 사람이었지.

현원은 이미 알고 있는 사실을 굳이 되짚어 곱씹으며 피식 웃음을 흘렸다.

"어마마마께서 소자를 생각하는 마음이야 그 누가 모르겠습니까. 그저 여쭤본 것일 뿐입니다."

"호호. 그리 띄워주시니 내 어지럽습니다. 그래, 어의. 어서 전하의 용태를 살피게나."

눈물 연기는 이쯤하면 되었다 싶었는지 이미 소율대비의 눈가는 바짝 말라 있었다. 소율대비의 닦달에 어의가 조심스럽게 현원의 맥을 짚었다. 이상이 있을 리 없었으나, 없는 병도 만들어내야 하는 상황임을 모르는 이 역시 이 방 안에는 없었다. 어의가 적당히 몇 가지 병명을 읊조리자 당연한 수순처럼 소율대비의 걱정 어린 한숨이 길게 늘어졌다. 어두운 낯빛은 어느 모로 보나 아픈 자식을 걱정하는 어미의 그것이었다. 그리고 다시 그녀의 닦달에 어의는 길고도 날카로운 침을 꺼내들었다.

이 우습기 그지없는 촌극의 주인공이자, 지지부진한 병자 역에 질린 지 오래된 현원은 제게 침을 놓겠다는 어의의 말에도 그저 피곤한 듯 눈을 감으며 고개를 끄덕였다.

너무 오래 기다렸다.

현원은 정말로 두통이 이는 것만 같아 두 눈을 감았다. 눈을 감으니 빛이라고는 한 점도 뵈지 않고 온통 어둠이었으나 오히려 앞이 밝아지는 기분이었다. 옆에서 모기처럼 앵앵거리며 되도 않을 걱정을 늘어놓는 소율대비의 목소리가 지워졌다. 그 자리를 대신하는 것은 나지막하던, 언제나 인자하기 그지없던 진짜 모후의 목소리였다.

살갗을 밀고 들어오는 날카로운 것에 깊이 묻어놓았던 기억이

인당수에 핀
연꽃송이

파헤쳐지듯, 오랜 시간 억지로라도 떠올리려 하지 않았던 목소리가 현원의 뇌리를 찢어 내렸다.

✿

"누가 사주했느냐."

고작 아홉에 불과했던 어린 세자는 처음 들어보는 아비의 목소리에 움츠리며 제 유모에게 더욱 바짝 붙었다. 그런 현원의 모습이 보이지 않는 듯 왕은 차분히 제 앞에 무릎 꿇린 궁녀를 향해 다시 물을 뿐이었다.

"내, 물었느니. 누가 네게 중전의 잔에 독을 넣으라, 그리 사주했더냐."

그 궁녀는 현원도 아는 이였다. 눈에 익은 자가 피 칠갑이 된 채로 꽁꽁 묶여 덜덜 떨고 있는 모습은 아직 어린아이에겐 충격 그 자체였다. 어머니의 죽음도, 아버지의 분노도 모두 현원에게는 처음 겪는 것들뿐이라, 생소한 두려움에 질린 그는 유모의 치맛자락을 쥔 손에 더욱 힘을 줄 뿐이었다. 그러나 세자의 공포를 뒤로한 채 왕의 추궁은 점차로 그 포위망을 좁혀들어 가기 시작했다.

"진가가 배후에 있다. 목을 매단 진가의 후계가 사주했다. 그 한마디 하는 것이 무엇이 그리 어렵다고 그리 입을 다물고 있느냐 말이야."

왕의 나지막한 말에 궁녀의 두 눈엔 공포가 가득 담겼다. 그녀의 입은 이미 틀어막힌 지 오래였다. 혀가 잘린 이가 무슨 말을 할 수 있단 말인가.

그러나 모든 사실을 알고 있는 유모의 낯빛은 왕과 비슷했다. 안타까움이나 공포는 한 줌도 찾아볼 수 없는, 얼굴 한가득 피어올라 있는 서늘한 분노. 감히 예국의 모후를 해한 자에 대한 한 점 자비 없는 온전한 분노. 그것은 앞으로 일어날 파란과도 같은 일들을 예감하는 것과 다름없었다.

말할 수 없는 자와 말하는 자의 기묘한 대담이 끝을 바라보고 있을 때 밖에서 내관의 다급한 목소리가 그 아슬아슬한 균형을 끊어냈다.

"전하! 유가의 성운이⋯⋯."

"들어오라 해라."

내관이 말을 끝맺기도 전에 잘라낸 왕의 입가가 비틀렸다. 이미 유성운이 들이닥칠 것을 짐작하고 있었던 듯 현원의 부친이자 예국의 왕인 예정선은 유유자적하기 그지없었다. 궁녀 앞에서 몸을 낮췄던 예국의 용이 서슴 퍼런 기색을 감무리하며 몸을 일으켰다.

흰 천으로 입이 막힌 궁녀는 이제 반쯤 혼이 빠져나간 것처럼 보였다. 그런 그녀를 무심히 내려다보던 왕의 시선이 움직인 것은 유성운이 백지장보다 더 희게 질린 얼굴로 들이닥쳤을 때였다. 그는 예를 갖춰야 한다는 것도 잊은 채 궁녀와, 세자와, 왕을 번갈아 바라봤다. 그리고 바닥에 점철된 핏자국까지.

"하핫! 그래, 친우가 왔구나."

"저, 전하⋯⋯ 이것이 대체⋯⋯."

"아. 저것 말인가. 과인이 드디어 중전의 한을 풀어줄 때가 온

게지…… 기실 이도 늦지 않았는가. 중전이 얼마나 원통히 울고 있을지…….”

“설마…… 전하…….”

“그래. 자백했다. 진가의 장자가, 사주했다더군.”

그 말에 유성운이 충격을 감추지 못하고 비틀거렸다. 핏기마저 사라진 얼굴은 금방이라도 정신을 놓을 것만 같았다. 그러나 그는 버텨냈다. 휘청이는 몸을 가까스로 바로잡으며 그는 왕이자 친우 앞에 바짝 엎드렸다.

“전하.”

“왜 그러느냐. 친우 사이에 이리 격을 차리다니. 민망스럽구나.”

그러나 던져지는 말과는 달리 예정선의 얼굴에는 서늘한 기운만이 가득했다. 그것을 미처 보지 못한 채 성운은 다급히 입을 열었다.

“소신, 유가의 이름을 걸고 기필코 진가를 잡아들이겠나이다. 전하, 소신이…… 진가의 피를 중전마마의 무덤에 바치겠나이다. 하니…….”

다급히 말을 이어나가던 유성운은 덜컥 제 어깨를 잡아오는 아귀힘에 입을 다물었다. 얼마나 힘을 준 것인지 예정선의 손등에 푸른 핏줄이 도드라졌다. 왕은 끓어오르는 분노를 애써 누르며 몸을 낮춰 바닥에 엎드려 있는 제 충신이자 친우와 시선을 맞췄다. 그러나 두 눈에 선연히 박혀 있는 노기를 전부 지워내지 못해, 유성운은 왕의 말을 예감하며 눈을 감았다. 감기는 눈꺼풀을 따라 눈물이 뚝, 떨어져 내렸다.

“유가와 왕가는 쌍생이라 해도 손색이 없을 관계이다. 그렇지 아니한가."

"……예, 전하."

"그대의 여식이 세자와 연배가 맞지 않던가. 하니 짝을 지어주어 오랜 세월 떨어져 있던 것을 본래대로 되돌리는 것이 마땅치 아니하겠는가."

"전하."

"하여 감히! ……감히, 왕가에 검을 겨누는 역적들을 처단해야 하지 않겠는가. 그렇지 않은가, 성운."

유성운은 답하지 않았다. 아니, 답하지 못했다. 제 손등에 뚝, 떨어져 내리는 옥루에 그는 그만 이 모든 것이 이미 되돌릴 수 없는 방향을 향해 내달리기 시작했음을 직감했다. 왕은 사대부를 전부 도려내려 하고 있었다. 예국을 지탱하는 기둥 하나를 뽑아내어 그것을 중전의 무덤가에 바치고자 왕은 그렇게 검을 뽑아들고 있었다.

분노(忿怒)한 예국의 용이 오열했다.

그것이 자신마저 베는 것인 줄 알면서도.

❀

"전하. ……전하."

현원은 저를 부르는 소리에 상념에서 깨어났다. 그가 눈을 뜨자 어의는 그제야 안도에 찬 표정으로 말을 이어나갔다.

"혹 어디 불편하십니까."

"……아니, 아니다."

현원이 미간을 찌푸리며 답하자 어의는 고개를 갸웃거리면서도 순순히 뒤로 물러섰다. 침을 놓기 위해 임시로 친 발을 걷어내자 허리를 꼿꼿이 세운 채 앉아 있는 소율대비의 화려한 머리 장식이 가장 먼저 모습을 드러냈다. 자신이 세자이던 시절 흉흉했던 궁의 분위기는 한 줌도 담겨 있지 않은 그 화려함에 현원의 입가에 서늘한 미소가 걸렸다. 그는 몸을 일으켜 옷자락을 정돈하고는 다시 한바탕 울음을 쏟아내려는 소율대비를 향해 축객령을 내렸다.

　"피곤하니, 이만 자리를 비켜주시지요."

　평소와는 다른 기색에 분을 곱게 바른 소율대비의 눈가에 주름이 졌다. 그러나 그녀가 미처 입을 열기도 전에 현원은 주춤주춤 물러서는 어의에게 시선을 고정한 채로 말을 이었다.

　"어마마마. 소자, 잠을 좀 청하고자 합니다. 하니 어의에게 상을 내리는 것은 어마마마께 맡겨도 되겠습니까."

　"그…… 래, 쉬세요. 이런, 피곤할 법합니다. 이 어미는 신경 쓰지 마시고, 옥체를 생각하세요, 주상."

　"알겠습니다."

　어의와 함께 방을 나서던 소율대비는 갑작스레 멈춰선 뒤 뒤돌았다. 그러나 여전히 그녀의 눈 안에 가득 들어오는 것은 제 비위를 맞추느라 속에도 없을 '어마마마'를 읊조리는 예국의 허수아비 왕뿐이었다. 그녀는 등 뒤로 닫히는 문을 다시 한 번 돌아보았다가 고개를 내저으며 걸음을 옮겼다.

　그럴 리가.

　예국의 왕은 자신의 손안에 있다 그리 믿는 소율대비는 제 생각이 지나쳤다 자조하며 고개를 한 번 더 내저었다.

그럴 리가.

눈앞에서 닫힌 문을 한참 바라보던 현원은 한 손으로 이마를 짚었다. 의원이 거짓으로 늘어놓던 병들이 정말 몰아닥칠 모양인지 머리가 지끈거리는 것이 영 좋지 못했다. 그러나 쉴 틈도 주지 않고 다시 열린 문으로 넉살 좋은 얼굴을 하고 있는 운사가 들어섰다.

"대비마마도 참 어지간하십니다."

그 뒤를 따라 들어오는 건우는 금방이라도 운사의 입을 막고 싶은 표정이었으나 행동으로 옮기지는 않았다. 그 뒤를 따라 수명의 궁녀들이 수십 권은 될 법해 보이는 책을 차곡차곡 방 안에 쌓아놓았다.

순식간에 소율대비가 들이닥치기 전 상태로 되돌아간 방 안을 둘러보던 현원은 손을 뻗어 가장 먼저 잡히는 책을 들어올렸다.

"쓸모없는 소리는 그만 듣고 싶으니 그 입, 닫치거라."

그리고 그는 어깨를 으쓱이는 운사의 모양새에 낮게 혀를 찬 뒤 책을 읽기 시작했다.

방 안에 다시, 고요가 내려앉았다.

현원이 다시 입을 연 것은 무려 한 시진이 넘게 지난 뒤였다.

"……맹랑한 글이다."

예국의 왕, 현원의 중얼거림에 질린 표정으로 한구석 가득 쌓여 있는 책 더미를 바라보던 운사는 제 주인을 향해 고개를 돌렸다. 그 옆에 나란히 서서 무념무상으로 시간을 흘려보내던 건우역시 눈동자만을 움직여 왕을 응시했다. 갑자기 관심이 집중되면 반응이 있을 법도 하건만 둘의 시선에는 아랑곳하지 않은 채 현원은 비릿하게 웃었다. 그 모습은 유쾌한 듯도, 불쾌한 듯도 보여서 운사는 괜스레 시선을 떨궜다. 자신의 주군이 저런 미소를 지으면 뭐가 됐건 일이 터진다는 것을 이미 오랜 경험을 통해 체감한 탓이다.

그리고, 당연한 말일 테지만, 이번에도 예외는 없었다.

현원은 여전히 책장에 시선을 고정한 채로 제 책사를 호명했다.

"운사."

혹시나 했더니 역시나로군.

저를 부르는 목소리에 운사는 재빨리 자신에게 맡겨진 일들을 손꼽았다. 당장 며칠 내로 해결해야 하는 서류가 세 개, '밖'의 일이 두 개가 있었다. 그것들만 해결하려 해도 며칠 밤은 제대로 잠도 자지 못할 것이다. 이 상태에서 또 무슨 일이 주어지려나. 한숨이 나올 것 같은 기분을 느끼며 운사는 고개를 숙였다.

"예, 전하."

"과인에게 가져오기 전에 이 책들을 전부 읽어보았느냐."

현원의 말에 운사의 눈썹이 위로 치켜 올라갔다. 그는 무언가 불만스러울 때면 종종 그런 식으로 제 기분을 드러냈다. 왕의 물음은 단순했지만, 이미 답이 정해져 있었기에 운사에게는 무언가 뜻하는 바가 있을 것 같기는커녕 치사하게 느껴질 뿐이었다.

다 읽어보았느냐니. 그것은 아무리 책이라면 사족을 못 쓰는 운사에게 하는 것이라 할지라도 과한 질문이었다. 한두 권이라면 말도 하지 않는다. 그러나 세상을 알기 위해선 세상의 생각을 알아야 한다며 하루가 멀다 하고 세책가를 뒤져 새로운 책들을 거 둬들이는 왕이 하루에 읽는 것만 하녀라도 수십 권에 달했다.

범인(凡人)의 수준은 아니었다. 오래전부터 운사에게 왕은 인 간의 범주에서 벗어나 있는 존재였다. 인간이 어찌 그 범주를 벗 어난 자를 뒤쫓는단 말인가. 왕의 독서량을 따라가기 위해선 잠 은커녕 하루를 두 배로 늘려 달라 신께 기도라도 해야 가능한 일 이었다. 온전히 하루를 책에 할애한다 하더라도 그렇단 이야기였 다.

그러나 운사, 그가 누구인가. 비공식적으로나마 왕의 책사이자 오른팔이 아니던가. 할 일은 또 얼마나 많고 처리해야 할 사건은 또 왜 그리 하루가 다르게 쌓여만 가는지.

다섯 개. 운사는 다시 며칠 내로 처리해야 하는 큼지막한 일의 개수를 속으로 헤아렸다. 하나를 끝내면 하나가 쌓이니 끝이 있 을 터가 없다. 그렇게 일을 처리하다 보면 하루에 책을 수십 권은 커녕 한 권도 제대로 읽지 못하는 날이 수두룩했다.

그러니 이는 절대 자신의 능력 부족이 아니었다.

자신은 인간이고 왕은 괴물이었다. 인간이 무슨 수로 괴물을 따라잡는단 말인가. 그것도 책 괴물을. 운사는 그렇게 생각하며 이를 득득 갈았다.

헛소리 좀 그만 지껄이시라 쏘아붙이고 싶었지만, 그러나 상대 는 왕이었다. 비록 대왕대비의 힘에 눌려 숨을 죽이고 있다 치더 라도 공식적인 천하의 주인을 앞에 두고 변명을 늘어놓을 만큼 머리가 없진 않았기에, 그는 얌전히 양손을 모으고 고개를 조아 렸다.

"송구합니다. 신의 능력이 부족하여 전부 읽지는 못하였나이다."

불만이 가득 담긴 목소리로 운사가 대답하자 왕은 여지없이 눈살을 찌푸렸다. 그러나 그의 표정은 화가 났다기보다는 즐거워한다는 느낌에 더 가까웠다. 그는 금방이라도 웃음이 새어나올 듯한 입꼬리를 비틀어 올린 채로 대답했다.

"나는 그대가 꽤나 유능하다 생각했는데 그렇지도 않은가 보군."

"……더욱 정진하겠나이다."

당장에라도 제 멱살을 잡고 싶다는 표정으로 순순히 고개를 숙이는 모습에 결국 현원은 참지 못하고 씩 웃었다. 그러나 더 놀렸다간 제 책사가 화병으로 드러누울지도 모르니 놀이는 여기까지 해야 했다. 그는 손을 휘저으며 귀찮다는 양 말했다.

"되었다. 그 나이에 정진한다 해서 얼마나 나아지겠느냐. 그보다는 이 책을 쓴 자를 찾아와라."

"……예?"

왕의 명령에 되묻는 운사의 얼굴에는 의아함이 떠올라 있었다. 약관의 나이에 장원을 할 정도로 뛰어난 인재인 자신을 어디 시정잡배마냥 취급하는 현원의 말은, 그가 던져준 기가 막힌 명령에 이미 머릿속에서 지워진 지 오래였다.

"어째서 과인의 수족들은 하나같이 같은 말을 반복해 줘야 알아듣는지 도저히 그 연유를 모르겠군."

현원은 단숨에 알아듣지 못하는 제 책사를 향해 혀를 찼다. 그러고는 평소 그의 행실치고는 꽤나 친절하게도 반쯤 읽고 있던 책을 덮어 표지 위에 적힌 제목이 잘 보이도록 들어올렸다. 저잣거리에 돌아다니는 잡서들이 그러하듯, 책의 상태는 씩 좋지 못했으나 그렇다고 해서 제목을 읽지 못할 정도는 아니었다. 그러나 역시 특이하지도 않았다. 다른 누구도 아닌 왕이 들고 있으니 시선이 갔을 뿐이지, 그저 천지에 널린 잡서 중 한 권일 뿐이었다.

운사는 대체 왕이 무엇을 보라고 하는지 모르겠다 생각하며 미간을 좁혔다. 찬찬히 훑어보아도 어느 하나 시선을 사로잡는 부분이 없는 잡서였다. 책도, 종이를 겹쳐 두꺼운 표지 위에 흰 종이를 덧대어 쓰여 있는 제목도, 평범하기 그지없었다. 다만 그 필체가 잡서치고는 꽤나 괜찮다 싶을 정도였다. 저것들 전부를 뒤집어엎어도 가치가 있는 것이라고는 필사가 한 명뿐일 터였다.

그러나 현원은 필체에는 전혀 관심이 없어 보였다. 그는 그저 평범한 제목을 손가락으로 쿡쿡 찌르며 반복해 말했다.

"〈용가삼대록〉을 쓴 자를 잡아오란 말이다."

왕이 또다시 제게 농을 건다 생각한 운사는 한숨 섞인 대답을 뱉었다.

"송구하오나 전하, 그 책은 가문소설입니다."

"그걸 누가 몰라 물었더냐?"

반문하는 왕의 목소리에는 운사의 예상과는 달리 조금의 장난기도 섞여 있지 않았다. 그제야 운사는 왕이 진심이라는 것을 깨달았다. 그는 진심으로 저 잡서를 쓴 자를 제 앞에 대령하라 말을 하고 있는 것이었다.

"전하…… 예국의 지엄하신 주인께옵서 한낱 잡서를 쓴 자를 만나시다니요. 천부당만부당한 말씀입니다. 부디 명을 거둬주시옵소서."

"잡서라. 과인은 이것이 가문소설이라 생각했는데, 어찌 잡서라 하느냐?"

운사는 드디어 제가 모시는 왕이 미쳐 버렸다는 생각을 할 수밖에 없었다. 가문소설이 왜 잡서냐니. 이건 무슨 이유도 의미도 알 수 없는 질문이란 말인가? 운사는 왕이 대비와의 암투에서 지쳐 버린 것은 아닌가 걱정하면서도 차마 대놓고 미치셨느냐 묻지는 못하고 빙 돌려 말했다.

"전하, 송구하오나 경전 외의 사사로운 얘기를 적은 것들은 그저 가벼운 유흥으로 읽혀지는 것으로 가치가 없는 것들이옵니다. 그것을 쓴 자들조차 하늘 아래 당당히 나서지 못하여 제 이름조차 밝히지 않고 내지 않습니까. 한데 어찌하여 그것을 쓴 자를 만나겠다 하시는지요."

"쯧. 하면, 그대는 어째서 과인이 하루 종일 이런 잡서들을 들여다보고 있다 생각했느냐. 유유자적 시간이나 흘려보내기 위해서?"

"그러한 말이 아니옵고……."

"하하. 아무리 과인에게 열여덟에 장원을 한 유능한 책사가 있으면 무엇할까. 우물 안이 세상이라 여기는 것을. 나 역시 이것들이 잡서라 불린다는 사실을 잘 알고 있다. 네 말이 맞을지도 모르지. 이것을 쓴 자는 아무런 생각 없이 그저 돈 한 푼이나 더 벌어 보기 위해 알량한 글재주를 팔아넘긴 것일지도 모를 일이다. 하나, 운사. 그대에게 명령에 불복할 권한이 있었느냐."

운사는 왕의 기분이 나쁘다는 것을 깨닫고 고개를 숙였다. 그

러나 그가 누구이던가. 왕의 하나뿐인 책사이자 성정이 제멋대로
인 왕의 밑에서 수년을 넘도록 보좌해 온 인물이지 않은가. 운사
는 여기서 더는 일을 늘릴 수 없다 굳게 다짐하며 주먹을 꾹 말아
쥐었다. 일이 더 늘어난다면 왕이 제대로 된 왕좌에 오르기 전에
요절할 게 분명했다. 그는 현원이 왕인 예국에서 살고 싶은 것이
지, 그것을 보기도 전에 죽고 싶지는 않았다.

"망언을 했나이다. 하면 보름 후에 찾아보겠나이다."

"보르음? 하하. 선왕의 철퇴를 맞고 어딘가로 숨어버린 유(諭)
가도 찾지 못하고, 잡서를 쓴 작가도 찾지 못한다니. 용이 승천하
지 못하여 거북을 들였거늘 거북이 제 몫을 하지 못한다면 그것
은 그저 짐이지 않은가. 아니 그런가, 운사?"

이번에는 현원의 말을 제대로 머릿속에 입력한 운사의 표정이
와그작 구겨졌다. 왕의 말에 자존심이 강한 그가 울컥 화를 내려
는 것을 말린 것은 건우였다. 그는 언제나와 같은 왕과 운사의 투
닥거림을 언제 끊어야 할지 그 누구보다 잘 아는 사내였다. 그리
고 운사의 목숨 줄을 최대한 길게 늘여주고 있는 은인이기도 했
다.

빠르게 제 옆구리를 파고든 건우의 팔꿈치에 운사는 짧은 비명
조차 내지르지 못한 채 하얗게 질린 얼굴로 숨을 들이켰다. 그
틈을 타 그가 앞으로 한 발 나서며 운사 대신 대답했다.

"그럴 리가 있겠습니까. 운사가 요 며칠간 그 일로 인해 피로해
그럴 것입니다."

운사의 유능함을 돌려 말하기 위해 애를 쓰는 건우의 노력에
현원은 웃음을 삼켰다. 우직한 그는 이런 식으로 대화하는 것에

인당수에 핀
연꽃송이

영 서툴렀고, 서툴다는 것이 너무 눈에 잘 보였다.

"아아. 그 일 말이로군."

"예 전하. 그러나 그 일 역시 삼분지 일이나 기간을 단축시키지 않았습니까."

"그렇긴 그러하지."

"그러니 며칠의 말미를 주십시오. 운사가 일이 많아 바쁘다면, 부족하나마 소신이 반드시 전하께서 원하는 것을 반드시 찾아내 바치겠습니다."

바로 한 발 뒤에서 자신을 원망스럽게 노려보고 있는 운사의 시선이 전혀 느껴지지 않는다는 듯 태연스레 말한 건우는 현원이 내민 책을 받아들었다.

〈용가삼대록〉.

저자는커녕 언제 쓰여졌는지조차 알 수 없는 책을.

이야기를 마치자 왕은 무심한 표정으로 제 앞에 서 있는 충신 둘을 보며 말했다.

"무엇 하느냐?"

그 물음의 의미를 깨닫지 못한 운사와 건우의 얼굴에 의아함이 스쳐 지나갔다. 평소 이럴 땐 운사가 눈치 빠르게 현원의 속내를 읽어냈지만, 오늘은 그도 정신이 없는지 그저 얼빠진 얼굴로 서 있을 뿐이었다. 시간이 흘러도 둘이 움직일 생각이 없어 보이자 현원은 혀를 찼다. 그는 두툼한 비단 보료에 몸을 기댔다. 물 흐르듯 유려하게 손을 뻗어보지도 않은 채로 무엇인지도 모를 책을 한 권 집어든 그는 책장을 휙휙 넘기다 자세히 명령을 내렸다.

"볼일이 다 끝났으면 어서 나가보거라. 해야 할 일이 산더미라

들었는데, 여유를 부릴 만큼 시간이 남아돈다면 일을 더 주랴?"

그제야 운사는 왕이 축객령을 내렸다는 것을 깨달았다. 그늘의 주군은 훌륭했으나 너무도 얄미웠다. 운사는 당장 가자마자 처리해야 할 일들의 우선순위를 떠올렸다. 가장 급한 것들만 처리해도 며칠간은 제대로 잠도 자지 못할 것이 분명했다. 미적거리다 여기서 더 일을 늘리는 것은 정말이지 사양이었기에, 그는 냉큼 대답했다.

"그럴 리가 있겠습니까. 그럼, 부디 옥체 강녕하게……."

"네놈이 굳이 걱정해 주지 않아도 과인의 옥체는 지나칠 정도로 건강하니 쓸데없는 미사여구는 집어치우거라."

"……여부가 있겠습니까."

결국 오늘도 백기를 집어든 운사가 재빨리 고개를 숙이고는 건우를 질질 끌고 방을 나가 버렸다. 조금이라도 지체했다간 정말 일이 두 배로 늘어날 것임을 잘 알고 있었기에 그의 걸음은 잽쌌다. 문가에 발이 닿자마자 밖에서 자동으로 열린 문은 둘이 빠져나가자 조금의 지체도 없이 닫혔다.

넓다면 한없이 넓게 느껴지는 방 안에 홀로 남겨진 현원의 손에서 가치 없는 책이 기다렸다는 듯 툭 떨어졌다. 지독히도 고요한 공기를 가르고 어그러진 책 귀퉁이가 구석으로 처박혔다. 그러나 그쪽으로는 한 줌의 관심도 주지 않은 채 현원은 고개를 돌렸다. 방금 전까지만 하더라도 웃음기 가득한 얼굴로 운사를 놀려대던 현원 대신 그곳에는 서늘하게 가라앉은 시선으로 창밖을 응시하는 예국의 왕만이 존재했다.

창을 통해 곧바로 보이는, 세자가 머무는 곳과 쌍둥이인 양 똑 닮게 생긴 또 하나의 건물. 그것을 응시하던 왕의 눈동자가 짙어 졌다.

"유(諭)가라."

현원은 나지막하게 그리운 이름을 중얼거렸다. 생각하지 않을 때는 기억 속에서 잊은 채로 그저 지냈지만, 입 밖으로 내뱉자 그리운 것처럼 느껴지는 것 같기도 했다. 방 안을 채운 것은 고작 수십 권의 책들뿐이라, 그의 목소리는 공허하게 허공을 맴돌다 사라졌다. 그러나 그 짤막한 한마디에는 차마 입 밖으로 내뱉지 못할 수십 가지의 이야기가 존재했다.

유(諭)가.

예로부터 왕권이 신권에 미치지 못한 예국에서 대대로 용왕에게 바치는 제사를 맡는 제사장을 배출해 온 가문인 유가의 권세는 막강했다. 왕가를 수호하기 위해 용왕이 보냈다는 용왕의 수족이 시초로 알려져 있는 유가는, 그러나 언제나 왕의 편은 아니었다. 적어도 겉보기에는 그렇게 보였다.

그들은 어떤 때는 왕과 결탁해 양반들이 숨조차 제대로 쉬지 못하고 바닥에 납작 엎드리게 만들었고 어떤 때는 양반과 결탁해 왕을 그저 허수아비로 만들며 예국의 두 번째 왕인 양 위세를 떨쳤다.

그렇게 될 수 있었던 이유는 여러 가지였으나, 그중에서도 민심 (民心)이 천심(天心)인지라 무지한 백성들에게 있어서 왕보다 용왕이 더욱 신성하게 여겨졌기 때문이라는 것이 정설이었다.

자리는 하나인데 앉을 자는 둘이라. 그것만큼 거슬리는 것은 또 없을 터였다. 그래서일까. 선왕은 일평생 그 굴레를 끊어내기 위해 노력했다. 당대 유가의 가주이자 제사장인 유성운과 둘도 없는 친우였으며 현명했다 알려진 선왕, 영조대왕의 지세는 그 어느 때보다 왕권이 강력해 하늘을 찌를 만큼 높은 시기였다. 한 손에는 대신들을, 다른 한 손에는 제사장을 손에 쥔 그를 당해낼 자는 아무도 없었다.

그렇기에 선왕은, 제정일치를 꿈꿀 수 있었던 것일지도 몰랐다. 그것이 곧 파멸의 구렁텅이로 떨어지는 선택이었을지라도, 선왕의 위세는 그만큼 강하고 또 거대했었다.

"그리운 이름이군."

현원이 아는 것은 그리 많지 않았지만, 당시에 일어난 사건들 만큼은 확실히 알고 있었다. 한때 직계, 혹은 방계에 존재했던 유가의 여식 둘 중 한 명이 왕가의 사람이 될 뻔했다는 것. 그리고 유성운이 강력하게 그것을 반대했다는 것. 그에 선왕이 소율대비와 거래를 해 유가를 몰아냈다는 것.

그 사건은 당시 예국 전체가 들썩였을 정도로 어마어마했다. 수십의 유생들이 곡기를 끊고 차디찬 돌바닥에 이마를 찧었다. 백성들은 용왕이 노할 것이라 걱정하며 무엇을 하건 버릇처럼 연신 하늘을 올려다보았다. 그러나 구멍 뚫린 둑에서 물이 쏟아지듯 한번 시작된 일은 단숨에 밀어닥쳤다. 연쇄작용을 일으키듯 하나를 건드리자 연달아 쏟아져 내려서, 종국에는 선왕마저 어찌 할 도리가 없었을 정도였다. 그 정도로 당시의 상황은 그야말로 혼비백산이었다. 그리고 그 혼란 속에서, 자신은 그 작은 손을 놓아야만 했다. 너무 어린 시절이라 이름이 기억나지 않는. 그러나 새까만 머리칼에 웃으면 반달로 접히던 눈을 가진 아이의 얼굴을 그는 아직도…….

❋

"왜 그러느냐."

조용한 물음에 멍하니 앞을 바라보던 세자, 현원의 고개가 들어 올려졌다. 예국의 37대 왕이자 예국 제일의 태평성대를 이끌어내었던 예정선은 금방이라도 쓰러질 듯 위태로워 보였다. 푹 꺼진 볼과, 짙게 새겨진 피로가 근래에 있었던 거대한 사건이 얼마나 왕에게 큰 타격을 주었는지 짐작케 할 뿐이었다. 고작 어린아이일 뿐인 세자는 이번에도 무어라 위로의 말 한마디 꺼내지 못한 채 고개를 숙였다.

"아니옵니다."

"전하, 유가의 성운이 당도했다 하옵니다."

작은 세자의 목소리는 옆에서 유성운의 등장을 알리는 내관의 목소리에 묻혔다. 예정선의 고개가 오른쪽으로 움직였다. 온갖 생명이 만개하는 그날, 푸르름을 헤치며 걸어오는 사내는 여전히 꼿꼿하고, 조금은 슬픈 듯 웃고 있었다.

"이런. 과인의 오랜 친우가 왔구나. 그래, 그 아이도 왔더냐."

왕의 중얼거림에 자리에 초대될 수 있을 정도의 지위를 가진 대신들의 안색이 굳었다. 아무리 친분이 깊다 하나 대신들과 함께하는 자리에서 공공연히 '친우'라 칭하는 연유를 모를 리 없었다. 내관은 싸하게 내려앉는 분위기에 애써 헛기침을 하며 다시 제왕에게 고해 올렸다.

"예, 전하. 유가의 청 역시 입궐을 명하였습니다."

"그래…… 저기 보이는구나. 고운 아이로고."

왕의 작은 중얼거림에 현원의 고개도 그쪽으로 향했다. 몸집이 자그마한 세자는, 목을 쭉 뺀 뒤에야 난간 너머에서 종종걸음으로 걸어오는, 자신보다 더 자그마한 아이를 볼 수 있었다. 종종머리 끝의 붉은 댕기가 가장 먼저 시선을 사로잡았다. 사실, 그것밖에 보이지 않았다는 표현이 더 정확했다. 아이는 제 아비의 뒤에 쏙 숨어 있었으니 말이다. 그 자그마한 아이의 행동에 웃음이 나올 법도 하건만, 전각 위의 분위기는 풀릴 생각을 안 했다. 그 중심에는 영의정, 진허원이 있었다.

"왔는가."

"명을 받자와 입궐하였나이다."

전각의 아래에 멈춰 선 채 정갈히 예를 갖추는 유성운의 모습에 왕은 웃음을 흘렸다. 그는 천천히 전각 아래로 내려서 유성운의 양어깨를 붙잡아 고개를 숙이고 있는 그를 일으키며 말했다.

"하하. 친우 사이에 그리 서운히 말하지 말게나. 그래, 이 아이가 도성 내에서 소문이 자자한 유가의 꽃이로군."

"과한 말씀이시옵니다. 청아, 예를 갖추어라."

제 아비의 말에도 아이는 나올 생각을 안 했다. 옷자락을 붙든 손이 파르르 떨리는 것이 겁에 질려 있음을 짐작케 할 뿐이었다. 그런 아이의 모습에 당황한 유성운이 재차 재촉하자 그제야 아이가 천천히 모습을 드러냈다. 자그마한 아이는, 덜덜 떨리는 손으로 간신히 치맛자락을 움켜쥐고는 수십 번 연습했을 예를 갖추는 데 성공했다.

인당수에 핀
연꽃송이

"유…… 유가의 청이 전하를 뵙습니다."

그 떨리는 목소리에 세자의 시선이 아이에게로 한 번 가 닿았다. 푸른 물빛을 닮은 저고리가, 그보다 더 짙푸른 치맛자락이 아이에게 썩 어울린다는 생각이 들었다. 바다를 나타내듯 물결치는 머리 장식에 시선을 빼앗겼다 싶을 때 아비의 옷자락에서 내쳐져 갈 곳 없는 손이 우왕좌왕 치맛자락만을 오가는 것이 눈에 밟혔다.

그래서일 터였다.

"하핫. 이런, 세자는 이 아이가 마음에 드나 보구나."

왕의 말에 청은 제 앞에 불쑥 내밀어진 옷자락이 세자의 것임을 알 수 있었다. 붉디붉은 옷자락은, 제가 부여잡았던 아비의 것과는 그 색이 완연히 달랐다. 그러나 고개를 올리자 조금은 쑥스러운 듯 시선을 비끼고 서 있는 세자가 사가에 몇 번인가 왔다는 사실을 기억해 낸 청은 답싹 손을 내어 그 옷자락을 잡았다.

"청아."

엄한 아비의 목소리에 놀란 청이 고개를 들어 올리자 잇따라 말리는 왕의 목소리가 이어졌다.

"놔두게나. 이 얼마나 보기 좋은 모습인가. 아이는 아이들끼리 놀게 하고…… 유가의 성운은 전각에 오르게. 내, 오늘…… 결정을 하였느니."

천천히 가라앉는 목소리를 뒤로한 채, 현원은 자신의 옷자락을 마치 구명줄인 양 꼭 붙들고 있는 자그마한 아이와 함께 내관에게 이끌려 걸음을 옮길 수밖에 없었다. 종종걸음으로 쫓아오는 아이는 숨이 찼는지 금세 볼이 붉게 물들었다. 그제야 제 걸음이 빠르다는 것을 눈치챈 현원이 천천히 속도를 늦추었다.

"유가에는 몇 빈 간 직이 있는데, 오늘 처음 보는구나."

"아…… 소…… 녀? 소녀는 내당에만 있어서……."

동글동글한 눈 사이로 고민하느라 주름을 만들어내면서도 열심히 답하는 모습에 현원은 작게 웃었다.

"그래, 몇 살이니?"

"음…… 여덟이옵니다."

"무어? 여덟?"

놀란 현원의 반문에 더 놀란 청이 그 동그란 눈을 더욱더 크게 떴다. 그러나 뒤에서 따르는 내관도 놀랐기에 현원을 탓할 수는 없는 노릇이었다. 실제로 아이는 잘 봐줘야 여섯 정도로 보일 정도로 작았던 탓이다. 현원은 금방이라도 굴러갈 듯한 그 눈동자에 저도 모르게 웃었다. 예국의 세자가 어마마마의 죽음 이후 점점 웃지 않게 되었다는 것을 잘 아는 내관이 뒤에서 소리 없이 놀라고 있다는 것을 알 리 없는 현원은, 아직도 옷자락을 움켜쥔 아이의 손을 빼내 잡으며 대답했다.

"아니다. 내 놀라게 했구나. 그래, 유가의 후원에는 잉어가 그리 많았지. 이곳에는 더 아름다운 빛깔의 잉어가 많단다. 보러 갈 테냐?"

그 물음에 아이는 제가 세자의 손을 잡았다는 것도 눈치채지 못하고 반짝이는 눈으로 빠르게 고개를 끄덕였다.

"예!"

"아, 또 맛난 다식도 있단다. 좋아하느냐?"

"다식이요?"

"그래. 좋아하느냐?"

"예, 좋아합니다. 한데 아버님께서, 폐를 끼치면 아니 된다……."

자그마한 아이가 주저하며 고뇌하는 모습에 현원은 싱글벙글 웃었고, 내관은 어떻게든 웃음을 감추려 애를 썼다. 폐라면 세자의 손을 잡은 그 순간부터 문제였다. 한데 그것은 인지도 못하고 있으면서 다식을 얻어먹는 것을 진지하게 고민하니 어찌 웃지 않을 수가 있을까. 그러나 내관이 기쁜 이유는 따로 있었다. 중전마마께서 불미스럽게 눈을 감은 지 올해로 이 년째. 그 기간 동안 점차적으로 세가 깎여 나가는 세자가 이리도 밝게 웃으니 기분이 좋지 않을 리가 없었다.

"하면 이러면 어떠하냐. 다식을 너무 많이 만들어 내 다 먹을 수가 없으니 도와주련?"

자그마한 거짓말에, 어린아이는 쉽게 속아 넘어왔다. 그럼에도 아직 갈등이 가시지 않은 표정으로 아이는 고개를 들어 올려 현원을 마주보며 물었다.

"그리해도…… 될까요?"

"그럼. 자, 가자꾸나."

"예!"

그러나 그날 잡았던 자그마한 손의 주인이 세자빈이 될 것이라 말을 들었을 때의 기쁨은 고작 이 주를 넘지 못했다.

❀

"이런……."

현원은 생각이 제멋대로 흘러가 저 먼 과거까지 떠내려가기 전에 고개를 흔들어 그것을 떨쳐냈다. 오늘처럼 가끔 유가에 대한 일을 떠올려야 할 때면 그 아이에 대한 것도 함께 떠올랐다. 그러나 생각해 보았자 별수 없는 일이다. 유가의 여식들은 그 일이 있고 얼마 지나지 않아 모두 죽었다고 알려졌으니 말이다.

그는 두통에 눈살을 찌푸렸다. 어의의 진단대로 이 두통이 심리적인 것에 기반하고 있음을 모르는 바는 아니었지만, 그렇다고 해서 마음대로 어떻게 할 수 있는 것도 아니었기에 그저 참는 수밖에 없었다.

그는 미간을 꾹꾹 누르며 주위를 휘 둘러봤다. 어수선하게 쌓여 있는 책 더미들 덕분에 시야가 영 깨끗하지 못했다. 필요에 의해 읽는 것들이었지만 가끔 이렇게 그를 답답하게 만드는 것 역시 책이었다. 현실을 비추는 거울이나, 절대 현실은 되지 못하는 그저 허구의 덩어리를 뭉쳐 놓은 것들. 그것들을 보고 있자니 제 모습을 그대로 옮겨놓은 것 같았다.

부정적인 방향으로 흐르기 시작하는 상념에 현원은 낮게 혀를 차며 입을 열었다.

"게 누구 없느냐."

왕의 말이 떨어지기가 무섭게 나지막한 목소리가 대답했다.

"예, 전하."

몇 년 전부터 조심스럽게, 한 명 한 명씩 대왕대비 측 사람들을 빠짐없이 갈아치웠기 때문에 현재 동궁 안에는 오직 그의 사람뿐이었다. 덕분에 아직 승천하지 못한 용은 동궁에서나마 마음 놓고 숨을 쉴 수 있었다.

그는 명령을 하기 전, 한 번 더 주위를 훑었다. 아직 보지 못한 책이 산더미였지만, 이 두통을 가라앉히는 것이 우선이었다. 그는 미처 내뱉지 못한 한숨을 입안으로 삼켜내며 입을 열었다.

"책들을 내가거라. 그리고 차를 내오너라. 머리가 아프구나."

"예, 전하."

한 치의 흔들림도 없는 대답을 들으며 그는 눈을 감았다.

과거로 뻗어나가려는 기억과, 현실로 되돌아오려는 의지가 서로 맞붙으며 머릿속을 복잡하게 만들고 있었다.

그래서일까. 신경이 거슬릴 정도로 지끈거리는 두통은 영 가라앉을 생각이 없어 보였다. 대외적으로 병자처럼 보이기 위해 항상 펴놓는 보료에 비스듬히 몸을 기대며 그는 그렇게, 한동안 눈을 뜨지 않았다.

이번에도 건우의 도움으로 목숨을 건졌음에도 불구하고 동궁의 내당을 벗어난 운사의 얼굴은 잔뜩 우그러져 있었다. 얼마나 기가 막혔으면 언제나 곱씹듯 눈에 새기던 동궁의 풍경도 오늘만큼은 휙휙 스쳐 지나갈 뿐이었다. 평소라면 왕의 자리에 올랐음에도 세자 취급을 받으며 동궁에서 기거하고 있는 주군의 처지에 비통함과 원통함으로 눈물을 찍어내곤 했지만 지금은 달랐다. 눈물은커녕 현재 운사의 두 눈은 억울함으로 번뜩이고 있었다.

"전하께서 드디어 미치신 게야. 그렇지 않고서는 이 상황을 설명할 바가 없어. 가문소설을 쓴 자를 잡아오라니!"

"운사."

경고하듯 낮고 굵은 건우의 부름에 운사는 미간을 좁혔다. 방금 전까지 같은 장소에 있었음에도 건우의 반응은 운사의 예상을 벗어나지 않았다.

자신은 왕의 책사이자 오른팔이었으니, 호위대장 격인 건우는 따지고 들자면 왼팔이나 다름없었다. 그렇다면 이왕 한쪽 팔씩 나눠 맡은 김에 짝짜꿍이 맞으면 좋을 텐데 평생을 검만 휘두르는 것밖에 모르고 살아온 건우는 갓 베어놓은 나무토막처럼 뻣뻣하기 그지없어서 이런 순간에도 그저 충신이었다.

그래도 가끔 필요할 때면 허를 찌르는 말을 뱉는 걸 보면 영 맹탕은 아닌데. 그런 생각을 하며 운사는 제 옆에서 걷는 친우를 바라봤다. 방금 전에도 왕과 능청스럽게 대화를 주고받지 않았는가. 그것이 평상시에도 좀 튀어나오면 얼마나 좋을까.

운사는 건우를 빠릿하게 만들 만한 괜찮은 방법이 없나 생각하다 이내 고개를 내저었다. 십 년을 넘게 봐왔지만 저 성품은 타고난 것인지 고쳐지지도 않았다. 고쳐지기는커녕 매해 지날수록 더 심해지는 것 같기도 했다. 하기야 그러하니 무과에서 장원을 하고도 출세는커녕 이리저리 치이기만 했었겠지만. 그는 불퉁한 표정으로 말을 이었다.

"유(諭)가는…… 그래. 전하께서 그것에 대해 내게 무어라 하시건 나는 할 말이 없어. 몇 년이 지나도록 꼬리도 잡지 못한 건 내 능력이 부족한 것이니 말이야. 하지만 잡서를 쓴 자를 찾아내라 하시다니! 안 그래도 해야 할 일이 산더미 같은데 잡서라니! 대체 이까짓 것이 지금 무슨 도움이 된다고!"

운사는 건우의 손에서 빼앗아든 책을 빠르게 넘기며 입을 삐죽였다. 그의 잇새에서 '역시나'라는 말이 작게 새어나왔다.

제목도 그랬지만 역시 필체는 볼만했다. 잡서를 쓰기에는 조금 아깝게 생각될 정도였다. 그러나 그 내용은 뻔했다. 가문 내에서 권력 다툼이 일어나고, 첩과 본처 사이의 팽팽한 알력다툼이 책 안 가득할 것임은 굳이 읽지 않아도 짐작이 가능했다. 괜히 그것 들을 잡서라 부르겠는가. 결국 신변잡기식의 이야기들이 이것저 것 섞여 있을 게 분명했다.

운사는 빠르게 첫 페이지를 훑어 내렸다. 역시나 첫 시작은 '아 무개 마을에 용가라는 지체 높고 역사가 깊은 가문이 하나 있었 는데……'라는 상투적인 문구였다. 수없이 많은 잡서들과 다를 바 가 없었다. 혹시나 싶었지만, 역시나 의미도 가치도 없는 잡서라 생각하며 운사는 못마땅한 표정을 지었다.

호박에 줄 긋는다 하여 수박이 된다던가. 잡서는 어찌해도 잡 서일 뿐이다.

"그대도 알지 않는가. 다른 것도 아니고 무려 가문소설이란 말 이네. 이런 건 시간이 남아나다 못해 할 일이 없는 여식들이나 즐 겨 읽는 것이야. 그걸 전하께서 매일같이 읽으신다는 것만으로도 기가 막힐 지경인데 이제는 직접 잡서를 쓴 자를 만나시겠다니!"

"전하께서 생각하신 바가 있으시겠지. 나는 전하를 믿네."

"아니…… 나 역시 그렇긴 한데…… 그래도 몰락한 양반이나 글깨나 읽는다는 평민들이 돈푼이나 만져보겠다고 휘갈겨 쓴 걸 어찌 찾아낸단 말인가."

"가문소설이라면…… 몰락 양반일 가능성이 높겠군."

건우의 추측에 시선은 여전히 책에 고정한 운사가 어깨를 으쓱 였다.

"아무래도 그럴 가능성이 높지. 문제는 그럴 경우엔 쓴 자를 찾기 너 어렵다는 거야. 쇠락했더라도 양반은 양반이라고 잡서를 쓴 걸 치욕스럽게 여길 테니 말이야."

그는 돈도 챙기고 명예도 지키고 싶어 하는, 비양심적인 작자들이 너무 많다고 투덜거렸다. 그러나 이해하지 못할 일도 아니었다. 시서화(詩書畵)도 아닌, 언문으로 된 잡서를 쓰는 것은 양반으로서 치욕스럽게까지 여겨지는 일이었으니 몸을 숨기는 것은 어찌 보면 당연한 일이었다.

잡서와 양반의 조합이라. 이미 알고 있었지만 다시금 되새겨지는 사실에 운사는 미간을 좁혔다. 두 가지가 따로 놀아도 골이 아픈데 한데 합쳐졌다면 일이 쉽게 풀릴 것이라는 기대는 버리는 것이 좋을 터였다. 제아무리 왕의 명령이라 할지라도 쉽게 찾을 수 있을 턱이 없었다. 되레 왕의 명령이라 한다면 수치스러운 일이라며 더 꽁꽁 숨어들 가능성이 높았다. 굳이 확인하지 않더라도 눈앞에 그려지는 상황에 운사는 미간을 좁혔다. 그의 입장에서는 이래저래 골치 아픈 일이었다.

이 일을 어찌 해결해야 할지 마땅한 묘수가 떠오르지 않아 눈살을 찌푸린 운사의 옆에서 조용히 걷던 건우가 입을 연 것은 바로 그때였다.

"나는 그것이 이해가 가지 않아."

"무엇이 말인가?"

"명예를 지키고 싶다면 다른 일을 하면 되지 않은가. 어찌하여 이름 석 자도 자랑스레 내보이지 못할 일을 선택하는 거지."

정도(正道)에서 조금도 벗어나지 않은 건우의 질문에 운사는 일순 말문이 막혔다. 틀린 말은 아니었다. 그러나 그것이 현실에서 백만 광년쯤 떨어진 극히 이상에 가까운 이야기라는 것이 문제라면 문제였다. 그것은 당장 배곯는 상황에서, 마지막 자존심만큼은 지키고자 하는 자들의 그 절박함을 전혀 모르기에 할 수 있는 말이었다. 그는 그제야 책에서 시선을 떼고 건우를 조용히 바라봤다.

6척은 훌쩍 넘는 제 친우는 무관 중에서도 큰 편에 속했다. 키가 크니 덩치도 있어서 그야말로 무관에 어울릴 법했다. 그러나 체격보다 그를 붓이 아닌 검을 드는 사람처럼 보이게 하는 것은 저 얼굴이었다. 짙은 눈썹에 차분히 가라앉은 두 눈동자와 주로 굳게 닫혀 있는 입매는 허리춤에 차여진 검을 날 때부터 갖고 있던 것인 양 어울리게 만들었다. 그리고 지금, 그 얼굴에는 웃음기가 조금도 섞여 있지 않았다. 건우는 진심이었다. 그가 한 번도 벼랑 끝에 내몰려 본 적이 없기 때문에 진심일 수 있는 것이었다.

건우가 무가로 이름난 최가에서 차남으로 태어나 부족한 것 하나 없이 자라났다는 것을 다시금 깨달으며 운사는 다시 책으로 시선을 내렸다. 대화를 하다가, 걸음을 걷다가 간간히 튀어나오는 사소한 차이는 그가 제 뿌리를 몇 번이고 다시 깨닫게 만들었다. 씁쓸함을 티 내지 않기 위해 운사는 괜스레 비아냥거리는 어투로 대답했다.

"사람이라는 게 원래 그런 법이야. 갖고는 싶지만 이미 손에 쥐고 있는 것을 놓고 싶어 하지는 않아 하는 법이거든."

"……어렵군."

"하아……. 항상 하는 말이지만 넌 내 아버님과 대면하게 되면 무조건 도망가라. 그렇지 않으면 분명 일각도 되지 않아서 머리끝부터 발끝까지 홀라당 벗겨질걸."

"하하! 자네 아버님은 예국이 인정하는 거상이시니 내가 아니라 다른 누구라도 그분에게는 당해내지 못할걸세."

"쯧. 나는 바로 그 점이 마음에 들지 않아. 어찌되었든 지금 중요한 건 어떻게 이걸 쓴 작자를 찾아내느냐는 거야. 생각한 바라도 있나?"

급박하게 대화의 주제가 바뀌었으나 건우는 조금도 의아해하지 않았다. 그는 오히려 작자를 어떻게 찾을 것인가에 대해 고심했다. 그러나 그것에 대해서는 건 역시 뾰족한 수가 없었다. 그렇기에 별 기대 없이 내뱉은 운사의 질문에 그는 곤란하다는 표정을 지우지 못하면서도 정공법을 내놓았다.

"세책가를 뒤지면 어떻게든……."

"불가능하대도. 이런 것들이 하루에도 수십 개는 쏟아져 나올 텐데 무슨 수로. 하나하나 다 뒤진다 치더라도 시간이 어마어마하게 걸릴 거야. 그런 쓸모없는 일에 시간을 낭비하다니, 안 될 일이지. 당장에 대왕대비와 그 가문을 상대하는 것만 해도 벅찬데, 전하께서도 대체 무슨 생각……."

투덜거리던 운사의 걸음이 우뚝 멈췄다. 그러나 그런 그를 이상하게 바라볼 사람은 없었다.

궁궐만큼 권력에 예민하게 세력이 움직이는 곳도 없어서, 대왕대비에게 권력의 추가 기울어 있는 지금 왕이 기거하고 있는 궁은 사람의 발길이 끊어진 지 오래였다. 덕분에 다른 이들에게 들킬 염려는 없었지만 그렇다고 해서 오래 머물러도 된다는 것은 아니었다. 일단 그들이 왕의 사람이라는 것은 대외적인 비밀이었으니 말이다.

몇 걸음 앞서 걷던 건우는 제 뒤를 따라오는 발소리가 들리지 않자 이내 고개를 돌렸다. 고작 몇 발 뒤에서 발이 땅에 붙은 양 꼼짝 않고 서 있는 운사의 두 눈은 경악으로 물들어 있었고 입은 다물어지지 못한 채 헤 벌어져 있었다. 얼간이 같은 표정으로 그는 방금 전까지 한 손으로 볼품없는 것을 다루듯 휘적휘적 넘기던 책을 이제는 양손으로 고이 붙든 채 빠르게 읽어 내리고 있었다. 그 모습이 썩 정상처럼 보이는 것은 아니라, 건우는 방금 전과는 달리 사뭇 걱정스런 목소리로 제 친우를 불렀다.

"운사?"

꽤 크게 불렀지만 마치 건우의 목소리는 전혀 들리지 않는다는 듯 운사는 고개조차 들지 않았다. 이제 그는 책 속으로 풍덩 빠져 버릴 것처럼 그 속에 얼굴을 파묻고 있었다.

"갑자기 왜 그러는가. 왜 그러는지 이유라도 말을……."

건우가 채 말을 끝마치기도 전에 운사가 번쩍 고개를 쳐들었다. 그의 얼굴은 이제 미약하게나마 환희로 젖어 있었다. 반짝반짝 빛이 나는 두 눈동자는 언젠가 바보 천치에 몸마저 허약하다고 소문이 파다하던 왕이 사실은 공맹자 정도는 눈을 감고 욀 정도로 영특하다는 것을 알았을 때와 엇비슷했다.

아니, 그보다 더한 것 같기도 했다.

"하. 하하! 아하하핫! 미치겠군. 역시나 전하는 천하의 제갈공명도 못 따라올 분이셔. 그럼. 그렇지. 그렇고말고. 누가 평생을 바쳐 모시겠다 맹세한 분인데. 당연히 그러해야지."

"대체 무슨 소리인가? 갑자기 왜 그러는 게야?"

"전하께서는 모든 것을 꿰뚫어보셨던 말이네!"

운사의 외침에 건우는 입을 다물었다. 말이 자꾸만 같은 곳을 빙빙 돌고 있었다. 대체 무얼 꿰뚫어봤단 말인가? 화려한 수식어구도 질색이지만, 핵심을 건드리지 않은 채 주변만 빙빙 도는 화법은 건우가 제일 싫어하는 것이었다. 그는 태생 자체가 무관이어서, 화법 역시 직설적인 것을 좋아했다.

건우가 다시 입을 열려 할 때 성큼 그에게 다가온 운사는 꼭 쥐고 있던 책을 들려주고는 의미심장한 목소리로 말했다.

"읽어보게. 찬찬히, 하나하나 음미하며 읽어보란 말이네. 나는 당장에 그 맹랑한 이야기를 쓴 자를 찾으러 갈 테니, 읽고 자네도 올 것인가 말 것인가를 결정해."

그리고 그는 건우가 채 붙잡기도 전에 발에 불이라도 난 양 빠르게 시야에서 사라져 버렸다. 그 채신머리없는 모양새에 건우는 그만 할 말을 잃고 말았다. 늙은이들에게 트집 잡히는 것이 죽어도 싫다며 예의니 범절이니 하는 것들을 달달 외워 열심히 행하던 운사를 그 누구보다 잘 알았기에, 저렇게 궁 안에서 내달리는 모습은 처음이었다.

정말이지 전하도 운사도 왜 그렇게 난리들인지 이유를 모르겠다고 생각하며 건우는 고개를 절레절레 내저었다.

그는 운사가 제 손에 욱여넣듯 쥐어주고 간 책을 훑어 내렸다. 운사가 펼쳐 놓은 책장은 중간 부분쯤이었는데, 한창 계모가 등장하는 부분이었다.

용가의 장남이 육 세가 되었을 적에, 친모는 첩의 계략으로 독을 먹어 생을 다했다. 영특한 아이는 활을 쏘기가 신궁과 같았고 검을 휘두르기가 조자룡을 능히 뛰어넘을 정도라……

몇 줄을 읽어 내리던 건우는 고개를 저으며 책을 덮었다. 이런 류의 책은 그와 영 맞지 않았다. 이내 걸음을 옮기는 그의 손에는 싸구려 종이로 엮어진 〈용가삼대록〉이 쥐어져 있었다.

❀

수룡이 똬리를 틀고 시름시름 앓으니
가재미 넙치들이 수룡의 눈과 귀를 막누나.
꽃은 지고 그 자리를 가시덩굴이 대신했으니,
바다가 시름에 잠기었도다.
청아 청아, 순결한 처녀로 바다에 뛰들어
수룡을 구하거라.

밤을 꼬박 새워 마지막 문장을 끝맺은 그녀의 두 눈은 금방이라도 잠에 빠져들 것처럼 무거웠다. 약조한 기간이 들이닥치자 한잠도 잘 수 없었지만 몸의 고단함보다 짧아진 초가 더 신경 쓰였다. 몇 자를 더 쓸 것인가, 조금이라도 잘 것인가 고민하던 그녀는 오늘 저녁에도 일이 있다는 것과, 이 초가 집에 남은 마지막이라는 사실을 깨닫고는 재빠르게 초를 껐다.

몽땅해진 초에서 문가로 고개를 돌리자 얇은 창호지 사이로 빛이 새어 들어오고 있었다. 벌써 밖이 밝아오는 것을 보아하니 잠깐이나마 눈을 붙이는 것은 포기해야 할 듯했다. 금방이나도 쓰러질 듯 피곤했지만 청은 미련 없이 잠을 포기하고 다시금 붓을 잡았다.

"누나아."

잠에서 방금 깬 듯한 사내아이의 목소리가 들린 것은 그때였다. 얼핏 흘릴 법도 했지만 글의 마지막 부분을 손보고 있던 청은 그 작은 소리를 놓치지 않았다. 조심스레 쥐고 있던 붓을 내려놓은 그녀는 치맛자락을 정돈하며 몸을 돌렸다. 몸짓 하나하나에서 여느 여염집 여인과는 다른 정갈한 분위기가 느껴졌다. 낡지만 잘 손질된 치맛자락이 뜨는 것을 한 손으로 가만히 누르며 청은 제 동생의 부름에 답했다.

"왜 그러니, 월아. 어디 아파?"

"아아니. 아프긴. 누나가 준 약을 먹으니 금방이라도 날아갈 것 같은걸. 그냥 누나 또 밤 샌 것 같아서. 밤 샜지?"

고작 여섯 살밖에 되지 않은 제 동생, 성월의 물음에 청은 발갛게 부은 눈가를 한 손으로 꾹꾹 누르며 고개를 가로저었다.

"밤을 새긴. 아니야. 방금 전에 일어났어."

그런다고 속일 수 있는 일이 아니었다. 어린 성월의 눈으로도 청이 한숨도 자지 못했다는 사실을 눈치챌 정도로 그녀는 무척이나 피곤해 보였다. 그러나 언제나 그래왔듯 이번에도 성월은 입술을 가로로 길게 늘어뜨리면서도 다시 제 누이를 타박하지는 않았다. 그렇게까지 몸을 혹사시키는 이유가 자신 때문이라는 것을 잘 알고 있으니 속이 상해도 무어라 말해야 할지도 알지 못했다.

아이는 어렸으나 적어도 제 약값이 얼마나 비싼지 정도는 알 나이였다. 말은 못해도 속상함으로 일렁이는 마음은 가라앉지 않아, 금세 붉게 달아오르는 눈동자가 금방이라도 눈물을 뚝뚝 떨어뜨릴 것만 같았다. 그럼에도 끝내 울지는 않는, 가족이라고는 하나밖에 남지 않은 동생의 속 깊은 모습에 청은 가볍게 웃으며 자리에서 일어났다.

"자아, 오늘 아침은 평소보다 일찍 일어났으니 상으로 계란을 부쳐줄까?"

청의 물음에 바닥으로 향했던 성월의 고개가 번쩍 들렸다. 아직도 붉은 기가 남아 있는 눈동자는, 아까와는 다른 이유로 반짝반짝 빛났다.

"정말? 정말로?"

"응. 정말, 정말로. 대신 아직 시간이 이르니까 조금 더 자고 있어. 오늘이 약조일이라서 잠깐 세책방에 갔다가 금방 와서 계란 부쳐 줄게. 어디 나가면 안 돼. 알았지? 아직 몸이 약하니까 저번처럼 밖에 나갔다 병이 악화되면 큰일 나."

"응. 알았어, 누나."

고개를 주억거렸지만 성월은 시무룩한 표정을 감추지 못했다. 아직 어린 나이인 아이에게 하루 종일 방에만 누워 있으라 요구하는 것은 가혹한 일이었다. 당장에라도 밖으로 뛰쳐나가고 싶다는 듯 몸을 뒤척이는 동생을 바라보던 청은 조심스레 머리맡으로 다가갔다. 몸을 굽히고 손을 뻗어 가느다란 머리칼을 쓸어내리며 그녀는 자장가를 부르듯 작은 목소리로 속삭였다.

"조금만 기다리고 있으면 누나가 엿도 사올게. 응? 그러니 한숨

더 자고 있어. 그럼 누나가 얼른 달려와 깨워줄 테니."

"참말이지?"

"그럼. 참말이지. 한 시진만 기다리고 있어."

"알았어. 한 시진."

스스로에게 다짐하듯 반복해 중얼거리는 성월의 머리칼을 쓰다듬어 준 청은 몸을 일으켰다. 그들이 살고 있는 초가집은 인가에서 꽤 떨어진 곳에 있었으니 해가 뜨기 시작한 지금 밖으로 나선다 하더라도 도착하기까진 시간이 걸렸다. 최대한 서두르자 생각하며 그녀는 문밖으로 나섰다. 주변에 있는 것이라고는 온통 나무뿐이었지만 그녀의 행동은 조심스럽기 그지없었다. 마루를 지나 건넛방으로 들어선 그녀는 버릇처럼 주위를 휘 둘러봤다. 그리고 혹여나 햇살이 창틈으로 새어들어 비밀을 엿볼 것을 염려하는 선녀처럼 조심스레 옷고름을 풀어 내렸다.

몇 분 뒤 그녀는 어딘가 주눅 들어 보이지만 여지없는 사내의 모습으로 집을 나섰다. 그녀는 걸음을 옮기면서도 버릇처럼 갓 끄트머리를 끝없이 아래로 잡아당겼다.

드문드문 보이기 시작하는 인가에 들어서자 청은 더욱 긴장하며 어깨를 움츠렸다. 겉으로 봤을 때야 영락없는 사내였으니, 뻔뻔하게 걸어간다면 아무도 그녀에게 관심을 갖지 않을 터였다. 그러나 길 위를 오가는 사람들이 자신을 보지 못하길 바라는 것 같은 그녀의 행동은 아이러니하게도 더 사람의 시선을 끌어 모으고 있었다.

"오늘도 오셨네."

"그러게 말이야. 쩌-쪽에는 산뿐이라던데, 설마하니 산속에서 사시는감. 어찌 매번 저쪽에서 오시는지 모르겠네그려."

몇몇 아낙들은 이미 청이 익숙한지 그녀가 시야에 들어오자 목소리를 한껏 낮추며 서로 숙덕이기 시작했다. 아낙들에게 있어 일주일에 서너 번 모습을 드러내는 청은 아주 좋은 이야깃거리였다. 해도 해도 끝이 없는 일감을 매일 아침 목전에 두고 있으면 이런 소소한 얘깃거리는 잠시나마 피로를 잊게 해주곤 했기에 청이 그네들의 입 위에 오르내리지 않는 날은 거의 없다 해도 무방했다.

서른은 족히 넘어 보이는 여인은 앞치마에 더러워진 손을 슥슥 문질러 닦으며 중얼거렸다.

"그거야 모를 일이지. 산속에 사시는지 산 아래에 사시는지. 그건 그렇고 선비님이 이른 아침부터 바지런도 하시지."

"아유, 저 선비님 바지런하신 게 하루 이틀 일인가. 우리 집 바깥양반은 아직도 퍼자고 있는데. 휴…… 저분 좀 닮았으면 소원이 없으련만."

"저 곱상한 외양을 닮았으면 좋겠단 말인지 바지런한 걸 닮았음 좋겠단 말인지 모르겠구만."

"아이고. 어느 쪽이건 닮아만 준다면야 내 소원이 없겠소. 한쪽만이라도 닮음 내 평생 업어 뫼시고 살지."

푸념처럼 대꾸한 다른 여인은 좀 더 젊어 보였다. 갓 스물이 넘었을까, 그녀는 어린 얼굴 한가득 피로감이 가득했다. 그 모습이 어린 나이에 부모가 골라준 사내와 혼인해 고단한 하루하루를 보내고 있음을 짐작케 했다. 얼굴이며 성격이며 마음에 드는 것이 단 하나도 없는 제 남편과 금방이라도 녹아버릴 듯 아슬아슬해 보이는 선비님을 비교하자면야 한숨이 끊일 날이 없었다. 여인의 시선은 무심한 표정으로 정면만을 바라보며 휘적휘적 걸음을 옮기는 선비의 뒤를 따라 움직였다.

낡은 도포에 갓을 쓴 선비님은 피부가 희고 고와서 한눈에 보더라도 이름 있는 가문의 자제처럼 보였다. 그네들은 때론 저 선비님은 안타깝게도 몰락한 양반네의 후손일 것이라는 얘기를, 또 때론 청렴한 가문에서 태어나 날 때부터 아끼는 습관이 몸에 익었을 것이라는 얘기를 넌지시 늘어놓는 것을 무척이나 좋아했다.

멋모르는 아낙들의 추측은 신기하게도 사실에 가까웠다. 현재 그녀는 유(諭)가의 장손, 유성한이었으며 10년 전 유(諭)가는 몰락했고 그 덕에 원하건 원치 않건 청렴함은 자연스레 몸에 뱄으니 말이다. 아낙들은 청이 옆을 스쳐 지나가자 호기심과 안타까움이 가득한 시선으로 그녀를 바라보며 숙덕거렸다.

"어찌 저리 몸이 가느실까 몰라."

"끼니도 제대로 못 챙기시는 건 아닌지 모르겠네. 아이고 가엾어라. 당장에 닭이라도 한 마리 잡아드리고 싶……."

"쉿. 들릴라!"

귓가에 흘러들어 오는 여인의 목소리에 청은 어깨를 움츠리며 다시금 갓을 끌어내렸다. 그녀의 발걸음이 빨라지자 팔 한가득 일감을 들고 있던 아낙이 제 옆에 서 있는 다른 아낙을 향해 나지막한 목소리로 타박을 늘어놨다.

"아아니…… 그러려던 것이 아니라……."

"쉬이…… 얼마나 마음이 상하실……."

"아니 뭐 내가 틀린 말을 한 것도 아니고……."

"그래도 사람이 그러는 게……."

한껏 낮춘 목소리들이 바람을 타고 흘러들어 왔다 허공으로 퍼져 나갔다. 그러나 청은 그녀들의 투닥거림이 전혀 들리지 않는다는 듯 빠르게 도성 방향으로 걸음을 옮기며 손에 든 짐을 고쳐 쥐었다. 오늘따라 몇 권 되지 않는 책이 무척이나 무겁게 느껴졌다. 할 수만 있다면 당장에 이것을 바닥에 내동댕이치고 아무도 보지 못하는 곳으로 냅다 내달리고 싶었다.

그러나 그것이 불가능하다는 것을 그 누구보다 잘 알고 있었기에, 청은 입을 앙다물며 발을 더욱 재게 놀릴 뿐이었다. 낡은 도포 자락이 발목을 휘감으며 그녀를 가로막는 것처럼 느껴졌다. 그 소름끼치는 느낌에 그녀는 금방이라도 넘어질 것처럼 휘청거렸다. 가까스로 자세를 바로하자 이번에는 바람이 하얗게 질린 얼굴을 스치고 지나갔다. 그 바람이 칼날 같다 생각하며 그녀는 꾹 입을 다물었다.

2.

유가諭家

　이른 아침부터 열리는 성문에서 일다경 정도 안으로 들어오면 오밀조밀 모여 있는 초가집들 바로 옆으로 형성되어 있는 세책가 거리가 눈에 들어온다. 거리의 뒤로는 양반네들이 사는 기와집이 빼곡히 들어서 있고 앞으로는 중인 계층에서부터 평민들의 초가집까지 오밀조밀 모여 있어 상권으로 따지자면 단연 으뜸이었다.

　그래서일까, 항상 사람들로 북적거리는 탓에 인생의 희로애락을 모두 볼 수 있다 하여 그 거리의 이름은 예로부터 '희로애락가(喜怒哀樂街)'로 불려왔다.

　그 거리에 들어서자 그제야 숨통이 트이는 기분이라 청은 깊게 숨을 내뱉었다. 익숙한 거리, 오래 묵은 책 냄새가 날 것만 같은 그곳에는 서로에 대해 관심을 갖는 사람이라고는 없었다. 오후만 돼면 북적거리는 거리도 새벽같이 나오니 한산하기 그지없었다. 방금 전과 비교될 정도로 부드럽게 풀린 얼굴로 목적지를 향해 걸어가던 그녀의 발을 멈추게 한 것은 다름 아닌 새벽공기를 뚫고 울리는 짜증 어린 목소리었다.

"아니, 이건 파는 게 아니라니까 그러십니다!"

입가에 미소가 감돌던 청의 얼굴이 익숙한 목소리에 휙 돌아갔다. 중년 사내 특유의 고집이 녹아나는 걸걸한 목소리는 금방이라도 화를 낼 것처럼 매서웠다. 그리고 그는 청이 잘 아는 이였다. 그는 청의 책을 맡아 내주고 있는 개똥아범으로, 이 거리에서 꽤나 유명한 세책가의 주인이었다. 걸걸한 개똥아범의 목소리를 밀어내고 지친 기색이 역력한 목소리가 그 자리를 대신했다.

"좋네. 금괴 열 개면 어떠한가."

"……예?"

제 귀를 의심하는 개똥아범의 목소리가 가느다랗게 떨렸다. 청역시 자신의 귀를 의심하며 손에 쥔 책보따리에 힘을 주었다. 금괴가 열 개. 은자도 아니고, 금괴라니. 그녀는 말도 안 되는 거래를 제안한, 멀끔하게 생긴 사내를 멍하니 바라봤다. 대체 어떤 자이기에 금괴를 한 개도 아닌 열 개나 턱하니 내놓을 수 있단 말인가. 놀란 것은 그녀만이 아니었는지 대답하는 개똥아범의 목소리는 덜덜덜 떨리고 있었다.

"그, 그, 그것이, 참말입니까? 아이고 나으리, 이 세책방을 그리 비싸게 쳐주신다니……."

"가게를 판다니요? 그게 무슨 말입니까."

청은 필사한 책들과 〈용가삼대록〉 다음 권을 꽁꽁 싸맨 보따리를 손에 꼭 쥔 채 다급히 둘 사이에 끼어들었다. 얼핏 위로 올라가는 갓 끝 사이로 보이는 얼굴은 희고 고왔다. 그것이 글만 들여다보는 서생들의 허옇게 뜬 얼굴과는 또 달라서 운사는 속으로 조금 놀랐다. 그러나 더 놀란 것은 개똥아범이었다. 그는 금괴 열 개를 듣자마자 머릿속에서 뛰어놀던, 수십 마리 소가 음머 하고 우는 제 상상에 양심의 가책을 느끼며 다급히 대답했다.

"아니 왜 벌써오셨습니까, 나으리. 분명 약조한 시각은 아직 일 각이나 남았을 터인데⋯⋯."

"그게 문제가 아니지 않습니까. 가게를 판다니, 그것이 지금 참 말입니까? 갑자기 이런 법이 어디에 있단 말입니까."

따져 물으며 눈을 치켜뜨는 청의 모습은 꽤나 매서웠다. 언제 나 부드러운 분위기를 풍겼던 때와는 정반대의 모습이라 개똥아 범은 그 기세에 눌려 말끝을 얼버무렸다. 가게를 판다고 말한 적 은 없지만 금괴에 혹했던 것은 사실이기에 딱히 변명할 거리가 없었다.

그래도 당장 판다고 한 것도 아닌데 하는 생각을 하면서도 배 신자를 보는듯한 시선에는 그저 나죽었소 할 수밖에 없었다.

"이게 대체 어찌된 일입니까?"

그녀는 당장에 확답을 받겠다는 굳건한 태도로 개똥아범을 몰 아붙였다.

"아아니 그것이⋯⋯."

개똥아범은 슬슬 청의 눈치를 보며 말을 흐렸다. 당장에 팔겠 다고 말하자니 마누라의 허락을 안 받은 것이 걸리고, 안 팔겠다 고 하자니 금괴가 눈앞에서 아른거렸다. 차마 가부(可否)를 말하 지 못하고 쩔쩔 매는 개똥아범의 모습에 고개를 절레절레 저으며 운사가 그녀의 앞을 가로막았다. 청은 제 눈 바로 앞에 뻔뻔스럽게 내려와 있는 운사의 부채를 응시했다.

"이게 무슨 짓입니까."

"얘기를 들어보니 나도 이 문제에 포함이 된 것 같아서 말이네. 그런데 여기 속한 작가인 모양이지?"

"그렇소만, 뉘시기에 초면에 자연스레 하대를 하시는지 모르겠군요."

날이 서 있는 청의 목소리에 불쾌감이 묻어났다. 매서운 물음에 운사는 머릿속에서 그녀에 대한 평가를 수정했다. 생긴 것이 여인네같이 희고 가늘어서 나붓한 난인 줄 알았더니 매서운 고양이다. 그러나 그녀의 말이 틀린 것도 아니었기에, 그는 부채를 거둬들이며 재빠르게 사과했다.

"이런. 마치 제 아우 같아 그만 말실수를 했습니다. 너그러이 용서해 주시지요. 한데 작가라 하면 어떤 책을 쓰시는지 여쭤도 되겠습니까?"

운사의 물음에 청의 얼굴에 홍조가 돌았다. 얼결에 자신이 잡서를 쓰는 작가라는 것을 밝혔다는 사실을 그제야 깨달은 것이다. 자고로 양반이란 시서화가 아니면 돌아보지도 않는 것을 미덕으로 알았으니 언문으로, 그것도 소설을 쓴다는 것은 큰 흉이었다. 그래서 그녀 역시 작가는 불문에 붙인다는 것을 조건으로 용가삼대록을 쓰기 시작한 것이 아니던가. 그렇게 조심스럽게 감춰오던 비밀을 다른 누구도 아닌 자신이 나서서 밝히다니. 바보 같은 짓이 아닐 수 없었다. 운사로서는 꽤나 정중한 물음이었지만 청의 귀에는 비꼬는 것처럼 들린 것도 단순히 그 때문이었다.

양반의 이름을 걸고 잡서나 쓰고 있다는 것을 제 입으로 밝혔으니 얼마나 못나 보일까. 그런 생각을 하며 청은 창피함과 모멸 감에 고개를 떨궜다. 당장에라도 무덤에서 아버님이 벌떡 일어나 자신을 꾸짖을 것만 같았다.

그러나 이제 와 아니라고 박박 우길 수도 없는 노릇이었다. 이미 제 손에는 고이 싸여 있는 책이 첩첩이 들어 있지 않던가. 청은 창피함과 당혹스러움에 주먹을 꽉 쥐었다.

하나뿐인 동생, 성월의 얼굴이 머릿속을 스쳐 지나간 것은 그때였다.

이는 부끄러운 일이 아니다. 그녀는 질끈 감았던 눈을 다시 번쩍 떴다. 이 일을 시작하고자 마음먹었을 때 아버님의 무덤가에 엎드려 애원하지 않았던가. 하나 남은 동생의 약값을 벌기 위해 잡서를 쓰겠노라, 그리 다짐했었다. 잡서를 쓸지언정 자신은 하나뿐인 동생의 목숨을 구천에서 건져 내었다. 그것은 부끄러워할 일이 아니었다. 그녀는 고개를 치켜들어 운사를 응시했다.

"소인은, 용가삼대록을 쓰고 있습니다."

그것은, 그녀가 자신의 한마디가 일으킬 파장이 무엇인지 전혀 몰랐기에 내뱉을 수 있었던 자신감이었다.

청의 말에 운사는 몇 초간 제 귀를 의심했다. 그것은 마치 사냥감이 제 발로 그물 속으로 걸어 들어오는 것을 보는 사냥꾼의 그것과 비슷했다. 그는 그제야 처음으로 청의 모습을 자세히 살펴봤다. 유려하나 힘 있는 필체나, 거침없는 글의 내용은 눈앞에서 자신을 보고 있는 여리여리한 사내와는 영 어울리지 않았다. 훤칠하면서도 강단 있는 자가 작가일 것이라 생각했기 때문에 그것과는 정반대인 청의 모습은 조금 당황스럽게 느껴질 정도였다.

새하얀 피부에 작지는 않으나 고만고만한 사내들과 같은 키, 낡았으나 깔끔한 도포와 똑바로 자신을 응시하는 시선이 올곧았다. 낭창낭창하게 생긴 몸은 어렸을 적 몇 번 앓았을까 싶을 정도로 가녀려 보여, 오히려 하루 종일 붓을 쥐고 있는 서생의 모습과 어울리는 것 같기도 했다. 거기까지 생각을 마친 운사는 재빠르게 사람 좋은 웃음을 지으며 앞으로 손을 쑥 내밀었다.

"하하핫! 내 그리 찾던 작가님이 바로 여기 계셨군요! 이런, 통성명이나 하지 않겠습니까? 소인은 강우라고 합니다."

운사는 입에 침도 바르지 않은 채 즉석에서 거짓 이름을 지어냈다. 그런 그의 넉살좋은 모습에 청은 분위기에 휩쓸리듯 얼떨결에 운사의 손을 맞잡았다.

"아…… 유가의…… 성한이라 합니다."

작은 목소리로 튀어나온 그 이름에 운사는 제 손안에 들어온 손이 남자의 것이라기에는 지나치게 작다는 것을 눈치채지 못했다.

유성한.

그 이름 석 자가 그의 머릿속을 가득 채웠다. 그것은 그리 흔한 이름이 아니었다. 애당초 이 예국에서는 유자 성을 쓰는 자가 손에 꼽을 정도로 적었다. 그는 태어나 난생 처음으로 마음속으로 용왕을 애타게 찾으며 되물었다.

"……유성한? 혹 지금 유성한이라 하였소?"

"예. 무슨 문제라도……?"

의심스럽게 저를 바라보는 시선에, 운사는 재빠르게 표정을 바꾸고는 한바탕 즐거운 웃음을 터뜨렸다.

"하하! 아니, 문제라니, 문제 될 것이 무에 있단 말입니까? 하하! 그저 이리 유명한 작가가 있다면 앞으로 이 세책방의 미래도 밝지 않을까 생각되어 말입니다. 아니 그렇소, 주인장?"

갑자기 자신에게 화살이 돌아오자 구석에 조용히 서 있던 개똥아범의 두 눈이 놀라 화등잔만 해졌다. 개똥아범은 얼결에 박수까지 치며 맞장구를 쳤다. 그러나 이미 그는 운사의 관심에서 저 멀리 멀어진 뒤였다. 오직 청에게만 시선을 고정시킨 운사는 이번에는 보다 확실한 어조로 속으로 외쳤다.

역시, 저를 버리지 않으셨군요, 용왕님!

바야흐로 왕이 내어준 과제 두 개가 동시에 해결되는 순간이었다.

❋

"누나."

청이 사온 엿가락을 입안에 넣고 오물거리는 성월의 부름에도 그녀는 꼼짝도 하지 않았다. 촛불을 벗 삼아 붓을 들고 있는 손은 멈춰 버린 지 오래라, 성월은 고개를 갸웃거리며 다시금 제 누이를 불렀다.

"누나아!"

조금 커진 목소리에 청의 어깨가 움찔 떨렸다. 그 떨림에 붓 끝에 매달려 있던 먹물이 뚝 떨어져 종이에 얼룩을 남겼다.

"아."

종이 한 장을 못 쓰게 된 것이 아까워 그녀의 입가에서 얕은 한숨이 새어나갔다. 그러나 재빨리 종이를 옆으로 치운 청은 붓을 내려놓고 제 동생 쪽으로 몸을 틀었다. 아무리 종이가 귀해도 동생만 할까. 그녀는 걱정스러운 표정을 하면서도 엿가락은 손에서 놓지 못하는 성월의 모습에 함박웃음을 지었다.

"왜 그러니. 어디 불편해?"

"아아니. 누나가 멍하니 있기에 무슨 생각을 그리 하나 궁금해 불렀지."

"생각은 무슨."

말은 그렇게 했지만 현재 그녀의 머릿속은 복잡하기 그지없었다. 낮의 일만 해도 그랬다. 세책가가 팔린단다. 그렇게 된다면 많은 것이 바뀔 게 틀림없었다. 그녀가 개똥아범과 일했던 여러 이유 중 가장 큰 이유는 그가 세책의 내용엔 전혀 관심이 없다는 점에 있었다. 개똥아범이 관심 있는 것은 오로지 책이 인기가 있는가 없는가였고, 그랬기에 그녀는 제 마음대로 얘기를 풀어나갈 수 있었던 것이다. 그런데 주인이 바뀐다니. 다시금 떠오른 고민에 청의 낯빛이 어두워졌다. 이미 결론까지 다 짜여 있는 이야기에 이래라 저래라 하는 사람이 생긴다면 그녀는 아마 더는 쓰지 못하고 붓을 내려놓을지도 몰랐다. 그렇게 된다면 첫째로 성월의 약값이 문제였다. 그러나 그보다 더 큰 문제는 〈용가삼대록〉의 목적이 아직 달성되지 못했다는 것이었다.

"그저 필사하는 데 조금 어려운 내용이 나와서 그래."

"그럼 이 엿, 누나가 먹어. 맛있는 걸 먹으면 술술 풀릴 거야."

혹여나 누가 훔쳐갈까 이불속에 꽁꽁 숨겨놓았던 엿가락을 내어놓는 성월의 표정은 진중했다. 그것이 못내 고마우면서도 웃겨 청의 얼굴에는 웃음이 번졌다. 그러나 그녀가 동생의 호의를 어떻게 할지 미처 결정하기도 전에 문 밖에서 낯선 사내의 목소리가 들려왔다.

"계시오."

목소리는 낯설었다. 그리고 낮았다.

그럴 리가. 청은 숨 쉬는 것도 잊고 목소리가 들려온 바깥 방향으로 고개를 돌렸다. 지금은 누가 찾아올 수 없는 시간이었다. 시간은 이미 삼경이었다. 통금이 금지되어 있는 시간 중에서도 가장 엄한 때였으니 지금 남의 집을 방문한다는 것은 있을 수 없는 일이었다. 게다가 이곳은 대낮에도 찾아오는 사람 하나 없는, 인가에서 멀리 떨어진 곳이 아니던가.

그러나 문밖에는 당당히 객이 주인을 찾고 있었다. 청의 얼굴에 긴장감이 스쳐 지나갔다. 불을 환히 켜놓은 채로 없는 척 객을 그대로 보낼 수도 없는 노릇이었다. 청은 낡은 치맛자락을 움켜쥐었다. 이 옷을 입고 있는 한, 자신이 나서지 못한다는 것을 그녀도, 성월도 잘 알고 있었다. 사람들이 지나다니지 못할 것이라 생각해 긴장이 풀려 있었다. 청은 스스로를 탓했으나 소용없는 일이었다. 그녀가 당당히 사람들 앞에 나설 수 있게 해주는 남복은 건넛방에 있었으니 선택지는 하나뿐이었다.

"월아."

청의 부름에 성월 역시 긴장감이 역력한 얼굴을 하고선 고개를 끄덕였다. 어린 나이에도 자신이 해야 할 것이 무엇인지 안다는 듯, 성월은 아무것도 묻지 않았다. 자그마한 몸이 이불을 걷어내며 자리에서 일어났다. 청이 그 자리를 꿰차고, 성월의 가느다랗게 떨리는 목소리가 객의 물음에 대답했다.

"뉘십니까."

"유(諭)가의 성한을 찾아왔습니다만."

유성한!

그 이름 석 자에 성월이 희게 질린 낯으로 청을 돌아봤다. 아이의 자그마한 몸이 파르르 떨렸다. 아이는 한 번도 보지 못했으나, 제가 태어나기도 전에 세상을 떠났다는 핏줄의 이름만큼은 잘 알고 있었다. 그러나 청은 다른 의미로 기절할 만큼 놀랐다.

유(諭)가.

이미 십 년도 전에 잊혔을 가문을 찾아왔다 말하는 목소리에 고저는 없었다. 이미 이곳에 누가 살고 있는지 다 알고 있다는 투였다. 이건 있을 수 없는 일이었다. 청은 손마디가 하얗게 질릴 정도로 이불자락을 움켜쥐었다.

오랜 세월에 묻혀 버려진 것이라 생각해 온 지 오래였다. 그런데 드디어, 이제야 '유'가를 찾는 이가 나타났다?

대체 이게 무슨 상황이란 말인가. 그러나 일단 이 위기를 넘기는 것이 우선이었다. 청은 혹여라도 제 목소리가 밖으로 새어나갈까 입을 꾹 다문 채 성월에게 고개를 끄덕였다. 그러나 성월이 무어라 답하기도 전에 다른 목소리가 끼어드는 것이 더 빨랐다.

"안에서 머리를 굴리는 소리가 예까지 들리는 듯하나 그 안에 있는 자가 여인인 이상 유성한이 아니라는 것쯤은 이미 다 알고 있으니 문을 열어라. 밖에 그림자가 비친다는 것을 모르는가?"

비꼬는 기색이 역력한 목소리에 성월이 자리에 주저앉았다. 사내의 말에 가까스로 유지하고 있던 긴장이 풀린 것이다. 아이의,

그것도 병든 유약한 몸으로 이 상황을 견뎌내는 것은 어려웠다.

청은 이불을 걷어내며 재빨리 무너져 내리는 동생의 몸을 받아들었다. 파르르 떨리는 동생의 두 손은 제 옷자락을 꽉 붙들었다. 방금 전까지만 하더라도 웃고 있던 아이는 금방이라도 혼절할 것만 같았다. 청은 조심스레 성월을 자리에 눕히고 일어섰다. 이제 더는 선택지가 없었다. 그녀는 천천히 숨을 고르며 고개를 세웠다.

그저 마지막으로 아주 약간의 행운이 따라주길 바라며, 속으로 아버지와 오라비를 찾으며, 그녀는 문고리를 밀었다.

문이 삐그덕 소리를 내며 열리고, 기다렸다는 듯 서늘한 바람이 치맛자락을 들썩였다. 한 차례 바람이 지나간 뒤 부풀어 오른 치맛자락이 가라앉자, 그 사이를 가르고 사내의 목소리가 끼어들었다.

"이제야 나오는군."

방금 전 비꼬는 목소리로 그녀를 타박했던 사내는 한눈에 보더라도 귀한 이임을 알 수 있었다. 단순히 몸에 걸치고 있는 것들 때문이 아니라 행동에서 자연스레 배어 있는 버릇들이 저자는 만만히 볼 사람이 아니라 알려주고 있었다. 그 옆에 서 있는 두 명의 사내들이 마치 아랫사람인 양 한 걸음 뒤에 서 있는 것도 그랬다. 그러나 청의 눈에 가장 먼저 들어온 것은 사내의 왼편에 서있는 운사였다. 낮에 뻔뻔스러운 얼굴로 세책방을 사들이겠노라 선언한 사내는 이 야밤에 한눈에 보더라도 값비싼 도포를 걸친 채 서 있었다.

"당신은……!"

"음? 운사를 아는가 보지?"

예국의 왕, 현원의 물음에 청이 화드득 놀라며 고개를 저었다. 자신이 운사를 만난 것은 유청일 때가 아니라 유가의 장자, 유성한일 때였다는 것이 떠오른 것이다. 청의 시선이 조심스럽게 현원을 향했다.

"아…… 아닙니다. 제가, 착각을 한 듯합니다. 한데 이 야심한 시각에 예까진 어인 일이신지요?"

"이곳이 유(諭)가라 들었는데. 맞는가."

이미 알고 온 것을 한 번 더 확인할 뿐이라는 투의 물음이다. 그 정도로 그의 목소리는 확신하는 자의 그것이었다.

아니라고 해봤자 속아 넘어갈 리가 없었기에 청은 고개를 끄덕였다.

"……맞습니다."

"신화는 그저 신화라는 뜻인가. 아니면 선왕의 간절한 바람의 힘인가."

처음 어둠을 헤치고 숲을 등진 채 홀로 서 있는 초가집 안으로 들어섰을 때 왕은 제 눈을 의심했다. 창호지 너머로 아른거리는 그림자는 분명 여인의 것이었기 때문이다. 운사도 그것을 봤는지 굳은 표정으로 멈춰섰더랬다. 건우가 먼저 입을 열지 않았다면 오늘은 일단 상황을 파악하기 위해 되돌아갔을지도 몰랐다.

그러나 주인을 불렀고, 협박했고, 밖으로 끌어냈다. 이제와 되돌아가기에는 너무 늦어버린 것이다. 다행인 점은 그는 꽤 유능한 책사를 갖고 있다는 것이었고 제 자신 스스로도 누구 못지않게 유능하다는 점이었다. 현원은 어떤 점에 있어서는 운사가 놀랄 정도로 탁월한 능력을 발휘했는데 그중 하나가 상황을 읽어내는 능력이었다. 이번에도 예외는 아닌지라, 운사가 상황 파악을 하기도 전에 몇 가지 힌트만으로 모든 유추를 끝낸 현원의 낯빛은 복잡하기 이를 데 없었다.

죽은 줄로만 알았던 유가의 여식이 살아 있으니, 죽은 것은 다른 쪽일 터였다. 그 사실을 기뻐해야 할지, 슬퍼해야 할지 알 수가 없어 현원은 웃을 수도 울 수도 없는 기분이 되어버렸다.

그러나 그는 이내 오랜 세월 동안 터득해온 버릇대로, 자신의 사감은 저 먼 뒤쪽으로 미뤄두었다. 지금 그것은 중요한 것이 아니었다.

그에게 있어 당장 중요한 것은 하나뿐이었다.

"고하라. 유성한은 어디 있는가."

"스스로를 객이라 칭하신 분이 뉘신지는 모르겠습니다만, 늦은 시각에 이미 다 아시는 것을 굳이 말하라 다그치시는 것을 보아 하니 객은 아닌 듯하군요. 그렇다면 순라꾼을 불러 통금을 어긴 죄인들을 잡아가라 일러도 되겠습니까?"

조곤조곤 따져 묻는 청의 말에 현원의 눈가가 가늘어졌다. 협박에 놀랐거나 겁을 먹은 기색은 전혀 없었다. 오히려 말간 두 눈동자는 차분히 청의 두 눈을 빤히 들여다보고 있었다.

그는 그녀를 재고 있었다.

〈용가삼대록〉을 쓴 것은 이 자리에 없는 유성한일 것인가, 아니면 제 앞에 서있는 저 맹랑한 여인일 것인가. 여인이 썼다고 생각하기 어려운 이야기였다. 현재 예국의 축소판이라고도 할 수 있는 그것을 한낱 여인이 썼다?

현원은 그럴 가능성을 따져보며 미간을 좁혔다. 어지간한 수준의 학문적 소양과 세상을 보는 눈이 없이는 불가능했다. 그러나 그의 본능은 저 여인이 그것을 썼다고 말하고 있었다. 과연 어느 쪽이 정답일 것인가.

현원은 이곳에 오기 전 운사가 흥분한 상태로 자신이 알아낸 사실을 고하던 것을 떠올렸다. 유(諭)가의 장손, 유성한이 〈용가삼대록〉의 작가라는 그 기막힌 사실을 말이다.

14년 전, 왕권을 강화하고자 했던 선왕에게 밀려 목숨만 건진 채 쫓겨난 유(諭)가는 말 그대로 꽁꽁 숨어버렸다. 말년에 제사장이면서 동시에 자신의 친우이기도 했던 유성운을 매몰차게 내친 것을 후회한 선왕이 다시금 그를 불러들이려 백방으로 노력했음에도 찾지 못했을 정도였다. 그것이 미련으로 남아 선왕은 당신의 몸이 노쇠해졌을 때 아직 세자였던 현원을 불러 그 작은 손을 꼭 부여잡은 채 반드시 유성운을 찾아내 당신을 대신해 사과를 하라 명했었다. 마지막으로 친우인 유성운을 한 번만이라도 다시 보고 싶다던 염원을 끝내 이루지 못한 채 선왕이 붕어한 지 올해로 6년. 유가를 찾기 시작한 것은 올해로 햇수로만 십년.

그토록 오랜 세월이 걸려 찾았으나 찾지 못했던 유(諭)가는 그동안 많이도 변해 있었다.

예국의 가장 큰 상권을 쥐고 있다 알려져 있는 운사의 집안이 알아낸 사실도 고작 하나뿐이었다. 유성운이 죽고 하나뿐인 여식이었던 유청도 얼마 지나지 않아 죽어, 남아 있는 것이라고는 장자인 유성한과 아직 어린 유성월뿐이라는 것.

그러나 실상 뚜껑을 열고 보니 운사가 알아온 것도 절반은 틀렸다. 하니 유(諭)가는 다시는 제 눈에 보이지 말라던 선왕의 마지막 명을 지독하리만치 잘 수행했다고 할 수 있었다.

"순라꾼이라."

현원은 이 상황이 퍽 우습다 생각하며 청의 뒷말을 천천히 읊조렸다. 그는 뒷짐을 진 채 고민했다. 어찌할 것인가.

그가 섣불리 움직이지 않고 있는 것은 당황하거나 놀라서가 아니었다. 단지 그에게 있어서 〈용가삼대록〉의 작가가 누구인가는 모든 것을 누를 정도로 매우 중요한 사안이기에 고민하고 있을 따름이었다. 예국의 왕이라는 위치에서 운사의 불만을 억누르면서도 세책가를 모두 뒤집어 잡서라 불리는 것들을 긁어모은 이유가 바로 그것이었다. 권세도, 부도 얻지 못해 어둠속에 숨어 있으나 정세를 읽는 눈이 있는 자를 찾기 위해서. 그리고 이 판을 뒤집어엎을 만한 묘책을 가진 자를 찾기 위해서.

그는 손을 들어 올려 청이 협박에 가까운 말을 하자마자 우직하게 검을 뽑아들 것만 같은 건우를 막았다.

현원의 시선이 점차 차분하게 가라앉았다.

이 자리에 없는 유성한이 쓴 것일까, 아니면 자신의 죽음을 숨긴 유청이 쓴 것일까. 두 가지의 가능성이 복잡하게 교차되며 그의 머릿속을 가득 채웠다.

주인의 손짓에 건우가 고개를 숙이며 물러나고, 현원은 한 걸음 더 앞으로 걸어 나갔다.

"생각해 보니 그대의 말이 맞아. 내 말이 심했군. 사과하지. 시간 역시, 인경이 쳐도 오래전에 쳤으니 이런 야심한 시각에 찾아온 것 역시 잘못한 것이니 사과하는 것이 맞겠군. 하나 내 알아본

바로는 현재 유(諭)가에 여인은 없다 들었는데 이게 어찌된 일인지 실명을 듣고 싶은데…. 내 앞에 서 있는 자는 사람이 아닌 귀신인가? 귀신이라면 삿된 것에 인간의 규율을 가져다 댈 수 없는 노릇이니 얘기가 또 달라지지 않겠는가?"

그것은 명백한 협박이었다. 당장이라도 유(諭)가의 여식이 살아 있고, 죽은 것은 장남이라는 사실을 알릴 수 있다는 뜻을 내포하고 있는 현원의 말에 청의 표정이 굳었다.

"객께서는…… 무엇을 원하십니까."

"그렇게 과한 것은 원하지 않아. 그저 신화가 필요해져서 말이네. 내 생각에 그대는 내게 신화를 줄 수 있을 것 같은데. 어떠한가? 내 생각이 맞는가, 틀렸는가."

"……신화라니 무엇을 말하시는지 모르겠군요."

청의 대답에 현원의 눈이 반짝였다.

그녀는 현원이 말하는 바가 무엇인지 눈치챘고, 자신이 눈치챘다는 것을 미처 숨기지 못하고 표정에 그대로 드러냈다. 그리고 현원은 사람의 표정을 읽어내는 것에는 이골이 난 사내였다. 그는 이제 확신할 수 있었다. 〈용가삼대록〉을 쓴 자는 이미 죽어버린 유성한이 아니라, 제 앞에 서 있는 유청이었다. 그렇다면 아쉽긴 하나 굳이 유성한이 없어도 크게 상관은 없는 일이었다.

그는 한 걸음 더 앞으로 걸어 나갔다.

이제 둘 사이에 놓여 있는 것은 닳아버린 섬돌 하나뿐이었다. 여인이, 다른 누구도 아닌 왕을 눈 아래에 두고 있는 무엄한 상황에 운사가 당장에라도 혼절할 듯한 표정으로 현원의 뒤를 응시했다. 당장에라도 저 사이에 끼어들어 여인을 끌어내리거나 왕을

인당수에 핀
연꽃송이

끌어오고 싶어 그의 손이 움찔움찔 떨렸다. 항상 그랬지만 이번에도 현원은 다른 이들이 기함할 만한 일을 아무렇지 않게 해냈다. 한 나라의 왕이 아무렇지 않게 여인의 아래에 서 있다니. 운사는 끙 신음 소리를 흘렸다.

자신의 주군은 때로, 아니 너무 자주 자신의 위치를 잊는 듯했다.

"모른다?"

현원의 목소리는 단조로웠으나 이 상황을 즐기고 있는 것처럼 보였다.

왕은 현명했다. 그리고 그 누구보다도 지혜로웠다. 그러나 동시에 그는 너무도 현실적이었다. 대체로 현실적인 것은 도움이 되었지만 때로 그것은 넘기 힘든 한계를 만들었다. 예를 들자면, 지금처럼 실재하지 않는 것이 필요할 때면 말이다. 그것은 왕의 하나뿐인 책사도 마찬가지라, 운사는 현원이 유(諭)가의 여인에게 무엇을 원하고 있는지 누구보다도 잘 알고 있었다.

그리고 그것을 자신이 주지 못할 것이라는 사실도.

"그렇다면 질문을 바꾸지."

누가 들을까 낮아지는 현원의 목소리에 운사는 반사적으로 고개를 돌려 주변을 확인했다. 지금부터 나올 말은 쥐새끼도 들어서는 안 되는 것이었다. 어차피 이 초가집은 인가와 멀리 떨어져 있었기에 말이 새어나갈 걱정은 없었지만 매사에 꼼꼼한 운사는 이미 주변에 그림자들을 배치해 놓은 터였다. 벽에 벽을 만들어 둔 뒤에도 긴장감을 풀지 않은 채 혹시나 겁 없는 쥐새끼가 숨어들었을까 살피는 운사의 눈은 매서웠다.

"수신이 가는 길을 닦는 자여, 어떻게 용왕을 끌어올릴 생각이지?"

현원의 물음에 청은 입을 다물었다. 섣불리 대답해서는 안 된다는 경고가 머릿속 가득 울리고 있었다.

무언가 이상했다. 그것도 아주 많이.

인경이 친 새벽녘에 찾아들어 와 갑작스레 용왕을 운운하는 사내라? 이는 결코 흔한 일도, 아무렇지 않게 넘길 일도 아니었다.

그녀는 그제야 현원의 모습을 찬찬히 살펴봤다. 어둠에 눈이 익숙해지자 방 안에서 흘러나오는 흐릿한 촛불과 달빛만으로도 앞에 서 있는 자들을 보기에는 충분했다.

푸른 무늬가 들어간 흰 도포는 양반들이 쉽게 입는 것이었다. 검은색이 아닌 붉은색 술띠를 맨 것을 보니 양반 중에서도 신분이 높은 자였다. 그러나 그것들은 길에 나서면 흔하지는 않더라도 간간이 볼 수 있는 것이었다.

무언가 다른 것. 저 남자의 신분을 드러낼 수 있는 무언가. 찬찬히 현원의 모습을 살피던 그녀의 시선이 한곳에서 벼락을 맞은 듯이 멈췄다.

청은 자신이 상대하는 남자가 누구인지를, 그가 들고 있는 부채의 끝에 매달려 있는 선추를 통해 알아낼 수 있었다. 푸른 옥을 깎아 만든 자그마한 용. 그것이 의미하는 것은 단 하나밖에 없었고, 다른 무엇도 아닌 그것을 매달 수 있는 존재도 단 하나밖에 없었다.

온몸에 소름이 돋았다. 아니, 이것은 환희와 긴 기다림의 끝에 대한 소스라칠 정도의 기쁨이었다. 그것도 아니라면 공포인가?
수십, 수만 가지의 감정이 동시에 속에서 일어났다 푹 꺼지기를
반복했다. 그러나 겉으로 보기에 그저 새하얗게 질린 청의 얼굴
은 그 많은 감정들 중에서도 차라리 공포 비슷한 것을 내비치고
있을 따름이었다. 무대의 막이 오르자 기다렸다는 듯 연기를 시
작하는 노련한 배우처럼, 서서히, 그러나 재빠르게 그녀의 몸이
바닥을 향해 무너져 내렸다.

"……소녀를 죽여주소서!"

"죽여 달라?"

현원은 청의 눈썰미가 꽤나 쓸 만하다 생각하며 그녀의 뒷말을
반복했다. 시험 삼아 달고 나온 선추였지만, 이보다는 더 늦게 눈
치채지 않을까 생각했었다. 운사는 짓궂은 현원의 장난질에 두통
이 일었으나 왈가왈부하는 대신 눈살을 찌푸릴 뿐이었다. 아무리
제 마음에 들지 않는다 할지라도 무슨 수로 왕의 행보를 막겠는
가.

현원은 부채를 펼쳐들며 성큼 섬돌을 딛고 올라섰다. 흰 비단
위에 검은 먹으로 그려진 용은 금방이라도 승천할 것처럼 하늘을
향해 고개를 치켜들고 있었다. 그것이 금방이라도 발끝을 옥죄이
고 있는 쇠사슬을 떨쳐내고 날아오를 준비를 하고 있는 현원을
닮아 있었다.

"그리 어려운 일은 아니지. 사람이라는 것은 너무도 쉽게 죽으
니 말이야. 약 한 사발에 죽고 검을 한번 휘둘러도 죽는 것이 사
람이니 그 소원을 들어주는 것은 전혀 어려운 일이 아니야. 그래,
내 그 소원, 들어주랴."

한마디, 한마디를 내뱉으며 그의 목소리는 점차 낮아졌다. 마지막 말을 내뱉을 때는 음산하게 들릴 정도였다. 그것은 명백한 겁박이었다.

"전하."

운사는 결국 소리를 내버린 제 입을 탓했으나 그렇다 해서 주워 담을 수 있는 것은 아니었다. 사실 주워 담고 싶은 마음도 없었다. 드높았던 기대만큼 실망의 크기가 너무도 크다는 것은 이해했다. 유성한을 만나러 왔으나 정작 만난 것은 유청이었으니 그 실망감의 크기는 차마 예측할 수 없을 정도였다. 그러나 아무리 그렇다 할지라도 유가의 일원을 저런 식으로 대하는 것은 나중을 생각해서라도 좋지 못했다. 운사는 여차하면 왕의 앞을 막아설 각오를 하며 앞으로 한걸음 발을 내디뎠다.

그러나.

현원은 다른 것을 생각하고 있었다. 그는 아래로 내리뜬 시선을 통해 필요한 것은 하나도 빠뜨리지 않고 주워 담았다.

낡은 섬돌,

금방이라도 아래로 푹 꺼질 것처럼 여기저기 금이 가 있는 마루,

그리고…… 조금도 떨지 않는 여인의 모습까지.

당장에 죽여 달라 외치는 여인치고는 그의 시선에 들어온 청은 너무도 무감각했다. 등이 떨리지도, 얼굴 아래로 포개진 손이 새하얗게 질려 있지도 않았다. 만약 당장 검을 뽑아 저 가느다란 목을 내려친다 할지라도 어떠한 소리도, 경악스러움도 내비치지 않을 것 같은 고요함이 거기에 있었다. 그 고요함에 짓눌리듯 현

원은 잠시 머뭇거렸다. 그가 필요한 것은 원하는 대로 움직여 줄 인형이지, 자신의 의지와 신념을 지닌 사람이 아니었다. 그러니 저 여인의 손을 잡는다면 먼 훗날, 필히 후회하게 될 것이라는 기분이 그를 사로잡았다.

몰아내고 눌러놓았던 감정이 일순 크게 일렁였다. 현원은 그것을 여실히 느끼며 입을 비틀어 올렸다. 이제 와 감정적이라니, 있을 수 없는 일이었다. 그것도 10년은 더 전의 일로 이리 휘둘리다니.

그럼에도 세차게 뛰는 심장이 의미하는 바는 명확했다. 그것만큼은 아무리 현원이라 할지라도 억지로 가릴 수 없는, 유일한 것이었다.

그럼에도 불구하고.

"하나 귀한 피를 흘리는 것은 너무도 아까운 일이지. 요즘과 같은 세상에서는 더더욱 아까워. 그러니 대신 그 목숨을 받으마. 내게 목숨을 바치었으니 그대는 이제 살았으나 산 사람이 아니고, 죽고 싶어도 죽을 수 없다."

운사의 부름에도 눈 하나 꿈쩍하지 않고 현원은 자신이 할 말을 마쳤다. 그 말이 의미하는 바는 명백했기에 운사의 얼굴에는 미처 감추지 못한 어처구니없다는 표정이 떠올랐다. 청도 비슷하게 느꼈는지 다 낡은 마루에 바싹 맞닿아 있는 그녀의 얼굴에도 예상치 못한 전개에 대한 의아함과 당혹감이 뒤섞였다. 이 모든 상황에서 홀로 의연한 것은 왕이 무엇을 말하건, 무엇을 선택하건 아무런 의심 없이 따르는 건우뿐이었다. 팽팽하게 당겨진 실이 끊어지는 것처럼 느껴지는 주위의 당혹스러움에 현원은 만족스레 웃었다.

일렁이던 심장이 단숨에 가라앉았다. 그 사이에서 현원은 사라지고, 남은 것은 예국의 왕이었다.

덜컹, 추억이 구석으로 몰려났다. 그것을 미처 어찌 하기도 전에 철컥 소리가 나며 거대한 자물쇠가 그것을 꽁꽁 숨겨 버렸다.

"그대는…… 이제 짐의 것이다."

왕의 단언에 운사는 손으로 이마를 짚었다. 처음부터 왕이 노린 것이 무엇인지 그제야 깨달은 것이다.

"홀로 일어날 테냐 과인이 일으켜 줘야 하느냐."

왕의 능글맞은 물음에도 청의 표정에는 변화가 없었다. 그녀는 마치 이 모든 것을 기다려 온 사람처럼, 오랫동안 가슴 속에 품어와 닳고 닳아 더는 빛을 발하지 못하는 것처럼, 덤덤하게 질문을 하나 내어놓았을 뿐이었다.

"하면 청을 하나 들어주시겠습니까?"

"청이라?"

"예. 이 모든 일이 끝난 뒤 전하께옵서 원하는 것을 얻으신 그 순간, 제 청 하나를 들어주시겠습니까?"

고저 없는 목소리에 현원은 기이함을 느꼈다. 그리고 그는 이내 그 기이함이 자신을 바라보는 동그랗고 새까만 눈동자에서 비롯했음을 깨달았다. 그녀의 눈은, 그가 무척이나 잘 아는 눈이었다.

절박한 자의 그것.

현원은 금방이라도 혼절할 것 같은 표정을 한 채 거세게 고개를 젓는 운사를 한 번, 어떠한 표정의 변화도 없이 굳게 서 있는 건우를 한 번 돌아보고 다시 고개를 돌렸다.

"좋다. 무엇이건, 하나를 들어주지."

"성은이 망극하옵니다."

넙죽 대답한 청은 벌떡 일어났다. 자그마한 손으로 치맛자락을 정돈하는 그녀의 모습에 그는 펼쳐든 부채를 얼굴에 부치며 말했다.

"그럼 과인의 수족이 하나 늘었으니 본격적인 이야기를 시작해야 하지 싶군."

"안으로 뫼시겠습니다."

청은 본래 사랑방이었으나 지금은 그저 남복을 놓아두는 건넛방일 뿐인 곳으로 현원을 안내했다. 건우는 당연하다는 양 문 앞을 지켰지만 운사는 왕의 뒤를 따라 방 안에 발을 들였다. 안에 들어서기가 무섭게 운사는 자연스럽게 내부를 살폈다. 방 안은 정갈했으나 동시에 서늘했다. 불을 넣지 않아 바닥은 얼음장처럼 차가울 정도였다. 어느 모로 보나 왕을 모실 곳으로는 충분하지 않아 청의 얼굴이 붉게 달아올랐다.

"송구합니다. 바로 불을 넣겠습니다."

"되었다. 오히려 이 편이 정신이 맑아지니 더 좋다. 그보다 할 말이 많으니 다른 일에 시간을 낭비하지 말도록 하지."

얇고 낡은 방석 위에 아무렇지 않게 주저앉은 현원이 어서 앉을 것을 종용했다. 그는 기워져 있는 방석도, 결이 일어나고 있는 책상도, 색이 바랜 몇 권의 책도 아무렇지 않은 듯했다.

오히려 지나칠 정도의 초라함에 놀란 것은 운사였다. 아무리 쫓겨났다 할지라도 유(諭)가였다. 유가가 어떤 가문이던가. 대대로 예국에서 가장 중요한 행사인 제례를 도맡을 정도로 높은 권세와 부를 손에 넣었던 가문이었다. 그래서일까, 은연중에 운사는 유(諭)가가 남부럽지 않을 재산을 쥐고 있을 것이라 생각해 왔었다.

그런데 시작점이 틀려먹었으니 찾을 수 있었을 리가 있나. 그는 허탈함을 느끼며 구석에 가 섰다.

청이 조심스레 자리를 잡고 앉자, 기다렸다는 듯 현원이 입을 열었다.

"내 책사를 믿지만, 뭐든 확실히 해놓는 것이 좋지. 증좌를 보여주겠나."

청은 말이 끝나자마자 문이 열리고 건우에서 운사로 건네지는 사기그릇을 받아들었다. 모든 것이 기다렸다는 듯 재빨랐다. 바닥이 깨끗하게 비쳐 보일 정도로 맑은 물이 한가득 담겨 있는 그릇이 의미하는 바는 하나뿐이었다. 그녀는 고개를 들어 왕을 바라봤다. 평소라면 어림도 없을 일이었지만 지금 이 순간만큼은 왕이 그녀를 암묵적으로 유가의 수장이라 인정한 것이었기에 가능한 일이었다.

유가는 여러 양반 가문을 통틀어 유일하게 왕가와 어깨를 나란히 할 수 있었던 가문이다. 그 가문의 수장은 때로 왕과 비등하다 여겨질 정도로, 그 이름이 지닌 무게와 가치는 실로 헤아릴 수 없을 정도로 크고도 깊었다. 그러나 제약이 없었던 것은 아니었다. 평생을 감추어야 할 능력을 뽐낼 수 있는 것은 오직 유가의 수장에게만 허락된 것이었다. 그러니 현원이 성월이 아닌 청에게 증좌를 요구하는 것은, 이미 그녀를 인정한다는 것과 다름없었다.

"유(諭)가의 유자는 깨닫는다는 뜻을 지니고 있습니다."

그러나 동시에 그것은 십 년이라는 긴 세월 동안 세간에서 잊혀 가고 있던 이름이었다. 오래전 선왕은 용왕을 저 높은 곳에서 진창으로 끌어내려 내동댕이쳐 버렸다.

오랜 세월이 흘러 십 년 만에 다시금 왕을 밀어내고 제자리를 찾은 용왕은, 그러나 제사장을 잃은 채 그저 절반만 남아 있는 허상이었다.

저를 바라보는 현원의 시선을 피하지 않으며, 청은 매년 제사장이 용왕을 위한 제를 지낼 때면 주술처럼 읊조리던 문구를 천천히 읊조렸다. 운사에게까지는 가 닿지도 못할 정도로 작은 목소리로 중얼거리는 그것은 현원에게는 똑똑히 들렸다. 그는 먼 기억 속에서나 존재했던, 마치 노래를 하는 것처럼 들리는 그녀의 목소리를 하나도 놓치지 않기 위해 조용히 눈을 감았다. 촛불 하나 켜지 않아 오로지 달빛에만 의존하던 어둑한 방 안에 푸르스름한 빛이 맴돌기 시작했다. 현원이 눈을 뜬 것은 그때였다.

"그리고 깨닫는다는 것에는, 여러 가지가 있지요."

현원의 입꼬리가 위로 말려 올라갔다. 오랫동안 그저 어린 시절 보았던 기억만으로 더듬어오던 그것이 바로 눈앞에 펼쳐져 있었다. 물은 더 이상 자신을 가두어놓는 사기그릇에 머물러 있지 않았다. 운사는 자신의 눈을 의심했다. 그러나 손으로 아무리 열심히 눈을 비벼보아도, 그것은 사라지기는커녕 점차 완벽한 형체를 갖춰나갔다. 얼마 지나지 않아 허공에 떠오른 그것은, 작지만 명백하게 용의 형상을 띠고 있었다.

"증명이, 되었습니까?

"그 어떤 것보다 확실하군."

운사는 조금도 놀란 기색이 없는 제 왕의 모습에 더 기겁했다. 아무렇지도 않다니, 이미 이 모든 것들을 왕은 알고 있었단 말인 가?

그는 그림자 한 조각이라도 밖으로 새어나가는 것을 막기 위해 온몸으로 문을 가리고 섰다. 바로 문 앞을 지키고 있는 건우 정도 라면 얼핏 봤을지도 모르겠지만 이것은 담장을 빙 둘러싸고 지키고 서 있는 자들마저 보아서는 안 되는 것이었다.

수룡이라니! 용왕과 물이 사상의 근원이자 기반인 예국에 수룡을 만들어내는 가문이 존재한다니!

운사는 제 손이 떨리고 있다는 것조차 몰랐다는 사실을 그제야 깨달았다. 그는 왼손으로 부들부들 떨리는 오른손을 꽉 움켜쥐었다. 그렇게라도 하지 않는다면 당장에 저 여인의 목을, 그리고 건넛방에서 마른기침을 뱉어내고 있는 아이의 목을 분질러 버릴 것만 같았기 때문이다. 운사는 예국은 북쪽을 제외하고는 바다로 빙 둘러싸인 나라이기 때문에 물의 상징인 용왕이 신성시된 것은 당연한 신화적인 상징물이라 생각해 왔었다. 그렇기에 그는 유가에게 주어진 강력한 권력을 꽤나 고리타분한 생각이라 코웃음 친 적도 있었다.

그러나 지금 눈앞에 펼쳐진 광경은 어떠한가. 왕가가 용왕의 후손이라고? 운사는 이를 악물었다. 그는 지금 자신의 생각이 불경한 것임을 알고 있었지만 제멋대로 뻗어나가는 생각은 쉬이 멈추지 않았다.

그도 그럴 것이, 용왕의 후손이라 칭할 만한 자는 오히려 물로 용을 만들어내는 저 여인 같지 않은가!

어째서 그토록 오랜 세월 동안 왕가가 유가에게서 권력을 빼앗아오기 위해 노력했는지, 그 실마리가 이제야 잡히는 것만 같았다. 적어도 운사는 그 이유를 알겠다는 생각을 하며 마치 지금이라도 승천할 것처럼 하늘을 향해 고개를 치켜들고 있는 용을 노려봤다. 역대 예국의 왕들이 그 오랜 역사를 통틀어 유가와 권력을 놓고 쟁탈전을 벌인 것은 단순히 제정일치를 위해서가 아니었다.

왕가는…….

"운사."

낮은 현원의 목소리가 방 안을 울렸다. 그 강한 목소리에 운사는 퍼뜩 정신을 차렸다. 그는 식은땀이 맺힌 얼굴로 제 발을 내려다봤다. 청이 앉아 있는 방향으로 한 걸음 내디딘 발은, 두툼한 버선의 바닥 부분이 온통 땀으로 눅눅해졌을 정도로 힘이 들어가 있었다. 운사는 재빠르게 발을 뒤로 빼며 고개를 숙였다.

"예, 전하."

"그 걱정은 쓸모없는 것이다."

저를 훑어보는 현원의 시선은 서늘했다. 그 시선이 칼날처럼 느껴져서, 운사는 더욱 깊숙이 고개를 숙였다.

"……송구……합니다."

"그래, 오랜만에 보는 수룡이야. 이것을 보니 유성운이 떠오르는군. 그는 제례를 지낼 때면 제례원 안에서 거대한 용을 만들어냈었지. 본 적이 있나?"

"소녀는 여인이라 제사 때 제례원 안에 들어가지 못하기에 직접 본 적은 없으나, 들은 적은 있나이다."

"그렇군. 그건 그야말로 장관이었지. 백성들이 그것을 보지 못한다는 게 아주 다행이라고 느껴질 정도로 말이야."

현원의 말에는 뼈가 느껴졌다. 그러나 청은 당황하는 대신 왕 앞에서 머리를 조아리며 대답했다.

"제례원 안이 아니라면 이 정도가 한계입니다. 제례원이 근처에 있는 궁내에서도 그리 큰 힘을 내지 못한다는 것을 아시지 않습니까. 그렇지 않다 하더라도 유가는 왕가를 위해 언제나 헌신하니 그러한 말씀은 과하신 걱정이라 사료됩니다."

"그래. 왕가가 곧 예국인 이상, 그대들이 왕가에 충성을 한다는 것은 이미 잘 알고 있는 사실이다. 하여…… 유가가 보기에 나는 통(通)이냐, 불통(不通)이냐?"

뜬금없이 시험을 운운하는 이유를 알 수가 없어 운사는 바짝 긴장했다. 그 시험이 무엇인진 알 수 없었으나 저 둘은 처음 만나는 것임에도 불구하고 아주 잘 아는 것 같은 모양새였다. 운사는 침묵을 지키는 청에게서 눈을 떼지 않으며 속으로 욕설을 내뱉었다. 본래의 계획은 아주 단순하고도 깔끔한 것이었다.

유가의 장자를 찾아내, 제례원에서 무녀들에게 인정을 받아낸 다음 용왕의 뜻을 앞세워 왕권을 장악한다. 그것이 가장 이상적이며 가장 빠른 방법이었다. 그런데 처음부터 꼬이기 시작한 일은, 이제 자신이 이해할 수도 없는 방향으로 나아가고 있었다.

"만약 불통이라면 어찌하실 것인지 여쭤도 되겠는지요."

"글쎄. 그것은 계획에 있지 않은 일이라 생각조차 한 적이 없어 모르겠다."

당당하다 못해 자만심이 흘러넘치는 대답이었다. 그러나 그것은 스스로에 대한 자신감이 기반이 되었기에 가능한 것이었다.

청은 자신의 앞에 앉아 있는, 예국의 왕을 조용히 응시했다. 흐름을 바꿀 수 있을 것인가. 그녀는 적어도 지금 이 순간만큼은 그렇다 믿고 싶었다.

가지런히 모아진 손이 천천히 허공을 향해 뻗어나갔다. 그 손은 이내 땅으로 떨어졌고, 위로 유가의 수장이 가지런히 고개를 숙였다.

"통(通)이옵니다."

청의 대답에 현원은 이를 드러내며 웃었다. 소리를 죽일 필요가 없었다면 호탕하게 웃음을 터뜨렸을지도 몰랐다.

"좋아. 그렇다면 이제 내가 이곳에 온 이유에 대해 말해야 맞는 순서겠지."

현원의 말에 허공에 떠있던 용이 단숨에 사기그릇 안으로 되돌아갔다. 일렁임 하나 남지 않은 채 고요한 수면을 유지하고 있는 사기그릇은 다시 운사의 손을 거쳐 밖으로 나갔다.

이 방에 들어온 뒤 처음으로, 현원은 생활감이라고는 전혀 없는 방 안을 휘 둘러봤다. 이곳은 누군가가 살기 위해 쓰는 공간이라기보다는 단순히 여러 물건들을 보관해 놓는 용도로 사용한다는 느낌이 강했다.

작은 초가집에 방은 고작 두 칸. 그중에서도 하나는 아예 쓰지 않는 방. 그 두 가지가 가리키고 있는 사실은 어린아이라도 추론할 수 있는 것이었다.

"유(諭)가의 남은 사내는 유성월 하나뿐인가?"

그 물음은 간결했으나 많은 것을 함축하고 있었다. 청은 철퇴로 두들겨 맞는 듯한 기분을 느끼며 어렵사리 대답했다.

"예."

"그렇다면 유(諭)가는 사용하지 못하겠구나. 그러하지 않느냐?"

갑자기 제게 던져진 질문에도 운사는 당황하지 않았다. 이미 그 역시 현원과 같은 생각이었기 때문이다.

"그러합니다, 전하. 유성월은 올해로 여섯. 제사를 주관하려면 적어도 열여섯은 되어야 합니다. 또한 여인 역시 신성한 제단에 오를 수 없으므로 불가하다 생각됩니다."

"그렇다는군. 유청 대신 유성한을 내세운다 할지라도 언젠가 한계가 오겠지…… 결국 방법은 하나뿐인가."

현원은 잠시 말을 멈췄다. 생각할 필요가 있다거나 정리가 필요하다든가 하는 이유 때문은 아니었다. 단지 그는 이 사실을 입 밖으로 내는 것을 무척이나 싫어했다. 그것은 자신의 치부를 그대로 드러내는 말이었고, 현 상황을 비춰 보이는 것이었다. 그렇기에 그는 한참 동안 침묵을 이어나가다 더는 미룰 수 없을 때가 된 뒤에야 말을 이어나갔다.

"〈용가삼대록〉을 쓴 연유가 무엇이냐."

왕의 물음에 운사는 마른침을 삼켰다.

〈용가삼대록〉. 그것은 말 그대로 용씨 집안의 가문 이야기를 적은 소설이었다. 거기까지 본다면 그리 특별할 점이라고는 찾기 힘들었다. 그러나 왕이 고작 그것을 말하고자 함이 아님을 청은 이미 알고 있었다.

"맹랑한 글이더구나. '용'가로 한 것도, 그 속의 내용도 지독하리만치 왕실과 닮아 있으니 말이다. 아니 그러냐?"

"송구합니다."

전혀 송구하지 않다는 표정으로 대답하는 청의 모습이 퍽 얄밉다 생각하며 현원은 눈을 가늘게 떴다.

"송구할 만한 일이지. 그래도 꽤나 정확하게 짚어냈더구나. 그 잡서의 내용대로 세간에 현 예국의 왕은 수십 가지에 달하는 병에 짓눌려 강녕전에서도 밀려나 동궁 구석에 웅크리고 있다 알려져 있으니 말이야. 그러니 나는 왕이나 왕이 아닌, 그래…… 허수아비 왕이라 할 수 있겠군."

현원의 말에 삽시간에 공기가 차갑게 식었다. 이제 운사의 얼굴은 하얗다못해 시체라 해도 믿을 정도였다.

"내 자리를 찾기 위해서는 선왕의 유지를 뒤집어야 한다. 하나 그럴 수 있을 만큼 강한 명분은, 그리 쉽게 찾을 수 있는 것이 아니지. 유가의 가주를 앞세우는 것 외에는 없을지도 모른다 생각했다. 이 책을 보기 전까지는 말이야."

현원이 말을 마치자 아래로 떨어진 청의 고개가 더욱 아래로 향했다.

"……전하께서 가시고자 하는 것은 어려운 길입니다. 명분은 그저 사람이 말하는 것일 뿐, 그렇다면 더 쉬운 길을 가시는 것은 어떠신지요?"

"그럴지도 모르지. 쉬이 가고자 한다면 얼마든 쉽게 할 수 있는 일이야. 그러나 누구나 납득할 만큼 강력한 명분이 없다면 내전이 전쟁으로 번질 수도 있다. 그리고 현재 예국은, 전쟁을 치를 만큼 국력이 강하지 못한 상태야."

전쟁. 헌원이 보고 있는 것은 몇 수 앞의 것이었다. 청은 저도 모르게 고개를 들어올렸다. 감히 왕과 시신을 마주했지만, 헌원은 그녀를 탓하는 대신 입꼬리를 끌어올리며 말을 이었다.

"또 다른 문제 역시 존재한다. 네 말대로 당장에 뒤집는 것은 그리 어려운 일이 아니야. 당장의 명분은 만들 수도 있는 것이다. 그래. 틀린 말이 아니지. 하나 어중간한 명분은 선례를 만들 것이다. 선왕의 유지를 왕이 깰 수 있다는 선례. 그것은 장차 왕권을 약화시킬 초석이 될 테지. 그렇지 않더라도 현재 민심은 왕에게서 멀어져 있는 상태이다. 민심을 잃은 왕은 그 자체로 허수아비와 다를 바가 없지. 허니 내겐 그것을 돌려놓기 위한 강한 수가 필요한 것이다. 잘못하였다간 쉬이 손댈 수 없는 대비의 힘만 더욱 강해질 테니 말이야. 어느 쪽으로 보나 이득 될 것이 없는 일이다. 그래서 골치가 아프지."

"용왕이 필요하신 연유가, 그것이군요."

"그래. 더 정확히 말하자면 용왕이 내게 명분을 줘야만 한다. 어째서 병약한 왕이 모든 것을 뒤엎을 수 있었는가에 대해 설명이 가능해야만 해. 민심이 왕에게 돌아설 수 있을 만큼 강한 패가 바로 유가다. 그리고 용왕은……."

헌원은 말끝을 흐리며 〈용가삼대록〉을 들어올렸다.

"바로 여기에 있을 터이지."

"……방금, 전하께옵서는 대통(大通)을 받으셨습니다. 이 시간 이후로 유가는 전심전력을 다하여 전하를 위해 움직이겠나이다."

그와 그녀의 시선이 마주쳤다. 대통이라. 기대 이상의 성과였다. 일이 재미있게 돌아가기 시작했다. 승리의 여신이 자신을 향해 웃기 시작했다. 그는 좀 더 짙게 웃으며 대답했다.

"재미있군. 좋다. 자세히 말해보거라."

❀

"믿으십니까."

어둠 속을 가르고 들려오는 물음은 나지막하나 단호했다. 건우는 놀라 자신을 바라보는 운사에게는 시선조차 주지 않은 채 앞서가는 주군만을 응시했다. 그러나 왕은 그 짤막한 말에 내포되어 있는 의미가, 대답을 함으로써 불어 닥칠 여파가 얼마나 거셀지 모르지 않았기에, 쉬이 답하는 대신 달만 바라볼 뿐이었다.

"전하."

이번에는 운사가 대답을 재촉했다. 기실 '믿음'에 대한 답을 듣고자 애가 닳은 것은 건우가 아닌 운사였다. 건우의 물음이 그저 사내인 줄 알았던 자가 여인이라는 것에 닿아 있을 뿐이라면, 운사의 물음은 그보다 더 거대한 것과 맞닿아 있었다.

수룡.

자신이 보았던 것을 다시금 떠올리며 운사는 남몰래 몸을 떨었다. 그것은 아마 오래도록 뇌리에 박혀 사라지지 않을 것이 분명했다. 그럼에도 답이 없는 현원의 뒷모습에 운사가 다시금 입을 여는 그 순간, 답이 들려왔다.

"믿지 않아야 할 연유가 무엇이란 말이냐."

구구절절한 이유 대신 들려온 답은 오히려 되물음이었다. 운사는 결단코 자신이 이해할 수 없는, 그리고 앞으로도 이해할 수 없을 그 단단한 유대감을 제 몸으로 느끼며 답했다.

"아시지 않습니까."

수화(水禍). 유가와 왕가의 질기디질긴 유대를 끊어내고 수룡의 목을 베어버린 그날의 피비린내가 현원의 코앞까지 다가왔다 빠르게 사그라들었다.

운사의 말에서 그것을 읽어낸 현원은 한참을 침묵했다.

"……십 년도 더 전의 일이다."

"일가가 몰락했습니다. 일가친척은 물론이거니와 제례원의 무녀들 대다수도 희생된 일이옵니다. 십 년으로 족하겠습니까. 백년으로도 과연 그날의 절규가 묻히겠습니까."

"하면, 어찌하여 네놈은 유가를 찾는다는 내 명에 찬동하였느냐. 짐은 진가를 꺾기 위해 유가를 찾았고, 오늘 드디어 원하던 것을 손에 넣었다. 유가의 성한이나, 유가의 청이나 같은 유가이지 않느냐."

왕의 물음에 운사는 입을 딱 다물었다. 답하는 것은 어려운 일이 아니었다. 그러나 그 이유란 것이 입 밖으로 내기에는 그토록 졸렬하고, 이기적이라는 생각이 그의 말을 순간 틀어막을 뿐이었다.

운사는 속으로 스스로를 비웃으며 입술을 비틀어 올렸다. 왜이런 때에 이름 석 자를 당당히 내보이지 못할 일을 하느냐는 건우의 말이 떠오른단 말인가. 그는 아무것도 알지 못한다는 표정으로 걷고 있는 건우를 힐끔 바라본 뒤, 질끈 눈을 감았다 떴다.

"유가의 성한은 버릴 수 있는 패이나…… 유가의 청이 내세운 계획은 자멸할 수 있을 정도로 위험하기 때문입니다. 아시지 않습니까. 수신의 지위를 이용하는 것과, 수신을 끌어내는 것은 감내 해야 하는 무게가 다르다는 것을."

"……문답은 다시 되돌아간다. 유가의 성한도, 유가의 청도 다르지 않아."

"어째서입니까. 전하…… 그것은……."

"유가이기 때문이다."

"전하, 소신은……."

"또한 현 왕권이 그 어느 때보다 약해져 있기 때문이지."

운사의 말을 잘라내며 현원은 쓰게 웃었다.

"그렇기에 짐은 유가를 믿는다. 정녕…… 건국신화가 허무맹랑 한 거짓이라 생각하느냐."

"……글이란 화려히 치장될 수 있지 않습니까."

교묘하게 돌려 답하는 말에 현원은 기꺼이 소리 내어 웃었다.

"하핫! 네놈이 틀렸느니라. 그것은 글이라 실로 실제의 절반도 담아내지 못하였지. 운사, 때로는 믿을 수 없는 것이 진실일 때도 있는 것이다. 그중 하나가 유가이다. 그들은, 왕가를 수호하는, 왕가를 위해 존재하는, 언제나 왕가의 편에 서는 가문이지. 그렇 기 때문에 과인은 믿는다. 이번 대의 유가는, 과인의 편이니라."

무어라 답하려던 운사는 턱, 잡히는 제 팔에 미간을 좁혔다. 그러나 놓아주기는커녕 꾹 내리누르는 건우가 말하고자 하는 바 를 모르는 것은 아니었기에, 운사는 입을 다물었다. 주제를 바꾸 고자 함은 건우뿐만이 아니었는지라, 현원은 뒷짐을 지며 말을 이어나갔다.

"한데, 네 눈에는 어떻더냐."

"……송구하옵니다. 소신이 미욱하여 전하께옵서 무엇을 묻고 자 하심인지 알지 못하겠나이다."

"그 집 말이다."

덧붙여진 설명이 더욱 아리송하기 그지없다. 결국 운사는 가까 워질 기색이 없는 궁에 얼른 당도하길 빌며 적당한 답을 내어놓 았다.

"그야말로 안빈낙도(安貧樂道)를 떠올리게 하는 듯하였나이다."

운사의 말에 현원의 발걸음이 멈춰 섰다. 그러나 의도한 바가 아닌지 그는 자신이 멈춰 섰다는 것도 깨닫지 못하고 허공을 바 라보며 낮게 웃었다.

"하하. 구차하기 그지 없었다라."

"그것이 아니오라."

"되었다. 그것이 사실이니."

생각에 잠긴 현원의 뒤로 건우가 에둘러 멈춰선 걸음을 재촉했 다.

"전하, 이제 곧 인시(寅時)입니다."

그 말에 왕은 상념에서 깨어나 다시 궁으로 향했다. 전보다 조 금 빨라진 걸음걸이는 마음의 다급함을 대변하는 듯했다. 한참 동안 이어지던 침묵이 깨진 것은 궁이 바로 코앞에 당도하고 난 뒤였다.

"운사."

"예, 전하. 하문하소서."

"내일 가야 할 곳이 생겼다. 오래 걸리지 않을 것이니, 그동안 빈자리를 부탁하마."

채 하루가 지나기도 전에 잇달아 궁을 나서는 것은 꽤나 이례적인 일이었다. 하나 그 목소리가 가볍지 않고 진중했기에, 반박이 허가되지 않음을 알 수 있었다. 이것은 명이었다. 그렇다면 자신의 역할은 그것을 온전히 수행하는 것에 있었기에 운사는 자신을 보지 못할 왕을 향해 정갈히 예를 갖추며 대답했다.

"예, 전하."

❀

"전하."

청의 가느다랗게 떨리는 목소리가 메아리처럼 작게 울렸다. 그녀는 지금 울고 싶은 심정이었다.

가능하다면 선왕에게 쫓겨날 때 죄인의 신분으로 사람들의 틈에서 살 수 없다며 산골짜기 바로 밑에 집을 지은 아버지를 원망하고 싶은 심정이었다. 봄, 여름이면 나물이며 버섯 같은 것들을 한가득 따먹었고 겨울이면 원 없이 나무를 때어 썼지만 그때의 감사함이 지금은 조금도 남아 있지 않았다.

어째서 산속에 이런 폭포가 존재한단 말인가. 그녀는 내려다보이는 아찔함에 질끈 두 눈을 감았다. 객관적으로 그리 가파르지도, 높지도 않았기에 건장한 사내라면 물놀이를 한답시고 풀쩍풀쩍 뛸 수도 있을 정도였으나 그녀에게는 천 리보다도 더 깊게 느껴졌다. 폭포를 아래에서만 보았지 위에서 내려다본 적은 없었기 때문일지도 몰랐고 하얗게 일어나는 물보라가 높이를 짐작하기 어렵게 만들기 때문일지도 몰랐다. 그러나 청의 얼굴이 점점 더 공포에 질릴수록 그 옆에 서 있는 현원의 얼굴에는 점차 웃음이 피어올랐다.

"너무 걱정 말거라. 아래에 건우가 있으니."

오늘은 검은 비단으로 엮은 술띠를 매고 있는 왕은 마실을 나가는 것 같은 말투로 대답했다. 정말 그렇게 느끼고 있는 것인지 그는 풍류를 따지듯 부채를 펼쳐들고 살랑살랑 부채질까지 했다. 청이 보기에는 얄밉기 그지없는 모습이었지만 현원의 입장에서 따져 묻자면야 그 둘 사이가 크게 다르진 않았다. 현원이야 정말로 마실 나오듯 가벼운 마음가짐으로 가벼운 옷차림을 한 채 나온 것이었으니 말이다. 마실과 지금이 다른 것은 시원스레 쏟아지는 폭포 소리와 그들이 길 위가 아닌 벼랑 끝에 서 있다는 것뿐이었다.

"하, 하지만……."

겁에 질린 청의 목소리에 현원은 기다렸다는 듯 부채를 탁 소리가 나도록 접으며 대답했다.

"그렇다면 지금이라도 대역을 쓰는 것이 어떠하냐. 배에서 뛰어내린다는 것이 말이야 쉽지 실제로는 이리도 어려운 일이다. 잘못했다간 죽을 수도 있는 일이야."

"설령…… 그…… 렇다 할지라도 그럴…… 순 없습니다."

덜덜 떨면서도 고집을 꺾을 기색은 전혀 보이질 않았다. 어릴 적 몇 번인가 보았던 유성운의 똥고집을 그 딸이 그대로 빼다 박은 모양새다. 목소리마저 가늘게 떨리면서도 그 속에는 물러서지 않겠다는 단호함이 느껴져, 현원은 얼굴을 굳혔다. 또다시 유(諭)가의 사람을 왕명이라는 말로 내려찍고 싶지 않다면 당장에 다

관두라 윽박지르고도 남았을 터였다. 결국 현원은 그녀가 지레 겁을 먹고 포기하기를 기다리자 마음을 먹으며 연신 부채만 부쳐 댔다. 더 말을 해봤자 그녀를 부추기는 꼴밖에는 되지 않는다는 것을 깨달은 것이다.

나긋나긋한 말로 저를 슬슬 꾀려던 현원이 갑작스레 입을 다물자 청은 무슨 일인가 싶어 곁눈질로 그를 살폈다. 그러고는 얕게 숨을 내쉬며 시선을 돌렸다. 굳게 닫혀 일자로 늘어진 그의 입술이 지금 상황이 마음에 들지 않다고 대신 주장하는 것처럼 보였던 것이다.

그렇다 할지라도 그녀는 양보를 할 생각은 전혀 없었다. 따로 생각하는 바가 있었기에, 청은 지금 이곳에서 도망칠 수가 없었다. 물론 그렇다 할지라도 겁이 나지 않는 것은 아니었지만 말이다.

슬쩍 고개를 내밀어 아래를 훔쳐본 청의 얼굴이 더 새하얗게 질렸다. 이젠 시체라 해도 믿을 지경이었다. 사람 얼굴이 그렇게까지 희게 질리는 것을 처음 본 현원은 그 얼굴을 빤히 바라봤다.

그 지경이 돼서도 자신은 못 하겠다고 뒤로 물러서는 대신 고집스럽게 입술을 깨물며 앞으로 한 걸음 나서는 모습이 이젠 신기하게 느껴지고 있었다. 단지 유(諭)라는 성을 물려받았기 때문에 가치를 가졌던 여인은, 이제 그에게 있어 조금 다른 느낌으로 다가오고 있었다. 그에게 있어 청은 그저 과거에 약간의 연이 있었던, 그러나 그저 왕권을 되찾기 위해 필요한 여인에서 묘하게 제 신경을 긁는 존재로 바뀌어 있었다. 아무리 힘 없는 허수아비 왕이라 할지라도 그의 눈앞에서야 다들 말 한마디에도 넙죽넙죽 엎드렸기 때문에 더욱 그런 것일지도 몰랐다.

그래. 그는 신기했다.

죽으라는 명령도 아니고, 편하게 있으라고 했는데도 기필코 제가 사지로 나가겠다는 여인이 그는 그저 신기했다.

현원은 눈을 가늘게 뜨며 치맛자락을 움켜쥐는 청을 응시했다. 어디에서 그런 용기가 나오는지 알 수 없었지만 그녀가 그저 수나놓고 금이나 연주하는 다른 여식들과는 다르다는 것쯤은 손만 봐도 알 수 있었다.

지금만 해도 그러했다. 현원의 시선이 청의 희게 질린 얼굴에서 주먹을 꽉 쥐고 있는 자그마한 손으로 옮겨갔다. 저 손. 조금만 힘을 주면 금방이라도 부러질 것처럼 가느다라면서도 동시에 그 무엇보다 강해 보이는 그녀의 손은, 그에게 다시금 지난 일을 떠오르게 했다.

그녀의 손은 귀이 큰 여식들과는 다르게 여기저기 굳은살이 박여 있었다. 붓을 오래 쥐어 생긴 것, 한겨울에 찬물로 온갖 잡일을 해 생긴 것들이 마치 훈장인 양 손 곳곳에 자리 잡고 있어 시선을 끌었다. 그 손을 보고 있자면 다시는 보지 못할 그리운 무엇이 떠오르면서 동시에 다른 곳으로 생각이 뻗어나가기 시작하는 것이다.

자신도 알지 못한 사이에 시간을 거슬러 올라가기 시작한 그의 생각을 다시 끌고 들어온 것은 청의 목소리였다.

"신화란 권력에 타당성을 부여하기 위해 만들어진 허상입니다."

목소리는 말을 끝맺는 부분에서 가늘게 떨렸다. 그것에는 자신의 뜻을 관철시키고자 하는 강한 힘과, 동시에 당장이라도 죽음을 받아들여야 할 수 있다는 공포감이 공존하고 있었다. 신으로 떠받들어지는 용왕의 존재를 그 누구도 아닌 왕 앞에서 부정하고 나섰으니 무모하다면 무모한 용기였다. 실재할 것이라 진심으로 믿는 자는 아무도 없었지만 동시에 없을 것이라 아무도 부정하지 못하는 존재. 그것이 신이지 않던가.

운사는 팽팽하게 당겨지는 방 안의 공기를 느끼며 현원의 표정을 살폈다. 용왕의 존재를 증명하는 힘을 가진 여인이 그것을 정면으로 부정하는 모습은 꽤나 재미있는 구경거리였지만, 그보다는 왕의 심기가 더 걱정이었다.

용왕은 예국 왕조의 시초이자 조상이자 신이었다. 그것을 부정한다는 것은 해석하는 방향에 따라 왕조를 부정하는 것으로 들릴 수도 있는 일이었다. 당장에 왕이 검을 뽑아들어도 그는 자신이 그것을 말릴 수 있을지 자신이 없었다.

그러나 왕의 표정에는 불쾌함이라곤 찾아볼 수 없었다. 그는 불쾌해하는 대신 눈을 가느다랗게 뜨며 청의 얼굴을 훑었을 뿐이다.

"용왕에게 올리는 제를 주관하며 한때 하늘을 호령할 정도의 권세를 누렸던 유(諭)가의 핏줄이 그 근본을 뽑아버리고자 하는 게냐. 뭐, 좋아. 재미있는 관점이다. 그래, 그것이 지금 중한가? 아니면 용왕을 끌어올릴 방법을 물었더니 용왕이 없다 대답한다는 것은 그 방법 또한 없다고 말하고 싶은 것이냐?"

"아닙니다. 그렇기에 전하께 필요한 것은 용왕이 아닌, 믿음이라 말씀드리고 있는 것입니다."

"……틀린 말은 아니지. 그래, 그 믿음이 왕권을 쥐고 흔들고 있으니 말이야. 그러니 그 역시 재미있군. 하면 정확히 어떤 믿음을 밀하고자 함이냐.”

시문을 주고받듯 청이 한마디를 끝낼 때마다 말을 받아내는 현원은 그가 뱉는 말마따나 정말로 재밌다는 표정을 짓고 있었다. 그러나 아무런 생각 없이 그저 맞장구만 치고 있는 것은 아니었다. 그는 얘기를 이어나가며 청이 집어낸 지점이 무엇인지, 그리고 그것이 얼마나 유효한지를 머릿속으로 빠르게 재고 있었다. 그리고 그것은 운사도 마찬가지였다. 차이점이 있다면 운사는 과연 청이 말하는 것들이 실현 가능할 것인가로 골머리를 싸매고 있다는 점이었다. 그러나 그것은 그들만의 속사정이라, 청은 여유로이 고민할 시간은 주지 않은 채 빠르게 제 말을 이어나갔다.

“현재 전하께 필요하다 하신 것은 선왕의 유지를 엎을 만큼 강력한 다른 무언가라 하셨습니다. 소녀는 그것이 민심이라 생각합니다. 예로부터 민심은 천심이라 했습니다. 민심이 전하를 진정 적합한 왕이시라 여기게 된다면, 전하께옵서는 그 무엇보다 강력한 명분을 얻으실 것이옵니다. 그러니 용왕이, 천지의 주인으로 전하를 선택했다, 그리 믿게 하면 될 일입니다. 물론…… 이후의 일은 이미 안배를 해놓으셨겠지요.”

“이미 내 손안에 용왕을 쥐어준 것처럼 말을 하는군. 그만큼 자신이 있다는 뜻이겠지. 그렇다면, 이제 그만 서론은 끝을 내고 그 방법을 들어보도록 하지.”

현원은 즐거이 말했다. 드디어 그가 기다리던 순서가 온 것이다. 〈용가삼대록〉에서 아직 나오지 않은 내용이자, 가장 중요한 내용.

왕보다 더 높은 위치에 있다 할 수 있는 것은 예국에서 신성시되며 매년 시끌벅적한 제를 올리는 대상인 용왕, 한 명뿐이었다. 유(諭)가가 내쫓긴 뒤로 세력이 약화되었다 하나 민심은 여전히 큰일이 있을 때면 왕보다도 용왕을 찾았다.

민심이 천심이라. 현원은 서책에서나 나올 법한 말을 속으로 읊조렸다. 그 말도 틀린 것은 아니었으나 지금 그에게 필요한 것은 기적이었다. 그것도 세간에 널리 퍼진, 있지도 않은 병을 떨쳐내고 외척을 단칼에 베어버릴 수 있을 정도로 강력한 기적.

번뜩이는 왕의 눈빛에 청은 마른침을 삼켰다. 지금부터는 왕가에도 전해지지 않은, 오로지 유(諭)가 내에서만 전해 내려오는 이야기였다. 선조가 후손에게, 그 후손이 다시 후손에게 알려주며 조심스럽게, 그러나 꾸준히 이어져 내려오던. 그 서두를 열기 위해 그녀는 누구나 알 법한 이야기를 먼저 꺼내들었다.

"고작 수십 년 전까지만 하더라도 처녀를 용왕에게 바치는 풍습이 있었던 것을 아시나이까."

그것은 이미 오래전에 사라진 풍습이었지만, 여전히 어머니에서 어머니로 입에서 입을 통해 옛날이야기인 양 전해 내려왔다. 해일이 일고 파도가 높게 칠 때면 노하신 용왕을 잠재우기 위해 처녀를 바쳤다는 이야기는, 아이들이 말을 듣지 않을 때면 용과 같이 심심찮게 등장하곤 했다. 현원도, 운사도 그것은 어릴 때 종종 들었던 것이기에 별다른 대꾸를 하지 않았다. 침묵으로 던져진 긍정에, 청은 숨을 내쉬며 말을 이었다.

"그 속에는 아무도 모르는 감춰진 얘기가 하나 더 있습니다."

"아무도 모르는?"

"예. 유(諭)가에서 오로지 입과 입을 통해 전해진 이야기입니다. 먼 옛날, 아직 처녀를 바치는 풍습이 남아 있던 시절에 제물로 바쳐졌으나 살아 돌아온 여인이 한 명 있었습니다. 그 여인은 초대 유가의 장녀로, 해일이 일고 파도가 높게 치자 바다를 잠재울 제물이 되어 바다로 뛰어들었으나 연꽃에 싸여 지상으로 되돌아왔다 전해집니다. 그리고 그녀는 이리 말했다 합니다."

청이 잠시 숨을 돌리는 그 짧은 순간에 왕은 어쩐지 그녀의 뒷말을 알 것 같다 생각했다.

"자신이 용궁에 가 용왕의 뜻을 받아 되돌아왔노라고."

그녀는 가장 어려운 일을 가장 쉽게 말하며 무릎을 덮고 있는 낡은 치맛자락을 한껏 움켜쥐었다. 마치 이 뒤에 이어질 일을 짐작하는 것처럼.

"뛰, 뛰겠습니다."

청은 허리에 매여 있는 노끈을 한 번 더 확인하며 말했다. 그 선언에 현실로 끌려온 현원이 눈썹을 치켜 올렸다. 그는 지금 꽤 기분이 나쁜 상태였다. 유가의 청이 슬슬 피하며 역병을 만난 것처럼 자신과 거리를 두는 것이 그 첫째 이유요, 그럼에도 그녀가 뛰기를 포기하지 않고 고집을 부리고 있다는 것이 그 둘째 이유였다.

뛴다니. 정말로? 단지 얼토당토않은 일을 스스로 하겠다며 나서기에 못하겠다는 말을 듣고자 시작한 일이었다. 비록 그리 높지 않은 곳이라 할지라도 수련은커녕 제대로 된 운동조차 하지 않는 여인에게는 버거운 높이였다. 그럼에도 계획한 바를 직접 할 것이라 계속 고집을 부린다면 진정으로 할 수 있는지 증좌를 보이라며 이곳까지 끌고 온 것은 자신이었다. 쏟아지는 폭포를 보자마자 하얗게 질려 다른 사람을 시키라 애원할 것이라 생각했기에 할 수 있었던 말이었다. 그래. 그것이 그가 이 이른 시간부터 궁에서 뛰쳐나와 여기에 있는 이유였다.

현원은 청이 이런 궂은일을 할 필요가 전혀 없다고 생각했다. 그녀는 그저 곱게, 안전한 곳에서 보살핌을 받으면 그만이었다. 무엇하러 귀한 유가의 여식이 직접 바다 속으로 뛰어든단 말인가?

"뛰겠다고?"

현원은 제 귀를 의심하며 눈살을 찌푸렸다. 쇠심줄보다도 더 질긴 고집이 그는 도저히 이해가 가지 않았다.

그에게는 수없이 많은 수족들이 있었다. 비록 대다수는 궁궐 밖에 있었지만 그래도 바다에 뛰어들 정도로 건장한 사내들은 한둘이 아니었다. 그중 한 명이 여복을 한 채로 뛰면 될 일이었다. 그 편이 살아남을 확률도, 성공할 확률도 높았다. 그녀는 지금 현원에게 있어 꽤나 귀한 존재였고, 그렇기 때문에 실수로라도 죽어버리면 뒷일이 복잡해진다. 유가의 여식은 어떤 의미로든 살아 있는 쪽이 이득이었다. 이번 계획이 성공하건 실패하건, 유(諭)가는 질릴 정도로 이용할 수가 있으니 말이다. 그럼에도 제대로 된 물장구질 한 번 해보지 못했을 그녀는 직접 사지로 뛰어들겠다는 말을 너무도 당연하다는 듯이 하고 있었다.

"예. 뛰겠습니다."

대체 어째서? 라는 생각이 채 끝나기도 전에 현원은 일순 청의 목소리에서 두려움이 사라졌다 생각했다. 맑은 목소리는 무척 담

담하게 의지를 고하고 있었다. 고작 그 생각을 했을 뿐인데, 그녀
는 그가 말릴 새도 없이 이미 벼랑 아래로 발을 내딛고 있었다.

경악한 현원이 가느다란 노끈에 의지한 채 폭포 아래로 몸을
던지는 청을 향해 손을 뻗었을 때는 이미 늦은 뒤였다. 그의 손
은 공기만을 스쳤을 뿐, 아무것도 잡을 수 없었다.

쏴아아, 귓가를 울리는 물소리가 벼락과도 같다는 생각에 현원
의 얼굴이 희게 질렸다.

한 뼘.

현원은 고작 그 정도 되는 거리가 얼마나 먼지 뼈저리게 통감
하며 주먹을 말아 쥐었다. 유가의 청이 제게 거리를 두는 이유는
오래전부터 알고 있었다. 그것이 쓸데없는 이유라는 생각도 하고
있었다. 천천히, 궁에 들어오면 그 이유를 없애줄 생각까지 하고
있었다. 한데 그로 인한 한 뼘이, 고작 며칠 미룬 그 일이, 이리도
심장을 옥죌일 줄은 미처 몰랐다.

다시금 물줄기가 떨어지는 소리가 귀청이 떨어질 듯 맹렬히 들
렸다. 그 물줄기를 따라 청이 떨어져 내리는 모습이 그의 눈에는
너무도 느리게 들어왔다. 바람을 타고 펄럭이는 그녀의 치맛자락
은 고운 다홍빛이었다. 위로 풀썩 들어 올려진, 머리끝에 매달린
붉디붉은 댕기가 시선을 사로잡는다. 그런 생각이 머릿속을 스쳐
지나가기가 무섭게 다시 시간이 빠르게 흐르기 시작했다.

눈이 마주쳤던가? 아아, 모르겠다.

"건우!"

현원의 고함에 아래에 자리를 잡고 있던 건우의 고개가 치켜
올라갔다. 언제나 고요히 시간 속에 녹아들어 가던 그는 드물게

놀랐다. 분명 이곳에 오기 전까지만 하더라도 아무 일도 벌어지지 않을 예정이었다. 운사는 다시 제 주군이 여러 잡무를 자신에게 맡겨놓고 놀러 나간다며 한탄을 늘어놓지 않았던가. 그리고 그 부분에 있어서는 건 역시 동감하는 바였다. 그 역시 오늘은 아무 일도 일어나지 않을 것이라 생각해 조금쯤 마음을 편하게 먹고 있었다.

모든 이들이 결국 유가의 여식이 포기할 것이라 장담했다. 포기하는 것이 당연했다. 이 정도 높이야 어지간한 사내들에게 있어서는 그리 높은 것도 아니었으나 여인에게 있어선 숨이 턱 막힐 정도로 공포감을 줄 것임을 알고 있었기 때문이다. 목숨을 걸고 뛰어내린다는 것은 십여 년 넘도록 수련을 한 사내들에게도 쉬운 일이 아니었다. 그것은 용기의 문제 이전에 생존욕의 문제였다. 인간이라면 당연히 지니고 있을 생존에 대한 본능과 죽음에 대한 공포가 그녀의 치기 어린 도전을 포기시킬 것이라, 다들 그리 여겼다.

그런데 어째서? 어째서 저 여인은 아래로 떨어지고 있단 말인가?

그런 생각이 머릿속을 채 스쳐 지나가기도 전에 그는 금방이라도 같이 떨어져 내릴 것처럼 몸을 앞으로 내민 채 맨주먹으로 날카로운 벼랑의 끝을 내려치는 제 왕을 볼 수 있었다. 멀리 있었지만 그의 두 눈에 새겨진 감정만큼은 알 수 있었다.

그것은 짙은 공포였다.

"찾아내라! 죽게 해선 안 돼!"

무시무시한 소리를 내며 바닥과 충돌하는 물보라 소리보다 왕의 목소리가 더 크게 울렸다. 그것이 시발점이 되어 건우는 물속으로 뛰어들었다. 폭포치고는 높이가 높지 않았으나 그래도 여인의 몸이니 견딜 수 있을지 확신할 수가 없었다. 사람이 물속에서 숨을 얼마나 오래 참을 수 있었지. 그는 청이 수직으로 떨어져 내린 뒤 얼마나 오랫동안 위로 올라오지 않았던가 생각하며 눈살을 찌푸렸다. 아슬아슬했다. 물이라도 먹었다면 견딜 수 있는 시간은 더 짧아질 것이다.

그는 위에서부터 팽팽하게 당겨져 있는 노끈의 위치를 확인하며 깊게 숨을 들이켰다. 그리고 조금의 머뭇거림도 없이 물속으로 미끄러지듯 들어갔다. 계속해서 일어나는 물보라로 인해 시야가 제대로 확보되지 않았다. 그럼에도 건우는 얼마 지나지 않아 노란 저고리와 이어져 있는 노끈을 찾아내는 데 성공했다.

그쪽을 향해 팔을 뻗던 건우는 순간 제 눈을 의심했다. 자신이 생각했던, 살아남기 위해 발버둥치고 있어야 할 여인은 그 자리에 없었다. 그 대신 투명한 물속에서 노끈 하나에 몸을 맡긴 채 청은 고요히 잠겨 있었다. 그것은 무척 기이한 장면이었다. 노끈에 매달린 채라면 물살을 따라 끊임없이 흔들리고 있어야 할 그녀의 몸은 물살에는 전혀 영향을 받지 않는 것처럼 그저 떠 있을 뿐이었다. 마치 물이 위아래로 그녀를 받치고 있는 것만 같았다. 수면 바로 아래에서, 그렇게 그녀는 현실적인 모든 것과는 무관한 듯 보였고, 생명줄이나 다름없는 노끈은 팽팽히 당겨지지 못한 채로 물속에서 흐늘거리고 있었다.

그래. 그녀는 마치 물속에 멈춰 있는 것처럼 보였다. 물에 안겨 있는 것처럼 보이기도 했다. 분명 위급한 상황일 터인데, 정작 얼굴은 편안해 보이기 그지없었다. 그것이 용궁에서 산다는 선녀님을 연상시켰다. 한시가 급한 상황이었지만 건우는 잠시 동안 그 모습에 온 신경을 빼앗긴 채 멀거니 그녀를 바라보고만 있었다. 그녀가 입은 흔하디흔한 옷마저도 그의 모든 시선을 사로잡았다. 혼인 전 양반가의 여식이 주로 입는 노란저고리에 다홍치마였지만, 그 흔한 색들이 오늘 처음 보는 것처럼 느껴질 정도였다.

정신을 차린 청의 손이 움직인 것은 그때였다.

"……!"

그녀는 한계에 다다르는 숨에 다급히 손을 휘저었다. 그 손짓이 모든 것을 현실로 되돌려 놓는 기점이었다. 갑작스레 그녀의 몸이 아래로 푹 꺼지고, 허리에 단단히 맸던 노끈이 팽팽하게 당겨졌다. 일순 배에 압박이 가해지자 청은 남아 있던 숨을 모조리 뱉어냈다.

건우 역시 정신을 차리고 다급히 그녀에게 다가갔다. 그는 자신을 발견했는지 놀라 눈을 동그랗게 뜨는 청을 달래며 품 안에서 단검을 꺼내들었다. 그러고는 물속임에도 불구하고 날카롭게 빛나는 단검을 한 치의 머뭇거림 없이 휘둘러 밧줄을 잘라냈다. 아래로 가라앉지 못하도록 지탱하고 있던 밧줄이 사라지자 순간 그녀의 몸이 빠르게 아래로 추락했다. 놀란 청이 발버둥을 치기도 전에 그녀의 허리를 받쳐낸 건우는 이내 그녀를 수면 위로 밀어 올렸다.

"쿨럭쿨럭!"

물을 많이 먹었는지 연신 기침을 토해내는 그녀의 뒤로 건우가 수면 위로 올라왔다. 그는 눈을 뜬 그녀의 모습에서 얼핏 남아 있는 방금 전의 잔상을 애써 지워내기 위해 부러 제 얼굴을 쓸어내렸다. 그러곤 천천히 뭍으로 그녀를 끌어당기며 물었다.

"괜찮으십니까."

"하아…… 하아…… 예. 그럭저럭, 어찌 살아 있는 듯합니다."

청은 가쁜 숨을 몰아쉬며 대답했다. 떨어지기 전까지만 하더라도 요란한 소리를 내며 쏟아지는 폭포에 눈앞이 아찔했었다. 시야가 팽글팽글 돌고 머릿속이 하얗게 질린다는 것을 그때 처음 느꼈을 정도였다. 그러나 용기를 내어 한 발자국 앞으로 내디뎠을 때의 기분은 전혀 다른 것이었다. 청은 공포가 아닌 흥분으로 열이 오른 얼굴을 연신 매만지며 땅을 밟았다. 그리고 몸을 추스르기도 전에 도깨비처럼 두 눈을 부라리고 있는 현원과 마주해야만 했다.

"게서 진정으로 뛰어내리면 어쩌자는 것이야!"

노한 기세로 쏟아내는 현원의 목소리는 우레와도 같았다. 그는 정말이지 청이 그 아래로 뛰어든 그 순간 무언가가 속에서 쿵 내려앉는 기분을 느꼈다. 정말로 그녀가 뛰어내릴 것이라는 생각을 아주 조금도 하지 않았기 때문에 더 그랬다. 자신이 너무도 당연하게 생각하고 있던 것을 비웃듯 그녀는 바로 코앞에서 잡아챌 시간조차 주지 않고 제 어미처럼 그렇게 너울너울 떨어져 내린 것이다.

경악, 놀라움, 당혹감이 잇따라 그를 덮쳤고 다홍빛 치맛자락이 시야에서 사라진 뒤에 든 감정은 소실감이었다. 손에 쥐고자 했던 것이 마치 모래처럼 사이사이로 빠져나가는 그 더러운 기분. 그는 그 기분을 다시금 느꼈고 소실감은 공포로 다가왔다. 그랬기에 이렇게 화가 나는 것일 터였다. 그녀가 지금 잃어버려서는 안 되는 유(諭)가의 여인이었기에. 그렇다면 어째서 지금 그녀가 거리를 두는 것도 이리 화가 난단 말인가?

그는 수많은 의문을 접고 접어 구석에 처박았다. 지금 당장 중요한 것은 그것이 아니었기에.

"생각이 있는 게야 없는 게야! 잘못하다 바위에 머리라도 박는다면 그대로 죽을 수도 있다는 것을 모르나!"

씩씩거리며 화를 내는 현원의 모습에 청은 그만 말문을 잃고 말았다. 새벽부터 들이닥쳐 배에서 뛰어내릴 작정이라면 정말 그것이 가능할지 증좌를 보여보라 닦달을 한 것이 고작 한 시진 전이 아니던가. 그런데 지금은 왜 뛰었느냐며 성을 내니 어느 장단에 맞춰야 할지 도무지 알 수가 없었다. 그렇다 해서 왕에게 화를 낼 수도 없는 노릇이었기에, 청은 그저 속으로 화를 꾹꾹 누를 수밖에 없었다. 그녀는 온통 물을 먹어 무겁게 늘어지는 옷을 어떻게든 정돈해 보려 노력하다 포기하고는 한숨을 삼키며 대답했다.

"송구하옵니다. 하나 이것으로 증명이 되었는지요?"

현원의 눈살이 찌푸려졌다. 어느새 왕의 뒤에 서 있는 건우의 얼굴에도 의아함이 스쳐 지나갔다. 청의 말이 현원의 말과는 앞뒤가 맞지 않았으니 당연한 일이었다.

화를 내는데 증명이 되었느냐니? 물을 먹어 무거워진 옷으로 어떻게든 똑바르게 서 있으려 애를 쓰는 청에게서 더는 말이 나오지 않자 현원은 마뜩치 않다는 표정으로 되물었다.

"증명?"

"예. 전하께옵서 소녀에게 배 위에서 뛰어내릴 수 있을 것인지를 증명해 보라 하지 않으셨습니까."

그제야 밀의 앞뒤를 알아챈 현원은 기가 막힌 탄성을 뱉어냈다. 생사에 대해 논하고 있던 와중에 증명을 운운하더니 그것이 고작 자신이 뛰어내리겠다 다시 주장하는 말이라니. 현원은 이미 세상을 뜨고 없는 유성운을 향해 욕설을 내뱉으며 얼굴을 구겼다. 대체 어떻게 키우면 사내도 아닌 여인이 이리도 겁이 없단 말인가. 그러나 먼저 얘기를 꺼낸 것은 자신이었기에, 현원은 짜증스러운 한숨을 내뱉었다.

"마-음대로 하거라. 뛰는 폼을 보아하니 어디 내놓건 풀쩍풀쩍 잘도 뛰겠구나."

잔뜩 비꼬는 투가 역력한 현원의 말에도 청은 그저 안도하며 가슴을 쓸어내렸다. 뒤에 숨지 않아도 된다는 확신을 받자 그녀는 그제야 다리가 풀려 휘청거렸다. 앞으로 고꾸라질 것만 같은 청의 모습에 놀란 건우의 팔이 앞으로 뻗어나갔다. 그러나 그녀의 몸을 받친 것은 그보다 앞에 서 있던 현원이었다. 그는 건우가 제 뒤에서 반쯤 튀어나왔던 팔을 조심스레 거둬들인 것을 눈치채지 못한 채로 낮게 혀를 찼다. 너무 가벼웠다. 이대로 힘을 주면 반으로 똑 부러져 버릴지도 모르겠다는 생각마저 들 정도로.

"부디 혼절만은 하지 말거라. 오늘 이른 아침부터 예까지 온 이유가 아직 한참 남았으니 말이야."

퉁명스럽기 그지없는 말에 왠지 모르게 걱정이 묻어 있는 것만 같았다. 그것을 신기해하기도 전에 청은 왕의 옥체에 몸이 닿았다는 것에 화들짝 놀라며 다리에 힘을 줬다. 사람이 너무 놀라니 없던 힘이 갑자기 생기는 것 같다 생각하며 그녀는 재빨리 뒤로 물러난 뒤 고개를 숙였다.

"예, 전하."

갑작스럽게 무게감이 사라지자 현원은 다급히 팔을 거둬들였
다. 그제야 자신이 한 행동을 깨달은 것이다. 그 역시 한 걸음 뒤
로 물러섰다. 거리가 멀어지면 시야가 넓어진다는 말처럼, 한 걸
음 뒤로 물러서자 물에 홀딱 젖은 청의 모습이 눈에 들어왔다.
몇 겹씩 겹쳐 입는 옷인지라 속이 비쳐 보이지는 않았으나 이미
젖어버린 옷이 추위를 막아줄 리는 만무했다. 방금 전의 사건으
로 머릿속에 청을 예측불허에 약한 존재로 인지해 버린 현원은
계속해서 눈에 거슬리는 그녀의 젖은 옷에 결국 고개를 저었다.
미처 건우가 말릴 틈도 없었다. 기실, 현원 자신도 생각이 닿기
전에 몸이 먼저 움직인 일이었다.

펄럭, 자신의 어깨에 내려앉는 왕의 도포에 청의 눈이 크게 뜨
였다. 그런 그녀의 '놀람'을 마주한 현원은 그제야 자신의 행동을
인지하고 괜히 헛기침을 뱉었다.

"그 상태로 얘기를 할 수도 없는 노릇이니 일단 내려가도록 하
지."

만약 이 자리에 건우 대신 운사가 있었다면 경악을 금치 못했
을 말이었다.

3.
인당수

옷을 갈아입은 청의 모습은 전과는 조금 달랐다. 젖은 옷을 벗었기 때문이 아니라 근본적으로 표정에서 차이가 났다. 마치 짐을 내려놓은 것만 같은 그녀의 모습에, 현원은 제 앞에 놓여 있는 찻잔을 들어 올리며 입을 열었다.

"그리도 좋으냐."

"예?"

"원하던 대로 되니 좋으냔 말이다. 사대부가의 여인들 중 바다에 뛰어들지 못해 안달이 난 여인은 그대뿐일 것이다."

묘하게 날이 서 있는 목소리에도 청은 그저 웃을 뿐이었다. 살풋 그리며 올라가는 그 미소가 진심으로 기쁜 것처럼 보여서 도리어 현원은 성이 났다. 그러나 현원이 무어라 더 말을 잇기 전에 청이 먼저 대답했다.

"그것 때문에 기쁜 것이 아닙니다."

"……그렇다면 무엇이 그리도 기쁜 것이냐."

"드디어 아버님의 유지(遺志)를 지킬 수 있게 되어…… 그것이 기뻤던 것입니다."

그녀의 말에 현원의 머릿속에 다시금 선왕의 말이 떠올랐다. 아비의 유지는 그 역시 받았다. 차마 쉬이 눈을 감을 수 없을 정도로 간절히 이루고자 했던 그 바람. 그러나 그것은 이룰 수 없는 것이었기에 현원은 고개를 돌려 현실을 마주했다. 그는 불편한 주제에서 벗어나기 위해 슬쩍 말을 돌렸다.

"그러고 보니 현재 유가는 가주가 비어 있는 상태로군. 동생의 이름이 유성월이라 했던가."

"예. 그 아이가 장성하여 유가를, 그리고 왕가를 받치는 기둥이 될 것입니다."

그녀의 목소리에는 뿌듯함이 녹아 있었다. 반드시 그렇게 될 것이라는, 한 치의 의심도 없는 강한 확신에 찬 모습에 현원은 별다른 대꾸를 하지 않는 대신 역시 찻물만 들이켰다.

그는 유성월이 스물을 넘길 수 있을 것인가에 대해 무척이나 회의적이었다. 대대로 유가의 남성은 몸이 약하기로 유명했다. 그것이 단순히 핏줄의 문제인지, 아니면 용왕이 개입되어 있는 것인지는 아무도 알지 못했다. 그저 값비싼 탕약과 뛰어난 의원들을 곁에 두고서도 유가의 남성들이 마흔을 넘기지 못하고 요절해 왔다는 것만이 확실한 사실이었다.

더 절망적인 것은, 유가의 병을 온전히 다룰 수 있는 의원들은 오로지 훈련받은 무녀라는 점이었다. 유가는 대대로 무녀들 중 의술에 뛰어난 재능을 가진 이를 가려 의원으로 키워냈다. 그리

인당수에 핀
연꽃송이

고 그녀들은 스스로를 가문을 수호하는 가원(家援)이라 지칭하며 신력과 의술을 결합시킨 독자적인 의술을 발전시켜 왔었다. 그러나, 그것마저 없는 지금은? 실제로 고작 십 년 만에 유성운과 유성한이 죽었지 않은가. 그러나 현원은 부정하는 대신 그저 고개를 끄덕여 주었다.

"그렇게 될 것이다."

현원의 말에 청은 찻잔을 매만지며 대답했다.

"예."

"그 얘기는 그만하고, 본론으로 들어가도록 하지. 내일, 늦어도 글피에는 전국에 방이 붙을 것이다."

"그렇게 빨리 말입니까?"

너무 놀라 저도 모르게 대답한 청은 이내 자신의 행동을 깨닫고는 후다닥 고개를 숙였다. 그런 그녀의 모습에 현원은 낮게 웃으며 말했다.

"지금 나는 최가의 먼 친척이자 낮은 지위를 지닌 서생이다."

그의 말을 이해하지 못한 청의 낯빛에 의아함이 스쳐 갔다. 그녀의 생각을 짐작하고도 남는다는 표정으로 현원이 말을 이었다.

"그러한데 내 앞에 앉아 있는 여식은 지나치게 과한 태도를 보이는군."

그제야 현원이 하는 말의 의미를 알아들은 청은 곤란함을 감추지 못하며 대답했다.

"하나, 어찌 감히……."

"미복잠행(微服潛行)…… 아니, 미복암행(微服暗行)이라 해야 맞겠군. 어느 쪽이건 지금 나는 그저 한 명의 서생일 뿐이야. 하니 그리 대하라."

미복잠행까지 나온다면 더는 무어라 말을 할 수 없다. 사람이라고는 자신을 포함해 고작 셋밖에 없는 곳에서, 그것도 모든 것을 아는 사람들 앞에서 '잠행'이라는 표현 자체가 어불성설이었지만 어쩌겠는가. 청은 새어나오려는 한숨을 집어삼키며 천천히 고개를 들어 올렸다. 차마 시선은 마주하지 못해도 그녀는 허리를 꼿꼿이 세운 채 왕과 마주앉았다. 그제야 마음에 찬다는 양 입꼬리를 휘어 올린 현원은 방금 전 끊어진 주제를 다시 끌어왔다.

"방이 붙으면, 유가의 장자라는 이유 하나만으로 네가 선택될 것이다."

"이미 각오한 바입니다."

"아니, 각오는 지금부터 해야 한다."

현원은 찻잔을 내려놓았다. 그는 잠시 침묵을 지키다 썩 내키지 않는다는 표정으로 말을 이었다.

"궁에 들어와야 할 것이다."

청의 눈이 질끈 감겼다 뜨였다.

"……각오, 하고 있습니다."

"외출할 때만 남복을 하던 지금과는 달리, 궁 안에서는 잠시도 여인으로 돌아가지 못하고 사내인 채로 버텨야 할 것이야. 지금과는 비교도 할 수 없을 정도로 많이 위험할 것이다."

"그 역시…… 각오한 바입니다."

현재 유가에서 살아 있는 사람은 단둘이었다. 유성한과 유성월. 이미 죽었다 기록된 유청의 이름으로 궁 안에 들어갈 수는 없는 노릇이니 방법은 하나뿐이었다. 현원은 어느 모로 보나 그저 여인일 뿐인 청을 새삼스럽게 다시 살폈다. 그는 한 번도 그녀가 남복한 것을 보지 못했기 때문에 그것이 가능할 것이라는 확신이 없었다. 그의 눈에 유청은 한 치의 의심도 없이 여인이었다. 가느다란 선도, 살짝 아래로 향한 눈가에 드리운 길고 풍성한 속눈썹도, 굳은살이 박였으나 희고 긴 손도 사내의 것이라 보기에는 힘들었다. 지금까지 그녀가 남복을 하고 단 한 번도 들키지 않은 채 돌아다녔다는 게 믿기지 않을 정도였다. 그러나 다른 방도가 없으니 어떻게든 해내는 수밖에 없었다.

운사의 말로는 꽤나 그럴싸하다 했던가. 외양만 보기엔 난과 같은 서생인 줄로만 알았다며 고개를 젓던 운사를 떠올리며 현원은 말을 이어나갔다.

"그리고, 한동안 동생을 보지 못할 것이다."

이번엔 청은 쉽사리 대답하지 못했다. 태어나는 그 순간부터 몸이 약한 동생은 그녀에게 있어 아픈 손가락이었다. 어머니도, 아버지도 채 몇 년 지나지 않아 숨을 거뒀기에 동생을 돌봐야 하는 책임은 온전히 청에게 돌아왔다. 그래서 그런지 그녀에게 있어 성월은 때론 자신의 자식처럼 느껴질 정도였다. 그런 아이를, 몸이 약해 매해 두어 번은 앓아눕는 아이를 한동안 보지 못한다니. 청은 눈앞에 동생의 얼굴이 아른거리는 것만 같다 생각하며 눈을 질끈 감았다.

"그래서 하나 제안을 하고자 하는데, 들어볼 테냐?"

놀란 기색을 감추지 못한 청의 시선이 현원의 것과 마주쳤다.

"운사가 아이를 맡아주는 것이다. 그렇게 된다면 제대로 치료를 받을 수도 있을 터이고, 운이 좋다면 두어 번은 만날 수 있을

지도 모른다."

그녀의 눈이 반짝이는 것 같다 생각하며 현원은 웃음을 삼켰
다. 서로 먹고 먹히는 왕실에서 벗어나 자랐기 때문인지, 청은 긴
장이 풀리면 감정을 쉽게 드러냈다. 지금도 그녀는 금세 팽팽했던
긴장의 끈을 늘어뜨린 채 기대감 어린 표정으로 현원을 응시하고
있었다.

"정말, 그리해도 괜찮겠습니까?"

"이미 한 배에 탄 사이가 아니더냐. 궁에 들어온 뒤에는 이를
더욱 마음속에 새겨야 한다. 그곳은, 잘 정제되어 있는 듯 보이나
그 속은 밀림이라, 한번 발을 잘못 내디디면 정신을 차렸을 땐 이
미 목숨을 빼앗긴 후일 것이다."

그중에서도 가장 위험한 것은 대비와 그 외척인 진허원이었으
나 현원은 말을 아꼈다. 아직 궁에 발도 들여놓지 않은 아이에게
한껏 겁을 줘서 좋을 것이 없다 생각했기 때문이다. 그리고 그 생
각이 들자마자 그는 속으로 스스로를 비웃었다. 자신이 과보호를
하고 있다는 사실을 아주 잘 알고 있었다. 그것이 평소 자신의 모
습과 어울리지 않는다는 것 역시. 그럼에도 멋대로 튀어나가는 행
동들은 그의 의지라기보다는 숫제 본능과도 같이 느껴질 정도였
다.

과보호라. 다소곳하게 앉아 있는 여인을 바라보며 현원은 잠시
생각에 잠겼다.

그러나 청은 제게 와 닿는 시선을 전혀 느끼지 못한 채, '궁'이
라는 단어에 온 신경이 쏠려 있었다. 어린 시절, 몇 번인가 아버지
의 손에 이끌려서 갔었던 궁은 그녀에게 있어서 제례원이나 다름

없었다. 그리고 용왕에게 매년 성대한 제를 올렸던 제례원 역시 유가와 그 운명을 같이했다. 직접 보지는 못했으나 어느 정도 나이가 찬 뒤에 세간에 떠돌던 소문을 통해 그 사실을 알게 되었다.

모든 것이 무너져 내리던 날. 그날은 지독히도 먹구름이 잔뜩 끼어서 금방이라도 비가 내릴 것처럼 우중충했다. 병사들이 용이 새겨져 있는 문을 박차고 들어와 수십 명에 달하는 무녀들을 끌어낸 사건. 물이 화를 입었다 하여 수화(水禍)라 이름 붙여진 그 사건은 호사가들 사이에서 오늘날까지도 '신이 땅으로 추락한 날이었다'라고 묘사되곤 했다.

"궁…… 에 아직도 무녀들이 남아 있는지요."

"남아 있다라……. 그보다는 되돌아왔다고 표현하는 것이 맞겠지. 제례관도 사오 년 전에 복원되었다. 대왕대비는 꽤나 머리가 좋은 여자인지라, 민심을 돌리기 위해서는 무엇을 해야 하는지 아주 잘 알고 있었거든."

"하나 유가를 찾지는 않았군요."

날카로운 청의 지적에 현원의 입매가 가늘어졌다. 그는 청의 말에 제가 몇 번이고 놀라고 있다는 점을 쉬이 넘기지 않았다. 그는 자신이 한 말에 한 점 의심이라곤 없어 보이는 청을 찬찬히 살폈다.

곧게 뻗은 등과, 제게 던져지는 그 맑은 시선을.

처음에는 용왕의 존재를 부정하더니, 이번에는 정치의 흐름을 정확하게 짚어낸다. 현원은 잠시 말을 아꼈다. 자신의 눈앞에 놓인 두 가지의 선택지 중에서 무엇을 선택해야 할지가 고민되었기 때문이다.

하나는 청에게 있어 쉬운 길이었다. 그는 마음만 먹는다면 그녀가 아무것도 모르게 할 수 있었다. 그것은 그리 어려운 일이 아니었다. 달콤한 말로 판단을 흐리게 만들고 주변에 빼곡히 자신의 사람을 심어 상황을 판단하는 눈을 가려 버리면 그만이다. 그렇게 된다면 청은 그저 아름다워 보이는 세상 속에서만 살 수 있으리라.

다른 하나는 그저 가시밭길이었다. 현재의 비참한 현실과, 엉망진창인 상황을 그대로 내보여 주는 것. 첫 번째 선택보다 더 쉬운 일이었다. 그저 아무것도 하지 않은 채 흘러가는 그대로 놔두면 그만. 그러나 그 길은 너무도 험난해서 과연 저 작고 가녀린 여인이 견뎌낼 수 있을 것이라 생각되지 않았다.

현원은 투명하게 자신을 비추고 있는 청의 시선을 빤히 응시했다. 그리고 이내 그는 자신이 고민을 시작하기 전부터 이미 마음의 결정을 했음을 깨달았다.

"그래. 대왕대비는 유가를 찾지 않았다. 아니, 오히려 유가의 존재 자체를 지워내기 위해 백방으로 노력했지."

그는 입을 꾹 다문 채 자신의 얘기를 듣는 청의 모습에 잠시 말을 멈췄다. 고요히 감정을 누르는 유가의 일원을 눈앞에 두자 다시금 그날의 일이 떠오르기 시작한 탓이다. 소율대비의 명령 아래에 궁 안으로 다시 끌려 들어온 무녀들은 하나같이 엉망진창이었다. 대다수는 이미 죽은 뒤였고, 살아남은 자들도 분노와 공포에 휩싸여 그야말로 아수라장이었다. 그리고 그들의 앞에서 소율대비만이 미소를 지으며 제례원의 굳게 닫힌 문을 열어젖혔었다.

"유가의 존재는, 제례원을 진짜로 만들어줄 테니 말이다."

"하면……."

청이 걱정하는 것이 무엇인지 모르는 바 아니라, 현원은 씩 웃으며 말을 이었다.

"그러나 유가가 정면으로 나선다면 그것을 내치지는 못할 것이야. 유가는, 예국의 또 다른 신이다. 왕가가 예국의 몸이라면 유가는 정신이야. 그 이름은 그만큼의 무게를 가지고 있지."

그는 뒤로 한껏 기울었던 몸을 바로 했다.

"네가 걱정해야 하는 것은 그렇기 때문에…… 암살 위협이 있을 수 있다는 점이다."

현원은 청의 표정 변화를 잡아내기 위해 그녀의 얼굴을 천천히 살폈다. 그는 대왕대비가 유가의 자손이 다시 나타난다면 어떻게든 없애 버리기 위해 할 수 있는 모든 수를 다 쓸 것이라 확신하고 있었다. 선왕이 살아 있었을 때 어떻게든 살아남아 중전의 자리를 지키기 위해 스스로 독까지 먹었던 여자였다. 제 손으로 자신의 목숨을 경각으로 끌고 가 선왕의 유지를 받아낼 만큼 독하고 강인한 여자였다. 그렇게 어렵게 잡은 권력이다. 그러니 그리 쉽게 놓을 리가 없었다.

청의 표정이 조금도 변하지 않자, 그는 계속해서 말을 이었다.

"최대한 내 사람들을 붙여놓을 것이다. 그러나 그쪽의 의심을 피하기 위해서는 한 명이나 두 명 정도는 대왕대비의 사람이 심어지더라도 모른 척 용인할 수밖에 없어. 하니…… 어느 순간 음식이나 차에 독이 들어가 있을지도 모르는 일이다."

그럼에도 감내할 수 있겠나. 궁에 들어올 수 있겠나. 현원은 그리 묻고 있었다. 제게 향하는 그 물음에, 청은 천천히 옷가지를 정돈했다. 그녀는 손을 움직여 구겨진 치맛자락과 흐트러진 머리칼을 매만지곤 두 손을 가지런히 모아 현원을 향해 고개를 숙이며 대답했다.

"이미 세상에는 죽은 것으로 기록되어 있는 몸입니다. 현명한 용왕의 치세로 예국이 세상에 존재했던 그 시점부터 유가는 왕가의 방패이자 칼이었나이다. 왕가를 위해 목숨을 바칠 수 있다면 어찌 그것을 마다하겠습니까. 무엇이 준비되어 있건 이미 그 이상을 각오한 몸입니다."

"……후. 유가의 고집은 집안 내력인 듯하군. 그렇게까지 말하니 더는 겁주지 않도록 하지. 늦어도 글피에 방이 붙는다는 얘기까지 했던가? 이미 다른 부분 역시 준비에 들어가기 시작했다. 적어도 이달 안에는 마무리가 될 것이라 하더군."

"그렇다면 내달에는 시작되겠군요."

"그렇지. 군사들이 그때를 기점으로 움직일 것이다. 무엇을 해야 하는지는, 잘 알고 있겠지?"

왕의 모습으로 물어오는 그 말에, 청의 눈동자가 반짝였다. 십 년의 세월을 지나 오늘날, 다시금 유가와 왕가가 한마음 한뜻을 모으는 순간이었다.

"물론입니다. 전하."

❊

모든 계획은 완성되어 있었다. 이제 곧 군사가 움직이고, 국운을 건 거대한 돌풍이 불어올 터였다.

"무엇을 해야 하는지는, 잘 알고 있겠지?"

어제 현원이 한 말들이 계속해서 머릿속에 맴돌아 결국 청은 한참 동안 찾지 않았던 곳을 향해 발을 옮겼다.

솨아아…….

한바탕 옷자락 사이를 헤집는 바람 방향을 따라 고개를 돌렸던 청은 이내 다시 시선을 떨어뜨렸다. 이곳에 올 때면 언제나 이 모든 일들의 시작점이자 유가가 뒤집히던 그날의 일이 그녀의 머릿속을 가득 채우곤 했다. 지금의 나이에서 십 년을 되돌리면 까마득할 정도였지만, 그날만큼은 생생하게 기억났다. 갑작스럽게 들이닥친 사내들은 절반은 험악한 표정으로, 나머지 절반은 내키지 않는다는 표정으로 유가의 여인들을 밖으로 끌어내 내던졌다. 아수라장으로 변해 버린 그곳에서 그녀의 아비는 무릎을 꿇은 채 왕의 마지막 명을 받고 있었다. 우레와도 같이 내리치는 목소리는, 수백 년간 이어온 유가와 왕가의 관계를 단칼에 끊어내듯 선뜩하고도 매서웠다.

사형도, 유배도 아닌, 존재 자체를 지워낸다는 그 명에, 다시는 왕가의 앞에 낯을 들이밀지 말라는 그 서슬 퍼런 목청에 정신을 잃었던 청은 한참의 시간이 흐른 뒤에야 정신을 찾았었다.

그녀는 산중턱에 모셔진 둥그런 무덤을 향해 인사하는 양 입을 열었다.

"월이는 잘 있습니다……. 오라버니를 먼저 보내신 뒤 미처 태어나지 않은 월이의 이름을 지어주시곤 그리도 걱정하셨지요…….

이젠 기침도 줄었고, 먹는 것도 잘 먹는답니다. 하니 어머니께서
도 이젠 그만 걱정하시어요."

그 옆자락에 곱게 모셔진 나머지 두 무덤을 향해서도 한창 월
이에 대해 얘기하던 청은 조심스럽게 무릎을 굽혀 다시 아비의
무덤가에 자라난 잡초를 뽑으며 말을 이었다.

"아버님. 전하를 뵈었습니다. 일전에 이르신 것처럼 전하께옵서
는 한낱 잡서인 가문소설을 읽고 유가를 찾으시었나이다."

그녀는 천천히 몸을 굽혔다.

"전하께옵서는, 가장 천한 글도 기꺼이 읽으시는 분이시옵니
다. 아버님이 그리 바라시었던…… 백성의 한탄에도 기꺼이 귀를
여시는 성군이 되셨습니다."

청은 대답이 없는, 영원히 대답이 없을 무덤을 한참 동안이나
바라보다 일어섰다. 옷자락의 먼지를 털어내며 그녀는 무덤가에
놓인 술잔을 한 번, 비 한 방울 내리지 않는 푸르른 하늘을 한
번 보고는 이내 몸을 돌렸다.

그렇게 십 년의 세월을 뛰어넘어 다시 유가와 왕가가 같은 곳
을 바라보았다. 그것이 고작 어제 일이었다. 그렇기에 청은 자신
의 눈을 의심할 수밖에 없었다. 해가 다 진 뒤에야 집에 돌아와
급히 저녁을 해야 함에도 불구하고 그녀는 선뜻 자그마한 앞마당
을 눈앞에 두고 더는 앞으로 나아가지 못했다.

깨어 있는 채로 꿈을 꾸고 있는 것이 아니라면 눈앞에 보이는
것은 다름 아닌 왕과, 하나뿐인 동생과, 왕의 책사라는 자일 터였
다. 낡은 마루 위에는 현원이 가져왔을 것이 분명한 것들이 한아

름이었다. 먹을 것에서부터 약재까지 늘어져 있는 것을 보던 청은 현원이 아이를 번쩍 들어올리자 당장에라도 그 사이를 막아 설 듯 반사적으로 손을 뻗었다. 그러나 소리를 지르기 전에 가까스로 마음을 가라앉힌 그녀는 혹여나 현원이 놀라 성월을 떨어뜨릴까 걱정이 가득한 표정으로 입을 열었다.

"저, 전하, 예까진 어인 일이십니까."

작은 목소리였으나 그것을 놓치지 않은 현원의 팔이 우뚝 멈췄다. 그제야 금방이라도 숨이 넘어갈 듯 까르르 웃던 성월은 제 누이를 발견하고 환하게 웃어 보였다.

"누나!"

"월아. 몸은, 괜찮아?"

아이가 청을 향해 손을 뻗자 성월을 내려놓은 현원은 언제 같이 웃었냐는 듯 큼큼 헛기침을 했다. 도도도 달려오는 아이를 받아 안은 청은 혹여나 숨이라도 차지 않는지 아이의 얼굴을 들여다보기 바빴다.

"큼, 생각보다 빨리 왔구나."

현원의 말에 아이를 고쳐 안으며 청은 조심스레 예를 갖췄다.

"예. 예정보다 일이 빨리 끝났습니다. 혹 무슨 일이 생긴 것인지요?"

"지나가다 들렀을 뿐이다."

"예까지 말입니까? 전하, 정녕 무슨 일이 생긴 것이 아닌지요."

청은 현원에게 질문하며 운사를 응시했다. 현원이 그녀가 원하는 답을 주지 않을 것임을 직감했기 때문이었다. 화살이 자신에게 돌아오자, 운사는 내키지 않는 표정으로 보고 있던 서류를 소리 나게 접었다. 마치 이 상황이 자신과는 절대 무관함을 보이고 싶어 하는 것처럼.

"전하께서는 평소대로의 잠행을 하셨을 뿐이오."

운사의 말은 더더욱 지금의 상황을 알 수 없게 했을 뿐이었다. 기가 막히다는 표정으로 청은 운사를 바라봤다. 무언의 압력을 받으며 운사는 미간을 꾹꾹 눌렀다. 이제 현원은 다시 왕의 얼굴로 되돌아가 이 일과 무관하다는 태도로 일관하며 가져온 과일을 가지고 손장난을 치고 있었다. 그 모습에 운사는 이 일이 온전히 제게 떨어졌다는 것을 깨달으며 끙, 신음을 흘렸다. 안 그래도 일이 많은데 유가까지 더해지니 잠잘 시간도 없었다. 잠이 무어란 말인가. 잠은커녕 먹을 시간도 없는 나날이었다. 운사는 일전에 용왕에게 감사했던 사실을 떠올리며 얼굴을 찡그렸다. 감사는 무슨. 그때는 아마 자신이 조금 맛이 갔던 게 분명했다.

"그저…… 그렇다 여기십시오."

운사의 말에 청은 그만 말문이 막혀 버렸다. 그렇다는데 더 무어라 한단 말인가. 왕의 행보에 따지고 들 수도 없지 않은가. 그녀는 운사의 대답이 어처구니없다고 생각하면서도 어쩔 수 없다 여기며 성월을 방 안으로 들여보냈다. 찬바람을 쐬면 안 되는 아이가 그리도 숨이 넘어가게 웃었으니 조금이라도 일찍 재울 필요가 있었다. 아이도 그것을 아는지 아무런 투정 없이 현원에게 다가가 한 번 답싹 안긴 다음 방으로 쪼르르 들어갔다. 얼마 전까지만 하더라도 저 목소리에 덜덜 떨던 아이를 저렇게 따르게 한 현원의 능력이 놀랍다 해야 할지, 약삭빠르다 해야 할지 알 수가 없어 청은 이에 대해 생각하기를 포기해 버렸다.

"일전의 얘기에 부족한 것이 있었는지요."

마루에 걸터앉은 현원은 성월이 들어간 방의 불이 꺼지자 그제 야 고개를 돌렸다. 그가 몸을 앞으로 기울이자 반쯤 먹은 사과를 들고 있는 팔이 아래로 축 늘어졌다.

어제와는 달리 그는 중인들도 즐겨 입는 값싼 도포를 걸치고 있었는데, 그래서인지 어제보다 몇 배는 더 자유로워 보였다. 그 는 아직도 안으로 걸어 들어올 생각이 없어 보이는 청의 모습에 갸우뚱 고개를 기울였다. 지금 그녀의 모습을 보자 운사의 말림 을 뒤로한 채 억지로 여기까지 온 것이 아주 잘한 선택이었음을 알 수 있었다. 그는 지나치다 싶을 정도로 굳어 있는 청을 마주보 며 개구지게 웃었다. 온갖 고민을 짊어진 왕이 아닌, 고민이란 것 은 한 번도 해본 적이 없는 아이 같은 그 웃음에 청도, 운사도 놀 란 것은 자명한 일이었다.

"그럴 리가. 부족한 점이 있었다면 날을 새는 한이 있더라도 다 들었을 것이다. 오늘은 그저 운사의 말대로 지나가다 들른 것뿐 이니 그리 경계하지 말거라. 유가와 왕가는, 예로부터 예를 차리 는 사이가 아니지 않느냐."

현원의 말은 날카로운 칼날이 되어 그녀를 찔렀다. 청은 지금 껏 계속해 자각해 온 사실을 다시금 깨달으며 고개를 숙였다.

"……오래 ……전의 일이옵니다. 오늘날 유가는 죄인의 가문, 지 엄하신 예국의 용과 감히 나란히 서는 것조차 허락되지 않는 몸 이옵니다. 하니 그런 과한 말씀은 그만 거두어주시지요."

"흠. 진정 그리 생각하느냐?"

"예."

"싫다면 어찌하겠느냐."

현원이 사과를 베어 물며 장난스레 내답하자 단단히 굳어 있던 청의 얼굴에 쩡, 균열이 갔다.

"네 말대로 현재 유가는 죄인이다. 그 성을 받은 자들이 죄를 이어받으며 희석되지 않은 채 끊임없이 이어지지. 그래, 그것이 직접 모습을 드러내지 않은 채 가문소설을 세간에 퍼뜨린 연유이더냐?"

"……다시는 먼저 왕가의 앞에 모습을 드러내지 않겠노라 하였기에……."

"좋다. 그렇다면 그 죄가 문제로군. 그 죄, 지금 사하여주마."

자리에서 일어나며, 가벼이 말하는 그 내용의 진중함에 운사는 그럴 줄 알았다는 표정으로 이마를 짚었다. 정작 놀란 것은 청이었다.

"전하!"

"하니 앞으로 그대는 유서 깊은, 이 예국에 단 하나뿐인, 왕가와 어깨를 나란히 하는 가문의 차기 수장으로서 세상에 나서야 할 것이다."

"전하…… 그리할 수는……."

"나는 내 것이 언제나 최고여야 족하는 사내이니라. 그러니 최고가 되거라."

물러설 생각이 전혀 없어 보이는 현원의 모습에 청은 입을 꾹 다물었다 조심스럽게 떼었다.

"……어명이십니까."

그녀의 물음에 현원은 그제야 다시 웃었다.

"그래. 어명이다."

청은 진지하게 고뇌했다. 그녀는 분명 제 두 눈으로 개똥아범이 금괴 열 개가 들어 있는 궤짝을 받아들고 희희낙락하며 운사에게 몇 번이고 절을 하려던 것을 똑똑히 기억하고 있었다. 그러할진대 어째서 개똥아범이 아직까지 세책가에 떡하니 엉덩이를 붙이고 앉아 있을 수 있단 말인가?

그러나 짧은 고민을 뒤로한 채 그녀는 밤새 한숨도 자지 못해 짙은 피로가 새까맣게 내려앉은 채로 세책가 안으로 들어섰다.

"아이고, 선비님 오셨습니까요? 으잉? 아니! 얼굴이 왜 그러십니까? 어제 잠을 설치기라도 하신 겝니까?"

개똥아범은 청이 오기만 한다면 〈용가삼대록〉의 다음 권이 어디론가 사라졌다고 말해야 한다는 것도 잊고 그녀에게 달려들었다. 매번 새하얀 얼굴을 살짝 붉히며 책을 건네던 화사하던 선비가 초주검이 되어 나타났으니 놀랄 만도 했다. 개똥아범은 설마하니 운사에게 정체를 들킨 것 때문에 이렇게 된 것인가라는 생각이 들어 더 호들갑을 떨었다.

"아이고, 눈도 시뻘겋구만! 무슨 고민거리라도 있었던 겝니까? 상담하면 또 이 개똥아범입지요. 이 개똥아범에게 시-원하게 털어놔 보십쇼!"

"잠을 설치긴 무슨……. 아무것도 아니오."

청은 당장에라도 팔 한쪽을 붙들고 늘어지려는 개똥아범을 손사래를 치며 떨쳐 냈다. 한숨도 못 잔 것은 틀린 말이 아니었다. 요 며칠 동안 잠을 제내로 자지 못했으니 몸이 지치는 것은 당연한 일일 터였다. 그녀는 밤새 여러 가지를 고민했다. 만에 하나 자신이 죽으면 성월은 어찌 될 것인가부터 당장 〈용가삼대록〉 집필을 그만둬야 할지에 대한 것까지 고민할 거리는 산처럼 쌓여 있었다. 문제는 밤새 고민해도 해결된 것이라고는 고작 〈용가삼대록〉에 대한 것뿐이라는 점이었다. 그녀는 오늘 개똥아범에게 더는 〈용가삼대록〉을 쓰지 못하겠다고 말하기로 한 결심을 다시금 다졌다. 몇 번이고 생각해 봤지만 왕가를 그대로 투영한 듯한 그 소설을 계속 쓸 수는 없는 노릇이었다.

"그보다는 할 말이 있는데……."

"무엇인데 그리 뜸을 들이십니까, 그려. 속 시원히 말해보십쇼."

"그…… 〈용가삼대록〉 말이오……."

"용, 용가삼대록이 왜요? 혹 다른 세책가 주인장이 웃돈을 더준다 말이라도 했습니까? 대체 그런 상도덕도 모르는 놈이 누구랍니까!"

개똥아범이 금방이라도 주먹을 휘두를 것 같은 표정으로 씩씩거렸다. 안 그래도 〈용가삼대록〉은 인기가 하늘을 찔렀기에 개똥아범은 언제고 이런 일이 일어날 것을 염두에 두고 있던 참이었다. 영 헛짚은 개똥아범의 반응에 되레 말문이 막힌 것은 청이었다. 언제 자신이 다른 세책가 주인과 얘기라도 한 적이 있었나 하는 생각이 들 정도였다. 그녀는 그 정도로 크게 분노하는 개똥아범을 멀거니 바라봤다. 이젠 당장 옆에 위치한 다른 세책가로 밀고 들어가려는 개똥아범의 모습에, 그녀는 오해를 바로잡아주기 위해 손을 뻗었다. 그러나 그 손은 개똥아범에게 미처 가 닿지 못하고 뒤에서 불쑥 튀어나온 손에 붙들렸다.

"하하핫. 상도덕이라니. 돈에 혹해 세책가를 날름 팔아넘긴 사람이 하는 말치고는 꽤나 재미있구나."

청은 누군가 뒤에서 제 팔을 잡아당긴 탓에 그대로 품 안에 안기게 되어버린 상태에 놀랄 시간도 없었다. 익숙하나 지금 이곳에 있어서도, 있을 수도 없는 목소리에 청의 고개가 획 돌아갔다. 방금 전까지 개똥아범과 갑론을박을 벌이던 것은 이미 그녀의 머릿속에서 깨끗이 지워졌다.

역시나. 금방이라도 서로의 얼굴이 맞닿을 만큼 가까운 거리에 현원이 웃으며 청을 내려다보고 있었다.

갓끈에 매달린 호박이 그녀의 목덜미를 스쳤다. 호박은 3품 이상의 관리들만 매달 수 있는 것이었는데, 그중에서도 상품만을 골라 매달아놓은 갓끈은 그것 하나만으로도 값어치가 상당했다. 값어치를 따지기 이전에 갓끈만으로도 어지간히 높은 신분임을 알 수 있을 정도였다. 엄연히 신분을 숨겨야 하는 처지임에도 불구하고 저렇게 눈에 띄는 것을 당당하게 매달고 있는 현원의 모습은 기가 찰 정도였다.

아무리 백성들이 왕의 용안(龍顏)을 모른다 할지라도 높은 양반이나 관직에 종사하고 있는 자들은 전부 왕이 어찌 생겼는지 알고 있다. 그런데 꽁꽁 싸매서 감추지는 못할망정 저렇게 화려하고 눈에 띄는 차림새로 당당히 돌아다니는 것이 말이 된단 말인가?

너무 놀라 무어라 말도 하지 못한 채 청은 입을 떡하니 벌렸다. 혹시나 누구 하나라도 현원이 이곳에 있다는 것을 알아차릴까 주변을 휘휘 둘러보는 청을 뒤로하고 개똥아범은 얼굴을 와그작 구 겼다. 중요한 얘기가 나오려던 시점에서 갑작스레 대화를 방해받 았으니 당연한 반응이었다.

그가 현원을 소개받은 것은 고작 오늘 아침 일이었다. 운사는 영 떨떠름한 얼굴로 저 사내를 뒤에 매달고 와선 이제부터 저 사 내가 이 세책가의 주인이니 잘 모시라 하고는 휙 돌아가 버렸다. 걸친 것만 보더라도 나랏일을 하시는 높으신 분이라는 것을 알 수 있었기에 처음에는 발바닥이라도 핥아줄 것처럼 굴었었다. 그 러나 개똥아범은 그의 신분이 무엇인가는 차치하더라도 사람 속 을 긁는 데 천부적인 재능이 있다는 것을 고작 잠깐 같이 있는 것만으로도 알 수 있었다.

"아이고, 무슨 그런 말씀을 하십니까."

"어허. 옛말에 입은 비뚤어져도 말은 바로 해야 된다고, 세책가 값으로 금괴를 열 개나 받아 챙긴 것도 모자라 예서 나오는 이윤 의 절반을 나눠 갖기로 하고 계속 주인 행세를 하기로 했지 않은 가. 아니 그런가?"

분명 일각 전에 제 입으로 절대 비밀이라 했던 것을 술술 불고 있는 현원을 바라보며 개똥아범은 혼이 빠져나가는 기분을 느꼈 다. 어딘가에 말을 흘리면 쥐도 새도 모르게 죽임을 당할 것이라 협박까지 했던 사내가 할 말은 아니었다. 개똥아범은 저 갓끈이 며 선추가 아니었으면 당장에라도 현원의 목덜미를 잡아채고 싶 어 손이 움찔움찔 떨렸다. 시시때때로 말이 바뀌면 대체 어느 장 단에 춤을 추란 말인가. 그는 어쩌면 자신의 선택이 아주 잘못된 것일지도 모른다는 생각을 하며 멍한 상태로 대답했다.

"그, 그것이 그렇긴 하지만서도……."

"괜찮네, 괜찮아. 사람이니 당연 이윤을 따지는 것이지. 짐승이라면 이윤을 따지겠는가. 아니 그런가? 그보다는 내 이 선비와 할 말이 있는데, 자리 좀 비켜주겠나?"

졸지에 짐승과 비교되어 버렸지만 그보다는 이 자리에서 벗어날 수 있다는 것이 더 크게 들렸다. 현원의 부탁에 개똥아범은 슬쩍 청의 눈치를 봤다. 아직 제가 운사를 끌어들였다고 생각하는 그는 청의 정체가 발각된 것이 자신의 탓이라 생각하고 있었다. 비밀 엄수는 서로 간에 지켜야 하는 가장 중요한 것이었는데 그걸 그만 깨뜨려 버린 것이다. 이래서야 청이 중간에 세책가를 옮긴다 말해도 개똥아범으로서는 붙잡을 수도 없었다. 어떻게든 붙잡아놓으려 그리 오두방정을 떨었는데 그것도 다 틀리고 말았다.

이제 어찌해야 할지 고민하던 개똥아범은 비장한 표정으로 서 있는 청을 힐끔힐끔 쳐다보다 나오려는 딸꾹질을 꾹 눌러 참았다.

언제나 순하던 저 양반이 저리 주먹을 꾹 쥐고 있는 것을 보면 무언가 결단한 것이 틀림없었다. 오늘에야말로 세책가를 옮기겠다는 말을 하러 왔을지도 모를 일이었다. 그렇다면 뭐가 됐건 일단 이 자리를 벗어나고 보는 것이 상책이었다.

"그러믄요. 안 그래도 이제 곧 계집종들이 올 시간입니다요. 쉰네는 저 밖에 나가서 손님을 기다릴 터이니 찬찬히 말씀 나누십쇼."

굽신굽신 연신 허리를 굽히며 현원의 비위를 한껏 맞추기 위해 노력한 개똥아범은 재빠르게 세책가를 빠져나갔다.

사방을 둘러봐도 오직 책만이 가득 차 있는 그 세책가 안에 단

둘이 남자 현원은 씩 웃으며 자리에 앉았다.

"다리가 아플 테니 앉지 그러느냐."

"……이리 자주 나오셔도 되는 것입니까?"

"글쎄다. 혹여 대비가 찾아오기라도 한다면 문제가 커지겠지만 걱정 말거라. 필요한 것이 있을 때가 아니면 동궁 쪽으로는 고개도 돌리지 않기로 유명하니까. 그 외에는…… 흠. 생각을 좀 해보자꾸나. 상참에 나가지 않은 지는 오래되었고, 상소들도 내게 올라오는 것들은 죄다 진가를 거친 것들이니 굳이 두 번 볼 필요가 없지. 이미 모든 것들이 결정된 뒤에 올라오거든. 내가 할 일이라고는 그 상소에 옥새를 찍는 것뿐이란다. 아직 옥새는 내 손안에 있어 진가가 아무리 대단하다 할지라도 직접 승인을 내리지는 못하거든. 그 외에 평소 나를 찾는 자들도 없고, 동궁의 수족들은 모두 내 사람들이라 일이 벌어지면 내가 혼절했다느니 열이 높아 헛소리를 지껄이고 있다느니 하며 내쫓아줄 것이라 큰일은 나지 않을 것이다, 하니…… 그래, 이리 나와도 괜찮겠구나. 한데 매번 볼 때마다 그리 묻는 것도 이제 질리지 않느냐."

현원의 말투는 가벼웠으나 그 내용마저 가볍지는 않았다. 그는 한 손으로 몸을 지탱하며 뒤로 한껏 몸을 젖힌 채 청을 올려다봤다. 졸지에 왕을 내려다보게 된 청이 놀라 후다닥 자리에 앉자 그는 유쾌하게 웃음을 터뜨렸다.

"벌써 네댓 번은 봤는데도 이렇게 불편해하니 어찌 같이 일을 도모하겠느냐."

"전하께옵서 야밤에 불쑥 찾아오지만 아니 하셔도 익숙해질 것입니다."

인당수에 편
연꽃송이

청은 한숨을 내쉬며 현원이 매일 밤만 되면 운사를 따돌린 채 건우와 단둘이 성월의 약재며 군것질거리를 한 보따리씩 싸들고 들이닥치는 것을 타박했다. 어찌나 자주 찾아왔는지 아직 어린 성월은 이제 해가 지기만 하면 언제쯤 현원이 올까 잔뜩 기대 어린 눈으로 밖을 흘끔거리는 것이 버릇이 되어버릴 정도였다.

"하하! 그간의 세월을 뛰어넘으려면 어쩔 수 없지 않느냐. 자주 만나는 수밖에. 이전처럼 세자 시절에 유가의 차기 가주와 유년기를 같이 보내지도 못하였으니 아직도 한참은 뒤처진 터야."

"하나 위험하지 않습니까."

그는 그 순간을 놓치지 않고 청의 안색을 살폈으나 그날의 밤과 같이 무언가를 숨기는 듯한 기색은 보이지 않았다. 오늘도 허탕인가, 잠시 고민하던 현원은 이내 그 생각을 미뤄두었다. 그는 해결책이 보이지 않는 일로 당장의 즐거움을 놓치는 자가 아니었다. 지금만 해도, 걱정스러운 기색을 얼굴 한가득 담은 채 손가락을 꼼지락거리는 청의 모습은 보기만 해도 즐거운 것이었다.

근래 들어 그는 청의 '부탁'만 제외한다면 하루하루가 즐겁기 그지없었다. 10년간 공들여 쌓아올린 성 위에 마지막으로 깃발을 꽂은 것이나 다름없으니 당연한 일이었다. 준비는 끝이 났고, 실행만 남았을 뿐이다. 현원은 최근 진허원이 최대한 오래 숨이 붙어 있으면 좋겠다는 생각까지 하고 있었는데, 고작 며칠 전과 비교해 보자면 비약적인 발전이 아닐 수 없었다.

그런데 이런 즐거운 유흥이 더해지니 기분이 나쁠 이유가 전혀 없었다.

"하면 오늘은 무슨 연유로 여기까지 오셨나이까?"

"아아. 이 말을 하는 것을 잊어서 말이야. 운사야 나중에 해도 괜찮니 말렸지만 방금 전의 상황을 보아하니 역시 오늘 오길 잘 한 것 같구나."

말을 하며 그는 청이 들고 온 책 보따리를 곁눈질했다. 두툼한 책 보따리 안에는 대충 보더라도 서책이 열댓 권은 넘게 들어 있을 것 같았다.

저 안에는 밤새 붓을 움직여 만들어낸 필사본이 한가득일 것이다. 개똥아범이 청의 필체 때문에 다들 청의 필사본만 찾아 다른 필사가는 쓸 수가 없다 불평 아닌 불평을 늘어놓을 정도이니 그 실력이 상당할 것임은 쉽게 짐작할 수 있었다.

필사뿐이랴. 〈용가삼대록〉 역시 다음 권이 들어오기 무섭게 권문세족의 여식들이 가문 이름까지 내세워가며 먼저 빌리려 줄을 설 정도라 했다. 현원 역시 읽었기에 그 내용이 여타의 다른 잡서들과는 다르다는 것을 잘 알고 있었다. 내용도 내용이었지만 간간이 등장하는 시문은, 때로 감탄을 자아낼 정도였다. 갓 끝을 따라 매끄럽게 이어지는 청의 옆선에 시선을 주며 현원은 속으로 작게 한탄했다.

여인의 몸이라는 것이 아쉬울 정도로 그녀는 능력이 뛰어났다. 사내였다면 그 누구보다 큰 인물이 됐을 것이었다.

아마 유성한이 아들딸을 구분하지 않고 가르쳤기 때문일 것이라 생각하며 현원은 품 안에서 책을 꺼내들었다. 그는 가타부타 말은 하지 않고 청에게 책을 넘겼다. 쑥 내밀어지는 그것을 얼결에 받아든 청의 안색이 굳었다. 그것은 그녀가 잘 아는 책이었다. 어찌 모르겠는가. 현원이 제게 넘겨준 것은 바로 그녀가 개똥아범에게 주길 포기한 〈용가삼대록〉의 다음 권이었다. 방에 두고 갖고 나오지 않은 것이 왜 여기에 있단 말인가. 청이 아연실색한 표정으로 자신을 바라보자, 현원은 어깨를 으쓱이며 말했다.

"어제 뒷얘기가 궁금해 펼쳐봤더니, 절반밖에 완성되어 있지 않기에 혹시나 했는데 말이야. 어째 과인의 불길한 예견은 틀리는 일이 없구나."

"그걸, 보셨습니까?"

경악하는 청의 물음에, 현원은 엉뚱한 답을 내어놓았다.

"〈용가삼대록〉을 포기할 필요는 없다."

"송구하옵니다. 하나 전하, 이것은 그저 한낱 잡서일 뿐입니다."

청은 질 나쁜 종이로 묶인 책을 손으로 쓸어내리며 대답했다. 그녀의 말마따나 세간에서 그것은 가치라고는 전혀 없는 잡서였다. 언문으로 쓰여 그저 여인네들이 따분한 시간을 보내기 위한 유흥거리에 불과한 것이다. 앞으로 해야 할 일을 생각하면 나란히 두고 따져 보기도 민망할 정도로 가치가 없었다. 청은 조심스레 책을 한쪽으로 밀어놓으며 말을 이었다.

"한낱 잡서에 대의를 그르칠 수는 없는 노릇입니다."

"그래. 세간에서는 이를 잡서라 칭할지도 모를 일이다."

현원은 걸터앉은 상태에서 손을 뻗었다. 한 팔로는 몸을 지탱하고 다른 팔을 뻗는 사이에 그의 얼굴이 금방이라도 닿을 것처럼 가까이 다가왔다. 숨결이 느껴질 정도로 가까워진 거리에 청은 순간 숨을 멈췄다. 진한 눈썹과 그 아래에 자리 잡은 새까만 눈동자가 시선을 돌리지 못하게 가두는 것처럼 느껴질 정도였다. 그는 긴장으로 굳은 그녀의 모습에 엷게 웃으며 〈용가삼대록〉을 집어 들었다.

"그렇다면 그대는 이것을 잡서니 생각하고 썼느냐."

"아…… 닙니다."

청은 자신이 무어라 대답하고 있는지도 알지 못했다. 머리가 빙글빙글 돌고 눈앞이 아찔했다. 한 뼘만 더 다가온다면 금방이라도 입술이 맞부딪칠 정도였다. 이성은 단순히 잡서에 불과하다고, 아무런 가치도 없는 것이니 신경 쓰실 필요가 없다고 말해야 한다고 외치고 있었으나 그것은 생각에 불과했다. 정신이 혼미해져서 입 밖으로 튀어나가는 것은 날것인 본심이었다.

청이 금방이라도 혼절할 듯한 표정으로 순순히 대답하자, 현원은 씩 웃으며 몸을 뒤로 뺐다. 그가 제자리로 돌아가자 그제야 크게 숨을 들이마신 청은 자신이 한 말을 떠올리곤 재빨리 두 손으로 입을 가렸다. 그래봤자 이미 밖으로 내뱉은 말을 주워 담을 수 있는 것은 아니었다. 그녀는 눈꼬리를 축 늘어뜨리며 말했다.

"전하. 이 책이 계속해서 나온다면 계획이 들통 날 위험이 있습니다."

"그렇겠지. 사실 지금도 아슬아슬하긴 해. 관직에 앉아 있는 자들 중에서 가문소설을 읽을 만큼 잡서에 흥미가 있는 자들은 없을 테지만, 혹시 모르는 일이 아닌가."

"하면 대체 왜……."

"이만큼이나 써왔는데 중간에 관두는 것은 아깝지 않으냐. 계획이 들통 날 것이 두렵다면 모든 일이 끝나고 이어 쓰면 될 일이다. 혹시 아는가? 이것이 더는 그저 그런 잡서 대신 정감록(鄭鑑錄)처럼 세간에 널리 읽힐 예언서가 될지."

국가의 흥망성쇠를 논했다는 정감록(鄭鑑錄)이 나오자 청은 그만 바람 빠지는 소리와 함께 웃음을 흘렸다. 왕의 말에 팽팽히 당겨져 있던 긴장이 툭 끊어지는 기분이었다. 다른 것도 아닌 정감록(鄭鑑錄)이라니. 그것이야말로 아무도 믿지 않는 예언서 아닌 예언서가 아니던가.

청이 웃자 현원은 그제야 기분 좋게 마주 웃었다.

청을 찾은 뒤부터는 하루 종일 구름 위에 붕 떠 있는 것만 같았다. 오랜 시간 준비해 왔던 일의 끝이 보인다는 것은 생각보다 더 감정적 흥분상태로 만들기에 충분했다. 그렇게 하루 종일 운사를 앞에 앉혀놓고 괴롭히던 도중 머릿속에 스쳐 지나간 생각이 있었다.

유가는 이번에 무엇을 포기해야 하는가. 그것은 간과할 수 없는 중요한 일이었다. 왕가는 필요에 의해 유가를 내쳤다. 그리고 다시금 필요에 의해 유가를 이번 일에 끌어들였다. 그것이 대의를 위한 것이건 아니건 그건 그리 중요한 문제가 아니었다. 중요한 것은 그것으로 인해 유가가 다시금 피해를 입게 된다면 왕가와 유가 사이의 굴레가 다시금 반복될 것이라는 점이었다.

그는 그것을 원치 않았다. 그는 용가삼대록을 천천히 쓸어내리는 청의 손을 바라보며 그렇게 생각했다. 또다시 유가의 희생이 당연해진다면 이와 같은 일이 반복될 것임을 그는 잘 알고 있었다. 현원은 곁눈질로 무릎 위에 가지런히 놓여 있는 청의 손을 훑어 내렸다. 중지와 약지 사이에 박여 있는 굳은살이 눈에 들어왔다. 그것만으로도 그녀가 얼마나 오래 붓을 쥐고 있었는지 짐작이 가능했다.

"그 말을 하러 예까지 나오신 겁니까?"

"그것도 그러하지만 더 중요한 일이 있시."

현원은 웃었다. 드물게 기분이 좋을 때면 그는 비꼬는 듯한 웃음이 아닌 진정으로 환하게 웃었는데 운사도, 건우도 그것을 몇 번 보지 못했다. 그 귀한 것이 지금 청의 시야 가득이 들어찼다.

"무…… 슨 일이신지요."

너무 놀라 더듬던 그녀는 재빨리 말을 끝마쳤다. 청이 붉어진 얼굴을 감추기 위해 얼굴을 푹 숙이자 그것을 다르게 해석한 현원의 얼굴에 웃음기가 사라졌다. 그는 무어라 말문을 열어야 할지 모르겠다는 표정으로 조심스럽게 입을 열었다.

"오늘 그곳에 가보는 것이 좋을 것이라 생각했다. 곧 입궐해야 할 것이고, 그렇게 된다면 기회를 내기 어려울 테니 말이야."

"어디를 말하심입니까?"

"……인당수에 가보려 한다."

인당수(印塘水).

그 이름에 실린 무게감을 모르는 바 아니었기에 청은 잠시 말을 잃었다. 인당수에 대한 얘기는 여러 가지가 있었으나 그중 가장 널리 퍼지고 잘 알려진 것은 그곳의 깊이에 대한 것이었다. 끝이 보이지 않을 정도로 깊디깊은 바다라 한번 빠지면 살아 돌아올 수 없는 곳이라 소문이 자자한 곳에 그녀는 몸을 던져야 하는 것이었다. 폭포에서 뛰어내렸을 때의 감각이 다시금 몸을 사로잡는 것 같은 기분에 청은 저도 모르게 양팔을 감싸 안았다. 그러나 그 기분은 공포와는 조금 다른 것이었다.

"지금이라도 그만둘 수 있다."

인당수에 핀
연꽃송이

청이 겁을 먹었다 생각한 현원의 목소리는 부드러웠다. 그의 말은 한 치의 거짓도 없는 사실이었다. 당장 바다 속으로 뛰어들어야 하는 전날에 청이 못 하겠다 할지라도 그는 순순히 그리해라 말할 생각이었다. 대타로 내세울 사람은 언제든 찾을 수 있는 일이었다. 아니, 오히려 그것이 그가 원하는 바였다.

그렇게 된다면 본래의 계획대로 유가의 핏줄은 그 귀한 피 한 방울도 흐르지 않도록 안전하고 깊숙한 곳에 꽁꽁 넣어 보호할 수 있을 터였다. 그러나 현원의 그 말 한마디가 청을 물속 깊숙한 곳으로 끌어당겨졌던 감각으로부터 현실로 끌어올렸다.

"아닙니다. 지금 가지요."

그녀의 얼굴에는 머뭇거림은 남아 있지 않았다. 왠지 그것이 마음에 들지 않는다 생각하며 현원 역시 자리에서 일어났다. 예국의 서해(西海)에서 가장 깊어 용궁과 가장 가까이 맞닿을 수 있는 곳으로 유명한 인당수를 보러 가기 위해서.

한참을 앞서가던 현원을 따라가던 청은 계속해서 들던 의심이 더는 의심이 아니라는 것을 인정할 수밖에 없었다.

"전하, 이 길은 장터로 가는 길이옵니다."

청이 지적하자 현원은 재빨리 갓 끝을 끌어내리며 얼굴을 감췄다. 그 행동이 오히려 주변 행인들의 이목을 더 끈다는 것을 아는지 모르는지, 현원은 그저 장난스레 웃으며 검지를 입술 위에 올려놓았다.

"쉿. 잠행이라 몇 번을 말해야 알겠느냐. 나는 그저 최가의 먼 친척 도령이라니까."

그 당당하기 그지없는 모습에 청은 그만 할 말을 잃었다. 갓끈

을 화려한 호박으로 장식해 놓고 값비싼 비단으로 만든 창의를
입은 삼행은 듣도 보도 못한 것이었다. 저잣거리를 거니는 웬만한
양반네보다 더 튀어서 안 그래도 지나가는 사람들마다 한두 번씩
은 꼭 뒤돌아봤다. 그 점을 지적할까 싶었지만 그만뒀다. 무어라
하기에는 저잣거리를 둘러보는 현원의 모습이 무척 신나 보였다.
그녀는 그저 자신만이라도 튀지 않기를 바라며 순순히 고개를 끄
덕였다.

"예예. 알겠습니다. 한데 어딜 가시는 겁니까?"

"인당수에 가기 전에 소개해 줄 자들이 있어. 밖에서 실질적으
로 나를 돕는 자들이지."

"하면……."

"그래. 훗날 그들이 미리 작은 배를 탄 채 그대를 구하기 위해
대기하고 있을 거야. 그러니 그 전에 인사라도 해놔야 하지 않겠
어?"

"예에? 이 도성 안에 있단 말입니까?"

"몇몇은 도성에서 준비를 하고 있지만 대다수는 도성 밖에서
머물며 내 명이 떨어지길 기다리고 있지. 아, 간 김에 배도 구경하
면 되겠군."

"배라니요?"

"아, 내 말하지 않았나 보군. 제례에 사용될 배가 준비되었다."

"……벌써 말입니까?"

놀란 청의 물음에, 현원은 자신만만하게 웃으며 답했다.

"다, 방도가 있느니라."

청은 생각보다 빠르게 진행되는 일에 눈이 핑핑 돌 것만 같았

다. 모든 것이 너무 빠르다. 그보다는 이렇게 빠르게 진행될 수 있는 일이었다는 사실이 놀라울 지경이었다. 그녀는 자신의 계획이 준비하는 데만 몇 달이 걸릴 것이라 생각하고 있었다. 다른 건 어떻게 빠르게 할 수 있다 치더라도 배가 문제였다. 쪽배도 아니고, 고기를 잡는 자그마한 어선도 아닌 거대한 배가 필요한 일이었다. 만든다고 친다면 수년이 걸릴 것이고 산다고 하더라도 제대로 된 물건을 찾는 데만 한 달이 넘게 걸릴 게 분명했다. 그런데 고작 며칠 만에 배를 구했다고? 그녀는 새삼 현원에 대한 평가를 새롭게 하며 그가 이끄는 대로 종종걸음 쳤다.

얼마간 걷다 뒤를 돌아보고, 또 얼마간 걷다 뒤를 돌아보던 현원은 인가가 드문 외곽으로 빠질 것이라는 청의 예상과는 달리 기와집이 줄줄이 늘어선 곳에서, 그중에서도 어마어마하게 거대한 기와집 앞에서 우뚝 멈춰 섰다. 양반들 중에서도 재력과 권세를 모조리 갖춘 자만이 지을 수 있다는 아흔아홉 칸 기와집을 눈앞에 두고 청은 그만 넋이 나가 버렸다.

"게 있느냐."

마치 그 모습만으로 관련이 없는 자들은 썩 물러가라 말하는 듯한 위용을 앞에 두고 현원은 유유자적하기 그지없었다. 문을 쾅쾅 두드리며 외치는 현원의 모습에 되레 놀란 것은 청이었다. 그녀는 재빨리 현원의 옆에 바싹 붙었다.

"이, 이곳이 어디입니까?"

겁에 질린 목소리에 현원은 낮게 웃음을 터뜨렸다.

"글쎄다, 알면 아마 깜짝 놀랄 것이다."

"예?"

수수께끼를 내는 것만 같은 현원의 대답에 청은 더욱 아연실색했다.

"왜 그리 놀라느냐. 유가는 이보다 더 으리으리한 곳에서 살지 않았느냐."

"그것이 대체 언제 적 이야기인지 알고나 계신 겁니까. 저는 그때 고작 예닐곱 살이었습니다!"

"그 정도 나이면 어린 것도 아니지. 내가 유가에 처음 갔을 때가 다섯 살 때인데, 그 어린 나이에 내가 받았던 충격을 네가 몰라 그런 게다. 그때 나는 아바마마께 냅다 달려가 엉엉 울었지."

아무리 나이가 어리다 치더라도 한 나라의 세자가 채신없이 엉엉 울었다는 사실을 직접 말하는 건 지독히도 현실감이 없었다. 청은 자신의 귀를 의심했다.

"……예?"

"엉엉 울었다고. 그리고 아바마마께 따졌지. 어째서 유가에는 왕실보다 더 어린애들이 많느냐고 말이다."

감히 왕의 말에 토를 다는 것은 예에 어긋나는 일이었으나 그녀는 다시금 되물을 수밖에 없었다.

"예?"

"생각해 보아라. 억울하지 않느냐. 나는 하루 종일 죽어라 공부를 해도 늙은이들에게만 둘러싸여 있는데 유가의 아이들은 천자문을 외길 하나 사서삼경을 읽길 하나, 놀러갈 때마다 제 또래 아이들과 뛰어놀고 있는 모습이 얼마나 분했는지 너는 모를 것이다."

주먹까지 쥐어가며 일장 연설을 하는 현원은 정말로 억울해 보였다. 그는 웃어야 할지 울어야 할지 모르겠다는 표정을 짓고 있는 청을 힐끔 내려다보며 말을 이어나갔다.

"한참의 시간이 흐른 뒤에야 내가 방문할 때마다 유가의 성운이 왕자의 놀이상대를 하라고 모든 공부 일정을 취소시켰다는 것을 알게 되어 더 억울했지만 말이야."

"전하…… 언질도 주지 않고 밖에 나오셔서 하시는 말이 고작 어린 시절 놀지 못해 억울하다는 것입니까."

언제 문이 열렸는지, 문가에 기대어 서 있는 운사의 얼굴에는 한심하다는 표정이 한가득이었다. 눈 아래에 짙게 내려온 눈그늘과 피로에 찌들다 못해 악에 받친 듯한 모습이 하루 아닌 며칠 밤은 꼴딱 새었음을 짐작케 했다. 조금만 더 내버려 두면 당장 꺼지라고 바락바락 악이라도 쓸 것 같은 운사의 모습에 현원은 씩 웃었다.

"일은?"

"일단 처리해 놓았습니다. 정말이지, 전하……. 누누이 말씀드리지만 무조건 하라 명하신다고 일이 뚝딱 처리되는 것이 아닙니다. 이걸 하느라 제가 얼마나……."

운사는 골이 아프다는 표정으로 이마를 짚었다. 솔직한 심정으로는 당장에라도 왕이고 일이고 다 때려치우고 어디 산속에 틀어박혀 도나 닦고 싶었다. 일평생을 쑥과 마늘만 씹어 먹는다고 할지라도 지금보다 피로할 것 같진 않았다.

"운사는 내가 지금껏 봐온 이들 중에서 가장 유능한 자다. 솔직히 나도 배를 이틀 만에 준비시킬 줄은 몰랐거든."

운사의 말을 뚝 잘라먹은 현원은 청에게 그의 능력을 치켜세우며 문간을 넘어갔다. 그제야 현원이 말한 방도가 다름 아닌 운사임을 일게 된 칭은 어색하게 웃으며 그 뒤를 따랐니.

"설마, 전하……."

"그 설마가 맞아. 그래, 행수는 잘 지내고 있겠지?"

"배까지 제가 안내할 테니 아버님은 굳이 뵙지 않으셔도 됩니다. 전하의 귀만 더러워질 따름입니다."

현원이 성큼성큼 걸어가는 것을 따라가며 운사가 다급히 말렸다. 그러나 이미 마음먹은 것을 행하지 않을 현원이 아니었다. 그는 가타부타 말을 내뱉는 대신 유유자적하게 웃으며 사랑채로 향했다. 한두 번 온 것이 아닌지 걸음걸이에는 거침이라곤 없었다. 그 뒤를 따라가는 칭만 웅장한 저택의 모습에 놀라고, 뛰듯 점차 빨라지는 두 사내의 걸음걸이에 신경이 곤두서며 바쁠 뿐이었다.

"그럼 나는 행수를 만나고 올 터이니 예서 집 안 구경이나 시켜 주고 있거라. 금방 나올 터이니 너무 멀리 가지는 말고."

사랑채 앞에 다다르자 우뚝 멈춰 서서는 웃음기 가득한 목소리로 말하고 휭 하니 사랑채 안으로 들어가 버린 현원 덕분에 칭과 운사는 낙동강 오리알 같은 신세로 전락하고 말았다. 그중에서도 서늘하게 굳어버린 운사의 모습은 그야말로 저승에서 온 사신이라 해도 믿을 지경이었다.

한동안 굳게 닫힌 사랑채 문만을 부숴 버릴 듯 노려보던 운사는 슬금슬금 뒷걸음질 치는 칭이 채 세 걸음을 가기도 전에 입을 열었다.

"이왕 이리 된 것, 할 말이 있으니 잠시 시간을 내주실 수 있을지요."

청하는 말투였으나 목소리는 거절은 용납하지 않는다는 듯 서늘했다. 차갑게 분노하는 운사의 모습에 어쩌다 자신이 여기까지 오게 되었는가 한탄하던 청은 그와 시선을 마주하자마자 백기를 치켜들었다.

"……물론입니다."

"하면 자리를 옮기지요."

"예."

청이 고개를 끄덕이자 기다렸다는 듯 운사는 성큼성큼 걸음을 옮겼다. 얼마 지나지 않아 멈춰 선 그는 안으로 자리를 권한 뒤, 차까지 내온 다음에야 길게 한숨을 내쉬었다.

"독대를 청한 것은, 물을 것이 있어서입니다."

운사는 찻잔을 들어 올리다 멈칫하는 청의 모습을 하나도 놓치지 않았다. 갑자기 튀어나온 이 여인이 앞으로의 행보에 얼마나 큰 영향력을 행사하게 될지 짐작조차 가지 않았다. 이미 이전과 다른 방향으로 틀어진 것이 큰 것으로만 세 가지가 넘었다. 군사들은 중앙 쪽으로 조심스럽게, 그러나 빠르게 이동하고 있었고 궁 내부와 진가에는 발각될 위험을 감수하고서라도 사람을 심기 시작했다. 그중에서도 가장 큰 변화는 왕이었다. 왕이 본격적으로 움직이기 시작한 것은, 이번 일에 모든 것이 걸려 있음을 의미했다. 그러나 그 모든 것이 너무도 급격하게, 무서울 정도로 빠르게 진행되고 있었다. 선왕이 서거한 지 6년, 그 긴 시간 동안 숨을 죽인 채 조심스럽게 준비해 왔던 것과는 너무도 대조적인 행보였다.

잘못 발을 디디면 그대로 낭떠러지였다. 왕은 모든 패를 내보이며 움직이고 있었으므로, 잘못된다면 돌이킬 수 없었다. 운사는 그것이 마치 목에 가시가 걸린 것처럼 시슬렀니. 지금은 고작 목 안의 가시다. 그러나 이것이 점차 커진다면? 자신은 물론이거니와 왕마저 베어버릴, 거대하고 큰 칼날이 될 수도 있었다.

"어째서 전하의 편에 서는 것입니까."

"무엇을 묻고자 하는 것인지 잘 모르겠습니다."

"글쎄요. 그런데 어째서 나는 당신이 내 질문의 의도를 알고 있다는 생각이 들까요."

"……무엇을 얻으려는 질문인지 여쭤도 되겠습니까."

"어째서 수화(水禍)로 가문을 멸문지화로 이끈 왕가를 돕고자 하는지를 물었습니다. 그 의도, 이를 통해 얻고자 하는 것. 그 모든 것을 듣고 싶군요. 전하께옵서는 그것을 당신께 묻지도, 의문을 품지도 않았습니다만, 저는 알아야겠습니다. 저는 등 뒤에서 비수를 맞는 걸 제일 싫어하거든요. 하니 납득시키십시오. 내가 당신을 전하의 눈앞에서 치우지 않아도 될 이유를 말입니다."

손안에 맴도는 차의 온기가 지독하리만치 차갑게 느껴졌다. 그녀는 금방이라도 자신을 잡아먹을 것처럼 바라보고 있는 운사의 시선을 마주했다. 저것은 명백한 적의였다. 그러나 아무것도 이해하지 못하기에 드러낼 수 있는, 어리석은 적의였다. 그녀는 너무도 당연한 사실을 말하듯 가벼운 목소리로 대답했다.

"제가 유가이기 때문입니다."

아리송한 대답에 운사는 눈살을 찌푸렸다. 현원에게 다그치듯 물었을 때도 대답은 같았다. 현원은 운사가 그런 질문을 한다는 것 자체가 매우 우스운 일이라는 양 장난기 가득한 눈을 하고 대답했다. 유가이기 때문에 믿는다고. 그러나 그것은 제대로 된 대답이 아니었다.

"그것이 대체 무슨 의미인지 저는 알지 못합니다. 유가라서? 그건 답이라 할 수도 없습니다. 낭자께선 왕가가 존속했던 그 오랜 세월 동안 유가가 얼마나 많이 왕에게 칼을 들이밀었는지 제가 모를 것이라 생각하는 겁니까?"

"……예. 그 말씀 역시 맞습니다. 하나 저희는 길게 봅니다. 멀리 보고, 가장 현명한 선택을 하기 위해 노력합니다. 인간이기에 실수도, 엉뚱한 선택도 하지만, 대부분 저희의 선택은 틀리지 않습니다."

"점점 더 수수께끼 같군요."

운사는 짜증을 내뱉었다. 그 기분 역시 모르는 바는 아니었기에 청은 부드럽게 입 끝을 휘어 올렸다. 자신도 전부 이해하지 못하는 것이었다. 어쩌면 왕도 모두 이해하진 못할지도 모른다. 현원은 그저 자신의 감을, 느낌을 믿는 것일지도 몰랐다. 그러니 운사가 그게 무슨 말도 안 되는 소리냐며 짜증을 낸다 할지라도 그 답답함을 마냥 어리석다 말할 수는 없는 노릇이었다. 그것은 어리석으나, 어리석지 않은 일이었다.

그녀는 입조차 대지 못한 찻잔의 표면을 둥글게 쓸었다. 손가락에 와 닿는 온기가 화끈거릴 정도였지만 그 정도는 이것이 현실임을 인지하게 해주는 데 딱 좋았다. 짤막했던 고뇌가 끝이 나고, 오른쪽 왼쪽으로 기울기를 반복하던 추가 한쪽으로 자리를 잡았다. 그녀는 당장에라도 자신이 왕의 방해물이라 여겨진다면 망설임 없이 제 목을 베어낼 것 같은 표정을 한 운사를 향해 다시금 웃어 보이며 입을 열었다.

"하나빈은 확실합니다. 신국신화에 유가의 시조는 용왕의 명을 받아 왕가를 수호하라는 명을 받았다는 것입니다. 그리고 그것은 오랜 세월 피에서 피로 전해 내려오며 단 한 번도 불이행된 적이 없습니다."

"같은 말의 반복입니다. 아시다시피, 유가는 몇 번이나 왕의 반대편에……!"

"예. 맞습니다. 저희는 몇 번이나 왕을 버렸습니다."

방금 전부터 같은 내용이 계속해서 돌고 있었다. 운사는 꽤나 짜증이 났는지 터뜨리듯 한숨을 내쉬었다. 아무런 말도 하지 않았지만 그의 눈빛은 언제쯤 본론을 꺼낼 것이냐는, 타박이 가득했다.

"죄송합니다. 이걸, 말로 표현하자니 저조차도 잠시 알 수가 없어져 버려서……."

"이해합니다. 천천히 생각하셔도 괜찮습니다. 지금 그 모든 것을 알고 있는 것은 예국 내에서 오로지 당신 한 명뿐이니 그럴 자격은 충분합니다."

전혀 그렇지 않다는 표정을 하고, 괜찮다 말하며 운사는 사람 좋게 웃었다. 그 모습에 청은 처음으로 운사가 현원의 가장 유능한 책사라는 사실을 실감했다. 표정을 숨기는 것도, 숨기지 않는 것도 아닌 조용한 협박에 그녀는 사람은 오래 보아야 하는 법이라 생각하며 말을 이었다.

"강한 권력은, 부러집니다. 억제력이 없는 권력은, 빠르게 쇠퇴합니다. 무소불위의 권력은, 다르게 본다면 그 이후로 내리막길만이 존재함을 의미합니다. 선왕은 그렇기 때문에 무너져야만 했던 것입니다. 선왕께옵서 유가를 흡수하여 사대부도, 궁 내외에 어떠한 견제 세력도 존재할 수 없게 만드셨다면 예국은 선왕의 치세에 가장 화려했을 것입니다. 그러나 다음 대, 그 다음 대에 이르러 그것이 지속될 수 있을 거라 보십니까? 유가는, '왕가'를 수호하는 일족입니다. 저희의 목표이자 목적은 될 수 있는 한 오래오래, 할 수 있을 만큼 오래, 예국의 왕가를 존속시키는 것입니다. 아시지 않습니까. '왕'은 이후에도, 이전에도 있다는 것을. 그러나 왕의 가문은 그렇지 않지요. 적통, 그 혈통은 오직 하나뿐입니다. 그것이 이 모든 이유이자 목적입니다. 그것을 위해 유가는 이번 대의 '왕'을 위해 움직이기로 결정하였을 뿐입니다. '왕가'를 위해서."

설득하는 것도, 설명하는 것도 아니었다. 마치 태초부터 그렇게 정해져 있는 일을 읊조리듯, 그저 이미 안배되어 있는 사실을 읊조리는 목소리는 고저 없이 평온했다.

그러나 그 내용에 운사는 말문이 턱 막혔다. 숨조차 마음대로 쉴 수가 없었다. 자신의 눈앞에 앉아 있는 것은 고작 남장을 한 여인 한 명이었으나, 그 뒤에 수십, 수백의 유가가 앉아 있는 것만 같이 느껴져 차마 숨을 쉴 수가 없었다.

그녀가 한 말을 모두 믿지는 않았다. 그것이 그의 역할이었기에, 그는 언제나 예외의 가능성을 남겨놓아야만 했다. 그러나 마음속 한구석에서는 이미 그 무게감에 질식하고 있는 스스로의 모습이 보였다.

무슨 말이건 해야 하는데, 무슨 말을 해야 할지 도무지 알 수

가 없었다. 얘기를 다 끝낸 현원이 사람 좋게 웃으며 방문을 벌컥
열 때까지, 운사는 입안 한가득 모래가 가득 차오르는 기분을 느
끼며, 결국 단 한마디도 내뱉지 못했다.

✿

예국은 세 면이 바다였다. 백성들 중 수영을 할 줄 아는 자보다
하지 못하는 자를 찾는 것이 더 어려웠고, 물고기는 질리도록 먹
을 수 있었다. 바다와 가까운 생활을 하고 있으니 용왕을 섬기는
것도 어찌 보면 당연한 일일지도 몰랐다.

그리고 그 말은 수도에서 말을 타고 고작 반 시진을 나가면 바
로 수평선을 볼 수 있을 정도로 바다가 가깝다는 뜻이기도 했다.

"손에서 힘을 빼지 말거라. 낙마(落馬)를 한 뒤엔 후회해도 늦
느니라."

현원의 경고에는 힘이 없었다. 그러나 한 뼘의 틈밖에 없을 정
도로 가까운 거리 덕분에 그 목소리는 바로 귓가에 대고 속삭이
는 것처럼 느껴졌다. 그 생소함에 청은 화드득 놀라며 허리를 붙
들고 있는 손에 힘을 주었다. 바짝 밀착되어 살갗으로 느껴지는
온기에 그녀의 심장이 세차게 뛰기 시작했다. 그러나 그것이 들릴
리 없는 현원은, 대신 가늘게 떨리는 청의 손끝을 바라보곤 웃으
며 말했다.

"저기 보이는 것이 인당수다."

말을 타지 못해 현원의 뒤에 탄 청은 파도가 일렁이는 바다가
보이자 자신도 모르게 감탄사를 내뱉었다.

"아름답습니다."

햇빛을 받아 반짝이는 바다에 넋을 놓은 듯한 청의 중얼거림에 현원은 눈살을 찌푸렸다. 질긴 쇠심줄 같은 정신에 더는 토를 달지 않기로 마음먹었지만, 이 정도일 줄은 몰랐다. 그는 말고삐를 당겨 서서히 속도를 줄이며 혀를 찼다.

"무서운 게 아니라 아름답다고?"

"무서울 것이 무에 있겠습니까. 저희가 어떤 가문인지 잊으신 것은 아니겠지요?"

"그것이 죄다 거짓이라 한 것이 내가 아니라는 것 정도는 잘 알고 있지."

며칠 전 용왕의 존재를 부정했던 것을 짚어내는 현원의 말에 청은 작게 웃었다. 그러나 그녀가 무어라 대꾸를 하기 전에 절박하게 외쳐오는 운사의 목소리가 허공에 쩽하니 울렸다.

"전하! 누누이 말씀드리지만 중전이라 할지라도 왕의 뒤에 여인이 탄 전례가 없습니다!"

"쯧. 그대는 다 좋은데 너무 고지식해. 지금 예 왕이 어디 있단 말이야?"

능글맞은 현원의 대꾸에 운사는 금방이라도 대성통곡을 할 것 같은 표정이 되었다.

"전하아!"

"아니, 예 전하가 납시었단 말이야? 어디, 그 유명한 전하의 용안을 나도 한번 보자. 어디 계시느냐?"

"전하, 무엇 하시옵니까?"

좌우를 열심히 돌아보며 연기까지 선보이던 현원은 정면에서 들려오는 굵은 목소리에 미간을 좁혔다. 익히 익숙한 목소리에는, 대체 지신이 모시는 왕이 무슨 미친 짓을 하고 있는 것인지 모르겠다는 의문이 가득했다. 그리고 그의 등장에 운사는 마치 구원자를 만난 양 대답했다.

"강율 대장! 부탁이니 전하를 좀 말려주시오!"

"응? 하하! 이가의 꼬맹이가 아니냐. 전하께서 또 무슨 일을 벌이셨기에 똥개처럼 낑낑대는 게야."

"대장, 똥개라니요! 아니, 아니지. 그보다 전하께서 저……."

감정이 격해져 얼굴이 시뻘겋게 된 채로 고함을 치던 운사는 반사적으로 말을 멈췄다. 차마 입 밖으로 말을 잇지 못한 채 입만 뻐끔거리는 모양새가 우스워 현원은 한바탕 웃음을 터뜨렸다. 무어라 한단 말인가? 유가의 성한이 실은 여인이며, 유가의 청이라는 것은 아주 극소수만 아는 비밀이었다. 결국 운사는 머리끝까지 차올랐던 감정이 일순간 푸쉬식 식어 내리는 것을 느끼며 말을 이었다.

"저…… 자를 말에 태우신 것이 정녕 보이지 않는단 말입니까. 자…… 고로 임금은 뒤에 그 누구도 태우지 않는……."

"으하핫! 고작 그것 때문에 이리도 난동을 피우고 있었단 게야?"

"고작이 아니란 말입니다. 고작이!"

차마 그 뒤에 타고 있는 사내가 실은 여인이라는 말을 하지 못하고 제 가슴만 쿵쿵 때리는 운사의 답답한 마음을 모르는 강율 대장은 사람 좋게 웃었다.

그 유쾌함에 청은 바다를 본 것보다 더 놀랐다. 그녀는 바닷바람에 흘러내리려는 갓을 붙들며 한 손만으로 말을 자유롭게 다루는 강율 대장을 바라봤다.

말이 대장이지 아무리 봐도 그는 사람 좋은 중년으로밖에는 보이지 않았다. 갑옷을 입은 것도, 옆에 칼을 찬 것도 아닌 데다가 입은 옷은 어부의 것과 별다를 바도 없어서 말을 타고 있지 않았다면 영락없이 어부로 보였을 정도였다. 그는 양반가의 자제나 입을 법한 옷을 입고 있는 현원을 한 번, 그 뒤에 매달려 두 눈을 동그랗게 뜨고 있는 청을 한 번 바라보고는 입꼬리를 한껏 끌어올리며 웃었다. 어찌 돌아가는 상황인지 대강 파악이 되자 재밌는 것을 그냥은 못 지나치는 그의 눈이 반짝였다. 강율 대장은 고삐를 고쳐 잡으며 말했다.

"지난번에 뵈었을 때 최가의 이종사촌이라 들은 것 같은데. 맞습니까?"

"잘 아는군."

죽이 척척 맞아떨어지는 두 사내의 대화에 운사는 금방이라도 뒤로 넘어갈 것 같은 얼굴이 되었다. 그런 그의 모습에 한 번 더 호탕하게 웃은 강율 대장은 이내 말머리를 돌려 현원에게 다가갔다.

"한데 예까진 무슨 일로 오신 겁니까?"

"배를 보러 왔지. 인당수에 갈 수 있는가?"

"이 시각이면 가능할 듯합니다. 마침 조류가 바뀌며 물살이 가라앉는 시기이거든요. 한데 뒤에 계신 자는 누구입니까? 운사가 저리도 난동을 부리는 것을 보니 설마 하니……."

"그 설마가 맞아. 유가의 성한일세."

"호오. 이자가 말입니까?"

자신에게 집중되는 시선에 청은 고개를 숙이며 인사했다.

"잘 부탁드립니다. 유가의 성한이라 합니다."

청이 생긋 웃자, 강율 대장의 두 눈이 가늘어졌다. 잠시 골똘히 무언가를 생각하던 그는, 이내 씩 웃으며 손을 내밀었다.

"들었다시피 어부를 겸하고 있는 대장이라네. 같은 목표를 위해 뭉친 만큼 잘 해보세나."

얼결에 내민 손을 잡은 청은 생각보다 크고 단단한 그의 손에 조금 놀랐다. 검을 잡는 자 특유의 굳은살과, 어부라는 것이 틀린 말은 아닌지 여기저기 그물에 의해 생긴 상처가 겹겹이 쌓여 강율 대장의 손은 돌덩이처럼 단단했다. 그런 그녀를 마주보며 호기롭게 위아래로 몇 번 손을 흔든 그는, 이내 미련 없이 손을 놓고는 말머리를 돌렸다.

"유능한 책사가 구해준 배가 꽤 좋은데, 그 배를 타고 나가보는 것은 어떠십니까?"

강율 대장의 물음에 현원 역시 눈을 빛내며 대답했다.

"오, 그거 좋지."

청은 단 한 번도 타보지 못한 배 얘기가 나오자 금방이라도 펑 터져 버릴 듯한 흥분을 애써 억눌렀다. 그러나 한참 말을 달리고, 또 한참을 걸려 도착한 곳에 몰래 정박되어 있는 배를 보자 그녀는 자신도 모르는 사이에 감탄사를 내뱉고 있었다.

그런 그녀의 모습에 현원은 기분 좋게 웃으며 배를 출발시켰다.

겉으로 봤을 땐 예국에서 가장 거대한 상단인 이가의 상선이었기에 의심을 갖는 자는 없었다. 배가 빠르게 물살을 가르고 나아가자 뱃머리로 다가간 그녀는 솟구치는 물보라에서 눈을 떼지 못했다.

"그리도 신기하느냐."

"예. 바다는, 그저 푸른빛이 아니라는 것을 이제야 알았습니다."

"호오. 그러하던가."

"보십시오, 전하. 푸른빛과 흰빛이 뒤섞여 내리치고 있지 않습니까."

물보라를 가리키며 눈을 반짝이는 청의 모습에 현원은 그렇노라 대답해줬다. 배가 자그마한 섬에 다다르자, 현원은 연신 물보라에 정신이 팔려 있는 청의 시선을 돌리기 위해 입을 열었다.

"저 섬의 이름이 인당수(印塘水)다."

"섬이요? 바다가 아니라요?"

"그래. 정확히 말하자면, 이 섬 앞의 깊은 바다를 이르는 말이지. 한데 그 위치를 쉬이 짐작하기 위해 섬에 같은 이름을 붙여 부르기 시작했다 하더구나. 지금은 이리도 고요하지만 일각이 지나면 거대한 배도 쉬이 지나갈 수 없을 정도로 물살이 거세지는 곳이지. 그렇기에 '수신'인 용왕이 지나다니는 '길'이라 불린다더구나."

"아. 그 얘기는 아버님께 들은 기억이 있습니다. 험하디험하여 수신께옵서 허락하신 때가 아니라면 인간의 몸으로는 지나다닐 수 없는, 용을 위한 길이라 하였지요."

"그래. 그곳이 여기지. 바로 이곳이 몇 안 되는, 실질적인 용왕의 증거이자 백성들이 용왕을 믿는 기반이다."

증거물들 중 의도치 않게 가장 큰 역할을 하고 있는 청이 어색하게 웃자, 그 웃음의 의미를 짐작한 현원은 때맞춰 자신을 부르는 운사의 부름에 잠시 자리를 떴다.

홀로 남은 청은 내려다보던 바다의 색이 바로 옆과 다르다는 것을 눈치챘다. 배가 정박해 있는 지점의 바로 앞이 금방이라도 빨려 들어갈 것 같은 짙은 검은빛이라면, 그 주위는 옅은 푸른빛이었다. 그 짙은 어둠이 그녀를, 아니, 그녀의 피를 부르는 것만 같이 한차례 일렁였다.

마치 바다에 홀린 듯 그녀의 몸이 천천히, 스스로도 눈치채지 못할 정도로 천천히 앞으로 기울었다. 아슬아슬하게 뱃머리의 난간을 붙든 채 금방이라도 바다로 뛰어들 것처럼 바짝 몸을 내밀고 있는 청을 먼저 발견한 것은 현원이었다.

바닷바람에 흩날리는 그녀의 도포 자락에 현원은 얘기를 나누던 운사를 밀치며 다급히 외쳤다.

"무엇하는 게야! 안으로 들어……!"

그의 외침에 고요한 바다의 깊이감에 취해 있던 청의 고개가 휙, 현원 쪽으로 돌아갔다. 놀라 크게 뜨인 그녀의 두 눈동자가 현원의 시선과 맞부딪쳤다.

한 차례 파도가 일렁이고, 기우뚱, 흔들리는 배를 따라 몸을 가누지 못한 채 따라 흔들리던 청의 입가로 짧은 단말마 섞인 비명이 새어나왔다.

"아……!"

난간에서 미끄러진 손이 하늘을 향해 치솟고, 위로 펄럭이는 도포 자락이 일순간 아래로 미끄러졌다. 현원의 눈에 그것은 빛바랜 다홍치마처럼 보였다. 폭포 위의 그때가 다시금 그의 눈앞에서 재현되고 있었다.

그녀가 바다 위로 떨어져 내리는 모습이 너무 느리게 보여서, 그것이 현실이 아닌 것처럼 느껴질 정도였다.

그와 동시에 그의 속에서 무언가가 부서졌다.

그러나 그것이 무엇인지 알 여유도, 되돌릴 여유도 없었다. 귀가 아플 정도로 크게 울린 첨벙 소리에 현원은 그 모든 일이 고작 몇 초 만에 일어났다는 것을 깨달았다.

강율 장군이, 뒤따라 몸을 던지려는 건우를 억지로 찍어 눌러 못 가게 한 것도, 운사가 경악을 금치 못하며 뱃머리로 내달린 것도 전부.

이를 악문 현원은 옆에서 뱃머리를 향해 달려가는 사내의 손에서 긴 밧줄을 빼앗아들었다. 그는 누가 말릴 새도 없이 빠르게 밧줄을 몇 번이고 몸에 휘감은 뒤 사내에게 다시 그 밧줄을 건넸다. 그가 왕이라는 것을 알 리 없는 사내가 눈을 끔뻑이며 밧줄을 받아들자, 한 번 더 매듭을 확인한 현원은 웅성거림을 모두 짓누를 정도로 크게 외쳤다.

"강율! 뒤는 맡기겠다!"

그 외침에, 가까스로 건우를 진정시키던 강율 대장의 얼굴에 경악이 가득 차올랐다. 그리고 운사는 자신의 옆을 누군가가 스쳐 지나갔음을 깨달음과 동시에 빠르게 바다를 향해 떨어져 내리는 제 주군의 모습에 난간을 부서져라 움켜쥐며 외쳤다.

"전하아!"

"제기라알! 운사, 쓸데없이 힘 빼지 말고 어서 밧줄을 붙들어!

다들 뭐 하나! 어서 붙잡아!"

강율 대상의 외침에 운사는 다급히 팽팽하게 당겨진 밧줄을 붙잡았다.

뱃전에서 한바탕 난리가 나고 있는 그 순간, 바다 속으로 그대로 미끄러져 들어간 현원은 제 눈을 의심하고 있었다. 분명 청이 이미 바다 저 아래로 가라앉거나, 목숨이 경각에 달하고 있을 것이라 생각한 그의 예상은 보기 좋게 빗나간 채였다.

그녀는 바다의 일부처럼 그 위에 고요하게 떠 있었다.

방금 전까지의 긴급함이 다른 세계의 얘기처럼 느껴질 정도였다. 그는 닿으면 부서져 내릴 물보라를 대하듯 조심스레 손을 뻗었다. 그러나 손끝이 청에게 닿기 전 그는 자신도 모르게 손을 거둬들였다. 본능적으로 건드려서는 안 될 것 같다는 생각이 그의 머릿속을 휘감았다. 그는 마치 태아처럼 몸을 웅크린 채 물 속에 고요히 떠 있는 청의 모습을 홀린 듯 바라봤다. 얇은 막으로 보호되고 있는 것처럼 그녀는 물속에 있음에도 무척 편안해 보이기 그지없었다. 물길을 따라 너울너울 춤추는 옷자락이 마치 선녀님을 연상시켜, '인당수'에 떠 있는 그녀가 곧 용궁으로 향할 것만 같을 정도였다.

점차로 숨이 막혀오는 것도 인지하지 못한 채 그녀를 홀린 듯 바라보던 현원은 허리춤을 당기는 밧줄의 존재에 현실로 되돌아왔다. 복부에 강한 압박이 가해지자 그는 남은 숨을 모조리 뱉어내며 눈살을 찌푸렸다. 위로 당기는 힘이 점차로 강해지기 시작했다. 그는 다급히 팔을 뻗어 청의 손을 잡아당겼다. 그의 손이 닿기가 무섭게 잠을 자듯 평화로이 감겨 있던 청의 두 눈이 떠졌다.

그녀는 그 순간부터 바다에 빠진 사람처럼 다급히 숨을 내뱉었다. 청은 옷자락이 몸에 감겨들 정도로 팔을 휘저으며 발버둥치기 시작했다. 현원은 그녀가 움직이지 못하도록 품 안으로 끌어당겼다.

'쉬…… 괜찮다.'

그 손길에 고개를 든 청이 본 것은 물속에서 입모양만으로 그리 말하는 현원이었다. 혹여 그녀가 놀랄까 손을 뻗어 가녀리게 떨리고 있는 등을 도닥이며 현원은 부드러이 웃어 보였다.

그 웃음에, 청은 그만 안심이 되어 저도 모르게 그를 보고 마주 웃어버리고 말았다.

"무얼 잘하시었다고 웃으십니까! 낮에 소신이 얼마나 놀랐는지 알기나 하시냔 말입니다. 혹 잘못되기라도 하시었다면 십 년 공든 탑이 도로아미타불이라는 것을 그 누구보다 잘 아시면서……!"

반쯤 기운 달이 떠오른 밤, 언제나 고요하던 동궁에 이례적으로 큰소리가 울렸다. 운사의 호통 어린 말에도 현원은 그저 어깨를 으쓱일 뿐이었다. 가끔 운사가 이리 야밤에 동궁을 찾아와 왕을 꾸짖는다는 것을 잘 아는 궁녀들은 그를 말리는 대신, 문을 겹겹이 닫아 밖으로 소란스러움이 새어나가지 않도록 할 뿐이었다.

"전하! 소신의 충언을 듣고 계시옵니까!"

뼈를 깎는 충언에도 제 행동에 한 치 부끄러움이 없다는 왕의 태도에 운사는 분에 차 이마를 짚었다. 운사가 금방이라도 뒷목을 잡을 지경이 되어서야, 현원은 그 장난스러운 웃음을 거둬들이며 대꾸했다.

"아무 일 없으니 되었잖느냐."

"전하!"

"어허. 그 전하 타령을 너무 들어 이젠 귀가 아플 지경이니라."

제 왕의 뻔뻔스러움에 운사는 입술을 비틀어 올렸다.

"정녕 이리 나오실 생각이시옵니까."

"나는 잘못한 것이 없느니라."

"그리 나오시겠다면 좋습니다."

"무엇이 말이냐?"

조금 더 시끄럽게 굴 것이라 예상했던 운사가 생각보다 쉽게 백기를 내걸자, 현원의 얼굴에 의아함이 스쳐 지나갔다. 자신을 바라보는 왕의 시선에, 운사는 비장한 표정으로 대답했다.

"……전하, 일전에 소신이 유가를 찾아내었을 때 전하께옵서 무척 기뻐하시며 언제고 술벗이 되어주시겠다 하시었던 것을 기억하시는지요."

운사의 말에 그제야 현원의 태평한 가면 위에 쩍 금이 갔다. 그가 혹시나 하는 표정으로 운사를 바라보자, 운사는 자신이 승기를 잡았음을 직감하며 득의양양하게 웃었다. 운사의 품 안에서 허리가 잘록한 술병이 나오자, 처음으로 현원의 얼굴이 일그러졌다. 술병 하나에 단숨에 우위가 뒤집히는 순간이었다.

"오늘 소신이 너무 놀라 아직도 널뛰는 심장을 좀 진정시켜야겠으니 부디 술벗이 되어주소서."

"……네놈은 어찌 술을 마실 때만 진정한 벗이라는 건우를 놔두고 내게 매달리는 게냐."

"전하께옵서도 건우가 술이라고는 한 방울도 입에 대지 않는다는 것을 잘 아시지 않습니까."

"한데 왜 하필 가장 독하다는 청주냔 말이야."

"가장 귀한 술이니 당연 전하께는 청주를 올려야지요. 자고로 공자께서도 술을 즐겼다 하니 오늘 소신은 전하와 믿음을 갖고 허물없이 술잔을 기울여 볼까 하옵니다.[1]"

술 한잔 기울이겠답시고 주역의 구절을 끌고 들어오는 운사의 갸륵함에 현원은 고개를 내저으며 그 뒤를 이었다.

"어허. 술병을 꺼내든 이상 솔직해지거라. 네놈이 관심 있는 것은 믿음이 아니라 그저 과인의 머릿속을 흠뻑 적셔 왕이 흐트러짐을 보려 함이 아니냐. 하니 이리저리 돌리지 말고 진정 청주를 가져온 이유를 대거라.[2]"

"전하께옵서는 특히 청주에 약하지 않으십니까."

운사는 낯빛 하나 변하지 않고 왕을 이겨먹겠노라 말하며 웃었다. 그러나 한두 번 있는 일도 아니었기에 현원 역시 즐거이 웃으며 술상을 준비시켰다. 간소한 술상이 왕과 신하 사이에 놓이자, 그들은 한두 번 해온 것이 아닌 듯 재빠르게 군신을 벗어던지고 벗이 되었다.

"진정으로 놀랐습니다."

현원은 제 잔에 금방이라도 흘러넘칠 정도로 술을 가득 따르는 운사를 밉지 않게 흘겨보며 대꾸했다.

"나는 이제 네놈이 놀랄 일이 남았다는 게 놀랄 지경이니라."

"소신이 전하를 그리도 성심으로 모시고 있다는 증좌이니 좋지

---

1) **有孚于飲酒 無咎** 술을 마시는 데 믿음을 두면 허물이 없거니와.
2) **濡其首 有孚失是** 그 머리를 적시면 믿음을 두는 데 바름을 잃으리라.

않습니까."

평소라면 밀대꾸 한 번 못 했을 운사가 술병만 앞에 두면 용기
가 솟아오르는 것을 모를 리 없는 현원은 입술을 비틀며 술병을
받아들었다. 그 역시 운사처럼 술잔에 금방이라도 흐를 듯 술을
가득 따르며 다시 물었다.

"그래, 또 무엇이 그리 놀라웠는지 말이나 해보거라. 내 들어는
주마."

"소신이 전하를 뫼신 지 꼬박 일 년이 되었을 때의 일을 기억하
시는지요. 소신의 가문에 혈통이 우수한 말이 들어왔다 하여 그
것을 타러 간 적이 있사옵니다."

무려 5년 전의 일이었기에 현원은 술잔을 두 번 비운 뒤에야
그때의 일을 기억해 낼 수 있었다.

"아아. 그래, 그때 네가 낙마를 한 기억이 나는구나. 한데 갑자
기 그 일은 왜 꺼내느냐."

"소신은 그날 신하가 눈앞에서 처참히 뒹굴어도 절대 말 위에
서 뛰어내리지 않는 전하를 보며 감복하였습니다. 전하께옵서 제
왕의 자질을 지니시었다, 그리 생각하였지요."

그제야 운사가 하고자 하는 말을 짐작한 현원은 눈살을 찌푸
렸다.

"걱정하는 일은 없을 것이니 쓸데없는 일에 기운 빼지 말거라."

"하면 왜 그러셨습니까."

그 질문은 아직 그도 답을 찾지 못한 것이었다. 그렇기에 대답
하지 않는 것이 맞았다. 애당초 답할 필요조차 없는 질문이었다.
온전한 정신이었다면 그는, 당연 대답하지 않는 것을 택했을 터였

다. 하나 술이 넉 잔째 들어가자, 현원은 잔을 기울여 반쯤 남은 술을 들여다보다 천천히 입을 열었다.

"건우가 얘기하지 않았을 것이라 생각하여 말하는데, 일전에 유가에 간 것을 기억하느냐."

운사는 그것이 제가 한창 배를 준비하느라 잠 한숨 못 자던 때라는 것을 눈치챘다.

"예, 전하."

"그날, 기어코 직접 배에서 뛰어내린다는 그 아이를 포기시키기 위해 폭포에서 뛰어내려 보라 했었다."

"예에? 폭포에서 말입니까?"

"그래. 하하…… 양반집 규수들 수백에게 시켜도 뛰어내릴 여인은 단 한 명도 없을 것이라, 나는 그리 확신했느니라. 사내들 중에서도 유약한 자들은 겁을 집어먹고 뛰지 못하는 자가 태반일 테니 말이다. 한데, 어찌 되었는 줄 아느냐."

운사는 왕이 다섯 번째 잔을 비우자 슬쩍 술병을 옆으로 치웠다. 술이 더 들어갔다간 현원이 그대로 고꾸라질 것임을 알고 있었기에, 지금은 술병을 멀리 두는 편이 좋았다.

"뛰어, 내렸습니까."

"그래. 미련 한 점 없이, 발 한 번 뒤로 물리지 않고, 폴짝 뛰어내리더구나. 기가 차 화가 다 날 지경이었다. 그네들은 고작 둘밖에 남지 않았으면서, 어떻게든 살아야겠다는 의지도 없는 듯 보였으니 화가 나지 않을 리가 있겠느냐. 예국에서 가장 중하다는 왕도, 어떻게든 살아보겠노라 이리 추하게 발버둥치고 있는데 말이다. 아니 그러한가."

"전하……."

"나는 수화로 인해 그 아이가 못 알아볼 정도로 빈하였을 것이라 생각했다. 사람은 시간에 따라 변하기 마련인데…… 어찌하여 유가는 변하질 않는 것일까."

"그러합니까."

"그래. 너도, 나도 많이 변하였다. 그것을 아느냐."

웃으며 묻는 그 얼굴이, 금방이라도 울 것만 같다, 그런 불경한 생각을 하며 운사는 잔을 쥔 손에 힘을 주었다.

"예. 변해야만 살아남을 수 있었으니, 변하였습니다."

"그렇지. 한데…… 그 아이는, 그 어리던 시절에서, 조금도, 변하지…… 않은 듯하여…… 오히려 이상할 지경이야……."

"어린 시절이라니요?"

"여전히, 아무것도 바라지 않고, 그저 올곧은 눈으로 신뢰와 기대가 가득한 시선을 보내오지."

운사는 이미 왕의 귀에 제 말이 들리지 않는다는 것을 깨달았다. 그는 현원이 팔을 뻗어 잡는 술병을 차마 말리지 못하고 입을 닫았다.

"차라리 내게 바라는 것이 명확한 자가 낫다."

현원은 쓸쓸히 웃으며 말을 이었다.

"운사, 그런 점에서 나는 그대의 아비가 참으로 마음에 든다."

"욕심만 가득하니 전하께옵서 가까이 하실 만한 사람이 못되옵니다."

"하하핫! 욕심 없는 자가 어디 있단 말이냐! 그런 점에서 이가의 서문은 그것을 숨기는 대신 대놓고 공표하니 참으로 편하지.

어디까지 주어야 만족할지 아주 명확하거든."

"그러합니까. 하면 다행입니다. 제 아비가 전하의 고심하심에 하나를 더 얹지 않았다는 것만으로도 충분합니다."

"아…… 아니다. 내가 틀렸구나. 딱 하나가 있다. 욕심이 없는 자가."

현원은 생각을 하면 할수록 알 수가 없어지는 이름을 조용히 중얼거렸다.

"유가의 청. 그 아이는 진정으로 원하는 것이 없어. 어이해야 할지를 모르겠다. 내 유가의 죄를 사하여주지 않는다 할지라도 그 아이는 그러시라 대답할 것이야. 그것이 유가라. 그것이 계속 마음에 밟힌다. 원하는 것이 없는 아이에게 무엇을 해주어야 수지가 맞단 말이냐. 무수히 많은 서책을 읽고, 성현들의 글을 되짚어보아도 답이 없어."

갈 길을 잃은 배처럼 맥락 없는 현원의 말에도 운사는 타박하지 않았다. 그는 그저 잔을 비우며 조용히 대답할 따름이었다.

"……하면 아무것도 해주지 마십시오."

"아무것도 해주지 마라? 하하핫. 그것은…… 너무 염치가 없지 않느냐."

중얼거리던 현원의 고개가 팔을 타고 스르르 아래로 미끄러져 내렸다. 그는 금방이라도 잠에 빠져들 것처럼 몽롱한 목소리로 같은 말을 읊조렸다.

"염치가……."

"전하."

운사의 앞에는 청주가 들어 있던 술병이 네댓 병 나뒹굴고 있었다. 그럼에도 그는 목소리 하나 흐트러지지 않은 채였다. 이가의 운사가 예국 제일의 주당과 대작을 하여도 지지 않을 정도로 술에 강했다면, 예국의 왕은 청주 한 병을 채 다 마시지 못할 정도로 술에 약했다.

"……왜 자꾸 부르느냐. 시끄러우니 그 입 다물라."

가까스로 대답하는 현원의 목소리는 잔뜩 늘어져 있었다. 기우뚱, 옆으로 기우는 왕의 옥체에 놀란 운사가 벌떡 일어나 그를 눕혔다. 이내 잠에 빠진 듯 현원의 숨소리가 점차 고르게 가라앉자, 운사는 술잔을 들어 올리며 중얼거렸다.

"오늘 소신은 정말 놀랐습니다. 또한 두려웠나이다."

그는 잔 안에 가득 차 있는 술을 바라보다 눈살을 한 번 찌푸리고는 그것을 단숨에 비웠다.

"전하, 소신은 전하께옵서 유가의 청에게 마음을 주지는 않으실까 걱정하는 날이 올 것이라고는 생각조차 하지 못하였나이다. 유가는…… 유가는……. 아시지 않습니까. 소신은 전하의 바지자락을 붙들지언정 말리고자 노력할 것이옵니다."

말끝을 흐린 그는 이내 푹 한숨을 내쉬었다.

"그리할지라도 전하. 혹, 만에 하나, 전하께옵서 유가의 청을 마음에 두신다면……."

운사는 손을 뻗어 잔에 마지막 남은 술을 쏟아 부었다. 그것을 머뭇거림 없이 마신 뒤, 그는 자리에서 일어났다.

"소신, 이 목숨을 걸고 반드시 전하께옵서 가시는 길이 더는 험하지 않도록 하겠나이다."

비장한 각오를 내뱉은 운사는 잠들어 자신을 보지 못할 왕에게 그 어느 때보다도 정성들여 예를 갖춘 뒤 물러났다.

소리 없이 문이 닫히고, 자박자박 걸음 소리조차 멀어졌을 때 감겨 있던 현원의 눈이 떠졌다. 그는 비스듬히 장침에 몸을 기댄 채 조금의 취기도 없는 눈으로 방금 전까지 운사가 앉아 있던 건너편을 한참 동안 바라봤다. 책사가 걱정하는 것이 무엇인지 그는 잘 알고 있었다. 어째서 그가 그런 걱정을 하게 된 것인지도 짐작 못할 바는 아니었다.

"……아직 멀었다. 제왕의 자질을 운운하며, 그리 칭한 자가 쉬이 정신을 놓을 것이라 믿다니."

오래전 빛바랜 기억은, 꼬박 십 년의 세월을 돌아 선연한 다홍빛의 추락으로 그에게 강한 인상을 남기었다. 그 기억이 강렬하지 않았다 부정할 생각은 없었다. 그것은 강렬했고, 그의 뇌리에 박혀 오랜 세월 동안 빛바래지 않을 터였다.

그러나 그뿐이어야 했다.

현원은 창을 밀어젖혔다. 창밖에서 불어 들어오는 서늘한 바람이 그나마 있던 취기마저 거둬들이며 방 안을 휘감아 돌았다. 현원은 어둠 속에 잠기어 있는 동궁과 똑 닮은 또 하나의 궁을 바라보며 사그라드는 술기운과, 그 속에서 엉망진창으로 뒤섞인 감정을 가만히 내리눌렀다. 아직 멈출 수 있을 때 멈춰야 했다.

"가장 많이 변한 것은…… 나란 말인가."

반드시, 그래야만 할 일이었다.

4.

용즉비천 龍卽飛天

이튿날, 예국은 왈칵 뒤집어졌다. 날이 밝자마자 전국적으로 나붙은 방 때문이었다.

"이게 무슨 일이래."

청은 길거리에 나온 순간부터 들려오는 웅성거림의 근원지를 찾아 발을 옮겼다. 사람들이 머리를 맞대고 모여 있는 곳을 헤쳐 나가자 왕의 인장이 찍혀 있는 방이 보였다. 왕의 병세를 낮게 할 약을 받아오기 위해 용왕을 알현하고 올 지원자를 구한다는 내용이 흰 종이에 유려한 필체로 적혀 있었다.

그녀의 옆에서 사내가 머리를 긁적이며 기가 막히다는 목소리로 중얼거렸다.

"허어. 세상이 어찌 돌아가느라 이런 방이 붙누."

"하면 지금 거 바다에 뛰어들 자를 찾는다, 이 말인 거 아닌가?"

"그런 게지. 거 참……."

사내들의 대화 닷인지 사람들의 웅성거림이 점차 커졌다. 몇몇 사람은 당장에라도 병사가 자신을 잡아갈 것이라 생각하는지 불안한 시선으로 주변을 두리번거렸다. 그들에게 있어 용왕은 실재하는 존재였으나 동시에 실재하지 않는 존재였다. 용왕이 사는, 깊은 바다 속에 위치해 있다 알려진 용궁. 그곳에 살아 있는 사람이 갈 수 있을 리가 없으니 감히 누가 실제로 용왕이 존재한다 말할 수 있을 것인가. 그나마 유가가 용왕의 존재를 현실로 끌고 들어오는 역할을 하고 있었으나 그것도 10년도 더 전의 얘기였다. 유가는 왕가의 철퇴를 맞고 무대 위에서 끌려 나간 지 오래였고, 이제 그 무대에는 용왕이 사라진 채 오롯이 왕만이 존재하고 있었다.

"이건……."

"전하께서 정신이……."

누군가 반사적으로 중얼거리고는 이내 다급히 양손으로 제 입을 틀어막았다. 그러나 그 주위에 서 있는 다른 이들은 아무도 그를 비난하지 않은 채 그저 못 들은 척 고개를 돌릴 뿐이었다. 그곳에 있는 모두가, 아니, 방을 보고 있는 모든 존재가 지금 이 순간 같은 생각을 하고 있었다.

왕이 미쳤다.

청은 백성들의 반응에 주먹을 꾹 쥐었다. 억울했다. 그녀가 알고 있는 왕은 나약하지도, 미치지도 않았다. 오히려 외척에게 빼앗긴 자신의 자리를 되찾기 위해 노력하면서도 동시에 예국을 그 무엇보다 우선시하는 존재였다. 그는 정말로 예국을 사랑하고 있었다. 짧게는 수년, 길게는 수십 년이 걸릴지도 모르는 긴 길을 선택한 것만으로도 그가 단순히 권력을 휘두르고 싶어 왕이 되고자 하는 것이 아님을 알 수 있었다. 그런데 어째서 저자들은 모른단 말인가.

그녀는 봇짐 안으로 손을 집어넣어 붓을 꺼내들었다.

그리고 얼마 지나지 않아 방 위에는 강하지만, 동시에 부드러운 필체로 '龍卽飛天(용즉비천)'이라는 네 글자가 굳건히 자리 잡았다.

'얼마 지나지 않아 용이 하늘로 날아오르리라'.

"전하! 이럴 수는 없사옵니다!"

현원은 바락바락 악을 쓰는 좌의정의 꼴이 꽤나 우습다고 생각했다. 평소에는 자신의 건강을 생각한다느니 어쩌느니 변명을 늘어놓으며 상참에 나오지 말라 간언을 하던 대신들이 방이 붙자마자 한마음 한뜻으로 조례에 참여하라 들고 일어나기에 무슨 소리를 할지 들어나 보려 나온 자리였는데, 역시나 실망시키지 않았다. 나이는 먹을 대로 먹어, 그렇게 읊어대기 좋아하던 좌의정과 우의정이 규율과 품위를 죄다 내던진 채 얼굴이 붉게 달아오를 정도로 악을 쓰고 있으니 그 모습이 어찌 웃기지 않으랴. 그는 무척이나 오랜만에 앉아보는 왕좌에 몸을 기대며 어디 계속 해보라는 표정으로 좌의정을 바라봤다. 그는 가볍게 풀려 있는 왕의 시선을 어떻게 해석했는지 더욱 얼굴을 붉게 물들이며 외쳤다.

"어찌 백성을 사지로 내몰려 하시나이까!"

"사지로 내몬다……? 어찌하여 그리 생각하는가?"

그렇게 악을 써도 침묵을 지키던 왕이 입을 열자 좌의정은 기다렸다는 듯 날려들었다.

"전하, 송구하오나 방의 내용이 바로 그러하옵니다! 수신이 거주하고 있는 바다 속에서 인간은 살아남지 못하옵니다!"

"그래. '인간'은 그러하지."

나른하게 늘어진 현원의 대꾸에 좌의정이 입이 꾹 다물렸다. 방금 전까지 쉼 없이 움직이던 입이 멈추자 숭정전 전체가 고요해진 것처럼 느껴질 정도였다. 좌우로 늘어서 있는 당상관에서부터 참하관에 이르기까지 하나같이 같은 생각들을 하고 있는지 고개를 숙인 채 아무도 움직이지 않았다. 먼저 입을 열면 그것이 그대로 왕에게 책잡힐 것이라는 걸 그들은 본능적으로 알고 있었다. 한참의 침묵이 흐르고, 치열한 눈치 싸움 끝에 총대를 맨 것은 다름 아닌 좌찬성이었다.

"전하. 혹, 유(諭)가를 염두에 두신 것이옵니까?"

이미 대답은 나와 있는 질문이었지만, 현원은 아무것도 모른다는 표정으로 그저 능청스럽게 대답했다.

"유(諭)가라. 오랜만에 듣는 이름이군."

"전하……."

"어이해 그저 과인을 부르기만 하는 것이냐? 할 말이 있다면 속 시원히 해보거라. 그대들은 항상 그렇지 않느냐. 몸이 좋지 않으니 상참에 나오시지 마시라. 후사가 없으니 어서 중전을 들여 내명부를 단단히 하라. 그래, 저번에 얘기했던 좌의정의 여식이 선왕께서 서거하신 해에 태어났으니…… 올해 여섯이던가?"

화살이 제게 돌아오자 좌의정은 쿨럭쿨럭 헛기침을 내뱉었다.

그 모습에 좀 더 들쑤셔 놓을까 생각하던 현원은 이내 그 생각을 내던졌다. 여기서 한 걸음만 더 나아갔다가는 또다시 대왕대비가 야차와 같은 표정을 하고 들고 일어날 것이 분명했다. 그러고는 오래전에 자신의 사람으로 만들어놓은 어의를 대동한 채로 있지도 않은 병명을 네댓 개 정도 줄줄이 읊은 다음 눈물을 뚝뚝 흘리며 옥체를 보전하라는 이유로 제 발에 족쇄를 채워놓을 터다. 이번에야말로 정신병까지 들먹일지도 모를 노릇이지. 그것을 내치는 건 어려운 일이 아니었으나, 그 뒤에 이어질 일이 골치 아플 터였다. 선왕의 유지와, 진가. 그 두 가지가 제 목을 졸라올 것임은 쉬이 짐작할 수 있었다.

현원은 이미 오래전에 뒤로 물러난 대왕대비의 외척이자, 진가의 수장인 진허원을 떠올렸다. 살날이 얼마 남지도 않았으면서 왕보다 더 큰 권력을 쥐고자 하는 탐욕스러운 늙은이. 가끔 등청해 가증스러운 얼굴을 하고선 제 몸을 걱정해 주는 그를 떠올리자 기분이 나빠진 현원은 눈살을 찌푸렸다.

"과인이 논점을 흐린 것 같군. 그래, 그래서 유(諭)가가 어쨌단 말인가, 좌찬성?"

"아, 예. 그것이…… 유가는 오래전 자취를 감추었습니다. 오늘날에 이르러서는 유성운이 어찌되었는지조차 알 수가……."

"유성운에게는 자식이 있지 않은가. 그것도 둘이나 말이네."

분명 십 년 전 선왕에게 내쳐진 유성운에게는 자식이 있었다. 당시 여덟 살이던 유청과 열두 살이던 유성한. 몇몇 이들은 아직도 그 두 아이의 얼굴을 또렷이 기억하고 있을 정도였다. 그러나 그들 중 누구도 그 아이들이 살아 있을 것이라는 생각은 하지 않았다. 유가의 사내가 유달리 약하다는 것은 암암리에 다들 알고 있는 사실이었다. 그것을 비밀이라고노 할 수 없는 섯이 낭장에 유가의 족보를 몇 장만 들춰보더라도 쉽게 유추가 가능했기 때문이었다. 이르면 서른, 오래 살아도 마흔을 쉬이 넘기지 못하는 그 짧은 수명에 한때 유가가 용왕의 저주를 받은 것은 아니냐는 소문까지 돈 적도 있었을 정도였다. 물론 그 소문은 다음 제례 때 유가의 가주가 어떤 해보다 웅장하고 화려한 용을 만들어내자 쏙 들어갔지만 말이다.

그러할진대 모든 것을 다 잃고 십 년이 흘렀다.

유성운은 이미 오래전에 이 세상 사람이 아닐 가능성이 다분했다. 암암리에 시선을 주고받는 자들은 모두 같은 생각을 하고 있었다. 그렇다면 과연 부모라는 울타리를 잃은 어린 아이들이 십 년간 살아남을 수 있었을 것인가.

좌찬성은 자신을 바라보는 좌의정의 시선에서 둘의 의견이 일치했음을 눈치챌 수 있었다.

"전하, 송구하오나 십 년이나 흐른 뒤이옵니다. 선왕이신 영조 대왕께서도 서거하시기 전까지 사 년이 넘도록 찾으셨으나 끝내 찾지 못하지 않았사옵니까?"

불문율처럼 얘기되지 않던 선왕마저 논쟁 위로 끌려나오자 현원은 못마땅하다는 표정으로 좌찬성을 응시했다. 겁 없이 나선 것은 칭찬해 줄 일이었으나 예민한 부분을 건드리는 대담함은 원치 않는 것이었다. 그는 금을 녹여 만든 용이 여의주를 물고 있는 팔걸이에 비스듬히 몸을 기대며 되물었다.

"죽었을 것이라, 그 말인가."

"여식은 이미 알려진 바에 따르면……."

길게 늘어지는 말끝은 불분명했으나 그 의미를 이해 못할 바 아니었다. 그나마 명이 긴 여식이 죽었으니 하물며 명이 짧은 사내들이야 살아 있겠느냐, 좌의정은 그리 말하고 있었다. 그 결론, 이해하지 못할 바 아니었다. 암암리에 왕가도, 진가도, 그 외에 수많은 자들이 각기 다른 시작점에서 유가를 찾았지만…… 그들이 닿은 결론은 모두 하나였으니 말이다.

유가의 청이 죽음에 이르렀다는 사실.

그러나 그것 역시 서로 눈치를 보며 먼저 입 밖으로 꺼낸 자는 없었다. 유가의 대가 완전히 끊어졌을 것이라 단언하는 그 순간 일어날 파장이 작지 않을 것임을, 다들 모르는 바 아니었기 때문이다. 그래서 십 년간 그 누구도 유가의 행방을 쫓는 것이 무의미한 일이라는 말 한마디 하지 않은 채 지지부진한 수색을 이어온 것이었다. 현원은 그것도 이제 끝이라 생각하며 끊어진 좌의정의 말을 제가 대신이었다.

"죽었을 것이다?"

"송구하오나……."

새삼스레 제 여식이 죽었다는 흔적 하나만을 흘려놓은 유성운이 무시 못 할 인물이라는 생각을 다시금 하며 현원은 입꼬리를 끌어올려 웃었다. 유가는 대대로 사내의 수명이 짧기로 유명했다. 그러니 여식인 청의 죽음이 알려진다면, 자연스레 사내인 성한도, 성운도 죽었을 것이라 짐작할 것임을 유성운은 알고 있었던 것이다.

이렇게 자신의 앞에서 유가가 멸족했을 것이라 고하는 좌의정처럼.

그는 그렇게 몰래 유가의 대를 이을 성월을 청의 손에 남기고 눈을 감은 것인가. 현원은 유성운이 그토록 애를 쓰며 남겨놓은 유가의 핏줄이 자신을 위한 것만 같다는 생각을 떨치지 못하며 잠시 입을 다물었다.

설마.

감정적으로 끌어당겨지는 생각을 단칼에 잘라내며 현원은 대화의 논점을 흐리는 주제를 좌의정 앞에 던져 놓았다.

"알려진바 그러하지. 하나, 시신을 본 자 역시 아무도 없지 않은가. 좌의정, 그대는 유가가 존재하는 이유가 무엇이라 보는가?"

"그것은…… 매해 수신(水神)을 위한 제례를……."

"아니. 아니다. 물론 용왕을 위한 제례도 중요한 일이지. 하나 유가가 존재하는 이유는 고작 제례를 위해서가 아니야."

좌찬성은 자신을 내려다보는 왕의 시선에 등이 점차 축축해지는 것을 느꼈다. 그가 재위에 오르고 6년간 잊었던 사실이 다시금 그를 강타했다.

왕은 용이었다. 강하고 단단한 목줄이 그 야성을 꾹 내리누르고 있으나 왕이 용이라는 것은 결코 변하지 않는 사실이었다. 그용이 이제껏 뒤집어쓰고 있던 얄팍한 가면을 벗어던지자 그가 결코 만만하지 않다는 것을 뼈저리게 깨달을 수 있었다. 그 위세에 짓눌려 좌찬성은 왕이 원하는 답을 알지 못해 그저 고개를 숙일 수밖에 없었다.

"송구…… 하옵니다, 전하."

"송구할 것이 무에 있나. 좌찬성, 잘 듣게나. 그리고 다시는 잊어버리지 말게."

 현원은 정상적이라면 절대 열릴 리가 없는 장지문을 응시하며 천천히 말을 늘렸다. 그러자 그가 무엇을 기다리는지 알고 있다는 양 장지문 밖이 웅성거리기 시작했다. 그 소란스러움에 현원의 입가에 다시금 미소가 걸렸다. 그의 눈이 기대감으로 가득 차며 가늘어졌다. 그와 동시에 밖에서 다급한 목소리가 들려왔다. 왕이 또다시 무언가를 꾸미는 것 같다는 생각을 하던 좌의정의 눈살이 찌푸려졌다. 어느 누가 감히 상참을 방해한단 말인가?

 그러나 그가 채 화를 내기도 전에 잔뜩 겁을 집어먹은 목소리가 먼저 크게 울려 퍼졌다.

 "유, 유, 유가의 성한이 알현을 청하옵니다!"

 유성한!

 꽤 오랫동안 잊혀 왔던 이름 석 자에 고개를 숙이고 있던 문무대신들의 고개가 위로 번쩍 치켜 올라갔다. 그들의 얼굴은 하나같이 경악과 당혹감으로 물들어 있었다. 방금 전까지 유성한이 이미 객이 되었을 것이라 장담하던 좌찬성의 얼굴이 제일 볼만했다. 그는 마치 귀신이 살아 돌아왔다는 말을 들은 것처럼 퍼렇게 질린 얼굴로 굳게 닫힌 문을 바라보고 있었다. 그러나 문 너머로 비치는 검은 그림자는 귀신의 것이라 치기 어려워 보였다.

 현원은 이 모든 상황을 주시하며 이를 드러내고 웃었다. 모든 대신들이 전부 제게서 등을 돌리고 있기 때문에 그는 마음 놓고 감정을 온전히 드러낼 수 있었다. 언제나 저들이 잘났다고 떠들던 것들이 하나같이 뒤통수를 얻어맞은 얼굴을 하고 있는 꼴을 보는 건 꽤나 유쾌했다. 현원은 좀 더 저 몰골을 감상하고 싶다는 생각을 애써 억누르며 끊어졌던 말을 이었다.

"유가는 세례를 위해 존재하는 것이 아니라네."

왕의 목소리가 뒤통수 너머에서 들려오자 대신들은 재빨리 시선을 그에게 돌렸다. 몇몇은 왕과 눈이 마주치자 화들짝 놀라며 바람 소리가 날 정도로 날쌔게 고개를 숙였다. 그런 자들은 대개 왕이 병약해 정사를 제대로 다루지 못한다는 소문을 그저 믿는 자들이었기에 방금 자신이 본 것이 헛것이라 치부해 버렸다. 그렇게 웃는 왕이라니. 마치 맹수가 사냥감을 눈앞에 두고 기쁨을 주체하지 못하는 것 같지 않은가. 그 모습은 아무리 마음 좋게 쳐줘도 병약과는 조금도 어울리지 않았다.

"왕가를 수호하기 위해 용왕이 자신의 수족을 육지로 보내니, 어리석은 자들을 타일러(諭) 왕가가 예국의 기둥임을 깨닫도록(諭) 하라."

건국신화의 한 줄을 읊조리는 현원의 목소리는 마치 노래를 부르는 것만 같았다. 그는 이제 와 변질되어 그 가치조차 의심받는 건국신화가 그대로 실현된 듯한 지금의 상황이 꽤나 우습다는 생각을 하며 좌찬성의 생각을 바로잡아 주었다.

"유(諭)가는, 왕가를 위해 존재하지. 그것이 그들이 존재하는 이유이며, 그렇기에 왕가가 위기에 처했을 때면 어김없이 앞으로 나섰던 이유라네. 하니 이를 머릿속에 똑똑히 새겨 넣게나, 좌찬성. 예국의 관료가 건국신화 하나 제대로 알지 못하다니, 낯부끄러운 일이지 않은가."

현원은 자신이 내던진 거대한 돌덩어리가 고요하던 수면을 엉망진창으로 만든 것을 느끼며 좌의정을 바라봤다. 그도 느끼고 있을 터였다. 고요히 몸을 웅크리고 숨죽인 채 살던 용이 드디어 족쇄를 벗어던지려 하고 있다는 것을.

왕이 손짓하자 기다렸다는 듯 문이 양옆으로 열렸다. 문 밖으로 수십은 족히 넘는 궁녀들이 눈에 보일 정도로 바들바들 떨며 바싹 허리를 굽히고 있는 것이 보였다. 가장 나이가 많은 내관은 금방이라도 혼절할 것처럼 새하얗게 질린 얼굴로 다시금 유가의 등장을 아뢰었다.

그리고 예국에서 유일무이하게 왕과 대등한 권력을 지녔다 여겨졌던 유가가 다시금 그 모습을 드러냈다.

"무어라? 지금 그걸 말이라 하십니까!"

고작 서른을 넘겼을까. 스물이 넘은 왕의 어미라 하기에는 지나치게 젊은 소율대비는 제 앞에서 고개를 조아린 채 아무런 말도 하지 못하는 좌찬성을 표독스럽게 노려봤다. 그녀는 장침에 팔을 얹으며 이를 득득 갈았다. 높다랗게 올라간 가체의 무게로 고개가 비스듬히 기울었으나 그조차 눈치채지 못하며 그녀는 눈꼬리를 치켜 올렸다. 이럴 수는 없는 일이었다. 마지막에 봤을 때만 하더라도 왕은 그야말로 유약한 얼굴로 제 말을 귀 기울여 들으며 그저 예, 예 대답하던 머저리가 아니었던가. 그런 왕이 갑자기 움직이기 시작했다니.

"그래. 유가의 장자가 돌아왔다고요?"

그녀는 잊고 있던 이름을 떠올렸다. 유가의 성한. 이제는 기억도 제대로 나지 않을 만큼 오래전에 단 한 번 만났던 그는 소율대비의 머릿속에서는 10년이 넘는 세월이 흐른 뒤에도 여전히 어린

소년이었다. 그렇게 아이인 채로 그녀의 삶에서 사라진 지 10년. 갑작스럽게 돌아왔다 하여도 쉬이 현실적이게 느껴질 리가 없었다.

"예. 저희도 이게 어찌된 일인지……."

"그 중한 일을 전하는데 좌의정이나 우의정은 대체 왜 오질 않는단 말입니까!"

"그, 그것이……."

좌찬성은 노기가 가시지 않는 소율대비의 노성에 이젠 아예 이마를 바닥에 딱 붙이고 있었다. 예국의 실세이자 가장 강력한 권력을 휘두르고 있는 그녀의 기분을 거슬러 봤자 좋을 게 하나도 없었다. 오죽하면 왕에게 전해야 할 사안들도 그녀의 손을 거친다 소문이 파다하게 났을까.

"됐어요. 됐습니다. 이번에도 아버님께 우르르 몰려가서 어찌해야 할 것인지 대책을 논하고 있겠죠."

그녀는 제 아비를 떠올리며 입술을 물어뜯었다. 저를 낳고 기른 아비였으나 마주하고 있으면 어딘지 모르게 불편하기 그지없었다. 그것은 상품을 보듯 자신을 훑어보는 그 시선 때문일지도 몰랐다. 혹은 비릿한 웃음을 지으며 저를 보고 마마, 마마 거리는 그 목소리가 실은 윗사람을 대하는 것 같지 않기 때문일지도 몰랐다. 그녀는 아직도 똑똑히 기억했다. 아직 어렸던 시절, 그 시절에도 그저 무섭기만 했던 아비가 어린 자신의 시선에 맞춰 무릎을 낮추며 꿀을 바른 듯한 목소리로 읊조렸던 제안을.

소율대비는 잘 손질된 손톱으로 장침을 득득 긁었다.

그녀는 상념을 빠르게 끊어냈다. 그것은 너무 오래전의 일이다.

지금은 자신이 이 예국의 실세가 아니던가. 그녀는 제 앞에서 뒤통수만 드러낸 채 가늘게 떨고 있는 좌찬성을 내려다봤다. 저렇게 자신을 두려운 듯 대하는 좌찬성을 보니 기분이 조금은 나아져서, 다시 내뱉는 소율대비의 목소리는 전과 다르게 차분해져 있었다.

"그래서, 그자는 어떻습니까."

"그자라 하시면⋯⋯."

"유성한 말이에요. 그래, 진정 유(諭)가의 장자입니까? 확인은 해보았다 합니까?"

"예. 예예. 당삼관에서 참하관까지 전부 있는 그곳에서 증명을 해보였습니다."

아직도 눈앞에 당시의 모습이 그려지는 것만 같아 어깨를 부르르 떠는 좌찬성의 모습에 소율대비는 몸을 앞으로 기울였다. 그녀 역시 여인이었기에 10년 전만 하더라도 매해 성대하게 치러졌던 제례에는 얼굴도 들이밀 수가 없었다. 그렇기에 그녀는 매년 자존심이 상하지 않는 선에서 하나뿐인 오라비를 졸라 제례식이 얼마나 성대했는지, 얼마나 화려하고 웅장했는지를 듣곤 했었다.

"정말로⋯⋯ 수룡(水龍)을 만들었습니까."

"예. 분명, 틀림이 없었습니다."

"물이, 용이 되었다, 이 말입니까."

반복적으로 되묻는 소율대비의 두 눈에는 미미하게나마 경외감이 서려 있었다. 지금에야 서른을 넘기고 그만큼의 관록이 쌓였다지만, 선왕이 눈을 감았을 때까지만 하더라도 그녀는 스물 중반을 겨우 넘긴, 그야말로 아무것도 모르는 계집애였다. 그러나 모두의 예상을 깨고 그녀는 그 누구보다 완벽하게 대비의 역할을 해냈다. 열다섯이라는 어린 나이에 즉위한 왕의 다리에 족쇄를 매달고, 어의를 매수하고, 종국에는 실세로 올라서서 오늘날 아무도 그녀를 함부로 대하지 못하게 만들었다. 소율대비는 그런 면에 있어서는 현실적이고 또한 영리한 여인이었다. 그런 여인이 저런 눈을 하는 것은 난생 처음 보는 것이었다. 직접 용을 가둬놓은 장본인이 용을 경외시한다니, 무언가 이상하지 않은가.

그러나 좌찬성은 그것을 놓고 무어라 왈가왈부할 생각이 전혀 들지 않았다.

자신 역시 같은 마음이었기에.

그는 아직도 눈만 감으면 생생하게 떠오를 것 같은 그 순간을 곱씹으며 천천히, 보다 세세히 말을 전하기 위해 입을 열었다.

문을 넘어 안으로 발을 들여놓는 사내에게 모든 이들의 시선이 쏠렸다. 흰 도포는 값비싼 것은 아니었으나 깔끔했고 갓 아래로 드러나는 얼굴은 선이 고왔다. 그리 큰 키는 아니었으나 그렇다고 작은 키도 아닌 사내는 눈매가 제 아비인 유성운을 꼭 닮아 있었다. 유성운과 교류가 잦았던 몇몇 관리들이 헉, 숨을 들이켰다. 그들 중 대다수는 유(諭)가를 몰아낼 때 혁혁한 공을 세웠던 자들로, 평생 다신 보지 못할 것이라 여겼던 유성한의 등장에 놀라는 것도 무리는 아니었다.

"그래, 그대가 유(諭)가의 장자, 유성한이라 주장했다지?"

왕이 느릿하게 묻자 걸음을 멈춘 청이 그 자리에서 무릎을 꿇었다.

"불초죄인인 유가의 성한이 다시는 돌아오지 않겠다던 약조를 깨고 돌아온 것을 용서하여 주소서. 약조를 깨었으니 그 죄, 목숨으로 갚아야 마땅하나이다."

"왜 돌아왔느냐."

"전하의 부름을 받아 돌아왔습니다."

청의 대답을 들으며 현원은 팔걸이를 규칙적으로 두드렸다. 다닥다닥 하는 소리가 편전에 울려 퍼졌다. 그는 지금 방금까지의 즐거움이 사라지고 조금 짜증이 나 있는 상태였다. 저것이 어찌 사내로 보인단 말인가. 고개를 숙인 탓에 훤히 드러나 보이는 청의 목덜미에 현원의 손이 더욱 빨리 움직였다. 당장에라도 그녀를 살벌하게 노려보는 고위관료들 사이에서 빼내고 싶은 마음이 굴뚝같았다. 그러나 그의 입은 의지를 배반한 채 착실히 움직였다.

"그렇다면 증좌를 봐야겠지. 유가는 그 모습을 감춘 지 십 년이 훌쩍 넘었으니 그대가 진짜인지 아닌지 모를 일이 아닌가. 아니 그런가, 좌의정?"

관료들은 하나같이 왕의 물음을 속으로 부정했다. 유가의 성운과 똑 닮은 것은 미뤄두더라도 감히 어떤 간 큰 자가 유가의 이름을 앞장세워 바다에 뛰어들겠노라 나서겠는가. 좌의정의 생각도 다른 관료들과 같았다. 그러나 그는 앉은 자리가 자리이니만큼 다른 이들보다는 조금 더 머리를 쓸 줄 아는 자였다. 그는 앞으로 한 걸음 나서서 한 치의 오차도 없이 예법에 맞춰 양손을 가지런히 모은 다음 고개를 숙여 왕의 물음에 답했다.

"예, 전하. 수신에게 보내는 사자이니 만큼 신중에 신중을 기해야 할 것이옵니다. 하나, 하나의 문제가 있사옵니다."

"문제라?"

"잊으셨사옵니까? 유가는, 선왕 신하의 명에 의해 모든 권위가 박탈되고, 지위는 몰수되었으며 대를 거쳐 그 죄의 무게가 가벼워지지 않는 죄인의 가문이옵니다. 하니 그런 가문에 어찌 전하의 안위를 맡기겠나이까."

"……호오. 과인은 미처 몰랐네. 좌의정이 그리도 과인을 생각하는지 말이야."

"소신은 전하의 충직한 신하이옵니다. 어찌 전하의 안위를 걱정하지 않겠습니까."

"그렇다면 그대가 가면 되겠군."

질문의 요지를 파악하지 못한 좌의정은 금세 대답을 내어놓지 못했다. 고개를 들어 올리지도, 왕에게 되묻지도 못한 채 바쁘게 머리가 굴러가는 소리가 들리는 것 같아, 현원은 이를 드러내며 웃었다. 웃음은커녕 언제나 금방이라도 쓰러질 듯 피곤에 가득한 표정만 봐왔던 다른 관료들의 얼굴이 일제히 새하얗게 질렸다. 고개를 숙이고 있어 유일하게 그것을 보지 못한 좌의정만이 겉모습이나마 어떠한 동요도 없이 서 있었다. 그 모습이 꽤나 우습다 생각하며 현원은 다시 입을 열었다.

"그대도 알다시피 현재 과인의 몸 상태가 무척이나 나쁘지 않은가. 해서 용왕께 이에 대해 조언을 구해올 자를 찾는 방을 내붙이었고."

현원은 다시 입을 다물었다. 그러자 이번에는 그 말뜻을 알아들은 좌의정의 바짝 마른 등이 미세하게 떨리기 시작했다. 그는 진심으로 자신의 귀를 의심했다. 심지어 자신의 딸을 중전으로 들이밀려 했을 때도 명확히 거절조차 하지 못하던 그 왕이, 지금 자신을 깊디깊은 바다 속으로 밀어 넣겠다 말하고 있는 이 순간이 과연 현실이란 말인가. 좌의정이 한참의 시간이 흘러도 아무런 대답도 내어놓지 못하자 현원은 서두르지 않고 천천히, 아주 천천히 좌우로 늘어서 있는 관료들을 바라봤다.

"하면, 이렇게 하도록 하지. 유가의 모든 죄는 일이 마무리 될 때까지 사(赦)한다. 만약 이를 완수한다면 그 죄, 왕의 목숨을 구한 값으로 사하여질 것이며 직위는 복원될 것이다. 하나 완수하지 못할 시에는 그 목으로 죄를 갚아야 할 것이다. 하겠느냐?"

현원의 물음에 그녀는 고개를 들었다.

"명을 받들겠습니다."

"하면 이제 증좌를 봐야지. 아니 그런가, 우의정?"

"그러…… 하옵니다."

"그렇다는군. 들었느냐?"

현원의 물음에 청은 땀으로 가득 찬 주먹을 꾹 쥐었다. 자신을 향해 쏟아져 내리는 시선들은 하나같이 매섭기 그지없었다. 그들 중 일부는 경계의, 일부는 경악스러움을 담고 있었지만 그 뜻은 전부 같았다. 몸이 떨릴 정도로 강렬한 적대감.

청은 당장이라도 다리에 힘이 풀려 무너져 버릴 것만 같다는 생각을 하며 숨을 들이쉬었다. 이곳에 모여 있는 이들 중, 제게 호의적인 사람이 없었다. 그 날 선 시선들을 받고 있노라니 자연스레 어린 시절 무자비하게 내쫓겼던 기억이 떠올랐다.

청이 대답하지 않자 현원의 눈매가 좁혀졌다. 그는 좀 더 크게, 그러나 좀 더 부드럽게 다시 말했다.

"유가의 성한은 고개를 들어라."

그 목소리는 그녀가 아는 것이었다. 매일 밤 민류에도 불구하고 찾아오던 왕의 목소리였다. 〈용가삼대록〉을 계속 써도 괜찮다 말해주던, 차디찬 바다 속에서 저를 끌어내 준 목소리였다. 그 목소리에 이끌려 청은 저도 모르게 고개를 들어올렸다. 이곳에 단 한 사람, 자신에게 호의적인 감정을 갖고 있는 자가 존재한다는 것을 깨닫는 것만으로도 그녀의 몸은 공포에서 벗어날 수 있었다. 시선이 맞부딪치자 현원은 눈매를 휘어 웃으며 다시 물었다.

"과인에게 증좌를, 보여줄 수 있겠느냐?"

"예, 전하."

청이 살풋 눈을 접어 웃으며 대답하자 현원은 괜시리 헛기침을 뱉어냈다. 웃으니 저건 더 여인 같아 보였다. 여기 앉아 있는 자들은 죄다 눈이 사팔뜨기란 말인가. 그는 엉뚱하게 관료들에게 화살을 돌렸다. 이대로 있다간 당장에 청에게 그만 웃으라 화를 낼 것만 같아 현원은 밖을 향해 노성 어린 고함을 내질렀다.

"물을 가져오라!"

왕의 벼락같은 명령에 큰 사발에 물이 내와진 것은 순식간이었다. 사발이 앞에 놓이자 청은 두 손을 모아 한번 왕에게 고개를 숙여 보이고 천천히 자리에서 일어났다. 두 눈을 감은 그녀의 손 아래에서 물로 만들어진 용이 똬리를 틀며 모습을 드러낸 것은 순식간에 벌어진 일이었다.

"그 용이 얼마나 세세한지, 비늘 하나하나에 햇빛이 비쳐 반짝이는 것이 그야말로……."

소율대비는 끝없이 이어지는 좌찬성의 찬사에 그만 질려 버렸다. 그녀는 고운 손을 내저으며 좌찬성의 말을 끊어냈다. 조금만 더 들었다간 이제 그 용이 길이가 몇 척이었고 수염은 몇 가닥이 었는지까지 나올 것만 같았다.

"……그래서, 지금 어디에 있느냐."

"아, 예. 그것이 현재 제례원에 가 있다 합니다."

"제례원?!"

소율대비가 노성을 터뜨리자 좌찬성은 자신이 또 무엇을 잘못 말했나 싶어 넙죽 엎드렸다.

"그곳은 유가의 수족들이 줄줄이 엮여 있는 곳이 아니더냐! 무녀들도 죄다 예전 유가의 사람들이란 말이다!"

"그, 그것이……."

"아니 된다. 제례원이라니. 하도 시끄러워 그것을 잠재울까 세워놓은 그 허울뿐인 곳에 유(諭)가가 끼어들면 그것은 더는 허울이 아니게 된다. 유(諭)가에게 힘을 실어줄 수 있음이야……! 아버님을 뵈어야겠다. 어서 연통을 넣어라. 어서!"

"예, 예. 알, 알겠습니다. 당장 그리 말을 전하겠습니다, 마마."

"어서 가지 않고 무얼 하는 게야!"

소율대비의 재촉에 좌찬성은 잽싸게 몸을 일으켰다. 그는 꽁지에 불이라도 붙은 양 다급하게 자경전(慈慶殿)을 빠져나갔다. 어찌나 급했던지 자신을 바라보는 자가 있다는 것조차 눈치채지 못할 정도였다. 자경전에서 벗어난 뒤에야 멈춰선 그는 해야 할 말 하나를 빠뜨렸음을 깨달았다. 어찌 보면 가장 중요할 말을 하지 않은 것이니 적잖은 실수였다. 그는 잠시 형형히 서 있는 자경전을 힐끔 보며 되돌아가야 하나 고민했다. 되돌아가 다시 말을 올리는 것이 맞는 일이었지만 다시 가서 더 큰 분노를 부를 얘기를 고해야 한다니 영 내키지 않았다. 결국 그는 짧은 고민을 저 멀리 던져 버리고 가던 길을 향해 걸어가기 시작했다. 설마 제례 날짜 하나 빼먹었다고 일이 커질까 싶은 마음이었다.

✿

"하면, 날을 언제로 잡는 것이 가장 길(吉)하겠는가?"

왕의 물음에 대소 관료들이 일제히 고개를 들었다.

"저언하!"

"또 왜들 그러는가?"

"저, 전하. 날을 잡는 것은 아직 이르옵니다. 본디 왕가의 일은 제례원의 무녀들에게 가장 길한 날을 뽑게 하여 그중에서 택하는 것이……."

"쯔쯧. 좌찬성, 하니 지금 묻는 것이 아닌가. 그대 앞에 서 있는 것이 누구라 생각하는 게야."

바보천치를 보는 듯한 현원의 시선에 좌찬성은 그만 말문이 막히고 말았다. 그들의 앞에 서있는 것은 다름 아닌 이 예국에서 가장 신력이 강할 유가의 장자였기 때문이다. 그가 날을 잡는다는 것은 제례원의 어떤 무녀가 택하는 것보다 더 정확하고 확실할 것이 분명했다.

"하, 하나, 제례원에서 심신을 정갈히 한 후에 날을 정하는 것이……."

"좋다, 유성한, 그대가 답해보라. 길일을 택하기 위해 준비할 시간이 필요한가?"

화살이 청에게로 돌아갔다. 왕이 이전과는 달리 금방이라도 화를 낼 것 같은 표정을 한 채 앉아 있으니 차마 무어라 더 말을 하지 못한 채 좌찬성은 입을 다물었다. 방금 전 좌의정이 호되게 당한 충격이 아직 가시기 전이었다. 한데 왕은 문무대신들이 채 정신을 차릴 만한 시간도 주지 않고 몰아붙였다. 갑작스러운 상황에 그들은 하나같이 우왕좌왕할 뿐, 누구도 묘책을 내어놓지 못했다.

오랫동안 어떠한 적도 없이 편안히 권세를 누리던 그들의 가장 큰 맹점이 만천하에 드러나는 순간이었다. 언제나처럼 아무런 말도, 거부도 하지 못할 것이라 생각했기 때문에 그들 중 누구도 모두 갑작스러운 왕의 변화에 대응하지 못하고 있었다.

"아니옵니다, 전하. 그 어떠한 길일을 뽑더라도 임오(壬午)월 기사(己巳)일이 가장 적기일 것입니다."

청의 말에 이번엔 대부분의 관료들이 경악을 금치 못하고 앞다퉈 나섰다.

"저언하! 천부당만부당한 일이옵니다! 고작 달포 후입니다! 불가하옵니다!"

"너무 이르옵니다! 부디 통촉하여……!"

"조용하지 못할까! 그대들에게 묻지 않았느니!"

용이 음각되어 있는 팔걸이가 금방이라도 떨어져 내릴 만치 강하게 내려치며 외친 현원의 두 눈은 형형히 빛나고 있었다.

"과인의, 말이, 끝나지, 않았다. 알겠느냐?"

단어 하나, 하나에 힘을 줘 끊어내는 사이사이에 선연히 드러나는 분노에 관료들은 천천히 뒤로 물러섰다. 아무도 소리 내어 말하지 않았으나 이 자리에 서 있는 자들이라면 누구나 깨닫고 있었다. 한쪽으로 완전히 기울어 다시는 움직이지 않을 것이라 여겼던 거대한 권력의 저울이, 움직이기 시작했다는 사실을.

관료들이 모두 조용해지자 그제야 현원은 노기를 가라앉혔다.

"오월 이십구 일이라. 연유가 무엇이냐."

"그날은 물길이 열리는 날이옵니다."

그 이상의 설명이 없어도 뜻을 모르는 이는 아무도 없었다. 음력으로 5월 29일, 그날이 매년 용왕께 풍년을 기원하고 평안한 치세를 바라며 거대하게 치러졌던 제례의 날이라는 사실을.

모두 입에 풀이라도 붙은 것처럼 아무런 반박도 하지 못했다. 만약 그날이 옳지 않다 말한다면 그 자체로 용왕을 부정하는 것이었고, 그날이 좋다 말한다면 추가 저쪽으로 기울 것이 명백했다. 그들이 이러지도, 저러지도 못하고 있을 때 다시금 좌의정이 비장한 표정을 한 채 앞으로 나섰다.

"전하. 유가의 성한이 지정한 날이 가장 길한 날임에는 분명하나 그날은 불가하옵니다."

"어째서냐?"

"전하. 송구하오나 고작 한 달 만에 제례에 필요한 거대한 배와 물품을 준비하는 것은 현실적으로 불가한 줄 아옵니다. 하니 차선책을 택하시어 날을 미루시는 것이 어떠하신지요."

좌의정의 말에 관료들이 웅성거리기 시작했다. 개중 대부분은 살았다는 표정으로 서로를 힐끔거리기 바빴다. 실질적으로 좌의정의 말에 틀린 것은 없었다. 지난 십 년간 제례는 형식적으로밖에 진행되지 않았고 바다에서 실행된 적은 단 한 번도 없었으니 그런 용도의 배가 갖춰져 있을 리 만무했다. 배를 새로 만드는 것은 현실적으로 불가능했고, 한 달 안에 그만 한 규모의 배를 구한다는 것 역시 어려운 일이었다. 현원이 배를 구하라 지시를 내린다 할지라도 대부분의 상단은 이미 진가와 연결되어 있으므로 팔수 없다 나올 터이고, 군용 배는 사용이 불가하다 관료가 들고 일어나면 그만인 일이었다.

그러나 패가 그대로 뒤집힐 상황에 처했음에도 불구하고 현원은 조금도 동요하는 기색이 없었다. 오히려 그 말을 기다렸다는 듯 그는 더욱 짙게 웃었다.

"좌의정의 말이 옳다. 하여…… 그대들에게 묻지. 과인을 위해 배를 바칠 자, 있는가."

왕의 물음에 웅성거림이 일제히 가라앉았다. 표면적인 질문이었지만 그 안에 내포되어 있는 의미는 의미심장했다. 왕은 지금 자신의 편에 설 생각이 있는가 묻고 있었다. 그리고 그것은 본격적으로 권력을 사이에 둔 싸움을 시작하겠다는 의지의 표명이었다. 몇몇의 시선이 오갔다. 그러나 섣불리 앞으로 나서는 자는 없었다. 잠시간의 침묵이 장내를 휘감고, 좌의정이 승리에 찬 미소를 지을 무렵, 소리 없이 고요히 관료들의 끝자락에 서 있던 운사가 한 걸음 앞으로 나섰다.

"전하, 미령하나마 소신의 가문은 오랜 기간 상업을 생업으로 삼았사옵니다. 상단의 배를 전하께 바치겠나이다."

"호오. 충신이로다. 이름이 무엇이냐."

"······이가의, 운사이옵니다."

운사의 말에 좌의정은 경악을 감추지 못하고 휙 고개를 돌렸다. 왕 바로 옆에 서 있는 그로서는 눈을 가늘게 떠야만 보이는, 저 먼 곳에 있는 운사가 웃는 것처럼 보였다.

이가의 운사. 이름을 들은 기억은 있었다. 어린 나이에 장원을 해 주목을 받은 적이 있던 자였다. 좌의정은 당시 운사의 시문이 꽤나 뛰어났던 것을 떠올리며 침음을 삼켰다. 거대하다 할지라도 상인 가문이라 그 출신이 천해 출세하지 못할 거라 기억에서 지워낸 자가 이 자리에서, 이 순간 나타날 것이라고는 상상조차 하지 못했던 일이었다.

옷자락 아래로 꾹 쥔 좌의정의 주먹이 부들부들 떨려왔다.

모든 것에는 흐름이 있기 마련이다. 권세도 마찬가지였다. 그런 의미에서 지난 세월 그는 누구보다 그 흐름을 잘 맞춰왔다고 자부하는 사람이었다. 선왕과 유가 사이에서 선왕을 택하고, 선왕과 진가 사이에서 진가를 택하며 성공적인 줄타기를 해왔던 만큼 그는 흐름의 변화에 예민했다. 그 예민한 감이 붉게 빛나며 그에게 경고하고 있었다. 다시 한 번 권력의 흐름이 바뀌고 있다는 것을.

좌의정은 다시 고개를 틀어 왕과 그 아래에 고개를 숙이고 있는 유가의 성한을 바라봤다. 건너편에 서 있는 우의정도, 다른 관료들도 그의 시야를 가득 채웠다. 그렇게 한 뒤에야 그는 금방이라도 터져 버릴 듯이 두근거리는 심장 박동을 진정시킬 수 있었다. 아직, 저리 많은 관료들이 진가의 편이라는 사실을 머릿속에 선연히 되새긴 뒤에야.

"이가라면…… 과인이 생각하는 것이 맞느냐?"

"예. 소신의 아비는 이가의 서문이옵니다."

"호오. 예국에서 가장 큰 상단을 거느리고 있는 이가라. 그렇다면 제례에 필요한 규모의 배는 어렵지 않게 구할 수 있을 터. 자, 이제 문제가 해결되었는가, 좌의정?"

현원의 부름에 그는 질끈 눈을 감았다. 오늘처럼 진허원이 없는 것이, 그 빈자리가 크게 느껴진 적이 없었다. 결정을 뒤로 미뤄야만 했다. 그러나 빠져 나갈 구멍이 없었다. 그제야 좌의정은 이 모든 것이 우연이 아님을 직감했다. 이가가 오랜 세월 진가 아래로 들어오지 않은 것을 헛되이 넘기는 것이 아니었다. 허나 이제와 후회해 봐야 늦은 일이었다. 그는 짙은 패배감을 느끼며 천천히, 아주 천천히 고개를 숙이며 대답했다.

"그러하옵니다, 전하."

"하면, 그리 진행하도록 하라."

이가, 예국의 상권을 움켜쥐고 있는 거대한 말 하나가 왕 쪽으로 움직였다. 그렇게 왕이 자신의 패 하나를 꺼내들었다. 먼저 패를 꺼내들고 그는 여유로이 놀이판의 위에 서서 아래를 내려다보았다. 자신의 적들이 그것이 과연 왕이 가진 유일한 패인지, 아니면 또 다른 패가 더 있는지 혼란에 빠져 허둥대는 모습을 즐거이 관람하며.

❀

"그래, 소율대비가 움직였다고?"

현원의 물음에 궁녀가 나직이 대답했다.

"한데 이상하군. 어째서 진가의 허원은 움직이질 않는 게지. 이리 흔적을 뿌리고 다녔음에도 불구하고 그자가 눈치채지 못했다는 것은 말이 안 돼. 혹시 모르니 주변에 몇을 더 심어라. 움직임을 보이면 꼬리를 밟히지 않도록 깊숙이 쫓지 말고, 보고를 최우선으로 하도록 하달해라."

이어지는 궁녀의 말에 그는 고개를 몇 번 끄덕이고는 궁녀를 내보냈다. 궁녀의 움직임을 눈으로 쫓던 청은 문이 닫히자 시선을 돌려 왕과 마주했다.

"소율대비라 하심은……"

소율대비. 그녀는 세간에서도 소문이 파다했다. 누구는 그녀를 놓고 진정으로 대왕대비라 칭해질 만한 여인이라 칭송을 하기도 했고 누구는 왕의 눈을 가리고 귀를 막는 요녀라며 욕을 내뱉곤 했다. 그러나 대체적으로 백성들 사이에서 소율대비는 존경의 대상이었다. 그녀는 말년에 정신이 오락가락하여 유성운만 찾아대는 선왕을 옆에서 바로잡아 준 여인이자 병들고 유약한 어린 왕을 대신해 국정을 돌보는 단 하나뿐인 왕가의 어른이었다. 여인의 몸으로 가장 높은 곳까지 올라간 그녀는, 그렇기에 사내들조차 함부로 올려다볼 수 없는 존재였다.

"아. 그대는 모를 수도 있겠군. 내 모후 되시는 분이시지."

"예?"

"뭘 그리 놀라나. 세간에서도 그런 얘기들이 파다하게 나돌지 않았느냐. 직접 낳지는 않았으나 마음으로 품고 키운 데다 왕의 자리에 오른 뒤로는 강녕전을 두려워해 그곳에서 잠을 이루지 못하는 왕을 위해 동궁을 비우고, 국사를 처리할 수 없는 왕을 대신해 국사를 돌보는 진정한 모후라고 말이야. 그 말을 들을 때마다 나는 백성이란 것들을 죄다 도륙해 버리고 싶은 심정이었다.”

현원의 말에는 가시가 박혀 있었다. 그는 궁녀가 내온 다과상을 가리켰다. 색색의 과일이 정갈하게 담겨 있는 그릇은 그것 하나만으로도 어마어마한 가치를 가지고 있는 것이었다. 다른 이유 때문이 아니라, 그릇 자체가 은으로 만들어진 것이기 때문이었다.

“동궁에서 사용되는 모든 식기들은 하나같이 은으로 만들어져 있다 해도 과언이 아닐 것이다. 그리하지 못하였던 세자 시절에는 정말이지 몇 번이고 죽을 뻔했었지. 즉위식을 치른 뒤에도 왜 그리도 나를 죽이고자 하는 자들이 많은지. 덕분에 늘어난 것은 불신과 의심뿐이다. 지금도 보아라. 네가 이 궁 안에 발을 들여놓기가 무섭게 서로 잡아 뜯기 위해 달려들지 않느냐. 그래도 제례원에 있는 자들에게 미리 손을 써놓았던 것이 다행이었지. 그렇지 않았다면 지금 예서 이리 얘기를 나누고 있지도 못할 것이니 말이야.”

“전하.”

청의 부름에 현원은 말을 멈추고 그녀를 바라봤다. 역시나 그의 눈에 그녀는 그저 여인으로만 보였다. 사내의 복장을 하고, 상투를 틀어 올려도 감출 수 없는 여인의 모습이 간간이 드러나서 그저 아슬아슬하게 느껴졌다. 그럼에도 개중에서 사내다운 부분을 꼽자면 저 두 눈이었다. 현원은 자신을 바라보는 그녀의 말간 눈에서 시선을 뗄 수가 없었다. 마치 한 송이 꽃처럼 고이 길러지기만 하는 다른 집안 여식들에게서는 볼 수 없는 눈이었다. 그것은 지킴 당하는 것이 아닌, 누군가를 지키는 사람만이 가질 수 있는 것이있다. 그렇기에 더 시신이 가는 것일지도 몰랐다.

"아뢰옵기 황공하오나, 소녀 한 말씀 올려도 되겠나이까."

"하핫! 언제 내 허락을 받고 말했더냐? 말해보거라."

"그러하면 전하께서는 백성들을 아끼지 않으십니까?"

청의 질문은 맹랑하기 그지없었다. 성정이 급한 왕이라면 당장에 저 목을 치라 방방 뛰었을 정도였다. 현원은 그 질문의 의도를 짚어내기 위해 그녀의 표정을 살피며 대답했다.

"글쎄. 생각해 본 적이 없어 모르겠다. 왕위를 생각하는 것만으로도 벅찼으니, 어쩌면 백성 따위는 어찌 되든 상관없는 것일지도 모르겠지."

왕이라면 절대 하지 말아야 하는 발언을 아무렇지 않게 하는 그의 얼굴에는 서늘함이 맴돌았다. 그는 하루가 멀다 하고 세간에 떠도는 책들을 끌어 모아 읽었다. 여러 이유가 있었지만 그 이유 중 하나는 민심(民心)을 파악하기 위함이었다. 책은 사람이 읽어야 비로소 그 가치가 생겨난다 할 수 있다. 그렇기에 역으로 책 속에는 민심이 섞여 들어가기 마련이었다. 그리고 그가 읽은 대다수의 책 속에서 왕이란, 그저 세월을 흘려보내는 병자, 그 이상도 이하도 아니었다. 단 한 권 〈용가삼대록〉을 제외하고. 그러나 그 것만으로도 그는 백성들이 하고자 하는 말을 들을 수 있었다. 예국의 백성들은 자신을 원하지 않았다.

아무렇지 않음을 가장하며 말하는 현원의 얼굴은, 그러나 고통스러워 보였다. 청은 그런 그의 모습에 운사에게서 들은 이야기를 떠올렸다. 하루에도 수십 권의 잡서를 읽는 왕.

운사는 그것이 현원이 이미 다른 책을 모조리 읽어버렸기 때문이라 하였지만, 그녀의 생각은 조금 달랐다.

"제 어미가 살아 계실 적에 해주신 말이 있나이다."

청은 잠시 말을 끊었다. 그녀는 자신을 유연이라 밝힌 무녀의 안내를 받고 동궁에 도착했을 때부터 한 가지를 생각하고 있었다. 이곳은 기이했다. 내관이나 궁녀들은 하나같이 입을 다문 채 소리조차 내지 않고 움직였고, 방 안은 장식 하나 없이 텅 비어 있었다. 왕이 살고 있으나, 아무도 살지 않은 것처럼 느껴지는 이곳은 여기가 자신의 자리가 아니라 외치는 왕의 절규를 닮아 있었다.

"연모(戀慕)라는 것은 참으로 어려운 것이지만 이해하고자 한다면 두 가지로 이해할 수 있다 하셨습니다. 그중 상급(上級)은 주는 것을 기꺼워하는 것이고, 하급(下級)은 받는 것을 즐기는 것이라 하셨지요. 사람의 마음은 참으로 간사해서 연모하는 자에게 자신의 것을 아낌없이 주다가도 그것이 아까워지는 순간이 온다고 합니다. 저는 그만큼을 받지 못하는데 계속해서 주는 것은 손해라 여기는 것이지요. 그래서 상급을 행할 수 있는 자는 그리 많지 않다, 그리 말씀하셨습니다. 그것을 진정으로 행할 줄 아는 자는 실로 상대를 진정으로 연모하는 자일 것이라고 하셨지요."

"현명하신 모친이셨군."

"예. 무척이나 현명하시고, 또 아름다우신 어머니셨습니다."

"그래서, 내게 무엇을 말하고자 함이지?"

"백성들을 아끼시지 않는다 하셨나이까?"

현원은 대답하는 대신 침묵했다. 얼굴을 구긴 채 시선을 피하는 그의 모습에, 청은 슬며시 웃으며 말을 이었다.

"전하께서는 어려운 길을 찾아 돌아가는 이유가 두 가지라 하셨습니다. 첫째는 내전을 통해 전쟁이 일어날 수 있기 때문이라 하셨지요. 전쟁이 일어나면 가장 피폐해지는 것은 다름 아닌 백성입니다. 그네들은 삶의 터전인 농지에서 끌려나와 죽음을 향해 걸어가야만 하지요. 둘째는 왕권 때문이라 하셨습니다. 천하의 주인이 흔들린다면 천하에 발을 딛고 서 있는 백성들 역시 같이 흔들립니다. 그러하니 전하께옵서 수년의 세월이 지나더라도 어려운 길을 택하신 이유는, 백성들 때문이 아니신지요. 그렇기에 소녀는 이리 생각합니다. 전하께서야말로 진정으로 예국을 연모하시고 계신다고 말이지요."

"재미있는 의견이로구나. 하면 이는 어찌 설명할 것이냐. 내게는 이미 천에 달하는 사병이 있다. 과인은 언제든 성곽을 부술 준비를 갖추어놓았단 말이다."

"하나 전하께서는 백성들의 마음을 돌리기 위해 소녀를 불러들이지 않으셨습니까. 이미 전하께서는 그것만으로도 수많은 번거로움과, 위험을 감내하시고 계십니다. 그것이 어찌 사사로운 이득을 위한 것이라 할 수 있겠나이까."

청은 말을 마치고 두 손을 가지런히 모아 앞에 놓고 현원을 향해 인사를 올렸다. 그녀는 자신의 말에 생각에 빠진 왕을 방해하고 싶지 않았다.

"하면 전하께서 말씀하신 대로 이제 곧 소율대비의 사람이 제례원으로 들이닥칠 터이니 이만 가보아도 되겠나이까?"

"……가보아라."

"예."

현원의 허락이 떨어지자 청은 조심스레 몸을 일으켰다. 그녀의
앞에 놓여 있던 찻잔에서는 아직도 김이 모락모락 피어오르고 있
었다. 조심스레 옷의 구겨진 부분을 정리한 그녀는 일어선 채로
다시금 허리를 숙여 현원을 향해 인사하고는 천천히 뒷걸음질 쳐
방을 벗어났다.

문이 소리 없이 닫히고, 방 안에 현원 홀로 남게 되자 반대쪽
문이 열리더니 운사가 조심히 안으로 들어왔다.

그는 자신이 들어왔다는 것도 모른 채 꽤나 무서운 얼굴로 창
밖을 응시하고 있는 현원에게 말했다.

"아픈 곳을 찌르는군요."

"그 입 닥쳐라."

"송구하오나 전하, 소신은 책사라 때로는 쓰디쓴 말도 입에 올
려야 하는 자리에 있사옵니다."

"쯧. 속으로 재미있어 하는 것을 누가 모를 것 같으냐."

"이런. 들켰습니까?"

"네놈의 속내는 이미 오래전에 들켰느니라."

"하면 전하께옵서는 어떠신지요."

방금 전까지 주고받던 장난스러운 문답이 아니었다. 진정으로
떠보는 그 물음에 창밖을 바라보던 현원의 시선이 움직였다. 그
는 고개를 빳빳이 든 채 자신을 바라보고 있는 운사의 새까만 두
눈을 들여다보며 대답했다.

"무엇이 말이냐."

"시기도, 상황도 기막힐 정도로 적절하지 않습니까. 연모(戀慕)

의 대상으로 말입니다."

떠보는 듯한 운사의 말에 현원은 놀란 기색을 잠시 내비치었다가 피식 웃었다. 그는 마치 아주 재미있는 이야기를 들은 사람처럼 손을 뻗어 얼굴을 쓸어내리며 대답했다.

"누가? 과인이? 네놈이 또 헛소리를 지껄이는구나."

"그 마음, 변치 마시옵소서."

"무슨 뜻이냐."

"잘 아실 것이라 믿습니다. 전하, 유가는 위험합니다. 진가의 늙은이가 송곳니를 세우고 덤벼들기 딱 좋은 먹잇감이 아닙니까. 그럴 바에야 차라리 기녀를 품으소서."

"헛소리는 그만 집어치우고 나가거라. 바쁘지 않느냐? 고작 한 식경 전에 왕가의 편이라 천명하고 나선 것을 잊었더냐. 여기저기서 공격해 들어올 테니 발에 불이 나도록 바쁠 터인데? 아니면 일을 더 주랴?"

웃으며 아무렇지도 않게 일을 더 주겠노라 말하는 현원의 모습에 운사는 속으로 한숨을 삼키었다. 애당초 왕이 불같이 화를 낼 것임을 각오하고 꺼낸 말이었다.

"여기에 일이 더해지면 소신은 목을 맬 것입니다."

"엄살이 늘었구나. 아직 해야 할 일이 많은데 책사가 목을 매면 아니 될 일이지."

"성은이 망극합니다."

"성은은 일을 모두 처리한 뒤에 찾거라. 쓸데없는 걱정을 늘어놓느라 일부러 발걸음하지 말고 말이야."

"예. 하면 소신은 걱정을 덜어내고 가보겠나이다."

끝끝내 말 하나를 더해놓은 운사가 몸을 돌리기 무섭게 뒤로 현원의 말이 따라붙었다.

"아, 그리고 그에게 전하거라. 과인은 박쥐를 그리 좋아하지 않는다고."

"……알겠습니다. 그리 전하지요."

운사가 반대쪽 문으로 사라지자 방에는 고요만이 감돌았다. 금침에 비스듬히 몸을 기댄 현원의 시선이 방금 전까지 청이 앉아 있던 자리로 향했다. 그 사이에는 아직 김이 올라오는 찻잔과 색색깔 고운 다과가 소복이 담긴 그릇이 놓여 있었다. 눈을 감으면 금방이라도 자신에게 조곤조곤 말하던 그녀의 목소리가 들릴 것만 같았다. 어쩌면 그러길 원하고 있는 것일지도 몰랐다. 하나 그럴 순 없는 노릇이었다. 서로 갈 길이 다른 인연이었으니 같은 길을 걸을 수는 없는 노릇이었다.

"같은 길…… 이라."

조용히 읊조리던 현원은 멋대로 뻗어나간 생각에 놀라며 한숨에 가까운 탄성을 터뜨렸다. 안될 노릇이었다. 아무리 울음이 터질 것만 같은 위로의 말을 들었어도, 오래전 놓쳐 그보다 더 오랜 시간을 후회하고 후회했다 할지라도 안 되는 것은 안 되는 것이었다.

그래야만 할 일이었다.

한데 어찌하여 그리 쉬이 몸을 던지던 여인의 모습이 자꾸만 떠오르는지, 참으로 모를 일이었다.

소리 한 자락 없이 닫힌 문을 뒤로한 채 섬돌을 딛고 내려온 그녀는 자신을 기다리고 있던 무녀, 유연의 모습에 살포시 웃어 보였다.

"돌아가 있으라 했는데 지금껏 예서 기다린 겝니까?"

청이 나오자 유연은 안도한 기색이 역력한 채로 그녀에게 다가가 섰다. 올해로 고작 열일곱에 불과한 유연은 살아남은 몇 안 되는 무녀 중 하나였다. 어린 나이에 제례원에 들어왔다 십 년 전 일어난 수화(水禍)로 인해 쫓겨나갔다 되돌아온 아이로, 수화 이전에는 적지 않은 신력으로 주목받던 이였다.

"제례원까지 길이 복잡하여 모시러 왔을 뿐입니다."

이 정도는 아무것도 아니라고 말하며 웃는 유연의 얼굴이 처음 만났을 때 저를 보자마자 눈물을 터뜨렸던 모습과 겹치는 것만 같다 생각하며 청은 고개를 끄덕였다. 동궁에 오기 전 제례원에 먼저 들렀을 때, 그 순간은 언제고 잊히지 않을 장면이었다. 청이 제례원으로 가는 것을 아무에게도 알리지 않았음에도 불구하고 고작 다섯 명의 무녀들이 하나같이 믿기지 않는다는 표정으로 뛰어나왔다. 그들 중 몇몇은 신을 신는 것조차 잊어 그저 버선발 차림이었다. 십 년 전 화(禍)를 입은 수십 명의 무녀들 중에서 지금껏 살아남은 것은 고작 그 다섯이 전부였다.

그리고 그녀들은 청이 아무런 설명을 하지 않아도 남복을 한 그녀가 여인이라는 것도, 유가의 핏줄을 이었다는 것도 전부 알고 있었다. 제례원은 그 어떤 곳보다 용왕의 힘이 강하게 잠들어 있는 곳이었고, 그렇기에 유가의 힘이 강하게 요동치는 곳이었다. 그녀들에게는 증좌 따원 필요 없는 것이었다. 그저 존재만으로도 이렇게 강하게 느껴지는데 증좌가 필요할 이유가 무엇이란 말인

가. 그녀들은 하나같이 청의 앞까지 내달려와 무너졌다. 오랜 시간 동안 돌고 돌아 되돌아온 용왕의 증좌를 눈앞에 둔 채 그렇게 말 못 할 감정에 휩싸인 채로.

이미 이전에 현원은 제례원의 무녀들에게 유가의 후손이 살아 있으며 곧 궁으로 들어올 것임을 알렸다. 그 말에 그녀들은 희망을 꿈꾸면서도 또한 그만큼의 의심을 품었다.

한 번 배반한 왕가다. 두 번은 못 하겠는가?

그렇기에 기쁨은 더 컸다. 절반만 믿었던 것이 현실이 되어 나타났으니 어찌 기쁘지 않겠는가.

그러나 청의 입장으로서는 자신이 유성한이 아니기에 그저 미안할 뿐이었다. 그녀들은 모두 입을 모아 청과 성월, 둘이나 살아 있었다는 것만으로도 용왕의 안배라 했으나 '그래도'라는 생각은 쉽게 떨쳐내기 힘들었다. 하나뿐인 오라비가 살아 있었다면 아마 이렇게 번거로운 일은 없었을 터였다. 복잡한 계획도, 오랜 시간도 필요 없이 단숨에 왕에게 힘을 실어줄 수 있었을 터였다. 그녀의 오라비는, 성인이 된다면 아버지를 뛰어넘을 것이라는 말을 들을 정도로 뛰어난 신력의 소유자였으니 말이다.

"또한 이는 제 일이니 걱정하지 않으셔도 됩니다."

흰 바탕에 청색을 멋스럽게 덧댄 예복을 입은 유연은 혹 누가 청을 잡아갈까 두려워하는 기색을 지우지 못한 채 대답했다.

그러나 말을 마친 유연의 시선이 매섭게 변하며 동궁으로 향하는 것을 놓치지 않은 청은 씁쓸한 미소를 지을 뿐이었다. 그녀가 무엇을 생각하는지 짐작하는 것은 어렵지 않았다. 동궁 안의 왕, 현원을 통해 선왕을 비춰보며 10년 전을 생각하고 있을 터다. 유가가 유례없이 왕과 허물없이 지낼 정도로 친했고, 왕의 편에 서서 그를 위해 온 힘을 다했으나 결국에는 배신당해 버린 그 시절을.

청은 그 사이의 깊게 패어버린 골을 메우는 것이 쉽지는 않을 것이라 생각했다.

"이만 돌아가지요."

"말을 낮추세요. 이제 유가의 수장이시지 않습니까?"

"하지만……."

"무슨 말씀 하시려는지 압니다. 그러나, 이곳은 밖이옵니다. 한 번의 말실수도 위험합니다. 모든 것은 완벽해야 한다는 것을 아시지 않습니까?"

유연의 말에 청은 그제야 주변을 빙 둘러봤다. 동궁은 강녕전보다는 못해도 궁의 중심부에 위치해 있었기에 길 자체가 넓었다. 문이야 한 사람이 고작 지나갈 정도로 좁지만, 문을 벗어나면 수십의 궁녀와 내관들이 길 위에 한가득이었다.

청은 자신에게 와 닿는 시선들을 느끼며 고개를 끄덕였다. 중요한 단어는 모두 빠져 있었지만 유연이 하고자 하는 말의 의도는 충분히 알아들을 수 있었다. 누가 들을까 무섭다는 그녀의 표정에 청은 어색함을 느끼면서도 말을 낮춰 대답했다.

"그래. 그러마. 이제 곧장 제례원으로 가는 것이냐?"

"예. 이대로 곧장 제례원으로 돌아갈 것입니다. 무녀들이 애타게 기다리고 있답니다."

그 순간 청은 자신을 주시하던 내관 한 명과 시선이 마주쳤다. 서늘한 시선은 언제 그랬냐는 듯 재빨리 다른 곳으로 흩어졌다.

몇 번이고 그런 일이 일어나자 청의 표정이 굳어졌다. 저 수많은 자들이 단순히 유가의 장자가 신기해 보고 있는 것이 아님을 깨달은 것이다. 그녀는 걷는 속도를 늦춰 유연과의 거리를 좁혔다. 옷자락이 부딪칠 정도로 가까워진 뒤에야 청은 한껏 낮은 목소리로 말했다.

"가는 길에 얘기를 좀 듣고 싶구나."

"무엇이 궁금하신지요?"

"현재 궁 안의 세력이 정확히 어떻게 양분되어 있는지, 그것에 대해 말해주겠느냐."

청은 자각하고 나자 시선들이 더욱 따갑게 느껴진다 생각하며 버릇처럼 갓을 끌어내리려 손을 올렸다. 그러나 그녀의 손에는 갓 대신 사모만이 잡혔을 뿐이다. 손이 허공에서 멈칫 굳었다 다급히 제자리로 되돌아왔다. 그제야 체감이 되었다. 이곳은 궁이었다. 그 말은, 곧 언제 어디서 고꾸라질지 알 수 없다는 말이나 진배없었다. 정신을 좀 더 차릴 필요가 있겠다 생각하며 청은 실수로라도 시선이 마주치지 않도록 정면만을 응시했다.

"도련님, 지금은 아니 됩니다."

유연은 목소리를 낮추며 대답했다.

"좌측에 궁녀 둘이 서 있는 것이 보이시는지요."

유연이 지목한 자들은 방금 전부터 거리를 유지한 채 계속 뒤를 밟아오는 자들이었다. 청이 고개를 끄덕이자 유연 역시 시선을 정면으로 향한 채로 말을 이었다.

"저들은 대비전의 사람들입니다. 동궁 근처에서 맴돌며 쓸 만한 얘깃거리를 얻으면 그것을 물어 대비마마께 전하는 게 일이죠.

사선 방향으로 일감을 나르고 있는 저 아이들은 좌의정이 심어놓은 자들이고…… 바삐 어딘가로 달려가고 있는 저 내관은 전하의 사람이랍니다. 이곳은 궁 안입니다. 제례원에 들어가기 전까지는 땅속에도 귀가 있고, 해가 비치지 않는 곳에도 눈이 있다 여기십시오."

"저들이 전부……?"

"예. 이제 곧 저들이 모두 제 주인에게 달려가 전후사정을 고할 것입니다."

유연은 동궁 밖으로 청이 나서기가 무섭게 제각기 다른 방향으로 흩어지는 자들을 못마땅한 표정으로 바라보며 말을 이었다.

"이제 머지않아 다들 유가의 수장이 왕과 독대를 했다는 것을 알게 되겠지요."

"그렇다면 이 길로 가서는 안 되는 것이 아니냐."

청의 목소리에 걱정이 어려 있다는 것을 눈치챈 유연의 입매가 가늘어졌다. 오랜 시간 고초를 겪었을 그녀의 주군은, 다행히도 올바르게 커주었다는 생각이 들었기 때문이다. 그녀는 재빨리 미소를 지워내 얼굴에 아무런 표정도 떠오르지 않도록 갈무리하고는 조용히 대답했다.

"알리려 하는 것입니다. 궁 안 모든 이들에게 유가가…… 왕의 편에 섰다는 것을요."

청은 그제야 맥락을 이해할 수 있었다.

"안달이 나게 하려는 거로군."

"예. 만약 제례원이 왕과 결탁하지 않았다면 불가능했을 일이지요."

왕에 대한 얘기가 나오자 유연의 말에 다시 가시가 돋아났다. 그것은 한두 해 쌓아올려진 감정이 아니었다. 청은 그 선연한 감정의 색에 조금 놀랐으나 아무 말도 하지 않았다. 아무리 그녀라 할지라도 왕을 증오하지 말라 말할 수는 없는 일이었다. 그렇기에 청은 고민에 고민을 거듭하다 조심스레 입을 열었다.

"나 역시 선왕은 믿지 않아. 하나, 지금의 왕은 한번 믿어보려 해. 언제나 유가는 예국을 위해 움직였으니……."

청이 붉은 기가 도는 얼굴로 말끝을 흐리자 유연의 입가에는 다시 미소가 피어올랐다. 그녀는 제례원이 보이기 시작하자 점차 줄어드는 인적을 살피면서 대답했다.

"알고 있습니다. 언제나 유가는 성군은 돕고 폭군은 제어하며 예국을 지탱해 온 기둥이 아닙니까."

왕가를, 왕의 핏줄을 수호하는 가문이 바로 유가였다. 청은 그 사실을 직감적으로 이해하는 유연을 잠시 바라보다 말을 이어나 갔다.

"하면 무녀들은 이번 왕을 어찌 보고 있지?"

"저희는…… 차선책을 선택했을 뿐입니다."

유연은 그것이 자신들이 왕을 선택한 진정한 이유라고 생각했다. 자신들의 뿌리이자 기반인 제례원과 유가는 왕가와 뗄 수 없는 관계였다. 하니 소율대비와 왕 중에서 나은 것을 선택하는 수밖에.

무녀들은 보통 유가의 방계 가문 출신이거나 유가의 사람들이 어딘가에서 데려온 아이들로 이뤄진 집단이었다. 전부 여성이며 물을 움직이거나 하는 일은 불가능하나 그녀들이 신력이라 이름

붙인 힘을 어느 정도 갖고 있다는 것이 공통점이라면 공통점이었다. 그 외에 같은 사연을 가진 자들은 한 명도 없었다. 누구는 길에서 동냥하던 것이 눈에 띄어서, 누구는 죽기 위해 나뭇가지에 밧줄을 매달았다 발견되어서 제례원의 무녀가 되었다. 대다수는 이전의 삶에 아무런 미련도 없었기 때문에 제례원으로 모였다. 그곳은 이전의 삶과 비교한다면 감히 지상낙원이라 이름 붙여도 좋을 곳이었다. 의식주에 부족함이 없었고 필요한 일을 마무리 짓는다면 궁 밖을 나가도 아무도 상관하지 않았다. 그렇게 그녀들은 저마다의 사연들을 내려놓으며 무녀가 되었다.

수화(水禍)가 일어나기 전까지만 해도 수십의 무녀가 살아 있었다. 그날 이후 십 년, 제례원에서 내쫓기고 유가마저 사라지자 무녀들이 할 수 있는 것이라고는 없었다. 그녀들 중 대다수는 울다 실신하고 굶어 죽는 쪽을 택했다. 몇몇은 재가를 했고 몇몇은 산 깊은 곳으로 숨어들었다.

그렇게 십 년, 소율대비가 다시 무녀들을 찾았을 때 남은 이들은 고작 다섯뿐이었다.

"아십니까? 그날 이후로 예국의 신력 역시 약해지고 약해져 이후 저희가 거둘 수 있었던 어린 무녀는 오직 한 명뿐이었습니다."

"······기둥이 없으니 초가가 무너지는가."

"예. 저희는 대비마마가 무녀를 찾고, 제례원의 굳게 닫힌 문을 다시 개방한다 하였을 때 드디어 모든 것이 제자리로 돌아올 것이라 생각했습니다. 하나 대비마마가 원한 것은 그저 보기 좋은 허울에 불과했습니다. 대비마마께서 저희를 불러 모아 처음 했던 말을 아직도 또렷이 기억합니다."

유연은 그날을 되새기며 가볍게 몸을 떨었다.

"용은 죽었다. 그리 말씀하셨나이다."

"용은…… 죽었다라."

이제 그들은 제례원 안으로 걸음을 들여놓고 있었다. 경계선이나 다름없는 문지방을 넘자 공기가 묵직하게 내려앉는 것을 느끼며 유연은 말을 이었다.

"하나 아씨께서 경계하셔야 할 것은 대비 쪽이 아닙니다."

제례원 안으로 들어오기가 무섭게 호칭이 바뀐 것을 놓치지 않으며 청이 되물었다.

"하면?"

"가장 경계해야 할 자는 진가의 허원입니다. 소율대비의 아비이자, 진가의 현 가주를 맡고 있는 자이지요. 그자가 현재 예국의 모든 권력을 손에 쥐고 있다 하여도 과언이 아닐 것입니다."

말을 마친 유연은 빠르게 이쪽을 향해 다가오는 다른 무녀들의 모습이 보이자 청에게 고개를 숙이며 대화의 끝을 알렸다.

"조심하셔야 합니다. 늙은 범이 날카로운 발톱을 세운 채 용을 내리누르고 있는 이곳은, 현재 아씨에게 있어선 그 어느 곳보다 위험한 곳입니다."

자신의 상태를 먼저 살피는 무녀들에게 둘러싸여 안쪽으로 걸음을 옮기며 청은 유연의 말에 웃으며 대답했다.

"각오한 일이야."

그 한마디 안에는 무수히 많은 것들이 내재되어 있었다. 그러나 유연에게는 그중에서도 죽음을 각오했다 말하는 것만 같이 들렸다. 청의 팔을 잡기 위해 불쑥 앞으로 뻗어나가려던 손을 억지로 누른 그녀는 대신 제 가슴팍을 움켜쥐었다.

말려야 한다. 이성은 그렇게 말하고 있었다. 가까스로 목숨을 부지하지 않았나. 그러할진대 자진해서 죽을지도 모르는 불구덩이 속으로 걸어 들어가는 청을 막는 것이 맞을 터였다.

그럼에도 그럴 수 없는 일이었다. 어떤 일이 있더라도 그녀는 청을 막지 못할 것이다. 유연에게 주어진 선택지는 그리 많지 않았고, 그중에 유가의 가주의 선택을 막아서는 것은 존재하지 않았다. 유연은 그저 완연한 남복을 하고 있는 그녀의 뒷모습을 복잡한 심경으로 바라봤을 뿐이다. 나이가 중년을 넘어가는 네 명의 무녀들에게 둘러싸여 어색하게 웃는 청의 모습은 언젠가 그녀가 봤던 그 어린 아씨와는 많이 달라져 있었다. 메우기 힘든 시간의 간극만큼 자신의 주인은 바뀌었을 터다. 그렇기에 다들 입 밖으로 말은 하지 않아도 청이 가주의 역할을 대신할 수 있을 것이라 생각하고 있을지도 모른다. 유연은 그럼에도 저 작은 여인을 진심으로 지켜주고 싶다는 생각을 하며 천천히 청의 뒤를 따라 걸음을 옮기기 시작했다.

일전에 단 한 번밖에 보지 못한, 그럼에도 숨이 막힐 정도로 위압감을 내뿜어내던 노호(老虎)를 떠올리며.

"돌아왔다?"

진허원의 목소리가 느릿하게 방 안을 울렸다. 버럭 고함을 내지르는 것도, 비꼬는 것도 아닌데 절로 몸이 움츠러드는 그 목소리에 방 안의 공기가 서늘해졌다. 당상관에 속하는 품계를 받은 자들 대부분이 모여 있는 사랑방은 다름 아닌 소율대비의 외척인 진가였다. 예순이 넘은 진허원은 해가 지날 때마다 켜켜이 쌓이는 세월로 인해 금방이라도 무너질 듯 주름살 가득한 노인이었다. 그러나 그는 현재 왕보다도 더 큰 권력을 손에 쥔 인물로, 예국의 중요한 사안들은 죄다 진가의 사랑방에 가면 알 수 있다는 말이 나올 정도였다. 관료들이 현재 왕가의 최고 어른인 소율대비를 뒷전으로 제쳐 놓은 이유가 바로 여기에 있었다. 진허원에게는 제 고명딸인 소율대비마저도 그저 장기판 위의 말일 뿐임을 그들은 아주 잘 알고 있었다.

"좌의정."

마치 왕이 제 신하를 부르듯 관직명으로 호명하는 그 목소리에는 다급함이나 분노가 더해져 있지 않았다.

"예, 영감."

"내 노쇠하여 관직을 내어놓고 뒷방으로 물러앉은 지 한 해가 되었는가, 두 해가 되었는가?"

그 말에 내포된 의미를 읽어낸 좌의정은 꿀 먹은 벙어리가 되었다.

꼭 반년 전 그는 모든 관직을 내어놓았다. 장남이자 제 뒤를 이을 아이가 어째서 그 높은 자리를 놓아버렸냐 물었을 때 그가 웃으며 한 대답이 몇몇 관료들 사이에서 농담 삼아 떠돈 적이 있다.

좌의정은 그때의 대답을 떠올렸다.

그는 그때 그 자리에 있었기에 허풍이나 부풀린 내용이 아닌 진허원이 대답한 그대로를 기억하고 있었다. 진허원은 이제 갓 등청을 시작한 아들을 향해 입을 비틀어 웃으며 이리 대답했었다.

"이제 나는 몸을 움직일 필요가 없느니라."

그것은 자만이나 자부심이 아니었다. 당시 진허원은 단지 아직
도 세상을 보는 눈이 좁은 제 아들을 말없이 타박하며 사실을 대
답했을 뿐이다. 그러나 그 사실을 듣는 좌의정은 등골이 서늘해
지는 것을 느꼈다.

강한 왕권에서 벗어나고자 사대부들이 선택한 것이 진가였다.
당시 진허원의 뒤에 선 자들은 모두 같은 생각이었을 것이다.

그러나 지금, 어떠한가.

거대한 호랑이가 되어버린 진허원의 앞에 그들은 그저 힘없이
떠는 토끼 무리일 뿐이지 않은가.

"송, 송구합니다."

"쯔쯔. 송구할 일을 만들면 쓰나. 그래, 신력은 당연히 있을 터
이고……. 진정으로 용왕을 만나러 가진 못할 터이니 우리 전하께
서 수를 쓸 생각이신가 보구만."

"하지만, 영감…… 그 물살이 험하다는 인당수에 사람들이 다
보는 앞에서 뛰어내린다 하더이다. 어찌 다른 수를 쓰겠습니까?"

"자네는 제례원 중심부에 가본 적이 있는가?"

"그곳은 무녀나 유가가 아니면 발을 디디는 것조차 허락되지
않아 가보지는……."

"나는 가보았지. 한 걸음을 디딜 때마다 납이 발목에 매달린
것처럼 무겁고 숨을 한 번 내쉴 때마다 산 정상에 있는 것 마냥
답답해졌다네. 마치 들어오지 마라, 이곳은 인간이 올 수 있는

곳이 아니라 경고하는 것만 같았지. 후에 무녀에게 들으니 제례원 내부는 신력이 가득 차 있어 평범한 자들은 가만히 있는 것만으로도 고통이라 하더군."

진허원은 그때의 감정이 지금도 느껴지는 듯 장침을 움켜쥐었다. 쭈글쭈글 주름이 잔뜩 진 손은 가볍게 떨리기까지 했다. 오랜 시간 동안 왕에게조차 허락되지 않은 공간에 발을 디딘다는 것이 얼마나 큰 공포감을 맛보게 해줬던가. 그리고 온몸으로 느껴지던 그 감각은 믿고 싶지 않아도 희미하던 수신(水神)에 대한 믿음을 그대로 불러일으켰다. 그렇기에 진허원의 공포감은 더 크고 깊었다. 신이 존재한다면 그는 신을 넘어선 것이다. 그러나 그것은 얼마나 큰 죄로 돌아올 것인가.

그는 하나같이 고개를 숙인 채 숨조차 마음대로 쉬지 못하고 있는 양반네들을 휘 둘러보며 말을 이었다.

"하면 제물을 바치는 배 위에는 누가 타겠는가. 무녀와 노를 젓는 자들, 그리고 유가의 성한이 타지 않겠는가. 바다를 향해 뛰어들 테니 땅을 등질 것이고 커다란 배가 떠야 할 터이니 깊은 바다로 갈 것이다. 그렇다면, 눈으로 보고 있되 누가 뛰는지 어찌 알까."

"그렇다면……!"

"쯔……. 내 그리 말하지 않았나, 좌의정. 속단하지 마라. 우리 전하께서 십 년도 더 넘게 웅크려 있다 이제야 움직이시려 하시잖은가. 그렇다면 그 영특한 분이 무슨 생각을 할지는 좀 더 두고 봐야겠지."

"영감. 그렇다면 달포가 지나기 전에 전하께서 원하시는 것을

내어주고 대신 국혼을 추진하는 편이 낫지 않겠습니까? 영조대왕
께서 국혼을 올리기 전까지 수렴정정할 것을 유지로 남기셨으니
국혼을 올린 뒤 수렴청정을 끝내겠다는 조건을 내걸면 전하께서
도 만족하시지 않겠습니까."

진허원은 멍청한 소리를 내뱉는 좌의정을 향해 혀를 찼다. 좌
의정을 바라보는 진허원의 시선에는 한심함이 가득했다. 자신이
없으면 일이 돌아가질 않았다. 아들은 아직 경험이 적었고, 아들
의 뒤를 받쳐줘야 마땅할 자들은 멍청하거나 눈치가 없었다. 이런
자들이 예국을 지탱하고 있다니, 아직도 갈 길이 멀었다. 그리 생
각하며 진허원은 좌의정의 말에서 허점을 짚어냈다.

"하면 답해보시겠는가. 누구와 국혼을 올리시게 한단 말인가?
잊었는가? 선왕께서 세도가 내에서 혼기가 찬 여식은 물론이거니
와 아직 혼기가 차지도 않은 여식들 전부를 직접 중매까지 서가
며 씨를 말려놓지 않으셨는가. 심지어 태중 혼약마저 해놓으신 분
이다. 한낱 양반네들이 왕의 중매를 깨는 것이 불가능하다는 것
을 아주 잘 이용하시었지. 덕분에 선왕께옵서 서거하신 지 육 년
이나 흘렀음에도 불구하고 남은 것이라고는 법도 상 왕가에 들어
가지 못할 정도로 어린 여식들과 쇠락해 버린 가문의 여식들뿐인
데, 양쪽 다 국혼 상대로는 안 될 일이라는 것을 모르겠는가. 후
궁도 아니고 정비로 어린애나 외척이 없는 가문의 여식을 들이
라? 그건 전하의 손에 승기를 쥐어드리는 것과 진배가 없다는 것
을 어찌 모르나."

진허원은 당시 선왕이 조건으로 내세웠던 것을 떠올리며 형형
히 눈을 빛냈다. 그는 선왕과 거래를 했다. 서로간의 이득을 조금

이라도 더 많이 취하기 위해 보이지 않는 알력다툼을 통해 그는 수렴청정을, 선왕은 모든 권세가들의 지지를 얻어냈다.

모든 것은 다음 세대를 위해서. 이전 세대의 망령들이 마지막으로 목표하는 것은 다들 같지 않은가. 선왕과 진허원의 거래도 그러한 맥락해서 일치했기에 가능한 일이었다.

혹자는 말년에 성년이 이미 지난 세자의 수렴청정을 명한 선왕이 정신적으로 문제가 있었을 것이라 말했지만 그럴 리가. 진허원은 세자를 제치고 선왕이 마지막 숨을 거두는 그 순간에 함께했었다. 그는 마지막 숨을 몰아쉬는 그 와중에도 총기를 잃지 않은 눈으로 자신을 바라보며 경고하는 선왕을 잊지 못했다.

그는 그 정도로 총명한 왕이었다. 시대를 잘못 타고나지 않았다면 예국 역사상 가장 뛰어난 치세로 기록되었을 정도로.

진허원은 부쩍 힘들어진 몸을 장침에 비스듬히 기대며 눈을 내리감았다. 선왕은 몇 수 앞을 내다본 것인가. 적어도 한두 수는 아닐 것이다. 죽은 뒤로 육 년이나 지났건만 아직까지 무시할 수 없을 만큼 강한 영향력을 행사하고 있는 것을 보면 명백했다.

진허원은 자신이 눈을 감자 좌불안석처럼 불안해하는 분위기를 느끼며 천천히 눈꺼풀을 밀어 올렸다.

"좌의정."

"예, 예, 영감."

"그대의 여식을 중전으로 만들고 싶어 하는 그 마음은 아주 잘 아는 바이지만, 아직 어려. 못해도 오 년은 이르지. 제 손으로 수족조차 부리지 못하는 어린애를 궁 안에 들이민다는 것은 아니한 것보다 못하다는 것을 어찌 모르는가? 이전처럼 섣불리 행동하지 마시게. 다들 착각하는 것 같으니 다시 말을 해주겠네만, 전하께서는 절대 어리석지도, 겁을 먹은 것도 아니라네. 고작 몇 년 전 일이라 벌써 잊었는가? 전하께서는 다섯에 소학과 동몽선습, 효경과 격몽요결을 익히신 분이라네. 그분은 선왕의 하나뿐인 핏줄이자 그 이상을 물려받으셨어. 이례적으로 여섯의 나이로 원자에서 세자로 책봉된 것을 다들 잊었는가. 지금의 병약하고 힘없는 모습이 진정 전하의 모습이라 생각하는 머저리는 당장 관직을 내어놓고 글이나 읽으며 살게나. 그분은 그저 때를 기다리고 있는 것뿐이야. 그러니 빈틈을 보이지 말란 말이네."

진허원의 말에 이미 왕에게 제 여식을 정비로 맞아들이라 청한 적이 있던 좌의정의 안색이 하얗게 질렸다. 몇몇 양반들 역시 헛기침을 뱉으며 슬쩍 진허원의 시선을 피했다.

그 꼴들을 보아하니 저들 중 단 한 명도 왕을 경계하는 자는 없는 모양이었다. 국가의 대소사를 결정한다는, 가장 머리가 좋다는 자들을 모아놓아도 이 지경이라니.

진허원은 급격히 피로가 밀려오는 기분을 느꼈다. 이런 멍청한 자들을 눈앞에 놓고 무언가를 논의해야 한다니.

이런 날이면 지독하게도 그때가 그리워졌다.

선왕과 유가의 성운, 그들과 팽팽하게 힘겨루기를 하던 그때가. 그중에서도 유일하게 친우라 이름붙일 수 있었던 유성운이. 그는 늙고 노쇠하여 힘이 빠져 버린 몸이 금세 피로해지는 것을 느끼며 다시 스르르 눈을 감았다.

"얼마 남지 않았어. 거의 다 왔단 말이네. 조금만 더 하면······ 드디어 이 길고 지지부진하였던 약조도 끝이 날 것이야······."

진허원의 중얼거림에 조용히 앉아 있던 우의정이 처음으로 입을 열었다.

"무엇이, 말입니까?"

그러나 그 질문에 대한 대답은 들려오지 않았다.

❁

제례원에서 눈을 뜬 청은 습관처럼 옆을 돌아봤다. 언제나 제 옆자리에 누워 있을 성월의 모습을 찾던 그녀는 아무도 없는 휑한 방 안에 그제야 자신이 어제 입궐했다는 것을 기억해냈다. 천천히 이불을 걷어내며 몸을 일으킨 청은 얕게 숨을 뱉었다. 이곳에 익숙해지기 위해서는 아직도 한참의 시간이 필요했다. 강녕전의 옆에 위치해 있는 제례원은 마치 거대한 예국에서 홀로 떨어진 외딴 섬처럼 유일하게 신력이 가득 차 있는 곳이었기에 자고 일어났음에도 피로감이 사라지기는커녕 더 늘어난 것 같았다. 청이 자리옷을 입은 채 일어서자 장지문 너머에서 유연의 목소리가 들려왔다.

"아씨, 기침하셨나요?"

"응."

"들어가겠습니다. 세숫물을 받아왔어요."

세숫물이라니. 마지막으로 남이 받아주는 세숫물로 아침을 시작한 것이 몇 년 전의 일인지 기억나지 않을 정도로 까마득했다. 몸에 맞지 않은 옷을 입은 양 어색하다 생각하면서도, 청은 흐트러진 머리칼을 정리하기 위해 애쓰며 대답했다.

"응, 들어와."

그리고 청은 문을 열고 들어온 유연의 손에 단단히 붙들려 경대 앞에 앉아야만 했다.

"단이가 따라나서겠다고 조르는 걸 말리느라 혼이 났답니다."

유연의 한숨 어린 말에 청은 그 어린아이가 제 옷자락을 붙잡고 울었던 기억이 나 저도 모르게 미소 지었다.

"후후. 데려와도 괜찮아."

"준비는 하나도 하지 않고 무조건 가겠다 떼를 쓰니 그렇지요. 휴. 언제 철이 들는지."

애정이 잔뜩 묻어나는 투덜거림에 청은 숨죽여 웃었다. 그러나 얼굴에 훤히 드러나는 웃음기에 민망해진 유연은 얘기를 다른 곳으로 돌렸다. 그 뻔한 말 돌리기를 지적하는 대신 웃음기를 머금은 채 듣고 있던 청은 진가로 얘기가 흘러가자 더는 참지 못하고 중간에 끼어들었다.

"권문세가의 여식들 중 혼기가 찬 여인은 한 명도 없단 말이야?"

한창 제 머리칼을 매만져 주는 유연이 놀랄 정도로 청의 목소리는 높게 울렸다. 청은 혹시라도 밖에 새어나갈까 재빨리 제 입을 손으로 막았다. 슬쩍 제 눈치를 보는 청의 모습에 유연은 작게 웃으며 대답했다.

"예. 왜인지는 알 수 없지만 영조대왕께서 직접 중매를 서 모든 여식들을 혼인시켰다 합니다. 남은 것은 선왕께서 승하하신 후 태어난 여식들뿐인데, 나이가 많다 할지라도 모두 예닐곱 살이라 전하의 짝으로는 너무 어리지요."

"그리고 유지로 전하께서 정비를 들이실 때까지 소율대비의 수렴청정을 명하셨다……."

고민에 빠진 청의 모습을 바라보며 유연의 입술이 호자를 그리며 휘어 올라갔다. 현재 유가의 가주나 다름없는 청은 무언가에 빠지면 주변의 시선은 상관하지 않고 골몰하는 버릇이 있었다. 전날, 몇 시진 동안 유연은 청이 미처 알지 못하는 궁궐 내의 권력구도를 설명해 주었기에 저런 청의 모습을 몇 번이고 볼 수 있었다. 남복을 하고 있지만 내리깔고 있는 눈가 위로 길게 드리워지는 속눈썹이라든지 버릇처럼 입술을 물어뜯는 모습이 영 사내와는 거리가 멀었다. 언젠가 이 부분을 주의하라 말씀드려야겠다 생각하며 유연은 제 손안에서 부드럽게 흐트러지는 청의 머리칼을 빗어 내렸다.

"선왕께옵서 어째서 그러셨는지는 아무도 모른답니다. 몇몇은 선왕이 노망이 들었다고까지 하더군요."

"……아니야."

고민을 마쳤는지 청의 시선이 다시 경대로 향했다. 그녀는 거울 너머로 의아한 시선으로 자신을 바라보는 유연의 모습에 무언가 북받쳐 올라오는 기분을 느끼며 말을 이었다.

"선왕께옵서는 멀리 보신 게야."

"예? 하나 수렴청정을 명하셨잖아요. 정말 전하를 위하셨다면 마지막 유지로 수렴청정을 명하는 대신 소율대비를 순장하라 이르셨어야 해요. 그렇게 했다면 진가의 위세를 누르고 전하께서 집권하실 수 있으셨겠지요."

"육 년 전에는 전하께옵서 아직 성인이 아니셨으니까. 대비를

순장한다 하더라도 진가가 뒤에 설 수밖에 없었겠지. 진허원과 소
율대비 중 선택을 하신 게야. 선왕께옵서는…… 더 나은 패를 선
택하신 게 아닐까."

세세한 내막을 알지 못했기에 그저 짐작할 뿐이었다. 그러나
왠지 그럴 것이라는 생각이 들었다. 선왕은 그 어떤 때보다 풍요
로운 치세로 유명했다. 풍요는 그저 만들어지는 것이 아닌지라 그
것 하나만으로도 선왕의 유능함을 유추할 수 있었다. 그렇기에
선왕이 아무런 이유도 없이 그런 일을 벌였다는 것은 믿기 힘들
었다.

청은 솜씨 좋게 상투를 틀어 올리는 유연의 손길을 따라 점차
사내로 바뀌어가는 거울 속 자신의 모습을 씁쓸하게 바라보며 말
을 이었다.

"그리고 언젠가 성인이 된 전하께서 타개책을 찾으실 거라 믿으
신 것이라 생각해."

"정말 그럴까요?"

"그럴 거야. 실제로 전하께서는 유가를 찾아내셨잖아?"

그것 하나만으로도 무려 육 년이나 걸렸다는 말을 속으로 삼
킨 유연은 망건을 둘러준 뒤 대답했다.

"그렇네요. 자, 다 되었습니다. 어여쁜 댕기를 매어드리고 싶지
만 일이 끝날 때까지는 이것으로 참아주세요."

"괜찮아. 각오한 일이니까. 그보다는 소율대비께 문안 인사를
하러 가야 하지?"

청의 말에 유연의 안색이 어두워졌다. 그녀는 구김이 간 청의
의복을 다시금 정돈해 주며 조심스럽게 대답했다.

"예, 아가씨……."

"환대를 받을 수 있을 것이라는 생각은 해본 적도 없으니까 너무 걱정하지 마."

"진허원보다는 상대하기 수월하다 할지라도 대비의 신분으로 대왕대비라는 호칭을 얻은 여인입니다. 부디 조심하셔요."

"응, 그럴게."

소율대비, 그녀는 결코 쉽게 상대할 수 있는 여인은 아니었다. 청 역시 그 점은 잘 알고 있었기에 순순히 고개를 끄덕였다. 그에 걱정을 덜어낸 유연은 조금은 밝아진 얼굴로 뒤로 물러섰다. 자리에서 일어난 청은 경대에 비치는 자신의 모습을 조금은 씁쓸한 시선으로 바라보고는 이내 미련 없이 몸을 돌렸다.

지금 왕에게 필요한 것은 사내인 유성한이었다. 그것만으로도 유청을 포기할 이유는 충분했다.

5.

마음

"아시겠지만 그대에게 거는 기대가 큽니다."

소율대비는 한 치의 틀림도 없이 정확하게 예를 갖추고 자리에 정좌한 청을 위에서 아래로 훑었다. 유가의 사내들은 태어나기를 병약하게 태어나 채 마흔을 넘기지 못하고 죽는 자들이 대부분이라더니 그 말이 꼭 들어맞는 듯했다. 전체적으로 가느다란 선과 흰 피부가 유독 더 병약해 보이게 했다. 소율대비는 마음속으로 유가에 대한 평가를 한 단계 낮췄다. 어린 시절 딱 한 번 보았던, 기억 속의 유성한과는 사뭇 다른 모습이 일견 실망스럽기도 했다. 소율대비는 청의 모습을 흘기듯 바라보며 말을 이었다.

"주상의 옥체가 미령하여 걱정이 많았는데, 이러한 시기에 적절하게 유가의 차기 가주가 나타나다니 한숨 놓았습니다."

"능히 해야 할 일이옵니다, 대왕대비마마."

"그래, 그동안 생활이 많이 곤궁했다 들었습니다. 고생을 많이

했겠군요. 과거사는 전부 털어내고 부디 지금, 이 순간을 중히 여겨주길 바랍니다."

소율대비의 말에 청은 부드럽게 웃음 지었다. 소율대비의 의중은 간단하고도 명료했다. 청은 제 앞에 놓인, 아직 김이 올라오는 찻잔을 조심스럽게 받쳐 들었다. 그녀는 소율대비의 궁인 자경전에 처음 걸음을 들이던 순간을 앞으로도 한동안 잊지 못할 것이라 생각했다. 자경전은 동궁과는 다르게 사람들로 북적거렸다. 이곳이 현재 권력의 중심이라는 것은 단순히 그것만으로도 알 수 있었다. 궁 안에는 궁녀들이 한가득이었고 여러 대신들이 소율대비를 만나러 왔다 돌아가는 일이 부지기수였다. 방 안은 값비싼 그림들과 자개함으로 휘황찬란하게 장식되어 있어, 동궁의 서늘함이 더욱 부각되었다.

청은 코끝에 맴도는 달큰한 향에 살짝 입안에만 차를 머금고는 천천히 찻잔을 내려놓았다.

"물론이옵니다. 대왕대비마마께옵서 염려하시는 바가 무엇인지 잘 아옵니다. 심려를 끼쳐 드리지 않도록 반드시 수신(水神)께 상감마마의 병환을 고칠 약재를 얻어 돌아오겠나이다."

"그리해 준다면 높고도 깊은 어미로서의 걱정도 조금은 덜어질 터인데 말입니다."

"반드시 그리 되실 것입니다."

소율대비는 머뭇거림 없이 대답하는 청의 모습을 고요히 응시했다. 그녀는 아비인 진허원의 손에 이끌려 이 자리까지 오른 여인이었으나, 지금껏 버틴 것은 그녀 자신의 능력이 컸다. 그녀가 그저 멍청했다면 아마 진작에 진창으로 처박혔을 것이다. 그것도

선왕의 손이 아니라 제 아비의 손에 의해서 끌어내려졌을 것이
뻔했다.

소율대비의 가장 큰 단점은 쉽게 감정에 휘둘린다는 것이었지
만 그만큼 그녀는 평정심을 되찾는 것도 빨랐다. 처음 유가의 장
자가 돌아왔다는 소식을 들은 뒤 잔뜩 흥분했던 여인은 이제 이
자리에 없었다. 소율대비는 무거운 가채 탓에 뻐근해 오는 목을
가볍게 움직이며 청의 의중을 짐작하려 애썼다.

선왕에 의해 내쳐진 가문이었다. 그 속사정은 그렇지 않을지라
도 겉으로 놓고 봤을 때 그것은 명백히 권력을 독차지하기 위한
왕가의 배신이었다. 그런데 갑자기, 어떠한 이유도 없이, 왕가와
유가의 재결합이라. 소율대비는 그 점이 의아했다. 감정의 골은
시간이 흐를수록 깊어질 뿐, 이유 없이 메워지지 않는 법이다.

그런데 그것이, 10년의 세월을 훌쩍 뛰어넘어 갑작스레 메워졌
다? 그녀는 그런 종류의 기적은 절대 믿지 않았다.

"한데 하나 궁금해지는군요."

가늘어지는 소율대비의 눈매는 금방이라도 청의 속내를 파고
들 것처럼 집요하게 변했다. 그녀의 신분이 제아무리 대왕대비라
할지라도 유가의 차기 가주를 발아래에 두는 것은 불가능했다.
아무리 쇠했다 할지라도 한때 왕과 어깨를 나란히 했던 가문이
다. 그녀는 아직 유성한의 직분에 대한 왕의 인가가 내려지지 않
은 이번 기회를 놓치면 다음을 기약하기 어렵다는 것을 다시금
되새기며 입꼬리를 말아 올렸다.

"괘념치 말고 물으소서."

"유가의 가주가 명을 달리했다 들었소."

소율대비의 말에 청의 어깨가 움찔 떨렸다.

"그리…… 하옵니다."

"그래서 말입니다. 내 유가의 성운에게 묻고 싶은 것이 있었
는데 묻지 못하게 되었지 뭡니까."

"제가 아는 것이라면 성심을 다해 답하겠나이다."

"오. 그래주시겠습니까?"

청은 반색하는 소율대비의 목소리에 입안이 바싹 말랐다. 소율
대비가 무엇을 묻건 그것이 자신에게 있어 유리한 것이 아님은 명
백했다. 청은 자신이 버릇처럼 옷자락을 움켜쥐고 있다는 것을
깨달았다. 그녀는 재빨리 손을 풀고 두 손을 가지런히 모아 앞에
가져가 예를 갖춰 고개를 숙였다.

"여부가 있겠습니까."

"호홋! 그렇게까지 말해주니 그럼 내 편한 마음으로 묻겠습니
다."

소율대비가 생각하는 바는 오직 하나였다. 갑작스럽게 모습을
드러낸 유가와, 왕가가 결탁할 수 있는 유일한 이유. 그녀는 그것
을 확인하기 위해 입을 열었다.

"유가의 직계와 방계에 여식이 둘 있다고 알고 있습니다."

자신의 이야기가 튀어나오자 청의 시선이 흔들렸다.

"예. 있…… 었사옵니다."

"있었다?"

"예."

"그렇군요. 흠…… 있었다라."

그녀의 잘 관리되어 매끈한 손이 장침 위를 빠르게 두드렸다.

저 말이 온전히 사실인지 확신할 수는 없었지만, 여식이 없다면 혼인을 통한 결탁도 아닐 터였다. 그러나 그것 말고 다른 연결고리는 쉽사리 모습을 드러내지 않았다. 소율대비는 초조함으로 요동치려는 마음을 애써 꾹 내리눌렀다. 쉽게 감정을 드러내는 것은 적에게 뒷덜미를 내어주는 것이라 수없이 받은 교육이 그녀의 얼굴에서 표정을 지워냈다. 소율대비는 차선책을 떠올리며 말머리를 돌렸다.

"내 내명부의 일을 맡고 있어 혹 유가의 여식이 생존해 있다면 주상과 연배가 맞을 것 같아 물어본 것이니 너무 마음 상해하지 않았으면 좋겠습니다."

"마음 상해하다니요. 아니옵니다. 마마의 깊은 뜻에 감복할 따름입니다."

예를 갖춘 뒤 다시금 찻잔을 집어 드는 청의 손을 바라보던 소율대비의 눈꼬리가 위로 말려 올라갔다. 그녀는 순간 제 눈을, 그리고 기억을 의심했다. 그러나 아무리 오래되어 흐려졌다 할지라도 칼로 새겨넣은 듯 선명한 한 장면만큼은 잊을 리 없는 일이었다. 단 한 번도 생각해 본 적이 없는 무언가를 깨달은 소율대비의 얼굴에 짙은 놀라움이 퍼져 나갔다. 그리고 그 놀라움은 이내 희열로 번져 나갔다. 천천히 그녀의 입꼬리가 비틀려 올라갔다. 그녀는 그 어느 때보다 짙은 미소를 지으며, 나지막한 목소리로 입을 열었다.

"그렇다면 내 하나만 더 요청해도 되겠습니까?"

꿀을 바른 듯 다디단 그 목소리에 청은 소율대비의 청이 무엇일지 지레짐작했다. 왕가와 유가 사이의 깊이를 재보려 했으니 다음은 뻔했다.

제레원을 걸고 넘어질 것이다. 청은 그렇게 소율대비와는 전혀 다른 생각을 하며 입술을 꾹 다물었다. 그러나 그것이 전혀 다른 생각이라 할지라도 이곳에서 그녀가 빠져나갈 수 있는 방법은 없었다. 유가이기 때문에 대왕대비가 대우해 주고 있었으나 그것도 단지 겉멋에 불과했다. 실질적으로 현재 청이 소율대비의 말을 거역한다는 것은 있을 수 없는 일이었다. 청이 천천히 고개를 들어 올렸다. 마음을 다진 그녀의 두 눈동자는 떨림 없이 올곧게 소율대비를 응시했다.

그 올곧은 시선에서 소율대비는 오래전 만나봤던 유가의 성한을 떠올렸다. 소율대비는 정성껏 손질한 손톱이 망가지는 것에도 아랑곳하지 않고 장침을 꾹 움켜쥐었다. 둘 사이에 팽팽하게 당겨진 긴장감이 느껴졌다. 시선과 시선이 맞부딪치고, 청이 입을 열려던 그 순간.

"마마! 사, 상감마마께옵서 문안 인사를 올리러 오셨습니다!"

당혹스러움에 가득 찬 궁녀의 목소리가 침묵을 깨뜨렸다. 팽팽하던 균형이 깨지고 둘 사이에 가득 차 있던 긴장감이 순간 흐트러졌다. 예정에 없던 방해꾼의 등장에 소율대비의 얼굴이 무자비하게 일그러졌다.

곱게 그려진 길고 가느다란 눈썹이 위로 치켜 올라갔다. 이것이 그저 우연일 리가 없었다. 어디선가 정보가 새어나간 것임이 분명했다. 거기까지 생각이 미치자 소율대비의 눈이 순간 표독스러워졌다. 그녀는 자신을 배신한 자를 온전히 놔둘 만큼 호락호락한 성정이 아니었다. 소율대비는 언젠가 날을 잡아 번잡스러운 박쥐들을 쳐 내야겠다 생각하며 표정을 바꿨다.

"주상이 말입니까? 어서 안으로 들이세요."

왕의 등장에 놀란 것은 소율대비뿐만이 아니었다. 청의 고개가 빠르게 뒤로 돌아갔다. 그런 그녀의 생각을 알고 있다는 듯이 열리는 장지문 안으로 들어서는 현원의 입가에는 옅은 미소가 걸쳐져 있었다. 그는 왕가의 어른에게 인사를 드리기 위한 붉은색 정복을 입고 있었다. 몸이 아픈 사람이라 믿기지 않을 모습으로 성큼 안에 들어온 현원은 청이 자리에 있다는 것이 무척 놀랍다는 표정으로 말문을 열었다.

"이런. 이런 이른 시간부터 손님이 계실 줄은 몰랐습니다. 오늘따라 몸이 가벼워 어마마마께 문안을 여쭈러 온 것인데, 폐가 되었는지 모르겠습니다."

"아닙니다, 주상. 폐라니요. 마침 주상께도 알려야 하는 일이었는데 잘되었습니다. 자, 어서 앉으세요."

"하하. 무슨 일이 있었습니까?"

현원이 자리에 앉으며 물었다. 그런 그의 모습은 소율대비가 마지막으로 본 모습과는 확연히 달랐다. 왕은 불편하다는 기색이 여실히 드러나던 얼굴 대신 조금 즐거워 보였다. 그리고 언제나 시선을 맞추지 않기 위해 먼 곳을 응시하고 있던 두 눈은 올곧게 소율대비를 향하고 있었다. 여전히 오래 해를 보지 못해 흰 피부가 도드라졌으나 그럼에도 이전과 다르다는 것쯤은 누구라도 알 수 있을 정도였다.

그것이 못내 못마땅해 소율대비는 휙 시선을 돌렸다. 그녀의 심기가 불편하다는 것을 눈치챈 궁녀는 초조함을 애써 감추며 고개를 조아렸다. 그런 궁녀를 차를 한 잔 더 내오라는 말로 내보낸 소율대비는 능을 뒤로 기대며 말했다.

"일이야 있었지요. 주상, 주상께서는 제례원이 어떤 곳이라 알고 계십니까?"

소율대비의 물음에 현원의 입매가 가늘어졌다. 그는 눈에 훤히 보이는 소율대비의 계책에 속으로 낮게 웃었다. 어제오늘 진허원이 입궐했다는 얘기가 없었으니 이것은 오롯이 그녀의 머릿속에서 나온 것임이 분명했다.

다행히도…… 진허원이 없는 소율대비를 상대하는 것은 어려운 일이 아니었다. 현원은 오늘 들이닥치길 잘했다 생각하며 여유로이 대답했다.

"이 예국에서 가장 수신과 맞닿아 있는 곳이지요."

"그렇습니다, 주상. 그런 이유로 예부터 제례원은 세상과 모든 연을 끊은 무녀들만이 몸과 정신을 정갈히 닦으며 거주하는 곳이었습니다. 그러할진대 유가의 사람이 그곳에 기거한다니요. 이것은 선례에도 없던 일입니다."

"어마마마의 말씀을 듣고 보니 그러하군요. 소자, 생각이 짧았습니다. 아직도 배울 것이 많습니다."

청도, 소율대비도 현원이 순순히 나올 것이라고는 생각지 않았다. 소율대비의 낯빛에는 옅은 승리감이 스치고 지나갔고, 청은 자신도 모르게 고개를 돌려 현원을 바라봤다. 궁에서 내쫓기게 된다면 더 많은 틈을 보이게 된다. 어쩌면 소리 소문 없이 목숨을 잃을지도 몰랐다. 청의 눈동자에 경악과 절망이 스치고 지나갔다. 그녀는 10년 전 그날을 떠올리고 있었다. 순식간에 왕가에게

인당수에 핀
연꽃송이

서 내쳐진 그날 그 순간은 청에게 있어 평생 지워지지 않을 얼룩과 같았다. 그런 그녀의 생각 정도는 이미 짐작하고 있다는 듯 현원은 곁눈질로 청을 슬쩍 바라보며 부드럽게 입술을 휘어 올렸다.

그 미소에, 청은 꿈에서 깨어나듯 화들짝 상념에서 깨어났다. 그녀의 불안이, 자신을 똑바로 바라보는 왕의 시선과 미소에 구름이 바람에 흩어지듯 한 점 흔적도 없이 사라졌다.

"하나 어마마마. 유가를 궁 밖으로 보내는 것에는 찬성할 수가 없습니다."

"주상, 그것이 무슨 의미입니까?"

"혹, 세간의 소문을 들으셨는지요?"

소율대비의 미간이 좁혀졌다. 그녀는 저런 표정을 하고 있는 현원을 본 적이 딱 한 번 있었다. 처음이자 마지막으로 선왕과 함께 참석했던, 세자 시절 어린 현원의 고강 때였다. 그녀는 아직도 그때 봤던 어린 세자를 잊지 못하고 있었다. 그 나이 어린 세자가 모든 질문에 대한 답을 이미 알고 있다는 듯 지었던 자신만만한 표정은 그녀가 이 모든 일에 손을 쓰기 시작한 이유이기도 했다. 이제는 너무 오래되어 잊어가고 있던 그날을 다시 상기시키는 왕의 모습에, 소율대비는 긴장으로 땀이 차오르기 시작하는 손을 감추기 위해 주먹을 말아 쥐었다.

"수화(水禍)가 일어난 이후로 급격히 왕가가 기울기 시작했으니, 수신(水神)이 노하심이라."

"주상…… 그것은 그저 저잣거리의 얘기일 뿐입니다."

"예. 저도 그리 여겼습니다. 한데, 유가의 성한이 돌아오고 난

뒤부터 이상하게 몸이 가뿐해지기 시작하지 않겠습니까. 아마 수
신께옵시 소자를 굽어살피기 시작하셨나 봅니다. 하니 이마마마,
부디 병약한 소자를 생각하시어 제례가 시작되기 전까지 유가의
성한을 동궁에 머물게 하는 것을 허해주십시오."

"주사앙!"

소율대비의 목소리가 쨍하니 방 안을 울렸다. 그녀의 얼굴에서
가면이 뚝 떨어져 내렸다. 아들을 마음 깊이 사랑하고 염려하는
어미가 사라진 그 자리에는 권력을 탐하는 표독스러운 여인이 남
아 있을 뿐이었다. 그녀는 그 찰나의 순간에 꾹 주먹을 말아 쥐고
재빠르게 표정을 정리했다. 그러나 그 짧은 순간을 놓치지 않은
현원은 더욱 애잔하게 말을 이었다.

"어마마마께서 소자의 건강을 그 누구보다 걱정하고 있음을 잘
알고 있습니다."

"그……렇지요. 주상의 건강은 언제나 마음속에 깊게 박힌 가
시와도 같습니다. 그러나 주상. 한 나라의 왕이 기거하는 곳에 다
른 이가 머문다는 것은 있을 수 없는 일입니다!"

"이런, 벌써 잊으셨습니까?"

"무엇을 말입니까."

대답하는 그녀의 목소리는 분노와 당혹감이 섞여 부들부들 떨
리고 있었다. 소율대비는 이미 승기가 기울고 있음을 알 수 있었
다. 수년간 어수룩하던 왕은 더 이상 없었다. 찾아갈 때마다 드러
누워 어디가 아프느니 말을 늘어놓던 왕도 없었다.

아니, 아니다.

소율대비는 너무 힘을 줘 하얗게 질려오기 시작하는 주먹에 더

욱 힘을 주었다. 언제나 자신의 아비인 진허원이 왕을 경계하라 할 때마다 내심 비웃었던 것이 이토록 후회가 될 것이라고는 생각지도 못했다. 순순히 권력을 내어준 선왕을 속으로 조롱했던 것도 후회가 되었다. 그가 용이라는 사실을 어쩌면 자신만 모르고 있었던 것일지도 몰랐다.

아무것도 모르는 사이에 어린 용은 이미 오래전에 하늘로 비상할 준비를 마치고 금방이라도 날아오를 것만 같았다.

어쩌면 조용히 동궁에 몸을 숨기고, 고개를 숙이고, 존재하듯 존재하지 않듯 그렇게 살아오던 왕은 처음부터 없었던 것일지도 모른다. 소율대비는 어서 아버지를 만나야겠다 생각하며 입술을 앙다물었다. 그녀는 패배를 예감했다. 적어도 이번 판은 질 것임이 분명했다. 그런 그녀의 패배감 짙은 얼굴을 즐거이 바라보며, 현원은 나직이 말을 이어나갔다.

"어마마마의 말씀대로 강녕전은 오롯이 왕의 공간입니다. 그곳에는 중전마저 잠을 자고 가는 것이 허락되지 않지요. 하나 어마마마, 소자가 머물고 있는 곳이 어디인지 잊으신 듯합니다."

현원이 물음에 소율대비는 반사적으로 중얼거렸다.

"동궁……."

"예. 동궁에는 예로부터 왕가와 유가의 관계를 돈독히 하기 위해 유가의 차기 가주를 위한 궁이 있지요. 기억나지 않으십니까? 영조대왕과 유가의 성운이 동궁에 수개월을 함께 머물며 그 우애를 돈독히 했던 사실을요."

말을 마친 현원은 어린 궁녀가 조심스럽게 내온 찻잔을 집어 들었다. 그대로 소율대비를 바라봤다간 그녀의 분해하는 표정에 웃음이 터질 것만 같았기에 그는 볼 것이라고는 없는 찻잔 안을 빤히 바라봤다. 옅은 분홍빛을 내는 차는 여인들이 좋아힐 법한 것이었다. 그러나 그는 차에는 입도 대지 않았다. 분홍빛 차가 혀가 아릴 정도로 달다는 것을 알고 있기 때문이었다. 그는 단것을 무척 싫어했다.

아주 어렸던 때, 진짜 모후가 생존해 있을 때까지만 해도 그는 단것을 무척 좋아했었는데 어느 순간부터 입에도 대지 않았다. 살아남는 것에 급급하여 그 이유가 무엇인지 여태 기억이 나지 않았는데 이제야 알 것 같았다. 현원은 입꼬리를 비틀어 올리며 찻잔의 결을 따라 손가락을 미끄러뜨렸다. 딱 이런 차였다. 모후가 독을 먹고 피를 토하며 죽어갔던 그 순간, 모후가 마시던 차가…… 꼭 이리 다디단 차였다.

"어마마마. 시기가 무척 적절하다 생각지 않으십니까. 마치 선왕이신 영조대왕께서 모든 것을 안배해 놓으신 듯 말입니다."

어쩌면 선왕은 여기까지 내다본 것일지도 모르겠다 생각하며 현원은 단숨에 찻잔을 비웠다. 인상이 써질 만큼 지독히도 단맛이 입안에 번졌다. 그러나 이번만큼은 그 단맛이 꽤나 기껍게 느껴진다 생각하며 현원은 즐거이 웃었다.

❀

동궁은 유례없이 시끌벅적했다. 수많은 궁녀들은 새로이 방 하나를 차지하는 유가의 차기 가주를 위해 이것저것 준비하느라 바빴고, 내관들은 늘어난 일에 골머리를 썩고 있었다. 건우는 분주히 움직이는 자들 틈바구니에 서서 티도 나지 않을 정도로 미미하게 눈살을 찌푸리고 서 있었다. 그가 지키고 서 있는 곳은 왕이 기거하는 방 앞이었지만, 그의 머릿속은 다른 것들로 가득 차 있었다. 격식 있고 전통 깊은 가문에서 자랐기 때문에 그는 의외로 보수적이었다. 남녀유별이 머릿속에 뿌리 깊게 박혀 있는 건우는 여인인 청과 현원이 같은 동궁 내에 기거한다는 것 자체가 마음에 들지 않았다. 그래서일까, 아까부터 그는 청이 사용할 건물을 치우기 위해 궁녀들이 바삐 움직이는 모습을 떨떠름하게 바라보고 있었다. 가능만 하다면 당장에 반대하고 나서고 싶은 심정이었다. 복잡하게 엉키는 생각에 결국 건우는 손을 들어 올려 이마를 짚었다. 깊은 한숨이 채 밖으로 새어나오지 못하고 입안으로 집어삼켜졌다.

"어디 몸이 편찮으신 겁니까."

옆에서 들려오는 조용한 물음에 반쯤 숙여져 있던 건우의 고개가 획 들렸다. 그는 이렇게 가까이 누가 다가오는데도 눈치채지 못했다는 사실에 충격을 받았다. 이렇게까지 정신을 빼앗기는 일은 정말이지 난생처음이었다. 평소 표정이라고는 찾아보기 힘든 건우의 얼굴에 균열이 가 있는 것을 발견한 윤 내관은 슬며시 웃으며 말을 이었다.

"이런. 몸이 아니라 마음이 복잡하셨던 게군요."

"그것이……."

건우가 우물쭈물하며 말을 잇지 못하자 윤 내관은 다 알고 있다는 표정으로 인자하게 웃었다. 그는 간간히 웃음을 숨기지 못하고 터뜨리는 궁녀들을 바라보며 말했다.

"걱정이 되시겠지요. 갑작스레 나타난 유가가 과연 전하께 힘이 될는지, 아니면 해가 될 것인지……."

전혀 엉뚱한 방향이었지만 건우는 부정하는 대신 조용히 입을 다물었다. 굳이 정정해 주기도 번거로웠을 뿐만 아니라 대신 댈 마땅한 변명거리도 없었다. 건우가 아무런 대답도 하지 않자 윤 내관은 고개를 끄덕이며 말을 이었다.

"그렇다 할지라도 전하께옵서 기운을 차리신 듯하여 마음이 놓입니다."

"전하께서…… 그러셨는가?"

"오늘만 하여도 아침 일찍부터 대비마마께 문안 인사를 올리시겠다고 급히 나가시더니 유가의 거처를 옮겨오셨습니다. 아무 연유 없이 그러실 분이 아니시니 분명 깊은 뜻이 있겠지요."

"전하께서…… 어딜 가셨다고?"

"모르셨습니까?"

윤 내관의 물음에 건우는 대답하지 않았다. 그는 그저 손을 들어 올려 제 왼 가슴을 꾹 눌렀을 뿐이다. 무언가가 이상했다. 무언가가 변하고 있었다. 언제나 일정한 속도로 뛰었던 심장이 지금은 이상하리만치 빠르게 뛰고 있었다. 평소에는 신경도 쓰지 않았던 일들이 이상하게 무던한 그의 신경을 쿡쿡 찌르고 있었다.

그는 변하고 있는 무언가가 정작 무엇인지는 모르는 채로 조용히 고개를 돌려 굳게 닫힌 두세 겹의 장지문을 바라봤다.

유가의 성한이 거처를 동궁으로 옮긴다는 소식을 듣자마자 단련을 하고 있는 건우를 끌고 동궁에 들이닥친 운사는 화병이 난

다는 것이 무엇인지를 체감하고 있었다. 잡무를 보다 그대로 뛰쳐
나온 터라 그는 옷이 흐트러진 것도 미처 깨닫지 못하고 있었다.

그는 일을 처리하기는커녕 하나씩 늘려 나가는 왕을 무시무시
한 눈빛으로 바라봤다.

"불가합니다."

청은 골머리가 아프다는 표정으로 단호하게 내뱉는 운사를 보
았다. 동궁에는 보는 눈이 많았기에 그녀는 계속 남복을 한 채였
다. 푸른 창의를 입은 그녀는 옷 색 때문인지 얼굴이 더 희어 보
였다. 만약 유가가 아니었다면 몇몇이 그 가느다란 선에 성별을
의심했을지도 몰랐다. 그런 점에서 유가의 사내들이 병약했다는
것이 예상외로 그녀의 남복을 가능케 하고 있었다.

"저 역시 그렇게 생각합니다. 전하, 이 명은 거둬주십시오."

조용히 앉아 있던 그녀의 주장에 운사는 놀란 시선으로 청을
바라봤다. 그저 얌전히 상황을 관망할 것이라 생각했건만, 유가
의 아가씨는 꽤나 배포가 큰 모양이었다.

그러나, 그렇다 할지라도 여인이었다.

그는 이 아슬아슬한 줄타기가 언제까지 이어질 것인지 잠시 속
으로 가늠했다. 물론 청은 오랫동안 남복을 해왔기 때문에 하는
행동이 어색하지는 않았다. 요새 젊은 사내들 중 수염을 깎는 것
이 유행이라는 것도 그녀가 들키지 않을 수 있는 이유 중 하나였
다. 그러나 이곳은 왕궁이었다. 그 어디보다 화려하지만 어느 곳
보다 위험한 곳.

"호오. 지금 과인의 명에 반론을 하는 것이냐?"

"……제게 유가의 가주로서 전하를 대하라 명하시었습니다. 만

에 하나 지금 그 자리를 거두지 않으신다면 제게도 감히 말을 올릴 자격이 있사옵니다."

말을 마치고 그녀는 잠시 기다렸다. 잠깐의 침묵에 현원은 의아해졌다가, 그녀가 다음 말을 잇기도 전에 그 침묵이 자리를 거둘 수 있도록 의도한 것임을 깨달았다. 청은 아무런 명이 내려지지 않자 그것을 무언의 허락이라 여기고 말을 이었다.

"예국의 심장을 수호하는, 가장 굳건하면서 충성스러운 기둥으로서 유가의 가주가 간곡히 청하옵건대, 부디 명을 거둬주시옵소서."

줄줄이 이어지는 수식어는 건국신화 속에서나 등장하는 것이었다. 공식적인 자리에서나 쓰일 법한 것들을 들먹이는 그녀의 말에 현원은 그만 한 손으로 제 이마를 짚었다.

"운사, 너도 그리 여기느냐?"

화살이 자신에게 돌아오자 운사는 고개를 내저으며 답했다.

"전하께옵서도 아시지 않습니까. 너무 위험한 일입니다."

운사의 목소리에는 지친 기색이 역력했다. 청은 그의 시선이 빠르게 자신을 스쳐 지나갔음을 알았다. 그녀 역시 운사의 의견에 동의하는 바였다. 입이 늘어나면 비밀은 새어나가기 마련이다. 이미 청의 정체를 아는 자가 열에 가까워지고 있었다. 이 이상 늘어난다면 들키는 것은 그야말로 시간문제일 터였다. 그렇게 생각하지 않는 것은 이 자리에서 현원 하나뿐이었다. 그는 서로에게 관심도 없던 운사와 청이 같은 편이랍시고 입을 맞추는 것이 보기 싫어 눈살을 찌푸렸다.

"무엇이 말이냐?"

"전하! 잘 아시지 않습니까!"

운사의 외침에 현원은 혀를 차며 손을 내저었다.

"쯧. 그 때문에 반대하는 게 아니라는 것쯤은 알고 있으니 쓸데 없는 것을 끌고 들어오지 말거라. 요지가 무엇이냐."

"……전하, 아시지 않습니까. 진허원이 움직일 것입니다."

"움직이라 들쑤시는 것이다."

"아직 준비가 다 되지 않았습니다. 아시지 않습니까. 진허원은 만만히 볼 자가 아니옵니다."

"그렇기에 유가를 더 가까이 둘 필요가 있는 것이다. 그대도 알 지 않은가. 진허원, 그자는 필요하다면 언제건 악수를 둘 것이야. 일이 일어난 뒤에는 늦는다."

현원은 청을 바라보며 말했다. 왕이 말하는 바가 무엇인지 짐 작한 운사는 낮은 침음을 삼켰다. 그때의 일을 끌고 들어온다면 그로서는 왕을 막을 수 없었다.

운사가 발을 동동 구르고 있을 때 현원은 손을 뻗어 창을 열었 다. 창밖으로 보이는 것은 동궁과 똑 닮은 쌍둥이 궁이었다.

크게 두 갈래로 나뉜 동궁 중 하나는 세자가 머무는 공간이었 고, 또 다른 하나는 유가의 차기 가주가 머물기 위해 안배된 곳이 었다. 두 건물은 각기 마주보고 서 있었는데 그 의미에 대해서는 의견이 분분했지만 신분을 벗어던지고 사람 대 사람으로 정을 쌓 으라는 것이 다수 된 의견이었다. 그러나 현실은 너무도 현실적이 라 유가 성을 가진 이가 동궁에 머문 것은 긴 예국 역사에서 절 반 정도밖에 되지 않았다. 그럼에도 궁은 그곳에 서 있었다. 유가 가 벼랑 끝으로 밀려 떨어져 내려도 건물만큼은 그 자리를 지키고 서서 굳건히 뿌리를 내리고 있었다. 마치 인력으로는 두 가문의 관계를 허물 수 없다 주장하는 것처럼.

그 쌍둥이 궁을 바라보며 현원은 조용히 입을 열었다.

"저것을 볼 때마다 그런 생각을 했다. 미물도 주인을 기다리고 있으니 언젠가는 모든 것이 제자리로 돌아올 것이라고."

그 시점이 수화(水禍)가 벌어진 뒤라는 것은 굳이 듣지 않아도 알 수 있었다. 그녀는 여인이라 가주에 대해 자세한 것은 알지 못하였으나 동궁 내에 유가를 위해 안배해 놓은 공간이 있다는 것이 어떠한 의미인지 짐작하는 것은 어려운 일이 아니었다.

"유청."

"예, 전하."

"그대는 잘 모르겠지만 소율대비를 건드린 지금, 이대로 제례원에 계속 머문다면 쥐도 새도 모르게 숨통이 끊어질 위험이 크다. 하나 그대도 알다시피 내게는 아직 유가가 필요해. 그러니 이곳에 머물도록 하는 것이다. 제례원은 무녀들만이 내 시야 안에 있으나 이곳은 쥐새끼 한 마리도 내 허락 없이는 들어올 수 없는 곳이다. 그대가 이곳에 머물러야 하는 것에 더한 이유가 필요한가?"

오래된 일이었지만, 깊게 난 상처는 흔적을 남기기 마련이다. 현원은 아직도 모후의 죽음에 의문을 갖고 있었다. 세상에 독은 많았고, 그중에서 무색무취인 독의 종류만 해도 열 가지가 넘었다. 진가의 수장이라면 그것들 중 하나를 중전의 찻잔에 몰래 넣어놓는 것은 일도 아니었을 것이다. 그리고 그때와 비견했을 때 진가의 힘은 이미 그때와 비교도 되지 않을 정도로 커졌다.

그는 그것을 걱정하고 있었다. 비록 유가가 자신의 손을 들어

줬다고 할지라도 이미 그 위세가 이전과는 달랐다. 진허원이 마음만 먹는다면 청을 죽일 수 있는 방법은 수없이 많았다. 심지어 현원은 무녀들마저 완전히 신뢰하지 않았다. 그가 믿는 것이라고는 오직 그, 자신뿐이었다. 그는 청이 아무런 대답도 하지 않자 손가락으로 박자를 맞추듯 탁자를 두드리며 말을 이었다.

"또한 무녀 하나를 항시 이곳에 머무르게 하며 그대의 수발을 들게 할 것이다. 그렇다면 여성임을 들킬 이유도 없겠지. 만약 들킨다 할지라도 이 안에서라면 처리가 가능하다. 그렇지 않은가, 운사?"

현원이 말하는 '처리'가 무엇인지 짐작한 운사는 빠르게 청의 안색을 살폈다. 고요하게 가라앉은 그녀의 표정에 그녀가 알아듣지 못한 것이라 여긴 운사는 두 손을 공손히 모으며 대답했다.

"예."

"그러니, 이곳에 머물러라. 하나 그대가 유가의 수장임을 들먹인 이상 나는 강제할 수가 없으니 그대가 이곳에 머무는 것을 선택하라. 과인은…… 그대가 그리하길 원한다."

자신에게 현원의 시선이 닿는 것을 느낀 청이 고개를 들었다. 빤히 응시하는 그 시선에 청의 얼굴이 붉게 달아올랐다. 사내의 복식을 하고 있지만 그녀는 여인이었다. 자신을 뚫어져라 바라보는 시선에 익숙하지 않은 것이 당연했다. 청은 자연스럽게 시선을 아래로 떨어뜨리며 말했다.

"전하의 뜻을 받들어 이곳에 머물겠나이다. 혹 진가에 의해 목숨을 잃게 된다 할지라도 이미 유청과 유성한 모두 세상에 존재하지 않으니 큰 문제는 없을 것입니다. 그런 일이 발생한다 할지라도 앞으로의 일에 대역을 내세우십시오. 또한 모든 일이 마무리된 뒤에는 유가의 성월이 전하를 비추는 달이 될 것이니 걱정하지 마소서."

그녀의 말에 두 사내의 반응은 제각각이었다. 현원은 이미 짐작하고 있었던 얘기를 들은 사람처럼 슬쩍 불쾌한 기색을 내비쳤을 뿐이다. 그러나 운사는 주먹으로 한 대 얻어맞은 것처럼 충격을 받았다.

군이 곱씹어보지 않더라도 청의 말에 내포되어 있는 의미는 분명했다. 저렇게 덤덤하게 죽음을 말하는 사람에게 무슨 말을 해야 할지 감도 잡히지 않았다.

"운사, 네놈도 그만 포기하거라. 대비와 얘기가 끝났으니 어차피 되돌리지도 못한다는 것을 누구보다도 더 잘 알지 않느냐."

현원은 운사가 무슨 생각을 하는지 다 안다는 표정으로 말했다. 여기서 이 논박을 마무리 지으라는 완곡한 명령이었다. 그 의도를 알아챈 운사는 순순히 고개를 숙여 수긍했다.

"명에 따르겠습니다, 전하."

논란이 종결된 듯하자 청은 몸에 긴장을 풀었다. 그녀로서는 어느 쪽이건 이득보다는 실이 많았다. 제례원에서는 언제 목이 떨어질지 모를 일이었고 동궁에서는 언제 정체가 들킬지 모를 일이었다.

그럼에도 득실을 따진다면 제례원 쪽이 더 나았다. 적어도 그녀에게는 그랬다. 그것은 그녀가 현원이나 운사는 모르는, 제례원의 비밀을 알고 있기 때문이었다.

청은 아무도 손을 대지 않아 그대로 식어가는 다과상 위의 찻잔을 조용히 응시했다. 그럼에도 불구하고 동궁에 머물고 싶은 것은 어떤 연유인지 모를 일이었다. 하루 종일 남복을 한 채로 불편하게 지내야 하는 상황에 이르렀지만 절망스럽다기보다는 실없이 피식피식 웃음이 새어나올 것만 같았다.

당장 다음 달이면 너무 깊어 밖에서 봤을 때 새까맣게 보일 뿐인 바다로 뛰어들어야 하는데도 걱정이 되질 않았다. 그것은 참으로 이상한 일이라 생각하며 그녀는 마치 치마를 입은 것처럼 조심스럽게 옷자락을 정리했다.

"전하, 송구하오나 다른 논제로 비밀리에 드릴 말씀이 있습니다."

이어지는 운사의 말에 청은 고개를 돌려 그를 바라봤다. 운사는 걱정이 가득한 표정이었다. 그녀와 시선이 마주치자, 그는 언제 그랬냐는 듯 얼굴색을 바꾸며 슬쩍 시선을 돌렸다. 그런 그의 태도에 운사가 말하는 '비밀'이 자신과 연관된 것임을 짐작한 청은 어색해지는 공기의 무게를 이기지 못하고 자리에서 일어났다.

"방해가 되는 듯하니 저는 방에 가 있도록 하겠습니다."

"궁녀가 머물 곳을 안내해 줄 것이다."

"예."

청이 대답하자 꿈에서 깨어난 양 운사는 푸드득 놀라며 재빨리 말과 말 사이에 끼어들었다.

"아, 아, 전하, 송구하옵니다. 소신이 미욱하여 이 말을 전하는 것을 잊을 뻔하였습니다."

"이런. 설마하니 이런 지지부진한 논박을 해야 할 문제가 또 있느냐?"

"아니옵니다. 그저 전하의 명을 온전히 수행했음을 보고 드리고사 함입니다. 전하의 명을 받들이 현재 유가의 성월이 옆방에 대기하고 있습니다."

"아······ 그래, 그 아이를 불렀지. 그래, 감시는?"

"없었습니다. 그러나 만 하루도 지나지 않아 진가의 귀에 들어갈 것이 자명합니다. 소신은 어찌하여 전하께옵서 그러한 명을 내리셨는지 아직도 이해가 가지 않······."

"월이가, 왔다, 하셨습니까?"

운사는 자신의 말이 끊긴 것에 화를 내지도 못했다. 그 정도로 청의 표정 변화가 완연했다. 방금 전까지만 해도 아무렇지도 않게 죽음을 논하던 여인의 얼굴이었다면 지금은 생기가 돌았다. 그 변화가 너무도 극적이라 운사는 화를 낼 마음조차 들지 않았다. 오히려 저렇게 좋아하는 아이를 억지로 떼어놓은 듯해 속 한구석이 쓰려왔다.

"예. 지금 옆방에서 다과를 먹고 있을 것입니다."

"전하께옵서······."

말을 이으면서도 그녀는 금방이라도 자리에서 일어나고 싶어 했다. 엉덩이가 들썩이는 것을 억지로 눌러 참고 있다는 것이 눈에 훤히 보일 지경이었다. 그럼에도 제 위치는 잊지 않았는지 자신의 눈치를 보는 모습이 기가 막혀 현원은 허탈한 웃음을 내뱉었다. 그 이유는 운사의 이유와 크게 다르지 않았다. 그러나 저 모습이 안달 난 강아지처럼 보인다면 그건 조금 다른 문제인 게 분명했다. 결국 현원은 그녀의 모습에 헛웃음 비슷한 것을 터뜨린 뒤 말했다.

인당수에 핀
연꽃송이

"나가보아도 좋다. 단, 궁 안을 벗어나지 않을 것을 약조하고 가거라."

"약조하겠나이다."

말 사이에 틈이 벌어질 새도 없이 대답한 청은 그제야 환히 웃으며 벌떡 일어났다.

그녀가 뒷걸음질 쳐 방을 벗어나자 현원은 고개를 들어올렸다. 고집스럽기 그지없는 책사가 일부러 독대를 청한 것이니 그 이유가 무엇이건 작은 일은 아닐 터였다. 그는 밤을 샌 것인지 조금은 피곤해 보이는 운사의 얼굴을 빤히 응시했다. 보통이라면 눈치껏 시선을 피하거나 대뜸 잘못했으니 용서해 달라 능청스럽게 청했을 운사는, 복잡한 심경을 그대로 드러내며 왕의 시선을 받으며 서있었다.

"무슨 중요한 말이 있어 자리를 물리게 했는지 이제 말해보거라."

"……유가의 청의 말을 듣고서야 깨달은 바가 있습니다."

운사가 말을 꺼내기 전 짧은 침묵에는 많은 것이 내포되어 있었다. 운사가 아는 한 현원은 몇 수 앞을 내다보는 왕이었다. 그렇기에 순순히 몸을 낮추고 때를 기다릴 수 있었던 것이었다. 아무것도 알지 못하는 자라면 몸이 달아 쉽게 왕권과 중전의 자리를 맞바꿨을 터였다. 비록 그 중전이 진허원의 줄에 매달려 있는 여인이라 할지라도 말이다. 그러나 현원은 그 쉬운 길을 가는 대신 구태여 어려운 길을 택한 사내였다. 제가 모시는 왕은 모든 것을 포기하고 동궁에 터를 잡은 채 긴 싸움을 시작했다. 그것도 6년이라는 시간 동안 돌아가야 하는 싸움을.

그것은 얼마만큼의 각오가 되어 있어야 가능한 일이란 말인가. 운사는 설핏 한기가 도는 것 같다 생각하며 마른침을 삼켰다. 만약 거기까지 내다본 것이라면 제가 모시는 왕은 생각보다 더 대단한 사내였다. 어쩌면 책사가 필요 없을 정도로. 실제로 자신이 당장 눈앞에 닥친 일에 급급해 있을 때 이미 그는 저 먼 미래의 일을 바라보고 있지 않았는가. 운사는 정말이지 적으로 두고 싶지 않은 사내라 생각하며 조심스럽게 운을 뗐다.

"이 우신(愚臣)은 지금껏 전하께옵서 유가를 왕가 편에 서게 하기 위해 이 모든 일을 하셨다 생각하였나이다. 일전에 밤이 깊을 때 유가의 사가로 향하신 것도, 인당수로 유가의 청과 걸음하신 것도 모두 그러한 연유인 줄로만 알았나이다."

어째서 지금껏 눈치채지 못한 것일까. 운사는 자신을 꿰뚫어 보는 듯한 현원의 시선을 느끼며 잠시 입을 닫았다. 답은 하나로, 너무도 명확했다.

"사족이 길다. 무엇을 말하고자 함이냐."

"전하…… 혹…… 유가의 청을…… 유가의 여식을 중전마마로 옹립하실 생각이시옵니까."

"어째서 그리 생각했지?"

묵직하기 그지없는 운사의 물음에 현원은 무척이나 가벼운 어조로 되물었다. 사안이 심각하지 않았다면 날이 좋으니 꽃놀이나 가자고 말하는 것과 다를 바가 없는 가벼움이었다. 그러나 운사는 오랜 시간 현원을 바로 곁에서 모시며 그가 말에 무게를 덜어낼 때가 진정으로 위험하다는 것을 잘 알았다. 그는 문 세 개를 열면 서 있을 건우와, 멀지 않은 대궐 같은 사택에 있을 마음에 차지 않는 아비를 떠올렸다. 당장 이 자리에서 목이 잘리더라도 슬퍼해 줄 사람이 서넛 정도 있으니 나쁘지 않다 생각하며 운사는 단호한 시선으로 왕을 응시하며 말했다.

"유가의 성한도, 유가의 청도 세상에는 존재하지 않는 자이기 때문입니다. 그 말은 거꾸로 언제든 세상에 유가의 성한 대신 유가의 청을 내세우는 것이 가능하다는 뜻이겠지요. 하면 존재할 수 없는 유가의 성한을 버리고 유가의 청을 취한다면 왕좌를 되찾으시는 것은 물론이거니와 영조대왕께서 마지막으로 남기신 유지까지 지킬 수 있기 때문…… 아니옵니까."

"건방지구나."

그것은 달리 말해 운사의 말이 정답이라는 뜻이었다.

"……송구합니다."

"건방지나, 이제껏 알아차리지 못했더라면 그땐 네게 장원을 준 감독관을 엄벌에 처하려 마음먹은 참이었다."

그 정도도 알아차리지 못한다면 장원을 받을 자격이 없다는 말을 하며 현원은 웃지 않았다. 유가에서 성한 대신 청이 모습을 드러낸 그 순간부터 세운 계획이었다. 정작 본인의 허락은 받지 못한, 그러나 반드시 해야만 하는 계획은 완수해야겠다는 사명감보다는 떨떠름함이 큰 법이었다. 운사의 물음으로 다시금 제가 세운 계책의 치졸함을 눈앞에 둔 지금 이 순간 그는 몹시도 술이 마시고 싶었다. 며칠간 입에도 대지 않은 것이 왜 이리 갑자기 당기는지 모를 일이었다.

"하면, 건방진 김에 한 가지를 더 묻겠습니다."

"이젠 아예 네놈이 왕과 맞먹으려 드는구나."

"정녕 연모(戀慕)의 마음을 가지신 것이옵니까?"

"또 그 헛소리냐."

현원은 짜증스레 손을 내저었다. 그런 그의 모습에 잠시 입을 다문 운사는 도저히 이해가 가지 않는다는 표정으로 말했다.

"하면 어째서 그리하시려는지 연유를 여쭤도 되겠습니까?"

"대리청정을 끝낼 수가 그뿐이지 않느냐."

"다른 가문의 여식도 있지 않습니까."

"하! 선왕께서 권세가의 모든 여식의 중매를 섰다는 것을 정녕 모른다 할 터이냐."

"그렇다면 소신이 당장이라도 쇠락한 명문가의 여식을 찾아오겠나이다. 그리한다면 문제가 없지 않사옵니까."

못을 박는 운사의 말에 현원은 대답하지 않았다.

"전하. 유가의 청을 중전마마로 옹립하실 생각이셨다면, 어째서 험한 길을 택하십니까. 차라리 지금이라도 유가의 여식을 중전으로 천명하시고, 대리청정을 물리신 다음 진가의 팔다리를 잘라내옵소서. 그것이 가장 빠른 방법이옵니다. 전하께서도 아시지 않습니까."

"아주 그냥 과인의 머리 꼭대기에 올라 훈계라도 할 셈이냐."

"전하의 깊고도 깊은 뜻을 이 어리석은 소생은 짐작조차 할 수가 없어서 그러합니다. 대체 어찌하여 쉬운 길 대신 험한 길을 택한 것인지요."

"허! 이젠 과인의 뜻을 의심하는구나. 그리 마음속에 품고 지내야 한다 과인에게 왕왕 짖어대던 삼강오륜은 오다 집어 던진 게냐."

"글쎄요. 송구하옵게도 소신의 뿌리가 천하디천하여 그러한 것은 잘 모르겠나이다. 언제 소신이 그런 것을 입에 올린 적이 있는지요?"

표정과 말이 따로 노는 운사의 모습에 현원은 한숨을 내뱉었다. 뻔뻔스럽게 나오는 모습을 보아하니 대답을 해주기 전에는 저 뒷덜미를 잡고 질질 끌어내야만 포기할 것이 분명했다. 슬슬 들킬 것이라 생각하긴 했던 참이라 현원은 그리 당황하거나 놀라진 않았다. 그저 그는 이 일을 자신의 입으로 내뱉는 것이 지독히도 싫었다.

"지금의 유가는 유가가 아니기 때문이지."

"……예?"

현원은 빠르게 알아듣지 못하는 운사가 답답해 미간을 좁혔다. 평소엔 지나치다 싶을 정도로 빠릿한 그는 이상한 곳에서 얼이 빠지는 게 유일한 흠이었는데, 그게 오늘처럼 짜증이 난 적도 없었다. 현원은 이 모든 일이 끝나면 반드시 운사의 저 정신머리를 뜯어고쳐야겠다 다짐하며 다시 입을 열었다.

"후궁도 아닌 중전의 자리다. 심지어 지금 과인에겐 어떠한 여인도 없지. 그 말이 무엇을 의미하는지까지 설명해줘야 하나?"

"……진가의 허원이…… 유생들이, 반대를 하겠군요."

"그래. 역적의 여식을 국모의 자리에 올릴 수 없다며 들고 일어나겠지. 이번에야말로 유가를 뿌리 뽑기 위해 이를 갈며 덤벼들지도 모르고, 지금보다 더 빠르게 죽임을 당할 가능성도 배제할 수는 없다. 같은 연유로 몰락한 가문의 여식도 불가하다. 아직도 모르겠느냐? 그것도 아니라면 정녕 정당한 권세를 업지 못한 여인이 온전히 중전 노릇을 할 수 있을 것이라 기대하는 것이냐?"

답이 내려져 있는 문제는 아니었으나, 그것이 답이라 보는 것이 더 현실적이었다. 현원이 유가의 여식을 중전으로 옹립하겠다는 말을 꺼내기만 하여도 상소문이 빗발칠 것임에 분명했다. 그의 말처럼 최악은 그녀의 죽음이었다.

"전하, 하나 아직 유가의 청에게는 아무런 말도……."

"짧은 기간, 형식적인 자리가 될 것이다. 그 뒤에는 비명횡사로 처리해 몰래 거처를 마련해 줄 생각이다. 그렇게 된다면 유가의 성한도, 청도 존재하되 존재하지 않게 되겠지. 거처를 예국의 수도에 마련하면 자유로이 동생을 만날 수도 있을 것이다. 그러다 시간이 흘러 아무도 기억하지 못하게 된다면…… 원하는 사내와 혼인을 할 수도 있게 될 터이다. 그저 그뿐인 일이야. 인당수의 건으로 심신이 어지러울 이를 괜스레 한 번 더 흔들 만큼 중한 사안이 아니다."

"정녕 그리 여기시옵니까."

"무슨 문제라도 있는 게냐. 양쪽에게 모두 좋은 결말이 아니더냐. 과인은 자리를 되찾고, 유가는 오명을 씻고 옛 명예를 되찾게 될 것이다. 그 누구 하나 해를 입지 않는 완벽한 결말이지. 더불어 유가의 청은 다시금 제 이름을 내걸고 살아갈 수 있을 터다. 이보다 더 좋은 방법이 있으면 말해보거라."

운사는 무언가 말을 꺼내려 입을 열었다 천천히 다시 닫았다. 아무리 그들의 사이가 군신의 관계보다는 친우에 가깝다 할지라도 차마 왕을 앞에 두고 입 밖으로 내뱉을 수 있는 말이 아니었다.

창밖을 바라보는 왕의 모습이 쓸쓸해 보인다고, 이미 품으신 그 감정, 그리 죽이실 작정이시냐, 그리하시면 후회하시지 않겠느냐 어찌 말하겠는가.

친우로서 내미는 충언의 범주마저도 벗어난 그것을 그는 속으로 삼켰다.

"……하면 건우를 호위로 삼으십시오."

대상이 빠져 있었지만 현원은 맥락상 운사가 누구를 말하는지 알아챘다. 창살이 겹쳐져 갈기갈기 찢어진 하늘을 바라보던 시선이 옆으로 움직였다.

앞에 선 운사의 모습은 꼿꼿한 성정을 그대로 닮아 있었다. 이 상황에서 말을 꺼냈다는 것은 수용할 수 있는 끝의 끝을 말한 것과 같았다. 이성적으로 생각했을 때 운사의 판단은 정확했다. 무녀 한둘만 붙여놓는 것은 너무 위험한 일이었다. 당장 오늘 소율 대비 앞에서 유가와의 돈독한 친분을 과시했으니 앞으로 본격적으로 위협이 시작될 터였다.

겉으로 드러낸 적이 없던 건우를 앞으로 내세우는 것은 위험했으나 그 정도는 감수해야 하는 일이었다. 머리로는 이미 알고 있음에도 불구하고 내키지 않아서 그는 눈살을 찌푸렸다. 언제나 더 이득인 쪽으로 움직여 왔기 때문에 이런 상황은 처음 겪는 것이었다. 왜 이런 기분이 드는지 모를 일이었다. 그는 본능적인 거부감을 억지로 내리 눌렀다.

"……허한다. 그 대신 강율 대장을 궁 근처로 불러들여라. 건우가 하던 일을 대신할 자가 필요해. 준비는 다른 자들로도 충분할 터이니 강율은 내부에서 건우가 하던 일을 대신하라 전해라."

"알겠습니다."

"그리고 하나 더. 신가의 허원이 움직이지 않는다. 이상하리만
치 움직임이 없어. 과인이 이리도 활개를 치고 다니는데 너무 잠
잠하단 말이지. 어쩌면 저쪽에서 악수를 둘 가능성이 있다."

현원의 말에 운사는 피곤한 표정으로 이마를 짚었다. 너무 조
용하지만, 잊을 수 없는 가장 중요한 인물이 표면에 떠올랐다.

"저도 이상하다 여기던 참이었습니다. 전하께서 가끔 마실을
나가실 때도 끈질기게 뒤를 밟던 자가 유가가 등장한 이후에는
아무런 행동도 취하고 있질 않으니 말입니다."

"그래. 분명 무언가가 있어."

"한데, 전하…… 설마 근래 들어 그리 일을 크게 벌이신 이유
가 그것이옵니까?"

운사의 말뜻을 알아들은 현원은 웃으며 어깨를 으쓱였다. 그것
만으로도 충분한 대답이라, 운사는 두통이 이는 기분을 느끼며
한숨을 내쉬었다. 유가를 전면에 내세운 뒤로 이전의 병약한 연
기는 때려치우고 활개를 친 이유가 고작 그것이었다니.

"전하. 불초소신이 고언(苦言)을 하나 올리고자 합니다."

"불허한다."

"부디 뒤에서 수습하는 신하의 고행을 굽어살펴 주소서."

운사는 불허한다는 현원의 말이 전혀 들리지 않는다는 표정으
로 이를 악물고 읊조렸다.

"큰 것을 낚으려면 미끼도 커야 하지 않겠느냐."

"낚기도 전에 줄이 끊어지면 어찌하시려 합니까."

"걱정 말거라. 내게는 유능한 낚시꾼이 있으니."

빙빙 돌아 말은 결국 제자리로 돌아왔다. 앞으로도 계속할 것임을 당당하게 선언하는 현원을 아연하게 바라보던 운사는 결국 푹 고개를 떨어뜨렸다. 더 말을 해봤자 잃는 것만 늘어날 것임을 모르는 바 아니었다. 그는 언젠가 자신이 한숨으로 땅을 팔지도 모른다고 생각하며 입을 열었다.

"건우를 호위로 삼고, 장군을 불러오고, 진가의 허원을 도발하는 것, 외에 또 하명하실 것이 있으신지요?"

"아. 그래, 가장 중한 것을 잊었구나. ……은밀히 이가의 상단에 속하여 있는 보부상들에게 연통을 넣거라."

"……예?"

"무엇을 해야 할지는 제례가 시작되기 전날, 서찰로 전달할 것이니 그리 알고만 있으라, 그리 전해. 무엇보다 기밀 유지가 가장 중한 일이니."

"……알겠사옵니다. 정녕, 그 외에 소신에게 명할 것이 없으신 것인지요?"

운사의 말에 책상 위에 올라 있던 현원의 손이 움찔 떨렸다. 방금 전의 명령을 막으려면 지금밖에 없다는 것을 그는 잘 알고 있었다. 운사는 일처리가 빠른 편이었으니 강율이 명령을 하달 받는다면 번복하기가 어려웠다. 운사 역시 그 점을 잘 알고 있었기에 뜸을 들이며 움직이지 않았다.

어쩌면 지금이 중요한 전환점이나 다름없었다. 그러나 가장 중요한 것은 언제나 그 시점에는 보이지 않는 법이었다.

현원은 명을 거두지 않았고, 끝내 열린 장지문은 재빠르게 닫혔다.

뒷걸음질 쳐 밖으로 나온 청은 잰 걸음으로 옆방을 향해 돌진하려다 멈칫 멈춰 섰다. 누군가 뒤에서 붙들기보다는 끈덕지게 달라붙는 시선을 느꼈기 때문이었다. 이름을 알 필요도 없는 궁녀들의 시선이라면 무시했을 것이다. 그녀가 아무리 어린 시절 권력 구도에서 밀려났다 할지라도 그 정도의 깜냥은 있었다. 그러나 시선의 주인은 쉽게 무시할 수 없는 자의 것이었다.

"무슨 할 말이 있으십니까?"

그녀는 물음을 던지면서도 참으로 말이 어색하다 생각했다. 여기저기서 자신을 일컫는 호칭이 여러 가지인 탓이다. 그녀는 유가의 장자이며, 차기 가주이며, 동시에 유가의 청이었다. 차기 가주이되 아직 정식 승계를 받지 못했으므로 완벽한 하대는 불가능했고, 여인이되 사내의 모습이었으므로 단어를 선택하는 것도 여간 까다로운 일이 아니었다. 그래서인지 밖으로 뱉는 말은 한 박자 늦은 경향이 있었다.

"……그……."

힘겹게 한 단어를 뱉어낸 건우는 뒷말을 잇지 못하고 입을 다물었다. 차마 묻지 못해서가 아니라, 그것을 궁금해하는 자신의 모습에 놀랐기 때문이었다. 궁금한가? 궁금했다. 무엇이 궁금한지는 명확했다. 그러나 그것을 자신이 왜 궁금해하는지에 대해서는 당최 대답할 수가 없었다.

한참을 기다려도 건우가 말을 잇지 않자 조바심이 난 것은 청이었다. 그녀는 두세 걸음만 더 가면 도달할 수 있는 장지문을 한 번, 사람 한둘은 베어버릴 것만 같은 표정을 한 채 꾹 입을 다물고 있는 건우를 한 번 바라봤다. 저 문 너머에 있는 것이 성월만 아니라면 하루고 이틀이고 기다려 줄 수 있었으나, 저 너머에 자신을 기다리고 있는 것은 다른 누구도 아닌 하나 남은 제 동생이었다. 청은 결국 조바심을 이기지 못하고 그것이 예의에 어긋난다는 것을 알면서도 먼저 입을 열었다.

"있으시다면 말해주십시오. 제가, 지금, 마음이, 급하여……."

단어 하나하나를 끊어내며 이번에 그녀는 현원과 운사가 들어앉아 있는 문 쪽을 힐끔거렸다. 저 둘이 나눌 대화의 길이가 얼마나 될지 가늠해 보는 것이다. 운사가 생각보다 빨리 문제를 털어내고 나온다면 그대로 동생도 돌아가야 할 것이 분명했다.

청이 발에 불이 붙은 사람처럼 어쩔 줄 몰라 하자 그제야 건우의 입이 움직였다.

"어찌되었습니까?"

그 의문의 요지를 이해하지 못해 청은 멍청히 되물었다.

"예?"

"제례원이 아닌 이곳, 동궁에 머무는 것으로 결정이 난 것입니까."

"아……. 예. 그렇게 되었습니다."

말을 이으며 그녀는 귀가 먹은 양 이쪽으로는 시선도 주지 않은 채 스쳐 지나가는 몇몇 궁녀들의 수를 헤아렸다. 말을 이어나가는 그녀의 목소리는 이전보다 조금 커졌다.

"이전부터 유가의 차기 가주가 왕가의 핏줄과 관계를 맺기 위해 일정 기간 동궁에 머물렀다는 것을 아시지 않습니까? 하나 이번 내에서는 그러지 못하였지요. 감사하게도 대왕대비마마께서 이 점을 고려하시어 윤허해 주셨기에 오늘부터 이곳에서 머물게 되었습니다. 그것이 궁금하셨던 겁니까?"

"……예. 가던 길을 붙잡아 죄송합니다."

"아닙니다. 그럼, 이만."

마지막 말을 내뱉으며 그녀의 발이 동시에 움직이기 시작했다. 궁녀들을 의식함인지 방금 전과는 달리 걸음걸이는 차분하기 그지없었다. 그러나 눈가에 맺힌 초조함만은 떨쳐내지 못해 뚫어져라 가까워지는 문을 바라보고 있었다.

한 걸음, 두 걸음, 문을 미끄러지듯 열리고, 그대로, 쿵.

궁녀의 손에 단단히 닫혀 버린 장지문 틈으로는 아무것도 보이지 않았다. 그러나 그 안으로 미끄러져 들어가는 옷자락의 끄트머리가 남아 있는 듯하여 건우는 한동안 멀거니 장지문만을 바라보았다.

조용히 열리는 문에 먼저 반응한 것은 성월이였다. 아이는 아이 특유의 예민함으로 번쩍 고개를 치켜들었다. 그 덕에 한창 그 자그마한 아이에게 이것저것 묻던 청의 고개도 뒤로 돌아갔다. 졸지에 두 유가의 관심을 한 몸에 받게 된 현원은 어색하기 그지없는 표정으로 헛기침을 내뱉었다.

"하던 것들 하……"

"형님!"

성월의 외침에 청도, 궁녀도, 내관들도 그대로 굳어버렸다. 그

중에서도 청은 머릿속이 새하얗게 질리는 경험을 하고 있었다. 그녀는 자신이 숨도 쉬고 있지 않다는 것도 잊은 채 아이를 돌아봤다.

형님이라니.

그러나 현원은 노성을 내지르지 않았고, 성월은 아무것도 모른다는 표정으로 해맑게 웃고 있을 따름이었다. 그 기이한 대치에 청은 모든 사달이 현원에게서 비롯되었음을 짐작할 수 있었다.

궁녀가 문가를 붙잡은 채 온몸을 바들바들 떨기 시작하자 현원은 골 아프다는 표정으로 손수 문을 닫았다.

"전하아아! 이 어찌된 일……!"

뒤늦게 정신을 차렸는지 문가로 들려오는 내관의 비명에 가까운 절규를 또 하나의 장지문을 닫아 막아버린 현원은 마치 아무 일도 없었다는 양 표정을 갈무리한 채로 방 안으로 성큼성큼 걸어 들어와 상석을 차지하고 앉았다. 그 뻔뻔스러움에 오히려 기가 막힌 것은 청이었다.

"……전하. 혹 사가에…… 제가 없을 때 오신 적이 있으신지요."

청의 물음에도 현원은 떳떳하기 그지없는 표정으로 대답했다.

"두어 번 들렀을 뿐이다. 유가와 왕가가 친히 사귀는 것이 무에 그리 신기한 일이라 다들 저리 놀라는지 원. 선대에는 서로를 친우라 칭하시기까지 했던 사이이니, 형 아우 정도야 그리 이상하지도 않지 않느냐."

"전하!"

목청을 높이던 청은 개구리처럼 커다란 눈을 뜬 채 자신을 바라보는 아이의 모습에 입을 닫았다. 그녀는 깊게 숨을 한번 들이

마신 뒤 가까스로 입에 미소를 걸치며 말했다.

"월아, 잠시 자리를 비켜주련?"

성월은 눈치 빠르게 자리에서 벌떡 일어났다. 성월이 넙죽 현원에게 예를 갖추고 종종걸음으로 사라지자, 자그마한 방 안에는 한 여자와 한 남자만이 남았다. 현원은 청이 자신을 똑바로 바라보자 슬쩍 시선을 비꼈다.

사실 피할 생각은 아니었다. 지금도 그는 자신이 그리 잘못했다고 생각하지는 않았다. 단지 일이 이렇게까지 커지자 양심의 가책이 아주 조금, 들었을 뿐이었다.

"전하, 성월은 하나 남은 유가의 사내아이입니다. 한데 저리 허물없이 지내시다니요. 분명 말이 나올 것입니다."

"그것이 나쁜가."

"……전하께 해가 됩니다."

"그래. 그래서, 그것이 잘못되었는가."

청은 그제야 현원의 의도를 파악하고는 입을 다물었다. 시시비비(是是非非)를 가리자면 할 말은 없었다. 유가와의 친밀한 관계는 현원의 말하는 바가 옳았으니, 되레 저리 허물없는 사이가 맞다 할 수 있을 정도였다.

현원은 복잡함을 낯빛에 그대로 드러낸 채 생각에 빠져 있는 유가의 여인을 바라보며 저도 모르게 미소 지었다. 십 년의 세월을 돌아, 다시 보지 못할 것이라 생각했던 자가 눈앞에 앉아 있었다. 그는 말로 설명할 수 없는 감정에 휩싸여 저도 모르게 입을 열었다.

"기억나느냐."

"예?"

"그날, 잉어를 꽤나 좋아했었지. 아직도 후원에는 잉어가 많으니, 보러……."

추억에 잠긴 시선으로 말을 잇던 현원은 놀란 기색이 역력한 청의 얼굴에 그만 뒷말을 그대로 집어삼켰다. 그는 그제야 자신이 무슨 말을 하고 있는지 깨달았다. 그날의 일을 입 밖에 낸 것이다. 십 년의 세월을 돌아, 사라져야만 했을 그 일을 현실 속에 내던지고 만 것이다.

"전…… 하. 무엇을 말씀하심인지 모르겠나이다. 하나, 후원이 그리 아름답다하시니…… 성월에게 구경시켜도 되겠습니까."

"……허한다."

쿵. 현원은 문이 닫히는 소리가 지독히도 크게 울린다 생각했다.

쿵. 그는 이제껏 외면해 왔던 사실을 마주하고는 제 심장이 그보다 큰 소리로 내려앉는다, 그리 생각했다. 그는 저 아이에게 말을 해야만 하는 것이다.

중전이 되어달라고.

잠시만, 형식적인 자리에 올라 달라고.

이후에는, 그저 훨훨 날아갈 수 있도록 놓아주겠노라고.

그는 그대로 무너져 내리며 양손으로 제 얼굴을 가려 빛 한 점 들어오지 않게 했다. 되돌릴 수도 없는, 되돌아갈 곳도 없는 이 순간, 그의 심장은 야속하게도 속이 뒤집어질 정도로 세차게 뛰고 있었다.

＊

유가의 성한이 제례원에서 동궁으로 거처를 옮긴 그날, 궁 안
은 발칵 뒤집혔다. 그러나 대왕대비의 이름으로 허한 일이었기에
반대를 외치는 자들은 없었다. 그들은 대신 대왕대비에게 몰려가
일의 앞뒤를 따져 물었고, 화가 난 대왕대비가 그들을 몰아냈을
뿐이다. 그리고 그날 밤, 쓰개치마를 뒤집어 쓴 한 여인이 몰래
궁을 빠져나왔다.

쓰개치마를 뒤집어쓴 여인의 신분은 무척이나 높았다. 굳이 그
안의 인물을 따져 묻지 않고 쓰개치마 하나만 보더라도 초가집
한두 채 가격은 훌쩍 넘기는 귀한 것이었다. 그런 여인이 야밤에
길거리를 나다니는 것 자체가 기이한 일이었다. 그러할진대 호위
를 여럿 둔 여인은 연신 안절부절못했다. 그녀가 조금 마음을 가
라앉힌 것은 고래등같은 기와집을 목전에 둔 뒤였다. 그녀는 제
곁에 바짝 따라붙은 호위를 매섭게 노려봐 거리를 벌린 뒤에야
눈에 익은 문간을 넘어섰다.

모든 것은 아주 조용히 이뤄졌다. 아무도 여인이 미끄러지듯
기와집 안으로 들어섰다는 것을 보지 못했고, 그것은 앞으로도
일어나지 않은 일이 될 터였다.

그녀는 문간을 넘어서자마자 재빠르게 쓰개치마를 벗었다. 값
비싼 비단으로 만들어진 치마가 미끄러지듯 흘러내리자 오만한,
그러나 불안감이 맴도는 두 눈동자가 드러났다. 그녀는 몇 년 만
에 보는 것임에도 불구하고 반가움이라고는 한 조각도 남아 있지
않은 제 오라비를 바라보며 입을 열었다.

"오랜만이군요, 오라버니."

"……대왕대비마마. 어째서 미리 기별을 주지 않으신 겁니까. 이런 늦은 시간에 사가를 방문하시다니요."

들키면 경을 칠 것이라는 말은 쏙 빠져 있었다. 감히 진가의 사람이 거동하는 것에 누가 토를 달 것이냐는 자만심이 은연중에 반영된 것이 분명했다. 그것을 읽어낸 소율대비는 입술을 비틀어 올리며 대답했다.

"미리 기별을 했다면 아니 된다 하실 것이 분명했으니 어쩌겠습니까. 아쉬운 자가 어려운 발걸음이나마 해야지요. 자고로 집안의 여식이 귀한 자리에 오르면 하루가 멀다 하고 찾아온다 하던데 그것이 그저 세간에서 만들어낸 이야기인가 싶습니다."

소율대비는 얼굴을 보이기는커녕 서신 한 통 보내지 않는 오라비에 대한 조용한 분노를 표출했다. 유가의 장자가 돌아왔는데 대책 마련은커녕 괜찮은가 들여다보지도 않으니 팽(烹) 당하는 것에 대한 불안감으로 화가 쌓일 대로 쌓인 그녀였다. 그 악에 받친 모습에 진우진은 그저 절레절레 고개를 저을 뿐이었다. 예전부터 귀여움이라고는 조금도 없던 하나뿐인 여동생은 어릴 적 모습 그대로 자랐다. 이제 와 자신보다도 더 신분이 높아져 버린 그녀와 길게 대화하고 싶지 않았기에, 그는 모든 책임을 돌렸다.

"따져 묻고자 하심은 제가 아닌 아버님께 하셔야 할 겁니다."

"예. 그러기 위해 직접 왔습니다. 아버님은 사랑채에 계십니까."

십여 년을 넘게 같은 울타리 안에서 자란 친남매의 대화라 치기에는 지나치다 싶을 정도로 메마른 말들이 오갔다. 시선과 시선 사이에 애정이라고는 조금도 없었다. 남보다도 못할 간격을 유지하면서도 우진은 기어코 뒤로 한걸음 더 물러섰다.

"예. 모실까요?"

질문이라기보다는 예법에 맞추기 위한 억지 물음이었다. 대비는 끝까지 안부라고는 한마디도 건네지 않는 그를 바라보다 불현듯 무언가를 깨닫고는 속으로 헛헛한 웃음을 머금었다. 몇 년간 보지 못해 저와 오라비의 관계가 원래 이러했음을 잊기라도 했던 모양이다. 이제 와 아쉽다는 생각이 잠깐이나마 스쳐 지나간 것을 보면 말이다.

미친 게지. 소율대비는 자신의 생각을 단호하게 잘라내며 대답했다.

"……수년을 살아온 곳입니다. 사랑채의 위치 정도는 기억하고 있으니 오라버니께서는 걱정하지 마시지요."

"하면 물러가겠습니다."

고개를 숙여 보인 뒤 쌩하니 제 갈 길을 가버린 오라비의 뒤를 좇은 것도 잠시, 그녀 역시 냉랭한 기색을 감추지 않으며 몸을 돌렸다.

노복들도 모두 잠에 들 시간인지라 후원에는 어둠만이 내려앉아 있을 뿐 고요했다. 그녀가 마지막으로 이 후원을 거닌 것이 벌써 양손으로도 헤아리지 못할 정도로 오래전 일임을 고려해 봤을 때 조금도 변하지 않은 후원의 모습은 되레 신기할 정도였다. 대비는 팔에 걸쳐져 밑으로 흘러내리는 쓰개치마를 조심스럽게 끌어올리며 천천히 걸음을 옮기기 시작했다.

태어난 곳이자, 자라난 곳이자, 처음 사랑을 느낀 곳이자…….

대비는 끊임없이 이어져 나가는 생각과 상념을 끊어내며 고개를 가로저었다. 이제 와 전부 쓸모없어진 일들이었다. 그만큼의 세월이 흘렀지 않은가. 중요한 것은 현재였다.

잡생각을 떨쳐 내자 눈앞에 보이는 것은 거대하다 못해 질릴 것만 같은 사랑채였다. 그 앞에는 밤새 순번대로 앞을 지키는 충성스러운 노복이 둘이나 서 있었다. 시간이 시간인지라 멀거니 앞만을 바라보고 있던 그들은, 그래서인지 대비의 존재를 눈치채는 것도 늦었다.

"뉘시오!"

젊은 노복의 호령에 대비의 눈가가 와그작 구겨졌다. 본디 쓸모없는 것은 기억하는 성정이 아니지만 노복의 나이만 따져보아도 그녀가 궁으로 들어간 뒤에 사들인 자임을 짐작하는 것은 어려운 일이 아니었다. 호령이라면 누구 못지않을 자신이 있는 대비가 붉게 칠한 입술을 여는 순간, 젊은 노복의 옆에 서 있던 늙은 노복이 놀란 기색이 완연한 얼굴로 조심스럽게 말했다.

"애…… 애기씨?"

이제는 기억조차 흐릿한 호칭에 대비의 시선이 옆으로 옮겨갔다. 쉰은 훨씬 넘어 보이는 노복의 얼굴은 호칭보다도 더 흐릿했다. 그러나 그녀는 길게 고민하지 않고 노복이 누구였는지를 기억해낼 수 있었다. 그리고 그 기억에 그녀는 못마땅한 기색을 내비쳤다. 저 늙은 노복에게는 화를 낼 수가 없었다. 여타의 다른 문제 이전에 도의상이었다. 대비는 결국 화내는 것을 포기하고 터지려던 노성을 속으로 꾹 눌러 삼켰다. 그리고 그녀는 제게 들러붙은 '애기씨'라는 호칭을 떼어버리기라도 하려는 듯 허리를 꼿꼿이 세우며 입을 열었다.

"……아버님께 소율대비가 왔다 전하거라."

일평생 볼일이라고는 없었을, 세간에 그리도 파다하게 소문이 난 대왕대비의 등장에 젊은 노복은 그대로 굳어버리고 말았다. 움직인 것은 오히려 나이든 쪽이었다. 그는 옛 기억에 이끌려 불러서는 안 될 호칭으로 대비를 부른 제 입에 놀랐다가, 그녀의 명을 뒤늦게 이해하고 펄쩍 뛰었다.

"아, 아이고, 내 정신 좀 보게. 예, 예, 알겠습니다."

그러나 그가 말을 올리기도 전에 안에서 소란스러움을 들은 진허원의 목소리가 먼저 새어나왔다.

"안으로 대비마마를 뫼시거라."

이 늦은 시간에 걸음했음에도 불구하고 놀라는 기색은 조금도 없는 목소리였다. 아비의 면모라고는 조금도 보이지 않는 그 냉랭함에 오히려 노복들이 민구해 고개를 숙였을 정도였다. 그러나 대비만큼은 조금의 표정 변화도 없었다. 하루 이틀 일이 아니었다. 고작 그것에 휘둘리기에는 그녀 역시 너무도 오랜 세월을 지내온 뒤였다.

"문을 열어라."

나무토막처럼 딱딱한 대비의 목소리에 놀라 당기는 손에 힘이 들어간 탓에 덜컹이며 문이 열렸다. 그러나 그것은 앞으로의 일과 비교했을 때 너무나도 사소한 것이었으므로 그녀는 아무런 말 없이 섬돌을 디디고 올라섰다.

등 뒤에서 문이 닫히는 소리를 들으며 그녀는 찬찬히 주위를 둘러봤다.

현재 예국에서 나는 새도 떨어뜨릴 만큼의 권세를 가진 진허원의 방은, 겉보기에는 검소한 편에 속했다. 그러나 장침 뒤에 자리 잡은 병풍은 저 먼 주자국에서 들여온 것이었고, 창 반대쪽 벽에 걸린 수묵화는 백 년은 훌쩍 넘는 값진 것이었다. 보는 눈이 있는 자들만이 이 방 안에 장식되어 있는 몇 안 되는 것들이 얼마나 값어치가 있는지 알 수 있게 안배되어 있다고 해도 과언이 아니었다.

"기다리고 있었습니다. 나이가 들어 운신이 편치 못해 일어나지 못하는 것을 용서해 주십시오."

"……저를, 기다리셨습니까."

"예, 대비마마. 높으신 분을 앞에 두고 앉아 있으려니 이 나이 든 노인네가 면구스럽습니다. 자리에 앉으시지요."

"정녕, 저를 기다리셨느냐 묻고 있습니다."

"그 질문에는 이미 그렇다 대답하였습니다."

그 흔들림 없는 목소리에 대비는 머리끝까지 차올랐던 악이 빠져나가는 기분을 느꼈다. 그는, 제 아비는 정말로 이 진가에서 벗어나 자신에게 올 생각이 전혀 없었던 것이다. 그것은 자신을 안달나게 하기 위함이라는 애초의 의심을 와르르 무너뜨리게 하기에 충분했다.

안달은 무슨. 우스운 일이다.

대비는 무너지듯 앞에 놓인 방석에 몸을 무너뜨렸다. 정말 그녀의 아비이자 진가의 가주는 현재 대외적으로 가장 강력한 권력을 손에 쥐고 있는 제 혈육을 신경조차 쓰지 않은 것이다. 갑자기 나타난 유가의 성한으로 인해 대비가 얼마나 불안해하는지는 관심 밖인 게 분명했다. 사실, 요 근래 그는 권력이니 투쟁이니 하는 것들과는 너무도 외떨어진 듯한 생활을 하고 있긴 했다.

진허원은 보통 하루의 절반은 그 방에서, 나머지 절반은 무릉도원이라 일컬어도 손색이 없을 후원에서 보냈다. 세상의 모든 것이 발치로 굴러들어 오니 구태여 몸을 움직일 필요가 없었다. 그는 사랑채 안에서 세상을 듣고, 논하고, 움직였다. 그러다 고민이 생기면 으레 난초를 매만졌는데, 지금 그의 앞에는 곧게 뻗은 값진 난초 두엇이 늘어져 있었다.

"무엇을 말하고자 오신겝니까."

"……유가의 성한이 이상합니다."

"그의 신원은 보증되었습니다. 그것도 수많은 대신들 앞에서 직접 증명해 내었지요."

"그것을 말함이 아닙니다."

대비는 초조함을 느꼈다. 자신이 알아차린 것은 다시 말해 '자신만' 알아차린 것과 동일했다. 그 말은 지금부터 여전히 고요히 가라앉아 난초를 닦아내고 있는 그를 설득해야 함과 일맥상통했다. 그리고 그녀는, 일생에 걸쳐 단 한 번도 그것에 성공한 역사가 없었다.

"아버님께서는 기억하십니까. 오래전 유가의 후계를 끊어내기 위해 하셨던 일을."

진허원의 손이 멈칫 멈췄다. 그것이 나쁜 징조는 아니라 여기며 대비는 말을 이어나갔다.

"사리구별을 간신히 하던 그 어린 나이에 저는 약혼을 했습니다. 비록 구두일지라도 명문세가의 구두 약혼은 쉽게 깨뜨릴 수 있는 것이 아님을 아시고 하신 것이라 알고 있습니다. 그리고 그

대상이 유가의 성한이었지요."

"오래된 과거를 탓하기 위해 이리 어려운 발걸음을 하신 겝니까."

"아니, 아닙니다. 제가 어린 시절, 유가의 성한을 만나봤다는 겁니다."

"어린 시절, 고작 하루 있었던 일입니다."

"……예. 아버님의 말이 맞습니다. 기억은 퇴색되고 변질되며 모습을 뒤바꿉니다. 또한 십 년을 훌쩍 넘는 세월이 흘렀으니 많은 것이 달라졌겠지요. 하나…… 점은 어떻습니까. 그것이 기억에 의해 변하는 것이더이까?"

처음으로 진허원의 시선이 대비에게 향했다. 아주 재미있는 이야기를 들은 양 그의 입꼬리가 말려 올라갔다.

"무엇을 보신 겝니까."

"있어야 할 것이 없더군요."

소율대비의 말에, 진허원의 주름진 눈가에 놀라움이 퍼졌다. 그는 천천히 손을 들어 올려 세월의 흔적이 겹겹이 쌓인 얼굴을, 천천히 쓸어내렸다. 그리고 그의 손을 거쳐 다시 모습을 보인 두 눈에는 이전과 달리 놀라움과 기쁨이 번져 있었다.

"이야기가…… 이제야……."

그의 잇새로 탄성 같은 말들이 드문드문 끊겨 흘러나왔다. 그것은 말이라기보다는 진정 탄성에 가까워서 대비는 그 말의 의도가 무엇인지 조금도 알아들을 수가 없었다. 그러나 묻기도 저어한 일이라, 그녀는 그저 입을 꾹 다물었다. 고명딸의 당혹감과 혼동을 눈앞에 둔 채, 그는 기분 좋게 웃음 지었다.

"그것을 말하기 위해 이리 어려운 발걸음을 하신 것이라면, 정확히, 노소리 받아들었습니다."

그것은 부드러운 축객령이었다. 그 부드러운 강제에 이끌려 저도 모르게 몸을 일으킬 뻔했던 대비는, 그러나 일어나는 대신 주먹을 꾹 쥐었다.

"하나를 받았으니 내게도 하나를 주셔야 셈이 맞지요."

"……그래, 대비마마께옵서는…… 무엇을 원하십니까."

"……앞으로 어찌하실 생각이신지 그것을 듣고자 합니다."

그는 이제 난을 닦아내던 마른 천을 아예 손에서 놓았다. 그 시선은 이젠 제 어미를 빼닮은 딸에게로 옮겨간 지 오래였다. 지금도 눈만 감으면 얼마든지 어린 딸의 모습을 볼 수 있었다. 원하던 인연을 모질게 내치고, 배는 나이가 많던 왕에게 보내야 했던 그 딸의 모습이, 그 마지막이 언제고 눈을 감으면 그의 앞에 나타났다.

그 어린 딸이 저렇게 자라다

그 어리던 딸이, 저렇게 자라 제 손에도 피를 묻히겠다 그리 단언하며 자신을 바라보고 있었다.

그것은 꽤나 기이하면서도 기꺼운 일이라 진허원의 입꼬리가 말려 올라갔다.

"제게 하문하신 적이 있지요."

불현듯 자신에게 향하는 말에 그녀는 놀라 몸을 파르르 떨었다.

"무엇, 을, 말입니까."

"어찌하여 그 골 아프고 처치가 곤란할 뿐인 무녀들을 다시 불러 모으라 했는지 도저히 이해가 가지 않는다, 그리 말하신 적이 있습니다."

그것 역시 벌써 몇 해 전의 일이다. 당시에 진허원은 그저 서늘하게 웃으며 필요하기 때문이라는 밑도 끝도 없는 말로 그 이유를 일축시킨 바 있다. 그러나 그 일은 그녀가 아비에게 의문을 제시했던 몇 안 되는 일이었기에 대비는 어렵지 않게 그날의 일을 떠올릴 수 있었다.

"그때, 무녀를 불러 모았기에 오늘날 일을 도모할 수 있는 패를 얻을 수 있었습니다."

"어찌, 그것이."

"마마께서도 쉬이 사용하실 수 있는 방도이지요. 사람을 심었습니다. 충성스러운 어린아이를 골라 먼 훗날을 위해 그곳의 사람처럼 쓰이게 했지요. 무녀는 건드리지 못하나 무녀의 가장 가까운 곳에서 일하는 궁녀를 심어, 그 의심병이 짙은 무녀들마저 의심하지 못하도록 오랫동안, 그렇게 때를 기다렸지요."

"때…… 라면."

"유가가 돌아올 때, 그리고 용이 움직일 때 말입니다."

"……용이라니요. 농이…… 지나칩니다."

"마마께옵선 모르시겠지만, 현재 이 도성은 포위된 지 사흘이 넘었습니다."

"……지금, 포위…… 포위라 하셨습니까?"

"예. 용이 드디어 예국 전역에 퍼져 있던 제 수족들을 모아 최악의 상황을 대비하기 시작한 것이지요. 덕분에 제 눈에도 그것이 보이기 시작했답니다."

"내겐, 내겐 그런 말씀이 전혀 없었습니다! 어찌 아버님은, 어찌, 성녕, 저를 놓으실 심산이십니까! 삼히 그리하실 수 있으리라 보시는 겝니까!"

소율대비는 아랫입술을 있는 힘껏 깨물어 금방이라도 피가 배어나올 것 같았다. 진허원은 그런 그녀의 악에도 동요하지 않았다. 그는 그저 아리송한 미소를 띠운 채 말을 이어나갔다.

"중한 것은, 이미 알고 있던 일이라는 것입니다. 오래전부터 용이 이 모든 것을 준비해 왔다는 것도, 언제고 유가의 핏줄이 다시 모습을 드러낼 것이라는 것도…… 결국 저 성곽 밖의 군사들이, 절대 성곽 안으로 검을 들이밀지 않을 것이라는 것도 말이지요."

그 말에 그녀는 무섬증이 들었다. 그것은 언제부터 시작된 계획이란 말인가. 어디까지 보았기에 그리도 방대하고, 긴 세월을 가늠해 세워졌단 말인가. 그녀로서는 짐작조차 가지 않고 짐작하고 싶지도 않은 일이었다.

"그리고 오늘, 대비마마께옵서 빠져 있던 마지막 조각을 들고 오셨으니 드디어 아귀가 맞더군요."

"하면…… 가짜란 말입니까."

대비의 물음에 진허원은 기꺼이 웃었다. 제 여식이 꼬리조차 잡지 못했단 것은, 그만큼 왕의 유능함을 보여주는 것과 같았다.

유능한 왕. 진허원은 입안에서 그 단어를 굴리며 눈가를 좁혔다.

"글쎄요. 가짜이되, 가짜가 아니겠지요."

"좀 더, 더, 자세히 말해주세요."

대비는 답 근처에서 뱅뱅 맴도는 진허원의 말에 조바심을 드러냈다. 예국의 대비 자리에 앉아 있음에도 불구하고 너무도 쉽게 속내를 드러내는 그녀의 모습에 진허원은 혀를 찼다. 자식들 중 저를 뛰어넘을 만한 놈이 보이질 않았다. 차라리 먼저 숨이 넘어가 버린 선왕이 부러울 지경이었다. 비록 쟁투에 밀려 숨을 거뒀지만 하나 본 자식이 저를 뛰어넘었으니 눈 하나는 편하게 감았을 게 분명했다.

진허원은 바로 몇 시진 전 들은 궁녀의 말을 떠올렸다. 무녀들이 하나부터 열까지 챙기며 싸고돈다 했던가. 그것은 단순히 유가이기 때문에 그럴 것이라 여겼던 것이, 실은 아닐지도 모른다는 가능성이었다. 그는 이제야 왕이 내어놓은 패가 보이기 시작하는 것 같다 생각하며 제 고명딸을 바라봤다. 그러나 그것이 보인 것인지, 보여준 것인지는 조금 더 알아봐야 할 터였다. 어쩌면 수십 년간 쌓아올린 모든 것을 건 판이 시작되고 있었지만 그는 불안해하는 대신 기분 좋게 웃었다. 나이는 먹을 만치 먹었다. 자식 놈들도 언제까지고 뒤를 봐줄 수는 없는 일이었다. 그렇다면 최후의 최후가 될지도 모르는 상대가 뛰어난 편이 모자란 것보다는 훨씬 나은 일이었다. 어차피 이미 결말이 지어져 있던 이야기가 아니던가.

그는 내팽개쳤던 마른 천을 다시금 집어 들며 한껏 기대감 어린 목소리로 입을 열었다.

"……마마께옵서 가장 중한 것을 놓치신 듯합니다. 잊으셨습니까. 유가의 핏줄은 하나가 아니었다는 사실을."

그 말에 대비는 그만 쩡 얼어버렸다.

서른이라는 나이에도 불구하고 아직 곱디고운 그 얼굴에 훤히 드러난 감정에 진허원은 고개를 저었다. 그는 몸을 앞으로 내밀며 대비와의 간격을 좁혔다.

"마마, 소신이 수십, 수백 번 말씀드리지 않았사옵니까. 감정을 쉬이 드러내지 말라 말입니다."

어린아이를 훈육하는 듯한 그 목소리에 대비는 상념에서 깨어나 빠르게 몸을 뒤로 젖혔다.

"하여, 마마께 이 노신, 간곡한 청이 있나이다."

"제게, 청을 다 하십니까."

"하하핫. 어찌 그리 본인을 낮추십니까. 대비께서는 예국의, 지엄하신 대비마마가 아니십니까."

소율대비는 안색 하나 변하지 않고 자신을 치켜세우는 진허원의 모습에 부르르 몸을 떨었다.

"하니 체통을 지키소서."

"그, 무슨 말입니까."

"가만히. 그저 가만히 계시란 말입니다. 아무것도 하지 마십시오, 마마. 마마께옵서는 지금껏 아주 자알 해주시었습니다. 이 노신이 그 높디높은 자리 하나는 반드시 지켜 드릴 터이니 이제 아무것도 하지 않으셔도 됩니다."

그것은 부탁이 아닌 완곡한 명령이었다. 소율대비는 치맛자락에 감춰져 있는 손을 꾹 움켜쥐었다. 잘 손질된 손톱이 생살을 파고들어 생채기를 냈으나 아픔마저 느껴지지 않았다.

"그것이, 제게 바라는, 전부입니까."

"그렇사옵니다."

"……여기까지 올랐습니다. 여인의 몸으로 이젠 더 오를 곳도 없습니다. 한데 아버님께는 아직도 부족하단 말입니까!"

우는 것 같았으나 눈물은 단 한 방울도 흐르지 않았다. 대신 그녀의 얼굴에는 분노로 주체할 수 없는 악만 보였다. 진허원은 자신이 만들어낸 그 일그러진 여인을 조용히 바라봤다.

저 모습은 자신의 죄였다. 그는 급격히 밀려오는 피로감에 눈을 감았다. 인정하고 싶지 않은, 그러나 눈앞에 증좌가 너무도 뚜렷한 그 죄에서 그는 벌써 십 년째 끝이 오기만을 기다리고 있었다.

자신의 시선을 외면하는 진허원의 태도에, 소율대비의 억눌린 분노가 폭발했다. 그녀는 고이 모셔져 있는 난을 옆으로 집어던졌다. 바닥과 맞부딪치며 날카로운 소리와 함께 난이 깨지자 바깥에서 다급한 웅성거림이 들리기 시작했다.

"괜찮으십니까!"

그 소란스러움에 천천히 눈을 뜬 진허원의 시야에 가득 차는 것은 새하얗게 얼굴이 질린 채 분노하는 제 고명딸이었다.

"두고 보십시오. 이리된 것, 갈아치우면 그만일 일입니다. 왕이고, 유가고, 그저 갈아치우면 그만일 뿐이란 말입니다! 아버님께서는 거기, 그대로, 앉으시어 당신의 딸이 어디까지 할 수 있을지 자알 지켜보세요!"

카랑카랑한 목소리로 죄다 쏟아낸 소율대비는 그대로 몸을 획 돌렸다.

때맞춰 문 안으로 들어오는 노비들을 밀쳐내며 밖으로 나간 그녀의 모습을 마주한 늙은 노복은 황망함에 다급히 고개를 숙였다.

"애기씨…… 애기씨…… 무슨 일이라도 있으셨던 겝니까."

"보았느냐."

"아니옵니다. 아무것도 보지 못하였습니다."

"……되었다. 다시는 이곳에 발을 들이지 말아야 했어."

그녀는 그렇게 중얼거리며 휙, 늙은 노복을 지나쳐 성큼성큼 걸어갔다.

그녀의 모습이 사라진 뒤에도 한참의 시간이 흘러서야 고개를 든 늙은 노복은 혹여나 누가 볼까, 누가 눈치라도 챌까 주위를 휘휘 둘러봤다. 아무도 자신을 보고 있지 않다는 확신이 든 이후에야, 그는 조심스레 몸을 숙여 바닥에 점점이 떨어진 물자국과, 핏방울을 지우기 위해 늙고 바짝 마른 손으로 그 위에 흙을 모아 덮었다.

부디 그의 자그마한 애기씨가 가는 길에 더는 고단함이 없길 빌고 또 빌면서.

6.
결의

"나를?"

제례를 위한 예식을 배우던 청의 고개가 번쩍 들렸다. 그런 그녀의 놀란 모습에도 궁녀의 얼굴에서 표정은 찾아볼 수 없었다.

"예. 급한 일이라 하시었으니 가보셔야 합니다."

청의 지위에 억지로 예를 갖춘다는 티가 역력한 목소리가 허공에 울렸다.

그 당당함에 청이 얼떨떨하게 대답을 하기 전, 유연이 앞으로 나서며 목소리를 높였다.

"무례하다! 이곳은 제례원이고, 이분은 유가를 이끌어 가실 차기 가주시다! 대비마마라 하실지라도 이리 부를 수 없음을 모르지 않을 터!"

"무녀님이야말로 착각하신 모양이십니다."

"뭐라?"

"유가의 성한께옵서는 아직 상감마마의 교지를 받지 않았습니다. 유가의 가주가 아닌데 어찌 감히 대왕대비마마의 부름을 기절할 수 있단 말입니까?"

청은 서늘하기 그지없는 궁녀의 대답에 안색을 굳혔다. 자신의 앞을 막아서려는 유연을 향해 고개를 저으며 그녀는 사뿐히 앞으로 나섰다.

"맞는 말이야. 대비마마께옵서 부르신다면 마땅히 가야겠지. 앞서게."

"어찌……!"

자신을 붙들려는 유연의 말을 막으며 청은 궁녀에게 고갯짓했다. 그제야 조금은 거만한 기색을 얼굴에 드러내며 궁녀는 휙 몸을 틀어 앞장서 걸어갔다. 그 찰나에 청은 사선으로 고개를 돌려 살풋 웃으며 말했다.

"금방 다녀올 테니 단이에게 산책은 저녁으로 미루자고 전해주겠어?"

"아씨……."

"별일 아닐 테니, 너무 걱정하지 말고."

그 단호함에 유연은 더는 말리지 못하고 뒤로 물러섰다. 기실 궁녀의 말에 틀린 점이라고는 없었다. 아직 유가의 가주 자리는 비어 있는 상태였고, 성한이라는 이름으로는 대비의 부름에 거역하는 것이 불가능했다.

청은 앞서 걷는 상궁의 뒤를 따라 문간을 넘어섰다. 소리 없이 문이 닫히고, 제례원에서 툭 떨어져 나온 청은 깊게 숨을 내뱉었다.

그럴 리 없건만 문간을 사이에 두고 공기가 바뀐 것만 같은 기분이 드는 것은 왜일까. 온 주위가 저를 뜯어먹기 위해 발톱을 세운 듯하다 생각하던 청은 덥석 제 팔을 잡는 손의 열기에 상념에서 깨어났다.

"무슨 일입니까."

낮게 가라앉은 목소리는 엄연히 경계의 빛을 띠고 있었다. 익숙한 목소리에 고개를 돌린 청은 미간을 좁힌 채 저와 궁녀를 번갈아 바라보는 건우의 모습에 긴장이 탁 풀리는 기분을 느꼈다.

"별일 아닙니다. 잠시 대비마마를 뵈러 갈 뿐이니, 걱정하지 말고 여기 계세요."

"대비마마를요? 예정에……."

청은 조용히 고개를 저어 이어지려는 건우의 말을 막았다. 그녀는 멈춰선 채 자신을 바라보고 있을 궁녀의 시선을 느끼며 한층 목소리를 낮췄다.

"잠시 갔다 올 뿐입니다. 하니……."

청은 자신을 바라보는 건우의 시선을 슬쩍 피하며 끊긴 말을 이었다.

"전하께는 말하지 마세요."

"어찌……!"

"부탁입니다. 아니 그래도 바쁜 분에게 이리 사소한 일로 걱정을 더할 수는 없지 않겠습니까."

그 말 속에 들어 있는 뜻에 건우는 대꾸하지 않은 채 한걸음 뒤로 물러섰다. 기어코 말을 할 것임을 눈치챈 청이 손을 뻗어 그의 옷자락을 잡아챘다.

"약속해 주세요."

옷자락이 우그러질 정도로 꽉 쥔 손에는 의지마저 엿보였다. 저를 올곧게 바라보는 시선에 간절함이 가득함을 읽어낸 건우는, 그것이 마치 일렁이는 물결 같다 생각하며 작은 한숨을 뱉어냈다. 그는 바닥을 향해 뚝 떨어져 있던 손을 들어 혹여나 손톱 하나라도 망가질세라 조심스럽게 청의 손을 펴며 대답했다.

"알겠습니다. 그 대신 같이 가겠습니다."

"예?"

"전하께옵서 언제고 유가의 성한에게서 떨어지지 말라 명하셨으니, 제아무리 대비마마라 할지라도 무어라 하진 못하겠지요."

"그…… 하지만……."

"아니라면 전하께 가겠습니다."

결국 백기를 든 것은 청이었다. 점차 열기를 더해가는 궁녀의 시선과 돌덩이처럼 단단해 보이는 건우의 의지는 하던 생각도 멈추게 하는 힘이 있었다.

"……좋아요."

청은 고개를 끄덕이고는 앞서 걸어갔다. 그런 그녀의 뒤를 따르던 건우에게 궁녀의 시선이 잠시 스쳐 지나갔다. 그러나 호위까지 무어라 할 수는 없는 노릇이었기에 궁녀 역시 아무런 말 없이 걸음을 재촉했다.

자경전이 가까워지자 눈에 띄게 궁녀의 숫자가 늘어났다. 다들 고개를 숙이고 있었으나 청에게 꽂히는 시선은 점차로 늘어갔다.

"이곳에서 잠시 기다리십시오."

정중하게 고개를 숙인 뒤 궁녀는 청의 대답도 듣지 않은 채 휭

하니 방 안으로 사라졌다. 명백한 무시에도 청은 무심히 시선을 옮겼을 뿐이었다.

자경전.

마음이 가라앉자 지난 번 왔을 때는 정신이 없어 제대로 보지 못했던 것들이 눈에 들어왔다. 일전에는 화려하던 소율대비의 방 안만 봤다면 지금은 권위를 등에 지고 있는 자경전 전체가 그녀의 눈 안을 가득 채웠다.

무겁게 가라앉아 있는 공기와 그것에 짓눌린 듯 하나같이 발걸음을 재촉하는 궁녀들, 그리고 동궁과 비교도 되지 않을 정도로 화려한 궁이.

동궁에서는 보기 힘든 이국의 꽃들이 자경전에는 넘쳐흐르고 있었다. 고작 그러한 것들로 권세를 드러내려는 양 바람을 따라 살랑살랑 흔들리는 꽃송이들을 바라보던 청의 시선이 허공을 그으며 위로 죽 미끄러져 올라갔다.

"건우."

"예."

"나는 지금, 오랜 시간 썩어 들어간 뿌리를 보고 있습니다."

청의 말에 건우는 답하지 않았다. 애당초 답을 듣기 위함이 아니었기에, 그녀는 욕망으로 쌓아올린 탑과도 같은 그것을 향해 뱉듯 말을 이어나갔다.

"물이 화를 입자, 오랜 시간 땅 속에 숨어 있던 것이 눈앞에 나타나는군요. 처음이지요? 예국에서 이토록 외척이 득세하여 권력을 휘두르는 것이."

숨길 생각조차 않는 말속의 뼈는 단단하기 그지없었다.

"……예, 처음입니다."

"꽁꽁 숨어 있던 것들이 활개를 쳤으니, 이제…… 썩은 것을 도려내야겠습니다."

청의 눈에 이채가 어렸다. 그녀가 처음으로 속에서부터 유가가 되어 이 모든 상황을 내려다보고 내린 판단이었다. 가주로서 갖춰야 하는 것들이 단숨에 손아귀에 몰려든 것처럼 그녀의 어깨에서 힘이 빠져나갔다. 이전까지 청을 지탱하던 것이 아비의 유지였다면, 지금 그녀를 서 있게 하는 것은 그녀 자신이었다. 모든 것을 짊어지기로 결심하자 역설적이게도 가장 가벼워 보이는 표정으로 청은 제가 상대해야 할 거대한 궁을 응시했다. 그리고 때마침 열린 장지문에서 걸어 나오는 궁녀의 모습에 청의 입술이 매끄럽게 호선을 그렸다.

"예국을 위해서, 전하를 위해서, 해내야겠습니다."

스스로에게 다짐하듯 말을 꾹꾹 눌러 담은 청은 장지문을 향해 걸어갔다. 들어가도 좋다는 궁녀의 말이 채 끝나기도 전에 장지문을 지나친 그녀는 두어 개의 문을 더 지난 뒤에야 소율대비와 마주할 수 있었다. 시선과 시선이 맞부딪쳤다. 그 사이에 열기가 이는 것만 같았다. 청이 예를 갖추려 하자 소율대비의 입술이 비틀려 올라갔다.

"자자, 예는 생략하고 어서 이리 앉으세요. 귀한 몸인데 내 이리 세워둘 수 있겠습니까."

능청스러운 말에 청은 마주 웃으며 자리에 앉았다.

"아닙니다. 소신은 아직, 유가의 가주가 아닌 것을요. 한데 어찌 대비마마 안전에서 소신이 귀하다 할 수 있겠습니까."

"이런. 실은 내 그것 때문에 이리 급하게 보자 한 것입니다."

말끝을 흐리는 소율대비의 모양새에 청의 시선이 사선으로 옮겨갔다. 결코 작지 않은 방에서, 이질적이기 그지없는 사내의 복식은 그녀도 잘 아는 것이었다.

"저분은…… 어의 아니십니까. 전하의 옥체를 책임지는 분이 어찌 이곳에……."

"내가 불렀습니다."

소율대비의 말에 청의 시선이 그녀에게로 옮겨갔다.

"그 무슨……."

"그대의 말마따나 유가의 가주가 될 몸이 아닙니까. 한데 내 유가의 사내들은 하나같이 대대로 몸이 약했다 들었습니다. 이제 곧 수신께 전하를 위한 약을 받으러 떠날 몸이니 어디 아픈 곳은 없나 살피는 것이 도리이니 어의를 급히 부른 게지요."

"진맥을 짚겠다, 이 말이로군요."

"호호홋. 병이 있는가 살피기 위해서는 그래야겠지요. 내 모후 된 마음으로 걱정이 되어 그렇습니다. ……여인도 아니고 그것이 무에 그리 어렵다고. 아니 그렇습니까."

청은 순간 제게 닿는 소율대비의 시선을 놓치지 않았다. 웃음기라고는 조금도 남아 있지 않은 서늘한 시선이 담고 있는 의미는 명확했다.

"물론입니다."

그 고요한 대답에 순간 소율대비의 입꼬리가 가늘게 떨렸다. 당연히 맥을 짚지 못하게 어떠한 변명이라도 늘어놓을 것이라 예상했던 일이었다. 그렇기에 대비책까지 마련해 놓은 이 시점에서 순순히 어의에게 맥을 맡기겠다는 청의 대답은 그녀를 혼란에 빠뜨리기에 충분했다. 이 모든 것이 함정일 수도 있다는 생각이 처음으로 소율대비의 머릿속에 스쳐 지나갔다. 도성이 포위되었다는 진허원의 말과 동시에 용에 대한 이야기까지 회오리치듯 그녀의 뇌리에 몰아쳤다.

"어의."

장침을 움켜쥔 소율대비의 손톱에 날이 섰다.

그럴 리가 없다.

소율대비는 흔들리려는 스스로를 다그치듯 단호하게 중얼거렸다. 제 앞에 앉아 있는 것은 사내가 아닌 계집이었다. 반드시 그래야만 할 일이었다. 당장이라도 가만히 있으라는 진허원의 말이 내리치는 듯했다. 그것에 쫓기듯 그녀는 거짓 웃음은 집어치운 채 쭈뼛거리는 어의를 향해 다시 날 선 목소리를 뱉었다.

"무엇 하는가!"

그 매서움에 어의가 자신에게 다가오자 청의 눈가가 둥근 반달을 그리며 접혔다. 그녀는 자신을 향해 다가오는 어의에게 손을 뻗어 그 움직임을 막았다. 이해할 수 없는 행동에 소율대비의 시선이 청을 향해 휙 돌아갔다.

"마마. 하나 잊으셨습니까. 소신, 유가입니다."

"그것이 어쨌다는……!"

소율대비는 채 말을 끝마치지 못했다. 그녀의 두 눈이 크게 뜨여 허공에서 멈췄다. 어의도, 소율대비도, 오랜 시간 속에서 퇴색되어 가던 가장 중요한 사실을 그제야 다시금 떠올리고 있었다.

허공에서 자신들을 바라보는 수룡을 본 뒤에야.

바람 소리가 날 정도로 소율대비의 고개가 용의 끝 쪽으로 움직였다. 그 끝에는 그녀가 최근에 마음에 들어 하던 연꽃이 있었다. 둥근 화분에 띄워놓은 연꽃들은 이제 바닥에 가라앉아 보이지 않았다. 화분을 가득 채웠던 물들은 청의 손길을 따라 용이 되어 허공을 유영하고 있었다.

장침을 움켜쥔 소율대비의 손에 힘이 들어가고, 곱게 가꿨던 긴 손톱이 뚝 부러졌다. 어의는 이미 아연실색하여 바닥에 납작 엎드린 지 오래였다. 그러나 눈앞에서 신화가 현실이 되어 나타나고 있음에도 소율대비가 느끼는 감정은 분노, 그뿐이었다. 청은 조용히 앉아 태연스럽게 찻잔을 들어 올리며 핏줄이 도드라진 소율대비의 고운 손을 바라봤다. 물 한 방울 묻힌 적 없는 그 고운 손에 엉망으로 분질러진 손톱 끝을 따라 핏방울이 몽글몽글 맺히고 있었다.

"유가의 병은 오직 무녀의 소관입니다. 하여 쉬이 손목을 내어 주지 못하는 점, 하해와 같은 아량으로 이해해 주시길 바랄뿐이옵니다."

뚝.

떨어지는 핏방울에 소율대비는 제 입술을 악물었다.

청은 제 뒤를 따르는 건우의 존재조차 눈치채지 못했다. 자경전에서 나온 뒤로 그녀는 감정에 집어삼켜진 것 같았다. 분노를 그대로 드러낸 눈을 한 채로 목적지마저 불명확한 걸음걸이는 제 앞을 막아선 신을 발견한 뒤에야 우뚝 멈췄다.

"전하께옵서 찾으십니다."

한껏 목소리를 낮춘 내관의 말에 청은 질끈 두 눈을 감았다. 갑작스러운 부름의 이유를 직감한 탓이다. 그녀는 새어나오려는 한숨을 꾹 밀어 넣으며 말했다.

"전하께서, 아십니까?"

"아시지 않습니까. 궁은 땅에도 귀가 있고 하늘에도 눈이 있는 곳이라는 것을."

"……그렇군요."

체념한 듯한 그녀의 대답에 내관이 외려 계면쩍음을 견디지 못하고 시선을 돌렸다. 내관과 건우가 무언의 눈짓을 주고받는 것을 알지 못한 채 청은 동궁 쪽으로 걸음을 돌리며 낮게 중얼거렸다.

"또, 걱정을 끼쳐 드리는구나."

갈 곳 잃은 한숨이 터져 허공에 맴도는 순간이었다.

그리고 얼마 지나지 않아 동궁에 도착한 그녀는 이마를 짚은 현원 앞에 죄인처럼 앉아 있었다.

"내 진정 어명이라도 내려야겠느냐."

청이 아무런 대답도 하지 않자 둘 사이를 가르고 있던 현원의 손이 내려갔다. 그는 입을 꾹 다물고 있는 청을 바라보며 다시 입을 열었다.

"동궁으로 거처를 옮기게 한 내 뜻을 정녕 몰랐노라 하진 않겠지. 대비의 명이라 할지라도 끝내 거부할 수 있었다는 것을 몰랐을 리 없으리라 믿는다. 하면 연유가 무엇이냐."

"송구합니다 전하. 그러나…… 필요한 일이었습니다."

"필요라."

현원은 고집스럽게 바닥만 내려다보는 청의 모습에 저도 모르게 터지려는 웃음을 눌렀다. 이미 그의 얼굴에 노기라고는 없었다. 채 일각을 버티지 못하는 화는 사라지고 자꾸만 새어나오는 헛웃음을 억지로 부여잡고 있는 한 사내만이 그 자리에 있을 뿐이었다.

저 고집하고는.

어린 시절과 비교해도 전혀 변함없는 고집불통 여인이 아닌가.

유성운이 지금 청을 봤다면 깊은 고뇌로 미간을 찌푸리고 있을 것이라 장담하며 현원은 기어코 밀려 올라가는 입꼬리를 부여잡지 못한 채로 말을 이어나갔다.

"좋다. 그 필요, 무엇인지 들어보지."

"대비의 움직임을 파악할 기회였습니다. 전하께옵서도 긴히 기다리던 일이지 않습니까."

우문현답에 현원은 그만 말문이 막혔다.

기다리던 일.

큰 그림으로 봤을 때 왕권의 회복이자 진가의 몰락의 첫걸음이자 시작점이었다. 그 맥락에서 청의 선택은 나쁘지 않았다. 어의를 불렀다는 사실만으로도 소율대비가 본격적으로 제가 지닌 검을 뽑아들 생각임을 알 수 있었으니 말이다. 그것은 진정 제가 애타게 기다리던 일이었다.

그의 입가에 걸려 있던 미소는 사라지고 미간이 깊게 패였다. 무언가 속에서 걸려 자꾸만 그를 번거롭게 만들고 있었다. 아주 사소하면서도, 작은 조각 하나가.

"그래, 그러나……."

그녀가 여인임을 굳이 상기시키려던 현원은 말을 다 뱉기도 전에 입을 꾹 다물었다. 여인의 도움을 받으며 그것을 방패로 내세우려 하다니, 제가 생각해도 참 치졸한 이유였기 때문이다. 결국 그는 고개를 내저으며 청에게 나가보라 말하는 수밖에 없었다. 밀어닥치는 감정을 쏟아낼 수는 없었기에.

"가주님!"

축객령에 밀려 밖으로 나온 청은 저에게 도도도 달려오는 단이를 보고 한껏 웃음꽃을 피웠다. 수화 이후에 유일하게 거둘 수 있었다던 아이는 성월과 비슷한 연배라 더 눈이 갔다. 단이의 뒤를 쫓던 유연은 아이를 번쩍 안아드는 청의 모습에 웃으면서도 걱정 가득한 목소리로 말했다.

"버릇이 잘못 들까 걱정입니다."

말은 그리하면서도 표정은 정반대라, 청이 웃으며 답했다.

"후후. 좀 더 어리광 부려도 될 나이인데 무얼. 단아, 오늘은 무엇을 하였니?"

청의 물음에 아이의 눈이 커다래졌다. 그리곤 주변을 휘휘 둘러보더니 비밀 얘기를 하는 것처럼 비장한 표정을 한 채 청의 귓가에 목소리를 한껏 낮추곤 답했다.

"오늘 드디어 제례원 안쪽에 처음 들어가 보았어요."

제례원 안쪽 출입은 무녀로 인정받았다는 것과 마찬가지였기에 단이에게는 천지가 개벽할 만한 큰일임이 분명했다. 그러나 청과 유연의 시선으로는 그저 귀여울 따름이라, 청은 터지려는 웃음을 꾹 누르곤 저도 목소리를 낮춰 대답했다.

"엄청난 일이로구나! 그래, 무엇이 있던?"

"예. 정말 신기했어요! 특히 호수가, 호수가 막 반짝반짝 별님처럼 빛이 나서, 한가득 보석이 가득해서, 제가 가주님 드리려고 몰래 반짝반짝한 보석님들을 챙겨왔어요! 여기 있어요!"

주섬주섬 품속을 뒤져 자그마한 비단 주머니를 꺼내 청에게 건넸다.

"무녀님들 아시면 혼나니 가주님만 알고 계시어야 해요!"

그것을 받아든 청은 한 손안에 쏙 들어오는 주머니의 크기에 잠시 당황했다. 제례원 내의 것이 그 무엇이건 반출되지 않는다는 것은 둘째로 치더라도 보석이 제례원 내에 없다는 것을 그 누구보다 그녀가 가장 잘 알고 있기 때문이었다. 그러나 화를 내는 대신 그녀는 단이를 고쳐 안으며 주머니를 유연이 보지 못하도록 품 안으로 밀어 넣었다.

"단아, 고맙게 받으마. 하나 제례원의 것은 밖으로 내지 못하게 되어 있단다. 다음부터는 돌멩이 하나도 쉬이 들고 나와서는 안 된단다."

조곤조곤 설명하는 청의 말에 단이의 눈이 다시 크게 뜨였다. 놀란 기색이 너무 역력해 결국 청은 웃음 지으며 아이를 내려놓았다.

"오늘 일은 우리 비밀로 하자."

"네…… 잘못했어요."

풀죽은 단이의 목소리에 무어라 더 말하려던 청은 벌컥 열리는 문소리에 뒤돌았다. 그 자리에는 방금 전 제게 축객령을 내렸던 현원이 꽤나 다급한 모양새로 엉거주춤 서 있었다. 둘 사이에 모래바람이라도 부는 것 같은 어색함이 내려앉았다. 청은 어째서

현원이 저러고 서 있는지 도저히 알 수가 없어 외려 제 눈이 잘못
되었나 의심하는 중이었다. 반면 현원은 이미 어딘가로 갔을 것이
라 확신했던 청이 가기는커녕 바로 앞에 서 있으니 당혹감에 가
득 차 있었다. 그 어색함에 괜스레 유연이 슬쩍 단이를 뒤로 빼냈
을 정도였다.

궁녀들이 슬금슬금 모습을 감추고, 유연 역시 단이를 데리고
사라진 뒤에야 현원이 입을 열었다.

"그, 무엇…… 하였느냐."

"아, 저, 단이가 와 잠시 얘기를 하였습니다."

"크흠. 흠. 괜찮다면 잠시 걷지."

현원의 목소리에 가득한 어색함에 청의 얼굴에서 당혹감이 녹
아내렸다. 그녀는 방금 전 제게 달려왔던 단이와 현원이 어딘가
모르게 겹쳐 보인다는 무엄한 생각을 하며 눈을 반달로 접었다.

"예, 전하. 소신 때마침 걷고 싶었나이다."

신하라는 호칭으로 명백하게 그어지는 선에 잠시 굳었던 현원
의 표정은 빠르게 원래대로 돌아왔다. 그는 제 뒤로 따라붙으려
는 내관을 떨쳐낸 뒤 후원 쪽으로 걷기 시작했다.

자박자박 이어지는 걸음소리만으로도 제 뒤를 따르는 청의 모
습을 상상할 수 있었다. 그 상상 속의 청은 사내 복장이 아닌 고
운 다홍치마를 입고 있다는 점이 조금 달랐지만.

"성월이 이곳을 좋아하더냐."

그 물음에 이번에는 청이 멈칫했다. 진정 묻고자 하는 바가 어
디에 맞닿아 있는지 누구보다 그녀가 가장 잘 알기 때문이었다.
그녀의 시선이 허공을 긋고 왼편으로 움직여 후원의 연못가로 향

했다. 지금이라도 눈을 감으면 나타날 것만 같은, 그날의 시간은 다시 되돌아오지 않으리라. 그리 생각하며 그녀는 살풋 조금은 슬픈 웃음을 지으며 답했다.

"예, 잉어를, 무척 좋아하였나이다."

"……다행이구나."

성월 얘기를 하고 있었지만 서로 간에 진정으로 하고 있는 얘기는 좀 더 오래전 일이었다. 현원의 고개 역시 연못가로 향했다. 지금이라도 눈을 감으면 저 발치에서 해맑게 웃으며 뛰어다니는 자그마한 아이가 보이는 것 같다. 그리 생각하며.

❀

내당 밖으로는 한 번도 걸음해 본 적 없는 자그마한 아이가 처음 세상 밖으로 나선 곳은 다름 아닌 궁이었다. 그렇기에 무수히 많았던 어린 날의 추억 중에서도 그날만큼은 선연한 색을 가지고 화사하기 그지없었다.

"청아, 무엇을 그리 보느냐."

유성운의 부름에 위로 치켜 올라갔던 자그마한 고개가 천천히 그를 향해 움직였다. 한숨을 내쉬며 손수 종종머리를 땋아준 어미의 걱정과는 상반되게 아이는 그저 바깥나들이가 즐겁기 그지없었다. 청은 담뿍 웃으며 대답했다.

"하늘을 보옵니다."

"하늘? 하하. 내당의 것과 다르더냐."

"예. 전혀 다릅니다."

"어찌 다르더냐."

아비의 물음에 사그마한 얼굴에 금세 자글자글 주름이 졌다. 청은 역시 제 어미가 직접 입혀준 치맛자락을 만지작거리며 한참을 고민했다. 어린아이의 침묵이 답답할 법도 하건만, 유성운은 그저 부드러이 웃으며 아이가 입을 열 때까지 조용히 기다릴 뿐이었다. 아들의 총명함과 고명딸의 총명함은 무언가 다른 점이 있었다. 그리고 유성운은 그 차이점을 즐길 줄 아는 사내였다.

"아. 아마 제 마음이 다른가 보아요."

"마음이?"

"예. 저 내당에 있을 적에는 어여쁘기만 했던 하늘이 오늘은 이리도 즐겁게 보이니 말이에요."

"호오. 그렇구나. 하하하. 내 너에게 우문(愚問)을 하였어."

우문(愚問)의 뜻을 생각해 내기 위해 고개를 갸웃거리던 청은 이내 가마가 있는 곳에 도달하자 방금 전의 대화는 그만 까맣게 잊어버리고 말았다. 사가 밖으로 나간다는 사실이 그제야 실감이 나기 시작했다. 청이 조금은 겁을 먹은 표정으로 옷자락을 움켜쥐자, 유성운은 당겨지는 옷자락에 시선을 내렸다. 그는 자그맣기 그지없는 아이의 모습을 잠시간 바라보다 손을 뻗어 그대로 아이를 들어올렸다.

"너무 걱정하지 말거라. 네 오라비가 겁을 준 일들은 하나도 일어나지 않을 거란다."

"……하면 혼나는 것이 아닌가요?"

"하하하. 그래, 오라비가 그리 겁을 주더냐."

성운의 물음에 청은 금세 뾰로통한 표정이 되었다.

"예. 아주 못되었습니다. 막, 막 겁을 주고……."

"네 오라비가 샘이 나 그러는 것일 게다. 하니 걱정하지 않아도 된다. 전하께옵서 그저 네가 어여뻐 한번 보고자 하시는 것이니 가서 배운 예법대로 잘 하면 되느니라."

말이 끝나자마자 청이 안도의 한숨을 내쉬자 유성운은 다시 한바탕 웃음을 터뜨렸다. 그는 한 번 더 청을 달래고는 손수 그녀를 가마에 태웠다. 그렇기에 훌쩍 말에 올라탄 그의 얼굴이, 자애로운 아버지의 가면이 뚝 떨어져 나가 차갑게 굳어버린 것을 청은 보지 못하였다.

아이는 덜컹이는 가마가 멈출 때까지 옆에 난 창으로 원 없이 바깥구경을 해, 가마에서 내릴 때쯤엔 흥분과 기쁨으로 양 볼이 붉게 달아올라 있었다. 그러나 소리도 없이 문이 열리고, 아비의 손을 잡으며 밖에 나왔을 때 그 얼굴은 재빠르게 희게 질려 버렸다.

"이곳이 상감마마께옵서 거하시는 곳이란다."

제게 설명해 주는 아비의 목소리가 없더라도 알 수 있었다. 그토록 거대한 궁은, 누가 설명해 주지 않더라도 왕 말고는 살지 않을 것이라 아이도 알 수 있을 정도였다. 청이 겁에 질렸다는 것을 눈치챈 성운이 다시금 아이를 달래려 애썼으나 이미 굳어버린 아이는 쉬이 마음을 놓지 못했다. 결국 제 아비의 등 뒤에 쏙 숨은 채로 걸어간 청은 아비가 걸음을 멈추자 얼결에 자신도 발놀림을 멈추었다.

"왔는가."

부드러운 목소리에 청의 두 눈이 동그랗게 뜨였다. 아비의 뒤에서 고개를 삐쭉 내민 그녀는, 전각 위의 무수히 많은 사람들이 자신을 바라보고 있다는 것을 깨닫자 이번에는 그만 새파랗게 질려 버리고 말았다. 왕의 말도, 아비의 말도 그 자그마한 귀에는 와 닿지 못하고 허공으로 사그라졌다. 예를 갖추라는 아비의 말에 수백 번은 연습했던 대로 몸을 움직였으나 그것이 제대로 된 것인 지조차 기억나지 않을 정도로 어린 청은 혼이 쏙 빠져 있었다.

그런 그녀가 정신을 차린 것은 불쑥, 앞으로 내밀어진 옷자락의 색이 유달리 선명해서, 혹은 그 옷자락에 이유 모를 온기가 느껴졌기 때문이었다.

"세, 세자저하."

내관이 놀라 부르는 말에 청의 고개가 옆으로 갸웃, 기울어졌다.

세자?

청이 붉디붉은 그것을 가만히 내려다보자, 어서 잡으라 재촉하는 듯 옷자락이 들썩였다. 그것에 놀란 청이 화드득 손을 뻗어 옷자락을 붙들자 따스한 손이 머리 위로 사뿐히 내려앉아 그녀의 불안감을 가만가만 잠재워 주기 시작했다. 그 온기에 취해 청이 고개를 들어 올리자 몇 번인가 내당의 창가로 본 적이 있는 현원의 모습이 눈에 들어왔다.

그리고 조용히 웃는 세자의 뒤로 그녀가 한동안 잊지 못할 만큼 푸르디푸른 하늘이 보였다.

※

그때의 하늘과 다를 바 없는 하늘 아래, 상념에서 깨어난 현원은 몸을 돌려 청을 마주봤다. 제 옷자락을 붙들었던 아이는 이제 여인의 몸으로 사내의 복식을 한 채 제 앞에 서 있었다. 인연이라면 참으로 쉽지 않은 연이었다.

"대비가 다시 부른다 할지라도 응하지 말거라."

그 말에 청의 시선이 왕에게 향했다. 등 뒤에 해를 지고 있어 쉬이 보이지 않는 표정이 지금 현원의 명을 듣는 제 심정을 그대로 비춰주는 것만 같았다. 뒤로 물러나 있으라, 그리 말하는 현원의 말이 그대로 저를 후려치는 것처럼 느껴져 청은 조금은 억울한 심정으로 답했다.

"연유를 듣고 싶습니다, 전하. 소신, 전하께 신뢰를 드리지 못하는 것이옵니까."

"그 때문이 아니다."

고개를 저으며 현원은 성큼, 걸음을 옮겼다. 그는 하지 못할 말을 내뱉는 대신 손을 뻗어 청의 팔을 조심스럽게 움켜쥐었다. 위로 끌어올려지는 팔목은 가늘디가늘어서 현원의 눈에는 금방이라도 부러질 것만 같았다. 그는 조심스럽게 그녀의 심장과 이어진 곳을 짚었다. 그 손길을 느낀 탓지 현원에게 잡힌 청의 손목이 가늘게 떨리며 손끝을 따라 흐르는 고동이 점차로 빨라지기 시작했다. 그것이 얼굴에 드러나지 않는 청의 감정을 그대로 내보이는 것만 같아, 현원은 쓰게 웃으며 그녀의 손끝에 입을 맞췄다.

"그 때문이 아니라, 대비가 이 궁에서 유일하게 어의를 움직일 수 있기 때문이다. 오늘은 피할 수 있었지만, 다음번에는 기어코 맥을 잡겠노라 다짐을 했을 것이 분명할 터. 그것을 걱정하기 때문이다."

하지 못한 말을 묻은 채 현원이 꺼내 보인 표면적인 이유에도 청은 답하지 않았다. 기실 지금 그녀의 온 신경은 오로지 현원이 붙잡고 있는 제 손끝에 몰려 있었다.

몸의 열기가 죄다 그쪽으로 빠져나간 것만 같아 청은 시선을 올렸다. 그와 동시에 자신을 바라보는 현원의 눈빛에 화드득 놀라 저도 모르게 잡힌 팔을 뿌리쳤다. 재빠르게 뒤로 물러난 그녀는 현원이 무어라 미처 말을 하기도 전에 다급히 입을 열었다.

"그, 그, 그리하겠습니다. 그, 전, 전하께, 아, 그게, 그, 급히 해야 할 일이 생각나, 송구하오나……."

점차로 달아오르는 얼굴이 마치 잘 익은 홍시 같았다. 싱긋 웃은 현원은 횡설수설하는 청을 대신해 그녀의 도망을 허락해 주었다.

"그래, 급한 일이라면 가보아야겠지."

"송, 구합니다."

깊게 숨을 들이마신 청은 그대로 순식간에 예를 갖추고 사라졌다. 단숨에 홀로 남게 된 현원만이 웃어야 할지, 울어야 할지 모르겠는 제 마음을 도닥일 따름이었다.

❀

며칠이 흘렀건만 여전히 청은 제 머릿속을 가득 채우는 현원의 시선에 시달리고 있었다. 지금도 머릿속 가득 그날 생각을 하다 다른 길로 빠져 버려, 왜 그러냐는 건우의 물음에 청은 어색하게 웃으며 답했다.

"하늘이, 참으로 맑습니다. 그, 잠시 돌아가는 것도 괜찮을 듯하여……."

참으로 궁색한 변명이었으나 날씨를 생각해 본다면 이해를 못할 일도 아니었으니 그녀의 순발력도 꽤 괜찮다 할 법했다. 예국의 여름은 푸른 하늘과 쨍한 햇살로 얘기되곤 했다. 한 차례 비가 쏟아붓는 시기가 있었으나, 그때가 지나면 눈부실 정도로 아름다운 하늘을 볼 수 있었다. 잠시간 그 하늘을 올려다보던 건우는 조용히 대답했다.

"예."

"이리 하늘이 맑아지는 날이면 해가 길어져 해야 할 일이 늘어나는 법이지요. 하니 그렇게 항상 따라다닐 필요는 없어요. 이곳은 궁 안이니 건우도 해야 할 일을 하세요."

"이것이 제 일이니 신경 쓰지 마십시오."

무뚝뚝한 건우의 대답에 청은 겸연쩍게 웃었다. 그녀는 손을 들어 눈이 부신 햇살을 가리며 말을 이었다.

"하지만, 나보다는……."

"스스로의 가치를 폄하하지 마십시오."

그 말에서 느껴지는 단호함에 그녀는 걸음을 멈췄다. 청이 자신을 바라보자, 건우는 그제야 자신의 설명이 부족했음을 깨달았다. 그러나 무언가 말을 이으려던 그는, 정면에서 걸어오는 한 무리의 관료들을 발견하고는 입을 다물었다.

"이런, 최가의 수치가 아닌가."

최가의 수치. 청은 그 모욕적인 표현에 분노를 감추지 않으며 뒤돌았다. 그녀와 시선이 마주치자 그제야 유가 성한의 존재를 깨달은 관료들이 우왕좌왕하며 서로 시선을 교환하기 바빴다.

"무어라 하였습니까."

그런 그들에게 청이 다가가려 하자 건우는 손을 뻗어 관료들에게는 보이지 않는 방향으로 그녀의 옷자락을 잡아당겼다. 명백한 부정의 손길이었다. 청이 고개를 돌리자 건우는 미세하게, 그러나 아주 확고한 표정으로 고개를 가로로 저었다. 부딪치지 말라는 뜻이었다.

"이런! 유성한도 계시었구려. 맹인 눈에도 훤히 보이는 것을 보지 못하는 이가 둘이라니! 한 명은 홀로 독야청청 집안도 싫다, 권력도 싫다 하더니 이제 와 어리석은 선택을 하고."

관료의 목청이 어찌나 쩌렁쩌렁한지 소리꾼 저리가라였다. 와하하핫, 다른 관료들의 웃음이 쏟아지자 그는 용기를 얻었는지 쉬이 건들기 어려운 이에게도 화살을 겨눴다.

"한 명은 어디 산골짜기에서 유랑을 하다 와 그런가, 작은 것을 보지 못하다니. 쯔쯔쯔. 유성한께서는 수도와 너무 오래 떨어져 있어 맹인보다 못한 모양인가 보오. 아, 그래. 내 조언 하나 해드릴까? 그자와는 가까이 지내지 않는 편이 나을 것이오. 아! 아니지, 오히려 가까이 지내는 편이 나으려나. 아니 그런가? 하하하!"

무리의 우두머리 격이 한 걸음 나서며 분위기를 주도하자 뒤에 줄줄이 서 있는 관료들에게서 연달아 웃음이 터져 나왔다.

"최가의 차남이나, 유가의 장남이나 너나할 것 없이 썩은 동아줄을 붙들고 있으니!"

"하하하! 그 줄, 언제쯤 끊어질까 매우 궁금하기 그지없네!"

연달아 터져 나오는 조롱에 청은 건우를 바라봤다. 그 시선에서 느껴지는 열기에 건우는 옅게 한숨을 내쉬었다. 자신이라면 또 몰라도 왕을 조롱한 것이라면 곱게 넘길 수는 없는 노릇이었다. 건우가 영 내키지 않는다는 표정으로 고개를 끄덕이자, 청은 득의양양하게 웃으며 휙 고개를 돌렸다.

"그러게 말이오. 이거, 오랜만에 궁에 돌아왔더니 사대부들은 어디 갔는지 뵐질 않고 승냥이 떼만 시야를 어지럽히니 걱정이 이만저만이 아니라오."

그들은 청의 말에 잠시 당혹감을 감추지 못했다. 그들 중 대다수는 오랜 시간 왕조차 억누르며 누려온 권력에 상참에서도 이와 같은 줄다리기를 하지 않은 지 오래된 자들이었다. 절반 정도는 이미 분노로 얼굴이 시뻘겋게 달아올랐고, 개중 그나마 머리가 좋아 보이는 작자가 앞으로 나서며 말을 맞받아쳤다.

"흥! 무슨 말인지 영 모르겠소만."

"허…… 알고 보니 사서삼경도 떼지 못한 승냥이들인 것 같소."

무리 중 분을 참지 못한 자가 노성을 내질렀다.

"그 입 다물지 못할까! 어디 대역죄인의 가문이……!"

"허허…… 통재라. 내 승냥이들을 너무 고평가했던 모양이군. 이제 보니 천자문도 떼지 못하였어."

"이보시게! 성한!"

"아, 이런. 죄송합니다. 대신들께서 계시는 줄 미처 모르고 혼잣말을 하였습니다. 혹 무어라 하시었는지요?"

청이 뻔뻔한 표정으로 외려 되묻자 그나마 말을 던지던 자도 기가 막혀 말문을 잃고 말았다. 대신들이 꿀 먹은 벙어리가 되어 다들 아무런 말도 하지 못하자, 청은 방금 전까지 입가에 부드러이 맴돌던 미소를 거둬들였다.

"부디 예국의 녹을 받는 것을 부끄러이 아시오. 또한 최가의 건우는 충심을 다해야 할 주군이 누구인지도 알지 못하는 자들보다 몇 배는 나으니 그 역시 부디, 명심하길 바라오. 하면 이만 길이 바빠 먼저 가보겠습니다."

할 말만 한 채 그대로 휙 대신들을 스쳐 지나가는 청의 모습에 건우는 저도 모르게 소리 없이 웃었다. 그 자리에 굳어버린 관료들의 모습도, 그들에게 한 방 먹이는 것도 이전에는 상상도 하지 못하던 일이었다. 운사가 이 사실을 알게 된다면 조심하지 않았다 화를 낼지도 모를 일이었다. 왕에게의 견제가 더욱 심해질지도 모를 일이었다. 아무리 따져 보아도 이건 기뻐할 일이 아닌 걱정해야 할 일이었다. 그럼에도 왜 이리 기분이 좋은지 모르겠다고 고개를 내저으며, 건우는 저 멀리 휘적휘적 걸어가고 있는 청의 뒤를 따라 바삐 걸음을 옮겼다

"이상하지 않았겠지요?"

그래서 청이 조금은 겁에 질린 목소리로 물었을 때 그는 꽤나 놀랐다.

"예?"

"혹, 내가 이상한 말을 하진 않았습니까? 전, 전하께 폐가 된다거나……."

그제야 그는 자신에게 등을 돌리고 있는 청이 가늘게 떨고 있다는 것을 눈치챘다. 그 모습에 건우는 스스로의 어리석음을 질타했다. 어째서 끝까지 말리지 않았을까. 사내가 아니라 여인이라

는 것을 알고 있었음에도.

"……괜찮습니다. 그러나 앞으로는 무시하십시오. 상대할 가치도 없는 자들입니다."

"하지만 그들이……."

말끝을 흐리는 청의 모습에 건우는 엷게 웃었다. 여전히 그의 눈에는 그녀가 용궁에서 사는 선녀같이 보였지만, 지금은 조금 달랐다. 그는 난생 처음으로 자신의 고충을 정면에서 바라봐 주는 사람을 만난 기분에, 평소라면 절대 입에 내지 않았을 얘기를 꺼냈다.

"아버님과 형님은 진허원의 측에 서 있습니다."

"예?"

"한데 저 홀로 가문의 뜻에 따르지 않으니 자연스레 권력에서 도태되어 떨어져 나온 것입니다. 그것을 전하께옵서 거두어주셨지요."

"하나 어째서……!"

경악을 금치 못하는 청에게 건우는 그저 웃으며, 말했다.

"아직, 아직 이것밖에는 말씀드릴 수 없습니다. 하니 앞으로 같은 상황에 처하게 될지라도 무시하십시오. 부딪칠 필요도 없는 일입니다."

말을 마치고 성큼 앞서 걸어가는 건우의 뒷모습을 한참 동안 바라보던 청은 주먹을 꾹 움켜쥐었다. 그녀는 경중경중 내달려 단숨에 건우를 스쳐 지나가며 소리 높여 외쳤다.

"싫습니다!"

유연이나 운사가 보았다면 체통을 운운하며 뒷목을 잡았을 것이 분명했다. 그러나 건우의 눈에는 내달리며 몸을 반쯤 돌려 자신을 바라보는 청이 무척이나 눈부실 따름이었다.

"나는 당신의 선택이 옳다고 믿고 있습니다. 하니, 그것이 창피하다 비웃는 자가 또다시 나타난다면 나는 다시금 싸우겠습니다. 반드시 그럴 것입니다."

현원이 그에게 신과 다름없는 존재라면, 청은 아주 어릴 적 생명이 다한 어머니를 떠올리게 했다. 그녀의 말에 녹아 있는 애정과 배려에, 건우는 차마 그러지 마시라 말하지 못한 채 그저 웃을 수밖에 없었다. 눈물이 흐를 것 같다는 생각을, 아주 어렴풋이 하면서.

"저, 전하! 체통을······!"

동궁의 옆에 위치한, 유가의 차기 가주를 위한 쌍둥이 궁에서 제례에 쓰일 제문을 외우던 청은 갑작스러운 소란에 종이에 처박았던 고개를 들어올렸다. 청의 시선이 가 닿자, 그녀의 암기를 돕던 유연 역시 놀란 표정으로 문가를 바라봤다. 그러나 그들이 무슨 상황인가에 대한 얘기를 채 나누기도 전에 예고 없이 장지문이 벌컥 열렸다. 그 문 안으로 성큼 들어선 것은 다름 아닌 예국의 왕, 현원이었다.

"저, 전하?"

청이 당혹감을 감추지 못하며 부르는 말도 들리지 아니한지, 현원은 노기가 가득한 얼굴로 성큼성큼 방 안으로 들어왔다. 그는 너무 놀라 일어날 생각도 하지 못하는 청의 바로 앞에 멈춰선 뒤, 몸을 굽혀 그녀의 턱을 움켜쥐었다. 무자비한 태도와는 상반

인당수에 핀
연꽃송이

될 정도로 조심스러운 그 손길을 따라 천천히 청의 얼굴이 위로 들렸다. 그녀와 시선이 마주치자 불을 품은 것처럼 분노로 일렁이던 그의 두 눈이 차츰 가라앉았다.

"괜찮은 것이냐."

노기 대신 걱정이 잔뜩 녹아 있는 그 물음에 슬금슬금 뒤로 물러나던 유연도, 화급히 뒤따라 방으로 들어오던 운사도 뒤로 넘어갈 정도로 놀랐다. 그중 가장 놀란 것은 청이었다. 그녀는 어째서 그가 자신에게 이런 질문을 던지는지조차 알지 못해 혼란스러움을 감추지 못하며 대답했다.

"괘, 괜찮사옵니다."

"진정으로, 괜찮은 것이냐."

청은 마치 연인에게 하는 듯한 그 걱정 어린, 다정하기 그지없는 물음에 제 심장이 콩콩 뛰기 시작함을 느꼈다. 이리 가까이 현원의 눈을 들여다보는 것은 심장에 무척 좋지 못했다. 청은 슬쩍 시선을 피하며 되레 되물었다.

"전하…… 어찌 그리 물으시는 것인지요."

그 물음에 다시 현원의 눈썹이 위로 치켜 올라갔다. 그는 뒤로 한 걸음 물러났다. 그러곤 두통이 밀려오는지 이마를 손으로 짚으며 길게 한숨을 내뱉었다.

"오늘, 마찰이 있었다 들었다."

그제야 현원이 말하고자 하는 맥락을 잡아낸 청은 다급히 대답했다.

"마찰이라니요. 그저 가벼운 언쟁이 있었을 뿐……."

"그 말이 그 말이니라! 그런 자들과는 말을 주고받을 필요도 없다!"

버럭 외친 현원은 있는 대로 얼굴을 구겼다. 그는 고개를 한 번 떨구었다가, 괜스레 마른세수를 했다가, 금방이라도 무어라 말을 할 듯 입을 달싹였다가, 결국에는 아무런 말도 하지 못한 채 입을 꾹 다물었다.

"전하."

청이 대신해 입을 열자, 현원이 고개를 들었다. 그러나 그녀는 제 앞에 서 있는 왕에게 온 신경을 쏟고 있어, 필사적으로 그녀를 말리고자 하는 운사의 손짓 발짓을 미처 보지 못했다.

"소신, 전하께옵서 염려하시는 바 깊이 통감하기에 다시는 대비의 명에 응하지 않을 것입니다. 그러나, 또다시 오늘과 같은 상황에서 달리 행동하는 일 역시 없을 것입니다."

청의 말에 운사는 푹, 고개를 떨궜다. 이 길로 현원이 대신들 중 오늘 일에 책임이 있는 자들을 색출해 내겠노라 분노하는 것을 말릴 이가 자신뿐임을 잘 알고 있기 때문이다. 그러나 이어지는 청의 말에, 언제 그랬냐는 듯 현원의 얼굴이 풀어졌다.

"어찌 전하를 욕보이는 자들을 내버려두겠나이까. 소신은, 전하의 것이 아니옵니까. 그러니 전하를 위해 충심을 다할 것이옵니다. 하니 그런 명은 하지 마소서."

비록 둘 사이에 아주 약간, 말을 받아들이는 초점이 어긋나 있었지만 말이다.

❀

일은 빠르고, 또 급박하게 흘러갔다. 그 흐름 속에서 청은 대부분의 시간을 제례 준비로 보내고 있었다. 그녀의 교육을 책임지고 있는 유연은 하늘을 향해 양손을 뻗은 채 천천히 한 바퀴를 도는 청의 움직임에서 주의할 점을 짚었다.

"아니 그럼 무려 칠 일간 뵈지 못하신 겁니까?"

경악에 찬 무녀의 목소리에 오히려 놀란 것은 청이었다. 그녀는 막 들어 올리던 팔을 어정쩡한 상태로 멈췄다.

"음. 그 정도 되었지…… 아무래도 전하께옵서는 준비하실 일이 많으니까……."

조금 아쉬워하는 듯한 청의 대답에 유연은 금세 걱정스러운 기색을 보였다.

"하나 미래 예국의 바다가 되실 분들이시니 혼사 전 서로 간에 대해 많은 것을 아는 것이 좋지 않겠습니까."

"……바다라니?"

유연은 어리둥절한 표정으로 되묻는 청의 말에 오히려 제가 더 당황했다. 그녀는 제례식 때 사용하는 제문이 적힌 종이를 조심스레 탁자 위에 올려놓으며 청의 안색을 살폈다. 그러나 청은 조금도 지금 상황에 대해 아는 것이 없는 기색이 완연했다.

"예. 모든 일이 마무리된다면 유가의 하나뿐인 여식으로서 중전의 자리에 오르시게 되실 테니 예국의 바다이지요."

"중전이라니. 그 무슨……."

얼이 빠진 청의 얼굴에 오히려 그녀보다 더 당황한 유연은 마른침을 삼켰다. 너무도 당연한 수순으로 이뤄질 일이 정면에서 그 주인공에게 묵살 당하자 어째서 그것을 그렇게 당연하게 생각했는지 이상하게 느껴질 정도였다.

"······아니옵니까?"

아연한 유연의 물음에 청은 커다란 방망이로 머리를 두들겨 맞는 것만 같았다. 어째서 이후의 일에 대해 명확하게 결론을 내지 않았던가. 뒷일을 확정지어 놓지 않은 스스로가 한심스럽게 느껴졌으나 생각해 보면 당연한 일이었다.

당연하게 모든 일이 끝난 뒤엔 모습을 감출 생각이었고, 당연히 자신은 이 화려한 무대 위에서 내려올 생각이었다. 언제고 막은 내리고 일에는 끝이 존재하는 것이 아니던가.

문제는 자신이 내려놓은 끝과 왕이 내려놓은 끝이 같지 않을 수도 있다는, 아주 중요하면서도 당연한 맹점을 미처 파악하지 못했다는 사실이었다. 청은 자신이 '중전'의 자리에 앉아 있는 모습을 잠시 상상했다. 미간을 좁혔다. 이건 아니었다.

"자세히 말해봐. 그게 대체 무슨 말이야? 내가 중전이 된다니."

"저희는······ 그렇게 알고 있었습니다. 현재 세도가의 여식들 중 혼기가 찬 여인은 한 명도 남아 있지 않기에······."

오히려 당황한 것은 유연이었다. 얼마 전 왕의 행동거지며 근래 들어 값비싼 것들을 남몰래 밀어 넣어주는 것을 볼 때 현원이 청에게 마음이 있음은 바보가 아닌 이상 눈치채고 있는 사실이었다. 정작 가장 중요한 본인이 모른다는 것이 문제라면 문제였지만. 유연의 말에 그녀는 그제야 긴장을 풀었다.

"그렇다면 잘못 안 것이겠지. 여인이야 타국의 옹주나 공주도 있고, 몇 년만 지나면 혼기가 차는 여식들도 생길 거야."

고개를 저으며 청이 대답했다. 그런 그녀의 모습에 유연은 어색하게 웃음 지었다. 그녀는 역시 거추장스럽게 늘어지는 예복의 겉옷을 벗어 정돈한 다음 한 손에 걸쳤다. 얘기가 이쪽으로 빠진 이상 여기서 더 진도가 나갈 것 같지는 않았다. 유연은 치렁치렁한 끈들을 접어 바닥에 끌리지 않게 갈무리하며 말을 이어나갔다.

"하지만…… 그렇다면 이상하지 않습니까? 어째서 전하께선 그 방안을 두고 이리 돌아가시는지 말입니다."

"그건…… 아니, 잠시만. 전하를 뵈어야겠어. 나머지는 다음에 다시 하도록 하자."

무겁게 가라앉은 청의 목소리에 유연은 조금 놀랐다. 모든 무녀들이 직감적으로 생각하고 있던 것을 청은 조금도 짐작하지 못했기 때문이 아니었다. 중전의 자리에 오를지도 모른다는 사실에 안색이 변할 정도로 놀라는 그녀의 반응 때문이었다. 무언가 일이 잘못 돌아가고 있다는 것을 느끼며 유연은 조심스럽게 대답했다.

"예. 모시겠습니다."

"아니, 괜찮아. 이제 어느 정도 길도 알고, 그리고, 해야 할 일이 있잖아?"

부드러운 거절이었으나 그 안의 단호함을 읽어낸 유연은 차마 따라가겠다는 말은 하지 못하고 한 걸음 옆으로 물러났다. 건우가 호위를 하니 위험한 일이 없을 것이라는 계산도 있었다. 그녀가 간과한 것이라고는 바로 그 건우가 현원의 명에 따라 밖으로 나갔다는 것이었다.

그렇기 때문에 제례원을 뛰쳐나간 청의 옆에는 아무도 없었다.

그녀는 거추장스러운 예복을 한 손으로 추스르며 깊게 숨을 들이마셨다. 유연의 깃과 달리 남성용 예복이었음에도 불구하고 및 겹이나 겹쳐 입어야 하는 옷은, 마치 물결이 이는 것처럼 아름다웠다. 한눈에 보더라도 손이 많이 갔을 옷이었지만, 그녀에게는 그저 번거로움 그 이상도 이하도 아니었다.

"이런. 유가의 성한이 아니십니까."

그렇기 때문에 갑작스럽게 등 뒤에서 들려온, 느긋하면서도 차갑기 그지없는 목소리에 그녀는 어떠한 마음의 준비도 할 수 없었다. 길 위에서 누군가 그녀에게 아는 체를 해오는 것은 그리 흔한 일이 아니었다. 대게 소율대비의 사람들은 청이 제 앞을 지나가도 아예 없는 사람 취급을 했고, 공식적인 왕의 편은 존재하지 않았으며, 어느 쪽에도 속하지 않은 자들은 유가의 재등장 자체를 껄끄러워 했다. 그렇기에 그녀는 이성적으로 상황을 재단하기 전에 반사적으로 몸을 돌렸다.

"허허. 막 전하께 유가의 장자와 대면하고 싶다 청하였다 무참하게 거절당하고 돌아가는 길이온데, 운이 따랐나봅니다. 길 위에서 마주한 것에 대해서는 전하께옵서도 무어라 하시진 못하시겠지요."

첫인상은 무어라 말로 표현하기 힘들었다. 그러나 굳이 말로 표현하자면, 그것은 긴 수식어가 필요하지 않았다. 단호하고, 간결하며, 단 하나의 단어로 표현이 가능했다.

왕.

우의정과 좌의정을 뒤에 거느린 채 조바심이나 초조함이라고는 조금도 없는, 위풍당당하기 그지없는 얼굴로 자신을 바라보고 있는 사내를 본 순간 떠오르는 것은 오직 '왕'이었다.

청은 순간적이나마 자신의 머릿속을 스쳐 지나간 그 불경한 생각을 떨쳐내기 위해 고개를 휘저었다. 왕이라니. 말도 안 되는 생각이다. 예국의 왕은, 단 하나이지 않은가.

"송구합니다. 궁에 들어온 지 얼마 되지 않아 아직 고관들을 다 알지 못합니다. 혹 뉘신지 성함을 들을 수 있을지요."

"아암. 물론입니다. 한때 예국의 숨은 용이라 칭해진 유가의 차기 가주께 이 몸의 이름 석 자를 말할 수 있다니, 그것이야말로 영광이지요. 진허원이라 합니다. 부끄럽지만 진가의 수장을 맡고 있지요."

그의 말에는 여유가 가득했으나, 그 주변은 반대급부로 긴장감만이 흘렀다. 심지어 우의정과 좌의정은 금방이라도 숨이 넘어갈 것만 같은 표정이었다. 그러나 청은 놀라지도, 경악에 차지도 않았다. 그녀는 그저 진허원과 그를 따르는 무수히 많은 권세가들 너머에 온통 시선을 빼앗겨 아무것도 눈에 들어오지 않았다. 방금 전까지만 하더라도 거대한 산 같던 진허원이, 더 이상 시야 안에 잡히지도 않았다.

그가 무엇 같다고?

청은 자신의 어리석은 생각을 스스로 비웃었다. 진허원의 뒤에 수십의 권세가가 늘어서 있다 할지라도 그는 왕이 아니었다. 심지어 왕처럼 보이지도 않았다. 그는 그저 왕이 되고 싶어 발악을 하는, 늙디늙은 또 다른 권세가에 불과했다. 그럴 수밖에. 현원의 등장에 진허원의 위세가 단숨에 빛을 잃었다.

반면 고작 내관 하나를 뒤에 단 채 걸어오는 사내는, 편한 일상복 차림임에도 불구하고, 온몸으로 말하고 있는 듯했다. 예국의 왕은 바로 자신이라고.

전혀 웃을 상황이 아님에도 불구하고 웃음이 나오는 것 같았다. 적어도 그녀는 그렇게 생각했다. 그렇지 않다면 유연의 표현처럼 '무려' 칠 일간 보지 못했어도 아무런 느낌도 없던 그가 시야에 들어오자마자 이렇게 기분이 오묘하게 변할 리가 없었다. 청이 아무런 대답도 하지 않자 이상했는지, 진허원이 다시 입을 열었다. 그러나 그가 내뱉은, 혹은 내뱉으려 했던 말은 단 하나도 허공으로 나오지 못한 채 흉흉한 목소리에 의해 짓눌렸다.

"분명 과인이 곧장 돌아가라 말을 한 것 같은데, 어째서 진가의 허원은 아직까지 궁 안에 있는지 그 연유를 물어도 되겠는가."

모든 세도가의 관심이 진허원과 청에게 집중되어 있었기 때문에 그들은 등 뒤에서, 혹은 옆에서 갑자기 들려온 왕의 목소리에 화들짝 놀랐다. 몇몇은 용이라도 본 것처럼 심장을 부여잡기도 했다. 태연한 자라고는 오직 진허원과, 이미 현원을 바라보고 있던 청. 단둘뿐이었다.

"이런, 전하께옵서 발걸음을 하실 것이라고는 생각지 못했습니다."

"질문에 대한 답이 아닌 것 같은데. 왜 이곳에 와 있느냐 물었다."

"허허. 그저 옛 추억에 잠겨 거닐다 보니 이런 곳까지 흘러왔나 봅니다. 한데…… 전하께옵서 노신(老臣)이 가는 곳에 이리 큰 관심을 가져 주시다니 감읍할 따름입니다."

"……서로 마음에 없는 말은 하지 말도록 하지. 하면 그저 우연히 온 것일 테니 유가의 성한은 과인이 데려가도 상관없겠지.”

“물론이옵니다. 어찌 노신에게 그러한 것을 물으시는지 모르겠습니다만, 그저 뜻 없이 걷다 우연히 반가운 얼굴을 마주하였을 뿐이옵니다.”

등 뒤에 서 있는 자들의 얼굴이 하나같이 백지장처럼 새하얗게 변하지만 않았어도 깜빡 속아 넘어갈 정도로 태평했다. 그러나 그 속에 구렁이가 수십 마리는 들어앉아 있다는 것을 아주 잘 아는 현원은 그저 못마땅하다는 표정으로 눈살을 찌푸릴 뿐이었다. 성큼성큼, 몇 걸음 만에 청과의 거리를 좁힌 그는 여전히 현실과 동떨어진 것만 같은 시선으로 자신을 바라보는 청의 모습에 한 번 더 눈을 찡그리고는 팔을 뻗어 그 손을 움켜쥐었다.

“연유 없이 궁 내부를 휘젓고 다니지 말고 이만 돌아가도록 하라.”

서늘한 목소리였다. 지난 십여 년간 한 번도 이를 드러낸 적이 없는 용이, 신물(神物)이라는 표현에 걸맞게 호랑이를 위협하고 있었다. 그것이 조금은 놀라워 진허원의 눈이 크게 뜨였다. 자세를 낮추고, 몸을 웅크린 채 기회만을 기다리던 어린아이가 어느새 다 자라 성인이 되어 자신의 앞에서 목소리를 내는 모습은 그가 예상했던 것보다 몇 배는 더 인상적이었다.

“물론입니다. 노신, 전하의 명을 받들겠나이다.”

돌풍이 불듯 왕이 청을 끌고 사라지자, 한참 동안의 침묵이 퍼져 나갔다. 진허원의 뒤를 따르던 자들 중에는 현원이 자신의 얘기를 하는 것을 처음 보는 자들도 있었다. 그들이 얼이 빠져 있을 때 가장 먼저 정신을 차린 것은 그나마 왕의 변화를 먼저 접했던 좌의정이었다.

"괘, 괜찮으십니까."

"무엇이 말인가?"

"그것이……."

말끝을 흐리며 좌의정은 재빠르게 진허원의 눈치를 살폈다. 무려 십여 년간 왕도 넘보지 못할 권세를 누린 자였다. 본디 권력이란 있어도 있어도 부족한 법이고 더해지는 건 눈치채지 못하더라도 덜어내는 것은 귀신같이 알아차리는 법이었다. 심지어 왕이다. 그 왕이 어떠했던가. 수없이 오랜 세월동안 진허원의 앞에 설 때마다 기세를 바짝 누그러뜨리고 그저 맥없이 죽은 눈을 한 채 '그대의 말이 전부 옳다' 하던 그 왕이다. 그 왕이, 진허원의 앞에서 처음으로 발톱을 드러낸 것이다.

좌의정은 어쩌면 악에 받친 진허원이 저를 한 대 칠지도 모른다 생각하며 눈을 질끈 감았다. 그러나 진허원은 악을 쓰지도, 분노하지도, 좌의정의 걱정처럼 주먹을 휘두르지도 않았다. 그는 그저 뒷짐을 진 채로 추억에 잠긴 듯 아련하게 허공을 응시하고 있을 뿐이었다.

"닮지 않았는가."

"……예?"

"전하께옵서도, 유가의 성한도, 닮지 않았나 물었네."

점점 알 수 없는 방향으로 튀는 물음에 좌의정은 아연한 상태로 되물을 수밖에 없었다.

"전하와 유가의 성한이 말입니까? 그것이…… 전하와 그이는 체격도 다르고……."

인당수에 핀
연꽃송이

"허허. 아니, 그게 아니네. 전하께옵서는 선왕과 닮으셨고, 유가의 성한은 유가의 성운과 닮지 않았나 그리 물은 것이야."

"예?"

좌의정은 당혹감에 실없이 튀어나간 말을 주워 담기 위해 제입을 틀어막았다. 그러나 애당초 진허원에게는 가불가(可不可)의 대답이 중요한 것이 아니었다. 대답을 바란 질문도 아니었다. 그는 당장에라도 눈앞에 그려질 것만 같은 오래전의 추억에 잠기며 중얼거렸다.

"닮았어. 많이 닮았어. 금방이라도…… 그때로 돌아갈 것만 같이 느껴질 정도이니. 이거 원…… 그대 말이 맞게 생겼구만."

진허원의 중얼거림에 그 뜻을 전혀 짐작하지 못한 여러 대신들만이 멀거니, 서로 저마다의 충격에 빠져 한없이 그 자리에 서 있을 따름이었다.

"전하!"

다급한 부름에 그제야 현원은 걸음을 멈췄다. 거의 뛰다시피한 참이라 제례원과는 한참 떨어진 지 오래였다. 청은 이곳이 어디인지 전혀 감도 안 잡혔다. 일직선으로 쭉 온 것도 아니고 사람들과 마주칠 것 같으면 이리저리 피하면서 온 탓에 방향 감각도, 거리 감각도 소멸한 지 오래였다. 멍이 들지도 모를 정도로 세게 붙잡힌 팔을 떨쳐내지도, 타박하지도 못한 채 청은 뒷모습만을 보인 채 우뚝 멈춰 선 현원을 응시했다.

"무슨, 얘기를 했느냐."

목소리는 잔뜩 갈라져 있었다. 방금 전까지만 하더라도 호령을 하던 거만함 대신 당혹감과, 걱정으로 쥐어짜낸 목소리는 어쩐지 슬픈 것도 같았다.

"아무 얘기도 하지 않았습니다. 그저 인사를 나눴을 뿐입니다."

"건우는 어디에 두고 혼자 다니는 것이야. 이 궁은, 궁 안은, 바깥보다 배는 위험하다 그리 신신당부하지 않았는가!"

"그것이……."

당혹스럽기 그지없었다. 청은 자신이 그렇게 큰 잘못을 했다고 는 생각하지 않았다. 궁 안이었고, 무언가를 먹거나 만지지도 않 았으며, 진허원과는 정말이지 우연히 마주친 것뿐이었다. 심지어 저쪽에선 인사라도 했지 자신은 입도 뻥긋하지 못했다. 그런데 어 째서 현원이 이렇게까지 분노하는지 알 수가 없었다.

"어찌 그리 겁이 없어!"

"전하, 송구하오나 소신 무엇을 잘못하였는지 잘 모르겠나이 다."

"모른다? 어찌 그것을 모를 수가 있단 말이야! 진정 과인이 초 위를 왜 붙여주었는지 모른단 말이냐?"

버럭 외친 현원은 자신의 말에 스스로가 놀라 입을 꾹 다물었 다. 화낼 일이 아니었다. 게다가 건우는 오늘, 자신이 제 손으로 직접 궁 밖으로 내보내지 않았던가. 현원은 갈피를 잡지 못하고 뒤흔들리는 제 감정 위에 거대한 바윗돌을 얹었다. 화를 내다니. 그보다는 오히려 기뻐해야 할 일이었다. 드디어 지지부진하던 진 가의 허원이 움직이기 시작하지 않았는가? 바윗돌인 양 꿈쩍도 안 하던 그가 움직였으니 이제 그 뒤에 늘어선 거대한 본체가 움 직이기 시작할 것이었다. 워낙에 거대하니 아무렇게나 던져도 표적을 맞출 수 있을 정도의 본체가. 그런데도 불구하고 속에서 일어나는 감정은 분명 기쁨이 아니었다. 살짝 올라간 눈썹과 일자로 곧게 다물린 입술이 그의 감정을 그대로 내보이고 있었다. 현원은 자신보다 머리 하나는 더 아래에 있는 청의 얼굴을 빤히 들여다봤다.

그 모습에, 아무것도 모른다는 두 눈동자에 쿵, 어디선가 무언가가 내려앉는 소리가 들렸다. 현원은 손을 들어 올려 제 이마를 짚었다. 인지하고 있지 못할 때는 조금도 의심가지 않았던 것이 인지하기가 무섭게 단번에 밀어닥쳐 그를 집어삼킬 것만 같았다.

그리고 그 깨달음에 그는 다시금 머리가 아찔해짐을 느꼈다. 쿵, 그는 내려앉은 그것을 억지로 위로 밀어 올렸다.

그래서는 안 된다. 그는 고삐를 잡아당겼다. 족쇄를 끌어와 잠그고, 온몸을 두꺼운 동아줄로 단단히 매었다.

"전하."

그러나 그의 노력은 단 한마디에 와르르 무너져 내렸다.

청은 현원의 미간 사이에 주름이 점차 깊어지자 다시 그를 불렀다.

"전하. 전하께옵서 염려하시는 것이 무엇인지 잘 알겠습니다. 그러나 염려치 마소서. 일전에 전하께서 말씀하시지 않으셨습니까. 소신은 전하의 것이옵니다. 그러니 전하의 명이 떨어지기 전엔 죽지도 변절치도 않을 것입니다."

"……아니다. 과인이 과했던 것 같다. 한데, 어인 일로 제례원을 나온 것이냐?"

"아! 그러고 보니 전하, 소신이 이상한 얘기를 들었사옵니다."

"이상한 얘기라니?"

현원의 물음에 청은 순간 멈칫했다. 방금 전까지만 하더라도 어째서 자신이 미래의 중전으로 점찍어져 있는지 물으려 했으나 저 얼굴을 보자 입이 딱 달라붙어 떨어지질 않았다. 자신을 내려다보고 있는 왕에게 무어라 묻는단 말인가? 중전으로 누구를 맞이할 생각이냐고? 청은 방금 전까지 기세등등했던 스스로가 놀라울 지경이었다. 당연히 자신이 아니다. 그럴 리가 없었다. 왕권을 강화하려 하는 이 시점에서, 다른 누구도 아닌 유가를 중전으로 세우는 것은 말이 되지 않았다. 그것은 짧게 보면 이득이었으나 길게 봤을 때 모든 이득을 덮을 만큼 부작용을 불러올 것이 뻔했다. 수화가 일어난 것도 선왕이 가져서는 안 될 유가를 탐했기 때문이 아니던가. 왕이 그 사실을 모를 리가 없다. 그렇다면 짧은 기간, 형식적인 자리이지는 않을까. 그러나 그것은 물어볼 수 없는 의문이었다. 어떠한 대답을 듣더라도 그 답이 만족할 만한 답일 리가 없다는 것을 잘 알고 있기에.

청은 그때까지 자신이 숨을 참고 있었다는 사실을 깨닫고는 천천히 숨을 내쉬었다.

"아닙니다. 다시 생각해 보니 그리 중한 일이 아닙니다."

"그래? 허면, 잠시 시간을 내는 것도 힘든 일은 아니겠구나."

"예?"

현원은 멍청한 표정으로 되묻는 청의 얼굴에 작게 웃었다. 그는 주변을 한번 둘러본 뒤, 장난스레 입술 위로 손가락을 올렸다.

"진가의 허원이 다녀갔으니 아마 곧 운사가 달려올 것이다. 그 녀석은 워낙에 꼼꼼해서 아마 내가 허원과 나눈 대화의 토씨 하나하나까지 캐물을 것이 뻔해. 하니 도망가려 하는데 같이 가겠느냐?"

"······예?"

"쯧. 마실을 나가잔 말이다."

그 당당한 선언에 청은 무어라 반박조차 하지 못하고 한쪽 눈썹을 치켜 올렸다.

"전하. 방금 전까지 제게 진가의 허원을 조심하라 그리 이르셨던 것으로 기억합니다. 어찌 이 시점에 궁을 나가자 하십니까?"

기막혀하는 그녀의 모습에 이번에 그는 이를 드러내며 장난스럽게 웃고는 가장 먹음직스러운 미끼를 내어던졌다.

"성월을 볼 수 있을게다."

"어서 가지요."

그 한마디에 안색이 바뀐 그녀는 미끼라는 것을 알면서도 그것을 덥석 물었다. 그것이 또한 재미있어서, 현원은 소리를 내지 않기 위해 입을 꾹 다문 채 온몸을 부들부들 떨며 웃었다.

밖으로 나오는 것은 생각보다 더 수월했다. 여섯 개의 문을 지나며 수십 명의 병사들의 검문을 거쳤지만 아무도 현원이 내미는 패를 의심하지 않았다. 그 수많은 병사들 중 단 한 명도 그가 왕임을 눈치챈 사람 역시 없었다. 아무리 왕의 모습을 보는 것이 힘들다 할지라도 현원의 변장은 허술하기 그지없었다. 도포와 패의 지위가 맞지 않았고, 손에 든 부채의 선추는 용이 매달려 있었으니 조금만 주위를 기울였다면 단번에 그의 지위가 범상치 않음을 눈치챌 수 있을 터였다. 그럼에도 불구하고 아무도 그 이상함을 알아채지 못할 정도로 경비는 허술하기 그지없었다.

"어째서……?"

청의 물음에 현원은 바람에 휘날리는 녹색 도포를 손으로 가만히 누르며 대답했다.

"이 궁 안에서 내 얼굴을 아는 자보다 모르는 자가 많을 것이야. 세자일 때만 하더라도 궁내부를 샅샅이 뒤지며 다녔지만 왕좌에 오른 뒤에 동궁 내에서 나간 날보다 나가지 않은 날이 더 많았으니 그럴 법도 하지."

"아무리 그렇다 할지라도 어찌 이리……."

청이 집어삼켜 버린 뒷말을 짐작하는 것은 어려운 일이 아니었다. 현원은 제 집이자 감옥과도 같은 궁에서 시선을 돌리며 던져지지 않은 질문에 답했다.

"선왕께서 서거하신 뒤로 왕궁보다 진가의 경계가 더욱 삼엄할 것이라 내 장담하지. 쓸 만한 자들을 진가가 사병으로 빼돌린 지 꽤 되었거든."

울분으로 고함을 내질러야 마땅할 말을 아무렇지 않게 하며 그는 고개를 돌려 자신을 따라오는 청을 바라봤다. 감정이 갈무리된 그의 표정은 그 어떤 절규보다 무수히 많은 것이 녹아 있었다.

그것에 짓눌려 버릴 것 같다 생각하며 청은 얼굴을 일그러뜨렸다. 무어라 위로를 해야 할지, 어떤 말을 꺼내야 할지도 알 수가 없어 차라리 우는 게 나을 것 같은 기분이었다. 당장에라도 손을 뻗어 저 두 눈에 가득 차 있는 비통함을 가려주고 싶었다. 하나 그녀는 손을 뻗는 대신 행여나 제 손이 주인의 의지를 벗어날까 두려워하듯 주먹을 꾹 쥐었다.

"그런데도 호위 하나 없이 이리 행적이 드러나게 움직이는 것에 는 연유가 있으신 것이겠지요."

핵심을 찌르고 들어오는 청의 물음에 현원은 잠시 멈칫했다. 그러나 이내 그는 양팔을 넓게 벌리며 말했다.

"하하하. 내 너는 못 속이겠구나. 자아, 보거라. 얼마나 먹음직 스러운 미끼냐. 슬슬 그자들도 마음이 급해지기 시작했을 터이니 본격적으로 움직일 게야."

아무렇지 않게 스스로를 미끼라 칭하는 왕을 바라보며 청은 조금 서글프다 생각했다.

"계획이 있는데 무리해서 이리 할 필요가 있습니까."

"아, 그래. 내 너에게 이걸 말해주지 않았구나. 내가 잡으려는 것은 소율대비다."

"예에?"

"들켜서는 안 될 것을 들켜 버렸거든. 하니 그만한 가치가 있는 하나를 손에 쥐어야 거래를 시작할 것이 아니냐."

"들켜서는 안 될 것이 들켰다니요? 무슨 일이 있었던 것입니 까?"

걱정이 가득한 청의 물음에 현원은 대답하지 않았다. 그는 대 신 장난스럽던 표정을 지워내고 손을 뻗어 그녀의 팔을 잡아끌었 다.

"전하!"

끌어당기는 힘에 반사적으로 외친 청은 주위의 시선에 재빠르 게 남은 손으로 입을 가렸다. 놀라서 동그랗게 뜬 눈에 혹여나 들컸나 싶어 주위를 둘러보는 모양이 꼭 겁먹은 토끼 같다 생각하며 그는 짐짓 무섭게 목소리를 내리깔며 말했다.

"어허. 주위를 조심하거라. 여기는 궁이 아니니, 나 역시 전하가 아니라 최가의 먼 친척이래도."

"죄, 죄송합니다."

"되었다. 아. 그 말은 혹 들었느냐? 성월의 몸 상태가 꽤나 좋아졌다던데."

"정말입니까? 어디가 얼마나 괜찮아졌답니까? 이젠 바깥바람을 쐬어도 괜찮다 합니까? 아! 혹시 뜀박질도 가능하답니까? 저번에 봤을 때만 하더라도 숨이 차 제대로 뛰지 못하였는데……."

동생 이야기가 나오자 언제 그랬냐는 듯 관심이 온통 그쪽으로 쏠린 청의 모습에 현원은 어깨를 으쓱이며 그녀의 팔을 당겼다.

"자세한 것은 가봐야 하지 않겠느냐. 예서 하루를 꼬박 보낼 생각은 아니겠지?"

그의 말에 청은 여전히 반짝이는 눈으로 고개를 끄덕였다. 언제나 몸이 약해 걱정이 태산이었던 동생의 몸 상태가 좋아졌다니 머릿속은 온통 그 생각뿐이었다. 다른 사람 눈에도 그게 보여서, 현원은 앞에 시선을 고정한 채 연신 흘러나오는 웃음을 참기 위해 노력했다.

점차 뒷골목으로 빠지는 걸음걸이는 차분하기 그지없었다. 청은 머뭇거림 없이 앞으로 나아가는 현원의 뒷모습에 홀린 듯 그 뒤를 따랐다. 한참을 돌아가는 길이었으나 큰길로 나가기는커녕 점점 인적이 드문 곳으로 향하는 그는 마치 무언가를 기다리는 듯했다. 그것이 무엇인지 짐작이 갔기에 청은 주위를 면밀히 살폈다. 높다란 저택이 시야에서 멀어지고 좁다란 길로 들어서자 보이는 것이라고는 나무와 현원, 그뿐이었다. 그녀가 이 계획의 가장 큰 허점을 깨달았을 때는 이미 너무 깊숙이 들어온 뒤였다.

맹점을 깨달은 그녀의 안색이 점차 새하얗게 질리기 시작했다. 그녀는 다급히 주위를 둘러봤다. 아무도 없었다. 사람이라고는 이 길 위에 오직 그와 그녀, 둘뿐이었다. 바로 그것이 문제였다. 그리고 그녀가 무어라 말을 하기 직전, 현원이 걸음을 멈췄다.

"드디어 움직이는가."

낮은 목소리로 현원이 중얼거렸다. 그 말이 의미하는 바를 모르는 것이 아니었기에, 청은 겁에 질린 표정으로 주위를 휙 돌아봤다. 이번에도 그녀의 눈에 잡히는 것이라고는 오직 풀과 나무뿐이었다.

"……전하, 미처 생각지 못한 것이 있사온데 지금 기다리시는 것이 자객, 아니옵니까."

"그렇지. 그래야 꼬리를 잡을 수가 있거든."

"소신…… 방금 깨달은 것이 있사옵니다. 호위 없이 어찌 그들에게서 살아 돌아갈 생각이신지요?"

청의 떨리는 목소리에 현원은 조금 놀라며 그녀를 바라봤다. 지금껏 그가 자신의 주위에 둔 것은 그를 믿는 자들이었다. 얼마나 긴 시간이 걸릴지도 모를 유가를 찾아내라 했을 때도 군말 없이 따르고, 왕권을 되찾을 것이라 했을 때도 당연히 그리될 것이라 믿은 자들뿐이었다. 그렇기에 그는 청이 겁에 질렸다는 것에 놀랐다. 그녀는 자신의 수족들과는 달랐다. 그녀는 그가 무엇을 갖고 있고, 어디까지 할 수 있는지 모르는 존재였다.

그 사실을 깨닫자, 현원은 자신도 모르게 손을 뻗어 가볍게 떨리고 있는 청의 어깨를 감싸 안았다. 조심스럽게 쥔 손안에서 떨고 있다는 것이 느껴질 정도로 그녀는 놀라고 또 겁에 질려 있었다. 그는 미처 인지하기도 전에 허리를 숙여 청의 두 눈을 가만히 들여다봤다. 새까만 두 눈동자에 가득 차오른 감정은 조금도 갈무리되지 못한 채 요동치고 있었다.

그렇기에 그녀가 허공을 가르고 날아드는 단도를 볼 수 있었던 것인지도 몰랐다. 날조차 새까만 그것은 정확히 현원을 향하고 있었다.

"전하!"

청이 매섭게 현원을 밀쳤다. 그녀의 허리춤에 매여 있던 비단주머니가 매듭이 풀려 떨어지고 곱게 담겨 있던 모래가 와르르 바닥으로 쏟아져 내렸다. 단이가 그녀에게 보석이라 건네주었던 그것이었다. 현원이 단검을 발견하고 눈살을 찌푸린 그 사이에 청의 손이 허공으로 뻗어나갔다. 마치 맨손으로 그것을 막겠다는 듯이.

고작 몇 초 사이에 이 모든 것이 이뤄졌다.

그리고…….

일순 땅이 갈라지며 물줄기가 치솟았다. 누구도 예측하지 못한 것이라 단검이 거센 물줄기에 궤도를 바꾸자 현원이 그것을 부채로 쳐낸 것은 놀라울 정도의 순발력이라고밖에는 설명할 수가 없었다. 미처 그것을 보지 못한 청은 제가 궁 밖에서, 제례원을 벗어나서, 불가능한 일을 해냈다는 것도 인지하지 못하고 있었다.

그녀는 그저 자객이 있다는 사실에 온 신경이 집중된 듯했다. 덜덜 떨리는 가느다란 손이 덥석 현원의 등을 밀었다.

"전하. 소신이 조금이라도, 몸을 던져, 막을, 터이니, 도망……."

의도한 것은 아니었다. 적어도 현원은 그렇게 스스로에게 주장했다. 그저 그녀의 공포가 다름 아닌 자신을 걱정하는 마음에서 비롯되었다는 것을 알게 되자 견딜 수 없을 정도로 눈앞에 있는 여인이 사랑스럽다, 그리 여기게 되었을 뿐이다.

"이, 이, 이게……!"

청은 입술을 스치고 가는 열기에 방금 전까지 사로잡혀 있던 공포마저 잊고 현원의 옷자락을 붙들었다. 자그마한 손아귀 힘이 꽤나 강해서, 현원은 쿡쿡 웃으며 손을 뻗어 청의 눈가를 덮었다. 아무것도 보이지 않자 그제야 그녀는 차분하게 숨을 내쉬기 시작했다. 갑작스레 찾아온 어둠에 청이 어리둥절해하자, 그는 조금 더 크게 웃으며 말했다.

"쉬…… 괜찮다. 내가 되었다 할 때까지 눈을 감고 있을 수 있겠느냐?"

현원의 물음에 청이 고개를 들어올렸다. 아무것도 보이지 않는 어둠에 잠겨, 그녀는 오직 제게 와 닿는 부드러운 시선만을 느끼며 입을 열었다.

"……어명이옵니까?"

"어명이다."

"예. 명을, 받들겠습니다."

청이 눈을 감자, 그는 손을 치웠다.

현원은 점차 모습을 드러내기 시작하는 자객들의 수를 헤아렸다. 좌측에 둘, 우측에 셋이라 도합이 다섯이었다. 검 한 자루 없이 궁을 나선 왕과 태어나 단 한 번도 검을 휘둘러 보지 못했을 것 같은 병약한 사내를 상대하는 것 치고는 수가 꽤 많았다.

그만큼 소율대비가 다급했던 것이겠지. 현원은 그리 생각하며 겉에 두르고 있던 도포를 벗었다. 그의 손을 따라 맑은 녹색 도포가 허공을 가르며 조심스럽게 청의 머리 위로 내려앉았다. 혹여나 시끄러운 소리에 눈을 뜨더라도 앞이 보이지 않도록 얼굴을 푹 가리게 도포를 씌운 그는 검을 빼드는 자객들 쪽으로 몸을 돌렸다.

"이런, 이런. 대비께옵서도 마음이 급하셨나 보지. 이리도 예민한 시기에 손님들을 보내셨으니 말일세."

현원의 말에 개중 두목인 듯한 자가 움찔, 걸음을 멈췄다. 단숨에 배후를 짐작해 내는 왕은 어리석다는 세간의 소문과는 거리가 멀어보였다. 그는 잠시 가늠하듯 현원의 용모를 살폈다. 얼굴은 분명 일을 맡기 전 받은 그림과 똑 닮았다. 한데 희망이라고는 보이지 않는 상황 속에서 너무도 자신만만한 왕의 태도가 거슬렸다.

금방이라도 검을 뽑아들고 덤벼들 것 같던 자들이 머뭇거리자 현원의 미소가 짙어졌다. 그는 손에 쥐고 있던 부채를 펼치며 의미심장한 표정을 지었다.

"왜 그러느냐? 호오…… 설마하니 이자들을 눈치챈 것이라면, 내 친히 칭찬을 해주마."

그의 말이 끝나기가 무섭게 왕의 뒤편에서 머리부터 발끝까지 온통 새까만 자들이 모습을 드러냈다. 그들이 자객과 다른 점이라고는 들고 있는 칼날에 새겨진 문양뿐이었다. 다섯에 비해서는 턱없이 적은 셋이었지만, 칼집에 새겨진 무늬는 그 실력이 결코 다섯에 뒤지지 않음을 짐작케 하는 것이었다. 칼날 부근에서 시작되어 검신을 휘감아 오르는 용무늬를 발견한 자객 중 하나가 경악에 찬 목소리로 읊조렸다.

"치위보(淄衛保)? 그럴 리가……!"

"아직 그 이름을 기억하는 자가 남아 있을 것이라고는 생각지 못했군."

현원은 자신도 모르게 말을 밖으로 뱉어낸 자를 유심히 살피며 대답했다. 비공식적 왕의 호위부대인 치위보를 아는 자는 세간에 그리 많지 않았다. 주로 고위관료의 자제들로 이뤄진 금위대와는 달리 치위보는 연고가 없는 자들로 보통 열 명 이하의 소수정예를 유지했다. 비공식적으로 가장 강력한 왕의 호위라 여겨질 정도로 치위보는 철저히 실력만으로 선발되었고 태양 아래에 나서지 못하는 자들이었다. 하나 비공식적인 집단이니만큼 치위보를 유지하는 것은 온전히 왕에게 달려 있었기에 그들의 숫자와 실력은 또한 '왕권'을 상징했다. 왕권이 가장 강력한 시기에는 최대 열다섯까지 늘어난 적도 있으며, 반대로 왕권이 약했을 시기에는 한 명도 없던 때도 존재했다. 한편에서는 그 수와 실력이야말로 왕권의 지표라 여겨질 정도로 치위보는 왕과 가장 밀접하게 연관되어 있는 호위부대라 해도 과언이 아니었다.

그렇기에 자객이 놀라는 것도 무리가 아니었다. 셋이라면 많은 숫자도 아니었으나, 전부를 본 것이 아니었으니 최소 셋이라는 소리. 이는 지금의 왕에 대한 평가를 대신할 수 있을 정도로 의미심장한 것이었다.

자객들은 재빨리 서로간의 시선을 주고받았다. 이렇게 된 이상 한 명이라도 살아 돌아가 그들의 주인에게 이 사실을 알려야 함을 깨달은 것이다. 그러나 그 생각을 이미 꿰뚫고 있다는 듯 현원은 여유로이 부채를 부치며 말했다.

"살아남는 것은 하나요, 돌아갈 자는 없을 것이다."

그리고 그의 말이 떨어지기 무섭게 자객들의 뒤편에서 세 명의 치위보가 더 모습을 드러냈다.

다섯 대 여섯.

검을 쥔 채로 혼동에 빠진 자객들을 바라보며, 현원은 즐거이 웃었다.

✾

"전하아!"

대문 앞에서 발을 동동 구르던 운사는 현원과 청의 모습이 보이자 온힘을 다해 외쳤다. 그의 옆에 서 있던 건우 역시 말은 하지 않아도, 표정은 금방이라도 혼절할 것 같은 사람의 그것이었다.

성큼성큼 걸어 나온 건우는 현원을 그대로 지나쳐 얼굴이 하얗게 질린 채로 청의 손을 꽉 잡았다. 건우의 손짓에 자연스레 현원의 손이 떨어져 나가자 그때까지 자신을 감싸던 온기가 사라져 힘이 풀린 그녀는 비틀거렸다. 그런 그녀의 몸을 받쳐 들며 건우가 다급히 입을 열었다.

"괘…… 괜찮은 겁니까?"

"아, 죄송합니다. 그저 힘이 조금 빠져서 그러니 걱정……."

그러나 청은 말을 채 끝맺기도 전에 방금 전과 같이 강한 팔이 자신을 끌어당기는 것을 느꼈다. 아니, 그것을 느꼈다 생각하는 것과 동시에 그녀는 건우의 품에서 현원의 품으로 옮겨가 있었다. 힘에 이끌려 몸이 끌려간다는 것을 느끼기도 전에 재빠르게 일어난 일이었다. 현원은 낮게 혀를 차며 뒤로 넘어가 버린 청의 갓을 다시 만져주며 말했다.

"쯧. 일단 안으로 들어가자. 사내놈 넷이 이 무슨 추한 모양새냐. 그리고 운사, 의원을 부르거라. ……입이 무거운 자로."

"무슨 일입니까, 이게 대체! 의원이라니요! 호, 혹여 어디 다치시기라도 한 겁니까? 전하, 설마하니 옥체가 상하신 것은 아니겠지요!"

운사가 매달릴 것처럼 뛰어오자, 눈살을 찌푸린 현원은 슬쩍 옆으로 몸을 피했다. 한 팔로 교묘히 청의 눈을 가린 채였다. 녹색 도포에 감싸여 발이 땅에서 반쯤 떨어진 채로 반 바퀴를 휙 돈 그녀는 머리가 어질어질하기 시작했다. 그는 품 안에서 벗어나기 위해 몸을 바르작거리는 청을 마치 아이를 달래듯 도닥거리며 말을 이었다.

"누가 들으면 초상이라도 난 줄 알겠구나. 상처 하나 나지 않았으니 난동부리지 말거라. 그저 유가의 성한이 몹시 놀란 듯하니 하는 말이다."

그런 현원의 모습에 꾹꾹 눌러 참던 운사가 드디어 폭발했다.

"예, 그러실 줄 알았습니다! 그들이 있는데 생채기 하나 나셨을 리가 없지요! 아무리 그리할지라도 어찌 제게 언질도 안 주고 사라지실 수가 있습니까! 신우가 사병들을 푼다는 걸 밀리느라 소신이 어찌나 진땀을 뺐는지 아시느냐 말입니다!"

운사는 금방이라도 통곡을 할 것만 같았다. 실제로 그는 얼마나 여기저기 뛰어다녔는지 비처럼 땀을 흘리고 있었다. 그만큼 상황이 긴급하게 돌아갔었다. 다른 누구도 아닌 왕이, 그것도 평소 궁을 벗어날 때 운사나 건우에게 언질을 주던 것과는 달리 이번에는 홀연히 청과 함께 사라졌던 것이다. 그나마 운사가 채 일각도 지나기 전에 빠르게 눈치채 수습했기 때문에 일이 커지지 않을 수 있었다. 언제나 단정하던 옷이 엉망진창으로 흐트러져 있는 운사의 모습이, 당시 상황이 얼마나 다급했는지 짐작케 해 모습에 현원은 입꼬리를 말아 올렸다.

"그리할 줄 알았지. 잘 하였다."

운사는 유유자적한 현원의 말에 늘어나는 한숨을 삼키며 물었다.

"……전하, 소신이 미욱하여 전하의 의중을 모르겠나이다."

"덕분에 꼬리 하나를 밟아뒀으니 하는 말이다."

현원은 즐거이 말했다. 그런 그의 모습에 재빨리 주위를 둘러본 뒤 문을 닫은 운사는 한껏 목소리를 낮춰 물었다.

"……대비입니까?"

그의 물음에 건우 역시 놀란 기색을 보였다. 그런 그들을 바라보며 현원은 안뜰로 한 걸음, 한 걸음, 걸어가기 시작했다. 그 틈에 빠르게 현원의 품 안에서 빠져나온 청은 숨을 고르며 놀란 심장을 쓸어내렸다.

"한 놈을 잡았다."

현원은 한참을 걸어, 청에게 자신의 목소리가 들리지 않을 정도의 거리를 벌린 뒤에야 입을 열었다. 낮고, 고요하게 가라앉은 그의 말에 운사는 순간 자신의 귀를 의심했다.

"예?"

"이젠 가는귀가 먹었느냐. 치위보가 뒷문으로 이미 오래전에 들여놓았을 것이다. 이에 독을 물고 있어 어금니가 아작이 났으니 말을 제대로 할 수 있을지 모르겠다만, 어떻게든 할 수 있는 상태로 만들어놓거라."

"하면 의원을 부르라는 것이……."

"쯧. 설마 진정으로 유가의 성한을 의원에게 보이기 위함이겠느냐? 그가 의원에게 보일 수 없는 몸임을 벌써 잊었더냐."

"전하, 그렇다면 왜 소신께 미리 언질을 주지 않으셨습니까. 얼마나 놀랐는지 아시기나 하십니까?"

"아직도 모르겠느냐? 그러니 말을 안 한 것이다."

"예에?"

"네놈이나 건우나 거짓으로 꾸며내는 것에는 영 재주가 없지 않느냐. 진정으로 놀라야 그 의심 많은 대비가 움직일 테니."

운사는 잠시 말을 잃었다. 자신을 보며 악인 같은 표정을 지은 채 말하는 그는, 다른 누구도 아닌 이 나라의 왕이었다. 아이에게 들려주는 동화처럼 인자하게 웃음 지으며 세상의 온갖 좋은 것들만 보는 왕 대신, 갈가리 찢기고, 이용당할 대로 당해 엉망진창이 되어버린 왕. 필요하다면 아군마저도 이용할 수 있는 왕. 그것이 다른 누구도 아닌 자신이 알고 있는 예국의 왕이었다.

그제야 미친 듯 날뛰던 운사의 심장 고동이 찬찬히 제 속도를 찾아갔다. 그는 길게 숨을 내쉬고, 잔뜩 흐트러진 옷자락을 성돈했다. 운사는 마치 아이를 잃은 어미 같이 세차게 요동치던 마음이 가라앉자 마주한 현실에 입안이 쓰다 생각하며 대답했다.

"소신이 가르쳐 드린 것이니 무어라 화도 내지 못하겠군요."

"하하핫. 그렇지. 과인은 성군이라 아랫사람의 말에도 귀를 기울이거든."

"무서운 농은 하지 마소서. 한데 유가의 청은 어찌 동행하신 겁니까."

운사의 물음에 현원은 금세 대답하지 못하고 눈살을 찌푸렸다. 그런 현원의 태도에 더 당황한 것은 운사였다. 그는 현원의 시선이 향해 있는 곳을 따라 고개를 돌렸다. 그곳에는 청이 양 볼이 붉게 달아오른 채 눈이 접힐 정도로 웃으며 건우에게서 성월을 받아들고 있었다. 한눈에 보더라도 건강해진 성월이 조금 무거운지 청이 균형을 잃자 현원은 금방이라도 앞으로 달려 나갈 것처럼 몸을 움찔 떨었다. 옆에 있던 건우가 다급히 그녀를 받치자 주먹마저 꾹 쥐는 현원의 모습에 운사는 그대로 얼어붙었다.

그는 방금 전 제 머릿속을 스쳐지나간 가정을 빠르게 옆으로 치웠다. 그러나 이제 건우를 향해 웃어 보이는 청의 모습에 이마저 득득 가는 현원은 그 가정이 정답이라 강하게 주장하고 있었다. 청에게서 시선을 떼지 못하는 현원의 모습이 말하는 것은 단 하나, 제가 짐작하고 또 걱정했던 그것이었다. 운사는 다른 누구도 아닌 하필 자신이 그것을 확인해야 한다는 것에 절망감까지 느끼며 조심스레 운을 뗐다.

"……전하."

"왜 그러느냐. 한 놈만 살려놓았다고 불평이라도 하려는 게냐."

"……둘이, 잘 어울리는 것 같지 않습니까."

운사가 말한 것이 청과 건우임을 눈치챈 현원은 한쪽 눈썹을 치켜 올리며 시선을 돌렸다.

"갑자기 무슨 뜬금없는 소리냐."

"그야말로 선남선녀이옵니다. 훗날 저 둘의 중매를, 전하께옵서 서주시는 것이 어떠한지요. 훗날 유청의 이름을 어디 먼 양반가의 족보에 올리면 그리 어려운 일도 아닐 것입니다."

"운사. 이 무슨 뜬금없는 일이냐 물었다."

"……그렇다, 그리하는 것도 나쁘지 않겠다…… 아무 이유도 묻지 마시고 그저 그리 대답해주시면 아니 됩니까."

떼를 쓰는 아이 같았다. 그러나 그것은 그리해도 이미 늦었음을 알고 있기에 하는 말이었다. 운사의 말에 현원의 얼굴이 일그러졌다. 그는 아주 중요한 사실을, 마치 밀물이 몰아닥치는 것처럼 천천히 깨달으며 스스로에게 놀라고 있었다. 심지어 저 품에 안겨 있는 채 열 살도 먹지 않은 어린 아이마저 떼어놓고 싶은 이 감정이 무엇인지, 그는 그 사실을 너무도 갑작스럽게, 그러나 너무도 당연하다는 듯이 깨달았다.

"운사."

"예, 전하."

"자객은 죽여도 상관없다."

"……예?"

"살아 있어도 쓰지 못할 패이니 되레 깔끔히 없애는 편이 나을

지도 몰라 하는 말이다."

"쓰지 못하다니요? 전하, 대체 무슨 말씀인지 소신은 도저히 이해가……"

놀란 운사의 되물음에 현원은 그를 향해 고개를 돌렸다.

"그저 그렇게, 따르거라."

그리고 운사는 왕이 내비친 그 표정에 놀라 청에게 다가가는 현원을 붙잡지도, 무어라 묻지도 못한 채 굳어버렸다.

"그 거래에, 응할 수밖에 없게 될 듯하니 말이야."

나지막이 중얼거리는 현원의 중얼거림을 들었기 때문에.

7.
거래

무녀들이 오늘만큼은 제례원에서 청을 안전하게 보호해야 한다, 강력히 주장했기에 오늘 그녀의 잠자리는 동궁이 아닌 제례원에 마련됐다.

"처음 연통을 받았을 땐 정말 깜짝 놀랐다니까요. 다들 제례원을 뛰쳐나가려는 걸 말리느라 어찌나 힘이 들었는지……."

은근히 흐리는 말끝에 아무 말 없이 궁을 나선 청에 대한 타박이 녹아 있다. 청이 잠자리를 살펴주는 유연을 보며 눈꼬리를 축 늘어뜨렸다.

"미안."

슬쩍 피해가려던 부분을 지적하며 유연이 푹 한숨을 쉬었다.

"다신 안 그러시겠단 말은 안 하시네요."

다신 안 그러겠다라. 불가능에 가까운 말이었기에 청은 무어라 대꾸하는 대신 슬그머니 시선을 피했다. 이번 일도 그렇다. 월이를 미끼로 꿰어냈다지만 사실 현원은 그렇게까지 할 필요 없이 가자, 명령만 내리면 그만이었다. 제아무리 청이 유가의 차기 가주로 인정받고 있다 한들 왕의 의지를 사사로이 꺾을 순 없는 일이니 말이다. 결국 현원이 언제고 다시 자신은 밖으로 나가야겠다고 고집을 부린다면 그녀로서는 어찌할 도리가 없다는 소리였다. 유연도 그 점을 알고 있기에 굳이 더 말을 꺼내지는 않았다.

"음…… 대신 다음엔 가능하면 유연에게 미리 말을 할게."

"후후. 예. 그래도 이번 일로 제례원의 비밀이 하나 풀렸으니 그날을 준비하는 게 더 수월해졌답니다."

모래, 그리고 증폭된 신력. 청은 고개를 끄덕이며 유연의 도움을 받아 침의로 갈아입었다.

"예상치 못한 수확이지."

"그런 생각을 하신 아씨께서 대단하신 거죠."

"아니야. 무녀라면, 전부 같은 생각을 했을걸. 눈으로 보는 것만큼 확실한 건 없으니까. 유가는 결국 사람이니 성공해도, 실패해도 직접 신을 보여주는 것보다는 충격이 덜할 거야."

청의 말에 옷매무새를 정돈해 주던 유연의 손이 우뚝 멈췄다. 아직도 무녀들 사이에서는 의견이 분분한 주제가 수면에 오르자 그녀의 눈가에 그늘이 졌다.

"……매일 수룡께 다들 열을 다해 치성을 올리고 있어요."

"고마워. 그래도, 너무 걱정하지 마. 전부 잘될 거야."

예외적인 상황이 벌어진다 할지라도 월이 있다. 유가의 맥은 끊어지지 않는 것이다. 그녀는 차마 입 밖으로는 뱉지 못한 말을 삼키는 대신 웃었다. 손바닥 뒤집듯 무거워진 분위기에 유연은 괜스레 호들갑을 떨며 시간이 늦었다고 중얼거리고는 자리에서 일어났다.

유연이 문을 닫고 나가자, 고요함이 방 안에 내려앉았다. 혼자 남게 되자 그때까지 바짝 긴장했던 몸에서 힘이 풀렸다. 청은 미끄러지듯 이부자리 위에 주저앉았다. 잠에 들까, 아니면 잠시 생각을 정리할까 고민하며 그녀는 이불을 들췄다. 두터운 솜이불 안에 누우려던 청은, 중간 부근에서 부스럭거리는 소리에 멈칫했다.

"뭐지?"

이불을 들추자 천 속에 붉은 종이가 비쳐 보였다. 그녀는 다급히 이불을 살폈다. 일부분 바느질이 다시 된 흔적이 눈에 들어왔다. 겉을 뜯어내고 종이를 넣은 다음, 다시 바느질한 듯했다. 붉은 종이는 대체로 급박함을 의미한다. 종이가 절로 생긴 것도 아닐 테니 누군가 제례원에 침입해 벌여놓은 일일 터. 청은 굳은 얼굴로 이불 천을 뜯어냈다. 일부러 바느질을 성기게 해놓았는지, 맞물린 부분을 양손으로 잡아당기자 두두둑 하는 소리와 함께 천이 뜯어져 나갔다.

"……하."

툭, 그녀의 손에 떨어진 붉은 종이는 봉투였다. 그리고 그 겉면에 쓰인 眞이라는 글자는 발신인이 누구인지 쉬이 짐작하게 했다. 등골이 서늘해지고, 머리칼이 쭈뼛 섰다. 속 내용 외에, 봉투 그 자체가 의미하는 바가 너무도 명백했기에.

이곳은 제례원이었다. 궁에서도 가장 깊은 곳에 위치한, 안전하기로는 둘째가라면 서러울 곳이 바로 제례원이었다. 다시 말해 제례원은 진가의 손이 닿기 어려운 몇 안 되는 장소였다. 그녀도, 현원도 그리 생각했다. 그런네 그 생각을 비웃기라도 하듯 자객을 만난 바로 그날, 비웃기라도 하듯 침소에 진가의 인장이 찍힌 붉은 봉투가 놓여 있다니.

청은 이를 악물며 봉투 속에 있는 편지를 꺼내들었다.

그리고 그녀는, 침음성을 흘리며 유연을 찾았다.

"아씨. 전하께 알리는 것이 낫지 않겠습니까."

궁을 빠져나오기 전부터 이어진 유연의 목소리엔 걱정이 가득했다. 달빛이 길을 비추고 있다 하나, 밤에 여인 둘이 밖을 자유로이 나다니는 것은 위험한 일이었다. 물론 청은 남복을 하고 있기에 겉으로 봤을 땐 젊은 부부처럼 보였지만 말이다.

"그 부분에 대해 아주 명확하게 명시를 해놓았더구나. 용에게 말하지 마라, 라고 말이지."

붉은 종이에 적힌 것들은 짤막하면서도 명확했다. 오늘 진가로 올 것. 용에게 알리지 말 것. 그 외의 사람은 동행해도 좋다는 것. 그리고, 붉은 종이 위에 흰 글씨로 적혀 있는 女. 그것을 보는 순간 덜컹 심장이 떨어져 내리는 줄만 알았다.

청은 혹시 몰라 챙겨온 모래주머니를 매만졌다. 그 모습을 유심히 보던 유연은 어두운 낯빛으로 중얼거렸다.

"……대체 어찌 그자가 제례원에 사람을 심은 건지……."

"아마 대비가 무녀들을 다시 불러 모았을 때겠지."

"예?"

"그때가 가장 적기니까. 무녀들도 서로의 얼굴이 많이 변할 정도의 시간이 흐르고, 손이 부족하니 궁녀의 숫자도 늘려야 했겠지. 그때라면 사람을 심는 게 그리 어렵지 않았을 거야."

"하나 그렇다면……."

진허원은 대체 몇 년 뒤를 보고 있었단 말인가. 유연은 손발이 뻣뻣해지는 것을 느끼며 눈을 질끈 감았다 떴다. 모든 게 그자의 손안에 들어 있는 듯하다. 그렇지 않다면 일이 이렇게 풀릴 수는 없는 노릇이지 않은가.

그러나 잠시 둘 사이에 머물렀던 침묵도, 진가에 도착하자 깨졌다. 뒷문에서 미리 기다리고 있던 사내는 청과 유연이 모습을 드러내자 아무런 말도 하지 않은 채 문을 열었다. 미리 손을 쓴 것인지 지키는 이 하나 없는 거대한 저택은 스산해 보이기까지 했다. 별채로 둘을 안내한 사내는 그제야 처음으로 입을 열었다.

"아버님께서 기다리고 계셨습니다."

진허원의 아들. 청은 놀란 표정을 빠르게 갈무리했다. 그녀는 갓 끝을 당기며 고개를 한 번 숙여 보이고는 섬돌을 디디고 마루로 올라섰다.

장지문을 열고 방 안으로 발을 디디자 진허원이 천천히 눈을 떴다.

"절 납득시켜야 할 겁니다."

"귀한 분을 이리 모셨는데, 마땅히 그리해야지요."

"귀하다니. 허원께서는 귀한 이에게 협박을 하시나 봅니다."

처음부터 청은 날을 숨기지 않았다. 이미 서로의 패를 반쯤 까뒤집은 뒤다. 여기서 멈칫했다간 오히려 그대로 물어뜯기기 십상이었다. 형형한 빛을 띤 사내의 갓 끝에서부터 버선발까지 찬찬히 훑어 내린 진허원은 이내 웃었다.

"하기사, 아직은 이쪽이 위에 있구만. 그래…… 앞의 말은 듣지 못한 것으로 하게나. 얘기가 기니 잠시 앉는 게 어떠한가."

"얘기를 듣고자 온 것이 아닙니다."

예상치 못한 말이었다. 진허원은 드물게도 놀란 기색을 감추지 않았다. 방금 전까지만 하더라도 마주치지 않던 시선이, 진허원이 고개를 들자 허공에서 만났다.

"하면 왜 예까지 왔나."

"경고하기 위함입니다."

"경고라?"

"다시는, 헛된 시도를 하지 마십시오."

아직도 그때의 감각이 생생했다. 자객과, 치솟는 물기둥, 그리고 칼날이 눈앞에서 선뜩이는 기분이란. 청이 움직인 것은 오직 그 때문이었다. 상대는 무려 제례원에 사람을 심을 정도의 권세를 등에 업은 이였다. 동궁이라고 사람을 심지 못할 이유가 어디 있겠는가? 곧게 서 있는 청을 잠시 바라보던 진허원은 천천히 눈을 감으며 물었다.

"그것은 훗날 예국의 바다로서 하는 경고인가, 아니면 불가능할 지위를 등에 업고 하는 경고인가."

빛이 사라지자 언뜻 10년 전 보았던 소녀의 댕기가 보이는 것도 같았다.

"무슨 의미인지 모르겠군요."

"아아. 기억하지 못할 만도 하지. 그날……."

진허원이 말하는 날이 언제인지 알 도리가 없는 청의 눈매가 가늘어졌다. 그러나 고민은 길지 않았다.

"유가의 여식이 처음 궁에 발을 들이던 날. 전각에 나 역시 있었다네."

생각지도 못한 주제가 던져지자, 청의 손에 힘이 들어갔다. 그가? 있었다고? 잊을 수 없는 과거를 펼쳐내는 허원을 바라보는 두 눈이 흔들리기 시작했다. 그러나 당시 어린아이의 시선과 기억엔 한계가 존재했다.

"또한 기억하고 있지. 유성한을. 참으로 총명했어."

심장이 덜컹이며 떨어졌다. 그러나 겉으로만은 당황한 기색을 내비치지 않으며 청은 묵묵히 서 있었다. 아직은, 모른다. 모를 일이다. 벌써 10년이나 더 지난 일이 아니던가? 강산이 변할 시간이기에 사람의 얼굴도 습관도 전부 변했다 해 이상할 것 없었다. 그냥 떠보는 것일 터다. 청은 그렇게 스스로를 다독였다.

"제 어린 시절과, 오래전 세상을 뜬 누이동생을 입에 올려 얻고자 하는 바가 무엇입니까?"

청을 바라보는 진허원의 목소리가 한숨처럼 가라앉았다.

"없네."

"예?"

"원하고자 한 바, 이미 모두 얻었다네. 그대의 경고 역시 새겨듣도록 하지."

"그 무슨……!"

낮은 분노에 진허원은 허허로이 웃음소리를 흘렸다.

"어려운 발걸음을 하게 했으니, 내 하나 일러주도록 할까. 세상은 말이네."

늙어 주름진 손이 허공을 움켜쥐었다. 그러나 청에겐 움켜쥐었다기보단 그러려 발버둥치는 것처럼 보였다. 결국 아무것도 없기에 진허원의 손안에 든 것은 오직 무(無)였다. 손바닥을 청의 눈앞에 천천히 펴 보이며 허원은 말을 이었다.

"때로 눈에 보이는 건 전혀 중요치 않다네. 그럴 것이라는 아주 작은 의심과, 그럴지도 모른다는 당황, 그로 인해 얼굴과 온몸에서 드러나는 당혹감이 모든 대답을 대신해 주기 때문이지."

그리고 나이를 이쯤 먹는다면, 그런 것들 두어 개 정도는 눈에 보이는 법이라네.

툭, 진허원의 손이 떨어졌다. 웃음기가 섞인 가벼운 목소리였으나 그 속에 들어 있는 알맹이는 결코 가볍지 않았다. 청은 손을 들어 바짝 메마른 눈두덩이를 비볐다. 그 짧은 순간 수십 개는 넘는 생각들이 저마다 뒤엉켰다 풀어지기를 반복했다. 그러나 어떤 생각이건 붙들고 끝까지 밀어보아도, 내려지는 결론은 하나였다.

"하면 진가의 가주께서는 이 역시 알아야겠군요."

뱉어지는 목소리는 수분기 없이 깔깔했다.

"그 모든 것을 뒤로하고서라도, 당신이 아는 것이 전부가 아니라는 중대한 사실을 말입니다."

판이 다시 뒤집혔다. 방금 전까지 진허원 쪽으로 기운 판세를 끌어당기며 청은 가볍게 고개를 숙여 떠나겠다는 의사 표현을 대신했다. 그녀가 뒤돌았다. 등에는 눈이 없기에, 그녀는 진허원이 아주 만족스럽게 웃고 있는 것을 미처 보지 못했다.

쿵, 문이 닫히고,

이내 허원의 눈도 닫혔다.

달빛도 비치지 않는 깊은 밤, 진가의 허원을 앞에 둔 사내는 곧바로 본론을 꺼내들었다.

"거래를 하도록 하지."

그 말에 진허원은 고개를 저었다.

"본디 거래라는 것은 그리하는 것이 아니옵니다. 한데 전하께옵서는 이 노신을 놀라게 하시는군요. 달빛도 들지 않는 야심한 시각에…… 이리 찾아오실 것이라고는 미처 짐작치 못했습니다."

"왜 그러는가. 오늘은 그대가 줄줄이 달아놓은 자들을 따돌리지도 아니했거늘. 그렇기에 이리 객을 맞이할 준비를 해놓지 않았는가."

"허허. 그것이 아니옵니다. 전하, 이 노신이 놀란 것은 전하께옵서 치위보를 여섯이나 두고 있기 때문도, 때때로 미행을 따돌렸기 때문도 아니옵니다."

"많은 것을, 알고 있군. '역시' 진가의 허원이라 이건가."

현원이 질린 기색을 내보이며 말했다. 제아무리 진허원이라 할지라도 사랑채에서 꼼짝하지 않은 채 거기까지 알아내다니. 어쩌면 그는 자신이 이렇게 나올 것임을 짐작하고 있었을지도 모를 일이었다. 현원은 사랑채 안에 들어올 때부터 기다리고 있었던 것처럼 준비되어 있던 술상을 노려봤다. 이곳에 오는 길에 굳이 붙은 그림자들을 따돌리지 않은 탓도 있었지만, 그렇다 할지라도 이렇게 대놓고 미행을 하고 있음을 보여주는 것은 그만큼 자신감이 있다는 뜻이었다. 패를 뒤집어 보여주더라도 이길 수 있다는 강한 자신감이.

그는 표면에 물방울이 맺히기 시작하는 술병을 바라보다 비스듬히 몸을 기울여 앉았다.

"하기사 사대부들은 물론이거니와 대다수의 상단마저 그 손아귀 안에 있으니 보부상들만 풀더라도 도성 내의 일은 손바닥 안이겠지. 그래서 과인에게 굳이 말하지 않아도 될 일을 말한 것인가? 이 모든 것을 위해서?"

현원은 노골적이게 진허원이 앉아 있는 방향에서 왼편에 놓여 있는 서랍장을 바라보며 말했다. 저 안에는 그가 매일 받는 무수히 많은 정보들이 농축되어 있을 터였다. 사소하게는 그날의 쌀값이 얼마인가에서부터 크게는 왕의 행적이 어떠한가까지. 왕에게 올라오는 상소문은 물론이거니와 왕이 얻을 수 있는 정보보다 더 많은 것이 저 안에 잠들어 있을 터였다. 그 사실만으로도 무척이나 군침이 돌았다. 금방이라도 저 안을 뒤집어 헤집고 싶다는 기색이 명백한 현원의 시선에 진허원은 고요히 웃으며 물었다.

"답을 원하시옵니까?"

"아니. 되었다. 번거로운 것은 다 집어치우고 원하는 것을 말해 보거라."

"원하는 것이라니요? 이 노신, 전하의 의중을 파악치 못하겠나이다."

진허원은 가지런히 모은 손을 허공에 올린 채 그 위로 고개를 숙였다. 그런 그의 태도에 현원은 낮게 혀를 찼다. 현원의 머릿속으로 짧은 고민이 스쳐 지나갔다. 아직까지 진허원이 들춰낸 그의 패는 애당초 보여주기 위해 드러낸 패였다. 그렇다면 과연 저 자는 그 이상의 것을 알고 있을 것인가. 그렇다면 여기에서 더 패가 노출될 위험을 감수하고 거래를 이어나가야 하는가, 그것이 아니라면 다른 기회를 노려야 하는가.

저울의 양팔 위에 각기 이득과 손해를 따져 올리던 현원은 자신이 인지하지 못하던 사실을 깨닫고는 헛웃음을 터뜨렸다. 이 거래는 파투 내는 것이 이득이었다. 이 시점에서 위험한 길을 가는 것은 어리석은 일이다. 그것이 당연한 일일진대, 지금 저울은 어느 쪽을 향해 기울어 있는가. 어째서 자신은 불필요한 무게를 재고 있었던 것인가. 그 모든 이유는 오직 하나였다. 역시 언젠간 후회하게 될 것이라 생각했던 일이었다. 그럼에도 선택한 길이었기에, 마저 가는 것밖에는 도리가 없었다. 도중에 포기하는 것은 그의 성정에 맞지 않았다. 현원은 차가운 술잔을 탁자 위에 엎으며 말했다.

"……유가의 성한에 대해 그대가 아는 것을 묵인해 주는 대가 말이다."

흘러내린 술이 뚝뚝, 상 아래로 떨어져 내렸다. 그러나 둘 중 누구도 놀라거나 사람을 부르지 않았다.

"허어. 전하께옵서는 오늘날 대비마마의 만행을 눈감아주시는 것과 교환하러 오신 것이 아니었습니까?"

능청스럽게 잔에 채워져 있는 술을 마시며 대답하는 진허원의 말에 현원은 고개를 내저었다. 기어코 저자는 원하는 것을 죄다 들어야만 입을 열 모양이었다.

"고작 자객으로 그 좋은 패를 마다한다? 턱도 없는 일이지. 이

패 하나면 지금까지의 모든 것이 뒤엎어지지 않는가. 아니 그런
기?"

"이런. 아무리 그렇다 할지라도 대비마마에 비하겠습니까."

"하하핫! 우스운 소리를 하는군. 필요하다면 하나뿐인 여식마
저 잘라내는 것이 진가의 허원임을 내 모른다 생각하는가. 원하
는 것이 있으니 이리 뜸을 들이는 것이겠지. 그를 얻기 위해 대비
가 그리 불러도 오지 않던 궁궐에 일부러 발걸음까지 해 과인을
겁박하지 않았느냐. 그러니, 자…… 말을 해보거라. 그것이 무엇
이냐."

"겁박이라니요. 이 노신, 용신께 맹세코 전하를 겁박할 의중은
없었나이다."

놀란 척을 하는 진허원의 대답에 현원은 비릿하게 웃었다. 그
는 몸을 앞으로 기울였다. 비스듬히 기울어진 몸은 금방이라도
그들 사이에 놓인 술상을 엎을 것처럼 위태위태한 현원의 인내심
을 보여주는 듯했다.

"벌써 잊었다면 내 친히 다시 말을 해주지. 그리 오래된 일도
아니잖느냐. 어제, 그대가 과인에게 와 이리 말을 하였다. 유가의
비밀을 알고 있노라고. 꽃이 바다에 떨어져 그대로 시드는 것을
원치 않는다면 거래를 하러 오시라, 그리 말을 하였잖느냐."

"이런. 이 노신이 그리 말을 하였습니까? 나이가 많아 기억력
이 쇠하여가는 듯하니 전하께옵서는 굽어살펴 주시옵소서."

"하핫! 그대는 관직을 내어놓은 지 꽤 되었음에도 불구하고 여
전하군. 사람이 변하질 않아…… 그러나, 과인 역시 변치 않았을
것이라 생각지 마라. 말하지 않더라도 이미 알고 있지 않느냐. 이

전에도 말한 적이 있을 텐데. 과인은, 이런 장난을 몹시 싫어한다."

자신을 매섭게 바라보는 현원의 시선에 진허원의 눈가가 부드러이 휘었다.

닮았다, 닮았다 여겼건만 이렇게까지 닮았을 것이라고는 기대하지 않았다. 제아무리 피를 이은 자식이라 할지라도 다른 존재이니 완벽히 닮는 것은 불가능하다 하는 것이 옳을 터였다. 한데 이렇게 쏙 빼닮았다니. 진허원은 농담으로라도 자신과는 닮았다 할 수 없는 두 명의 자식을 떠올리며 쓴웃음을 지었다. 잠시 상념에 잠긴 그는 이내 비워 버린 잔을 내려놓으며 대답했다.

"진가를 원하옵니다."

그 짧은 대답은 그야말로 기가 막힌 것이었다. 현원은 진허원이 농이라도 치는 것이 아닌가 싶어 그를 바라봤다. 당장에라도 농이었다, 평소의 그 뻔뻔한 표정으로 말하며 진정으로 원하는 것을 말할 것이라 생각했다. 그러나 진허원은 더는 할 말이 없다는 뜻을 분명히 하며 자신의 잔 역시 현원의 것과 같이 엎어놓았다.

그런 그의 태도에 현원은 상을 타고 흘러내려 흠뻑 젖기 시작한 제 옷자락을 털어내며 자리에서 일어섰다.

"그대가 노망이 난 모양이로군. 거래를 파하지. 이만 가보겠네."

"대신 이 노신은 사라져 드리지요."

조용한 진허원의 목소리에 문을 열려던 손이 멈췄다. 금방이라도 문고리에 닿을 것처럼 뻗어진 손이 가벼이 떨렸다. 그 손을 거두지 않은 채, 그는 조용히 되물었다.

"……그대, 지금 무슨 말을 하는지 알고는 있는 겐가?"

"허허. 전하, 이 노신, 몸은 노쇠하였으나 아직 정신만은 멀쩡하옵니다. 전하께옵서 걱정하실 만한 일은 일어나지 않으니 염려치 마소서. 하니 다시 잔을 마주하지 않으시겠습니까? 아직 거래가 끝나지 않았사옵니다."

앞으로 뻗어갔던 손이 천천히 아래로 툭 떨어져 내렸다. 몸을 돌린 현원은 조금도 자세가 흐트러지지 않은 채로 정면만을 응시하고 있는 진허원을 바라봤다.

그에 대한 첫 기억은 금방이라도 화를 낼 것 같은 표정으로 자신을 내려다보는 중년 사내였다. 금방이라도 악을 쓸 것처럼 구는 그 표정이 어린 마음에 꽤 무서웠더란다.

그 뒤로 현원이 진허원과 대면한 것은 실질적으로 몇 번 되지 않았다. 상참은 나간 날보다 나가지 않은 날이 더 많았고, 진허원이 직접 동궁으로 찾아온 것도 아니었으니 말이다. 그렇기에 이렇게 눈에 들어왔는지도 모른다. 주름진, 진허원의 얼굴이 갑작스럽게 늙은 것처럼 보인 것이.

그 새삼스러움에 조금 놀라며 현원은 방 안쪽으로 걸음을 내디뎠다.

"좋아, 얘기를 들어보도록 하지."

현원이 다시 자리에 앉자 진허원은 말을 이어나갔다.

"원하시는 것을 돌려드리도록 하겠습니다. 유가의 일도 문제 삼지 않지요."

"그 대가가 진가라?"

"그 정도는 바라도 괜찮지 않습니까. 모든 것을 돌려 드리는 대가이옵니다."

"······어떻게 믿지?"

"믿지 않으셔도 해가 뜨면 제 말이 진정인지 거짓인지 알게 되실 것이옵니다. 나쁘지 않은 조건이지 않습니까. 전하께서도 이 거래가 이 노신이 꽤나 손해를 보는 것임을 아실 것이라 믿습니다."

진허원의 말대로였다. 그가 굳이 거래를 할 필요는 없었다. 대비가 보낸 자객이야 그 증좌를 어떻게든 없애면 그만일 뿐이고, 없애지 못하더라도 증좌를 증좌가 아니게 만들어 버리면 될 일이었다.

당초에 현원 역시 경고를 하기 위함이었지, 진정으로 거래가 성사될 것이라고는 생각지도 않았다. 그는 자신을 고요히 응시하는 진허원의 눈을 응시했다. 마치 죽은 것처럼 까맣게 가라앉은 눈동자는 금방이라도 빛이 꺼질 듯 위태로워 보였다.

그 두 눈동자를 마주하며, 왕은 천천히 입을 열었다.

"······좋다. 거래를 하도록 하지."

늙은 호랑이와, 젊은 용의 거래가 성사되는 순간이었다.

"무어라?"

소율대비의 고성이 쩡하니 궁을 울렸다. 그 분노에도 현원은 그저 눈꼬리를 휘어 웃었다. 그는 김이 올라오는 찻잔을 옆으로 밀어내며 소율대비로 인해 끊어졌던 말허리를 다시금 이어나갔다.

"어마마마, 그리 노하시어도 바뀌는 것은 없사옵니다."

"주상! 어찌 그러한 불효가 있단 말입니까! 유폐라니요! 예국 그 어느 기록을 살펴보아도 살아생전 왕의 어미를 유폐하는 일은 없었습니다!"

금방이라도 터져 버릴 듯 붉게 달아오른 얼굴로 소율대비는 다탁 끝을 움켜쥐었다.

"어마마마. 이도 아주 많이, 많이 고심하고 또 고심하여 내린 결정이옵니다. 고작 유폐이지요. 하면, 용의 목을 노리고도 무사히 넘어갈 것이라, 그리 생각하신 것입니까?"

"하! 누가 그런답니까. 어떤 작자가 주상의 귀에 그런 얼토당토않은 말을 속삭인답니까! 속으신 겝니다. 속으셨어요! 증좌를 가져오라 하세요, 주상. 증좌를!"

"······어마마마. 설마하니, 이런 중한 일을 증좌 하나 없이 하였을 것이라 여기십니까."

"내 두 눈으로 그것을 확인하기 전까지 믿을 수 없습니다. 주상, 거짓된 증좌일 것입니다. 이 어미를 믿으세요! 주상은 지금 간신배에게······!"

악을 쓰는 소율대비의 울부짖음에 현원은 조용히 손을 뻗어 찻잔을 밀어뜨렸다. 덜거덕 소리를 내며 무너진 찻잔이, 그 안에서 쏟아져 내리는 연분홍빛의 차가 뚝뚝 떨어져 내렸다. 잔에 고요히 담겨 있을 때만 하더라도 어마어마한 가치를 지니던 찻물이 더는 가치를 지니지 못한 것처럼 도를 벗어난 대비 역시 같은 결말을 맞이할 터였다. 소율대비는 왕의 노함에 놀라 두 눈을 크게 떴다. 그 분노가, 오랜 세월 이어져 왔던 그녀의 권세가 끝을 다했음을 의미하는 것만 같았다.

"좋습니다. 얼마든지 어마마마의 두 눈으로 증좌를 확인하시지요. 하나, 어마마마. 그리하게 되면 제아무리 소자라 할지라도 어마마마의 그 고운 목을 지켜 드리지 못할 것이옵니다. 그리해도 괜찮으시겠습니까."

서늘한 현원의 지적에 소율대비는 힘이 빠져나간 인형처럼 툭, 무너져 내렸다. 힘없이 늘어진 팔이 어슷하게 장침 위를 가로질렀다. 이제 그녀의 얼굴은 반대급부로 백지장처럼 희게 질려 있었다. 그녀는 구명줄을 붙잡듯 다급히 몸을 탁자 앞으로 뻗어 현원의 옷을 붙들려 했다. 현원이 표정 하나 변하지 않은 채 손을 쳐 내자, 그녀는 부들부들 떨리는 손을 미처 거둬들이지도 못하며 말했다.

"모…… 함. 모함입니다. 주상, 내, 비록 주상을 배 아파 낳지는 못하였으나, 주상을 마음으로 보듬어……."

"그만하시지요. 추하십니다."

"주상!"

"……아. 사가에 도움을 청하시어도 소용없을 것입니다. 진가의 허원 역시 수긍한 일이니 말입니다."

"……지금, 무어라…… 하였습니까, 주상."

"더는 어마마마께 아무도 남지 아니하였다, 그리 말하고 있습니다. 궁녀는 최소한만, 제 사람들로만 남길 것이고 어마마마의 사람들은 하나도 남기지 않고 궁 밖으로 내보낼 것입니다. 장신구는 전부 거둬들여질 것이며 이전과 같은 생활을 하시지는 못할 것입니다. 또한 소자의 허가 없이는 자경전 밖으로 나오시지 못할 것입니다."

쏟아지는 현원의 말을 따라잡지 못해, 소율대비는 황망히 왕을 바라봤다.

"하나 대외적으로는 병환 때문이라, 그리 천명될 것이오니 걱정 마소서. 시금도, 앞으로도 어비비비의 그 이름에는 조금의 흠집도 가지 않을 것입니다."

"그럴…… 리가…… 그럴…… 수는……."

얘기를 마친 현원은 고개를 숙인 채 정신이 나간 사람처럼 중얼거리는 소율대비를 무심히 내려다보며 마지막 말을 이었다.

"그 자리, 그것 하나를 지키기 위해 진가의 허원이 꽤나 큰 것을 포기하였습니다. 하니 그것 하나라도 건지신 것을 감사히 여기시지요."

말을 끝으로, 쿵, 문이 닫히고 소율대비 홀로 방 안에 남았다. 그녀는 고요히 가라앉은 주위의 적막함에 다급히 고개를 치켜들었다. 장신구가 흘러내려 머리가 산발이 되어도 그녀에게는 그것을 추스를 정신조차 남아 있지 않았다. 그러나 아무리 소리 높여 불러도 언제고 곁에 붙어 있던, 제 손발과도 같던 궁녀들의 답이 들려오는 일은 없었다.

그녀는 그제야 아비의 그 약속을, 자리 하나만큼은 온전히 보전해 주겠다는, 잊고 있던 그 약속을 다시금 떠올리며 실성한 사람처럼 웃기 시작했다.

그러나 쿵, 외궁의 문마저 굳게 걸어 잠기자 밖에서는 그녀의 울음 섞인 웃음소리조차 들리지 않게 되어버렸다.

"전하."

나직한 부름에 멍하니 앞을 바라보던 현원의 눈가에 초점이 돌아왔다. 그는 그제야 자신이 동궁으로 되돌아왔음을 깨달았다.

고개를 올리자 보이는 것은 후원과, 연못과, 그곳에 어정쩡하게 서 있는 유가의 청이였다. 잉어에게 먹이라도 주고 있었는지 그녀는 도망가지도, 하던 것을 계속하지도 못한 채 어쩔 줄 모르겠다는 표정으로 자신을 바라보고 있었다. 그런 그녀의 모습에 현원은 자신을 팽팽히 잡아매고 있던 무언가가 끊어지는 것을 느꼈다.

"전하, 어디 편찮으신 것입니까. 안색이 좋지 않습니다."

"……그때도 그랬지."

그렇기에 거절당했던 옛이야기를 다시금 입 위에 올리고 있는 것일지도 몰랐다. 혹은 그저 위로가 필요한 것인지도 몰랐다. 그러나 어느 쪽이건, 그는 하고 있는 말을 멈출 생각이 조금도 없었다. 그는 천천히 바람 한 점 없이 긴장되어 있는 공기를 온몸으로 느끼며 그녀에게 다가갔다.

"꼭 십 년 전의 너도, 이 자리에 서서 이리 나를 바라보고 있었다."

그제야 현원이 말하고자 하는 바가 무엇인지 깨달은 청의 안색이 변했다. 그녀는 주춤 뒤로 물러나며 대답했다.

"무엇을 말하고자 하심인지 소신은……."

"그날, 그 자그마한 아이가 세자빈이 될 것이라, 그리 말을 듣고 내 어찌나 즐거워했는지 아느냐."

"전……."

"고작, 며칠 사이에, 그 아이가 죽었다는 말을 듣고, 어떤 기분이었을지, 짐작이라도 할 수 있겠느냐."

청은 그만 입을 다물었다. 저를 바라보는 왕의 시선이, 너무 아파 보여서 그녀는 차마 더는 모르는 체를 할 수가 없었다. 그날의 일을 어찌 잊겠는가. 어찌 감히 잊을 수 있겠는가. 청은 손을 뻗어 왕을 향해 내밀었다. 그러나 그것이 왕에게 가 닿는 일은 없었다. 그녀가 할 수 있는 것은, 고작 그것뿐이었다.

"택해주지 않겠나."

현원이 한 걸음, 앞으로 다가섰다. 가느다랗게 떨리는 청의 손 끝이 그의 얼굴에 스치듯 와 닿았다. 왕의 얼굴을 타고 흘러내려, 제 손에 와 닿는 옥루는 뜨겁기 그지없었다. 한 걸음, 왕은 팔을 들어 그녀의 손을 거둬내며 이내 그녀를 제 품 안에 끌어안았다. 한 줌 온기를 잃어버릴까 그녀를 품 안에 가두며 그는 다시금 그 렇게, 제 본심을 토해냈다.

"과인을, 택하라. 부디, 이번만큼은……."

그 본심에 기어코 청의 눈가에서도 눈물이 떨어져 내렸다.

❁

"색이 참 곱지 않습니까?"

유연의 물음에 멍하니 허공을 바라보던 청이 후다닥 시선을 돌 렸다.

"으응?"

멍해 보이는 청의 되물음에, 유연은 미소 지었다. 그녀는 손을 뻗어 탁자 위에 놓여 있는 예복을 들어 올리며 대답했다.

"예복 말입니다."

"아."

그제야 청은 손을 뻗어 예복을 스치듯 만졌다. 청색과 흰색이 반쯤 섞여 마치 바다인 듯도, 하늘인 듯도 보이는 예복은 유연의 말대로 아름답기 그지없었다. 얇은 천을 몇 겹이고 덧대어 입는 형태라 남복이기보다는 치렁치렁 늘어져 여복처럼 보이기도 했다. 유연은 그런 청의 손끝을 이끌 듯 조심스럽게 예복을 움직였다.

"이 부분은 정말 공을 들였습니다. 이런 색감을 내기가 정말 어렵거든요."

손끝을 스치고 지나가는, 부드러운 옷감의 감촉은 오래전 그녀가 어릴 때 느껴본 그것과 같아서 청의 입가에 잠시 미소가 맴돌았다. 반달처럼 접히는 청의 눈꼬리에 유연 역시 따라 웃으며 물었다.

"마음에 드세요?"

"응. 정말 너무 색이 고와. 고마워."

"무얼요. 이 정도는 일도 아니랍니다. 제례 날까지 며칠 남지 않았으니 옷도 완성되고, 제례문도 다 외우시고, 이제 준비는 거의 끝나가는 것 같네요."

"그러게……."

유연은 날짜 얘기가 나오자 쓰게 웃는 청의 모습에 잠시 고민했다. 그러나 그녀는 이내 마음을 굳혔다.

"한데, 여쭤보셨는지요?"

"무엇을?"

"그…… 이후의 일에 대해……."

보통이라면 일이 모두 정리된 후 유가의 복위에 대해 가장 열정적으로 나섰을 무녀들이었다. 그러나 그들의 중심에 서 있는 청이 관련된 얘기가 나올 때마다 불편한 기색을 내비치니 어느새 제례원에서는 암묵적으로 그와 관련된 얘기가 나오지 않은 지 꽤 되있다. 그것을 다시 표면으로 끌어올린 유연은 입술을 꾹 물었다가 다시 말을 이어나갔다.

"아시지 않습니까. 이제 고개를 돌릴 수가 없다는 것을."

"……아버님이라면…….."

"예?"

"아, 아니야. 아버님이라면 어찌 하셨을지…… 갑자기 그런 생각이 들어서."

점차 작아지는 청의 목소리에, 유연은 슬프게 웃었다. 그녀 역시 어린 시절 고작 몇 번 보지 못했을 뿐이지만 유가의 성운은 자비롭고 선한 사내로 기억되고 있었다. 그녀는 자신이 청의 말을 심하게 오해했다는 것도 깨닫지 못한 채 손을 뻗어 청의 손을 맞잡았다.

"그분께서는 무척이나 충심이 깊으셨습니다. 세간에서 무어라 떠들어대건, 그분을 곁에서 봐온 저는, 무녀들은, 절대 그것을 믿지 않습니다. 아가씨의 아버님께서는 무척 훌륭하신 충신이시었습니다."

충신.

그 단어에 청은 맞잡은 손에서 느껴지던 온기가 일순간 차갑게 식어 내리는 것을 느꼈다. 손끝에서 시작된 냉기는 팔을 타고 흘러들어 온몸으로 퍼져 나갔다. 그 단어가 10년이라는 세월에 희석되었던 관계를 다시금 일깨웠다.

"맞아. 아버님께서는 충신이셨지. 왕가를 위해 유가와, 제례원 전부를 버리실 정도로…… 충신이셨어."

"아씨?"

"아, 아니, 아무것도 아니야. 잠시 헛된 꿈을 꾸었던 것 같아 정신이 없어 그래. 그래도 유연 덕분에 꿈에서 깨어서, 이제 괜찮아."

"정말, 괜찮으신 거죠?"

묻는 유연의 목소리는 조심스럽기 그지없었다. 그녀는 쥔 손에 더욱 힘을 주며 청을 바라봤다. 그녀의 눈에 청은 금방이라도 울음을 터뜨릴 것 같은 표정을 하고 있었다. 그런 표정으로 웃으니 아무리 보아도 억지웃음이라고 밖에는 생각되지 않았다.

"아가씨…… 혹 무슨 일이 있으신 거예요?"

"아니, 정말 아무것도 아니야. 한데 이 옷, 그만 정리하는 편이 좋지 않겠어? 귀한 옷이 더러워지면 곤란하니……."

더 이상 이 주제에 대해 얘기하고 싶지 않음을 강하게 드러내는 청의 말에 유연은 입을 열려다 다시 다물었다. 제가 간섭할 수 없는 범주라는 것을 깨달은 탓이다. 그 대신 유연은 조심스럽게 옷을 꺼냈던 상자 안에 넣었다. 10년 만에 부활하는 제례에, 용궁으로 간다는 거대한 조건이 덧붙여져 예복을 보관하는 상자마저 화려하기 그지없었다. 그녀는 금으로 만들어진 걸쇠를 한 번 더 확인하며 주제를 바꿨다.

"한데 어째서 갑작스럽게 계획이 변경된 것인지 모르겠어요. 연못의 흙을 죄다 파내가다니! 덕분에 제례원의 연못을 다시 장식하겠다며 한바탕 난리가 났었답니다."

유연의 말에 청 역시 금세 웃으며 대답했다.

"그렇게나 많이 가져간 거야? 내겐 티도 나지 않을 것이라 그리 말하시었는데."

"후후후. 부녀들도 모두 깜찍 놀랄 정도있는걸요. 그내도 무적 재미있어서 눈감아주기로 말을 맞췄지요. 한데 놀랐습니다. 힘의 원천이 그런 것일 거라고는 다들 상상도 못했던 일인지라……."

"쉿. 이곳은 어디에나 귀가 있는 곳이야. 그 이야기는 그만하도록 하자."

청의 말에 유연은 화들짝 놀라며 고개를 끄덕였다. 그녀의 말을 증명하듯, 불쑥 초대받지 않은 목소리가 허공을 타고 끼어들었다.

"그 사이 궁에 적응했나 보구나."

청은 들려오는 목소리를 따라 몸을 돌렸다. 제례원의 정문을 지나 자그마한 상자를 든 채 천천히 걸어오고 있는, 예복 차림을 한 현원이 그녀의 시야를 가득 채웠다. 그 뒤를 따르는 자는 아무도 없었다. 내관이나 궁녀들은 제례원에 발을 들이지 못하니 반강제적으로 문밖에 대기하고 있을 터였다. 걸음걸음 다가오는 현원의 움직임을 따라 바람을 타고 흩날리는 예복은 흰빛과 푸른빛이 어우러져 아름답기 그지없었다. 바람결에 맞춰 변하는 문양은 가만히 보다 보면 그대로 정신이 팔릴 정도였다. 그가 바로 앞까지 다가올 때까지 그 모습을 홀린 듯 바라본 뒤에야 청은 현원의 예복이 자신의 것과 꽤나 닮았다는 것을 눈치챘다.

청의 시선이 자신이 아닌 옷자락에 들러붙어 떨어질 생각이 없자 현원의 입매가 슬쩍 비틀렸다. 사흘 뒤가 제례일이니 당장에라도 기세를 몰아붙이자고 귀가 아플 정도로 목청을 높이던 운사마저 떨쳐낸 걸음이었다. 한데 정작 청은 제 옷에만 온 신경을 집중하고 있으니 심통이 안 날 리가 없었다.

그는 한 손으로 청의 시선이 고정되어 있는 옷자락을 들어 올리며 말했다.

"이 옷이 그리도 탐이 나면 주랴?"

그 말에 그제야 그녀의 관심이 너울너울 춤추는 옷자락에서 현원에게로 옮겨갔다. 그의 말이 무슨 뜻인지 전혀 모르겠다는 눈을 한 채, 그녀가 되물었다.

"⋯⋯예?"

"시선이 이 옷자락에서 떨어지질 않는 것을 보아하니 갖고 싶어 하는 것같이 보여서 말이다. 갖고 싶다면 주마."

"아닙니다! 그럴 리가 있겠습니까. 그저, 그저, 제 예복과 많이 닮은 듯하여, 그래서⋯⋯."

양손을 있는 힘껏 내젓는 그녀의 모습에 현원은 흥미로운 기색을 드러냈다.

"호오? 닮았다라? 이상하군. 본디 왕과 유가의 예복이 닮았다는 기록을 본 기억은 없는데. 얼마나 닮았는지 어디 한번 보자꾸나."

현원의 재촉에 청은 당황하며 옷을 넣은 상자를 찾기 위해 몸을 틀었다. 그러나 방금 전까지 그 자리에 있던 상자도, 그 상자를 들고 있던 유연도 사라져 자리는 텅 비어 있었다. 그녀가 당황해 어쩔 줄 몰라 하며 주위를 방황하는 모습에 현원은 혹시라도 소리가 새어나갈까 숨죽여 웃으며 물었다.

"왜 그러느냐?"

"⋯⋯아, 저, 그, 유연, 유연이 방금 전까지 여기 있지 않았습니까? 옷이 든 궤를 유연이 가지고 있사온데……."

너무 당황해 얼굴마저 붉게 달아오른 그녀의 물음에 그제야 현원은 소리 높여 웃었다. 밖에 서 있을 궁녀와 내관들에게까지 닿을 정도로 큰 웃음소리에 놀란 청의 두 눈이 동그래졌다. 그 모습이 또 못내 웃겨서, 한참을 그렇게 웃은 그는 배가 아플 지경이 되어서야 웃음을 멈추었다. 현원은 제례원의 안쪽으로 향하는 문을 가리키며, 조금 쉬어버린 목소리로 대답했다.

"그 무녀라면 과인이 나타나기가 무섭게 저리로 도망가더구나. 하하핫. 그래, 무녀를 찾느라 그리 어미를 찾는 아이처럼 주위를 두리번거린 게냐. 울어버리는 줄 알았지 않느냐."

"우, 울다니요!"

청은 두 주먹을 불끈 쥐며 반박했다. 그런 그녀의 모습에 그는 킥킥 웃으며, 그러나 전혀 웃음기가 없는 눈을 한 채 낮게 중얼거렸다.

"……무녀라 그러한가, 다른 자들보다 눈치가 빠르단 말이지."

"예?"

"아. 아니다. 그저 혼잣말이다. 신경 쓸 것 없어. 되었다. '전'의 예복이야 어찌 생겼든 그리 중한 것도 아니니 볼 필요도 없겠지. 중요한 것은 '후'의 예복이지 않느냐."

"후의 예복이라니요?"

청의 물음과 동시에 기다렸다는 듯 허공에서 한바탕 바람이 일었다. 모래먼지가 푸르른 예복을 한바탕 뒤엎은 채 뒤로 사라지고, 잠시 눈을 감았던 청은 조심스레 눈꺼풀을 밀어 올렸다. 그녀의 눈앞에서 기다리고 있는 것은 다름 아닌 상자였다. 책이나 붓

같은 것이 들어 있다기에는 너무 작고, 장신구가 들어 있다기에는 너무 큰 상자가. 청이 상자를 쳐다보기만 하자 현원은 연꽃이 수놓아진 천으로 빙 둘러져 있는 그 상자를 조금 더 앞으로 내밀며 말했다.

"일전에, 그날 밤, 그대가 짐에게 유가에게만 전해져 내려오는 애기를 해준 적이 있지."

청은 조심스럽게 상자를 받아들었다. 손안에서 느껴지는 무게감은 생각보다 더 가벼웠다. 그 안에 들어 있는 것은 종이도, 붓도, 벼루도 아닐 터였다.

"전하. 설마."

"그 설마가 맞다. 하면, 유가의 청이 입을 예복을 준비하지 않을 것이라 생각한 게냐."

"그건……."

"유성한이 입을 것보다 유청이 입을 예복에 무녀들이 더 시간을 쏟은 것으로 알고 있다. 꽤나, 공을 들였다고 하더군."

현원의 말에 청은 조용히 상자를 내려다봤다. 방금 전까지만 하더라도 가볍기 그지없던 무게가 지금은 팔이 내려앉을 정도로 무거웠다. 그녀는 조심스럽게 상자의 가운데를 가로지르는 흰 천을 쓸어내렸다. 천 위에는 하나하나 직접 수놓았을 연꽃들이 일제히 만개해 있었다. 그 연꽃이, 잊고 있었던, 그날의 애기를 다시금 수면 위로 끌어올렸다.

❈

운사는 이마를 타고 식은땀이 흐르는 것을 그대로 내버려두었다. 손을 올려 땀을 훔쳐 내는 셋조차 허용되지 않을 정도로 방안의 공기는 팽팽히 긴장되어 있었다. 그는 예상보다 머무는 시간이 길어지자 일렁이는 초조함을 억지로 내리누르며 끊임없이 바깥을 경계했다. 담을 따라 치위보가 둘러싸고 있었고, 문 앞에는 건우가 지키고 서 있었다. 그들의 눈에 띄지 않고 대화를 엿들을 자는 없다는 것을 운사는 그 누구보다도 잘 알고 있었다.

그럼에도 불구하고 그는 신경이 쿡쿡 쑤실 정도로 긴장하고 경계하고 있었다. 이유는 단순했다. 지금 이 안에서 이뤄지는 대화는, 발각되어도, 발각되지 않더라도 예국 자체를 뒤흔들 만한 것이었다. 하니 그것이 조금이라도 밖으로 새어나간다면 이번에야말로 예국의 왕은 벼랑 끝으로 추락할지도 몰랐다. 아니, 반드시 추락하고 말 터였다. 운사는 상상만으로도 오싹해지는 그 가정에 반사적으로 떨려오는 팔을 반대쪽 팔로 내리눌렀다.

이제 시간은 한밤중이라 부르기도 어려울 정도가 되어, 새벽이라 하는 편이 더 맞을 듯했다. 날벌레 소리조차 들리지 않는 주위는 지독히도 적막했고, 어둠을 방패 삼아 마주앉아 있는 청과 현원은 숨조차 쉬지 않는 것 같았다. 그 적막을 뚫고 청의 목소리가 울렸다.

"예. 유(諭)가에서 오로지 입과 입을 통해 전해진 이야기입니다. 먼 옛날, 아직 처녀를 바치는 풍습이 남아 있던 시절에 제물로 바쳐졌으나, 살아 돌아온 여인이 한 명 있었습니다. 그 여인은 초대 유가의 장녀로, 해일이 일고 파도가 높게 치자 바다를 잠재울 제물이 되어 바다로 뛰어들었으나 연꽃에 싸여 지상으로 되돌아왔다 전해집니다. 그리고 그녀는 이리 말했다 합니다. 자신이 용궁에 가 용왕의 뜻을 받아 되돌아왔노라고."

"그것을, 이용하자는 말이냐."

왕의 물음에 그녀는 등을 꼿꼿이 세웠다. 금방이라도 무너져 내릴 것 같던 여인은 이제 더는 그 자리에 존재하지 않았다. 운사는 그 사실에 놀라면서도 연신 현원의 안색을 살폈다. 한낱 여인이, 마치 이 몇 분간의 대화로 오랜 세월 동안 잊고 있던 사실을 불현듯 깨달은 것처럼 '유가'가 되어가고 있었다.

"소녀는…… 전하의 명을 받아 유가의 성한으로 바다에 뛰어들어 유가의 청으로 뭍에 오를 것입니다."

운사는 일순 현원의 눈이 빛난다 생각했다.

왕은 즐거워하고 있었다.

그리 생각한 운사는 문고리를 잡은 손이 땀에 젖어 미끌거릴 정도가 되어서야 생각을 고쳤다.

왕은, 진정으로 기뻐하고 있었다.

그 사실을 깨닫자 운사는 스스로 무척 놀랐다. 현원이 마지막으로 감정을 드러낸 것이 언제인지 기억조차 나지 않았기 때문도, 그것을 자신이 알아차렸기 때문도 아니었다. 그것은 깊은 안도감이었다. 언제나 벽에 가로막혀 빙빙 돌기만 하던 왕이 드디어 벽을 부수고 자신만의 길을 만들어 나갔다는 사실에 대한 깊은 안도감.

"……나쁘지 않은 방법이다. 아주, 자연스럽게 두 인물을 바꾸는 것이 가능하겠군. 아니 그런가, 운사."

갑작스레 자신에게 던져진 질문에 운사의 손이 문고리에서 미끄러졌다. 문고리가 제자리로 돌아가며 낸 소리에 운사는 재빨리 놀란 마음을 가라앉혔다. 자신을 응시하는 현원의 시선에 담긴 의미를 읽어내는 것은 그리 어려운 일이 아니었다.

"……예, 전하. 그러합니다."

"과인의 가장 유능한 책사가 그리 말하였으니 맞겠지. 하면, 그 방법을 어찌 실현할 것인지…… 그것을 말해보거라."

그날의 왕은, 지금의 왕과 달랐다. 그의 곁에서 느껴지는 분위기만 하더라도 그 변화를 알 수 있을 정도였다.

"믿음, 이라 하였지요."

"믿음? 그것이 갑작스레 무슨 말이냐."

현원의 중얼거림에 그녀는 고개를 흔들어 상념을 털어냈다. 손끝에 감기는 촉감이 금방이라도 불이 붙을 것처럼 뜨겁다 생각하며 그녀는 천을 쓸어내리던 손을 치웠다. 온전히 군신의 관계에 있던 그날은 다시는 되돌아오지 않을, 고작 얼마 되지 않았음에도 멀기 그지없는 과거였다. 주위는 그날의 어둠을, 벅참을, 기대를 전혀 기억하지 못하는 듯 그저 환했다. 아직도 눈을 감으면 그날로 되돌아갈 것 같아, 그녀는 눈조차 깜빡이지 않으며 고개를 들어올렸다. 앞에는 의아함이 절반, 걱정이 절반 섞인 표정을 한 채 자신을 바라보는 왕이 있었다. 그 얼굴에 지난번과 같은 잔혹감은 도저히 찾아볼 수가 없었다.

정면으로 바라보기 어려운 그 얼굴을 찬찬히 훑으며, 그녀는 말을 던졌다.

"전하. 기억하십니까. 처음 만난 그날, 모든 일이 끝난 뒤 소녀의 청 하나를 들어주신다 하시었던 것을."

어제의 일처럼 선연한 그 기억에, 현원의 얼굴이 굳었다. 그리고 듣지 않더라도 눈앞에 서 있는 여인이 무슨 소원을 빌지 그는 이미 알고 있었다. 아니, 알 수밖에 없었다. 그는 감정을 있는 힘껏 억누른 목소리로 대답했다.

"말하지 마라."

"……그 청, 지금 청하고자 하옵니다."

"말하지 말라 하였다!"

이미 무너져 내리기 시작한 둑을 막듯 현원은 악을 썼다. 그런 그에게서 시선을 내리며 청은 천천히 고개를 숙이며 입을 열었다.

"모든 일이 마무리 되면 소녀, 유가의 청이라는 이름을 버리고 홀연히 떠나고자 하옵니다. 이를, 허하여주소서."

그것이 고요한 정(井)에 돌을 던지는 일이라는 것을 알고 있음에도 불구하고.

❀

운사는 요 근래 들어 몸이 두 개였으면 더 바랄 것이 없었다. 허무맹랑한 바람이지만 그 허무맹랑함에라도 기대지 않으면 금방이라도 울화로 쓰러질 것만 같았다. 지금만 해도 운사는 산더미 같은 문서들을 한아름 안고 있었다. 추리고 추린, 현원의 검토가 필요한 최소한의 문서들이었다.

그런데…….

"선하. 혹여 내일이 제례일이라는 깃을 잊으신 깃은 아니시겠지요."

"잊을 리가 없지 않느냐."

"하면 준비를 하셔야 하지 않겠습니까. 전하, 송구하나 쌓인 일이 산더미이옵니다. 성곽 밖에는 언제고 전하의 명을 기다리는 천에 달하는 군사가 집결해 있고 성곽 안에는 강율 대장을 필두로 내일의 제례를 준비하는 자들이 언제고 전하의 한마디를 기다리고 있사옵니다."

"아아."

이날을 위해 견디어야 했던 과거의 수모를 되짚어보면 가슴 떨리는 순간이 아닐 수 없었다. 그러나 창밖만 바라보고 있는 현원은 내내 그저 시큰둥할 뿐이었다. 그 이유가 무엇인지 모르는 바도 아닌지라 운사는 한숨을 내쉬며 안고 있던 서류를 내려놓았다.

"혹 유가의 청과 무슨 일이라도 있으셨는지요."

운사의 물음에 이제껏 무슨 얘기가 나와도 눈 하나 꿈쩍하지 않던 현원의 고개가 움직였다.

"갑자기 그게 무슨 소리냐."

"그렇기에 그저 창밖만 바라보신 것이 아니옵니까?"

"헛소리. 그저 실감이 나지 않을 뿐이다. 이 질릴 정도로 길고 지독한 싸움의 끝이, 드디어 보인다는 것이 놀라울 정도로 믿기지 않아."

"소신 역시 그렇나이다. 하면 전하, 유가의 청에게는 훗날의 일에 대해 언질을 준 것이옵니까?"

현원은 천연덕스러운 표정을 한 채 제게 되묻는 운사의 뻔뻔함에 혀를 찼다. 그가 대답을 듣기 전까지 물러나지 않을 것임은 누구보다 현원이 더 잘 알았다.

"떠난다더군."

"……예?"

"귓구멍이 막혔느냐. 일이 마무리되는 대로 떠난다 하더구나."

"전하께옵서 중전 자리를 주시겠다, 그리 말하셨는데도 말입니까?"

그 말에 그날의 일이 다시금 머릿속을 가득 채워, 현원은 짜증스레 탁자 위의 서류 하나를 낚아챘다. 펼쳤으나 흰 것은 종이요, 검은 것은 글씨일 뿐 내용이라고는 하나도 머리에 들어오지 않는 그것을 연신 들여다보고만 있자 기가 막히다는 운사의 목소리가 다시 상념을 흐트러뜨렸다.

"설마, 말도 꺼내지 못하신 겁니까."

그 말이 끝나기가 무섭게 종이가 우그러지는 소리가 났다. 현원은 엉망이 되어버린, 꽤 중요할, 그러나 단 한 자도 읽지 못한 서류를 옆으로 내팽개치며 벌떡 자리에서 일어났다. 그 격한 반응에 운사는 서류 하나가 완전히 망가져 버렸다는 것조차 깨닫지 못할 정도로 놀랐다.

"오오냐. 아무런 말도 못 하였다. 그래, 이제사 속이 시원하느냐!"

쩡하니 굳어버린 운사의 면전에 잔뜩 쏘아붙인 현원은 뒤도 돌아보지 않은 채 문을 열고 나가 버렸다. 평소에는 여닫는 소리조차 나지 않던 문은 금방이라도 박살이 날 것처럼 큰 소리를 내며 닫혔다. 졸지에 왕의 방에, 그것도 서류 더미와 홀로 남겨진 운사는 한동안 그대로 굳어 있다 한참의 시간이 흐른 뒤에야 한 손으로 이마를 짚었다.

"……일 났군. 이래서 내 훗날 후회하게 되실 것이라, 그리 말씀드린 것인데. 이제 이를 어떡한다."

잔뜩 마음이 상해 버린 왕과, 도망치려 하는 유가의 청 사이에 끼어버린 운사는 중전을 옹립하는 일이 이리도 어려울 줄 몰랐다 한탄하며 고개를 내저었다.

그럼에도 일이 줄어드는 것은 아니었기에 당장 급한 것을 처리하기 위해 서류 하나를 펼쳐든 그는, 그 틈에서 떨어져 내리는 종잇조각에 미간을 좁혔다. 붉은 종이. 그것은 누군가가 '긴급'함을 전하고자 함을 의미했다.

"이게 왜 여기에……."

아무것도 적혀 있지 않은 종이는 누구의 것인지, 누구에게 전해져야 하는 것인지 알 수 없었다. 운사는 잠시 머뭇거리다 이내 손을 뻗어 종이를 집어 들었다.

궁녀도, 내관도 모두 물리친 왕의 발걸음에는 목적지가 없었다. 휘적휘적 발 닿는 곳으로 걸음을 내딛던 그는 자석에 이끌리듯 버릇처럼 제례원의 앞에 도착하자 질린 표정으로 높다란 제례원의 문을 올려다봤다. 이제는 짜증이 날 정도였다. 지금껏 가지고 싶었던 것을 가졌던 적이라고는 없는 삶이었다. 가장 고귀한 혈통으로 태어나 가장 높은 자리에 올라 있음에도 불구하고 그는 언제나 빼앗기는 것에 익숙한 삶을 살았다. 그렇기에 바라지 않는

법을 배워왔다. 어미도, 아비도, 스승까지 하나하나 손에서 놓아 버리며 쥐는 것 자체를 바라지 않도록 노력해 왔다. 그 모든 것은 단 하나를 위해서였다. 강력한 왕권, 선왕의 시대에 찬란했다는 그 치세를 다시 되살리기 위함이 그가 바친 모든 삶의 이유이자 목적이었다.

그러할진대 어째서 발걸음은 동궁이 아닌 제례원으로 향한단 말인가.

"그리 빼앗기고도, 아직도 바라는 것이 남아 있었나."

"……전하?"

뒤에서 들려오는 조심스러운 물음에 현원은 흘러넘치던 감정을 채 갈무리하지도 못한 채로 휙 고개를 돌렸다.

그곳에는 청이 있었다. 제례 연습을 하던 도중이었는지, 눈이 시릴 정도로 푸르른 예복을 입은 그녀는 남복 차림임에도 불구하고 아름답기 그지없었다. 그녀는 갑작스러운 왕의 방문에 놀란 듯 두 눈을 동그랗게 뜬 채로 그를 바라봤다. 방금 전까지 연습을 한 것인지 이마에는 땀방울이 송골송골 맺혀 있었다. 갑작스러운 그녀의 등장에 현원이 반사적으로 손을 뻗기 직전, 놀란 청의 목소리가 그의 이성을 두들겨 깨웠다.

"전하, 이곳에는 어인 일이신지요?"

그 물음에 그는 애꿎은 주먹만 꾹 쥐었다 펴며 대답했다.

"……내일이 제례라, 혹 긴장하고 있지 않을까 걱정이 되어 들렀거늘, 펄펄한 듯하구나. 그런데 건우는 어디에 두고 또 홀로 다닌단 말이냐. 이래서는 호위가 전혀 쓸모가 없구나."

"아, 아닙니다. 그런 것이 아니오라, 잠시, 생각할 것이 있어 산보를……."

"그런가…… 그러면 삼시 농행해도 괜찮겠느냐."

갑작스러운 현원의 제안에 청은 머릿속이 복잡해졌다. 물을 것은 많았으나, 정작 무엇을 물어야 할지 감이 잡히지 않았다. 일전의 떠나겠다는 자신의 말은 분명 이후의 일에 대한 완곡한 거절이었다. 현원 역시 '그리하라' 하였으니 그 거절은 받아들여졌을 터였다. 한데 어째서 그는 다시 이곳에 와 있는 것인가.

그녀가 굳이 제레원을 벗어나 산책하던 이유가 다름 아닌 현원 때문임을 생각해 본다면 거절하는 것이 옳았다. 연습에 통 집중하지 못한 그녀는 유연에게 밖으로 떠밀리며 머리를 식히고 오라는 말까지 들은 판국에 그 문제의 원인과 사이좋게 산책하는 것은 얼토당토 않는 일이었다.

마음을 굳힌 청은, 그러나 거절을 하기 위해 고개를 들어 올린 순간 숨이 멎는 기분을 느꼈다. 대답을 독촉하지도, 명령을 내리지도 않은 채 고요히 그 자리에 서서 혹 거절을 당할까 두려움으로 가득 차 자신을 내려다보는 현원의 눈빛에, 그 시선에 사로잡힐 것만 같아서.

"영광, 이옵니다. 전하."

청의 허락이 떨어지자 현원은 소리 없이 웃었다. 그것이 기쁘다기보다는 슬프게 보여 그녀는 심장이 먹먹해졌다. 그는 천천히 몸을 틀어 인적이 드문 곳을 향해 걸으며 말했다.

"그래. 내일이로군."

"예."

"긴장되지 않느냐. 지금이라도, 원한다면……."

"괜찮사옵니다 전하. 소신, 유가의 성한으로서 그 이름을 걸고 부끄럽지 않도록 왕가를 위해 의무와 책임을 다할 것이옵니다."

"정녕 두렵지 않느냐."

"……두렵사옵니다."

"그런데 어찌 직접 몸을 던지려 하느냐. 그리하지 않아도 된다."

"소신이 유가이기 때문이옵니다. 그 누구보다, 전하께옵서 더 잘 아시지 않사옵니까."

"과인이 왕가라?"

"예."

한 치의 망설임도, 주저함도 없는 대답에 현원은 웃었다.

"예전, 선왕의 한탄을 들은 적이 있다. 유가에 대한 것이었지."

가문이 나오자 옆에서 걷던 청의 발걸음이 느려졌다.

굳이 고개를 돌려 확인할 필요는 없었다. 이제 그는 그녀가 혹 안 좋은 얘기가 나올까 노심초사하면서도 그것을 얼굴에 드러내지 않기 위해 애쓰고 있을 것임을 알 수 있었다. 그 정도는 쉬이 알 수 있을 정도의 시간이 흐른 것이다.

현원은 청의 걸음에 속도를 맞추며 말을 이었다.

"두 가문은 마치 하나가 둘로 쪼개진 것 같다 하시었다. 그렇기에 다른 대소신료들은 결단코 그 관계를 이해하지 못할 것이라. 그리 말하시었지."

"……전하."

"하나 어찌 한 번 갈라진 것이 다시 붙을 수 있겠느냐. 한날한 시에 태어난 쌍생아도 각기 다르게 자라나거늘."

"전하, 소신은……."

"되었다. 그보다, 연습은 잘 되었느냐. 그대가 원하는 대로 내일이면 모는 것이 끝이 날 것이다. 내, 약조하마. 유가의 성한이 모습을 감추는 날이 올지라도, 그 공을 잊지 않고 유가의 성월에 이르러 그대의 가문은 이전과 비견할 수 없을 번성을 누리게 될 것이다."

서로의 감정을 내리누른 채, 왕이 유가에게 하는 말에 청은 그저 웃을 수밖에 없었다. 현원은 그런 그녀를 천천히 바라봤다. 예복 차림의 그녀는 상투를 틀지 않은 채 머리를 그저 하나로 모아 묶은 채였다. 그렇기에 그는 그녀를 성한이 아닌, 청으로 바라보며 천천히 손을 뻗었다.

손안에 들어오는 자그마한 얼굴을 위로 들어 올리며 남은 손으로는 머리칼을 묶고 있는 푸른 비단끈을 잡아당겼다. 하나로 모여 있던 검은 머리칼이 와르르 쏟아져 내리며 현원의 시선을 어지럽혔다. 그는 손안에서 선연히 느껴지는 체온에 슬프게 웃으며 말을 이었다.

"하나 유가의 청은 아무것도 받지 못하는 것이 부당하기 그지없구나. 하여 내 앞으로 그대의 길에 용왕의 은혜가 가득하길 빌어주려 한다."

손끝을 타고 흘러내리는 머리칼을 끝으로 그는 자신을 올려다보는 청의 눈가를 조심스레 쓸어내렸다. 까만 눈 위를 그 손으로 완전히 덮은 그는 아무런 질문도 하지 않은 채 그 자리에 얼어붙은 듯 서 있는 청을 바라봤다.

그녀의 시야를 가둔 뒤에야 꽁꽁 옭아매었던 둑이 무너져 내렸다. 지금 그녀를 내려다보는 현원은 농담으로라도 그녀와 군신의 관계라 할 수 없었다. 감정이 넘쳐흘러 주체하기 어려운 정도가 되어서야 그는 혹여 그녀가 놀랄까 천천히, 조심스럽게 몸을 숙였다.

장난이라는 껍데기가 벗겨져 버려 진심이 그대로 드러나, 바싹 마른 입술이 청의 눈을 가리고 있는 그의 손등 위로 내려앉았다.

목이 메어왔다.

손을 대는 것도, 입술에 입을 맞추는 것도 무서울 정도로 마음이 이토록 커져 있을 것이라고는 미처 생각도 하지 못했었다. 언제나 한 겹 덮어쓰고 있던 왕의 가면을 벗어던지자 주체할 수 없을 정도로 거대해진 마음은 이제 거꾸로 왕인 그를 집어삼킬 것만 같았다. 그는 서두르지 않으며 천천히, 그러나 단 한 줌도 벗어나지 못하도록 제 감정에 다시금 족쇄를 채우고 왕의 가면을 덮어쓴 뒤에야 몸을 일으켰다.

그 모든 것이 한낱 일장춘몽(一場春夢)인 양 현원의 손이 미끄러져 내려 제자리로 되돌아갔다.

"모든 것이 끝나고, 과인의 시선이, 손길이, 걱정이 닿지 않는 그 먼 곳에서라도……"

말이 턱 막혔다. 갑작스레 누가 목을 조르듯, 그렇게 말이 밖으로 나오지 아니했다. 현원은 자신의 말에 자신이 질려 손끝이 차갑게 식어 내리기 시작함을 느꼈다. 먼 일도 아니었다. 이제 곧, 몇 시진 뒤면, 바로 눈앞에, 손을 뻗기만 하면 닿을 곳에 서 있는 아이는 어딘가로 훌훌 날아가 저는 모를 여인이 될 터였다. 그것이 지독히도 현실감 없어서, 현원은 억지로 목소리를 쥐어짜내야만 했다.

"······혹여 이날 이때 과인이 네게 빌어준 수신의 은혜가 다하여······ 혹여······ 만에 하나라도······ 부슨 일이 생기거는, 어디서든, 언제든, 연통을 넣거라."

억지로 누르던 것이 한계에 달해 일순 터지듯, 청의 눈가에서 툭, 눈물이 떨어졌다.

"전하······."

"연줄도 만들지 아니하겠다, 그리 말하지 말거라. 과인이 빚을 진 것은 유가가 아닌 그대이다. 그러니 그것을······ 언제고 갚아야 하지 않겠느냐."

청은 자신의 말을 끊어낸 현원을 차마 보지 못하고 고개를 숙였다. 받기 어려울 정도의 배려였다. 그녀가 내린 결정은, 산더미같이 쌓여 있는 문제를 모조리 현원에게 떠맡기는 일이었다. 당장의 수렴청정이 문제가 될 터였다. 이번 일로 왕권이 강화된다 할지라도 선왕의 유지를 꺾는 것은 불가능했다. 하니 수렴청정을 물리기 위해선 여지없이 중전을 옹립해야 할 텐데, 어중간한 가문의 여식이 진가를 누르지 못할 것임을 청은 누구보다 더 잘 알았다.

그럼에도 불구하고, 그녀의 어깨에 지워진 거대한 가문의 존재가, 세월을 뛰어넘은 약속이, 차마 입을 뗄 수 없게 만들었다.

지금 이 짧은 산보가 모든 것을 뒤집을 마지막 기회임을 그녀는 잘 알고 있었다. 입술을 즈려문 그녀가 고개를 들자, 붉은 천에 금빛 용이 수놓아져 있는 곤룡포를 입은 왕이 보였다. 저 먼 앞을 응시하는 왕의 모습에 그녀는 아무런 말도 하지 못한 채 다시 고개를 숙였다. 흔들리려는 마음을 다잡듯 바스락 소리를 내는 붉디붉은 종이를 쥔 손에 더욱 힘이 들어갔다.

결국 제례원으로 돌아오는 그 순간까지 입 밖으로 내뱉어지지 못한 말은, 쿵, 거대한 문이 닫히며 그 안에 영영 갇혀 버리고 말았다.

❁

제례 날이 밝았다.

둥, 북이 울리자 모여 있던 백성들의 시선이 모두 한곳으로 쏠렸다. 그네들은 숨소리라도 새어나갈까, 바싹 굳은 채 제대로 숨조차 쉬지 않았다. 대다수는 용왕을 향한 성스러운 행렬의 시작을 기대하며 흥분과 감탄, 기쁨을 감추지 못했으나 여전히 몇몇은 의심이 가득 어린 눈초리였다.

둥, 한 번 더 북이 울리자 굳게 닫혀 있던 성문이 매끄럽게 열렸다. 수십 명의 사내가 들러붙어 있는 거대한 가마는 여타의 다른 가마와 모양새가 달랐다. 보통의 가마가 안에 탄 사람을 가렸다면, 지금은 자랑스레 그 모습을 드러내 보이고 있었다. 가마를 감싸고 선 무녀들의 손 위에는 하나같이 거대한 연꽃이 놓여 있었다. 손이 자유로운 자는 가마의 가장 가까이에 서 있는 유연, 하나뿐이었다.

처음 모습을 드러낸 청은 태아같이 몸을 동그랗게 말고 있어 푸른빛과 흰빛이 섞인 한 줌의 바다처럼 보였다.

둥, 다시금 북이 울리자 고개를 들고, 기다렸다는 듯 웅크리고 있던 팔을 주위를 향해 떨쳤다.

바람을 따라 길게 늘어진 푸른 천 자락이 하늘 높이 흩날리자 군중 속에서 누군가가 울음이 가득한 목소리로 읊조렸다.

"수신이시다."

그 목소리가 시작점이 되어 거대한 감정의 소용돌이가 그들을 휩쓸었다. 믿는 자건, 믿지 않는 자건, 유가는 그 존재 자체로 그들의 삶에 깊숙이 자리 잡고 있었다. 용왕의 대리자이자 제례를 주관하는 무녀들의 수장인 유가의 가주는, 때때로 왕보다 더 우러름을 받을 정도였다. 그 권위와 믿음이 10년의 세월간 단 한 번도 풍요롭지 못했던 수확과, 비정상적인 왕위 계승과 엮여 유가의 존재를 한층 더 거대하게 만들었다.

모습 한 번 드러내지 않아 존재조차 알 수 없는 왕과 비견해 봤을 때 백성들 앞에 등을 펴고 서 있는 유가의 성한은, 그 자체로 그들에게 왕이나 다름없었다.

누가 먼저 무릎을 꿇기 시작했는지는 아무도 알 수 없었다. 그저 정신을 차려보니 모든 백성들이 자발적으로 무릎을 꿇은 채 그들의 수신을 향해 경외감을 드러내고 있었다. 백성들의 열광적인 지지에 행렬의 뒤를 따르는 좌의정은 으득, 이를 갈았다. 해결될 것이라 믿어 의심치 않았던 문제는 조금도 해결책을 찾지 못한 채 절정으로 치닫고 있었다.

"괜찮으십니까."

유연은 가마에 바짝 붙으며 걱정이 가득한 표정으로 물었다.

그녀의 물음에 청은 팔을 따라 점차 넓게 퍼져 엉겨드는 옷자락을 멀리 떨쳐내며 대답했다.

"무엇이?"

"안색이 좋지 않습니다."

그 말에 청은 그제야 자신이 긴장감으로 바짝 굳어 있었다는 것을 깨달았다. 의식하기 시작하자 머리 위에 겹겹이 씌워진 거대한 관의 무게가 일순간 몸을 강타했다. 그녀는 그 무게를 이기지 못하고 순간 비틀거렸다.

백성들은 하나같이 고개를 숙이고 있어 그 모습을 본 것은 유연뿐이었다. 유연은 저도 모르게 새어나갈 뻔한 비명을 입을 틀어막아 가까스로 억눌렀다.

청이 다시 균형을 잡고도 한참의 시간이 흐른 뒤에야 유연은 목이 막히는 목소리로 말할 수 있었다.

"조심…… 부디, 조심하세요."

"괜찮아. 잠시 놀랐을 뿐이니. 한데 전하께옵서는……."

본디 같이 행진을 하기로 얘기가 되어 있었으나, 그녀의 시야가 닿는 곳에 현원은 없었다. 제례를 위한 예복을 입은 채로 줄줄이 뒤따르는 대소신료들 사이에도, 유생들 틈에도 보이지 않는 왕의 모습에 청은 저도 모르는 사이 가마 옆의 지지대를 꽉 움켜쥐었다. 현원의 부재를 인지하자마자 급격히 당황하기 시작하는 청의 모습에 유연은 혹여나 그녀가 떨어질까 두려워 양손을 꽉 마주잡았다.

"전, 진하께옵서는 급히 일정을 변경해 궁에 머무신다 들었습니다. 하나 먼 곳에 있을지라도 성공을 기원한다 들었으니 걱정 마소서."

청은 유연의 말에 한 손으로 지지대를 붙든 채 반쯤 몸을 틀었다. 그녀의 몸이 움직이는 방향을 따라 길게 늘어진 옷자락이 일렁였다.

뒤에서 봄을 일으키던 백성들이 시야를 가득 채우는 푸른빛의 물결에 탄성과 함성을 내지르기 시작했으나 그녀에게는 그것들이 전혀 들리지 않았다. 그녀의 시선이 가 닿는 곳은 전혀 다른 곳이었다.

저 먼, 다시는 돌아가지 못할 곳. 굳게 닫혀 버린 성문을 바라보며 그녀는 입술을 앙다물었다.

오늘 배에 오르기 전 작별 인사를 할 수 있을 것이라 여겼다. 성군이 되시라 그리 한마디라도 던질 수 있을 줄로만 알았다.

물거품으로 사라져 버린 기대에, 지지대를 붙든 그녀의 손에 힘이 들어갔다. 청이 다시 몸을 돌리지 않자 유연은 안절부절못하며 그녀의 옷자락을 조심스레 끌어당겼다.

"이후에 시간이 있을 것이옵니다."

"시간…… 정녕 내게 시간이 있을까…….."

"어찌 그리 말씀하십니까. 일이 빨리 끝나면……."

말을 이어나가던 유연은 휙 돌려진 청의 얼굴에 선연히 새겨진 감정에 그만 말문을 잃었다.

잘못 보았다 할 수 없을 정도로 짙게 새겨진 포기와, 슬픔. 유연이 무언가 더 말을 붙이려던 그 순간, 제례악이 일제히 울려 퍼지기 시작했다. 가느다랗게 떨리는 퉁소로 시작해 해금이 이어지는 음을 받아내자 유연은 본격적인 제례의 서막이 올랐음을 직감하며 입을 다물었다.

길게 뻗어나가는 단소 소리에 청은 금방이라도 넘쳐흐를 것 같던 감정을 빠르게 갈무리했다. 손끝이 하얗게 될 정도로 강하게 붙들었던 지지대도 놓았다. 그녀는 수십 번, 수백 번 반복해 머리가 기억해 내기도 전에 몸에 새겨놓은 순서를 따라 천천히 하늘을 향해 팔을 들어올렸다. 그러자 기다렸다는 듯 가마의 둘레를 따라 얇게 홈을 파 그 안에 채워놓은 물줄기가 그녀의 손길을 따라 요동쳤다. 물이 자아를 갖고 움직이는 듯한 모습에 백성들은 함성조차 잊어버렸다. 누구도 시키지 않았으나 홀린 듯 행렬을 따르는 그들의 기대에 보답하듯 청의 몸이 빠르게 아래로 꼬꾸라졌다 위로 솟구쳤다.

그녀의 몸짓을 따라 하늘로 솟아오른 물줄기는, 가느다랗지만 분명 용의 형상을 띠고 있었다. 청의 주위를 둘러싼, 물로 만들어진 수룡의 형상에 좌의정은 그만 할 말을 잃고 말았다.

"대…… 대감, 이 어찌된 일입니까. 궁 밖에서도 저것이 가능한 일이었습니까?"

뒤에서 들려오는 다급한 물음에도 아는 것이 없으니, 해줄 대답 역시 없었다.

"대가암. 이를 어쩐단 말입니까."

"조용히 하게! 일단, 민심이 저쪽을 향하였으니 계속 따라야지 어쩌겠는가! 이제와 되돌아가기라도 할 셈인가?"

한차례 성을 낸 좌의정은 옷자락 사이로 주먹을 움켜쥐며 낮은 신음을 흘렸다. 기다리라, 기다리라, 그리 말하는 진허원의 말만 철통같이 믿고 기다렸던 것이 이리도 어리석은 선택일 줄은 꿈에도 몰랐다. 그러나 이제 와 후회해도, 어찌 할 수 있는 방도가 없었기에 그는 그저 묵직하게 느껴지는 걸음을 억지로 옮기며 행렬의 뒤를 따를 수밖에 없었다.

"괜찮으십니까."

유연은 송글송글 땀이 맺히기 시작하는 청에게 걱정이 가득 어린 눈으로 물었다. 그런 그녀의 물음에 청은 대답 대신 살풋 웃어 보이며 시선을 저 멀리 던졌다.

행렬이 이어진 지 두 식경, 이제야 시야에 들어오는 바다는 그 끝이 멀지 않았음을 짐작케 했다. 준비된 배가 시야에 들어오고, 백성들은 더는 앞으로 가는 것을 허락받지 못한 채 부둣가에 옹기종기 멈춰 섰다. 청은 금방이라도 흐려질 것 같은 시야를 다잡으며 멈춰서는 가마의 흔들림에 집중했다. 일제히 가마가 멈추고, 무녀들의 팔이 곧게 위로 뻗어 올라갔다.

그녀는 마지막을 예감하며 몸을 젖혔다.

부드럽게 휘어지는 몸짓을 따라 후드득 떨어지는 땀방울을 미처 훔쳐내지도 못한 채 한계에 다다른 몸의 상태에 청은 이를 악물었다. 그녀의 손이 양쪽으로 뻗어나가자 무녀들의 손 안에 자리 잡고 있던 연꽃들이 일제히 만개하며 그 안에서 수룡들이 하늘로 날아올랐다.

다시 볼 수 없는 장관에 백성들은 하나같이 몸을 낮추고 경애의 뜻으로 양손을 하늘로 뻗어 올렸다.

그것은 왕이 아닌 유가에 대한 경애였다. 관료들이 발만 동동 구르며 죄인의 신분에서 저 높은 곳으로 단숨에 날아오른 유가의 청을 보고 있을 때, 그녀는 깊게 숨을 들이마셨다.

둥, 마지막 북이 울리고, 그녀의 손바닥이 서로 맞부딪치자 열 마리의 수룡이 그녀의 주위를 감싸며 하나로 합쳐지기 시작했다.

거대해진 수룡은 그녀의 허리께를 휘감으며 백성들을 향해 번뜩이는 눈을 떴다. 그와 동시에 그동안 단 한마디도 하지 않았던 그녀의 입이 열렸다.

"수룡이 똬리를 틀고 시름시름 앓으니, 가재미 넙치들이 수룡의 눈과 귀를 막누나. 꽃은 지고 그 자리를 가시덩굴이 대신했으니, 바다가 시름에 잠기었도다. 오랜 약속을 딛고 긴 세월 어둠에 잠기었던 수룡이 다시금 눈을 뜨니, 용이 이내 하늘로 날아오를지어다."

그녀의 말이 끝나자, 백성들의 함성이 하늘을 찢을 듯 드높아졌다. 왕을 상징하는 수룡의 등장에, 이제 그들은 유가가 아닌 왕을 향해 환호하고 있었다.

수룡이 기다렸다는 듯 발톱을 세워 허공을 한 바퀴 빙 돈 뒤 배 안으로 미끄러지듯 날아 들어갔다. 그 뒤를 따라 청이 갑판에 올랐다.

"잘 되어서 다행이에요."

유연은 바싹 긴장했다가 안도하며 심장을 쓸어내렸다. 그녀는 품 안에 고이 품고 있던 비단 주머니를 끌어내렸다. 단단히 묶여 있던 끈을 끌어내리자, 자그마한 비단 주머니 가득 담겨 있던 모래가 그 모습을 드러냈다.

"아무리 그래도 힘의 근원이 다름 아닌 모래라니. 아직도 믿기 어려울 지경이에요."

"모래라기보다는, 그 땅 자체가 힘의 근원일 것이야. 건국신화에 '약속된 땅'이라 언급되어 있으니 그것과 연관이 있겠지."

"그래도 물에 잠기어 있던 모래가 특히 그 힘이 강하다는 것은 신기하기 그지없어요. 가마에도, 연꽃에도 잔뜩 넣어둔 모래 덕분에 일이 잘 되었으니 연못가가 쓸쓸해진 것으로는 싸게 먹혔지요."

유연의 말에 청은 고개를 끄덕이며 줄줄이 배에 오르는 무녀들을 바라봤다. 그녀들의 손에 들린 연꽃의 속을 파내고 그 안에 채워 넣은 것은 다름 아닌 제례원의 흙과 물이었다. 그것이 흘러내리지 않도록 신력으로 묶어놓았다가 절정에 이르는 시점에 해방시킨 것이다. 무녀들이 조심스럽게 연꽃을 한 곳에 모으는 것을 바라보던 청은, 진허원을 앞세워 배에 오르려고 하는 관료들의 모습이 보이자 표정을 굳혔다.

"이 어찌……!"

유연은 뻔뻔스럽게 배 위로 올라서는 진허원의 모습에 억눌린 목소리를 뱉어냈다. 다른 무녀들 역시 갑작스러운 상황에 누구 하나 그들을 막을 생각도 하지 못한 채 순순히 길을 텄다. 그들 중에서 당황하지 않은 것이라고는 푸른빛이 짙게 도는 겉옷을 벗은 청밖에 없었다.

그녀의 시선이 진허원과 맞부딪쳤다. 노호는 서늘하게 가라앉은 표정으로 자신을 바라보는 청의 모습에 즐거이 웃었다. 서로가 바라만 보는 대치 상태가 무너진 것은 그들이 배의 안쪽으로 한걸음 더 걸음을 내디뎠을 때였다.

"쿨럭!"

"크허억! 이, 이게 대체……!"

앞선 좌의정과 우의정이 잇달아 무너져 내리자 뒤이어 따르던 관료들이 웅성거리며 멈춰 섰다. 멀쩡한 것이라고는 가장 나이가 많은, 진허원 하나뿐이었다.

청은 개중에 피를 토하기 시작하는 자들을 아무런 감정 없이 내려다봤다.

그녀가 한 걸음 앞으로 걸어 나가자 부드러운 비단으로 만든 신에 바닥에 얇게 깔린 모래가 미끄러지며 소리를 냈다.

"여기서부터는 수신이신 용왕의 비호가 함께합니다. 그 무게를 견딜 수 있는 자가 아니라면, 돌아가십시오. 수신의 경고를 무시한다면, 그대들의 숨이 다한다 할지라도 수신께서 자비를 베풀어 주시지는 않을 것입니다."

"여, 영가암!"

입가로 흐르는 피를 거칠게 닦아내며 좌의정이 절망 어린 표정으로 외쳤다. 그러나 진허원은 허리를 꼿꼿이 세운 채 청에게서 시선을 떼지 않았다. 제 뒤에 서 있는 문무대신들은 아예 잊은 듯, 그의 시선은 오로지 한 곳에 머물 뿐이었다. 그는 길게 늘어진 제 수염을 쓸어내리며 청의 말에 대답했다.

"호오. 그렇게 된 것이로군."

그는 몸을 굽혀 바닥의 모래를 집어 들었다. 손안에서 먼지처럼 사라지는 그것은 여느 것과 다름없는 모래였다. 그러나 그것이 결코 평범한 모래가 아님을 그는 아주 잘 알고 있었다.

그것의 가치를 진정으로 아는 자는 이 배 위에서 한 손 안에 꼽을 것이라 진허원은 자신할 수 있었다.

"허…… 이거 놀랐습니다. 이리 나오실 줄이야…… 꽤나 머리를 쓰셨군요."

"……죽을 수도 있습니다. 내리지 않을 것입니까. 배가 뜬 뒤에는 내리고 싶어도 그러지 못할 것입니다."

"들었느냐."

온몸이 짓눌리는 강한 악력에 다시금 피를 토해내던 좌의정은 진허원의 말에 금방이라노 고꾸라질 것 같은 고개를 억지로 위로 밀어 올렸다. 시야가 흔들려 또렷하지 못한 시선이 가 닿는 곳에 진허원의 뒷모습이 있었다. 무너지기는커녕, 흔들거림조차 없이 서 있는 그는 사람이 아닌 것처럼 느껴질 정도였다. 적어도 그곳에 서 있는 자는 노인이 아니었다. 좌의정은 역류하는 피를 뱉어내며 붉게 충혈된 눈으로 제 뒤를 훑어봤다. 다른 관료들의 상황이라고 크게 다르지 않았다. 그들은 하나같이 용왕의 권위에 도전한 대가를 혹독히 치러내고 있었다.

단 한 명, 진가의 허원만을 제외하고.

"강요하지 않겠다. 나약함은…… 죄가 아니니 말이야. 어찌하겠느냐."

진허원의 말이 그들을 매섭게 질타했다. 여전히 저들에게서 등을 돌린 채 서 있는 진허원의 모습에 좌의정은 이를 악물었다. 그리고 냉기만이 가득한 그 말 한마디에, 지금껏 무너지지 않고 버티던 우의정의 고개가 기어코 아래로 추락했다.

"내…… 리겠습니다."

"이런. 그렇다는군. 유가에 면구스럽기 그지없구만. 고명딸인 대비마마께옵서도 몸이 좋지 못하시어 자리를 비우시었는데, 예국의 기둥이라는 문무대신들이 상감마마의 안위를 위한 제례에 제대로 참여하지도 못한다니 말이야. 하나 이 노신이 뒤따를 터이니, 그것으로 체면치레 정도는 되지 않겠는가?"

청은 다급히 배에서 내리는 관료들을 향해 있던 시선을 돌려 다시 진허원을 바라봤다. 유연은 이미 질린 것을 넘어서 공포 어린 얼굴을 한 채로 진허원에게서 고개를 돌리고 있었다. 그는 아무런 영향을 받지 않는 것이 아니었다. 그저…… 버티고 있을 뿐.

"정녕…… 내리시지 않을 생각이십니까. 진정으로 명이 다할 수도 있습니다. 혹 헛되이 겁박하는 얘기라 여기시는 것입니까."

"……그럴 리가. 그대는 모르겠으나, 이 늙은이는 이미 이것이 무엇인지, 잘, 아주 잘 알고 있네."

천천히 닻이 올라가고, 배는 항구에서 멀어지기 시작했다. 더는 땅 위의 사람들이 바다 위의 일을 알아보지 못할 정도로 거리가 벌어지자, 그녀는 금방이라도 무너질 듯한 얼굴로 고개를 푹 숙였다.

"……한데 어째서 내리지 않은 겁니까."

"쿨럭…… 이미 말하지 않았는가. 거래를 하였다고. 그것이 아주 까다로운 거래라, 이 늙은이가 여기 있어야만 해서 말이네."

"……죽어도 좋단 말입니까."

흘러넘칠 듯 감정이 일렁이는 목소리에, 그제야 굳건히 서 있던 진허원의 몸이 비틀거렸다. 그는 입 주위로 흘러내리는 피를 닦으며 대답했다.

"죽음은, 나보다 그대가 걱정해야 할 일이 아니었던가. 그래, 어떻던가."

"그것은 제 소관입니다. 진가의 허원께서는 그 자리에 앉아, 그저 지켜보시지요. 그대의 역할은 끝났습니다."

아무렇지 않은 척 등을 돌리나, 걱정이 느껴지는 목소리를 숨기지 못하는 어수룩함에 진허원은 기꺼이 웃었다. 이미 목적을 위해서는 충분히 비정해질 수 있는 왕이 있으니, 그 옆은 저 정도가 딱 좋다는 생각을 하며.

고통으로 인해 일그러져 그것은 웃음이라기보다는 신음에 가까운 것이었으나, 청이 다시 그를 향해 고개를 돌리는 일은 일어나지 않았다. 대신 자그마한 천 주머니 하나가 그의 품에 던져졌을 뿐이었다.

이 모든 일이 일어나고 있을 때, 현원은 강율 대장과 '인당수'라 불리는 섬의 반대편에 몸을 숨기고 있었다. 현원은 그제껏 모습을 보이지 않던 운사가 다른 누구도 아닌 건우와 함께 나타나자 이쪽을 향해 다가오는 배에서 처음으로 시선을 뗐다. 그리고 긴장감으로 팽팽했던 공기가 와그작 일그러지는 덴 그리 오랜 시간이 걸리지 않았다.

"미치었느냐."

현원은 운사의 옆에 서 있는 건우에게 진심을 담아 말했다.

"어찌 여기 있는 것이야. 분명 내 유가의 성한을 따라 배를 타라 하지 않았어!"

그 말에 건우가 놀란 기색을 드러냈다. 그런 그를 옆으로 밀어내며 운사가 앞으로 나섰다.

"전하, 소신이 말을 전하지 않았습니다."

"운사!"

건우의 노기 섞인 목소리와 함께 현원의 고개가 운사를 향해 돌아갔다.

"무어라?"

마치 그가 무슨 말을 하는지 모르겠다는 현원의 되물음에 운사는 표정 하나 변하지 않은 채로 방금 전의 말을 되풀이했다.

"소신이, 말을 전하지 않았다 하였습니다."

"하면 네가 미치었느냐. 아니구나. 미친 게로구나. 안 그래도 이상했다. 같이 배를 타는 대신 바다에 뛰어드는 유가의 성한을 구하라 내게 꿀 발린 말을 하는 것부터가 이상하였다. 한데도 내 너를 믿어 그 말도 안 되는 말을 따라 예까지 왔다. 그러할진대 건우마저 떼어놓아? 대답해라…… 도대체 무슨 꿍꿍이속이냐."

"전하. 일이 꼬였습니다."

"알아듣게 설명을 하란 말이다!"

"진가의 허원이 낌새를 눈치채었나이다."

진가의 허원. 그 이름에 현원의 움직임이 뚝 멈췄다. 청을 구하러 가기 위해 준비해 두었던 배를 만지던 강율 대장의 손도 그대로 멈췄다. 그 이름이 가진 무게는 그 정도였다. 현원은 무시무시한 표정으로 말했다.

"운사. 한 번은 용서해 주마. 아니라고 답해라."

"전하."

"아니라, 그리 답하거라. 그리하면 내 한 번은 덮어주마."

분노로 인해 역으로 차분히 가라앉은 그의 말에 운사는 참담함을 감추지 못하며 고개를 숙였다. 그가 답하지 않자, 현원의 이제껏 얼어붙어 있던 분노가 단숨에 화하며 일순간 쏟아져 내렸다.

"그것이 과인에게 언급조차 하지 않은 채 유가를 버린 이유라, 그 뚫린 입으로 지껄이는 것이야!"

"대의를 생각하소서! 저 배에는 진가의 허원이 타고 있나이다!"

"허! 그러니 다시금 유가를 버려라? 네놈이 진정 수신의 노여움을 받고 싶은 게냐!"

"수신은, 없사옵니다. 전하께옵서 소신과 처음 만난 그날, 말하시었지 않습니까. 수신은, 존재하지 않습니다. 유가는, 대(大)를 위한 소(小)일 뿐이옵니다. 소신보다 전하께옵서 더 잘 아시지 않사옵니까. 유가의 청은 그녀가 일전에 말한 것과 같이 대신할 자가 있사옵니다. 하나 전하께서는…… 전하께서는 예국이시옵니다! 어찌 여인 하나를 위해 예국을 버리시려 하시나이까!"

강율 대장은 운사에게 달려들려는 건우를 뒤에서 단단히 잡아챘다. 그는 혹 현원이 건우처럼 운사에게 달려들까 걱정 어린 시선으로 그 둘을 번갈아 바라봤다.

제자리에 굳어버린 채 주먹을 꾹 쥔 현원은 입을 다물었다. 그의 눈가가 금방이라도 옥루(玉淚)를 떨어뜨릴 것처럼 붉게 물들었다. 그것이 아니라면 피라도 쏟아낼 것 같았다. 그러나 그는 아무것도 하지 않았다. 운사에게 달려들지도, 그의 말에 분노를 토해내지도 않았다. 붉어진 눈가가 슬프게 휘어졌다. 입가는 금방이라도 비틀어질 것처럼 아슬아슬하게 곡선을 타고 휘어 올랐다.

그는 곡예를 하듯 애처로운 미소를 지은 채, 그저 조용히 물었다.

"하면, 유가의 청은 예정했던 대로 허리춤에 밧줄을 매지 않겠구나."

"……."

"미리 백성들의 시선에 띄지 않도록 배를 대지도 않겠구나."

"……."

"네놈은, 십 년 전 일가가 도륙을 당했던 그 아이에게, 이번엔 네가 죽으라, 그리 말하였겠구나."

"……."

"그것을 또 미련히 웃으며 좋다 받아들이더냐."

"전하……."

"그리고 이젠, 내게, 십 년의 세월을 넘어 가까스로 찾아낸 것을, 다시금 버리라."

"감내하시어야 합니다."

"너는, 내게, 그 지독한 일을 다시금 겪으라, 그리 말을 하고 있구나. 그것이 옳다? 그것이, 책사로서 내린 너의 결론이냐."

"그것이 최선이옵니다. 전하. 부디 냉철히 생각하소서. 모든 것을 얻으실 수는 없나이다."

"하면 저 아이는 어린 동생을 두고 죽겠구나. 바다 속에서, 그 시신조차 수습되지 못한 채, 유가의 청이 아닌 유가의 성한이라는 거죽을 뒤집어쓰고."

칼날이 살을 베어내는 것만 같았다. 자신이 하는 말들이 스스로에게 되돌아와 그렇게 잔혹하게 저를 베어내는 것 같다, 그리 생각하며 현원은 기어코 낮은 신음을 터뜨렸다.

"……버리소서. 더 큰 것을 위해 버리셔야 합니다. 그녀 역시 기꺼운 마음으로 왕가를 위해……."

운사는 아무런 소리도 듣지 못했다. 그뿐만이 아니라, 강율 대장과 건우 역시도 듣지도, 눈치채지도 못했다. 눈치를 챘을 땐 이미 운사의 목덜미에 서늘한 검날이 자리 잡은 뒤였다. 뚝, 기어코 현원의 눈가에서 물방울이 떨어져 내렸다. 선왕이 승하했을 적에도 흘리지 않았던 눈물에 강율 대장은 놀라움을 감추지 못하며 마른침을 삼켰다.

그러나 금방이라도 피가 배어나올 정도로 바짝 들이밀어진 검날에도 운사는 놀라는 대신 겸허히 눈을 감을 뿐이었다. 당장에 목이 잘린다 할지라도 비명 한 번 내지르지 않겠다는 굳은 결의가 그곳에 있었다.

"살려 달라 하지 않느냐."

"소신이 전하께옵서 가시는 길에 방해가 된다면 언제든 베시옵소서. 애당초 그러한 관계가 아니었습니까."

그 덤덤한 대답에 현원의 얼굴이 구겨졌다. 금방이라도 폭발할 듯 표정을 따라 새어나오던 감정이 언제 그랬냐는 듯 일순 고요하게 가라앉았다. 그는 길게 숨을 내쉬며 천천히 검을 쥔 손에서 힘을 풀었다. 떨어져 내린 검이 돌과 부딪치며 쨍하니 공기를 찢어 내릴 듯한 소리를 냈다.

갑작스러운 상황 정리에 강율 대장은 현원이 검을 빼들었을 때보다 놀라며 미간을 좁혔다. 그러나 운사는 살기가 거둬들여지자 슬쩍 한쪽 눈을 뜨고는 그제야 긴 안도의 한숨을 내쉬었다. 그 밉살스러운 모습에 현원은 한쪽 눈썹을 찡그렸다.

"그러한 관계? 웃기지도 않는군. 네놈은 책사 자리에서 쫓겨날 줄 알거라. 감히 왕을 시험해?"

"미리 말씀드리는 것이옵니다만, 이건 소신이 계획한 것이 아니옵니다."

"그럼 누⋯⋯."

다급한 목소리가 우뚝 멈췄다. 현원은, 잊고 있던 중요한 인물을, 이 사건의 중심에 서 있는 그의 얼굴을 떠올리고는 한 손으로 이마를 짚었다.

"그래. 그자가 빠져서는 아니 되겠지. 진가의 허원! 그자더냐."

빠르게 핵심을 짚어내는 현원의 모습에 운사는 사람 좋게 웃으며 대답했다.

"……변명을 하자면 협박이었습니다."

"그걸 진정 변명이라 하느냐."

"제대로 된 변명은 나중에 하도록 하지요. 지금은 어찌 이 난관을 헤쳐 나갈 생각이신지 여쭤보아도 되겠습니까."

현원이 대답하는 대신 미간을 좁히자 운사는 점차 인당수에 가까이 다가오는 배를 가리키며 다시 말했다.

"진가의 허원이 배에 타고 있다는 것은 진짜이옵니다. 그는, 이 계획을 어느 정도 눈치채고 있었사옵니다. 전하께옵서 가신다면, 진가의 허원에게 패를 하나 내어주셔야 할 것입니다."

"……그 말은, 진정으로, 유가의 청이 밧줄을 매지 않았다는, 그런 의미냐."

"선택은 그녀가 할 것이옵니다."

감정이라고는 조금도 들어 있지 않은 운사의 대답에 현원은 그를 밀치고 여전히 어정쩡한 상태로 서 있는 강율 대장과 건우를 지나쳐 모래사장에 정박되어 있는 쪽배로 성큼성큼 걸어갔다. 현원이 배를 밀자, 강율 대장의 손아귀에서 벗어난 건우가 다급히 달려와 왕을 거들었다.

"당장 배를 띄운다. 서둘러라. 어서!"

현원의 명령에 졸지에 중간에 끼어버린 강율 대장은 조용히 고개를 내젓는 운사를 한 번, 손수 배를 밀고 있는 왕을 한 번 바라보고는 벅벅 세 뒷머리를 긁었다. 그러나 그도 뱃머리에서 흩날리는 새하얀 의복을 발견하자 낮게 거친 말을 읊조리며 몸을 움직였다.

"전하! 제례가 예정보다 너무 빠릅니다! 저길 보십시오!."

강율 대장의 말에 현원의 시선 역시 뱃머리로 향했다.

둥…….

들릴 리가 없는 배 위의 북소리가 그들의 귓가에 울려 퍼졌다. 고성을 내질렀다.

둥…….

두 번째 북소리와 함께 저 먼 땅 위에서도 충분히 보일 만큼 거대한 수룡이 하늘 위로 치솟아 올랐다. 제례원 안에서나 볼 법한 크기에 현원은 욕을 내뱉었다. 제례원의 흙을 아무리 많이 끌어 모았다 할지라도 이리도 멀리 떨어진 황황한 바다 한복판에서 저 크기는 불가능한 일이었다.

"저것이…… 가능한 일입니까."

현원은 그녀가 제 생명을 깎아먹고 있음을 직감했다. 저 거대한 수룡이 그것을 확신으로 바꾸어놓았다. 그녀는 밧줄을 매지 않았다. 진정으로, 죽을 생각인 것이다.

그는 강율 대장의 중얼거림에 성을 내며 배를 미는 손에 힘을 줬다.

"닥치고 어서 밀란 말이다!"

그 매서운 기세에 강율 대장 역시 배 쪽으로 내달렸다. 모래사장에 처박혀 있던 배가 장정 셋의 힘을 견디지 못하고 기우뚱, 크게 기울었다. 이내 빠르게 바다로 미끄러져 들어간 배 위에 건우와 강율 대장이 차례로 올라탔다.

자그마한, 왕이 탈 만한 것이라고는 보기 힘든 그 조각배에 현원은 기꺼이 몸을 실은 뒤 섬에 남은 운사를 뒤로한 채 말했다.

"대(大)를 위한 소(小)의 희생이 당연하다면, 결국 그 빌어먹을 대의가 아무런 쓸모도 없다는 말을 하고 싶었던 것이겠지. 하나 운사, 지나쳤다. 유가의 청이 살아 돌아오기만을 빌고 있거라."

짓씹는 목소리에 짙게 배어 있는 분노는 컸다. 끝내 얼굴을 보여주지 않은 현원의 말에 운사는 조용히 양손을 모아 고개를 조아렸다.

한참의 시간이 흘러 그가 다시 고개를 들었을 때는 이미 왕이 탄 쪽배는 지 멀리 사라진 뒤였다. 운사는 홀로 남은 인당수에서, 그대로 다리의 힘이 빠져 털썩, 채신머리없이 주저앉으며 참았던 숨을 뱉어냈다. 참았던 감정이 밀어닥쳐 손이 떨렸다.

그는 진가의 허원이 타고 있을 배를 무섭게 노려보며 나지막이 중얼거렸다.

"진허원……. 목숨을 건 도박에 멋대로 끌어들였으니, 장담한 결과가 나오지 않는다면 이가의 상단이 얼마나 무서운지 깨닫게 해줄 테다."

역시 그날 그런 선택을 하는 것이 아니었다고 투덜거렸다. 얕은 호기심에 지지만 않았더라도 지금 모든 일은 다른 방향으로 진행되고 있을 터였다. 운사는 쓸데없는 일이었다고 눈살을 찌푸리면서도 진가의 허원의 그 기막힌 제안을 떠올렸다.

❉

붉은 종이에 적혀 있는 것은 진가의 眞자와, 장소였다. 종이에 적힌 장소에 도착하자 관료들의 비밀회의가 소집되고 있을 것이라는 운사의 예상과는 달리 진허원이 홀로 그를 반길 뿐이었다.

낡디낡은 초가집에 상상하지도 못한 인물이 앉아 있자 운사는 기가 막힐 지경이었다. 진허원은 그 정도는 이미 예상한 일이라는 듯 유유자적하게 인사를 건네었다.

"생각보다 늦었구만. 그래…… 어디 보자. 직접 얘기를 나누는 것은 이번이 두 번째인가."

"허! 마치 절 초대하신 것처럼 얘기하십니다."

"이상한 소리를 하는구만. 정중히 초대하지 않았나."

"진가의 정중한 초대가 힘으로 끌어내는 것이라는 걸 미처 몰랐군요."

이 앞에 도착하자마자 숨어 있던 자들에게 붙잡혀 그대로 안으로 끌려 들어온 운사는 불쾌한 기색을 감추지 않았다.

"이런. 사소한 것은 넘어가세나."

운사는 '사소한' 것 때문에 엉망이 되어버린 갓을 고쳐 썼다. 끊어져 버린 갓끈이 정중한 초대가 얼마나 치열했는지를 대변해 주는 듯했다. 그는 망가진 갓끈 때문에 자꾸만 흘러내리는 갓을 몇 번 제대로 써보고자 노력하다 이내 짜증을 내며 그것을 바닥에 패대기쳤다.

"좋습니다. 예까지 온 것도 있으니, 사소한 것은 넘어가도록 하지요. 그래, 얘기나 들어봅시다. 무슨 일로 이리도 복잡한 방법을 쓰신 겁니까."

"내 전하께 충언 하나를 드리고 싶어서 그대를 이리 불렀네."

운사는 잠시 제 귀를 의심했다.

"충언? 지금 충언이라 하시었습니까? 다른 누구도 아닌 진가의 허원이?"

"그렇다네."

"하하하! 우습다 생각지 않으십니까."

"무엇이 말인가."

진정 무엇이 문제인지 모르겠다는 표정인 진허원의 대꾸에 머리가 지끈거렸다. 대단하다 대단하다 주위에서 그렇게 말을 해도 이 정도일 줄은 미처 몰랐다. 대단하다 못해 헛소리를 지껄일 것임을 알았다면 처음부터 왕에게 저자는 미치었다 말을 하는 편이 나았을 터였다.

그는 미련 없이 뒤돌아 문 쪽으로 걸어갔다.

"……되었습니다. 더 들을 것도 없겠군요. 오늘 일은 없던 것으로 하지요."

"허허허. 그리고 싶다면 말리진 않지. 하나 내, 충고 하나 하겠네. 자네는 눈에 보이는 것이 전부라 믿는가."

그 말에 운사의 발이 우뚝, 멈췄다.

"만약 그렇게 믿는다면, 글쎄…… 그런 어리석은 우를 범하는 자가 전하의 책사라니 실망스럽기 그지없군."

그는 길게 한숨을 내쉬었다. 듣지 않는다면 그것이 무엇일지 고뇌하며 지새울 나날들이 눈앞에 그려지는 듯했다. 아는 것은 적은 것보다 많은 것이 나았다. 하나 상대는 진가의 허원이다.

들을 것인가 말 것인가. 고민을 거듭하다 결국 몸을 돌린 운사
는 진허원의 앞으로 되돌아가며 대답했다.

"후, 들어만 볼 것입니다. 단지 듣는 것뿐입니다."

"물론이네. 자, 얘기가 기니 앉게나."

운사는 낡은 집 안에 놓인 것이라고는 믿기 어려울 정도로 값
비싼 비단으로 만들어진 방석에 코웃음을 치며 털썩 주저앉았다.

"그래, 무슨 일입니까."

"나는 유가의 여식을 전하의 배필로 생각하고 있다네."

"……이런. 유가의 여식이라니요? 혹 유가에 살아남은 여식이
있었단 말입니까."

"하하핫. 전하께옵서도 그러시더니, 이거 원. 그리 모른 체할
필요 없네. 유가의 성한이 사내가 아님은 이미 알고 있는 일이니."

"……처음 듣는 일입니다만. 한바탕 꿈이라도 꾸신 것 아닙니
까."

"이런이런. 전하께옵서 유가의 성한 행세를 하고 있는 유가의
청을 구하기 위해 애써 사로잡은 자객을 제대로 써먹지 못하였다
는 말까지 꺼내야 믿겠는가. ……이미 자네보다 먼저 얘기를 나눈
유가의 청이 스스로 그 사실을 시인했다는 것 역시."

진허원의 말에 운사는 낮은 신음을 흘렸다. 청이 왜 그를 만났
는지는 당장 고민할 문제가 아니었다. 중요한 것은 자객에 대한
것을 진허원이 이미 알고 있다는 사실이었다. 어째서 현원이 자신
에게 말을 하지 않았는가는 둘째치더라도 진허원이 거기까지 알
고 있다면 이미 둘 사이에 모종의 거래가 오갔다는 것을 의미했
다. 거기까지 생각이 닿은 뒤에야 운사는 자신이 쥔 패도 모른 채

적의 패까지 파악해야 하는 최악의 상황에 처했음을 깨달았다. 눈을 감고 하는 밀고 당기기는 취향이 아니었다. 그는 이제야 자리에 앉은 것을 후회했으나, 이미 너무 늦은 일이었다.

"좋습니다. 그래, 그래서 진가의 허원께서는 무슨 권한으로 왕가의 혼사에 감 놓아라 대추 놓아라 말을 보태신단 말입니까."

"호오. 그대는 유가의 여식에 대해서는 관심이 없나 보군."

"……관심을 가질 필요도 없는 일입니다. 당신이 내게 제안하는 것과 같은 것을 제안했을 것이라는 것쯤은 쉬이 알 수 있는 일이니 말입니다. 하니 답하십시오. 왕가의 혼사와 진가가 무슨 연관이 있는지."

"그것도 틀렸다네."

진허원은 태연한 척하기 위해 애를 쓰는 운사를 즐거이 바라보며 말을 이었다.

"선왕께옵서 짝지어주신 인연이니 맺어지는 것이 당연한 것 아닌가."

"……이해가 가도록 얘기를 해주신다면, 이 불편한 대화가 조금이라도 빨리 끝이 날 듯싶군요."

"허헛. 그래. 잊고 있었어. 그때가 10년 전이니 그대 연식을 생각해 본다면 모르는 것이 당연하지. 맞아. 그랬어. ……유가의 청과 전하께옵서는 10년 전 언중혼약을 한 사이시라네."

"들은 바 없는 일입니다."

"아아. 당연히 듣지 못하였을 걸세. 수화(水禍)가 일어난 뒤 그때의 일은 입 밖으로 내는 것도 허락받지 못하였으니 말이네. 하나 언중혼약이 사실이라는 것만큼은 부인할 수 없는 일이지…….

자네, 설마하니 진정으로 단 한 번도 의심해 본 적이 없다 할 생각은 아니겠지."

대화의 주도권을 쥔 진허원의 물음에 운사는 답하지 않았다. 아무런 소득 없이 일다경의 시간이 흘렀다. 운사는 생각을 너무 해 머리가 지끈거릴 정도가 되어서야 이 지지부진한 줄다리기의 줄을 놓아버리며 입을 열었다.

"무엇을 말입니까."

"……선왕께옵서 도성 내 세도가의 여식을 단 하나도 남겨놓지 않은 이유 말일세. 설마 그것이 진정 우연이라, 선왕께옵서 정신을 놓으셔서 그러신 것이라, 그리 여긴 겐가?"

운사는 입이 바짝 마르는 중에 가까스로 대답했다.

"……지금 이 모든 것이 이어져 있다, 그리 말씀하시는 겁니까."

"하핫. 하면, 그대가 보기엔 어떠한가. 이 모든 것이 그저 우연히 이리 되었다 그리 자신할 수 있는가."

진허원의 말에 운사는 숨이 턱 막혔다.

생각지도 못한 것이었기에 더 그러했다. 너무도 당연한 의문을 어째서 이전에는 생각조차 못했는지 그것이 더 이상할 정도였다.

이 모든 것이 계획되어 있던 일이라?

운사는 복잡하게 얽히는 생각들을 단숨에 잘라 버리고는 질끈 눈을 감았다. 그는 저도 모르게 그것이 사실일 것이라 기우려는 마음의 끝자락을 억지로 붙들었다. 그는 자신에게서 단 한순간도 시선을 떼지 않는 진허원과 마주보며, 그 어지럽고도 복잡한 속내를 들키지 않기 위해 애를 썼다. 그리고 그는, 더 많은 말을 듣기 전 먼저 배수의 진을 치는 편을 선택했다.

"좋습니다. 하면, 증좌를 보여주시지요."

"증좌라?"

"설마 다른 누구도 아닌 진가의 허원께서 저더러 그리 중한 일을 아무런 증좌도 없이 믿으라, 그리 말씀하시는 건 아니겠지요."

말로써 이뤄진 일에 증좌를 요구하는 그의 태도에 진허원은 웃었다. 그는 당돌한 어린 관원이 꽤나 쓸 만하다, 그리 생각하며 순순히 답했다.

"나를 포함해 문무 대신들이 여럿 그 자리에 있었으니 확인을 해보고 싶다면 이후에 얼마든지 해보게나. 아, 그렇지. 전하께서도 확인해 주실 수 있으실 걸세. 그래…… 혹 이미 전하께 들었을지도 모르겠군."

운사는 자신이 쓰고 있던 매끄러운 가면이 깨지는 것을 느끼며 눈살을 찌푸렸다.

"그 역시 들은 바 없는 일입니다."

"진정 눈치채지 못하였다 그리 주장할 테면 그리 하시게나. 그리한다 해서 일어난 일이 일어나지 않은 것으로 되는 것이 아니니 말이네. 해서 내 제안은 이렇다네. 내일, 나는 제례를 하는 배 위에 탈 것이야."

진허원은 반박하려는 운사의 모습에 손을 들어 그의 말을 막았다.

"어떠한 이유를 대서든 말이지."

그 말의 진정한 의미를 짐작하는 것은 어려운 일이 아니었다. 진허원이 '어떠한'이라는 단어를 쓴 것은, 그가 '반드시' 배에 오를 것이라는 말과 같았다.

"한데 그리하면 신성한 제례가 소란스러워지니 그대가 손을 써 주면 더 좋겠군. 내 이싯을 유가의 정에게 말한나는 것을 그만 깜빡 잊었지 뭔가."

"무슨 말이 하고 싶은 겁니까."

"내가 배에 오르게 된다면, 얄팍한 수를 더는 쓰지 못할 것이라는 말을 하고 있는 것이네."

"얄팍한 수라니요. 죄송합니다만 유가는 진정으로 수신의……."

"으하하핫! 진정 이리 나올 텐가!"

웃으나, 웃고 있지 않은 진허원의 호통에 운사는 꾹 입을 다물었다.

"바다를 누비는 거대한 상단을 운영하는 이가, 그 이가에서 가장 뛰어나다는 운사가 신을 운운한단 말인가! 그보다 더 우스운 이야기도 없다네!"

그제야 운사는 이 대화가 자신이 처음부터 지게 되어 있었음을 깨달았다. 여기, 이 자리에 앉은 순간, 바로 그 순간에 그는 진허원에게 진 것이다. 운사는 눈 하나 꿈쩍하지 않고 제 앞에 촘촘한 덫을 놓아둔 진허원의 행태에 치를 떨었다. 진허언은, 이 모든 것이 거짓이라는 것을 알고 그것을 거래에 내건 것이었다.

그것도 계획을 바꿀 수 없는 바로 전날에.

운사는 유가를 건 이 거대한 싸움이 본 막을 올리기도 전에 그대로 끝나는 것을 보고 있었다. 어찌해도 이길 수 없는, 전제로 걸려 있는 것부터가 불리하기 그지없는 싸움을.

그러나 그는 패배감에 짓눌리는 대신, 잃게 될 것을 계산하며 하나라도 더 얻어가기 위해 눈을 번뜩였다.

인당수에 핀 연꽃송이

"조건이나 말하시지요."

"……전하께서 유가의 청을 확실히 중전으로 옹립하도록 하시게나. 그렇게 한다면 내일, 내 눈은 멀어 아무것도 보지 못할 것이네."

운사는 생각지도 못한 조건에 자리를 박차고 일어났다. 그가 불쾌한 표정을 한 채 밖으로 나가려 하자 진허원은 조용히, 말을 덧붙였다.

"그런 반응이 당연하지. 놀려먹는다 생각하는 것이겠지? 그대는 나를 악인으로 알고 있으니."

"허! 그렇다면 아니란 말입니까!"

일렁이는 운사의 두 눈은, 분을 주체하지 못해 금방이라도 진허원의 멱살을 틀어쥘 듯했다. 그런 그의 눈을 조용히 응시하며 진허원은 조금 슬픈 목소리로 대답했다.

"정의(正義)의 반대가 언제나 불의(不義)는 아니라네. 아주 가끔은, 또 다른 정의(正義)일 때도 있는 법이야."

❀

"또 다른 정의(正義)라."

운사는 아직도 의미를 알 수 없는 진허원의 말을 읊조리며 의미심장한 미소를 지었다. 운사의 시선이 뱃전으로 향했다. 그의 시선이 닿는 곳은, 섬으로 교묘히 가려져 땅에서는 보이지 않는 곳이었다.

둥…….

배에 닿기까지 절반이나 남았음에도 불구하고 세 번째 북소리
는 야속하게도 귓전을 울렸다. 너울너울 흔들리는 흰 예복에, 현
원은 언젠가처럼 다급히 밧줄을 몸에 휘어 감았다. 떨어져 내리
는 청은 한 마리의 흰나비와도 같았다. 바다가 하늘인 양 착각하
여 그대로 돌진하는 가련한 흰나비. 그녀를 달래듯 수룡이 그 여
린 몸을 휘감고 이내 물거품이 되어 사라졌다. 들릴 리가 없는,
사람이 바다 속으로 떨어져 내리는 그 마찰음이 그의 귓가를 찢
을 듯 울렸다.

밧줄의 매듭을 잡아당기는 현원의 손이 덜덜덜 떨렸다. 청이
떨어진 지점에서 눈을 떼지 못하는 현원의 모습에 강율 대장은
잔뜩 굳은 표정으로 현원의 손을 잡아챘다.

"전하. 소신이 가겠습니다. 너무 위험합니다. 이전과 같은 천운
이 다시 있으리란 보장이 없습니다. 소신은 애당초 전하께옵서 이
자리에 오신 것부터가 위험하다 생각하고 있습니다. 하니, 부디
바다에 들어가는 것만큼은……."

"명령이다."

현원이 말했다. 그 목소리가 서늘해 금방이라도 사람 한둘은
죽여 넘길 듯했다.

"차라리 소신을 죽이소서."

"왕의 명은 천명임을 잊었더냐!"

"전하……."

"닥치고 그 손 놓아라. 한시가 급하니!"

그 고요한 화에 짓눌려 강율 대장은 현원을 붙들고 있던 손에

힘을 뺐다.

둥…….

마지막 북소리와 함께 자신의 왕이 바다 속으로 뛰어드는 것을
멀거니 바라보며.

❀

청은 자신이 꿈을 꾸고 있다 생각했다. 그렇지 않고서는 이 모
든 것이 현실이라 생각하기 어려웠다. 그녀의 기억은 10년을 거슬
러 올라갔다. 오래된 기억을 헤집고 어머님에 의해 곱게 입혀지고
아버님의 손을 잡고 거대한 궁에 처음 갔던 날이 불쑥 모습을 드
러냈다. 그때 처음 선왕을 본 것 역시. 선왕이 웃으며 혼약에 대
해 얘기를 했던 것도, 그 얘기에 아버님이 곤란한 듯 웃었던 것
도, 자신의 손을 가만히 잡아오던 자그마한 세자저하의 따뜻함도
퐁퐁 솟아오르듯 기억이 흘러나왔다.

이후에 기억은 좀 더 빠르게 흘러가기 시작했다.

갑작스러운 수화, 어머니의 죽음, 아버지의 죽음, 오라버니의
죽음이 연달아 이어졌다. 어린 동생을 위해 그녀는 여인임을 포기
했다. 그날의 울음이 기억을 흠뻑 적시었다. 책장이 넘어가듯 휙
휙 뛰어넘는 기억은 어느새 열여덟의 날로 도달했다.

둥…….

무녀들의 만류를 뿌리치고 그녀는 천 자락 하나 허리에 매지
않은 채 뱃전에 섰다. 장이 뒤틀리고 속이 뒤집어져 금방이라도
고꾸라질 것 같으면서도, 그녀는 거대한 수룡을 만들어내는 것에

성공했다. 그 모든 것을 뒤에서 지켜보는 진허원의 시선은 매서우면서도, 무언가를 기다리는 듯 느껴졌다.

둥…….

와서는 안 될 자그마한 배가 눈에 들어왔다. 그녀는 더는 그 헛된 희망을 보지 않기 위해 조용히 눈을 감았다.

둥…….

그리고…….

"헉!"

악몽에서 깨어나듯 청의 눈이 번쩍 뜨였다. 식은땀으로 그녀의 몸은 온통 흠뻑 젖어 있었다. 벌떡 일어나려는 몸은 아래로 내리누르는 손에 의해 저지당했다.

"좀 더 쉬거라."

"전…… 하? 이게 대체 어찌……."

"화를 내야 맞지만 그리 기운이 없으니 화를 낼 수도 없게 하는구나."

"송구…… 합니다."

"얼마나 오래 잠들어 있었는지 기억이나 하는 것이냐."

현원은 머리맡에 앉아 물었다. 기어코 몸을 일으킨 청은 벽에 등을 기대며 그가 건네는 물 잔을 조심히 받아들었다.

"제가, 오래 잠들어 있었습니까."

"장난이다. 잠든 지 반 시진밖에 되지 않았느니라."

현원의 말에 놀란 가슴을 쓸어내리던 청은 천천히 찻잔을 입가로 가져가다 잊었던 사실을 깨달았다.

"지금, 제, 제가 살아 있는 것입니까?"

"그걸 이제사 알았느냐? 참으로 빨리도 깨닫는구나."

"하면, 진허원이……! 전하, 그자는 어디에 있습니까! 그자와 해야 할 이야기가……!"

그녀가 이불을 박차고 몸을 일으키자 찻물이 출렁이며 흘러넘쳤다. 뜨거운 찻물이 화드득 떨어져 일어났던 그녀를 더욱 놀라게 만들었다. 현원은 이번에는 차를 닦을 천을 찾기 위해 일어나려는 청을 다시금 자리에 눕혔다. 그는 그녀의 손에서 잔을 빼앗아 들고는 천으로 흐른 찻물을 닦으며 말했다.

"아직 몸이 약해져 있으니 아무것도 걱정하지 말고 심신을 안정시키거라."

"어찌 그리하겠습니까! 너무 늦게 일어난 것은 아닙니까? 일이 틀어졌을 터인데……! 진허원, 그자가 설마 전부 말을 한 것이옵니까?"

그녀의 몸이 당장이라도 뛰쳐나갈 듯 들썩였다. 현원은 그럴 줄 알았다는 표정으로 그녀를 다시 뉘이며 말했다.

"차라리 잠들어 있는 편이 나았을 것이다."

그가 잔을 입가에 갖다 대자, 청은 모이를 받아먹는 아기 새처럼 물을 마셨다.

"그 무슨……."

"그동안 일이 모두 정리되었다. 바닷가에는 백성들이 틈만 나면 삼삼오오 모여서 유가의 성한이 언제쯤 용궁에서 돌아올까 기다리고 있고 권력의 세는 이미 이쪽으로 기울었다. 진허원 역시 모두 처리해 놓았으니 걱정 말거라. 그가 허투루 입을 놀리지 못

하도록 만들어놓았다. 그대가 조금 더 누워 있는다 하여 일이 어
긋나지 않아. 그러니 그대는 아무런 걱정 말고 몸을 추스르거라."

"어찌……."

"군부를 장악하였으니까."

"군부를, 장악하시었다니요."

"……아. 그대는 몰랐겠군. 일전에 건우의 가문인 최가가 대대
로 무장 가문임을 말한 적이 있었지."

"예. 들은 기억이 있습니다."

"그 아비가 정2품 병조판서에 장남은 정3품 당상관인 절충장
군이라는 것도 알고 있느냐."

"예. 그것도 일전에 건우에게서 들었습니다."

"선왕께옵서 내게 남기신 몇 안 되는 든든한 버팀목이 그들이
었다. 안에서 문을 열어주니 가벼운 전투도 벌이지 않은 채 손쉽
게 사대부의 사병들을 진압할 수 있었지."

"예? 그러면……."

청이 놀라는 부분이 어느 지점인지 눈치챈 현원은 장난스럽게
웃으며 대답했다.

"그래. 그들이 진가에 붙었던 것은 간자 노릇을 위한 것이었다.
건우를 곁에 두는 것을 조건으로 내건 덕분에 그가 고생을 많이
하였지."

"그럼 진정으로, 모든 것이 끝이 난 것입니까……?"

긴장이 풀리자 순식간에 수마가 찾아왔다. 그녀가 몽롱한 정
신을 애써 붙들며 마지막으로 한 번 더 확인을 하기 위해 묻자,
현원은 조심스레 손을 뻗어 엉킨 머리칼을 매만지며 대답했다.

인당수에 핀
연꽃송이

"그래. 끝났다. 연꽃 계획과 중전의 즉위식만 제외하면 말이야."

"······? 중전이요?"

"그래. 그대가 내 중전이 되어주겠다, 그리 답하지 않았느냐. 기억나지 않느냐."

청은 이제 반쯤 잠에 취해 있었다. 그녀는 천천히 눈을 감으며 대답했다.

"송구······ 그리하였던 것 같······."

말을 끝마치지 못한 채 잠에 빠져 버린 청의 얼굴을 사랑스럽게 내려다보던 현원은 천천히 몸을 기울여 그녀의 이마에 입을 맞췄다.

반쯤 남은, 약이 들어 있는 잔을 옆에 놓으며 그는 자리에서 일어났다. 약을 반 넘게 마시었으니 적어도 반나절은 더 잠에 빠져 있을 터였다. 그러니 그의 여인이 다시금 눈을 뜨기 전까지 쌓여 있는 더러운 일들을 그녀가 보지 못하도록 어서 처리해야만 했다. 현원은 마지막으로 잠든 그녀를 돌아보며 작게 웃었다. 고작 몇 시진 전에 벌어졌던 그 정신없던 일이 벌써 꿈결처럼 느껴진다 생각하며.

8.
종결

현원은 나비를 본다 생각했다. 바다 속에 잠기어 있는 그녀는, 하늘 위를 자유로이 나는 나비 같았다. 그는 지체하지 않고 손을 뻗어 그 나비를 조심스럽게 당겨 잡았다. 기운이 다해서인지 청은 눈을 뜨지도, 몸부림치지도 않았다. 그저 비눗방울이 펑 터져 버린 것처럼 그녀는 천천히 가라앉으며 현원의 품에 안길 뿐이었다. 청이 자신의 품 안에서 축 늘어지자 무섬증이 든 현원은 얼굴을 찌푸리며 바다 위로 솟구쳐 올랐다. 그는 손가락을 청의 코밑에 갖다 댔다. 그러나 숨이 새어나오지 않자, 현원은 다급히 그녀를 흔들었다.

"정신 차려라! 정신을 차리란 말이다!"

절박한 외침에 축 늘어져 있던 청의 손이 움찔 떨리며 그의 옷자락을 붙들었다.

"정신이, 정신이 드느냐?"

"전······ 쿨럭!"

"쉬······ 이무 말노 말거라. 금방, 뭍으로 돌아갈 터이니······ 화를 낼 것이다. 감히 왕의 명에 따르지 않고 마음대로 행동하다니, 대역죄인이라 해도 모자랄 것이다. 잊었느냐. 너는 내 것이다. 너를 내게 주지 아니하였느냐. 그 목숨도 내 것이니 마음대로 죽지 못한다."

"······송구······."

그는 금방이라도 다시금 까무룩 정신을 놓을 것 같은 청을 놓치기라도 할까 두려운 사람처럼 꽉 끌어안으며 끊임없이 말을 이어나갔다.

"잠시만 눈을 뗀 것인데 너는 죽지 못해 안달이 난 것 같구나. 내 말이 들리느냐. 정신을 놓지 말거라. 내 목소리에 귀를 기울이거라. 지금 그대는 죄인이란 말이다."

"예······ 송구하옵니다. 정신을······ 잃지 않도록 하겠나이다."

가느다란 목소리는 추위와 피로로 인해 떨리고 있었다. 그 목소리가 금방이라도 꺼져 버릴 것만 같아서, 그는 그녀의 어깨에 고개를 묻으며 애원했다.

"보내지 않을 것이다······ 잠시 눈을 뗀 것만으로도 이리 홀로 죽겠다 뛰어드는데 어찌 보내란 말이야······ 청을 들어주지 않을 것이다······ 그러니······ 떠나지 말거라. 내 옆에 있거라. 원하는 것은 무엇이든 주마. 손대지 말라 한다면 그저 바라만 보고 있겠다. 그러니······ 내 곁에 있어."

꽁꽁 묶어놓았다 여겼으나 어느 순간 제멋대로 날뛰기 시작하는 연모는, 어찌할 도리가 없었다. 현원은 손안에서 느껴지는 미약한 온기에 그만 모든 것을 시인하고 말았다. 그녀를 보낼 수 있을 리가 없었다. 그는 결단코 그리할 수 없었다.

자신을 강하게 끌어안는 그 손길에 기대며, 청은 자신이 꿈을 꾼다고 생각했다. 진정 꿈이라면 깨고 싶지 않은 꿈이라 생각하며 그녀는 조용히 웃었다.

"예, 전하. 떠나지…… 않겠나이다."

건우와 강율 대장은 바다 속에서 자신들의 왕이 다시 모습을 드러내기까지 수없이 긴 시간이 흐른 것처럼 느껴졌다. 건우는 숨조차 쉬지 않고 바다가 적인 양 노려봤다. 그는 지금 자신의 손에 밧줄만 쥐어져 있지 않았다면 당장에라도 바다에 뛰어들 것만 같은 표정을 짓고 있었다.

"전하!"

둘을 먼저 발견한 것은 건우였다. 그가 속에서 들끓는 감정을 토해내며 외친 단 한 단어에, 강율 대장 역시 건우의 시선이 향한 쪽으로 고개를 획 틀었다. 현원은 아직도 노기가 가시지 않은 상태였다. 그는 뱃전을 한 번, 무서운 시선으로 노려본 뒤 축 늘어져 있는 청을 고쳐 잡았다.

왕은 제 어깨 위를 덮은 건우의 겉옷을 한 손으로 거둬 정신을 잃은 청 위에 덮었다. 그녀가 입고 있는 예복은 바닷물에 푹 젖어 이미 그 기능을 상실한 지 오래였다. 현원의 손이 조심스럽게 그녀의 맥을 쥐었다. 가느다랗긴 하나 끊이지 않고 뛰는 맥박에 그는 그제야 안도의 숨을 내뱉었다.

"전하."

"왜 그러느냐."

"저기, 그자가 있습니다. 운사의 말이 사실이었군요. 이제……
어찌하실 생각이십니까."

강율 대장의 말에 현원이 배 쪽을 바라봤다. 그곳에는 안도감
으로 어쩔 줄 몰라 하는 무녀들과, 자신이 배치해 놓은 뱃사람들,
그리고…… 알 수 없는 웃음을 짓고 있는 진가의 허원이 있었다.

"건우."

"예, 전하. 하명하십시오."

"약속한 도움을 받아야겠다."

의미를 알 수 없는 말에 강율 대장은 건우와 현원을 번갈아 바
라봤다. 그러나 건우는 표정 하나 변하지 않은 채 예를 갖춘 그대
로 현원의 말이 이어지길 기다리고 있을 뿐이었다.

"……최가의 민혁에게 연통을 넣어라."

현원은 한 팔로 안을 수 있을 정도로 자그마한 여인을 품 안에
안으며 말을 이었다.

"성문을 열어 과인의 군사를 맞이하라. 지평선 아래로 해가 떨
어지는 순간 아무도 모르게 진가와 삼의정의 사병을 무력화시켜
라. 필요하다면 피를 보아도 좋다. 그리고…… 오랜 시간 과인을
믿고 기다려 주어 고맙다, 그리 전하거라."

말을 마치고 몸을 돌린 현원의 얼굴에 새겨진 그 짙은 분노에
강율 대장은 마른침을 삼켰다. 그 분노에 짓눌려 강율 대장은 최
가의 민혁이 왕의 편이었다는, 그 놀라운 사실마저 아무렇지 않
게 받아들였다.

예국의 용이 분노했다.

그가 꺼내든, 아무도 모르던 마지막 패는 이 모든 상황을 완벽한 그의 승리로 만들어줄 것이 자명했다. 분노한 용은 거래를 할 생각이 없었다. 거래 대신 그는 용의 분노가 얼마나 무서운지 보여줄 작정이었다.

"어명을 받자와 전하겠나이다."

한 치의 머뭇거림 없는 건우의 대답에 그제야 강율 대장은 작은 감탄사를 속으로 뱉을 수 있었다. 왕만이 가지고 있는 그 무수한 패에 자신 역시 포함되어 있다는 것에 무한한 경애를 느끼며.

이상하였다. 아무리 생각해도 이상하기 그지없었다.

좌의정은 연신 무어라 중얼거리며 사랑채 앞마당을 빙빙 돌았다. 의원은 피를 토해낼 정도의 내상을 입었으니 얌전히 누워 있으라 하였지만 애가 닳아 가만히 있을 수가 없었다. 그의 낯빛은 미래를 예견한 듯 어둡기 그지없었다. 그는 불안감에 널뛰는 심장을 억지로 안정시키며 끊임없이 오늘 낮의 그 화려했던 제례를 떠올렸다. 제례 행렬에 등장한 그 순간부터 분위기를 반전시켜 줄 것이라 믿어 의심치 않았던 진허원은 배에서 내린 뒤 아무런 말 없이 사라져 버렸고, 백성들은 끊임없이 왕의 천세를 외쳐댔다. 고작 며칠 전까지만 하더라도 셋만 모이면 왕의 험담을 늘어놓던 자들은 단 한 명도 남아 있지 않았다. 그 정도로 유가는 어마어마한 충격을 백성들에게 던져 주었다. 마지막에 만들어낸 거대한 수룡은, 그 비슷한 것을 이미 본 적이 있던 자신마저 기함할 정도로 거대하고, 찬란하지 않았던가.

게다가 일전에 전국에 나붙었던 방으로 인해 유가의 제례가 다름 아닌 왕을 위한 깃임을 모르는 자가 없었다. 오늘날 왕은, 니른 누구도 아닌 유가를 업은 채 하늘로 비상하고 있었다. 그 모양새, 그 누가 용이 아니라 하겠는가.

그렇다면 거기서부터 모든 것은 왕의 계책이었단 말인가.

"설마, 그럴 리가."

좌의정은 으득, 이를 물었다. 그것이 사실이건 아니건 이미 중요한 일이 아니었다. 중요한 것은 유가에 대한 백성들의 환호가 온전히 왕에게로 옮겨갔다는 사실이었다. 보이는 것만 믿는 백성들은 이제 그들의 왕이 수화로 내쫓기었던 유가의 신임을 되찾을 정도로 대단한 왕이라 치켜세우기 바빴다. 왕의 병세도, 유가의 성한이 약을 들고 돌아온다면 끝이 날 사기극이었다. 모든 것이 그렇게 틀에 박아 찍은 양 척척 진행되고 있었다. 좌의정은 그중제 목도 포함되어 있음을, 은연중에 직감하고 있었다.

"이를 어찌하나."

생각만 해도 심장이 답답하기 그지없었다. 왕이 자신을 받아주지 않을 것임은 그 누구보다 스스로가 더 잘 알고 있는 사실이었다. 하면 이 난관을 어찌 헤쳐 나간단 말인가. 진가가 지금까지처럼 떡하니 버티고 있어준다면야 다행이었지만, 이상한 점은 비난의 화살이 진가에게로 향했다는 점이었다. 고고하던 진가가 무너지고 있었다. 천 년을 갈 것이라 여겼던 권세는 하룻밤에 무너져 내리고, 백 년은 족히 지속될 것이라 여겼던 칭송도 한순간에 왕에게로 옮겨갔다.

"그것이 진정 이상하단 말이지. 어찌하여 그리 한순간에……."

고개를 젖혀 구름이 잔뜩 끼어 달빛 한 점 보이지 않는 하늘을 바라보며 중얼거리던 그는, 목 근처에서 느껴지는 서늘함에 움찔, 걸음을 멈췄다. 조정에 나선 뒤로 꽤 오랜 시간 동안 검을 잡지 않았으나, 살기를 느끼지 못할 정도는 아니었다. 좌의정은 이 서늘한 느낌이 다른 무엇도 아닌 검임을 직감했다. 그런 그를 칭찬하듯, 낮게 웃는 목소리가 물어왔다.

"무에 그리 이상하오?"

"누…… 누구냐."

"허어. 질문은 이쪽에서 먼저 하였건만 어찌 되묻는단 말이오."

"대장, 장난질은 그만하고 얼른 처리합시다. 갈 길이 바쁘단 걸 잊었소?"

좌의정은 불쑥 대화에 끼어드는 목소리가 젊다는 것과, '대장'이라는 호칭에 미간을 좁혔다. 검에 닿지 않도록 목을 뒤로 빼며 고개를 돌린 좌의정은, '대장'이라 불린 자의 얼굴을 보기 직전 뒤통수에 강한 충격을 받고 정신이 날아가는 것을 느꼈다.

'이게 대체……'

날벼락도 이런 날벼락이 없다는, 경악으로 가득 찬 상태로 정신을 잃은 좌의정을 받아든 것은 다름 아닌 강율 대장이었다. 그는 얼굴의 절반을 가리고 있던 검은 천을 끌어내리며 낮게 혀를 찼다.

"쯔쯧. 이자도 십 년 전에는 꽤나 무예가 뛰어났던 것으로 기억하는데, 어쩌다 이리 살찐 돼지가 되었을꼬."

"거 십 년간 등 따시고 배부르니 그리 되는 것이지 않겠습니까. 이제 전하께옵서 정권을 휘어잡으시면 대장도 그리 되실 겝니다."

부하 놈의 얄미운 말에 강율 대장은 묵직하기만 한 좌의정을 마루에 휙 던져 놓고는 버럭 화를 냈다.

"끔직한 소리 하지 마라! 말이 씨가 된다 그러지 않더냐. 한데, 이것으로 사병은 다 정리가 된 것이냐."

"예, 대충 정리가 끝났습니다. 하나 진가가 의외로 저항이 없어 놀랐습니다. 그쪽 사병이 하나같이 실력이 출중하기로 유명하지 않습니까. 해서 저는 진가에서 한바탕 싸움이 벌어질 것이라 생각했는데 말입니다."

"……진허원도 늙은 것이겠지. 그 아들놈은 영 볼 것이 없다 하더만. 화무는 십일홍이요, 달은 차면 기우는 법이라, 그 위세 높던 진가의 권세가 하룻밤 사이에 꺾일 것이라 그 누가 예측했을까."

"권불십년(權不十年)이라 하지 않습니까. 어찌되었건 이것으로 시간 내에 끝을 낼 수 있을 듯합니다. 진가의 허원은 이미 포박하여 전하께 압송되었다 하니 좌의정이라는 이자의 사병들만 궁의 옥에 밀어 넣으면 됩니다. 아! 전하께옵서 반드시 찾아오라 신신당부를 하신 '그것'도 찾고요."

"그래? 하면 어서 끝을 내고 돌아가야지. 전하께서……."

강율 대장이 말끝을 흐리자 다른 부하가 걸어오며 말을 받았다.

"대장은 왜 이리 전하 걱정을 하십니까. 어느 때보다 냉정히 상황을 정리하고 계시지 않습니까."

"……그게 걱정이란 말이지."

"예?"

제 말을 전혀 이해하지 못하는 부하들을 한심하게 바라보던 강율 대장은 이내 푹 한숨을 내쉬었다. '그날'의 일은 누구에게도 말할 수 없는 일급 기밀이었다. 말하지도 못하는 것을 알게 되니 괜히 생각만 많아져 골머리가 딱딱 아팠다. 강율 대장은 차라리 아무것도 모르는 것이 마음 편하다고 중얼거리며 뽑아들었던 검을 검 집에 밀어 넣었다.

"아니다. 이만 돌아가자. ……해가 다시금 떠올랐을 때, 세상이 바뀌어 있을 것이다."

"재미있지 않은가. 이제 몇 시진 후, 해가 떠오르면 병약한 왕이 정권을 잡을 것이라는 사실이. 곧 그대의 사람들이 저지른 부정의 증좌 역시 과인의 손에 들어올 것이다. 그대가 선 땅은, 그대로 무너져 내릴 것이야."

편전에 울리는 왕의 목소리에 감정은 없었다. 그는 분노하지도, 즐거워하지도 않은 채 그저 무심히 정해진 사실을 읊조리고 있을 뿐이었다. 높디높은 왕좌에 앉아, 저를 바라보면서도 바라보지 않는 듯한 왕의 눈빛에 진허원은 잔웃음을 흘렸다.

"허허…… 전하, 그리 뚝뚝 걱정을 흘리셔서야 어찌 이 노신과 줄다리기를 하겠습니까. 어찌…… 연은 피었나이까? 혹 바다에 그대로 묻히었나이까."

"그 입, 생각에 생각을 거듭하고 놀리거라. 지금도 목을 베어버리고 싶은 것을 참고 있으니."

"여부가 있겠습니다. 한데, 이 노신의 죄목이 무엇이기에 이리 깊은 밤중에 병사까지 보내시었는지요."

"……과인은 진가의 허원이 적어도 제 입으로 내뱉은 말은 지키는 자라 생각하였지. 한데, 아니었더구나. 하여 나도 그 약조, 지키지 않을 작정이니라."

"이런. 전하께옵서 하시는 말의 의중을 알지 못하겠나이다."

"이것을 보고도 그런 말이 나오겠느냐."

진허원은 제 아래로 나풀나풀 떨어지는 붉은 종이에 미간을 좁혔다. 그는 이 늦은 저녁 갑작스럽게 사병이 제압당하고, 자신은 포박당해 편전에 이끌려온 이후 처음으로 놀란 표정을 얼굴에 드러냈다. 붉은 종이가 바닥에 내려앉고, 그 안에 쓰여 있는 선명한 '女'라는 글자에 진허원은 고개를 내저었다. 그것은 다름 아닌 자신이 청에게 보냈던 종이였다.

"허허. 이런, 설마하니 아직 가지고 있을 것이라고는 생각도 못하였는데……."

그 뻔뻔스러움에 현원의 입매가 비틀렸다. 그는 천천히 옥좌에서 일어나 한 걸음, 한 걸음 진허원을 향해 걸어갔다. 둘 사이의 거리가 채 몇 걸음 남지 않았을 때, 그는 천천히 입을 열었다.

"네 죄가 무엇이냐 물었느냐."

그의 목소리에는 이제 감정이 배어 있었다. 잘 정제되어 서늘할 정도로 살기가 어린 목소리가 이어졌다.

"감히 왕을 암살하고자 시도한 소율대비에 동조한 죄이다. 진가는 남을 것이나, 그것은 고작 허울에 불과할 것이며 소율대비의 명성은 하늘에서 땅으로 추락할 것이다."

"그러면 추국을 하시지요."

"그대는 아직도 과인이 그리도 어리석어 보이는가. 추국은 없다. 죄는 있되 증좌는 없을 것이며 그 죄의 무게는 태산처럼 무거우나 죽임을 당하는 자 역시 없을 것이니라. 그대의 죄는 말로써 심판받을 것이다. 모든 일이 마무리된 뒤, 진가의 허원을 남도로 유배 보낸다. 또한…… 그 생이 다하는 순간까지 다시 도성으로 올라올 수 없을 것이다. 이 대역죄인을 가장 깊은, 빛 한 점 들지 않는 옥에 하옥시켜라."

왕의 명에 병사들이 진허원의 양어깨를 붙잡아 올렸다. 거친 대우에도 신음성 한 번 흘리지 않은 진허원은, 천천히 몸을 일으킨 뒤 현원을 올곧게 바라보며 물었다.

"전하. 진가의 수장이 하룻밤에 사라졌을 때의 혼동이 얼마나 클지, 염두에 두신 것입니까."

"아. 그것이라면 걱정 말게. 이가의 보부상들이 풀어놓는 소문들은 그 어떤 상인 가문의 보부상들보다 인기가 많기로 유명하니 말이야."

그제야 말로써 심판을 하겠다던 현원의 말뜻을 이해한 진허원은, 처음으로 놀란 표정을 해보였다.

"……이런. 거기까지 하시었을 줄은 정말이지, 짐작도 하지 못하였습니다."

"다 그대에게 배운 것이라네. 해가 뜬 뒤에는 소율대비에 대해 새로운 소문이 도성에 만연할 것이니 남도까지 내려가는 길이 심심치는 않을 것이야. 예로부터 계모란 자비롭기보다 악한 쪽이지 않는가."

왕의 말에 진허원은 한바탕 웃음을 쏟아내었다. 모든 것을 잃었음에도 그리 기분 좋게 웃는 모습이 기이하기 그지없었다. 모든 패를 엎은 채 이기었음에도 그의 웃음소리에 불쾌감이 일어, 현원은 병사들을 향해 손짓하였다. 쿵, 편전의 문이 닫히고 웃음소리마저 흐릿해진 뒤에야 왕은 피곤하기 그지없는 얼굴로 털썩, 왕좌에 몸을 기대고 앉았다. 텅 비어 있는 편전에서 그는 잠 오지 않는 밤을 그렇게, 그대로 지새웠다. 모든 사정을 뒤늦게 눈치채고 문무대신들이 앞다퉈 편전으로 들이닥치는 것을 기다리며.

운사는 대신들을 맞이하는 왕의 표정이 전날과 비견했을 때 한층 풀려 있는 것에 가슴을 쓸어내렸다. 반나절을 꼬박 잠들어 있던 청이 시기를 딱 맞춰 깨어나지 않았다면 오늘 이 편전에 서 있는 대신들의 절반은 그대로 치워졌을 것임을 그는 확신했다. 적어도 반나절 전의 왕은 그 정도는 능히 해낼 정도의 기세였다.

"아직 상참을 시작하기 전까지 시간이 남아 있는데 다들 이리도 이른 시간에 등청하다니. 앞으로도 예국이 오래도록 번성할 징조인가 보군."

현원은 능글맞게 웃으며 말했다. 그가 잔뜩 비꼬고 있음을 눈치채지 못한 자는 없었다. 그럼에도 그들은 섣불리 나서지 않았다. 고작 반나절 전이었으나, 해가 모습을 드러내기 전까지 무수히 많은 일이 일어났음을 모르는 이는 적어도 이 편전 안에는 없었다.

"허어. 왜들 그리 심각한 표정인가. 좌의정, 그대가 말해보겠는가."

왕의 지명에 서 있는 것조차 힘들어 보이는 좌의정의 어깨가 움찔 떨렸다. 그는 정신을 차린 뒤 새벽 기운에 고요하게 내려앉은 집 안에서 사병들만 감쪽같이 사라졌음을 확인했다. 그뿐이었다면 이리 놀라지도 않았을 것이다. 가장 중한, 궤짝 깊숙이 숨겨 놓았을, 진가의 치죄를 모아둔 '그것'이 사라진 것을 눈치채자마자 그는 안색이 하얗게 질려 진가로 냅다 내달렸었다. 다른 대신들이 날이 밝기가 무섭게 등청했음을 생각해 보자면 진가의 허원이 사라졌음을 아는 자는 오로지 좌의정 하나뿐일 터였다.

"아니옵니다, 전하. 그저, 몸이 좋지 못하여……."

"허어. 그러한가. 이거 큰일이로군. 어제, 진가의 허원 역시 몸이 좋지 않아 요양을 떠난다 과인에게 고하고 밤늦게 남도로 출발하였는데 좌의정마저 그러한가?"

"저…… 전하, 진가의 허원이, 떠났다 하시었습니까?"

"그래. 그리 말하더구나. 이런. 중한 자에게만 알리고 떠난다 하였기에 과인은 이 편전에 있는 자들은 전부 아는 줄로만 알았는데, 아니었나 보군."

왕은 민망한 표정을 지으며 능청스럽게 말했다. 그 말 한마디에 애써 불안감을 감추던 대신들 사이에 눈에 띄게 불안해하는 자들이 늘어났다.

운사는 대신들의 당혹스러운 시선과, 웅성거림, 그 예견된 혼란을 마주하며 홀로 고개를 저었다. 아무래도 그가 모시는 왕께서는 이 재미난 기회를 거저 놓칠 생각은 없는 듯하였다.

"이왕 등청하였으니 그대들에게 알릴 일이 있다."

즐거운 표정으로 대신들을 바라보기만 하던 현원이 입을 연 것은 그로부터 한참의 시간이 흐른 뒤였다. 점차 안정되어 가던 혼란은, 왕의 한마디에 다시금 크게 일렁였다.

"과인의 암살을 시도한 자들이 있었느니라."

"그 부슨! 대체 내금위는 무엇 하였단 말이오! 진하, 딩장 대장인 장용사를 불러 엄벌에 처하소서!"

"전하, 옥체에 해는 가지 않으셨사옵니까!"

대신들 사이에서 불쑥 튀어나온 말들이 지금까지의 상참과는 분위기가 달라졌음을 시사했다. 몇몇은 이미 진가에서 왕에게로 그 흐름이 바뀌었음을 기민하게 알아차렸다. 그 아우성이 차차 하나로 모아져 대신들이 입을 모아 주모자를 색출할 것에 핏대를 세우자, 현원은 입술을 비틀며 말을 이었다.

"주동자는 밝히지 않을 것이다."

반발은 없었다. 좌의정을 필두로 그들은 바짝 엎드린 채 새로운 권력이 어느 정도까지를 용인하는지 재느라 정신이 없었다. 그 재빠른 노선 변경에 운사만이 홀로 꼿꼿이 허리를 세우고 서서 박쥐와도 같은 자들의 행태에 기막혀 했을 따름이었다.

"하나 공로는 치하해야 마땅하겠지. 아니 그러한가."

"그리함이 마땅할 줄 아옵니다."

"하여 그대들의 충언에 귀를 기울여 장용사를 파하고, 과인을 구한 조가의 강율을 장용사에 명한다. 또한 몇몇 인사가 있을 것이니 그에 관한 것은 서면으로 하달할 것이니 따르라."

조가의 강율.

좌의정은 10년 전 수화에 휩쓸려 목숨을 잃은 것으로만 알고 있던 이름의 등장에 입이 떡 벌어질 정도로 놀랐다. 한때 대장군이라 칭해지며 혁혁한 공을 세운 그 빛바랜 이름을 기억하는 몇몇 대신들의 반응 역시 크게 다르지 않았다. 그들은 하나같이 어찌하여 조가의 강율이 죽지 않고 살아 있는지 설명을 원하는 낯빛으로 현원을 바라봤다. 그러나 상참을 파하며 자리에서 일어나는 왕이 그들에게 지난 세월에 대해 자세히 설명을 해주는 기적은 일어나지 않았다.

"예? 강율 대장이 그리도 대단하신 분이시었습니까?"

청은 입 안으로 흘려 넣어지는 죽을 받아먹으면서도 끝없이 질문을 던졌다. 그녀의 질문에 현원은 한쪽 눈썹을 찡그리며 답했다.

"그리 대단치도 않다. 그저 몇 번 작은 전투에서 공을 세운 것이 크게 부풀려져 그리된 것일 뿐이야."

"전하…… 삼백으로 이천을 무찌르고 돌아왔던 무장, 이 자리에 있사옵니다만."

억울함이 가득 담긴 강율 대장의 대꾸에도 현원은 아무것도 들리지 않는다는 표정으로 오직 청에게 죽을 조금이라도 더 먹이는 것에 집중했다. 지금 그에게 있어 그녀가 자그마한 사기그릇 안의 죽을 전부 먹는 것만이 세상 그 무엇보다 중하게 보일 지경이었다.

"왜 이리 먹질 못하느냐."

현원의 타박에 청은 감히 왕을 탓할 수 없어 기막힌 심정을 입을 떡 벌리는 것으로 대신했다. 그 안에 기다렸다는 듯 현원이 죽을 들이민 것은 더 말할 것도 없다.

저것도 운사고 강율이고, 심지어 청까지 아니 된다 뜯어말리다 실패한 것이었다. 왕이 직접 수발을 들다니, 뒷목을 붙잡을 일이었다. 하니 수발을 드는 자가 오히려 더 즐거워 보이고, 반대로 수발을 받는 자는 불편함에 어쩔 줄 몰라 하는 기이한 장면이 연출되는 것도 무리는 아니었다. 어떻게든 견디는가 싶던 운사는 결국 숟가락이 세 번 움직이는 것을 넘기지 못하고 자리를 박차고 나가 버렸다. 뒤따라가고 싶던 강율은 운사의 매서운 눈빛에 억지로 파수꾼 역을 자처한 것이나 마찬가지였다.

분위기가 이러하니, 뻔뻔하기 그지없는 현원 대신 부끄러움은 모조리 청의 몫이었다. 그녀는 이미 붉게 달아오른 얼굴을 더 시뻘겋게 만들며 떠듬떠듬 말했다.

"전하, 이제 소녀가 먹겠사옵니다."

"어허! 의원이 아직 몸을 움직이지 마라 한 것을 잊었더냐."

엄포를 놓는 왕의 말에 강율은 지끈거리는 이마를 짚었다. 차라리 삼백으로 이천, 아니 삼천을 상대하는 편이 백배는 나을 듯했다. 의원이 한 말이라고는 고작 잘 먹고 기력을 보하라는 것뿐이었는데 어째서 그 말이 저렇게 변한단 말인가. 청도 그 점을 눈치채고는 얼굴을 붉혔다. 부끄러워하지 않는 이라고는 오직 왕뿐이었다. 그는 점차로 줄어드는 죽의 양에 기분 좋게 웃으며 물었다.

"또 궁금한 것이 있느냐."

"진가의 허원은 어찌되는 것입니까."

"오늘 저녁에 남도로 떠날 것이다. 사전에 약조했을 때 써놓았던 것인지 집 안에 서신이 있기에 그것을 사랑채에 잘 놔두고 왔지. 아마 진허원의 장남은 그 서신을 그대로 믿을 것이다. 그자는 그것을 의심할 만치 영특치 못해."

"하면 정말, 끝났군요."

청이 안도의 목소리로 중얼거리자 현원은 발끈 화를 냈다.

"중전의 즉위식이 남아 있다 내 몇 번을 말하는지 이젠 헤아릴 수도 없을 것이다. 그것이 가장 중한 것이야."

그것이 진정 화인지, 투정인지는 아무도 모를 일이었지만.

⁂

달조차 뜨지 않은 어둑한 밤, 아무도 모르게 남몰래 도성을 빠져나가는 수레가 있었다. 대낮에 대로를 지나가야 맞을 죄인이 탄 수레는 이례적이게 야밤에, 그것도 바삐 움직이고 있었다. 그러니 수레를 몰던 자들이 갑작스레 그 앞을 막아선 여인에 놀란 것도 무리는 아니었다.

"뉘…… 뉘시오!"

"제 아비와 마지막으로 얘기를 나누고 싶습니다. 부디, 불쌍히 여기시어……."

쓰개치마를 머리끝까지 뒤집어 쓴 여인은 말끝을 흐리며 병사들의 품에 묵직한 주머니를 하나씩 밀어 넣었다. 그 무게감이 상당하였던지라, 병사들은 하나같이 겸연쩍은 표정을 하면서도 흔쾌히 그녀에게 길을 열어주었다.

"크, 크흠! 거, 효심이 깊구만. 이번만 봐줄 터이니 빨리 끝내시오! 갈 길이 바쁘니!"

뒤에서 외치는 병사의 말에 답하지 않은 채 천천히 쓰개치마를 벗어 내린 여인은 나무로 된 옥 앞에 섰다.

"결국 당신의 정의는 무엇이었던 것입니까."

고개를 숙이고 있던 진허원은 천천히 앞을 바라봤다. 생각지도 못한 인물의 등장에 그는 조금은 유쾌한 표정으로 말했다.

"이런. 유가의 여식이 예까지 어인 일입니까."

"물음에 답하십시오. 그날, 끝끝내 알려주지 아니하였던 당신의 그 정의, 대체 무엇이었습니까."

목에 칼을 쓰지 않은 것만으로도 왕이 과한 자비를 베풀었다 생각될 정도로 사병이 진압된 세도가를 향해 휘두른 왕의 분노는 거대했다. 그러나 진허원은 분노하거나, 겁에 질린 것이 아닌 무척 홀가분해 보이는 얼굴로 답했다.

"정의라…… 이번 대의 왕은, 그 어떤 예국의 왕들보다 위대한 치세로 기억될 것입니다."

"그것이 무슨 말입니까."

"그것이 나의 정의라 말을 하는 것이지요."

"그 무슨……!"

"쯔쯔…… 유가는 그 이름만으로도 왕과 어깨를 견줄 위치에 있다 여겨지지만, 그대의 가장 큰 약점이 무엇인지 아는지요?"

진허원은 아무런 대답도 하지 않는 청의 모습에 작게 웃으며 말을 이었다.

"어리다는 것입니다. 그 어린 연식만큼 아직 많은 것을 보지 못하였지요. 그렇기에 이것이 얼마나 복잡한 것인지 아직 모르는 것입니다."

"하! 연식이 부족하다 하여 식견마저 좁을 것이라 생각지 마십시오!"

"……하면 십 년 전, 왕과 유가가 공존함이 무엇을 뜻했는지 아십니까."

진허원의 물음에 청은 대답하는 대신 미간을 좁혔다. 그녀는 유가의 일원이었으나, 규방에서 대부분의 시간을 지낸 여인이었다. 또한 수화가 일어나기 전까지 그녀는 고작 어린아이였기 때문에 그것을 실질적으로 체감한 적이 단 한 번도 없었다. 따라서 그녀가 할 수 있는 대답 역시 그 폭이 한정되어 있었다. 청이 대답하지 않자, 진허원은 쓰게 웃었다.

"제 아무리 뛰어난 자도 왕의 옆에 서지 못함을 의미합니다. 정국은 온전히 왕과, 유가, 그 둘만의 세상이라는 것이지요."

"그게 갑자기 무슨……."

"그것이 얼마나 큰 무력감을 가져오는지 아는지요."

진허원은 그날을 다시금 되새기며 말을 이었다.

"상상조차 하지 못할 것입니다. 수많은 재능 있는 자들은 절망하고, 절망하다 분노하기에 이르렀지요. 절반은 허송세월로 귀한 시간을 흘려보내고 나머지 절반은 제 이득을 취하는 데 급급한 세월의 연속이었고, 그 와중에 왕을 갈아치우려는 움직임마저 일어나기 시작했습니다. 혹, 알고 있습니까, 전하의 친모이신 효성마마께옵서 죽임을 당하시었던 그 사건을."

"……그것은 당신이 한 일이 아니었습니까."

"허! 그럴 리가. 불순한 목적을 가진 자들이 왕을 목표로 한 잔이, 실수로 중전에게 간 것이지 그것을 내가 하였다? 그 무슨 말도 안 되는. 그 일로 선왕은 큰 충격을 받으시어, 유가와 왕가의 결합을 생각해 내시었지요. 절대 권력을 손에 넣고자."

운사는 진허원의 입에서 쏟아지는 말들에 정신을 차릴 수가 없었다. 그것은 그가 알 수 없었던, 알아서는 안 되었던 이야기들이었다.

"그러나 유가의 성운의 생각은 달랐습니다. 나 역시 그에 동조하였고. 성운은…… 그는 유가를 잠시 예국에서 지워내는 길을 택하였지요…… 그것이 수화의 이유입니다."

청은 무슨 말을 해야 할 지 알 수가 없었다.

"아버님이……."

"유가는 왕가를 위하여 존재한다."

진허원의 중얼거림에 청은 이를 악물었다.

"훗날, 제 핏줄에게 그 말 한마디를 전해 달라 그리 말하더군요."

그녀는 온몸이 비틀거릴 듯한 충격에서 빠져나오기 위해 주먹을 쥐어 손톱으로 생살을 후벼 팠다. 무시무시한 표정을 한 채 서 있는 청을 바라보던 진허원이 천천히 입을 열었다.

"그래, 그대의 아비처럼 도망칠 생각입니까."

그 물음에 그녀의 눈에 초점이 돌아왔다.

"도망이라니요."

"방금, 깨닫지 않았습니까. 중전이라 이름 붙은 '그' 자리에 앉게 되었을 때 져야만 하는 무수히 많은 것들의 무게를. 하니 유가의 성운처럼 예국의 왕실에서 모습을 감추는 것도 나쁘지 않은 선택일 것입니다."

명백한 도발에도 그녀는 답하지 않았다. 방금 전 제 생각이 그대로 읽혔다는 사실에 그녀는 그저 질끈 눈을 감을 뿐이었다.

"십 년 전, 유가의 성운에게 동조하였으나 그것이 옳은 길이라 확신하는지 누가 묻는다면, 나는 확고히 그렇다 답할 수 있을 것 같지는 않습니다."

진허원은 마른기침을 뱉으며 말을 이었다.

"하니……."

"저는 도망치지 않을 것입니다."

다시금 진허원을 바라보는 청의 시선에는 망설임이 사라져 있었다. 그녀는 어깨를 따라 흘러내리는 쓰개치마를 아예 걷어내며 한 걸음, 가까이 다가섰다.

"아버님의 선택이 피하는 것이었다면, 저는 마주보는 것을 택할 것입니다."

"……후회할지도 모를 일입니다."

"그것은 끝에 도달하기 전까진 알 수 없는 일이지요."

"하면 결정되었군요. 유가의 성운도 기뻐할 것입니다."

진허원의 말이 진실일지, 아니면 잘 짜여낸 거짓인지조차 알 수가 없었기에 그녀는 결국 처음의 얘기로 되돌아갈 수밖에 없었다.

"그럼에도…… 당신은 졌습니다."

"허허! 아직도 모르겠습니까? 나는 진 것이 아니라 '져야만' 했던 것입니다."

진허원은 마른기침을 내뱉었다.

"전하께서는 아무런 추국도 하지 않으신 채 주리 한 번 틀지 아니하시고 그저 한시라도 빨리 이 나를 귀양 보내신 연유가 무엇인지 아십니까."

"하루라도 빨리 치세를 안정시키기 위해……."

"으하하! 아닙니다. 그것이 아니에요. 다름 아닌 진가의 허원은, '죄'가 없기 때문입니다."

"그런 뻔뻔스러운 말을……! 당신은 왕의 목숨을 노린 죄의 책임이 있기에……!"

"허허. 하면 어째서 추국을 하지 않으셨을까 생각해 보신 적이 있습니까. 전하께서는 아셨던 것입니다. 이 모든 일을 공개적으로 드러냈을 시 단지 반쯤 죽어 나자빠진 자객 한 명으로는 진가를 끌어내릴 수 없다는 것을. 이미 진가가 그 정도로 거대하다는 것을 아주 잘 아신 것이지요."

그 물음에 청은 그만 꿀 먹은 벙어리처럼 입을 다물었다. 밖으로 드러난 진허원의 죄는 그의 말처럼 없었다. 그는 그저 뒤에서 모든 것을 바라보기만 하였을 뿐이다. 죄는 소율대비가 지은 것이었고, 그녀는 출가외인이었다. 하니 진허원이 이번 암살 계획에 전적으로 힘을 보탰다는 증좌가 없다면, 그를 끌어내리는 것은 불가능한 일이었을 것이다. 청이 끝내 아무런 말도 하지 못하자 진허원은 흐트러지려는 자세를 다시금 바로잡으며 말을 이었다.

"하니 전하께서 얼마나 대단하십니까. 용왕으로 인해 소란스러움을 틈타 이리도 재빨리 골치 아픈 짐을 털어내 버리시다니 말이지요."

"……더 말을 섞고 싶지 않으니 본론을 말하겠습니다."

청은 이를 악물며 물었다.

"알고…… 있었습니까."

"무엇을?"

"일이 너무 쉽게 풀렸습니다. 그 대단한 진가의 허원이, 아무런 방비도 하지 않은 채, 아무런 저항도 하지 않은 채 그저 순순히 잡히었다? 그것은 말이 되질 않습니다. 하니 묻는 것입니다. 최가가 왕의 편이었음을 당신은 알고 있었습니까."

"아. 그것 말이군. 안심하십시오. 그것만큼은 나도 꼼짝없이 속아 넘어갔으니 말입니다. 정말이지, 전하의 병사들이 성벽 안으로는 절대 들어오지 못할 것이라 호언장담하였는데 설마하니 반대로 성 안에서 문을 열고 병사들을 맞이할 것이라고는 상상도 못하였습니다."

"하면, 당신은 진 것입니까."

청의 끈질긴 물음에 진허원은 기분 좋게 웃었다. 그는 복수를 할 의지도, 능력도 되지 않는 제 아들과 궁 깊숙이 유폐되었을 제 딸을 떠올리고는 다시 그녀를 바라봤다. 그때의 나이 어리던 여아가, 아무것도 하지 못한 채 제 오라비의 옷자락만 붙든 채 엉엉 울던 아이가 오늘날 이리도 당당히 자신과 마주서게 되는 날을 그는 애타게 기다려 왔었다. 하나 동시에 끝끝내 그날이 오지 않기를 바라기도 했었다. 모든 것을 감수하고 제 손으로 한 일이었으나 이리도 맹랑한 미래와 얘기를 나누면 돌이킬 수 없는 과거의 선택이 후회가 되는 것은 어쩔 수 없는 일인 듯싶었다. 그는 후회가 더 깊어지기 전에 웃음을 뚝 멈췄다.

"말하지 않았습니까. 이것이 나의 정의라. 이것의 나의 정의이니라."

더는 시간을 내어줄 수 없노라 말하듯, 덜거덕 소리를 내며 소가 다시금 움직이기 시작했다. 온몸이 들썩일 정도의 흔들림에 몸을 맡기고 그는 황망한 시선으로 자신을 바라보는 청을 보며 한바탕 웃음을 터뜨렸다.

"오랜 꿈을 꾸었노라. 그 꿈이 너무도 현실과 같아, 나는 현실과 꿈을 더는 구분하지 못하겠노라."

찬란한 태양 아래에서 펼쳐질 왕의 치세를 꿈꾸며.

병사들 중 소를 몰던 자는 힐끔힐끔 수레 쪽을 돌아보다 고개를 저었다. 그가 이 일을 한 지 어언 십오 년째. 그동안 귀양살이를 수도 없이 보내보았지만, 그 긴 세월 동안 그는 귀양을 가며 저리 기분 좋게 웃는 자를 이번에 처음 보았다. 정신이 똑바로 박힌 자라면 통곡을 할지언정 어찌 웃을까. 그가 그 이름 높은 진가의 수장임을 알지 못하는 병사의 눈에는 그가 그저 조금 정신이 나간 노인처럼 보일 뿐이었다.

그것이 너무 기이했다. 본래라면 죄인에게 말은커녕 관심 한 점 주지 않았을 터였다. 하니 병사는 지금 자신의 이 기분이 단순히 변덕일 것이라 그리 생각했다. 혹은 딸아이라 말하던 이가 챙겨주었던 주머니가, 한두 푼이 아니라 묵직하게 느껴진다는 점이 괜스레 그의 마음을 조금쯤 자비로이 만들었을지도 몰랐다. 하나 어느 쪽이건 확실한 사실은 병사가 평소처럼 입을 다무는 대신 은근슬쩍 대화의 물꼬를 텄다는 것이었다.

"거, 딸이 외가 쪽을 닮았나 보오."

그는 말을 하며 동시에 농담으로라도 이 노인과 닮았다 하지 못할 청의 얼굴을 떠올렸다. 쓰개치마 아래로 얼핏 보였던 얼굴은 무척 고와서, 수레 안의 진허원과 도저히 부녀지간이라 보기 어려울 지경이었다.

그러나 병사의 물음에도 노인은 마치 아무것도 들리지 않는다는 표정으로 대답하지 않았다. 안 그래도 무거이 내려앉은 어둠에 침묵의 무게마저 더해지자, 뻘쭘하기가 이를 데 없어진 병사는 뒷덜미를 북북 긁으며 말을 이어나갔다.

"아, 아까 그 여식이 딸이 아니오? 그래도 좋으시겠소. 아비라고 이 늦은 밤에 마지막 인사라도 올리겠다 그리 나온 것이……."

"제 아비를 쏙 빼닮았네. 판박이지."

병사는 제 말을 뚝 끊어먹는 진허원의 대답에 얼굴을 구기며 성을 내려다 입을 다물었다. 알 순 없었지만 저리 고요히 앉아 있는 자를 막대하기가 어렵기 그지없었다.

왠지 입안이 떨떠름하다 중얼거리며 병사는 말을 받아 이었다.

"거 우길 걸 우기시오. 그 얼굴에 어찌 그리도 고운 여식을 갖다 대려나 모를 일일세."

"하하핫! 똑 닮았지. 암. 어찌 그리 제 아비를…… 그리도…… 볼 때마다 지독하다 생각이 들 정도로……."

사건의 내막을 알 리 없는 병사는 자신이 딸과 닮았다 박박 우겨대는 저 고집, 쉬이 꺾이지 않겠다 싶어 재빨리 말허리를 꺾었다.

"되었소. 거 고집은…… 그래, 닮았다 칩시다. 그런데 무슨 죄를 지은 게요?"

"죄라."

"그래, 죄 말이오. 죄목이 있으니 유배를, 것도 이리 밤손님인 양 가고 있는 것 아니겠소. 내 달 보며 귀양살이 보내기는 첨이외다. 하니 대체 얼마나 대단한 죄목인지 내, 들어나 봅시다."

죄.

진허원은 입안에서 그 한 단어를 굴리며 눈가를 좁혔다. 평생 토록 지를 따라다니던 그 단어는, 해가 지날수록 사라지기는커녕 점점 커져만 가서 그 끝이 되어버린 지금에는 그를 짓누르고 있었다.

죄로 댈 것이라면 수도 없이 많았다. 진허원은 그것을 미처 다 세기도 어려울 것이라, 그리 생각하며 지그시 눈을 감았다. 숫자를 헤아리지는 못할지언정 그것들의 흔적이나마 되짚어보기 위함이었다. 제 삶의 발자국 하나하나가 그 죄의 길이나 다름없었다. 그 무수한 죄들 중, 왕은 약조를 어긴 것이 가장 크다 하였고 유가의 청은 왕을 시해코자 하는 무고한 자들을 방관한 것이 가장 크다 하였으나 진허원, 그 본인의 생각은 조금 달랐다. 그 모든 발자국의 시작점. 모든 것은 거기에 있었다. 그리고 제가 진 가장 큰 죄 역시 그곳에 있었다.

감겨 있던 눈이 두어 번 재촉하는 병사의 물음에 천천히 위로 올라갔다. 그리고 세월의 흔적처럼 겹겹이 쌓인 주름을 걷어내듯, 그는 얼굴을 쓸어내리며 답했다.

"나의 죄는, 십 년 전 그날에 맞닿아 있지."

그것은 오래도록 입안에 감춰둔, 아주 뒤늦은 고해였다.

❈

"거래를 하지."

진허원은 제 귀를 의심했다. 그는 갑작스레 들이닥쳐, 앞뒤 말을 모조리 베어 먹은 채 대뜸 몸통만 툭 던져 놓는 유성운을 못마땅하게 바라봤다.

"일전의 거래가 끝난 지 달포도 지나지 않았음은 알고 하는 말인가."

진허원은 안달이 난 듯한 유성운의 모양새에 미간을 좁혔다. 유성운, 그와는 시시때때로 부딪쳤지만 그래도 친우라 말할 수 있는 자가 있다면 그를 꼽을 터였다. 그렇기에 그가 저렇게 무언가에 쫓기는 것같이 자신을 닦달하는 것이 흔한 일이 아니라는 것 역시 잘 알고 있었다.

"아아. 일이 급박해졌다. 허원, 네 형님이……."

"그 작자는 왜 끄집어내. 유서 한 장 없이 목을 맨 형님, 나는 둔 적이 없다. 그 얘기를 할 요량이라면 돌아가."

다시 떠올리고 싶지도 않은 인물이었다. 형님이었으나, 형님이라 하고 싶지도 않은 작자. 쓸모없는 무리들과 어울려 다니다 이유도 알려주지 않은 채 갑작스럽게 목을 맨 작자.

그러나 유성운은 입을 다무는 대신 얼굴을 굳히며 이곳에 올수밖에 없었던 이야기를 토해냈다.

"……유서를, 남기지 않은 것이 아니라, 남길 수 없었던 것이더군."

진허원은 어두운 낯빛을 그대로 드러낸 채 말하는 유가의 수장을 바라봤다. 그가 무슨 말을 하는지 조금도 이해가 가지 않았기 때문이다. 아무것도 모른다는 표정으로 자신을 말갛게 바라보는 진허원의 시선에 유성운은 조금쯤 안도했다. 그것 하나만으로도 적어도 이 모든 사달에 진가의 가주는 손을 대지 않았다는 것이 명백했으니 말이다. 유성운은 목에 턱 걸려 당최 떨어지지 않으려 하는 단어 하나를, 억지로 쥐어짜내듯 툭 던졌다.

"중진마마."

그 한 단어가, 그것이 가지고 있는 무게가 단숨에 진허원을 짓눌렀다. 전후사정을 듣지 않았음에도 진허원은 유성운이 어떠한 연유로 자결한 제 형과 죽은 중전을 한날한시에 입에 담는지 깨달아 버리고 말았다. 그 한 단어에, 우뚝하니 앉아 있던 진허원의 몸이 일순 비틀거렸다. 거대한 쇳덩어리가 제 머리를 내려치듯, 속이 뒤집히는 것 같은 기분을 억지로 누르며 그는 천천히 유성운의 말을 부정했다.

"······잘못 안 것이다."

"몇 번이고 확인이 된 일이야."

"잘못 알았다 하지 않아! 지금, 진가가 왕가의 찻잔에 독을 넣었다, 그리 말하는 겐가! 진가를 모욕하고 죄를 뒤집어씌워, 진정으로 유가와 세도가 사이에 얄팍한 신의마저 끊어낼 참이야!"

자리를 박차고 일어난 진허원은 단숨에 유성운의 멱살을 틀어쥐었다. 노성은 크지 않았으나, 강렬했다. 역적죄인으로 몰릴 만한 얘기가 나온 상황에서도 밖에 소리가 새어나가지 않도록 하는 진허원의 자제력에 유성운은 놀라야 할지 질려야 할지 모르겠다는 표정이 되었다. 그는 고요히 허리 한 번 굽히지 않은 채 대쪽같이 꼿꼿한 진허원을 응시했다.

장남보다 배는 뛰어난 능력으로 인해 진가의 가주 자리를 꿰찬 사내가 거기 앉아 있었다. 왕과 유가 말고는 아무도 없던 그곳에 유일하게 나란히 설 수 있을 정도로 뛰어난 사내가 거기 있었다. 자신이 왕을 제외하고 유일하게 친우라 여겼던, 그렇기에 그 딸과

제 아들을 맺어주고자 했던, 그 사내가, 이 짧은 고요함에 선연히 절망감이 드러난 얼굴로, 그곳에 있었다.

털썩, 옷자락을 놓은 진허원은, 줄이 끊어진 인형처럼 그대로 힘없이 자리에 주저앉았다. 잠시 동안 멈춘 것 같던 시간이, 수십 배는 빠르게 흘러가기 시작했다. 그 매서움을 느끼며 진허원은 천천히 숨을 뱉어내고는 입을 열었다.

"증좌는…… 무엇인가."

그 목소리는 물기 한 줌 없이 비쩍 메말라 있었다. 하나 그 와중에도 증좌를 가져오라 닦달하지 않았다. 어린아이도 알 수 있을 정도로 뚜렷한 증좌가 아니라면 유성운이 이 자리에 있지도 않을 것임을 그 누구보다 그가 제일 잘 알기 때문이었다.

"……궁녀일세. 서한이 발각되어, 궁녀가 모조리 자백했다 들었네. 전하께옵서……."

유성운이 차마 뒷말을 잇지 못한 채 고개를 떨구자, 진허원의 입이 열렸다.

"무엇……."

그러나 그의 입 역시 채 한마디가 끝나기 전 굳게 닫혔다. 벼락 같은 깨달음이 그의 머리를 후려쳤다. 진허원은 제 명치를 두들겨 맞은 사람처럼 자리를 박차고 일어났다.

"설마. 아니라 말해라. 유성운! 진가 하나로 끝내신다, 어서 그리 말해!"

그 고함에 유성운은 이번에야말로 밖으로 소리가 새어나갔을 것이라 확신했다. 하나 이해하지 못할 바는 아니었다. 저 역시 처음 들었을 때 왕을 향해 목청을 높일 뻔하지 않았던가.

"……전하께옵서, 미치신 겐가. 아니라면 감정에 먹히신 겐가."

불경스러운 말에도 유성운은 답하지 않았다. 기실 자신도 그리 여겼던 탓이다. 그 정도로 사랑하는, 그리 아끼던, 단 하나뿐인 반려를 잃은 왕의 분노는 크고, 또 깊었다. 용이 분노했다. 그리고 그 분노는 모든 것을 집어삼킬 준비를 시작하고 있었다.

"매우…… 이성적이시네. 그 자리에서 궁녀의 목도 치지 아니하셨고, 자네를 잡아들이라 역성을 내시지도 아니하셨으니 말일세."

"……하."

"전하께옵서는, 매우 냉철히…… 전부를 무너뜨릴 생각이시네."

유성운은 잠시 입을 닫았다. 이후의 말을 하기에는 아무리 그라고 할지라도 마음의 준비가 필요했다. 자신 역시 왕에게 이것을 처음 들었을 때 낯빛이 희게 질리지 않았던가. 유성운은 진허원이 이번에야 말로 저를 후려칠지도 모르겠다, 그리 생각하며 웃었다.

비록 그 웃음이 기괴하게 일그러져 있을지라도.

"……내 딸아이를…… 세자빈으로 들이신다, 그리…… 말하시더군."

그 말에 진허원은 다리에 힘이 빠져 엉망으로 주저앉고 말았다. 머릿속이 하얗게 변했다. 유가의 청. 그 아이가 세자빈으로 책봉되는 것은 단순한 문제가 아니었다. 왕이 노리는 것은 제정일치(祭政一致)였다. 그것이 얼마나 거대한 힘을 왕에게 줄 것인지 짐작조차 할 수 없었다. 진허원은 허탈한 웃음을 지었다.

이 혼사가 성공한다면, 왕은 진정 용으로 거듭나리라.

용이 분노했다. 그 한 구절만이 정으로 두드린 것처럼 뼛속 깊이 새겨졌을 따름이었다.

용이 분노했다.

그러나, 용의 옆에는 유가가 있다. 언제나 왕가를 올바른 방향으로 인도하는, 거대한 등대가.

공허하게 텅 비어 있던 진허원의 눈동자에 빛이 돌아왔다. 그는 빠르게 유성운의 멱살을 잡아챘다.

"내게 이 말을 하는 저의가 있겠지."

진허원은 자신을 바라보는 유성운의 얼굴이 슬퍼 보인다 생각했다. 십 년 넘도록 봐오며 그가 저런 표정을 짓는 것을 본 역사가 없었다. 천천히, 진허원의 손에서 힘이 빠져나갔다.

"대답해······. 너, 무슨 생각을 하는 거냐."

"유가는 왕가를 위해 존재하네."

"알고 있다. 그러니 말해. 무슨 생각이냐."

"유가가, 왕가에 해가 된다면, 사라져야 마땅하지 않겠나."

"······무슨 헛소리를 지껄이는 게야. 그 입 다물어라. 헛소리를 할 상황이 아니야."

유성운은 얼굴을 일그러뜨리는 진허원을 바라보며 천천히 말을 이어나갔다.

"하여 그대가 해줄 일이 있다. 이건, 그대밖에 할 수 없는 일이야."

"그 입 다물라고!"

"나는, 전하를, 배반할 생각이네."

진허원의 눈이 질끈 감겼다. 할 수만 있다면 귀도 틀어막고 싶은 심정이었다. 그러나 유성운은 기어코 마지막 말을 내뱉었다.

"왕가를 위하여."

그렇게, 수화(水禍)의 서막이 올랐다.

❁

덜그덕 덜그덕, 멀어져 가는 수레를 멀거니 바라보는 청의 등 뒤로 길게 그림자가 졌다.

"마음에 담지 말거라. 귀에 머금지도 말거라. 그저 헛소리를 들었다, 그리 여기고 흘려 버리거라."

등 뒤에서 들려오는 낯익은 목소리에 청은 화들짝 놀라며 쓰개치마를 뒤집어썼다. 둥근 뒤통수를 가리며 등 뒤로 쏟아져 내리는 녹빛 쓰개치마가 자객으로부터 그녀를 보호하기 위해 제가 둘러주었던 도포의 색과 썩 닮아 있었다. 그때와 다른 것이 있다면 지금 그녀가 피하려는 사람은 의외로 이런 일에 속이 좁다는 것뿐이었다.

"허! 왜 그리 숨느냐. 혹 저자와 내통이라도 한 게야?"

성이 나려는 것을 꾹 눌러 참느라 뾰족한 현원의 물음에 놀란 청이 제 처지도 잊고 휙 뒤돌았다.

"전하!"

"흥. 그래도 내가 보이긴 보이나 보구나. 그리도 매정하게 고개를 돌리기에 영 아무것도 못 본 줄 알았느니라."

"그것이…… 제가 이곳에 올 것을 대체 어찌 아셨습니까."

청이 슬쩍 말꼬리를 돌리자 현원은 슬쩍 웃으며 흔쾌히 그녀의 바람대로 주제를 바꾸었다.

"그날 진가의 허원에게 불려간 또 한 명이 있었다."

"예?"

"네가 자리에서 사라진 것을 알게 된 운사가 죽어도 싫다는 표정으로 순순히 모조리 고해 올리더구나. 하여 마지막으로 진가의 허원을 만나고자 할 것이라 생각하였지. 죄인이 가는 길은 대대로 정하여져 있으니, 찾는 것이 그리 어려운 일은 아니었다."

청이 아무런 답도 하지 못하자, 현원은 이제는 끄트머리만 간신히 보이는 수레를 바라보며 말을 이었다.

"……그들의 세대는 그들이 끝낼 일이다. 그것을 다음 세대가 짊어질 필요는 없어."

그 말에 내포되어 있는 무수히 많은 의미들을 곱씹으며 청은 조심스럽게 손을 뻗어 현원의 옷자락을 붙들었다. 마치 그의 뒤를 언제고 따라가겠노라 그리 대답하는 것처럼.

유성한이 용왕에게 왕의 약을 구하기 위해 인당수로 뛰어든 지 꼬박 이틀이 지났다. 그동안 인당수 앞 바다에서 그를 기다리는 사람들은 줄어들기는커녕 점점 더 늘어나, 때때로 병사들이 치안을 위해 그 주위를 순찰해야 할 지경까지 이르렀다. 그러나 그들 중에 유가와 용왕의 존재를 의심하는 자는 단 한 명도 없었다. 오히려 왕을 칭송하는 목소리가 날로 높아져 오늘날에 이르러서는 현원이 즉위한 이후 왕의 인기가 절정으로 치닫고 있었다.

게다가 당시 기적과도 같았던 수룡을 직접 본 자들과, 그렇지
않은 지들 사이를 타고 퍼지는 이야기는 점점 살이 붙어 어느새
사실과 거짓이 섞여 있을 정도였다.

그 사이 진가에서 왕으로의 권력 이동은 점차 확고하게 눈에
보이고 있었다. 그러나 백성들 중 그 누구도 그것을 알지 못했다.
그들이 그토록 칭송하던 소율대비의 두문불출(杜門不出)도, 진가
의 몰락도 백성들에게는 이제 관심 밖의 일에 불과했다. 아무도
모르는 밤, 진가의 허원이 요양을 떠난 것이 아니라 대역죄인으로
귀양 보내졌다는 소문은 유가의 소문에 먹혀 채 한 시진도 버티
지 못하고 그대로 사그라들었다. 하니 소리 소문 없이 이뤄진 좌
의정의 교체가 백성들 사이에서도, 세도가들 사이에서도 크게 다
뤄지지 않음은 당연했다.

겨우 목숨 줄만 붙어 있는 우의정은 바짝 엎드린 채 주위 상황
을 살피기에 여념이 없었고 그 아래 세도가들은 한바탕 왕가 쪽
으로 이동했다.

그 모두가, 조용히, 물 밑에서 일어난 일이었다.

"저길 봐! 배다!"

"저건……연(蓮) 같은데? 맞네, 맞아. 연꽃이여!"

누군가의 외침에 백성들 사이에서 한바탕 난리가 일어났다. 그
러나 그들은 이내 연꽃으로 한가득 채워진 자그마한 배 위에서
일제히 솟구쳐 오르는 수십 마리의 수룡에 그만 말문을 잃고 말
았다.

"거 하시지 말래도……."

노를 젓는 강율 대장의 타박에도 청은 그저 작게 웃었다. 그러

나 그녀는 입가를 얇은 연분홍빛 천으로 가리고 있었기 때문에
그 웃음은 그저 혼자 웃음이었다.

"괜찮습니다."

차마 현원이 제게 성을 내기 때문에 괜찮지 않다 말하지 못한
강율 대장은 푹 한숨을 내쉬었다. 출발하기 바로 전까지 현원은
무시무시한 표정을 한 채 강율 대장에게 청이 무리하지 못하게
하라 신신당부를 하지 않았던가. 한데 뭍에 오르기도 전에 명을
어기고 말았으니 당장이라도 특유의 비틀린 웃음을 지은 채 자신
을 내려다보는 현원의 얼굴이 떠오르는 것만 같았다.

그런 강율 대장의 사정을 알 리 없는 청은 점차로 가까워지는
뭍에 기대와 흥분으로 널뛰는 심장계를 가만히 내리눌렀다. 너무
오랫동안 치마와 저고리를 입지 못했기 때문인지 몸을 휘감은 그
것들이 어색하게 느껴질 정도였다. 그녀가 입고 있는 예복은 유가
의 성한이 입었던 것과 비슷했으나 전체적으로 또 달랐다. 가장
큰 차이라 친다면 색이었다. 그녀가 입고 있는 치마는 연꽃을 닮
은 엷은 분홍빛이었고 저고리는 눈보다도 더 새하야니 누가 꽃인
지 알 수 없을 정도였다. 그 위에 걸쳐 입은 긴 장옷은 바닷바람
에 치맛자락이 펄럭이지 않도록 잡아주고 있었다.

뭍의 사람들이 자신을 볼 수 있을 정도로 가까워지자, 청은 연
꽃과 한 마리의 용을 수놓은 치맛자락을 한 손으로 살짝 들어 올
리며 남은 한 손으로 천천히 허공을 내리그었다. 그녀의 손길을
따라 일제히 자그마한 수룡들이 하나의 수룡이 되어 그 거대한
입을 쩍 벌리는 모습을 보며 강율 대장은 마른침을 삼켰다. 십
년 전, 수화가 일어나기 전에도 제례원에는 선택받은 자만이 들어

갈 수 있었기에 거대한 수룡의 존재는 그도 고작 두 번째 보는 것이었다. 마치 진정으로 살아 움직이는 듯한 수룡의 생생함은 다시 보아도 충격적이기 그지없었다. 그는 자유자재로 용을 다루는 청을 힐끔 곁눈질하며 노 젓는 손에 힘을 주었다.

유가의 성한이 여인이었다는 것도 충격적이었지만, 여인이 저 정도의 힘을 낸다는 것이 더 놀라웠다. 그렇다면 사내인 성월이 장성한 뒤엔 저보다 더 거대한 힘을 발휘한다는 것인가. 그는 유가가 왕에게 족쇄가 채워진 존재라는 것에 안도하며 배가 뭍에 닿기가 무섭게 노를 바다 속에 밀어 넣고 자신은 백성들 틈바구니로 모습을 감추었다. 백성들의 시선이 전부 청과, 그녀가 만들어낸 수룡에게 쏠려 있었기 때문에 가능한 일이었다. 그는 한순간에 무대 위의 인물에서 구경꾼이 되어 항구를 따라 뻥 뚫려 있는, 유가의 청을 위한 거대한 길을 바라봤다. 이미 몇몇은 배에서 내린 것이 사내가 아닌 '여인'이라는 것을 눈치채기 시작했다.

용궁으로 간 유가의 성한은 어디로 가고 여인이 돌아왔단 말인가? 그들의 혼란이 점차 커져 가던 순간, 웅성거림을 내리누를 정도로 거대한 외침이 바닷가를 울렸다.

"주상전하 납시오!"

거대한 왕의 가마가 항구에 내려지자 모든 백성들이 다급히 자리에 엎드렸다. 천천히 가마에서 내린 현원은 항구의 끝에서 자신 쪽을 올곧게 바라보고 있는 여인의 모습에 부드러이 입술을 휘어 올렸다. 마치 혼례 날과 같은 기분을 맛보고 있는 현원의 망상을 깨뜨린 것은 다름 아닌 다급히 말에서 내린 운사였다. 그는 비웃음에서 경외의 대상으로 바뀐 제 왕에게 다가가며 말했다.

"전하. 뵈시겠습니다."

"그리하여도 내야 할 금괴를 덜어주지는 않을 것이다."

현원의 말에 운사는 겸연쩍게 웃었다. 아니 그래도 당장 왕이 청구한 금괴의 수에 제 아비가 뒤통수를 잡고 뒤로 넘어간 참이었다. 그러나 운사는 뻔뻔스러운 표정을 한 채 왕의 말을 부인했다.

"어찌 제 충심을 의심하십니까."

"허어, 충심이라."

현원이 제게는 눈길도 주지 않은 채 유가의 청을 향해 걷기 시작하자, 그 옆을 따르며 운사는 입을 삐죽였다.

"전하께옵서 병조판서와 절충장군이 실은 전하의 편이라는 것만 귀띔해 주셨어도 이리 험한 길을 택하지는 아니하였을 것입니다."

"허허. 실력이 없는 무당이 장구 탓을 한다더니 네놈이 딱 그 짝이로구나. 그래, 그러면 진허원의 말장난에 놀아난 것은 어찌 설명하겠느냐?"

현원의 지적에 운사의 어깨가 움찔 떨렸다. 청이 여자라는 것을 확신할 수 있게 만든 일등공신이 바로 자신이었기에 그에 대해서는 할 말이 없었다. 알고 보니 청은 진허원과의 만남에서 여자라는 것을 들키지 않았다는 것을 알았을 때 뒷목을 잡았더랬다. 거기에서 그 작자에게 말려들면 안됐었는데! 운사는 과거의 자신을 자책하며 슬쩍 말머리를 돌렸다.

"그래도 소신이 자객을 살려두었기에 진가의 허원을 내칠 수 있지 않았습니까. 그 공, 참작해 주시지 않는 것입니까."

"오오냐. 좋다, 네놈 덕분에 오래 비어 있던 내명부의 안주인을 맞아들이게 되었으니 이 정도로 봐주는 것이니라. 금괴는 받아가지 않을 것이니 이가의 서문에게 그 금괴들로 혼례 준비나 하라 이르거라."

왕의 혼례 준비이니 어마어마한 예산이 투입될 것임은 자명했으나, 그렇다고 해서 본래 내야 했던 금괴만큼은 아니었다. 운사는 절대 빚은 지고 싶지 않은 제 아비에게 면은 세우게 되었다고 생각하며 속으로 안도의 한숨을 내쉬었다.

"성은이 망극하나이다. 최고급으로만 준비시킬 터이니 걱정 마소서."

"당연히 그리해야지. 하면, 과인은 가장 중한 중전을 맞이하러 가야겠다."

현원은 눈에 띄게 안도하는 제 책사에게 장난스레 웃어보였다. 마음 같아서는 며칠 더 그 속을 끓이게 해주고 싶었으나 가까이 다가오는 배 위의 여인이 너무 아리따워 짓궂은 마음도 들지 않았다. 그는 과하게 자신의 주위를 에워싸는 병사들을 손수 물리며 성큼성큼 뭍에 도달한 청을 맞이했다. 왕을 앞에 둔 청은 두 눈을 접으며 화사하게 웃었다. 그녀는 숨소리 하나 들리지 않는 주위의 고요함을 깨고, 저 멀리 있는 백성들에게까지 들리게 말하였다.

"오라비인 유가의 성한을 대신하여 유가의 청이 용왕의 명을 받아 전하께 약을 전해드리고자 왔나이다. 용왕께옵서 후손이신 전하의 무병장수를 빌어주시었으니, 부디 이 약을 받아주시기 바라는 바이옵니다."

그녀가 내미는 자그마한 약병에 든 것을 받아 들이켠 현원은 운사가 말릴 새도 없이 단숨에 그녀를 안아들었다.

"전하!"

놀라 귓가에 자그맣게 속삭이는 청의 목소리에 그는 한바탕 웃음을 쏟아냈다. 주위에서는 갑작스러운 왕의 행동에 한바탕 난리가 일었으나 정작 현원은 그런 것, 전혀 개의치 않는 듯했다. 왕의 웃음에 용의 분노가 가라앉았음을 느끼며 운사는 절레절레 고개를 내저었다. 그 둘이 아마 예국 역사상 가장 금슬이 좋은 왕과 중전이 될 것이라 생각하면서.

못다 한 이야기

"호오. 불가하다?"

턱을 괸 채 현원이 묻자, 앞으로 나선 우의정의 어깨가 움찔 떨렸다. 평이한 어조로 말을 하는 것임에도 불구하고 왕의 시선만으로도 오스스 돋아나는 오한을 애써 떨치며 그는 말을 이었다.

"○, 예, 전하. 송구하오나 이미 호적에서 유가의 청은 지워진 지 오래입니다. 한번 지워진 호적을 다시 되살리는 것은 전례가 없던⋯⋯."

"그래, 맞는 말이다."

왕의 수긍에 우의정을 필두로 아직 왕의 반대편에 서 있는 대신들이 번쩍 고개를 쳐들었다. 당연히 호통을 칠 것이라 생각했던 왕이, 웃고 있지 않은가! 이게 무슨 상황인지 알 수 없는 지경이 되어버린 우의정은 무척 조심히 의견을 내어놓았다.

"하면, 유가의 청은 호적상 존재하지 않으니 중전마마로 옹립하는 것이 불가능……."

"그렇지. 그러하겠지."

"예?"

"네 말이 맞다 말하고 있느니라. 우의정, 하면 어찌해야 좋을지 얘기를 해보거라."

"예?"

현원은 멍청한 얼굴로 같은 대답만 반복하는 우의정의 몰골에 혀를 찼다.

"우의정. 어찌하여 좌의정이 자리에서 물러났는지 아는가."

급작스러운 물음에 우의정은 방향을 잃고 허둥거렸다. 그 외에도 몇몇 중신들은 혹여나 자신의 이름이 호명될까 두려워하며 한껏 몸을 움츠렸다. 그들은 하나같이 왕과 좌의정의 집에서 나온 자그마한 서책을 놓고 독대를 한 경험이 있는 자들이었다.

"……갑작스레 병환이 도져……."

"좌의정'만' 등청을 하지 못할 정도로 깊은 병환이 생긴 연유는, 그가 꽤나 유능했기 때문이지. 그런데 말이네."

왕은 천천히 기대고 있던 몸을 일으켜 앞으로 무게를 움직였다. 금방이라도 튀어나갈 듯 몸을 그쪽으로 기울이자 더욱 안절부절못하는 제 신하들을 바라보는 현원의 눈이 가늘어졌다.

"과인은 무능한 자도 그리 좋아하지 않아."

"전하, 소신에게 묘안이 있사옵니다."

운사가 불쑥, 앞으로 나서며 아슬아슬한 분위기를 끊어냈다.

"그래, 무엇인지 말해보거라."

"'그녀'는 다름 아닌 용왕께옵서 전하의 병환을 돌보기 위해 보낸 사자이옵니다. 그러니…….”

현원은 말끝을 늘리며 자신을 바라보는 운사의 모습에 부드럽게 웃었다. 그는 입안으로 신음 소리를 삼키며 질끈 눈을 감았다. 그 웃음에 운사는 기어코 왕이 이 기막힌 계획을 실현할 생각임을 눈치챘다.

❋

“예? 성을 바꾼다니요?”

운사는 태평한 얼굴로 기막힌 말을 하는 제 왕을 바라봤다. 청역시 치렁치렁 늘어진 분홍빛 치맛자락을 정돈하다 너무 놀라 그대로 멈춘 상태였다.

“왜 그러느냐. 가장 좋은 묘안이지 않느냐. 그렇게 된다면 유가가 왕가와 엮였다는 기록이 남지 않을 터이니 유가가 걱정하는 일도 없을 것이며, 그럼에도 과인은 중전을 맞이할 수 있으니 선왕의 유지를 깨지 않은 채 왕권을 받을 수 있다. 이보다 더 좋은 생각이 있으면 말해보거라.”

“하나 문무 대신들의 반발이 만만치 않을 것입니다.”

현원은 얼굴에 걱정이 가득한 청을 바라봤다. 그는 그녀를 사랑스럽기 그지없다는 표정으로 바라보다 고개를 저었다. 이 제안이 얼마나 이기적인지조차 생각하지 않을 정도로 자신을 생각하는 청의 마음에 기뻐해야 할지, 제 몸 하나 사리지 못하는 것에 화를 내야 할지 마음이 오락가락했다. 속에서 이대로 아무런 말도 하지 말라, 악한 마음이 불쑥 고개를 들었다. 그렇게 된다면 청이 제 옆에 앉게 될 것임은 자명했다. 허나 현원은 그 마음 억지로 내리누르며 청에게 물었다.

"걱정하는 것이 그것뿐이냐?"

"또 무엇을 걱정하겠습니까."

"성을 버려야 한다. 그 말은 가문을 버려야 한다는 것과 같은 의미이니라. 어느 기록을 뒤지어도 유가의 청은 10년 전 사망한 그대로일 것이며, 이 모든 업적은 유가의 청이 아닌 다른 이름으로 기록될 것이다. 나는 지금, 그대에게 마땅히 누려야 할 유가로서의 명예와 그에 대해 대대손손 이어질 칭송을 모두 포기하라 억지를 부리고 있는 것이니라. 그리해도…… 괜찮겠느냐."

듣고 싶은 답은 오직 하나뿐이었으나, 미움 받고 싶지 않은 마음이 그 마음을 누를 정도로 컸다. 그렇기에 나아간 말은 물음이었다. 그녀가 싫다 한다면 당장에라도 그 제안을 없앨 생각인 듯한 현원의 말에 운사는 가만히 이마를 짚었다. 벌써부터 애처가 기질이 보이기 시작하는 제 왕의 모습에 앞으로의 고행이 예상되는 듯했다.

그런 운사의 걱정을 뒤집듯 청은 조용히 자리에서 일어났다. 그녀는 바닥에 끌리는 치마의 끄트머리를 들어 올리며 현원에게 다가갔다.

"전하, 기억하시는지요."

"무엇을 말이냐."

"전하께옵서 제게 그리 말씀하시었습니다."

그녀는 천천히 몸을 낮춰 군신으로서의 예를 갖추며 말을 이었다.

"소신, 지금 이 순간까지는 군신으로서 전하의 것이었으나, 이곳을 벗어나는 순간부터는 여인으로서 전하의 것이옵니다. 이것은 그 누구도 아닌 저의 선택이니, 비록 길고 긴 역사의 자락에 유가의 청으로서 이름 한 줄 남기지 못한다 할지라도 그것은 제가 감내해야 할 것이옵니다. 하니, 그것만이 전하의 유일한 걱정이시라면, 그 걱정, 사뿐히 내려놓으소서."

그녀의 말에 현원은 서글프게, 그러나 기쁘게 웃었다. 그는 천천히 손을 뻗어 청을 일으키며 운사에게 말하였다.

"걱정하는 바가 무엇인지 알고 있느니라. 하나, 그들은 스스로 자멸할 것이니 걱정 말거라. 모든 문무 대신들이 제 손으로 유가의 청을 중전으로 옹립시키게 될 것이니라."

❀

그것은 선뜩한 칼날과 같은 예언이었다. 운사는 한 치의 어긋남 없이 현원의 뜻대로 되어가는 상황에 오싹함마저 느꼈다.

"어찌하여 말을 멈추는가."

운사는 왕의 재촉에 퍼뜩 정신을 차렸다. 그는 그제야 무수히 많은 자들이 자신을 바라보고 있음을 깨달았다. 그는 잠시 자신이 어디까지 말하였던가 고심하다 그 끄트머리를 부여잡으며 말을 이어나갔다.

"……하니 엄연히 수신의 사자로서 대우를 해야 한다 생각하옵니다. 수신께옵서 유가의 성한이 아닌 그 여식을 대신하여 보낸 것은 재위에 오르신 지 육 년이 지나도록 비워져 있는 내명부를 염려하시었기 때문 아니겠습니까. 그러한 연유로 전하께옵서 손수 수신의 사사에게 설맞을 성을 새로이 내리시어 중전마마로 맞이하시는 것이 마땅하다 생각하옵니다."

"호오. 일리가 있군. 다른 대신들은 어찌 생각하시오."

왕의 물음에 그들은 그저 벙어리가 되었다. 그렇다 대답하면 명목상 대비에게 주어져 있던 내명부마저 빼앗길 터였고, 아니다 대답하면 감히 수신의 뜻을 거스른 죄인이 될 것임이 분명했기 때문이었다.

우의정을 필두로 한 몇몇 대신들이 머뭇거리는 사이 먼저 나선 것은 왕에게로 노선을 변경한 자들이었다. 그들은 왕좌에 비뚜름히 앉아 있는 제 주인에게 조금이라도 점수를 따기 위해 다급히 앞으로 나섰다.

"그리해야 마땅하옵니다, 전하."

"수신의 깊디깊은 뜻을 받아들이소서."

"그러하옵니다 전하."

이구동성으로 소리치는 그네들의 말에, 현원은 짙게 웃음 지었다.

"하면 수신께옵서 굽어 살피시어 보내신 여인이니 그 뜻을 기리는 바, 심(寀)자를 그 성으로 삼겠노라. 이의가 있는 자, 이 순간이 아니면 영원히 입을 다물지어다."

현원의 엄포를 무릅쓰고 말을 꺼낼 정도로 배포가 있는 자는 없었다.

유가의 청이 심가의 청으로 다시금 태어나는 날이었다.

붉은빛과 푸른빛이 가득한 날이었다. 예국의 모든 백성들은 하나같이 그날을 그렇게 기억했다. 왕을 의미하는 붉은빛과, 수신이 점지해 보낸 중전을 의미하는 푸른빛이 서로를 금방이라도 집어삼킬 듯 팽팽하게 휘감아 도는 그날은 너 나 할 것 없이 입 모아 절경이었다. 그리 기억했다.

"아씨…… 아, 아니지, 마마."

아무도 탓하지 않았지만 괜스레 놀라 제 입을 가볍게 치는 유연의 모습에 청이 손을 뻗어 그녀를 말렸다.

"괜찮아. 둘만 있는걸."

유연은 청의 말에 그저 조용히 웃었다.

"하나 오늘은 가례 날인걸요. 이제 중전마마이시니 맞게 불러야지요."

"음…… 그렇게 부르니 낯선걸."

"후후. 곧 익숙해지실 거예요. 어쩌겠어요. 전하께옵서 급하게 일을 하시느라 별궁도 생략하시옵고 바로 날을 잡으신걸요."

이미 현원의 파격적인 행보는 왕실 안, 밖 할 것 없이 화제였다. 몇몇은 전하께옵서 이미 여인에게 휘둘린다 걱정 어린 목소리를 내었지만 대체적인 반응은 긍정적이었다.

백성들은 왕이 다른 누구도 아닌 용왕이 보낸 여인과 혼인을 올린다는 사실 자체에 환호를 보냈고, 대부분의 대신들은 내명부의 안주인 자리가 너무 오래 비워져 있었다는 것에 초점을 맞춰 하루라도 빨리 중전을 옹립하는 것이 맞다 소리를 높이느라 바빴

다. 왕에게 후사가 없다는 것도 현원의 급한 행보에 타당성을 부
어해, 오늘날에 이르러 전례 없는 왕의 가례 절차에 왈가왈부하
는 자는 단 한 명도 없었다.

　"아무것도 배우지 못하였으니 수없이 많은 실수를 할까, 그것
이 걱정이구나. 정해진바 모두 배운 뒤에 가례를 올리겠다 그리
청하였는데……."

　하니 민망해지는 것은 이 모든 소란의 주인공이었다. 청은 사
건이 하나라도 더 터지면 가례를 올리기도 전에 부끄러워 얼굴을
못 들지도 모르겠다고 생각하며 고개를 저었다. 그 모습이 딱 새
색시의 그것이라, 유연은 장난스럽게 말을 받았다.

　"전하께옵서 그만큼 마마를 연모하시는 것이지요."

　"유연!"

　얼굴이 붉어져 연지의 색과 꼭 닮아버린 청의 외침에 유연은
기분 좋게 웃었다.

　"네, 네, 알겠습니다. 그래도 마마의 성이 바뀌어 명봉영(왕이
왕비 집으로 가서 친히 왕비를 맞아들임)을 할 수 없어 그것이 아쉬워
요."

　"……아버님도 이리 곱게 차려입은 모습을 보시었다면 기뻐하
시었을까."

　"그럼요. 분명 그러셨을 것이에요. 아! 마마, 이것 보시어요. 청
의가 이리도 아름다울 것이라고는 상상도 하지 못하였어요. 꿩이
금방이라도 살아 움직일 듯 생생하지 않나요."

　유연의 물음에 답하려던 청은 벌컥 열리는 장지문에 놀라 말을
그대로 속으로 삼켜 버렸다.

"어찌 이리 오래 걸린단 말이야!"

문을 열고 들어온 현원은 마지막의 마지막 인내심까지 쥐어 짜낸 뒤였다. 그 뒤로 몇몇 궁녀가 기겁하며 장지문을 닫으려 애썼으나 왕이 떡하니 지키고 서 있는 문이 닫힐 리가 없었다.

"전하!"

그 뒤를 따라 들이닥친 운사는 이미 열려 버린 장지문에 그대로 뒷목을 잡았다.

"전하! 누누이 말씀드렸듯이 준비가 다 되기 전에……!"

"기껏해야 동궁에서 건너편 교태전으로 가는 길인데 무에 이리 복잡할 필요가 있단 말이야."

"전하…… 부디 체통을 지키소서. 아랫것들이 웃습니다."

"좌의정 자리에 앉았다 하여 이젠 왕이 우스운 것이냐? 허어, 사람의 마음이 갈대와도 같다더니. 권세를 잡으니 이제 네놈이 왕을 비웃는 것이냐. 어허, 통재라!"

오가는 왕과 운사의 대화에 궁녀들은 어쩔 줄 몰라 하다 다급히 자리를 떴다. 저 둘이 말씨름을 시작하면 끝이 없음을 오랜 경험을 통해 체감한 탓이다.

살벌함이 덧씌워진 대화에 청은 다급히 유연을 돌아봤다. 그러나 정작 유연은 놀라기는커녕 금방이라도 우렁차게 터져 나올 것 같은 웃음을 참느라 여념이 없었다. 이 기막힌 상황을 타개할 사람이라고는 오직 자신뿐이라는 것을 깨닫자, 청은 서둘러 청의를 입었다. 푸르른 청의 위에 수놓은 꿩이 금방이라도 날아오를 것만 같았다. 청의를 입고 마지막으로 하피(조선시대 비·빈의 적의에 부속된 옷가지)를 두른 그녀는 현원과 운사 사이를 막아섰다.

"어찌하시겠습니까."

그 조용한 물음에 두 사내는 방금 전 삼강오륜까지 운운하던 것을 까맣게 잊고 입을 다물었다. 겨우 시정잡배들이나 할 법한 왕왕거림이 잦아들자, 그녀는 내심 놀란 가슴을 쓸어내리며 말을 이었다.

"이제 대소신료들이 기다리는 곳으로 가고자 하는데, 전하와 좌의정께서는 같이 가시렵니까, 아니면 이곳에서 계속하시렵니까."

뼈가 있는 물음에도 현원은 무척 기쁜 듯 웃었다. 그는 치렁치렁 늘어진 제 면복이 청의 푸르디푸른 청의와 나란히 서니 꽤나 기껍다 생각하며 대꾸했다.

"바늘이 가는 곳에 실이 따라가듯, 실이 가는 곳에 바늘이 따라가지 아니할까. 자, 가자꾸나."

왕과 중전이 앞서 나서자 그 뒤를 따르며 운사는 꽤나 기꺼운 표정으로 고개를 절레절레 흔들었다. 앞으로도 헤아릴 수 없을 정도로 오랜 세월 동안, 이처럼 기꺼운 나날들이 계속될 것 같다는 예감을 느끼면서.

외전

한창 중요한 서류를 들여다보던 운사는 눈살을 찌푸렸다.

우당탕탕, 요란스럽게 들리는 소리에 집중은커녕 두통에 머리가 지끈거리는 상황에선 그 누구라 할지라도 인상이 써질 수밖에 없을 것이다. 그는 산처럼 쌓인 서류 더미를 노려보며 십이 년 전 자신이 기꺼이 웃으며 했던 생각을 꼬깃꼬깃 접어 바닥으로 내던졌다. 무엇이었더라. 기꺼운 나날들이 지속된다, 그리 생각했던가.

"공주마마! 체, 체통을 지키소서!"

우당탕 소리와 함께 이어지는 장 상궁의 절규에 가까운 외침에 운사는 깊게 한숨을 내쉬었다. 딸이 아비를 닮는 것이야 당연한 일이라 하겠지만, 어째서 공주마마께옵서는 중전마마가 아니라 시도 때도 없이 궁을 뛰쳐나가던 전하의 성정을 쏙 빼닮았단 말인가.

현원이 듣는다면 당장에 경을 칠 만한 생각을 하며 운사는 손을 뻗어 서책을 집어 들었다. 그러나 그가 서책의 첫 장을 읽는, 기적과도 같은 일은 일어니지 않았다. 쾅 하는 소리와 함께 열어 젖혀진 문틈으로 빼꼼 내미는 얼굴은 익히 아는 것이었다. 운사 는 다급히 자신이 집어든 서책을 다시 저 멀리로 내던지며 자리 를 박차고 일어났다.

"공주마마!"

"운사, 나 좀 숨겨줘."

입술을 삐죽이 내밀며 안쪽으로 성큼 걸어 들어온 예국의 말 괄량이 공주님, 련은 매서운 시선으로 자신이 숨을 만한 곳을 찾 기 시작했다. 그런 공주의 앞에서 운사는 조금은 단호한 표정으 로 대답했다.

"마마, 지금은 왕녀시강원(王女侍講院)에 계셔야 하지 않습니 까. 어찌 이곳에……."

왕녀시강원은 공주가 태어나면 성년이 될 때까지 공주의 교육 을 위해 설치되는 교육기관이었다. 보통 공주의 나이 대여섯을 전 후로 해 설치되었지만, 이례적으로 련이 네 살이 되던 해 설치되 어 련의 영특함을 세상에 알렸었다. 물론 오늘날에 이르러 그 영 특함은 요리조리 도망 다니는 련의 무기가 되어버렸지만 말이다.

"운사는 아무것도 몰라."

가만히 놔두면 길고 긴 잔소리를 시작했을 운사의 말을 끊어낸 련은 서러움이 가득한 얼굴로 고개를 푹 숙였다. 올해로 여섯이 된 공주는 얼마 살지 않은 어린 삶에 무에 그리 설움이 가득한지 금방이라도 뚝뚝 눈물을 흘릴 것처럼 두 눈에 눈물이 그렁그렁했 는데, 처음 보는 이라면 안타까움에 저도 모르게 손을 뻗을 정도였다. 동그란 얼굴에 아직 채 빠지지 않은 젖살 위로 뚝뚝 눈물이 흐르는 모습에 운사는 북방에서 야만족들이 공격했다는 보고를 받았을 때보다 더 당황하고 말았다. 매번 공주님이 사고를 너무 많이 친다며 투덜거리는 운사도 이 자그마한 공주님을 마음깊이 아끼는 것만큼은 거짓이 아닌지라, 그는 저도 모르게 몸을 낮춰 련과 시선을 맞췄다.

"고, 공주마마. 무슨 일이 있으십니까? 아니면 왕녀사부(王女師傅)가 또 무어라 한 것입니까? 마마, 소신이 달려가 한마디 하겠나이다."

공주의 교육을 도맡는 왕녀사부는 대대로 엄격하기로 유명했다. 종친 중에서도 엄격한 기준을 통해 가려낸 부인이 왕녀사부로 선발되었기에 호칭 자체로 크나큰 명예라 여겨졌다. 그렇기에 제아무리 운사라 할지라도 왕녀사부에게 무어라 할 수는 없는 노릇이었다. 예로부터 자식을 너무 귀이 여겨 교육을 망칠까 염려해 왕조차 왕녀사부에게 쉬이 공주의 교육에 대해 말하지 못하는데 어찌 운사가 그에 대고 말을 하겠는가.

그러나 단호한 운사의 표정이 정말 왕녀사부에게 한마디를 해줄 것만 같아, 련은 이내 눈물을 거두고 함빡 웃었다.

"으으응, 아니야. 스승님께옵서는 이번에 천자문을 하나도 틀리지 않고 외웠다며 칭찬을 해주시었는걸."

"예? 하면……."

"한데 망아지는 절대 타선 아니 된대! 운사…… 망아지를 타면 발이 붕 떠서 하늘을 나는 것만 같다는데 나는 공주라서 아니 된다는 거야. 억울해! 나도 타고 싶어!"

망아지?

뜬금없이 나온 단어에 잠시 머릿속이 하얗게 변해 버린 운사는 고개를 갸우뚱 기울었다. 그런 그가 답답했는지 자그마한 공주마마께옵서는 두 손으로 치맛자락을 꽉 움켜쥐며 다시 '망아지'를 외쳤다. 그제야 운사는 련이 말하는 망아지가 자신이 아는 바로 그 망아지라는 사실을 깨달을 수 있었다.

망아지라니.

듣기만 해도 지끈거리는 단어에 미간이 좁혀졌다. 련이 왜 갑자기 망아지에 집착하는지 짐작하는 것은 천자문보다도 더 쉬운 일이라, 그는 대체 어디서 망아지를 보셨느냐 묻는 어리석은 실수를 하지는 않았다.

세자전하께옵서 망아지를 타고 공주마마의 앞을 지나간 것이 틀림없다. 세자전하께옵서 의도한 바가 아니란 것쯤은 어렵지 않게 짐작할 수 있었지만, 그와는 별개로 망아지를 눈에 담아버린 공주마마의 열정이란 쉬이 떨쳐낼 수 없는 것이라 운사는 어색한 미소를 입에 담았다. 아직 어린 련에게 왜 여인이 말을 타지 않는지에 대해 설명할 것을 생각하니 벌써부터 눈앞이 캄캄해진 탓이다. 결국 운사가 입 밖으로 내뱉을 수 있는 말은, 너무 뻔하면서도 또 당연한 정론(正論)이었다.

"마마, 망아지는 너무 위험하옵니다."

"어째서? 오라버니께옵서 탄 망아지는 아주 순하고 얌전했는 걸!"

동그란 눈을 크게 뜨며 반문하는 련의 말에 운사는 그만 턱하니 말문이 막혀 버리고 말았다. 여아와 남아의 차이를 아직 어린 공주에게 무어라 설명한단 말인가? 타국의 사신들과 논쟁을 벌일 때에도 막힘없던 그였건만, 련의 앞에서는 그저 어찌할 바를 모르며 쩔쩔맬 따름이다.

"그것이······."

운사가 입을 떼자 련은 기대에 가득 찬 시선으로 몸을 운사 쪽으로 기울였다. 아직 아는 세상이 좁았으나 적어도 련은 운사가 자신을 망아지에 태워줄 정도의 힘이 있다는 것쯤은 알고 있었다. 그리고 련이 아는 한도 내에서, 운사는 자신에게 무척 약한 사람들 중 한 명이었다. 그러나 운사의 입에서 항복 선언이 나오기도 전에 벌컥, 문이 열렸다.

"공주가 여기 있다던데."

낮게 울리는 목소리에 운사와 련의 고개가 자동으로 움직였다. 의아한 표정으로 자신을 바라보는 현원의 시선에 운사는 련이 태어나고, 말을 하기 시작하기 전까지 단 한 번도 일어날 것이라 믿지 않았던 감정을 느꼈다. 자신이 살아생전 저 얼굴이 반가울 날이 오다니. 역시 사람은 오래 살고 볼 일이라 중얼거리며 운사는 예를 갖추며 답했다.

"예국의 용을 뵙습니다."

자신을 발견하자 조금 뾰로통한 얼굴이 되어버린 련과, 눈에 띄게 안도한 한숨을 내뱉는 운사를 번갈아 바라보던 현원은 알 법하다는 표정으로 낮게 혀를 찼다. 예국 내에서건 타국에서건 자비라곤 한 줌도 없는 냉혈한으로 널리 알려진 운사의 약점이 다른 누구도 아닌 공주라니. 나중에 운사가 딸이라도 낳게 된다면 볼만하겠다는 생각을 하며 현원은 성큼 방 안으로 들어섰다.

눈치는 빠른 제 딸은 금세 쪼르르 달려가 운사의 다리 뒤로 몸을 숨긴 뉘었다. 빼꼼 고개를 내밀고 새 눈치를 실피는 련의 모습에 현원은 헛웃음을 터뜨렸다.

"잘못한 것이 있다는 건 아는 모양이로구나."

현원이 한 발 더 성큼 다가가자 련의 어깨가 가볍게 떨렸다. 그러나 공주의 작은 일탈에 정무마저 내팽개치고 올 다정한 아버지라는 것을 누구보다 잘 아는 운사는 슬쩍 련을 달래려다 그대로 멈춰 버렸다. 방금 전 제 머릿속을 스쳐 지나간 생각의 무게가 결코 가볍지 않음을 깨달은 탓이다.

"전하."

운사의 부름에 련에게만 고정되었던 현원의 시선이 슬쩍 움직였다.

"사신들과 접견을 하고 계셔야 할 분이 어찌 이곳에 계시옵니까."

운사의 무시무시한 목소리에도 현원은 고작 그것 때문에 자신을 불렀냐는 표정으로 다시 고개를 돌렸다.

"안 그래도 좌의정이 자리를 대신한다 말을 해놓았으니 어서 가보라. 유가의 가주가 자리를 대신하고는 있으나, 아직 유성월의 나이가 어리니 중차대한 문제까지 맡길 수야 없지 않겠나."

태연자약한 그 말에 운사는 기어코 제 생각이 들어맞았음을 깨닫고는 이마를 짚었다. 저 얼굴이 반갑다니. 아주 잠깐이라도 그런 생각이 들었다니. 자신이 미친 것이 분명하다고 중얼거리며 운사는 대충 현원을 향해 고개를 숙이고는 재빠르게 방을 벗어났다. 잘못했다간 외교 문제로까지 번질 수 있는 불씨를 자근자근

밟아버리기 위해서.

운사가 귀신이라도 본 양 사라지자 작지 않은 방에 남은 것이라고는 정사를 보다 때려치우고 나온 왕과 수업을 듣다 도망친 공주님뿐이었다. 만약 청이 이 자리에 있었다면 부전자전이 아니라 부전여전이라며 한숨을 내쉬었을 만한 순간이었다. 물론 이 둘을 다룰 유일한 예국의 모후는 이곳에 없었으니 그 누가 이들에게 무어라 하겠는가.

현원은 주위에 아무도 없다는 것을 확인한 뒤에야 무릎을 굽혀 하나뿐인 딸과 시선을 맞추고는 입을 열었다.

"자아, 이 아비에게 말을 해보거라. 혹 왕녀사부(王女師傅)가 혼이라도 내더냐."

죄 없는 왕녀사부가 듣는다면 너무하신다며 화를 내도 할 말이 없었다. 여기서건 저기서건 왕녀사부만 걸고넘어지니 말이다. 그러나 왕녀사부 얘기를 하며 살살 꾀어내자 련이 슬쩍 사선으로 고개를 빗겨들며 현원의 눈치를 살폈다.

"아니어요."

입을 꾹 다물고 있던 련이 드디어 입을 열었다. 그것 하나만으로도 꽤 기꺼워서, 현원은 사르르 웃음을 머금으며 제 딸을 향해 손을 뻗었다. 운사는 틈이 날 때면 제게 공주마마께옵서 용의 성정을 타고 났다며 투덜댔지만 자신이 보기에 련은 청을 쏙 빼닮았다. 동그란 눈동자도, 오물거리는 입도, 그리고 한번 마음을 정하면 쉬이 돌리지 않는 고집도 어찌나 제 어미를 빼닮았는지 가만히 보고 있으면 절로 웃음이 나올 정도였다.

"자아. 이리 오너라, 련아."

그 손을 한 번, 웃는 아비의 얼굴을 한 번 바라보던 련은 이내 와앙 울음소리를 내며 현원의 품 안으로 파고들었다. 아직은 가벼운 아이를 번쩍 안아들며 일어선 현원은 방 밖으로 나가며 련의 귓가에 속닥였다.

"그래, 무에 그리 서러워 그랬느냐."

퍽 다정해진 현원의 목소리에 련은 이내 입을 비죽이 내밀었다.

"아바마마, 어찌하여 소녀는 망아지를 타지 못하나요?"

방금 전까지만 하더라도 자그마한 공주님이 원하는 것이라면 무엇이건 들어줄 준비가 되어 있던 현원이 걸음을 멈췄다.

"망…… 아지?"

현원의 얼굴에 불길한 기색이 스쳤다. 그는 방금 전 마치 저를 구원자처럼 바라보던 운사의 시선이 이해가 될 것만 같다는 생각을 하며 굳으려는 목소리를 애써 가다듬었다.

"누가 망아지 얘기를 하더냐."

"오라버니가 탄걸요."

세자가 범인이라면 혼내거나 화를 낼 수도 없는 노릇이다. 평소에는 고집이 센 편이 아니었으나 한번 마음에 든 것이 생기면 반드시 해내야만 하는 련의 성격을 익히 아는 현원의 미간이 좁아졌다. 보석이나 장난감에 욕심을 부리는 것이라면 얼마든지 내어줄 수 있었다. 자신이 아니더라도 오랫동안 불가능할 것이라 여겼던 왕의 핏줄들에 정성을 쏟는 자들은 한둘이 아니었으니 과하면 과했지 모자랄 리가 없었다. 그 대표적인 예로 예국의 왕이 몸소 공주를 안고 돌아다녀도 누구하나 만류하는 대신 뿌듯한 표정으로 바라보기만 하지 않는가.

그러나 망아지라.

잠시 생각하던 현원의 미간 사이의 주름이 더 깊어졌다. 타는 것까지는 문제가 아니었다. 그러나 잘못해서 떨어지기라도 한다면 궁이 들썩일 것이 뻔했다. 어디 한 군데 다쳤을 때의 상황을 잠시 생각해 보던 현원의 안색이 어두워졌다. 그는 잠시 고민하던 것을 빠르게 던져 버리고는 미련 없이 걸음을 돌렸다. 공주님의 고집을 꺾어줄 이는 예국 전체를 통틀어 오직 한 명밖에 없음을 누구보다 잘 알기에 발걸음에 머뭇거림이란 존재하지 않았다. 궁의 끄트머리가 보이기 시작하자 현원이 빠르게 향하는 곳이 어디인지 눈치챈 련이 앞두고 있는 미래의 일은 조금도 걱정되지 않는지 환하게 웃었다.

그리고 그 웃음은, 중궁전에 걸음을 들이자 재빠르게 사그라들었다.

"망아지라니. 아니 됩니다. 련이 너도 이리 오거라."

청은 련을 향해 손을 뻗으며 엄히 말했다. 다른 누구도 아닌 제 어미가 화를 낸다면 쉬이 넘어가지 않는다는 것을 다년간의 경험으로 잘 알고 있는 련의 눈가가 축 늘어졌다. 청이 안 된다 말하면, 그것은 절대 안 되는 일이었다.

이를 의도하고 오긴 했지만, 실상 자그마한 딸아이가 풀이 죽은 모습을 보던 현원의 입가가 열렸으나 그 안에서 무슨 말이 나오기도 전에 꾹 다물려지고 말았다.

"한데…… 전하께옵서는 오늘 중한 일이 있다 하시지 않았습니까. 어이 이곳에 계시는지요."

이런.

현원의 얼굴에 딩혹삼이 스쳐 갔다. 간혹 운사가 놀리듯 하는 말마따나, 청의 손에 꽉 쥐여 사는 현원으로서는 달리 할 변명도 없었다. 오늘 일의 중요성에 대해서는 바로 어제 저녁 자신이 직접 해주었던 말이니 무슨 변명을 할 수 있겠는가. 현원이 어색하기 그지없는 표정으로 흠흠, 헛기침만 연신 내뱉을 때 그를 구한 것은 부전여전이라 불리는 공주님이었다.

련은 도도도 달려가 제 어미의 치마폭에 얼굴을 파묻으며 꽤 애교 섞인 목소리로 말했다.

"어마마마, 아바마마께옵서 어마마마를 보고 싶노라 하시어 이리 오자 하였습니다. 하니 아바마마를 혼내지 마시어요."

겉모양은 청을, 속내는 현원을 빼닮아, 현원을 꼭 닮은 련의 애교에 이번에도 청은 폭 한숨을 내쉬면서도 백기를 내걸고야 말았다. 청은 더는 추궁하지 않고 손을 뻗어 련을 안아들었다. 아직은 자그마한 예국의 공주님은 두 눈을 동그랗게 뜨며 청을 올려봤다. 시선 끝에 뚝뚝 떨어지는 애교 섞인 감정에 청은 사르르 녹아내리는 마음을 애써 다잡으며 말했다.

"하면 좌의정이 사신들과 대담을 하고 있겠군요."

한껏 가라앉았던 분위기가 녹기 시작한 것을 느낀 궁녀들이 차를 들여오자 현원은 아예 자리를 잡고 앉았다.

"좌의정은 유능하여 잘할 것이니 걱정 말고, 어서 앉으시오. 다리가 부러지기라도 하면 어쩌려 하시오."

운사가 옆에서 듣는다면 뒷목을 잡을 만한 말을 아무렇지도 않게 하며 현원은 정말 걱정스럽다는 표정으로 청을 바라봤다.

그 시선이 마냥 나쁘지만은 않아서, 청은 가볍게 웃으며 련을 내려놓곤 자리에 앉았다.

"전하, 아랫것들이 웃습니다."

"어마마마, 왜 웃는 것이어요?"

다과를 집어 들며 묻는 련의 모습에 청의 얼굴에 당혹감이 스쳐 지나갔다. 예국의 왕이 팔불출이라 그런다는 것을 무어라 설명한단 말인가. 그녀가 잠시 말끝을 흐리며 슬쩍 고개를 돌리자 이번엔 련의 시선이 제 아비에게로 향했다. 동그란 눈동자에는 여전히 풀리지 않은 의문이 가득 담긴 채였다. 그러나 현원 역시 흠흠, 헛기침을 할 뿐 대답을 하지 않자 련의 입술이 쭉 나오려던 찰나에 밖에서 궁녀의 목소리가 안으로 울려 퍼졌다.

"마마, 세자전하께옵서 오셨나이다."

궁녀의 목소리에 련의 얼굴에 화색이 돌았다. 망아지 사건의 주된 원흉의 등장에, 현원이 짐짓 표정을 가다듬으며 대답했다.

"들라 하라."

현원의 말이 떨어지기가 무섭게 장지문이 열리고 예국의 세자, 도호가 안으로 들어섰다. 련보다 세 살이 많은 세자는 예를 갖추기도 전에 제 품으로 뛰어드는 련을 끌어안으며 웃음을 터뜨렸다.

"오라버니!"

"련이 너, 이곳에 숨어 있었구나. 하니 왕녀사부가 못 찾을 만도하지."

꾸짖는 말이었으나 부드러운 표정에는 애정이 가득했다. 오라비가 자신에게 화를 내지 않는다는 것을 누구보다 잘 아는 련이었기에, 그녀는 볼을 빵빵하게 부풀리며 제 의견을 피력했다.

"왕녀사부 는 망아지는 절대 안 된다고 하는걸⋯⋯."

그러나 도호가 미처 대답을 하기도 전에, 그들의 뒤에서 사이 좋은 남매의 모습을 웃으며 바라보던 청의 미간이 좁아지는 것이 먼저였다. 그녀는 들어 올렸던 찻잔을 입도 대지 않고 그대로 내려놓으며 말했다.

"지금 우리 공주님께서 수업을 듣다 말고 도망쳤다는 말로 들리는데⋯⋯ 련아?"

청이 화가 났다는 사실을 눈치챈 련의 눈매가 다시 축 늘어졌다. 강아지처럼 귀가 달려 있었다면 반으로 접힐 게 뻔한 련의 모습에 현원은 슬쩍 웃음을 흘리며 입을 열었다.

"중전의 말이 맞다. 세자는 공주를 데려가거라. 대신, 오늘 수업이 끝나면 내 직접 망아지를 태워주마."

그 말에 청이 현원을 향해 슬쩍 눈을 흘겼으나 별다른 말은 하지 않았다. 현원이 청의 시선을 피하며 도호에게 눈짓하자, 눈치 빠른 세자는 예를 갖춘 뒤 련을 데리고 훌쩍 나가 버렸다. 탁 소리와 함께 장지문이 닫히자, 청은 현원을 향해 뾰족한 시선을 던졌다.

"전하."

"흐, 흐흠. 저 나이 대에는 원래 수업이 듣기도 싫고 그런 법이지 않겠소."

"전하께오서 마냥 어리광을 받아주시니 그렇지 않습니까. 특히 련이는⋯⋯."

"그, 련이는, 내 언제고 내보내야 하는 아이라 더 마음이 가 그런가 보오."

슬쩍 고개를 돌려 얼굴을 숨기는 현원의 모습에 청은 순간 목 끝까지 차올랐던 수많은 말들이 사르르 녹아내리는 기묘한 기분을 느꼈다.

예국의 왕이 귀 끝까지 붉힌다 다른 이들에게 말한다면 아무도 믿지 않을 것이다. 아마 헛소리를 한다며 고개를 내젓겠지. 그렇기에 지금 이 모습은 오로지 자신에게만 허용된 것이었다. 딸아이란 그런 느낌인 모양이다. 그제야 청은 한 번도 생각하지 않았던, 언젠가 련이가 출가외인이 될 것이라는 사실을 체감하며 조금은 슬픈 미소를 지었다.

"아직 아이이지 않습니까."

"여섯이라는 것도 믿기지 않는 사실인데, 벌써부터 련이를 내놓으라며 난리를 치는 놈팽이들이 얼마나 많은지 중전은 아마 상상도 못할 것이오."

생각만 해도 이가 갈리는지, 현원의 얼굴이 험상궂게 변했다. 당장 어제만 하더라도 공주 바보인 왕 무서운 줄 모르는 자들이 부마를 정해야 하지 않겠냐며 달려들기에 검을 뽑아들 뻔하지 않았던가. 그러나 현원의 예상과는 달리 이미 운사를 통해 그 난리를 전부 다 알고 있는 청은 후후, 즐거이 웃음을 흘렸다.

"우리 련이가 워낙 고와야지요. 한데 전하, 일어나셔야 하지 않겠습니까."

"음?"

"좌의정과 유가의 가주가 동분서주하고 있지 않겠습니까."

청의 재촉에 현원은 슬쩍 자신에게 와 박히는 시선을 피했다.

그러나 끈질기게 따라붙는 시선에 결국 현원은 찻잔을 내려놓으며 불퉁한 목소리로 대답했다.

"처남도, 좌의정도 유능하오. 한데 중전은 짐과 있는 것이 그리도 싫은가 봅니다. 이리 내쫓으려 하니 말이오."

어린아이와도 같은 그 모습에 청은 아무것도 모른다는 얼굴로 대답했다.

"그러게 말입니다, 전하. 소녀는 아직도 어린지 능력 있는 사내가 그리도 좋더이다."

"……내 걱정이 되어 앉아 있을 수가 없구려."

슬금슬금 자리에서 일어나는 현원의 모습을 만약 운사가 봤다면 웃어야 할지, 울어야 할지 모르겠다며 고개를 내저었을 터였다. 그런 제 부군을 향해 청은 다녀오시라 말하며 해맑게 웃었다.

"오라버니."

"으응?"

련은 뒤를 졸졸 따라오는 궁녀들의 귓가에 들리지 않도록 목소리를 한껏 낮추며 말했다.

"제례원에……."

"안 돼."

련이 말을 채 끝마치기도 전에 도호는 단호하게 잘라냈다. 련의 입술이 비죽 밀려나오자, 그는 눈을 가느다랗게 뜨며 말을 이었다.

"무녀들은 지금 바쁘니 방해해선 아니 된다고 어마마마께옵서 그러셨잖아. 하니 제례가 끝난 뒤에 가자. 응?"

"하지만 유연이……."

유연?

도호는 언제나 저들을 보면 해맑게 웃어주는 무녀의 얼굴을 떠올리고는 고개를 갸웃거렸다. 그날 이후로 제례원은 더할 나위 없는 번영을 이루고 있었다. 그 말은 그만큼 무녀들의 일이 늘었다는 뜻이기도 해서, 그리 많지 않은 무녀들 중 힘이 강한 편에 속하는 유연을 만나는 것은 쉽지 않았다. 주위를 휘 둘러본 도호는 목소리를 낮추며 물었다.

"설마, 련이 너 제례원에서 무언가를 가지고 나온 건 아니지?"

"아아아니. 어마마마께서 유연하고 있을 때만 물이랑 놀아도 된다고 하셔서……."

그제야 련이 말하고자 하는 바를 알아들은 도호는 놀란 마음을 쓸어내렸다. 유가의 힘이자 청의 능력을 약하게나마 이어받은 것은 련이 유일했다. 그러나 한 세대를 거쳐서인지, 왕가의 피가 가진 힘에 눌려서인지 그 능력은 거의 없다 해도 무방하리만치 미미했다. 그럼에도 련이 유가의 힘을 이어받았다는 것은 철저히 비밀에 붙여졌다. 운사는 그것이 자칫 잘못했다간 왕가와 유가의 결합에 대한 증거이자 상징으로 떠오를 수 있다고 말했고, 현원은 이에 동의했다.

"아무에게도 말하지 않았지?"

재차 확인하는 도호의 물음에 련은 눈을 깜빡이며 고개를 끄덕였다. 사실 아직 나이 어린 공주님이 오갈 수 있는 범위란 뻔해서, 달리 말할 곳도 없긴 했다.

"한데 오라버니, 아바마마께서 어떤 망아지를 태워주실까?"

"음······ 글쎄······ 분명 어여쁜 망아지일걸."

금세 바뀐 대화 주제에 도호는 슬쩍 웃었다. 그 뒤로도 도호의 손을 꼭 잡은 채 망아지에 대해 얘기하며 종종걸음을 걷던 련은 주변을 둘러보다 발견한 인물에 화색을 띠었다.

"오라버니! 저기, 저기!"

발을 동동 구르며 도호의 팔을 끌어당기던 련은, 이내 그 잠시를 기다릴 수 없었는지 놀라는 궁녀들과 세자를 뒤로한 채 쪼르르 달려 나갔다. 뒤에서 자신을 부르는 오라비의 목소리가 들리지도 않는지 열심히 달려 목적지에 도착한 련은 숨이 차 붉게 달아오른 양 볼을 더욱 붉게 만들었다. 그리고는 마치 비밀이라도 속삭이는 것처럼 한껏 목소리를 낮춘 채 제 앞에 놀란 표정으로 서 있는 사내에게 속삭였다.

"안녕하시어요, 외숙부님."

"예, 공주마마. 괜찮으십니까? 얼굴이 붉습니다."

월은 저를 향해 눈을 반짝이는 련을 바라보며 부드럽게 웃었다. 고작 열넷에 유가의 가주 자리를 이어받은 성월은 이후 일 년 동안 괄목할 만한 성장을 이루며 자신만의 자리를 만들어나갔다. 공식적으로 그가 중전의 동기(同氣)라는 것은 비밀이었으나, 궁내에서 사사로이 그것을 모르는 이는 없었다. 심지어 공주와 세자까지 알고 있는 사실이었다. 후세에는 한 줄의 기록도 없이 전해지지 않을 사실이었으나 지금 이 순간을 숨 쉬는 이들에게는 명명백백한 사실을 오늘도 제 두 눈으로 확인하며 월은 이쪽으로 다가오는 세자를 향해 고개를 숙였다.

"세자저하를 뵙습니다."

도호는 눈치 빠르게 뒤로 물러서 있는 이들을 훑어보고는 그 뒤에 위치한 궁과, 길을 따라 바삐 움직이는 궁녀 몇을 향해 던졌던 시선을 거둬들였다. 그것만으로도 그는 방금 전까지 성월이 있었던 곳이 어디인지 어렵지 않게 짐작해냈다.

"외숙부님, 좌의정께서 또 외숙부님을 부른 것입니까."

금방이라도 한숨을 내뱉을 것만 같은 표정은 아무리 좋게 봐줘도 아이의 것이라기에는 무리가 있었다. 월은 문득 제 누이의 모습을 도호에게서 발견하고는 어색하게 웃으며 말을 받았다.

"아닙니다."

굳이 따지자면 운사가 부른 것은 아니었다. 현원이 부르긴 했으니 큰 차이가 있을까 싶기도 했지만, 사소한 것을 따지고 넘어가면 한도 끝도 없다는 것을 경험을 통해 누구보다 잘 알고 있는 월은 재빠르게 말의 방향을 틀었다.

"그런데 어찌 여기 계시는지요."

현재 시강 시간이라는 것을 둘러 표현한 월의 물음에 도호는 슬쩍 눈짓으로 련을 한 번 바라본 다음 고개를 저었다. 그것만으로 도호가 하고자 하는 말을 알아들은 월은 어색하게 웃으며 다리를 굽혀 련과 시선을 맞췄다. 운사는 공주마마께옵서 전하를 쏙 빼닮았다며 한숨을 내쉬곤 했으나 성월에게 련은 제 누이를 빼닮은 어여쁜 조카였다. 월은 풀이 죽어 제 눈치를 보는 련의 모습에 터지려는 웃음을 꾹 누르며 부드럽기 그지없는 목소리로 말했다.

"공주마마, 전하께는 제가 말씀드릴 터이니, 잠시 제게 귀한 시간을 내어주시지 않겠습니까."

"외숙부……."

낭황한 도호를 향해 괜찮다는 뜻으로 고개를 끄덕인 월은 이내 양손을 꼬물거리며 저를 올려다보는 련에게 다시 시선을 돌렸다.

"일전에 해드렸던 이야기를 기억하시는지요?"

"으으응."

"나머지 부분을 마저 해드리겠습니다."

그 말에 시무룩했던 련이 다시 함박웃음을 머금었다. 조심스럽게 련의 한쪽 손을 잡은 월은 이내 도호를 향해 남은 손을 뻗었다. 잠시 머뭇거리던 도호가 그 손을 잡자, 월은 소리 없이 웃으며 말을 이어나갔다.

"사내 복장을 한 수련이 용궁으로 가 용왕에게서 약을 받기 위해 배 위에서 뛰어내린 얘기까지 하였지요."

후원 쪽으로 걸음을 돌리며 월은 잠시 생각에 잠겼다. 청이 밤을 새워가며 쓰던 〈용가삼대록〉은 모든 일이 마무리 된 뒤에도 몇 년이 지나서야 끝을 맺을 수 있었다. 세간에서 적지 않은 인기를 끈 소설이었지만 유가에 소설의 원본이 고이 모셔져 있는 이유는 그것이 유청이라는 여인이 존재했다는 유일한 증거품이기 때문이었다. 유가의 족보에서는 십 년도 더 이전에 사망한 것으로 기록되어 있는 유청이 성장하고, 생존하기 위해 노력했다는 증거품. 결국 '언제까지나 행복하게 살았습니다'로 끝맺음한 이야기의 마지막을 떠올리며 성월은 조용히 웃었다. 먼 미래에서건, 지금을 사는 사람이건, 이야기의 주인공이 얼마나 애처가인지 모를 것이라 생각하면서. 그 시기를 다시 떠올릴 때면, 제아무리 성월이라 할지라도 제 매형이자 예국의 왕을 옹호하기는 힘들었다.

그 시기…….

처음 청이 예국의 세자인 도호를 품에 품은 그때.

❀

어의가 기쁨에 찬 얼굴로 고개를 끄덕인 날, 예국은 축제 분위기에 휩싸였다. 용왕이 보낸 여인이자 예국의 중전이 삼 년 만에 귀한 왕실의 태를 품은 것이다. 궁내부도 한동안 들뜬 분위기가 유지되었다. 현원은 무슨 일이 일어나건 기분이 좋았고, 운사는 쏙 들어가 버린 후궁 얘기에 싱글벙글이었다. 그러나 폭풍 전야라 하던가. 이 모든 행복한 순간이 지속되는 것은 고작 한 달 남짓이었다.

모든 사건의 발단은 중궁전이었다. 아니, 정확히는 중궁전에 보수가 필요하다는 얘기를 현원이 들었기 때문이었다.

애처가.

그 단어를 떠올리며 운사는 쿵 소리가 나도록 탁자에 머리를 박았다. 옆에 앉아 있던 성월은 별다른 말은 하지 않았으나, 아홉이라는 어린 나이에도 상황의 심각함 정도는 눈치채고 있었다.

"……이건 말이 안 됩니다. 아시지 않습니까."

초조함이 가득한 목소리에 건우는 고개를 절레절레 흔들었다. 그리고 그는 뒤로 몸을 기댄 채 팔짱을 끼고 눈을 감으며 이 문제엔 끼어들고 싶지 않다는 뜻을 분명히 드러냈다.

"음…… 그…… 렇죠. 하나 좌의정…… 제게 말하시어도 저는 아무런 힘이……."

"힘이 없긴요! 유가의 성월이지 않으십니까! 무리 진하의 처남이시란 말입니다!"

콰, 또다시 괜한 화풀이를 당한 탁자를 안쓰럽게 바라보던 성월은 어색하게 웃었다. 그 왕의 처남이라는 칭호가 공식적으로 통용되지 않는다는 것을 누구보다 잘 알고 있을 운사가 그런 말을 하니 기분이 오묘했던 탓이다. 그러나 지금 운사의 머릿속에는 그런 사사로운 것들은 조금도 남아 있지 않았다. 자리에서 일어난 운사는 초조한 기색을 감추지 못하며 말을 이어나갔다.

"지금 이 궁 안에서 마마를 위해 궁 하나를 새로 짓겠노라 날뛰는 전하를 막을 분은 오로지 성월님밖엔 없습니다. 비록 중궁전이 오래되었다고는 하나 이 시기에 새로 궁을 짓겠다니요. 말도 안 됩니다. 그러니……."

결국 오래된 궁에 아이를 가진 청을 두는 것이 불안하다며 벌인 현원의 발 빠르고도 거대한 계획이 문제였다.

그러나 운사가 한탄처럼 늘어놓던 말이 끝까지 이어지는 일은 없었다. 당혹감에 찬 궁녀가 예를 갖추는 소리와, 무언가가 쓰러지며 나는 우당탕 소리가 이어지고, 벌컥 문이 열리며 잔뜩 화난 기운이 가득한 현원이 안으로 들이닥쳤기 때문이었다.

"저, 전하!"

다급히 예를 갖추며 일어나는 운사와 건우, 성월을 손을 내저어 다시 앉게 한 현원은 상석에 털썩 주저앉으며 깊은 한숨을 내뱉었다.

"후. 과인은 도대체 알 수가 없어."

심기가 불편하다는 티를 온몸으로 내고 있는 왕에게 아무렇지 않게 물음을 던질 수 있는 사내는 아마 예국 내에서 오직 한 명뿐일 터였다. 그리고 다행인지 불행인지, 그 한 명은 지금 이 방 안에 있었다.

"무엇이 전하의 심기를 불편케 하는지요."

운사는 직설적이기 그지없는 건우의 물음에 남몰래 뒷목을 잡았다. 그러나 현원은 누가 물어봐 주길 기다리기라도 했다는 듯 억울하기 그지없는 표정으로 대뜸 대답했다.

"중전이 화를 낸다."

그 말에 운사는 저도 모르게 반문했다.

"예?"

"중전이 화를 냈단 말이다. 한데 이유를 알 수가 없어. 대체 왜 화를 내는 것인지 말은 아니해주고 화만 내는데 이유를 모르니 풀어줄 수가 없지 않느냐."

한 번 터뜨리면 폭발적이라 할 수 있는 청의 분노를 다시금 떠올리며 현원은 이내 시무룩한 얼굴로 푹 한숨을 내쉬었다. 다시는 보지 않겠다는 말까지 나온 것을 생각해 본다면 단단히 화가 난 듯한데, 당최 이유를 알 수가 없으니 답답하기 그지없을 따름이었다. 눈꼬리가 축 늘어진 현원을 운사는 기가 막히다는 표정으로 응시했다. 저 사내가 정녕 이 년 만에 권력다툼으로 엉망이 되어버린 예국을 뿌리부터 갈아엎어 새로 역사를 써 내리고 있는 사내가 맞단 말인가.

"전하…… 혹, 마마께서 전하의 선물에 대해 들으신 것은 아닐지요."

조심스럽게 의견을 내놓는 목소리는 아직 어린아이의 것이었다. 익숙하지 그지없는 그 목소리에 현원은 재빠르게 입가에 미소를 띠며 고개를 돌렸다. 물론 옆에서 중전과 처남에게만 한정되어 있는 그 가식적인 변화에 고개를 내젓는 운사는 깔끔히 무시한 채였다.

"처남도 이 자리에 있었군. 그런데…… 선물이라니?"

"그, 수연궁(水蓮宮)을 아신 건 아닐지요."

현원이 복중 태아가 태어나기 전까지 완성해 중전에게 선물하겠노라 밀어붙이고 있는 궁의 이름이 성월의 입에 담기자 일시에 찬물이라도 뿌린 양 분위기가 착 가라앉았다. 잠시간의 침묵이 흐르고, 덜컹 소리와 함께 자리에서 일어난 것은 현원이었다.

"……그럴지도 모르겠군. 건우는 처남을 호위하고, 운사, 네놈은 따라 나오거라."

성월에게 먼저 가보겠노라 말을 한 뒤에 재빠르게 밖으로 나온 현원은 운사가 뒤따르건 말건 관심조차 없다는 양 다급히 발걸음을 옮겼다. 휙휙 바뀌는 풍경을 뒤로하며 다급히 왕의 뒤를 따르던 운사는 향하는 방향에 미간을 좁혔다.

"전하, 혹 중궁전으로 향하시는 것입니까."

"방향을 보면 모르겠느냐."

낮게 가라앉은 현원의 목소리에 운사는 입을 다물었다. 쉬이 입을 놀리지 않는 것이 답이라는 것을 직감한 탓이었다. 그러나 바로 중궁전을 코앞에 두고 현원이 우뚝 멈춰 섰을 땐, 제아무리 운사라 할지라도 연유를 묻는 수밖에 없었다.

"왜 그러십니까, 전하."

그리고 대개 그렇듯, 높으신 분들의 이유란 그리 거창하지 않을 때가 많았다.

지금처럼.

"무어라 말해야 궁 얘기가 거짓 소문이라 믿게 할 수 있을지 고민 중이니 운사 네놈도 묘안을 내보거라."

미간을 찌푸리며 진지하게 고민을 시작한 왕에게 차마 이미 중전마마께옵서는 무녀인 유연에게 전후사정을 전부 전해 들었을 것이라 말하지 못한 채 운사는 다시 조용히 입을 다물었다.

"궁이라니."

그리고 운사의 예측은 그대로 맞아떨어졌다. 중궁전에서 두통으로 지끈거리는 머리를 짚고 있는 청의 앞에 앉아 있는 것은 제례원의 무녀, 유연이었다.

"마마께옵서 오래된 중궁전에 계시는 것이 마음이 쓰이셔서 그리하셨을 것입니다."

하니 너무 화를 내지 말라는 뜻이었으나, 청은 그 말을 전혀 다르게 받아들였다.

"보수를 하면 될 일이 아닌가. 한데 새로이 궁을 짓겠다 명을 내리시었다니. 언제나 전하께서는…… 너무 과하시네."

처음 입덧을 시작했을 때 어의를 죽일 듯이 노려봤던 것을 떠올리며 청은 고개를 내저었다. 그뿐만이 아니었다. 그녀가 삼 년간 아이를 갖지 못하자 후궁을 들이라며 주청하는 관료들 앞에서는 용왕을 들먹이며 협박까지 하지 않았던가. 감히 용왕이 왕의 반려라 보낸 중전을 핍박한다고 말이다. 얼마나 무시무시했던지

나중에 운사가 자신에게 와서 만약 그 자리에 칼이라도 있었다면 그것을 뽑아들었을지도 모른다고 말하며 한숨을 쉬었을 정도였다. 덕분에 암암리에 용왕이 보낸 중전이 절세미인이라 왕이 꽉 잡혀 산다는 소문이 돈 적도 있으니 더 말해 무엇하겠는가. 만약 청이 밤하늘의 별을 따다 달라 한다면 당장에 하늘을 향해 탑을 쌓고도 남을 터였다.

유연이 생각해도 이번 궁 사건은 무게가 가볍지 않았기에 어색하게 웃으며 현원의 편을 들었다.

"그렇다 할지라도 마마께옵서 중재해 주시는 덕분에 목을 지킨 자들도 있사옵니다. 마마께서 말씀하신 덕에 외교적으로 수월히 넘어간 문제들도……."

"그래도 궁은 과해. 내가 알지 못했다면 진정 수연궁이라 이름 붙이신 그 궁을 지으셨을 것이 아닌가."

아직 짓지도 않은 궁에 물 위의 연꽃이라는 이름을 먼저 붙인 현원의 추진력에 청은 기함했다. 기함했었다는 표현이 더 알맞을 터이다.

"전하께서 마마를 귀이 여기시어 그런 것입니다."

"아직 국경 문제가 다 정리된 것도 아니지 않은가. 한데 궁을 축조하는 것같이 큰일을 시작한다니, 안될 말이지. 하여…… 이 기회에 내 자리를 비우는 것은 어떨까도 생각해 보았네."

"……예?"

유연은 잠시 제 귀를 의심했다.

자리를 비운다니. 누가? 중전마마께옵서?

농담이라도 무섭다는 생각을 하는 유연을 아는지 모르는지 청은 꽤나 진지하게 말을 이어나갔다.

"복중 태아도 그렇고, 심신을 안정시키기 위해 수신을 모시는 제단에……."

"마마. 아니 되옵니다!"

청이 미처 말을 끝맺기도 전에 유연은 얼굴이 희게 질린 채로 반쯤 자리에서 일어나며 외쳤다. 상상만 해도 끔찍한 일이었다. 만약 청이 궁에서 사라진다면, 현원이 궁을 통째로 옮겨 버릴지도 모를 일이었다. 현원이라면 분명 말뿐만이 아니라 해내고 말 것이라는 것을 유연은 확신할 수 있었다. 유연이 단호하게 말하자 청의 고개가 갸웃, 기울어졌다. 그러나 그녀가 무어라 반박하기도 전에 궁녀의 말리는 소리와 잠시간의 소란을 뒤로하고 문이 열렸다.

그리고 문 너머로 파랗게 질린 현원의 얼굴이 드러나자 유연은 그만 질끈 눈을 감고야 말았다. 들었구나.

"그 무슨 말이오! 간다니, 어딜!"

다른 누구도 아닌 왕이, 중전의 방에 말도 없이 들이닥치는 것은 꽤나 법도에 어긋나는 일이었으나 이번에는 운사도 현원을 말리지 않았다. 오히려 현원이 이 자리에 없었다면 당장에 청의 앞으로 달려가 무릎이라도 꿇었을 터였다. 청이 있어도 이리 힘든데 그녀가 어딘가로 가버린다니. 운사는 상상만 해도 끔찍한 일이라 생각하며 몸을 부르르 떨었다.

"중전, 과인이 전부 잘못했소. 궁도 짓지 않을 것을 터이니 어딜 간다는 말은 입에 올리지도 마시오!"

방금 전까지 청을 살살 꾀어 궁 얘기를 소문처럼 만들어놓은 다음 궁을 완공시킬 궁리를 하던 사내는 어디 갔는지, 현원의 머릿속에서 반쯤 완공되었던 수연궁은 이미 폭삭 무너진 뒤였다. 현원이 제 앞에 털썩 앉으며 세상이 무너진 것만 같은 표정을 짓고 있자 오히려 당황한 것은 청이었다. 그러나 그녀는 어설프게 대답하는 대신 이 문제에 못을 박는 편이 낫다고 판단했다. 청은 짐짓 엄한 표정을 지으며 현원을 향해 다짐을 받듯 말했다.

"진정으로 수연궁은 짓지 않으실 것이지요?"

"······그리하도록 하지. 한데 중전······ 이 궁은 오래되긴······."

"그리 말씀하시면 위험하니 제단으로 거처를 옮기오리까."

운사는 단호하게 말하는 청의 모습에 놀란 속을 쓸어내렸다. 이것으로 큰 문제가 두 개나 동시에 해결될 것임을 직감한 탓이다.

"······철회하도록 하지."

어쩌면 예국에서 가장 아름다운 궁이 될 뻔했던 수연궁의 축조는 그렇게 그대로 무산되고야 말았다.

✿

비록 세자전하께옵서 태어나신 뒤에 한 번 더 축조될 뻔했지만 말이지.

그때 생각만 하면 난리도 아니었다. 그리 생각하며 성월은 속으로 즐거이 웃었다. 도호를 낳은 뒤 아직 몸을 채 회복하지도 못한 청이 당장 제단으로 거처를 옮기겠다며 자리를 박차고 일어나 궁 안이 발칵 뒤집히지 않았던가. 당시에는 머리가 하얗게 될 정도로 놀랐지만, 뭐든 지나고 나면 즐거운 추억인 것이다.

"그래서, 그래서어…… 외숙부님. 그래서 어떻게 되었어요?"

잡고 있던 손을 잡아당기며 련이 이야기를 재촉했다. 그제야 자신이 〈용가삼대록〉 얘기를 하고 있었다는 사실을 깨달은 성월은 잠시간의 회상에서 벗어나 이야기를 이어나갔다.

"예. 여인은 수신이 보낸 거대한 연꽃에서 나타나 용가의 가주를 구원했답니다. 이후 둘은 혼례를 올렸는데, 용가의 가주가 어찌나 부인을 사랑했는지 아들을 보았을 때 부인을 위해 아름다운 저택을 지으려다 부인이 집을 나갈 뻔했지요."

수연궁에 대한 얘기를 또다시 들었을 때 당장에 제단으로 가 수신을 위한 제를 지내겠다며 출산 후 만 하루도 지나지 않아 기어코 자리를 박차고 일어난 청의 기백은 그야말로 어마무시했었다. 덕분에 궁녀들이며 무녀들이며 하나같이 청이 어떻게 될까 두려움에 발을 동동 굴렀더랬다.

"외숙부님, 부인이 왜 집을 나가려 한 거죠?"

이해를 할 수 없다는 도호의 표정에 성월은 작게 웃었다.

"아직 안팎이 어수선해 저택을 새로 짓는 큰일을 할 상황이 아니었기 때문입니다, 세자저하."

성월의 설명에 련이 고개를 끄덕였다. 작게 용가의 가주는 바보라고 중얼거리는 련의 모습을 만약 운사가 봤더라면 몇 년은 즐거워했을 것이라 생각하며 성월은 소리 내어 웃었다.

"결국 저택을 짓는 일은 무산이 되었지요. 가주는 잔당을 처단하고 집안을 평안히 다스려 삼 년 뒤에 둘째는 어여쁜 딸을 낳고, 그 이후로 오래도록 행복하게 살았다고 합니다."

"오래오래?"

제게 향하는 련의 시선을 마주하며 성월은 기쁘게 웃었다.

"예, 아주 오래오래."

먼 미래에 유가의 청에 대해 아는 이는 없을 것이다. 그녀가 예국의 왕비와 동일인물이라는 것 역시 후세에는 전해지지 않은 채 그대로 묻힐 터였다. 그것은 생각하면 꽤나 슬픈 일이라, 성월은 그리 생각했었다.

하나…….

"외숙부님, 전각에 연꽃이 피었더군요. 다과는 어떠십니까?"

지금 이곳에 청은 존재했다. 그녀는 누구보다 치열하게 살았고, 살아남아 행복을 손에 넣었다. 그리고 그녀를 쏙 닮은 두 아이는 오래도록 살아 그 흔적을 남겨나갈 것이다.

그것이면 충분치 않나, 그리 생각하며 성월은 도호의 물음에 미소로 화답했다.

〈完〉

작가 후기

끝까지 보신 분들은 전부 눈치채셨겠지만, 이 소설은 〈심청전〉에서 모티프를 가져왔습니다. 여러 고전 소설들은 실화를 모티프로 만들어진 게 아닐까 하는 주제로 화두에 오르곤 합니다. 〈심청전〉도 크게 다르진 않아서, 몇 번만 검색해 보면 '혹시 실화를 모티프로……?' 하는 생각을 하게 될지도 모릅니다. 이 소설도 그와 비슷한 맥락에서 시작했습니다. 청과 현원의 얘기는 대학 수업을 들으면서 처음 구상했습니다. '만약 심청이가 실제로 존재했다면'에서 시작했죠.

그래서 처음에는 조선시대를 배경으로 쓰려고 했습니다. 〈심청전〉의 지은이와 창작 시기가 명확하지 않더라도 조선시대 쓰인 한글 소설이라서요.ㅎㅎㅎ (청이 〈용가삼대록〉을 쓴 게 훗날 〈심청전〉이 됐다, 그런 식으로 풀어나가려고 했었습니다) 그런데 〈심청전〉의 대표적인 부분들(인당수에 뛰어들거나, 연꽃을 타고 나타나거나)을 살리고 싶다는 욕심으로 판타지적 면모가 들어가면서……. 아무리 그래도 물로 용을 만드는 얘기를 조선 배경으로 하긴 조금 그렇더라구요. 그래서 아예 동양 시대물로 배성이 바뀌고 말았⋯⋯. 어쩌면 조선시대 왕이 될 수도 있었던 현원에게 이 자리를 빌려 심심한 위로를 전합니다. (미안⋯⋯ ㅎㅎㅎ)

안 그래도 많은 얘기들을 한 권 안에 넣으려다 보니 급박하게 흘러간 부분도, 부족한 부분도 많았던 것 같습니다. 다음 얘기는 좀 더 재밌게 쓰고 싶다는 욕심을 갖고, 여러 모로 부족했지만, 여기까지 읽어주신 모든 독자님들께 감사 인사드리고 싶습니다.

감사합니다. :)